冯舒、冯班诗学研究

The poetics researching of FengShu and FengBan

周小艳　著

人民出版社

国家社科基金后期资助项目
出版说明

后期资助项目是国家社科基金项目主要类别之一，旨在鼓励广大人文社会科学工作者潜心治学，扎实研究，多出优秀成果，进一步发挥国家社科基金在繁荣发展哲学社会科学中的示范引导作用。后期资助项目主要资助已基本完成且尚未出版的人文社会科学基础研究的优秀学术成果，以资助学术专著为主，也资助少量学术价值较高的资料汇编和学术含量较高的工具书。为扩大后期资助项目的学术影响，促进成果转化，全国哲学社会科学规划办公室按照"统一设计、统一标识、统一版式、形成系列"的总体要求，组织出版国家社科基金后期资助项目成果。

全国哲学社会科学规划办公室

2014 年 7 月

序

　　小艳 2010 年考取我的门下，入学之初即与我积极探讨博士论文题目，最终选定饶有意味的冯舒、冯班为研究对象。冯舒、冯班是为兄弟二人，早年曾共拜于钱谦益门下，也是"虞山诗派"的中坚力量。兄弟二人虽与钱谦益相交甚深，钱谦益困系牢狱之时冯舒还曾奔走相救，并受牵连入狱，但二人的诗学旨趣却与钱谦益相左：钱谦益博取兼唐宋之余，取径宋诗；冯舒、冯班则以晚唐、西昆为圭臬。相左的诗学旨趣不仅导致师徒关系一度紧张，以致于冯舒蒙受冤狱之时，钱谦益竟无只字片语；同时也导致"虞山诗派"分作两途。然而不可否认的是虽然在诗学取向上二人背离了钱谦益的路数，但学诗、作诗、传诗之法却与钱谦益并无二致，只是在某种程度上更为激烈和偏激些。当然这也与二人的身份地位有关。不同于钱谦益内阁尚书的政治地位和四海盟主的学术地位，冯舒、冯班仅为一介布衣，虽早年追求于功名，在明清易代之时愤而弃之，终身落寞于贫贱之尘。所以，以他们的身份和学术影响力要想在诗坛搞些名堂，不免有些剑走偏锋，又加之二人桀骜狂狷的性格特征，更是难容于时俗，或坐于席间而大骂，或伫立门前而自哭，人多以痴狂目之。但他们偏激的言辞却也取得了显著的成效，收获了很多追随者，冯班的《钝吟杂录》至今亦读者不辍。同时他们身上体现了中国古代特有的布衣精神，即"虽为一介书生，却胸怀济世之志，自任当世之责，平交王侯，蔑视权贵，循道践义，安贫守节。"（《布衣及其文化精神》，清华大学学报，2011 年第 2 期。）虽然他们渴望功成名就，建立不朽的永世大业，但在国难危机之时，他们更看重道和中国文人的操守，弃场屋坠布衣就是他们为明王朝所作的坚守。

　　一同于狂执的性格，二人做学问的路数也是偏"笨"的，坚持一切皆从文本中来，从最基础的抄书、校书开始做起，然后汇集融入诗学观点的评点。二人在抄书、校书、评书时一以古本为准，甚少随意涂改，体现了严谨的学术精神，因此二人抄校的古籍不仅成为历代文人争相收藏的热点，也成为众多藏家判定版本优劣的依据，客观上为善本图书的保存做出了突出的贡献。二人以文本结合诗论传播诗学的推广方式也很具有研读意味。纯理论的推广过于抽象，不太好操作实施，结合文本之后以诗代论，以论作诗，不仅易于上手，也可借助文本的推广扩大诗论的影响，同时对文本的推广也具有积极意义。

小艳的论文充分把握住了冯舒、冯班的性格特征、诗学特点和诗学传播方式，对冯舒、冯班的诗学理论、诗歌创作和诗学研究方式进行了深入的探讨，得出了很多精辟的论点。同时也看到了冯舒、冯班破而有余、立则不足的局限，并没有一味地为自己的研究对象叫好。而且小艳也沿袭二人以"笨"功夫做学问的方式，撰写论文之初，即远赴上海图书馆、南京图书馆、浙江图书馆、常熟图书馆查阅资料，国家图书馆更是她长期驻扎之地，几乎摸遍了冯舒、冯班诗文集的所有注、评本，以及冯舒、冯班抄、校、评的所有版本，并以此为线索翻阅其他学人的抄、校、评本作为判定冯氏本的版本价值作依据。

在博士论文答辩时，小艳的论文获得了答辩专家的赞许与好评，同时也指出了一些问题和不足。小艳在答辩后虚心接受答辩专家的意见作出了细致修改，并以此为基础申报了国家社科基金后期资助。在收到同行专家意见之后，她又进一步修订，现即将于人民出版社出版，问序于我，我自欣然允之，并希望她能在今后的学习和研究中取得新的成绩。

詹福瑞

2018 年 12 月 20 日

目　　录

引　论

　　明末清初，江苏常熟地区形成了一个与以陈子龙为首的云间派和以吴伟业为首的娄东派鼎足而立的诗歌流派——虞山诗派。虞山诗派的宗主钱谦益倡导了一代文风之转变，不仅打破了盛唐诗风一统天下的局面，而且将宋诗提高到与唐诗同等的地位，扩大了诗人取法的对象和诗歌典范。虞山诗派的中坚冯舒、冯班在其师钱谦益的带领下，也投身于转变文风的实践，并通过对钱谦益诗学的发展和流变形成了一套系统而又行之有效的诗学理论，在虞山地区广为流传，实为虞山诗学的真正盟主。张守诚《海虞诗话·后序》言："自来说诗者多矣，要必能阐格律之精，始可言宗派之别。吾虞二冯先生之评《才调集》推为正宗，盖非其绮丽而特贻其典则也。虞山诗派于是乎尊。果能铸金呼佛，则必神悟风骚、妙参比兴而不离其宗。……师白先生守先待后之功得庞先生而益彰，而且虞山诗派导源于二冯者有人焉，以之定论，是编信乎？"① 张鸿亦曰："启、祯之间，虞山文学蔚然称盛。蒙叟、稼轩赫奕眉目，冯氏兄弟奔走疏附，允称健者。祖少陵，宗玉溪，张西昆，隐然立虞山学派，二先生之力也。"② 钱谦益作为虞山诗派之宗主，对虞山诗派之形成起了先导作用，然二冯对虞山诗学的建立和传承都是功不可没的，并可称为虞山诗派的实际领袖。"以冯班为代表的提倡晚唐的一派诗人，他们强调比兴，提倡绮丽幽美的艺术风格，积极抨击模拟风气，对纠正清初学宋而产生的流弊起了很大作用，成为引人注目的一种诗歌倾向"③。虞山诗学在二冯的带领下延续晚唐、西昆之路，彰显了乱世文学所具有的独特诗学特征和诗学价值。

　　首先，二冯专注于古籍的整理与保护，抄校了诸多宋元善本。如天启四年（1624）冯班抄本和天启七年（1627）冯舒校本《文心雕龙》、万历二年（1574）冯班抄本《玉台新咏》、万历三年（1575）冯班抄本《王右丞集》（残两卷）、明末冯班抄本《西昆酬唱集》、明末冯舒抄本《王建诗集》等。二冯的评点更是以见解鲜明独到，备受追捧，广为传阅。如二冯评点《才调集》《中州集》和《瀛奎律髓》等，持论具有渊

---

① 张守诚：《海虞诗话·后序》，民国四年刻本。
② 张鸿：《常熟二冯先生集·跋》，《常熟二冯先生集》，民国十四年铅印本。
③ 李世英：《清初文学思想研究》，敦煌文艺出版社 2000 年版，第 73 页。

源，学者争相传阅，以不见为恨。

其次，二冯诗文创作丰富，自成风格。冯舒存有《默庵遗稿》十卷，包含诗八卷四百二十三首，文二卷四十八篇；冯班存有《钝吟全集》（又称《钝吟老人遗稿》），含诗十二卷七百九十三首，文一卷二十二篇。张庆荣、钱良择、吴卓信、王应奎、钱砚北诸家争相批校，姚弼并作《钝吟集诗笺注》十二卷。

最后，二冯将文本的抄校、评点与自己的诗歌创作相结合，形成了特色鲜明的诗学理论，并对清代文坛产生了深远影响。《四库全书总目》评《钝吟杂录》曰："班学有本源，论事多达物情，论文皆究古法，虽间有偏驳，要所得者为多也。"赵执信等奉为至论，对冯班顶礼膜拜，何焯细致深入地评点了《钝吟杂录》。以至于近代仍有诸多学者追随二冯的脚步，追奉晚唐诗风，法式西昆之作。二冯诗论不仅影响了虞山诗派，甚至影响了清代文坛乃至近代，并远传日本。

一方面，研究二冯诗学有助于考辨"虞山诗派"的发展和流变。清初江南地区中显示出独特的风貌，钱谦益以文坛盟主的地位开虞山诗派的先锋。冯舒、冯班兄弟作为虞山诗派的核心人物，高举晚唐诗风的旗帜，带动了一代学风的转变。王应奎在《海虞诗苑·凡例》中称："某宗伯（牧斋）诗法受之于程孟阳，而授之于冯定远。……吾邑之诗有钱、冯两派。"① 又《西桥小集·序》云："吾郡诗学，首重虞山，钱蒙叟倡于前，冯钝吟倡于后，盖彬彬乎称盛矣。"陈祖范《海虞诗苑·序》称："吾邑诗学，自钱宗伯起明季之衰，为一代宗主，而两冯君继之，其道益昌。"② 二冯虽师承钱谦益将虞山诗派发扬光大，而二人之宗晚唐与钱谦益之宗宋的诗学取向的不同，却也导致虞山诗派分作二途。钱陆灿等紧随钱谦益之后致力于宋元诗风的复兴，却难继盛况；陈玉齐、陆贻典等衍伸二冯余绪，致力于晚唐诗风的重振，并一直影响到康熙后期。康熙三十五年（1696）曹禾《海粟集·序》曰："虞山之前辈曰宗伯钱先生，其论诗过苛，其自为言也足，门墙士多从冯氏，学在乡邦。"

另一方面，研究二冯诗学有助于深入探讨明末清初诗风。清代诗学是对明代诗学的反思，从前后七子到公安派、竟陵派无一不受到清代诗论家的质疑。而这种质疑并不是从清初才开始的。明末，众多学者就已经开始反思明代诗学的空疏和偏执，在追枉纠偏之中建立一家之学。冯

---

① 王应奎：《海虞诗苑》，古处堂藏本。
② 王应奎：《海虞诗苑》，古处堂藏本。

舒、冯班兄弟二人以激烈而又犀利的言辞对明代各大流派发起攻击，并能取其精华去其糟粕，将七子之模拟与公安、竟陵之主情融合。七子专于师古而致死拟，缺乏情致；公安、竟陵专于师心而致空虚，缺乏内涵。二冯则将情与法、庄与媚、守与变融合于绮丽、委婉的诗歌创作中；并从文本的校勘、评点入手，由文本研究推及诗史研究并进一步形成自己的诗歌观。而这一切又是紧合时代思潮的。虽然二人所做的一切努力主要对晚唐诗风的复兴起了推波助澜的作用，但他们的诗论和评点对虞山乃至整个清代诗学的评点、校勘和诗学研究的专门化倾向都产生了深远的影响，以至于事隔多年之后赵执信、吴乔、何义门等还奉二人为师友。

　　如果说，钱谦益诗学主要功绩在破除明代诗学之禁锢，打破"诗必盛唐"的传统格局，冲破诗歌的时代牢笼，给不同时代之诗歌以平等的地位和独立的审美特征，则二冯在其师的推动下，宗玉溪，张西昆，确立了晚唐诗歌的典范地位，并身体力行，号召了一批志同道合之士，推动了晚唐诗风的兴盛。首先，对"诗言志"的传统加以阐释，将格调和性情统一起来，纠正了明代诗学在诗歌体制上的偏执，使诗歌在格调与性情之间达到平衡，促进了明清诗学的转向；其次，对学问的高度提倡，将性情与学问统一起来，肯定了学问在诗歌创作中的重要作用，纠正了明末空疏学风，对明清诗风和学风之转变起了重要的推动作用；最后，推动新变，将复古与革新统一起来，纠正明末复古派的师古而赝和师心派师心而妄的偏颇，将师古与师心融合起来，并从诗歌发展流变的角度，提高晚唐诗歌的地位。"盖当明末国初时，太仓、历下之摹古，与公安、竟陵之趋新，久而俱弊，遂相率而为宋诗。宋诗又弊，而冯舒、冯班之流乃尊昆体以攻江西，而晚唐之体遂盛。《戊籤》二百一卷，所录皆晚唐之诗；《闽余》六十四卷，所录皆南唐、吴越、闽国之诗。风会所趋，故及时先出尔。方其剞劂之始，尚欲相继刊布全书。"[①]并带动一批晚唐诗选本的出现。

　　虞山诗派以其在明清诗坛举足轻重的地位，打破了传统的诗歌格局，将晚唐诗歌和宋诗带入明清诗人的视野，且师徒三人以融合浑通之态势、标新立异之主张和犀利之言说，促进了明代诗学向清代诗学的转变。虽然最后二冯又将诗学带入晚唐诗风的狭小格局之中，二人以"破"为主的言说方式，亦带有藐视一切的狂妄和偏执。然二人兼取复与变、性情与格调、情与法的态势，却彰显清代诗学兼容并包的轨迹；以文本为基础的诗论言说方式亦是清代考据学兴盛的前驱，促进了明清诗学的转向。

---

　　①　（清）永瑢等撰：《四库全书总目》，卷一九三，中华书局2008年版。

第一章　冯舒、冯班生卒著述考[①]

第一节　冯舒、冯班生卒考

陈望南《海虞二冯研究》已经考定冯舒"生于万历二十一年（1593）癸巳，卒于顺治六年（1649）己丑，享年五十七岁"[②]。论据充分，考证详细，不再赘述。

陈望南并据陆贻典的生年考证冯班"生于万历三十年（1602）壬寅"，我表示赞同。首先，孙雪屋于顺治四年（1665）乙巳作《钝吟集序》，言与冯班"皆六十外，老矣"。万历三十年距顺治四年为六十四年，与孙雪屋之语合。钱大昕《疑年录》卷四，称冯班"万历四十二年（1614）甲寅生"，距顺治四年不过五十二年，与"六十外"之语相左。其次，冯班自序《再生集》曰："冯子行年四十有二而遇乱，一遇其仇，二遇兵，一遇盗，濒死者四焉，故题曰'再生'也。"如冯班生于万历三十年，则他四十二岁之时，为崇祯十六年（1643）癸亥，而再过一年甲申为清顺治元年（1644），与遇乱、遇兵之语合。而其四十五岁时为清顺治三年（1646），政局已趋于稳定，他才能有时间和精力整理自己的诗稿。从陆贻典序、孙雪屋序、冯班《再生集》自序，可以推知冯班生于明万历三十年（1602）。

然对于冯班的卒年，尚有几点疑问，论之如下：

钱大昕《疑年录》卷四称："冯定远六十八班：万历四十二年（1614）甲寅生，康熙十年（1671）辛亥卒。"（按：康熙十年距万历四十二年为五十八年，非六十八。）赵执信康熙四十五年（1706）丙戌所作《钝吟集·序》称："距先生之没且四十年"，则冯班之卒年为康熙五年（1666），享年六十五岁。此两种说法都有待商榷。

《钝吟杂录》卷七《诫子帖》曰："吾年七十，因气成病，颇有恶

---

①　关于二冯的生平、著述，陈望南君博士论文《海虞二冯研究》，中山大学出版社，2011年，有专门的章节进行了详细地论述。我本不该妄加考论，只是在前辈学者的基础上或提出一些自己的看法，或补充一些材料。并感谢此书给予的启示与帮助，万不敢没前人之功。

②　陈望南：《海虞二冯研究》，中山大学出版社2011年版，第20页。

梦,想不久矣,特力疾作遗嘱。"卷十《将死之鸣》曰:"忽感小疾,遂至沉笃,引镜视面,殆恐不济,年近七十,亦无余憾。"冯班评陈涛诗曰:"仆往来里中,年且七十矣。"① 严熊《冯定远先生挽词二十章》其二云:"诗酒腾腾七十年,不知钱谷不知田。"② 则冯班至少活了七十岁。

陈望南据陆贻典作《钝吟余集·序》,推知冯班"卒于康熙十年(1671)辛亥,享年七十岁"。我以为亦难成立。陆序云:"(班)辛亥(康熙十年,1671)孟冬,老病卧床,命令子补之辈录成副本。余与窦伯过榻前,出以示余,郑重誦读,属加订定。而窦伯、补之复贻余廿章,因僭为评骘存之如右,目为《钝吟余集》。且报定远曰:揽其朝华,振其夕秀,诗之精华如故,用以当鲁阳之戈,一挥而返三舍,有余勇也。定远顾而颔之。越二旬定远正定,端坐而化。"

这里有三点疑问:首先,冯班于辛亥孟冬卧病在床,嘱陆贻典为之编订诗集,则辛亥孟冬之前,冯班还是在世的。其次,《钝吟余集》的编订完成时间是否为辛亥之年?还是辛亥之后壬子年乃或更后?再次,冯班死于陆贻典编订完成《钝吟余集》,并报给班知晓后二旬,即冯班当死于编订完成之后,而非嘱托之时。此段序文只是给出了冯班嘱托的时间,而未交待编订完成之日和报冯班知晓之日。以嘱托之日推断成书之日,进而推断冯班卒年,显然很难成立。

其实此种疑问,前人早已提出。上海图书馆藏吴卓信跋,并临冯武、王应奎、钱砚北评本《钝吟全集》中间夹纸,曰:"甲寅至辛亥,止五十八年,《疑年录》言六十八,'六'字当是'五'字之讹。辛楣此言未知何据。观《钝吟文稿》末篇《书吴浩然逸事》,尾署'壬子秋八月',则辛亥定远犹在也。又赵秋谷撰序是康熙丙戌,言距定远之殁且四十年,则定远之殁又似在辛亥之前,若云举成数,则丙戌上溯壬子止三十五年,不应遽言四十也。何况定远绝笔于壬子尚未可知耶。书以待考。"

冯班是否绝笔于壬子,虽不能得知,但从《钝吟老人文稿》之《书吴浩然逸事》书于"壬子(康熙十一年,1672)八月"来看,冯班不太可能卒于壬子八月之前,也就是说冯班最早当卒于康熙十一年壬子八月之后,享年七十余岁。

---

① 《国初虞山十六家诗》,清抄本。
② 严熊:《白云集》卷七,清抄本。

第二节　冯舒、冯班著述考

一、冯舒著述考

检地方志、诗文提要、《清史稿》、《清史列传》以及各大图书馆的馆藏目录等有关冯舒的著录，冯舒著述现存的主要有以下几种：《默庵遗稿》八卷、《怀旧集》二卷、《虞山妖乱志》二卷、《诗纪匡谬》一卷。现将各本情况分述如下。

（一）诗文集

冯舒的诗文集，有两种，一种为单行本，即上海图书馆所藏《空居阁诗集》《北征集》《浮海集》二册；一种为诗文总集，有八卷本和十卷本之分，称《默庵遗稿》或《默庵遗集》，有康熙世夥堂刻本（八卷）、常熟翁之廉朱刻本（八卷）、常熟丁氏淑照堂丛书之《海虞文苑》本（十卷）和张鸿辑《常熟二冯先生集》本（十卷）。

第一种，单行本：

上海图书馆藏《空居阁诗集》二卷；《北征集》一卷；《浮海集》一卷，二册，半页九行，行十六字，左右双边，白口，单鱼尾，并有朱、蓝笔圈点（蓝笔要早于朱笔：明末清初人喜用蓝笔圈点；朱笔覆于蓝笔之上）。钱序后有三枚原本刻印，为："忠孝之家""钱牧斋印""钱谦益印"。《空居阁诗集》首页有"莘庵""张莘庵"（张溯伊）诸印。

此本与通行的世夥堂版《默庵遗稿》有较大的差异：

首先，此本之钱序与《默庵遗稿》本之序不尽相同：如《默庵遗稿》本作"默庵遗稿序——蒙叟钱谦益识"；此本作"冯己苍诗序"，落款为"甲申季春虞山老民钱谦益制"。《遗稿》本为"早谢举子业"，此本作"早攻举子业"；《遗稿》本为"欲其自得"，此本作"欲为其自得"；《遗稿》本为"但见性情"，此本作"但见情性"。诗文之序亦有不尽相同之处，如卷上之《寄巢诗赠石林师》之序文：《遗稿》本作"石林禅师，鸿览博识君子也"，此本为"石林禅师名道源，俗姓许氏，鸿览博识君子也"。

其次，此本之《空居阁诗集》在顺序、首数以及标题上与《默庵遗稿》本多有不同。卷上为古体三十七首，依次是：《感旧诗一首赠钱大履之有序》《对酒偶然作一首》（实为七首并作一首，遗稿本作七首）、《府试日赠同试老翁一首》《寄巢诗赠石林师有序》《昔昔盐二十首齐梁体》

《节妇吟为袁母作》《拟寒山诗三首》《漫怀三首》《丙子除夕五首》（后三种见遗稿卷下）。卷下为近体七十首：《晚春偶怀》五言十首、又七言十首；《乙亥元旦》（《遗稿》卷上）、《渔人献一鸟似鹅而高足颈下有胡不辨其名余按尔雅及诗笺知其为鹈鸟之贪而贱者也恶而赋诗以为赠》（《遗稿》无）、《薄暮登南城间挑（《遗稿》卷上"挑"作"眺"）、《看小儿放纸鸢》（《遗稿》卷上）、《雨后代书招友人学白体》（《遗稿》卷上）、《赠云南杜南阳杜知医能辨阴晴有祈雨术亦为人卜葬》（《遗稿》卷上）、《有书决绝词寄人者依韵和之往返各一首》（《遗稿》无）、《和二首后重赠陶子齐（《遗稿》卷上）、《中秋夜二首》（《遗稿》卷上）、《过故人屡不遇赠之》（《遗稿》卷上）、《江阴遇薛康逢出其尊人虞卿所赋七十老翁何所求绝句见示感而赋诗以广其意》（《遗稿》卷上）、《初冬过尚湖《元夕和履之韵》（《遗稿》作《元夕同履之再和》）、《再和画师效作同用韵》《元夜雪再和石师韵》（《遗稿》有此题，然非同一首诗）、《再和韵咏雪》（《遗稿》作《元夜雪再和石师韵》）、《次韵和夕公早春积雪三首》《偶感阶前小松再用履之元旦韵》《石公借十七史嗣之二首》《为友人悼亡三首》《小庭新载丛竹适夕公以感事怀人长句见示不胜慨然回次来韵赋竹诗三首为答》《闰春诗和钱夕公十二首》（《遗稿》作十三首）、《游丝四首》《奉和钱牧翁侍郎六月初七遇河东君二首同前韵》（《遗稿》无）、《写诗稿竟漫成四首》《拟古离合隐郡姓名诗》等。

再者，此本较《默庵遗稿》多出四组诗歌，列之如下：

　　《渔人献一鸟，似鹅而高足，颈下有胡，不辨其名，余按〈尔雅〉及〈诗笺〉知其为鹈，鸟之贪而贱者也。恶而赋诗，以为赠》：脚高嘴短叫怆狞，曾向曹风识尔名。獭解群飞方是弟，狼难入水敢称兄。翻萍乱荇肥馋腹，端岸荒汀足去程。笑尔纵横何所至，拟从泽畔啄长鲸。

　　《有书决绝词寄人者依韵和之往返各一首》：山凝碧霭双螺带，剑截秋光一寸珠。但得月从云际堕，敢劳相忆赠文无。（其一）不求雍伯三升玉，不美梁家十斛珠。但得此心难决绝，定甘幽怨隔河无。（其二）

　　《元夜雪再和石师韵》：不觉晴云变雨云，漫天飞舞作新春。团来素手夸双玉，乱洒青袍似烂银。敲户谁招能赋客，烧灯偏禁解愁人。（原注：去年冬季海寇焚劫周市、鹿园等镇县，官禁百姓放灯。又云除缙绅点玩外。）可怜薄海新兵火，屋毁寒浸痛正新。

　　《奉和钱牧斋侍郎六月初七日遇河东君二首同前韵》：漫言三十六鸳鸯，未抵惊魂一片香。汉渚不嫌空解佩，朱家应叹狂窥墙。烛光高下送

琼树，月影参差妒玉堂。素女抚心天老笑，人间何物不昌昌。（其一）清
阴交陌是儿家，路直章台去未赊。久自攀条看拊马，不劳投合驻行车。
同心带绾人如月，并口杯流酒是霞。鸳子莫夸多知惠，天衣此夕有粘花。
（其二）

　　《北征集》和《浮海集》未著卷数，次序与《遗稿》同。虽然冯舒
诗集均录有钱谦益的序文，然三枚原本印识，此本仅存，所以此本的刊
刻时间较早，应为冯舒诗集之雏形。

　　第二种，诗文总集：

　　1. 八卷本

　　（1）国家图书馆藏《默庵遗稿》八卷，康熙世夅堂藏板。半页十三
行，行二十二字，白口，左右双边，双鱼尾。版心下书"世夅堂"三字，
集前有钱谦益序、《冯已苍传》及总目。此本总目署为十卷，然正文仅存
八卷，缺卷九、卷十。如下：

默庵遗稿总目

第一卷　空居集上古律杂歌诗五十四首

第二卷　空居集下古律杂歌诗八十首

第三卷　北征集上古律杂歌诗三十七首

第四卷　北征集下古律杂歌诗六十三首

第五卷　浮海集古体今体诗二十首

第六卷　避人集上古律杂歌诗四十八首

第七卷　避人集下古律杂歌诗六十三首

第八卷　幽违集古律杂歌诗五十九首

第九卷　杂文十九首

第十卷　杂文一十六首

　　上海图书馆亦藏有此本，无总目，为积学斋徐乃昌①藏书。序传后有
四篇朱笔跋文，云：

　　蔡显笙夫《杂录》云：常熟冯舒，明诸生，以议役事，触县令瞿四
达。四达衔之，以《怀旧集》自序书太岁丁亥，不列本朝国号年号，摘
其诗中违碍语，坐以讥讪下狱，曲杀之。谚云破家令。

───────────

　　① 徐乃昌（1869—1943），字积余，晚号随庵老人，南陵工山汤村徐人，嗜好藏书，所藏之书不
乏善本乃至孤本。藏书印有"积学斋镇库""南陵徐乃昌审定善本""积余秘笈识者宝之""徐乃昌
马韵芬夫妇印""十万琳琅阁珍藏""南陵徐乃昌刊误鉴真记"等。

按：瞿四达为牧斋门人，牧斋身处之祸，为出揭惩凶者。何以师门遗族则爱护之，师表畏友则曲杀之，是亦不可解也。

据书友部石骥言，书本十卷，后二卷为文。书首原有总目，为人撕毁，以求善贾。今《北京图书馆善本书目》曾为著录《总目》。虽列文二卷，实亦仅诗集八卷。盖《总目》与诗集先刻或文尚未刊也。然所谓《怀旧集》，无之。《避人集》上有"丁亥七月初二"七古一首，有序，辞意恍惚，应亦非是要已苍以此得祸而删之欤。庚寅中秋前一日杨静盦识。

"世玚堂"为冯舒的侄子冯武的藏书室名，故此《默庵遗稿》八卷本可能为冯武所辑刻。

（2）南京图书馆藏《默庵遗集》八卷一册，常熟翁之廉[①]校刊，光绪二十六年朱印本，翁之廉题识并跋。半页十二行，行二十三字，四周单边。版心刻"默庵遗集、卷数、页码"。内页一署《默庵居士集》八卷，丽芬署鉴并有"丽芬""陈印"二印（陈丽芬印）；（卷末：翁之廉印）内页二署《冯默庵先生遗集》；书中则作《默庵遗集》。仅录总目，如下：

默庵遗集总目：常熟翁之廉锦芝录

牧翁序一页

邑志传一页

空居集上计十三页

空居集下计十一页

北征集上计十一页

北征集下计九页

浮海集上计六页

浮海集下计十页

避人集上计八页

避人集下计十页

翁跋一页

翁之廉跋云：

---

① 翁之廉（1882—1929），字敬之，江苏常熟人，翁同龢后裔，翁斌孙次子。藏书室有"陔华词馆""灵鹣室""师曾室"等。

　　右邑人冯先生集，八卷。曰《空居》、曰《北征》、曰《浮海》、曰《避人》，大凡得诗三百二十又一首。是帙传见甚少。戊戌之岁，予获此本于京师，欢喜赞叹。既而言归虞山，憔悴颇颔，作易之余，惟以丁部。唐袁佳日，爰以此本畀之梓人。工始于己亥（1899）十一月，八阅月而告竣。顾先生之才，先生之遇，蒙叟一序、文苑一篇，言之详矣。而其遗行，则有为乡里公论所不取者，至今父老犹能道之也。先生之弟定远，其才与先生埒，而全集刊传流行甚多，不若此本之吉光片羽耳。予校刊之役既毕，侧闻琼隐张丈（张鸿）复有续刊定远集之议。异日果成，并签装点，岂非文字海中更多一佳话哉？庚子（1900）七月七日江南赤凤公子之廉识。又因集中意思同其时，感触绪题二截句。

　　磷火虞山十丈青，难凭草木吊诗灵。与君同此新亭泪，敢信天公遽不醒。（其一）

　　如此诗才薄玉溪，乐游原上望凄凄。中朝党祸犹连结，回首长城厌鼓鼙。（其二）

　　上海图书馆亦藏有此本，中间夹纸，曰："《目录》与书不符：《浮海集》只一卷，不分上、下；《幽违集》不入目。此是刻书人粗心。"常熟图书馆亦藏有此本并抄配文稿两卷。此本总目页后有墨笔跋语，云："《浮海集》止一卷；卷六《避人集》上，卷七《避人》下，卷九（误，应为卷八）《幽违集》也。《总目》当改。"考世夛堂《默庵遗稿》及此本之正文，第五卷为《浮海集》一卷，第六卷为《避人集》上，第七卷为《避人集》下，第八卷为《幽违集》。此本之《总目》，误。冯舒传后附抄录《柳南随笔》《常昭合志》《海虞诗苑》之《冯舒传》。如下：

　　《柳南随笔》卷一："吾邑冯巳苍，嗣宗先生复京子也。尝以议赋役事语触县令瞿四达，瞿深衔之。会巳苍集邑中亡友数十人诗为《怀旧集》，自序书太岁丁亥，不列本朝国号、年号。又压卷载顾云鸿《昨君怨》诗，卷末载徐凤《自题小像》诗，语涉讥谤。瞿用此下巳苍于狱，未几死，盖属狱吏杀之也。巳苍之孙修与余善，为述其颠末如此文。闻巳苍在狱中梏拳而桎，友人往候之。巳苍自顾笑曰：此特冯长作戏耳。盖巳苍欣然长身，人以冯长呼之，冯长与逢场同音，故云尔。"

　　《常昭合志》卷九《文苑传》："舒著《诗纪匡谬》一卷，采入《钦定四库全书》。谨按《简明目录》云纠冯惟讷《诗纪》之谬，凡一百二十条。《诗纪》采摭浩繁，不能无所抵牾，一一校正，于冯氏颇为有功。"

　　《海虞诗苑》卷一："巳苍与弟定远，并笃专于诗。吴中之目嘉定程孟阳，见推于钱宗伯，目为诗老，而君涂抹其集几尽。"

卷末并有徐兆玮①跋语四则，如下：

锦芝（翁之廉）刊此书，极精致。惜校雠不善，已三亥豕，触目皆是。白茆汪伯琛②贻书云："《默庵集》尚有卷九、卷十两卷，当时因违碍禁令，故未刊行。"冯氏后裔宝藏勿失，伯琛盖目睹云。然今圣恩宽荡，文字之禁概予涤除。况虫吟禽唱，各适其天，风人微词，容有取义，终当览此二卷，附刊完帙。其《怀旧集》二卷，默庵实以为是陨生，潘文勤师（祖荫）刊入《滂喜斋丛书》，惟文集未见传本。光绪（二十七年，1901）辛丑正月三日，虹隐识。

赤凤题词，汪□□师以党祸触犯当路，嘱刊去。此犹未剜本也。三月又识。

养拙③叔于吴门应试回，携示手录《默庵遗稿》九、十两卷：卷九志、铭、序、杂文，二十一首；卷十记、疏、传、杂文，二十三首。疑即所谓《空居阁杂文》者。初必因违碍禁令而庋藏也。四月五日。

从陆芝珊④假《默庵遗稿》刻本校勘一过，总目第九卷，杂文十九首，第十卷，杂文一十六首，与养拙叔录本首数不符。且刻本止存八卷，未识杂文曾否付剞劂也。锦芝此刻，有原书空格而妄填字者，一一圈出，顿改旧观。去岁得管氏抄藏本，校《怀旧集》。今岁又得旧刻本，校此集。殆与空居老人有香火缘邪。壬寅（1902）二月廿二日。

2. 十卷本

（1）上海图书馆藏《默庵遗集》十卷，《海虞文苑》，稿本，常熟丁氏淑照堂丛书，半页九行，行二十一字，左右双边，黑格，白口，单鱼

---

① 徐兆玮(1867—1940)，字少逵，号倚虹，又号虹隐，别署剑心，江苏常熟人。藏书处有"虹隐楼"（曾名"招燕楼"）、"芙蓉庄"。著有《闿余集》《虹隐楼随笔》《棣秋馆谈薮》《梦蕉集异》等。为诗继承冯班之学，延续晚唐、"西昆"一格，并与张鸿等仿《西昆酬唱集》之例，作《西砖酬唱集》。

② 参见陆宝树《樵庵诗话》卷一："汪伯琛，一字虞阳，工吟咏，家甚贫。某年赴友人招，有浙江之游。嗣因谋事未就，失意而归。当其赋诗留别，中有句云：'独怜身世还如梦，半为湖山有此行。'一时传诵。"并记其遗诗数。

③ 养拙，恽光宸的号。恽光宸(？—1860)，初名恽尔谦，字濳生，又字薇叔，号养拙斋，江苏省常州府阳湖县（今属常州市）人。

④ 陆宝树(1876—1940)，字枝珊(芝珊)，号醉樵、樵庵，江苏省常熟县人，著有《樵庵诗话》。

尾。丁祖荫①朱笔批校题跋，曰："初我读书记。"《默庵遗稿》卷九题为"志、铭、序、杂文，二十一首"，朱笔题记云："陆氏抄本，卷第九。"卷九末朱笔书"默庵遗稿卷第九终"。卷十题为"默庵遗稿"（后朱笔补"卷第十"三字），"记、疏、传、杂文，二十三首"。卷十朱笔末书："默庵遗稿卷第十终。"

关于此本的抄写经过，丁氏的跋文言之甚详：

《默庵遗集》八卷之总目后朱笔跋文，言："翁敬之刊本。"八卷末翁之廉跋，与上同。

《默庵遗稿》（后两卷）之卷十末，朱笔跋云：

> 默庵遗稿刊本，卷一至八为诗，卷九、十但存卷目，即此文两卷也。或以新朝嫌忌，刊后抽毁，故未得流布。此从陆芝珊处借抄。甲子（1925）端午，复借李氏②静补斋藏本校一过。

《冯默庵遗文》（揭状）之首页朱笔跋云："录瞿氏菰村渔父抄本。"卷末朱笔跋云："按四揭为巳苍狱祸之始。其文不载集稿中。孝威、孝庆一揭，呼死父之冤录之，足见当时惨死实状。暴令专横，文士涂毒，专制淫威，一至于此，可胜叹耶。乙卯（民国四年，1915）六月初我（丁祖荫）补录。"

则此本前八卷据翁之廉刊《默庵遗集》；后两卷抄录自陆芝珊处并借李氏静补斋藏本校雠；揭状即《默庵遗文》，乃据瞿氏菰村渔父抄本，从而将《默庵遗稿》补全。

（2）国家图书馆藏张鸿③辑，民国十四年（1925）铅印本《常熟二冯先生集》之《默庵遗稿》，亦为十卷本，并附录按揭稿一卷。《总目》同世㺛堂本，正文卷九称"志、铭、序、杂文，二十一首"，卷十言

---

① 丁祖荫（1871—1930），原名祖德，字芝孙，别号初我，江苏常熟人。民国六年参修《常昭合志》，任总纂，未竟而殁。著有《丁芝孙日记》《一行小集》《松陵文牍》等，辑《虞山丛刻》《虞阳说苑》等。

② 李氏，李芝绶（1813—1893），原名蔚宗，字申兰，一作升主，号诚庵、晦庵，别署裘杆漫叟，江苏昭文（今常熟）人。叶昌炽《藏书纪事诗》载："又在瞿浚之丈坐中见李申兰先生，……但闻其邃于流略之学，治熟虞东掌故，颇收藏秘籍。"为常熟著名藏家。其藏书处为静补斋。著有《静补斋集》《静补斋书目》等。

③ 张鸿（1867—1941），原名澂，字隐南，号璚隐，别署蛮公、燕园老人，江苏常熟人。著《蛮巢诗词稿》《游仙诗》《长毋相忘词》等。诗风追随二冯，崇尚晚唐、西昆一格，与同邑徐兆玮等仿照《西昆酬唱集》作《西砖酬唱集》。

"记、疏、传、杂文，二十三首"，同《海虞文苑》本。《附录》亦录自瞿氏菰村渔父抄本。则是书前八卷并总目，据世朁堂本和翁之廉朱印本；卷九、卷十同《海虞文苑》一样录自陆芝珊藏钞本；《附录》即《冯默庵遗文》，录自瞿氏菰村渔父抄本。考徐兆玮的跋语，则可能几人所见之抄本为同一种本子。《总目》"第九卷，杂文十九首；第十卷，杂文一十六首"，而正文卷九为志、铭、序、杂文，二十一首；卷十为记、疏、传、杂文，二十三首。

从时间上而言，世朁堂刊本要早一些，以后各本与其都有些渊源；从完整性而言，丁氏《海虞文苑》本和张鸿《常熟二冯先生集》本更加完备。二本之来源大体相同，而丁氏本要早一些，张氏本流通更广一些。

（二）《虞山妖乱志》

《虞山妖乱志》记海虞钱谦益、瞿式耜二人被诬入狱事件始末。以翁太常家内乱事开头，中间夹叙钱裔肃、朱国弼、郑鄤三人事，端绪繁而章法井然。其有三卷和二卷之目，二卷本之上卷，为三卷本之前两卷。有的本子还附有《按揭》。丁祖荫《虞阳说苑》甲编本，据冯氏后人抄本校刻，前有钱陆灿序，后附《按揭》，并有朱笔批校。"津寄庐"（傅增湘）抄本二卷，为傅增湘学使命谭新嘉①借抄，鲁宝清抄周星诒②旧藏抄本。而周星诒之本亦抄自冯氏后人。另还有多种抄本存世。又有民国小说进步社铅印本和"雁来红丛报"铅印本，并被上海文明书局收入《说库》。现将所见各本情况著录如下：

1. 南京图书馆藏《虞山妖乱志》抄本，两卷，一册，半页八行，行十八字，无格无框，页左下角书"世朁堂"。想必据冯武世朁堂本抄录。有两篇跋文。

一跋云：

此《妖乱志》两卷，予于维扬寓舍得之，于集经书坊内嘱儿辈为予抄录，有暇以为寓目之资。盖是书，虽字句多粗，而贬褒之志已晓然于

---

① 谭新嘉（1874—1939），字志贤，号胥山蟫叟，浙江嘉兴人。光绪三十年（1904）嘉郡图书馆成立，应陶葆霖、金蓉镜之聘请，任董理馆务兼编目员。1917年任北平京师图书馆中文编目组组长。刻书室名"承启堂"。自订年谱《梦怀录》，纂修有《嘉兴谭氏家谱》，并刻《嘉兴谭氏遗书》27卷。

② 周星诒（1833—1904），字季贶，清祥符（今河南开封）人。藏书甚富，多前贤手录本、乾嘉名家精校善本及宋元旧椠。居处曰"逸云阁"，藏书处曰"瑞瓜堂"，藏书印有"癸巳人""周星诒印""星诒""祥符周氏瑞瓜堂图书"等。辑有《绩语堂碑录》，著有《窳圹藏书目》《传忠堂书目》《勉嘉集诗》等。

字里行间，亦是为醒世之一助。是为序。古虞耕月主人识。

　　另一跋云：

　　外史曰：冯舒，字巳苍。《志》称其直肠快口，小人疾之如仇者也。以余观之，冯固小人之尤也。此编所记如德源、如象泰、如张启岂非人而兽者乎？攻之可也，绝之可也，乃拾钱尚书之残唾，走狱门户张启而与之谋，则又何也？又探尚书之意，集德源、象泰、志仁于一堂，百万关说，俾之释憾，而终之以赂，苟非甘心指族，乌肯捐一身而与若辈相周旋哉？故牵连被逮至京而狱解，则丑诋飞谤，以泄其攘利未成之恨。固与钱尚书亦乍离乍合、乍誉乍毁，而卒无一定之辞也。夫被逮后狱词记之可也，于他人之批牍亦详之乎？批牍犹可定私书，亦亲睹乎？私书犹可，岂家庭笔记亦历历能诵乎？东林、复社虽未尽贤，岂高、顾诸公亦可加以微词乎？统前后而观，则其诬罔反复之小人，无疑也。旧名《虞山妖乱志》，今改为《虞山鬼蜮志》云。

　　2. 南京图书馆藏《海虞妖乱志》，抄本，三卷四册，半页八行，行十八字，无格无框。附张汉儒揭瞿奏稿，有涂改痕。
　　卷末跋云：

　　《虞山乱妖志》三卷，记奸民张汉儒讦钱谦益、瞿式耜二人事也。卷首备翁太常宪祥家内乱事作缘起，中间复夹叙钱裔肃、朱国弼、郑鄤三人事，端绪繁而能晰，章法井然。钱、瞿、朱、郑之事，大略与《明史》诸传合。惜作者姓名不著。惟下卷末《总论》自称南村野人而已。余考乾隆《苏州府志·钱谦益传》，后附记有考及冯舒《海虞妖乱志》之语，应即是此一书。按：舒，字巳苍，常熟诗人班之兄。《府志》于其父复京附传中，称舒幼承家学，肆力经史百家，则其能文可知。此《志》中事，舒亦牵涉，是其所撰，当可信。或疑舒在顺治初被人构于邑令瞿四达，陷狱死。《府志》亦载其事。而此《志·总论》云："此事先后几四十年，或得之亲炙，或传诸亲友。"计钱、瞿之事在崇祯十年（1637），距舒之死只数年，与四十年之语不符。是以《府志·艺文志》但载舒他书，而不列此书名目，则又似非出舒手者。余谓详绎《总论》所云"先后几四十年者"，应从翁氏家乱初萌说起，尚在万历丙辰（四十四年，1616），太常殁前数载，顺数至顺治初，正近四十年之数。平时得闻翁氏遗事，故云传诸亲友。钱、瞿事起，以秦交力为排解，且相从入都下狱，赖钱、瞿揭辨而免，得之亲炙亦不谬。舒本善□□，故叙次大有章法，然则此志为舒所撰，又何疑乎？

续从友人借得巳苍所著《默庵遗稿》，卷首载《邑志·文苑传》，称巳苍著述中有《海虞妖乱志》二卷。是此《志》确为冯撰，惟传文讹"三"为"二"耳。《遗稿》内《北征集》有《自序》云："丁丑（崇祯十年，1637）年，余邑钱侍郎、瞿给事为奸民所诬，当轴者持之奉旨至京究质。余以知交，亦牵连及焉。两公以先春行，余以孟冬从，而后抵燕，入锦衣狱，移刑部。两奉旨得免议归，其抵家则戊寅（崇祯十一年，1638）之五月也。"所叙述皆与此《志》合，其详悉颠末，而笔为遗闻宜矣。惟书名"虞山"应改为"海虞"，以从其旧。至《郡志·艺文》不载此书，或以为"妖乱"字为嫌，削之钬？震泽吴晓钲茂才有此《志》，跋语并记于此，云："《初学集》有《丁丑狱记》一篇，辞多文饰，不足尽信。至于狡诈之周应璧比于陆续、贯高，其诬甚矣。《志》称应璧杖时，吴孟明贿役，令轻其杖，未知何故，疑亦牧翁所为，以报其投揭缓狱之恩也。《抚宁三叹疏》实应璧代作，而《志》谓其不识字，又曰作诗讽抚宁，未免自相矛盾耳。是书笔法峭健，颇似龙门，惟卷末总收，独遗顾象泰，殆是案中人。后巳苍死者，仅牧翁与此人而已。"

《列朝诗·闰集·香奁》下有羽素兰，列于薛素素之间。《小传》称其兰锜归于戚施，风流放诞，卒以杀身。《明诗综·妓女羽孺小传》云："孺子素兰，一字静和，常熟人。生不识姓，善音律，推律得羽声，遂为字，后为人所杀，有诗集。"观此《志》乃悟此人即《志》中翁氏女孺安之化身。盖孺安颇有诗名，二家欲采之，而恶其淫荡，难侪闺阁，故意列之妓女中，而隐约言其家世名氏，俟后人参考得之。揆厥生平，安得议秉笔者之刻薄哉！又此《志》谓抚宁侯朱国弼者，故靖难功臣苗裔也。按《明史·功臣世表》抚宁伯朱谦，景泰元年九月封，天顺元年追封侯，子孙世袭。谦本传称其曲御寇功得封，国弼为其六世孙。《志》盖误以为朱能之后耳。国弼崇祯十一年（1638）正月削爵。《世表》虽未记其故，以此《志》核之，知即因劾乌程得遣也。叶廷琯[1]《吹纲录》。

又跋，曰：

---

① 叶廷琯，字调生，自号龙威遯隐，清吴县（今江苏苏州）人。著《吹纲录》《鸥陂渔话》等。

予读《默庵妖乱志》而叹罪之首，祸之魁，独一陈履谦也。履谦不引孺安，拜万阉为父，不声张籍德源家财，以通魏阉，则德源杀姊之心，未必即发。履谦不入都门，则汉儒不至劾钱、瞿两公，而周应璧、王璠诸人不至死。人有言曰：无过乱入门。彼孺安、汉儒不皆过其门者欤！且手祸及欲逃，骤遇同类之陆文声，片言挑激，仍返京寓，卒罗法网。此亦佐邑得尝佐斗，得伤之验也。至疏列婪脏四五百万，事款五十余条，抚按讯拟昭雪无迹。且以首揆之力，不能袒一匹夫，以主听之聪，不能防一妇寺。默庵独志其以梳匣铜钵精镠，遗应璧、抚宁，而憾体仁，管中窥豹，略见一斑云。且事始于神宗中叶，而蔓延至于亡国恤民，忧宫墟舍屋，此数人不为之厉阶乎。盖士大夫之廉耻丧，即国家之元气衰矣。戡地棍而惩势宦，朝廷致诒，盖可忽乎哉。

3. 国家图书馆藏《虞山妖乱志》三卷，清抄本，清翁同龢①校并跋，半页九行，行十八字，无框格。破损。

封页署"虞山鬼蜮志"，正文题"虞山妖乱志"，无钱陆灿序。

卷末跋，曰：

当明社将屋之时，朝政错乱，不足论矣。独怪在野之文士，播弄笔墨，一至于此也。野有芳草，识者犹斥其不知礼，乃从而增饰之，可乎？别嫌疑，明是非，君子之于恶人，绝之已耳。焉有斥其人，而与之周旋于粪秽之中，而自命为清流者哉？□□□□阴乍阳，辞无一定。要之奔走于权门。□□□□□□□自道之，则此书也直谓□……廿六月呎呎老人记。

4. 国家图书馆藏《虞山妖乱志》二卷一册，民国时期刻本。半页十三行，行三十字，无格，四周双边。版心刻"雁来红丛报"。（附按揭，卷末为钱陆灿序）

5. 国家图书馆藏《虞山妖乱志》三卷，民国六年，初园丁氏校印《虞阳说苑》甲编。

序页题记，云："据钱湘灵抄本、旧抄各本参校。"

① 翁同龢（1830—1904），字声甫，号叔平，别署均斋、瓶庐居士、瓶笙、松禅、并眉居士、天放闲人，晚号瓶庵居士，翁心存之子，江苏常熟人。翁家世代藏书，为清末民初中国著名藏书家之一。藏书室有"一经堂""宝瓠斋""韵斋""瓶庐"等。藏书印有"松禅""叔平所得金石文字""松禅居士""翁同龢观""虞山揽秀堂翁氏藏书""常熟翁同龢藏本"等。

卷下首页题记，云："二卷本以上为卷上，又一本卷中以下，为下卷。"

卷末冯晋璋跋，曰：

是书外间抄本互有异同。余家向有曾祖道周公手录本，书法工楷，少有差讹，系从底稿录出。今年忽为偷儿窃去，幸有副本及底稿尚在，但颇残缺。因从友人处（原注：后为婿家）假得是本，将副本补全。不意是本讹谬层出，失却本来面目。是书字法、句法都非直致，一经改窜，便觉点金成铁。因将底稿及副本与是本对校，一一改正，庶几还其旧云。道光二十二年（1840）壬寅秋下浣，屏守七世孙，晋璋谨识。

冯鸣冈跋，曰：

是书余家向有高祖道周公手录本。于道光二十二年（1840）春，忽为偷儿窃去。后先父仍从底稿及副本对校手录，书法甚工楷。因咸丰十年（1860）庚申粤匪窜扰，城邑沦陷，竟失其本，无从考获。今夏适在姊家捡得昔先父抄录时假得是本。因讹谬层出，将底稿及副本对校，一一改正，故特谨识于后。今遵改正句法录出，不失先人之遗意云。同治十三年（1874）甲戌孟秋下浣，屏守八世孙，鸣冈谨识。

徐兆玮跋，曰：

叶廷琯《吹网录》卷四：《虞山妖乱志》三卷记奸民张汉儒讦钱谦益、瞿式耜二人事也。卷首借翁太常宪祥家内乱事作缘起，中间复加叙钱裔肃、朱国弼、郑鄤三人事，端绪繁而能晰，章法井然。钱、瞿、朱、郑之事，大略与《明史》诸传合。书名"虞山"应改"海虞"，以从其旧。《默庵遗稿》卷首载《邑志·文苑传》，称巴苍著述中有《海虞妖乱志》二卷，讹"三"为"二"耳。《郡志·艺文》不载此书。或以为"妖乱"字为嫌，削之欤。震泽吴晓钲茂才有此《志》，跋云：《初学集》有《丁丑狱记》一篇，辞多文饰，不足尽信。至于狡诈之周应璧，比于陆续、贯高，其诬甚矣。《志》称应璧杖时，吴孟明贿役，令轻其杖，未知何故。疑亦牧翁所为，以报其投揭缓狱之恩也。《抚宁三疏》实应璧代作。而《志》谓其不识字，又曰作诗讽抚宁，未免自相矛盾耳。是书笔法峭健，颇似龙门。惟卷末总收，独遗顾象泰，殆是案中人。后巴苍死者，仅牧翁与此人而已。《志》谓抚宁侯朱国弼者，故靖难功臣苗裔也。按《明史·功臣世表》抚宁伯朱谦，景泰元年（1450）九月封，天顺元年（1457）追封侯，子孙世袭。谦本传称其由御寇功得官，国弼为其六世孙。《志》盖误以为朱能之后耳。国弼，崇祯十一年（1638）正月削爵，《世表》虽未纪其故，以此《志》合之，知即因劾乌程，得谴也。光绪辛丑（二十七年，1901）十二月二日虹隐记。

卷末墨印："丁巳九秋，校印冯氏传录，默庵先生稿本。"

6. 国家图书馆藏《虞山妖乱志》抄本，二卷一册，半页十一行，行二十字，左右双边，绿格，版心书"津寄庐抄书"。朱笔批校，钤有"藏园"① 印。

间有夹纸，墨笔书云："当引《前汉书·高帝纪》'及项羽借漳王跳'，《史记本纪》作'逃'。《前汉书·刘泽传》'跳蹭至长安'，'跳'音'逃'，不发引《集韵》。"

跋云：

丁酉长夏，浼武功氏转告假于默庵后人，手自抄校，悉依原本。蛰存子②识。

季贶（周星诒）先生曰：嘿庵先生冯氏，名苏，有胞弟，名舒，时号二冯。常熟名诸生，亦牧斋门徒也。癸卯（光绪二十九年，1903）十月借季贶先生本照缮毕，复识于此。鲁宝清记。

又案：杨秋室凤苞③《南疆逸史》跋，冯苏著有《劫灰录》，盖专记永历事者。宝清再记。

《虞山妖乱志》二卷，乃祥符周季贶（星诒）太守旧藏抄本。余杭鲁澄伯（宝清）大令录自周本。今夏江安传沅叔（傅增湘）学使命新嘉借抄鲁本。此书端绪甚繁，而能章法井然。钱、瞿、朱、郑之事，大略与

---

① "藏园"，傅增湘的藏书印。傅增湘（1872—1950），字沅叔，别署藏园居士、双鉴楼主人、藏园老人、长春室主人、清泉逸叟等，著名藏书家。藏书楼主要有"长春室""素抱书屋""莱娱室""池北书堂""企麟轩""津寄庐""龙龛精舍"等。藏书印有"藏园秘籍""藏园""藏园主人""书潜""双鉴楼主人"等二十多枚。

② 蛰存子，此处指蔡云万。蔡云万（1870—?），字选青，青一作卿，江苏盐城人。曾任《盐城日报》主笔，后在上海充马玉山的家庭教师。著有《蛰存斋笔记》。

③ 杨凤苞（1754—1816），字傅九，号秋室，别号黄汋、西园老人，浙江归安（今湖州）人。早年以诗词闻名，其《西湖秋柳词》名噪一时，为人传颂，人称"杨秋柳"，并与邢典、施国祁合称"南浔三先生"。熟明末史事，曾作《南疆逸史跋》《秋室诗文集》《秋室文录》等。

《明史》诸传合，惜作者姓名不著，惟下卷末《总论》，自称南村野人，及卷首陆湘灵识，称"嘿庵"而已。周氏谓嘿庵，姓冯氏，名苏。鲁氏又据杨秋室《南疆逸史》跋冯苏著有《劫灰录》专记永历事云。按《四库提要》杂史类，苏著《见闻随笔》二卷，记明末事。苏，字蒿庵，天台人，国初官刑部侍郎。《吹纲录》载乾隆《苏州府志·钱谦益传》后附记，有考冯舒《海虞妖乱志》语，应即此书。舒，字巳苍，常熟人，诗人冯班之兄。《苏州府志》于其父复京附传中，称舒幼承家学，肆力经史百家。则其能文可知。此《志》中事，舒亦牵涉，是其所撰当可信。或疑舒在顺治初，被人构于邑令瞿四达，陷狱死。《府志》亦载其事。而此《志·总论》云："此事前后四十年，或传之亲友，或得诸亲炙。"钱、瞿之事在崇祯十年，距舒死只数年，与四十年之语不符。是以《府志·艺文》但载舒他书，而不列此书，则又似非舒著。窃谓详绎《总论》先后几四十年者，应从翁氏家乱初萌起，尚在万历丙辰，太常殁前数载，顺数至顺治初，正近四十年之数。平时得闻翁氏遗事，故云传之亲友。巳苍所著《默庵遗稿》卷首载《邑志·文苑传》，称巳苍著述中有《海虞妖乱志》二卷，《遗稿》内《北征集》自序云："丁丑年余邑钱侍郎、瞿给事为奸民所诬。当轴者持之，奉旨至京究质。余以知交，亦牵连及焉。两公以先春行，余以孟冬从，而后抵燕，入锦衣狱，移刑部，旋奉旨得免议归。及抵家，则戊寅之五月也。"所谓得诸亲炙，亦不谬。惟书名"虞山"应改"海虞"，以从其旧。《郡志·艺文》不载此书，或以"妖乱"字为嫌，削之。周氏以默庵为冯苏，殆因冯苏字蒿庵之误。或谓《列朝诗·闰集·香奁》下有羽素兰。《明诗综》："妓女羽孺，字素兰，常熟人。生不识姓，善音律，推律得羽声遂为氏，后为人所杀，即志中孺安化身云。"宣统二年（1910）霜降前三日，嘉兴谭新嘉志贤甫谨识于天津河北公园。

（三）《诗纪匡谬》

《诗纪匡谬》为《四库全书》收录；清道光年间又收入鲍廷博《知不足斋丛书》，民国十年上海古书流通处据《知不足斋》本影印；民国二十五年上海商务印书馆，又将其收入《丛书集成初编》。

1.《知不足斋丛书》本先冯舒自述《诗纪匡谬引》、次凡例、次正文。半页九行，行二十一字，版心上书"诗纪匡谬"、下书"知不足斋丛书"。冯舒自序，云：

《诗纪匡谬》者，冯子发愤之所作也。曷为而发愤？愤《诗》之为《删》、为《归》也。曷为而匡及于《纪》？曰：正其始也。今天下之诵《诗》者何知？知《删》而已矣，《归》而已矣。为《删》、为《归》者又何知？知《纪》而已矣。奴之子为重儓木，心邪而脉理不正，所必然也。于是为之原其源、溯其流，核其滥觞于何人，而后为《删》、为《归》之邪说，不攻自破矣。邪说破，而后兴观群怨、温柔敦厚之旨，可以正告天下，岂好辩哉？时崇祯（七年，1633）癸酉十二月初七日，上党冯舒述。

2. 上海图书馆藏《冯汝言诗纪匡谬》，清抄本，一册，半页十行，行二十字，无框格。有朱笔圈点。此本与知不足斋本多有不同，此处就不一一列出。惟将《诗纪匡谬引》录之，如下：

《诗纪匡谬》者，冯子发愤之所作也。曷为而发愤？愤《诗》之为《删》而东败于齐，为《归》而南辱于楚也。曷为败于齐，辱于楚，而匡及于《纪》？曰：正其始也。今天下之诵《诗》者何知？知《删》而已矣，《归》而已矣。为《删》、为《归》者又何知？知《纪》而已矣。奴之子为重儓木，心邪则脉理不正，所必然也。于是为之原其源、溯其流，核其滥觞于何人，而后为《删》、为《归》之邪说，不攻自破矣。邪说破，而后兴观群怨、温柔敦厚之旨，可以正告之天下，岂好辩哉？知我罪我，夫亦听之。时崇祯（七年，1633）癸酉十二月初七日，上党冯舒述。

3. 南京图书馆藏《诗纪匡谬》，抄本，半页十一行，行二十二字，小字双行，无框格。前有《四库全书总目提要》，并加盖"八千卷楼"方印、"钱江何氏①梦华馆藏"方印，卷末加盖"青明居士"方印、"辛卯劫后所得"方印。无《诗纪匡谬引》，有朱笔批校，云"陈思与七子相磨切耳。若谓七子宗陈思，则七子之齿长于陈思。陈思天分高，学力到，视七子，固青出于蓝也"。

① 何氏，何元锡(1766—1829)，字梦华，又字敬祉，号蜻隐，钱塘（今浙江杭州）人。清藏书家、金石学家。其善本精抄之书，作"获经堂"藏之，藏书楼还有"梦华馆""蝶影园""三吾鸿景斋""秋神阁"等。藏书印有"钱唐何元锡字敬祉号梦华又号蜻隐""布衣暖，菜根香，诗书滋味长""何元锡供观""古杭何氏梦华馆""蝶影园记""阅者珍之""钱唐何元锡梦华馆藏书印""钱唐何氏梦华书馆嘉庆甲子后所得书""梦华馆藏书印""何氏敬祉"等。著有《神秋阁诗抄》等。

（四）《怀旧集》

冯舒当鼎革之际，感朋友之早逝，遂搜集逝友二十四人之诗，二百多首，并附小传，分为上、下两编，名曰《怀旧集》，大有以诗存人之志。不想却因此书，招致杀身之祸。《怀旧集》刊刻最早、保存最好的当为清顺治四年刻本。国家图书馆另藏有清初摘抄本，跋称抄自稿本。惜为摘抄，在诗歌篇目上少于刻本，然其较刻本多时雍诗歌一首并传。翁同龢跋称，清光绪三年（1877）吴县潘祖荫刻《滂喜斋丛书》本，"原抄系当时稿本"，而检此集，却做了很多改动，如将"太岁丁亥"改为"顺治丁亥"、"东虏"改作"东兵"等。除"苹花水阁"抄本外，其余各本都同《滂喜斋丛书》本一样，做了改动。清顺治四年刻本、清"苹花水阁"抄本和清初摘抄本较好地保存了冯舒遗志，不云清年号但书甲子。而其余各本都对其中的"讪谤"之语做了改动。以至于翁同龢云："检此集亦不见所谓讪谤者，止当流布于诬。"

现将我所见《怀旧集》各种本子，介绍如下：

1. 国家图书馆藏清顺治四年（1647）自刻本，半页十四行，行二十二字，左右双边，白口，单鱼尾。有墨笔圈点，叶万（树廉）跋。有"审言堂"和"东阳"印章。

序称："太岁丁亥上巳日"。

叶树廉跋云："巳苍，余之故友也。少有豪气，暮年□世变，为酷吏所杀。其诗文有伊仸窦伯（冯武）为之搜集。伊弟定远与余为世外交，皆好古博雅之士也。巳苍当鼎革之时，旧交零落而追念之，因有此集。罗织者以为罪状而按之，遂死。呜乎可哀也。鹤汀（叶树廉）。"

2. 国家图书馆藏清苹花水阁抄本，半页十行，行二十字，无格，四周双边，黑口，单鱼尾。版心书"苹花水阁"。序亦称："太岁丁亥上巳日"。

3. 国家图书馆藏清《常熟丁氏类稿》抄本，半页十行，行二十二字，四周单边，单鱼尾。清丁秉衡题识并跋云：

旧传默庵先生以是集中顾云鸿①《昭君怨》及徐凤诗，为邑令瞿四达罗织下狱死。余以二诗无显然讪谤，疑之。顷徐少逵（兆玮）编修言在管少溪进士家，得是旧刻。序末但书丁亥上巳日，无顺治字。顾大成（武）《飞将军赋》中"东兵"作"东虏"。其余异今本处尚多。乃知先生致祸，实由于此，非仅以顾、徐二诗句也。丁未八月秉衡记。

---

① 顾云鸿，字朗仲，明代处士，江苏常熟人。

4. 国家图书馆藏清光绪三年（1877）吴县潘祖荫①刻《滂喜斋丛书》本，半页十一行，行二十三字，左右双边，黑口，单鱼尾。翁同龢批点并跋。

《怀旧集》序署："丁丑（1877）正月刻，长乐冯舒巳苍撰。"

向秀追寻曩好，栋宇空存；陆机还计生年，凋零殆尽。乃知阅水成川，阅人成世，古今之通慨矣。予也爰自草龄，洎乎衰老。其间亲承负剑，时聆先时之绪言；相揖乘车，驯睹后生之可畏。四十年来盖显无有忘弃者。岂生初盛也，老际横流。火焰昆山，嗟玉石之莫辨；桑生沧海，痛人琴之两非。虽鲁殿独存，亦尧年道改矣。循发自念，顾影空潜。回首残编，时留佳句。还抽腹笥，胜忆赠言。于是和泪舔墨，朝书冥写，凡得二十四人诗词二百余首，分为上、下两卷，名曰《怀旧集》，并各题小传，以见平生。其仅取桑者，则以山川阻绝，搜索无从兼之，鸿鲤参差，存亡未审。若夫鹤师裔自练川，凤氏生从青社，则以松枝东指，已建育王之塔。虞峰西迈，亦有真娘之坟。书合牵连，人同流寓。昔称投漆，今匪滥觞。呜呼！人间何事，山阳之涕凄然；天道宁论，华表之归已矣！所翼清风穆穆，未绝于微言；神理绵绵，不随夫气运云尔。顺治四年（1647）丁亥上巳日。

封页有跋语三则，曰：

此册应置吾邑丛书中。瓶笙（翁同龢）。

原抄系当时稿本，潘公（潘祖荫）刻后未还。

《邑志》云："巳苍构衅于邑令，指所著《怀旧集》为讪谤，曲杀之。"今检此集，亦不见所谓讪谤者。止当流布于诬。

内页，跋云："余在京师收得此本，郑庵（潘祖荫）刻之。叔平（翁同龢）识。""丁丑正月刻。"

5. 国家图书馆藏《怀旧集》，清抄本，一卷一册，半页十三行，行二十二字。序称"太岁丁亥上巳日，长乐冯舒巳苍撰"。

---

① 潘祖荫（1830—1890），字伯寅，号郑盦，卒谥文勤，清吴县（今江苏）人。藏书处曰"滂喜斋"。藏书印有"八求精舍""潘祖荫藏书记""攀古楼""潘祖荫印""佞宋斋""金石录十卷人家""郑庵""滂喜斋""龙威洞天""分廛百宋迻架千元"等。辑刊《滂喜斋丛书》《功顺堂丛书》等。

后跋云：

予年十四即喜为诗，又二年而识在兹陈兄，又一年而识两冯翁，蒙两翁指诲甚切。巳翁被祸后，定翁又二十余年而殁。予未尝三日不待函丈也。今之学者，有如定翁之善诱，如予三受教者，恐无其比矣。此册是巳翁未刻时抄本，经巳翁逐首指诲者。其论与定翁颇多异同，今亦无辨其源流者矣。太岁戊申（1728）重阅一过，漫记数语。武伯（严熊)[①]。

此本在诗歌数目上要少于别本，应为摘抄本，然较别本多时雍诗歌一首并传。

此外尚有多本抄本存于各馆之中，皆云"顺治"，不书甲子，当为后来改本。上海图书馆藏有两抄本：一为清常熟赵氏旧山楼校抄本，半页八行，行十八字，无框格；一为残清抄本，半页十四行，行二十二字，无框格。南京图书馆藏有两抄本，一本计三十六页，半页十一行，行十八字，左右双边，单鱼尾；一本半页十一行，行二十字，无框格，卷下之钱谦贞《十绝句》页为十三行，行二十字。

二、冯班著述考

关于冯班著述，诸家著录不尽相同。诸种邑志的著录情况，陈望南君的论文已作详细交代，不再赘述。仅补充几条史传和诗文提要的记载。如下：

《清史稿》卷四八四，记载冯班"著《钝吟集》"[②]。《国朝诗人征略》卷三记载"冯班，字定远，江南常熟人，有《冯定远集》"[③]。《清史列传》卷七十《文苑传》记载："所著《钝吟杂录》十卷，凡《家戒》二卷、《正俗》一卷、《读古浅说》一卷、《严氏纠谬》一卷、《日记》一卷、《戒子帖》一卷、《遗言》一卷、《通鉴纲目》一卷、《将死之鸣》一卷。""著有《冯氏小集》《钝吟诗文稿》。"

傅璇琮主编《中国古代诗文名著提要·明清卷》记载："《冯定远集》二十二卷，凡《冯氏小集》三卷、《钝吟集》三卷、《钝吟别集》诗一卷、《钝吟余集》诗一卷、《游仙诗》一卷、《钝吟老人集外诗》一卷、

---

① 严熊，字武伯，号白云，自称枫江钓叟，文靖公之曾孙。
② 《清史稿》卷四八四，中华书局1976年版，第13333页。
③ 《国朝诗人征略》卷三，中华书局1976年版，第160页。

《钝吟乐府》一卷、《钝吟文稿》一卷、《钝吟杂录》十卷。有康熙七年至十八年（1688—1769）毛氏汲古阁刊本，由其侄冯窦伯搜集遗作，陆贻典倡仪醵金付刻。民国十四年常熟张鸿据汲古阁本排印之《常熟二冯先生集》本，游仙诗析为二卷，书名题《钝吟老人遗稿》。《四库全书总目》卷一八一别集类存目录为十一卷，无《钝吟杂录》，《冯氏小集》为《定远小集》二卷。"①

　　柯愈春《清人诗文集总目提要》卷三记载："《钝吟集》二十三卷，又名《钝吟老人遗稿》，清初毛氏汲古阁暨康熙间陆贻典等分刊合印，首都图书馆藏。首为《钝吟小集》三卷，有钱谦益序，次则《钝吟集》三卷、《钝吟别集》一卷、《钝吟余集》一卷、《钝吟老人集外诗》一卷、《钝吟乐府》一卷、《游仙诗》二卷、《钝吟文稿》一卷。陆贻典《钝吟集序》作于康熙七年，称《小集》乃毛氏汲古阁刻，以下皆冯班卒后，其犹子窦伯辑陆贻典等醵金授梓，诸集序皆作于班殁之前。次则《钝吟杂录》十卷，其侄武所编，班殁后八年付梓。浙江图书馆藏清'鸽峰草堂'②抄本，题《钝吟老人遗稿》，凡十二卷。"③

　　袁行云《清人诗集叙录》记载："所撰《钝吟全集》二十三卷，刻成于康熙十八年。内《文稿》一卷、《乐府》一卷、《杂录》十卷，余为诗。诗集曰《冯氏小集》三卷，从友人稿中录出《落花诗》三十首为《别集》一卷，以晚年诗为《余集》一卷，以《游仙诗》五十首，复编五十首析为二卷，为之序而刊行。又《集外诗》一卷与《钝吟杂录》皆后刻，亦当在康熙间。《四库》均入《存目》。"④

　　我所见《冯定远集》之《游仙诗》为上、下两卷，总计二十三卷。只是南京图书馆藏书缺一本《钝吟乐府》，为二十二卷。各大图书馆馆藏或称《钝吟全集》或称《钝吟老人遗稿》，均为二十三卷。下面简单叙述一下各本之概况，如下：

　　（一）冯班诗文集的刊印辑刻

　　冯班著作集称《冯定远集》，又称《钝吟全集》，亦称《钝吟老人遗

---

　　①　傅璇琮主编：《中国古代诗文名著提要·明清卷》，河北教育出版社 2009 年 7 月版，第202 页。

　　②　"鸽峰草堂"，清人周大辅的藏书室名。周大辅，字左季，江苏常熟人，喜藏书、抄书。藏书室名为"鸽峰草堂"，藏书印有"虞山周大辅藏书刻章""鸽峰草堂秘传秘册""周左季校正图书""壬申周季""为流传勿损污""虞山周氏图史""虞山周大辅字左季印""鸽峰草堂""常熟周左季家秘本书""此是左公所置田""虞山周氏鸽峰草堂写本"等。

　　③　柯愈春：《清人诗文集总目提要》，北京古籍出版社 2001 年版，第 46 页。

　　④　袁行云：《清人诗集叙录》，文化艺术出版社 1991 年版。

稿》，其中包括《冯氏小集》三卷、《钝吟集》三卷、《钝吟别集》一卷、《钝吟余集》一卷、《游仙诗》二卷、《钝吟乐府》（又称《钝吟外集》）一卷、《钝吟老人集外诗》一卷、《钝吟文稿》一卷、《钝吟杂录》十卷。诗十二卷、文一卷、杂录十卷，总计二十三卷。而冯定远诗集几经刊刻，今所见之本当为汇刻之本。

陆贻典所作《冯定远诗序》叙述诗集辑刻始末甚详，曰：

> 先生序成于崇祯之岁，刻之《初学集》，迄今垂三十年。天下之读其词者，莫不想望定远之人与诗。而其诗刻仅《冯氏小集》百余首，其友毛氏潜在实任梨枣之役……顷其犹子窦伯搜访残诗，出录本示余，因理向所藏本，互为补辑。（原编《钝吟集》二卷，今益一卷。《落花》《山居》诗，向杂友人稿中，今并录出。原刻游仙诗五十首，今续五十首。）唱于同人，醵金授梓。合小集通为九卷，以传于后。

冯定远诗最初刻本为毛氏汲古阁刻《冯氏小集》三卷一百三十八首，钱谦益为之作序，钱序亦见各本《钝吟全集》。而后陆贻典搜辑《钝吟集》二卷、《落花》和《山居》一卷、《游仙诗》一卷（五十首），并冯武所辑《钝吟集》一卷、《游仙诗》一卷刊刻行世，此本与汲古阁本《冯氏小集》三卷，并为九卷。而《落花》《山居》即为今本所见之《钝吟别集》，包括《落花诗三十首次和石田翁韵》七律及《山居杂兴四十首》七绝两组诗歌总计七十首，前有冯班的《落花诗自序》。

孙雪屋（永祚）所作《冯定远诗序》，亦称冯班诗文："篇章时时散佚，搜而辑之，得五百余首。"按《冯氏小集》三卷，计138首；《钝吟集》三卷，计272首；《钝吟别集》一卷，计70首；《游仙诗》二卷，计100首；九卷总计为580首，与"五百余首"之数合。

孙永祚序作于康熙四年（1665）乙巳，陆贻典序作于康熙八年（1669）戊申，都称"冯定远诗序"，则九卷本刊刻之时，题名可能为"冯定远诗集"。

后赵执信序又称：

> 先生既没，其友人陆贻典辑其诗为七卷。其《钝吟杂录》八卷，……先生犹子武、次子行贞，复收拾先生遗诗为二卷，杂文为一卷，《杂录》后益二卷，皆镂版以行于世也。

前面已经指出陆贻典辑录冯班诗集六卷，并《冯氏小集》总计为九卷。此处赵执信所言七卷，似乎不合。实赵执信所言之七卷，当不包括《冯氏小集》三卷，乃指陆贻典在《冯氏小集》之后辑刻的《钝吟集》三卷、《钝吟别集》一卷、《游仙诗》二卷和九卷本刊行后，复为辑录冯班晚年之作的《钝吟余集》一卷。《钝吟余集》之陆贻典序言之甚详："定远诗，潜在及余既订而行世矣。顷陈子邺仙搜采遗亡，搜录近作，续得二卷，题曰《炳烛集》，定远自为之序……辛亥孟冬，老病卧床，命令子补之辈录成副本。余与窦伯过榻前，出以示余。郑重誦诿，属加订定。而窦伯、补之复贻余廿章。因僭为评骘，存之如右，目为《钝吟余集》。"陆贻典在九卷本后，又与冯武、冯补之补辑冯班的晚年之作，为《钝吟余集》一卷。

赵执信所言冯武、冯行贞复辑之两卷，当为《钝吟乐府》一卷和《钝吟老人集外诗》一卷。《钝吟乐府》又称《钝吟外集》，前有冯定远作于崇祯十六年（1643）自序。《钝吟老人集外诗》之《十二月乐辞》《次和遵王一百韵》和《戏补元微之和乐天代书百韵》三诗之后，有辑者的三篇跋语，记录这三首诗的编录情况，如下：

先钝吟向有十三章，杂于包山叶祖仁稿内，觊庵（陆贻典）已编入《钝吟余集》。更有后十三章，窜入《啸雪庵集》（吴绡）中，未录出也。兹乃壮年之作而未全者，真吉光片羽也已。

先钝吟为遵王（钱曾）所戏，谓公定不耐此长篇。因援笔而书，顷刻立就，文不加点。敕先谓未经锤炼，第节取数韵，梓于前集。然公之思如泉涌，丽藻夺目。岂少年辈所能望其涯涘？谨全录焉。

今所行本《元氏长庆集》和《乐天代书百韵》俱缺二十五韵以下，钝吟戏为足成之后，得东涧（钱谦益）藏宋刻本，已完好无遗矣。然以先钝吟之作，比较之元相原作，真若纪昌、飞衡之不相上下，不忍废置，敬存录之。

此三篇跋语虽未著姓名，然称冯班为"先钝吟"，应为冯后人。考赵执信序则当为冯武、冯行贞。而从"先钝吟向有十三章，杂于包山叶祖仁稿内，觊庵（陆贻典）已编入《钝吟余集》。更有后十三章，窜入《啸雪庵集》中，未录出也"一语可知，此卷当为陆贻典辑刻《钝吟余集》之后，重为辑录。

赵序所言"杂文一卷"当指《钝吟文稿》（又称《钝吟老人文稿》），

前冯班自序，云："少时学作文，受教于前辈，云一句半纸不可作鄙，久之成熟下笔。便由是与人书札，必锻炼，使可讽诵。如是数年，行之时俗，屡遇呵辱，或酿嘲诮，遂改旧作，并前所为，不复存录。近来少年，更以此为务，向来相呵者，老退不复在人世。班已久废文语，下笔错杂，无以献酬。时论古今，其语有可留者，录之如左。文不尽言也。冯班自序。"可知，《钝吟文稿》当为冯班自辑，只是未能刊刻，后冯武、冯行贞并诗一并付梓。

关于《钝吟杂录》的辑刻始末，赵执信序亦有交待，曰："《钝吟杂录》八卷，先生长子行贤曾携以入都，大为时流惊怪。中间《严氏纠谬》一卷，尤巨公所深忌者。执信与先生邑子陶元淳独手录而讲习之。"后冯武和冯行贞复补录《钝吟杂录》二卷，合为十卷，与《钝吟外集》《钝吟老人集外诗》一并刊刻。《钝吟杂录》后冯武跋语对各卷的搜集情况也有详细地交待：

公著书无定所，或书友人斋头，或书旁行侧理，以故殁后多散佚。武竭蹶求之，数年于兹矣。仅得九种，编成十卷，题曰《钝吟杂录》，以公尝自号"钝吟老人"云尔。《读古浅说》，病中嘱黄子鸿授武者；《家戒》，则得之于家补之（即冯班长子冯行贤）；《正俗》，系女弟子董双成所寄；《日记》，乃得于僧饮章行囊中；《严氏纠谬》，参见诸本，今另为一卷；《戒子帖》，散见于小启。编成后，家履中缄寄《纲目纠谬》五则，暨《遗言》《遗嘱》三种。其余尚有《壁论》三卷、《独古心鉴》《葫芦私语》《画论》数种，无从寻觅，亡失颇多。

总之，冯班的诗文刊刻时间不一，最早刊刻的为明末汲古阁刻《冯氏小集》三卷，钱谦益为之作序；后陆贻典辑刻《钝吟集》三卷、《钝吟别集》一卷、《游仙诗》二卷，合《小集》为九卷，孙永祚为之作序；后陆贻典又辑刻冯班晚年之作为《钝吟余集》一卷；最后冯武、冯行贞补辑《钝吟外集》《钝吟老人集外诗》《钝吟老人文稿》，并补《钝吟杂录》八卷为十卷，一并刊刻，得今所见二十三卷之目，陆贻典为之作序。后赵执信复刻，并为之序。

（二）冯班诗文集的版本知见

冯班的著作主要以刻本和抄本两种形式流传，刻本又分单刻本、诗文总集刻本和诗文、杂录汇刻本三种。下面分叙三种刻本的著录情况：

第一种，单刻本：

1. 诗文集

（1）《钝吟集》三卷一册，光绪戊申仿聚珍版印于京师问影楼。

国家图书馆藏（南京图书馆、上海图书馆亦有藏），前有钱谦益序，后有胡思敬跋，云：

> 定远集见之《四库总目》者凡十一卷，见之汲古阁者凡诗百余首。《渔洋感旧小传》只称其有《钝吟集》，不言卷数，疑即此三卷本是也。盖此为正集，其余《四库》所收，若《小集》二卷、《别集》《集外诗》各一卷、《落花诗》《游仙诗》《文稿》各一卷，皆后人采辑附入，同时俦侣，不尽获见。定远爱读《才调集》《玉台新咏》，论诗力排严羽，与虞山钱氏合。赵秋谷（执信）各具衣冠，焚刺下拜，倚之以拒渔洋。设薤分茅，殊涉标榜。然定远沉酣六代，出入于温、李、小杜之间。陆敕先（贻典）、朱竹垞（彝尊）皆推服之，亦非秋谷一人之私好也。新昌胡思敬[①]跋。

南京图书馆藏本，钱谦益序残半页，无胡思敬跋，朱笔眉批云："后汉朱穆，字公叔，晖之孙，附晖传。"

（2）《冯定远、冯舍人诗集》四册，兰江署鉴，民国二年上海集益书局刊行。

国家图书馆藏，半页十二行，行二十八字，四周单边，黑口，单鱼尾。其中《钝吟集》三卷，署有"鸳湖顾麐题识"，并加盖"顾麐"[②]圆形印章。前有钱谦益序，后有胡思敬跋。

（3）《钝吟老人文稿》一册，癸亥十月古渥小山书屋刻本，常熟铸新印刷社印。

南京图书馆藏，半页九行，行二十五字。四周双边，无格，黑口，单鱼尾。版心上印"钝吟老人文稿""页码""小山书屋"。后有黄彭年[③]跋，曰：

> 民国癸亥之秋，赵君士杰以旧藏《钝吟杂录》见示。《杂录》十卷，

---

① 胡思敬（1869—1922），字漱唐，号退庐，江西新昌（今宜丰）人。在南昌东湖滨筑室，楼上称"问影楼"，楼下为江西私立退庐图书馆，对外开放。馆藏最多时达四十万卷。

② 顾麐（1873—1925），字轶庭，浙江嘉兴人，历任上海商务印书馆、中华书局文牍员。

③ 黄彭年（1824—1890），字子寿，一号陶楼，晚号更生，贵州贵筑县（今贵阳市）人。曾任江苏布政使，晚年任莲池书院院长。筑"万卷楼""博约堂"以藏其书。藏书印有"子寿""黄彭年印"等。

首刻《钝吟文稿》，都十有一卷。《杂录》之书，世所称"赵秋谷读之，具朝服下拜"者也。传本无多，一书之值至三十缗之贵。而《钝吟文稿》更不可得见，予故特印《文稿》以广流传。金叔远①先生云："尝见孙龙屋藏《默庵文稿》一册，惜不得而合印之。"钝吟先生学问、文章根柢深厚，论诗赋源源本本，非严沧浪等所能几及。阎百诗（若璩）《潜邱札记》称冯钝吟为圣人，其诗固与江河不废矣。呜呼！冯氏多才，其祖孙父子以文艺名者不下六七人，可谓盛哉。先生墓在虞山仲雍墓下。去年有售其莹于外人者，县人力争，仅存一抔之土，其可慨也夫。是岁九月丙辰朔同邑后学黄彭年谨跋。

（4）《钝吟集·再生集》二卷一册，徐兆玮抄本。

常熟图书馆藏，半页十行，行二十二字，无框格，小字，单双行不等。

《钝吟集》后跋曰：

丙辰（1916）春，沈念松②箧中携有《钝吟诗》抄本，较原集仅十之二三。下卷题曰《再生集》，刊本中并无此名。此本《集外诗》居多。其中点窜处悉未涂抹，为旧抄本无疑。闻虹隐任（徐兆玮）、初我（丁祖荫）等将重刊全集，因于课余录副，异日全集出版，当勘定之。凤书③志于二校校舍北牖下。

《再生集》后徐兆玮跋，曰：

沈念松所藏旧抄本《钝吟集》，与刻本编次不同，题目、字句亦多互异，且次卷题曰《再生集》。考先生《再生稿序》编入文集，而其诗则散在原刻三卷中，且有见《集外诗》及《冯氏小集》者，非此本尚存，则先生当日编诗之次第，不可得见矣。会燕谷主人（张鸿）校刻二冯集，予假之念松，欲附刊其后，乃遍检不可得。幸翰青叔（徐凤书）手抄一本故在，因取以传录。每首附记刻本卷第及题目异同。其字句之违异，多不胜录，将为小笺，以疏通证明之。他日杀青，可与原集各自单行。

---

① 金叔远(1874—1960)，江苏常熟人，前清秀才，解放前曾任东吴大学、同济大学教授。
② 沈念松，沈新，字念松，江苏常熟人，曾任常熟县立第二高等小学校教师，教授算数、地理。
③ 凤书，徐凤书，字翰青，江苏常熟人，曾任常熟县立第二高等小学校校长兼国文修身经学乐歌。

俾读者见钝吟手定之稿本，不亦善欤。丁卯（1927）仲春八日雨窗记。

丁芝孙（丁祖荫）假录一本，贻书云："《再生稿》未见刻本者，有《灯花》等五首。《楼中美人笑予敝衣》一绝亦见刻集，似宜补注。"戊辰（1928）仲夏虹隐居士记。

《再生集》卷首之冯班自序，云：

> 再生稿者，冯子自集其近岁之作也。冯子行年四十有二而遇乱，一遇其仇，再遇兵，一遇盗，濒死者四焉，故题曰"再生"也。如冯子之遇而不死，岂非天乎？虽然，又有人事焉。兵兴以来，冯子之交游，先后物故，盖仅有存者冯子，以愚不任事，故独无恙。庶几庄生所谓不才全其天年者邪？冯子之文，危苦悲哀，无所不尽，而不肯正言世事。每自言曰："诗人之词，欲得言者无罪，闻者足戒耳。善于刺时者，宜有文字之祸焉。"少年或讥其无益教化，亦弗顾也。呜呼！使万世之下，有读冯子之文，论其世而知其心者，冯子死且不朽矣。冯二痴自序。时四十有五。

此集不惟编次与刻本不同，题目、字句差异颇多，且较刻本多出五首诗歌，又此冯班自序，别本未见。此序作于冯班四十五岁之时，言其四十二岁时遇四乱，并叙述了取名"再生"之缘由，又《再生集》为冯班"自集"，这些都为我们校勘及断定冯班的诗歌创作年限提供了重要线索。

2. 《钝吟杂录》

（1）上海图书馆藏《海虞文苑》稿本，常熟丁氏淑照堂丛书，半页九行，行二十一字，黑格、白口，左右双边，单鱼尾。朱笔批校并题跋，曰："乙卯上巳前二日，假汲古阁本复校。初我记。"并加盖"初我读书记"。

（2）南京图书馆藏抄本，残卷一至卷八，卷九只存一页。半页十四行，行二十一字，无框格。

（3）国家图书馆藏《莹雪轩丛书》，日本青木嵩山堂出版，南州外史近藤元粹评订。卷四为《沧浪诗话纠谬》并有附录。近藤元粹跋云："西常道氏已跋《严氏纠谬》于《钝吟集》中，又抄其关于诗者数条附录。今并录以存前人之志云。南州外史识。"

（4）常熟图书馆藏摘抄本，两卷。摘录《钝吟杂录》卷三、卷四。

卷一为《钝吟斋杂录》（即《钝吟杂录》之卷三），卷二为《读古浅说》。半页八行，行二十五字，无格无框。卷一版心书"杂录"、页码，卷二版心书"读古浅说"、页码。有"白衣居士""沈□云印"两枚印章。

《钝吟杂录》流传最广，除了上述几种版本以外，另收入《四库全书》，并被《借月山房汇抄》《指海》《泽古斋丛抄》等多种丛书辑录。《四库全书》本没有评点，丛书本皆有何焯评点。《借月》刊刻时间最早，故各家丛书皆依据其为底本翻刻。《借月》遇钱牧斋之名涂抹"牧斋"二字或"牧"字，《泽古斋丛抄》同，《指海》则加以补刻，且个别字明显有校改之痕。

第二种，诗文集：

1. 国家图书馆藏《冯定远诗集》，十二卷一册，半页十四行，行二十一字，小字双行，左右双边，黑口，单鱼尾。有评点，并有徐兆玮题识。装订次序为：钱序——陆序——《冯氏小集》三卷——《钝吟集》三卷——《钝吟别集》一卷——《钝吟余集》一卷——《游仙诗》二卷——《集外诗》一卷——《钝吟乐府》一卷（顺序及版心刻字与前同）。

《游仙诗》卷上之前四首有朱、墨笔断句，并有朱笔眉批，云：

> 百绝，大抵朝局世事，错综言之，各有所指。吾生也晚，不能知其事，因不能达其辞，无足怪者。然从来传世之作，未有不可解者，不解则不传矣。定远诗必传，则此《传》，亦将附以俱传。传而不可解，则亦等于不传而已。闻伊侄窦伯，能悉晓其意义，而不为之发明以示后，亦后死者之过也。定远之论义山诗也，曰："如见西子，但知其美而已，不必知其姓名。"非笃论也。然可以知定远之用心，固不望后人之解之矣。（按：此语出自钱良择。）

《游仙诗》卷下末朱笔云："戊午杏月二日阅，西窗。"

2. 南京图书馆藏《冯定远诗》，一册，半页十四行，行二十一字，小字双行，左右双边，黑口，单鱼尾。装订顺序为：钱序——陆序——《冯氏小集》三卷——《钝吟集》三卷——《钝吟别集》一卷——《钝吟余集》一卷。有朱、墨笔圈点。有"丁氏八千卷楼藏书记""四库著录""怡红小院""日井山房""顾十八（圆印）""士为知己者死"等诸枚印章。

卷末墨笔跋云："乙卯冬舟中细阅，辛巳春重阅，癸未南还道中又阅。"

3. 常熟图书馆藏《冯钝吟集》，存六卷（《冯氏小集》三卷、《钝吟集》三卷），一册。半页十四行，行二十一字，小字双行，左右双边，黑口，单鱼尾。佚名录钱良择批注。钱序之前半页为抄配。沈道乾题识并跋，另有钱大成两篇跋文，《冯氏小集》后有无名氏录钱良择之语，一并录之，如下：

冯钝吟原刊本颇难得。予以法弊六百元，购诸苏州党氏书店，尚缺《文稿》及《杂录》。得此残本聊胜于无耳。钝吟诗私淑西昆，予平生所拳拳服膺者。燕谷师昔年曾赐以新印本，今师下世已四载。展读是书，坠绪茫茫，终叹掇拾，不胜今昔之感。乙酉季冬，钱大成识于苏州有原讲舍。

寒宵兀坐，对影成三，清狂穷寒，兼而有之，乃与钝吟同其意趣也。

《小集》眉端录吾家木庵评语，不知是何人恶札，殊损书品。大成又记。

旧藏《钝吟全集》缺《别集》《余集》《游仙诗》《外诗》《乐府》五种。屡思补配，未获。友人钱君希英执教姑苏，今夏休假回里，行箧中适有此集，亦系残本，缺《文稿》《杂录》二种。互相对勘，皆属初印，蒙钱君慨然贻我，遂成完书。良友多情，致可感念。此所余《冯氏小集》暨《钝吟集》二种，则移赠邑图书馆，盖亦钱君所嘱也。丁亥六月，沈道乾识。（兼有"沈道乾"印。）

《冯氏小集》上卷末跋云：

钱木庵云："钝吟诗，是以魏晋风骨，运李唐才调者。正如血皴汉玉，宝光四溢，非复近代器皿，却是小小杯莹之属，而非天球重器也。"又云："钝吟宗温、李二公，较之李玉溪，工力稍逊一筹，视温则有过而无不及也。"或曰："钝吟视东涧何如？"余曰："东涧才大，自非钝吟所及。然于精细工夫，东涧却不如也。东涧是文人之诗，钝吟是诗人之诗。近人诗却易入眼，钝吟诗却不易入眼。近人诗多不耐看，钝吟诗却耐看。总之工夫深耳。"

此跋未属姓名，然据上海图书馆藏吴卓信临钱良择、钱砚北、王应奎评本，当属王应奎，而且此语与《柳南随笔》卷四冯班小传内容有相合处。至于是其亲笔手书，还是别人过录，就不得而知了。从钱大成和沈道乾的跋语可知，钱大成从苏州购得《钝吟全集》残本，存有《冯氏小集》《钝吟集》《钝吟余集》《钝吟别集》《游仙诗》《钝吟乐府》《钝吟老人集外诗》，缺《钝吟文稿》和《钝吟杂录》。沈道乾所藏《钝吟全集》亦残，存有《冯氏小集》《钝吟集》《钝吟文稿》《钝吟杂录》，缺《钝吟别集》《钝吟余集》《游仙诗》《钝吟老人集外诗》《钝吟乐府》。是以沈道乾将两本补为全本《钝吟全集》，将多余的《冯氏小集》和《钝吟集》赠予常熟图书馆，即为此本。

4. 上海图书馆藏姚弼《钝吟集笺注》，十二卷，抄本，小字双行。后有两篇跋文，曰：

> 康熙年间吾邑茂才姚弼手注本。冯君辛樵于上海书肆中购得之，蒋聘之世兄假以示余。
>
> "维斗先生殁，斯人不出山。漫夸双玉换，可惜一身闲。草札论书法，题笺浥泪斑。源师曾注李，姚弼许追攀。谭艺花溪日，交深于晋莛。齐梁明派别，班马采菁英。客馆依人意，宾筵叹逝情。一篇留正俗，却赖董双成。"此陶静涵先生诗也。七十六年后，海上书友，自京江绍介归于初园。楚弓复得，是诗亦一征也。爰识之。

此本偏重于典故的笺注，且多有重复，然此本是目前仅见冯班诗集的笺注本，其学术价值还是不容忽视的。

第三种，诗文、杂录汇刻本：

汇刻本，称《钝吟全集》，又称《钝吟老人遗稿》，行款同上述诗文集，为半页十四行，行二十一字，小字双行，左右双边，黑口，单鱼尾。应为同一书版所刻，只是由于刊刻时间早晚不同，有的本子边框断墨，字迹模糊，并有补版的痕迹。只上海图书馆藏《冯定远集》之《冯氏小集》三卷、《钝吟集》三卷、《钝吟余集》一卷、《钝吟别集》一卷、《游仙诗》二卷，行款为半页十行，行二十二字，小字双行，左右双边，黑口，单鱼尾。估计此十卷为后来补配。各种刻本或有内页，或没有内页。有内页的又分两种：一种为"虞山冯定远著、钱牧斋先生编，《钝吟全集》，文稿附"；一种为"虞山冯定远著、钱牧斋先生编，《钝吟全集》，文稿、杂录附"。两种之《钝吟老人遗稿总目》同，均为"牧翁序一页、陆勒先序一页、冯氏小集三卷计十八页、钝吟集三卷计三十四页、落花诗自序一页、钝吟别集计七页、钝吟余集计十一页、游仙诗计九页、钝吟老人集外诗计二十三页、钝吟乐府计三页、钝吟老人文稿计二十七页"。只是前一种无赵执信序，后一种有赵执信序，则前一种版本可能早于后一种版本刊刻。据赵执信序，后一种为康熙四十五年（1706）丙戌秋分刊刻。且钱谦益之名又有被墨色涂乙者，或被剜去者。则保存钱谦益姓名者或后被剜去姓名者为文网之前刊刻，而涂抹者当为文网时期刊刻之本。

1. 国家图书馆藏有三本题名为《钝吟全集》者，一本曾经王礼培①藏收，有"礼培""扫尘斋藏书"二方印，并《钝吟杂录》有朱笔圈点。一本下侧边印有"钝吟全集一、二、三、四、五、六"字，《钝吟文稿》和《钝吟杂录》有朱笔圈断。个别印刷模糊不清之字，有朱、墨笔描痕。赵执信序附于《钝吟杂录》之后。一本无《钝吟乐府》，为华亭王海客（友光）校读，并用朱笔圈点。

2. 国家图书馆藏有两本题名为《钝吟老人遗稿》者，一本之内页书"虞山冯定远先生钝吟集"。《冯氏小集》下有"长乐郑振铎西谛藏书"印，《钝吟杂录》卷末有"长乐郑氏藏书之印"。钱谦益序之字体与别本相异，并与正文相异，且印格清晰，而别本印格模糊。《钝吟老人遗稿总目》之内容与别本同，然字体不同。且此书有赵执信序，然总目中未曾列出，赵序之字体与别本之赵序及此本之正文亦相异。则此本之钱谦益序、总目和赵执信序当为后来补配。

另一本亦有"长乐郑振铎西谛藏书"印，并有墨笔圈点。印刷不太清晰之字，墨笔描印。虽有《钝吟杂录总目》，却无《钝吟杂录》正文；《集外诗》缺，《钝吟乐府》亦缺，为后来抄配（四页半），无点断。《钝吟集序》即赵序下有二方印，为"吴道源②印"、"本立"。中间有两页夹纸，曰：

> 《钝吟集》匆读一过，定为文网以前印本。牧老名，系用墨涂乙者，且多《遗稿总目》一页。抄配四页半，亦精，系印抄者图记尔（吴道源印）（本立）。阅毕，仍缴桐阴，论数附上龙通阅。明早赴申，今晨与慕莲同啜茗，止为鉴。兄祁手敬即。

昨奉手书，藉悉柳贯之书已购定三种，书价亦已付。楚、苏集，价

---

① 王礼培（1864—1943），字佩初，号南公，一号潜虚老人，湖南湘乡人。民国知名藏书家，先后藏书十余万卷，其藏书处有"扫尘斋""小招隐馆""复壁""紫金精舍"等。藏书印有"复壁藏书""礼培私印""扫尘斋王氏藏印""湘乡王氏孤籍秘本""紫金精舍藏书"等。著有《扫尘斋文集》《复壁藏书目》《两思集》《甲子诗篇》《小招隐馆谈艺录》《家传》等。

② 吴道源（1903—1941），字本立，江苏常熟人。清代医家，著有《痢症汇参》《女科切要》等。

值过贵，阁下掷还，甚好。今遣小价，奉上冯集两册，并找还存洋拾肆元，统祈检收是荷。此复，即请台安，名正肃，十月初二日。

3. 陆时化[①]跋《钝吟老人遗稿》，一函六册，清康熙汲古阁刻本，卷中有朱笔圈点，并其中一卷卷末有朱、墨两段题识，朱笔题识下钤有"陆时化字润之"朱文方印。卷中并钤"莫友芝图书印"、"莫绳孙[②]印"等印识。墨笔题识，曰："王阮亭（王士禛）云：'定远博雅善持论，著《钝吟集杂录》六卷，论文多前人未发，其诗以《才调集》为法。'朱竹咤（彝尊）云：'启、祯诗人善言风怀者，莫若金沙王次回，定远稍后出，分镶并驱。次回以律胜，定远以绝句见长。'"朱笔题识，曰："气味不能深长，总由思致浅，故□少神韵。义山浑厚而不俗，在得比兴。此学义山，惟学其多涉闺事。"

4. 南京图书馆藏有四本题名为《钝吟老人遗稿》，一种为抄本，十二卷两册，半页十二行，行二十四字，小字单双行不等，无格，有批注。封页书"钝吟诗集上、下（二册）"。上册卷首之钱序、下册卷首之钝吟余集序及两册之后封皮，均有"沈恺之印"方印；《冯氏小集》等各集卷首页均有三印，为"沈恺之印""恺""芳圃[③]"。

此本之编订次序及版心格式如下：

钱序（冯定远诗序）（版心书"钱序"）——陆序（冯定远诗序）（版心书"陆序"）——《钝吟老人遗稿总目》（版心书"钝吟遗稿总目"）——《冯氏小集》三卷（版心书"冯氏小集"）——《钝吟集》三卷（版心书"钝吟集"）——《钝吟别集》一卷（版心书"钝吟别集"）——《钝吟余集》一卷（版心书"钝吟余集"）——《游仙诗》二卷（版心书"游仙诗"）——《钝吟老人集外诗》一卷（版心书"集外诗"）——《钝吟乐府》一卷（版心书"外集"）——《钝吟老人文稿》一卷（版心书"钝吟文稿"）

《钝吟老人遗稿总目》与刻本不同，录之如下：

牧翁序一页

---

① 陆时化(1714—1779)，字润之，号听松，别号听松散仙、听松老人，室名翠华轩、啸云轩、听松山房，江苏太仓人。家聚书万卷，购善本手自校雠。藏书室名有"翠华轩""啸云轩""听松山房"等，有"陆时化""听松山房珍藏""听松""听松居士"等印识。著有《吴越所见书画录》《书画说铃》等。

② 莫绳孙(1844—1919)，字仲武，号省教。贵州独山人，清末藏书家，莫友芝次子。

③ 芳圃(1837—1908)，字笠云，江宁（今南京）人，近代诗人、书法家。著有《听香禅室诗集》《东游记》。

　　陆勒先序合总目二页

　　冯氏小集三卷计二十九页

　　钝吟集三卷计三十九页

　　钝吟别集即落花诗

　　钝吟余集合序十三页

　　游仙诗合序十一页

　　钝吟老人集外诗二十六页

　　钝吟乐府合序三页

　　钝吟老人文稿二十八页

　　钝吟文稿残，后附有两篇跋文，如下：

　　钝吟先生，高祖名玘，字良玉，以进士官御史。曾祖似亦显达。曾叔祖名冠，字正伯，每上公车，侠琵琶，以金元曲自随。释褐，官郡守。父嗣宗，名复京，以明诸生，曾修邑志，结交皆名流韵士。兄名舒，字巳苍；弟名知十，字彦渊。与先生皆以诸生能诗。舒子名修，字念修；知十子名武，字窦伯。皆布衣能诗。先生子二，行贞、行贤，一字补之、一字服之，皆诸生，能诗。一曾举博学宏词科，未售。

　　先生幼从魏叔子学，又游于牧斋门下，极为推重。二冯先生，天下名满。后益都赵秋谷，曾以门生帖，焚其坟上。秋谷孙宰昭为建高山仰止坊，在北旱门仲雍墓厂门之旁。

　　中间夹纸，云：“大札来，适他出，甚歉。《钝吟集》尚未录竣。先送赵祈、莫尹阅过，仍惠假为希。此复，即颂。定远表弟台日秘芦鞠躬。”

　　一种有墨笔评点。《杂录》前和诗文前抄配《四库全书总目》。杂录内页与国图本同。四库总目有印：“贤良方正之家”“沈阆昆①印”“肖岩藏书之印”；杂录之四库总目多一印：“希古右文”②。后空白页有二印：

---

　　① 沈阆昆，字肖岩，晚号东山外史，归安（今浙江湖州）人，清藏书家。藏书印有“东山外史沈阆昆印”“肖岩藏书之章”“东山外史”“肖岩沈氏珍藏书画”“沈阆昆印”“北座从官东山外史”“肖岩沈氏藏书之印”等。

　　② 张钧衡的藏书印。张钧衡（1872—1927），字石铭，号适园主人，吴兴（今湖州）南浔镇人。幼授经学，笃嗜典籍，先后建“适园”“九松精舍”“嘉荫草堂”“择是居”“燕喜庵”“六宜阁”等藏书楼以藏书，并主编《适园藏书志》十三卷，计收录善本书763部，有宋版45种，元本57种，黄丕烈跋本26种，名人手抄手勘百余部。藏书印有“择是居”“适园珍藏永宝”“南浔适园主人”“希古右文”“不薄今人爱古人”等20余枚。

"得此书费辛苦，后之人鉴我"①"仲鱼图像"。杂录总目后有印："海宁陈氏向山阁图书""风雨楼""仲鱼""简庄艺文""兔床经眼"②"秀野草堂"③（圆章）"肖岩藏书之章"；《杂录》卷一："宝镛之印""郭衮年印""念祖"；《杂录》卷五："希古右文""肖岩藏书之章"；钱序："风雨楼""肖岩藏书之章"；《冯氏小集》上、《钝吟集》上、《集外诗》："风雨楼"；《钝吟集》中："肖岩藏书之章"；《文稿》："肖岩藏书之章""风雨楼"；卷末："不薄今人爱古人"。可知，此本曾经顾嗣立、陈鳣、吴骞、张钧衡、沈阆昆等先后递藏。

一种为一册，仅存"陆序——钝吟老人遗稿总目——冯氏小集三卷——钝吟集三卷——钝吟别集一卷"，总计七卷。一种有"丁氏④八千卷楼藏书记""济阳居士""八千卷楼""四库著录""钱唐丁氏正修堂藏书"诸印。从丁丙的诸枚印章可知，此本曾经丁丙八千卷楼所收藏。

5. 常熟图书馆藏《钝吟全集》二十一卷，抄配总目一页。内页同国图本，有朱笔评点。有"审言堂"（叶树廉）、"曾在旧山楼"⑤、"读书斋""沈元轩印""秋田""非常宝贵"诸印。

---

① 陈鳣的藏书印。陈鳣（1753—1817），字仲鱼，号简庄，清海宁（今属浙江）人。嘉庆三年举人。平生专心训诂之学，性好藏书，每得善本，辄手自校勘，与黄丕烈、吴骞互相传抄。藏书处曰"向山阁""士乡堂"。藏书印有"得此书费辛苦，后之人鉴我""陈鳣""仲鱼""仲鱼图像""陈鳣收藏""仲鱼过目""仲鱼手校""简庄艺文"等。

② 吴骞的藏书印。吴骞（1733—1813），字槎客，一字葵里，号兔床、愚谷，清海宁（今属浙江）人，其藏书处为"拜经楼"，又曰"苏阁"，藏书印有"拜经楼吴氏藏书""小桐溪上人家""吴兔床书籍印""兔床经眼""吴骞字槎客别字兔床""兔床手校""拜经楼""兔床""临安志百卷人家"等。著有《拜经楼诗集》《拜经楼诗话》等，自刻有《拜经楼丛书》三十种。

③ 顾嗣立的藏书章。顾嗣立（1665—1722），字侠君，号闾丘，江苏长洲（今苏州）人。康熙五十一年进士，曾预修《佩文韵府》，授知县，以疾归，喜藏书，建秀野草堂。其文集也称《秀野集》。

④ 指丁丙。丁丙（1832—1899），一字松生，号松存，别署钱塘流民、八千卷楼主人、竹书堂主人、书库报残生、生老，钱塘（今浙江杭州）人，清藏书家。藏书楼名"八千卷楼""嘉惠堂""济阳文府""甘泉书藏""延修堂""当归草堂"等。藏书目录有：《善本书室藏书记》四十卷，《八千卷楼书目》二十卷，《嘉惠堂新得书目》等。藏书印主要有"八千卷楼珍藏善本""丁氏八千卷楼藏之记""辛酉劫后所得""钱塘丁氏藏书""嘉惠堂藏阅书""小令威竹书堂""求己室""东门莱依""钱唐丁氏正修堂藏书""钱塘清望世家""十载孤儿""济阳文府""青门词隐""四库著录""曾藏八千卷楼"等。

⑤ 赵宗建的藏书印。赵宗建（1824—1900），字次侯，一字次公，一作次山，号非昔居士，江苏常熟人，清末藏书家。藏书楼名"旧山楼"，有"赵宗建印""曾在旧山楼""非昔元赏""次侯读书""下榻山楼""赵次公真赏""开庆堂赵""赵不骞印""铁如意斋""赵押"等数十枚藏书印。著有《旧山楼藏书记》《旧山楼书目》。

《钝吟外集》后跋曰："切韵。唐人而言，沈存中（括）、邵尧夫（雍）、郑渔仲（樵），俱不失前人之传，却邵、温不能尽悉。其家学，至元之吴幼清（澄），遂多缪妄，其流为梅鼎祚、李安溪。先生不耻尧夫（邵雍）。"

6. 上海图书馆藏《冯定远集》，四册，其中《冯氏小集》三卷、《钝吟集》三卷、《钝吟余集》一卷、《钝吟别集》一卷、《游仙诗》二卷，行款为半页十行，行二十二字，左右双边，白口，单鱼尾。《钝吟老人集外诗》《钝吟文稿》和《钝吟杂录》行款同通行本，为半页十四行，行二十一字，小字双行，左右双边，白口，单鱼尾。

7. 上海图书馆藏《钝吟老人遗稿》，九种二十三卷，钱良择朱笔批点。牧斋名剜去。文稿缺后四篇，为抄配。有"群一山人""潘博山①""孙溪""潘博山藏书章""晚甘居士""野夫""龚文照②印""群玉山房藏书记"诸印。卷末有钱良择跋，云：

> 定远诗谨严典丽，律细旨深，求之晚唐中，亦不可多得。然独精于艳体及咏物，无论长篇大什，非力所能办。凡一题数首，及寻常唱酬投赠之作，虽极工稳，皆无过人处。盖其惨淡经营，工良辛苦，固已极锤炼之能事，而力有所止，不能稍溢于尺寸步武之外，殆限于天也。吾虞从事斯道者，奉定远为金科玉律。此固诗家正法眼，学者指南车也。然舍而弗由，则入魔境；守而不化，又成毒药。李北海云："学我者拙，似我者死。"悟此可以学冯氏之学矣。予年未舞象，携诗谒定远，极为许可，亲聆其指授甚悉。苦吟二十年，始能尽弃其学，使九原可作。定远当不以余为异趋也。适葛子藻以定远诗索余论定，因漫识之。时丙子夏四月晦日。木庵道人钱良择。

8. 上海图书馆藏《钝吟老人遗稿》，九种二十三卷，吴卓信③临冯武、王应奎、钱木庵（良择）评点本。文稿一卷为抄配。有："宣翼馆

---

①　潘博山（1904—1943），名厚，一名承厚，号博山，苏州人。其祖有"竹山堂"，藏书四万卷。他与弟承弼（景郑）共读，并共同收书藏书二十余年，将藏书增至三十万卷。

②　龚文照（生卒年不详），字野夫，号九霞野逸，江苏长洲相城（今苏州）人，清藏书家。建"群玉山房""紫筠堂"以藏书，藏书印有"龚文照印""野夫""龚氏珍藏""曾在龚野夫处""野夫所藏""相城九霞野逸龚文照紫筠堂藏书""群玉山房藏书记"等。

③　吴卓信（175—1823），字项儒，号立峰，晚号寒知老人，江苏常熟人。与张金吾、陈揆等往来密切。其藏书室为"澹成居"，藏书印有"金竹山房""项儒""橘瑞楼"等。

藏”“端文女孙”“小渌天经藏”①“陈清华②印”“瞿鸿禨印”③诸题识。
吴卓信朱笔跋云：

《钝吟杂录》已拣入《四库全书》。此系冯窦伯手抄、手阅之本。从马秀才天根处假归，临之。时嘉庆戊辰（1808）四月上浣，馆于家上舍桂山家。卓信识。

《钝吟外集》后，吴卓信蓝笔跋云：

客岁从琴南借得柳南（王应奎）评本，用黄笔临之。今年九月过琴南斋，见其令兄砚北先生阅本，复用墨（误，应为蓝）笔临于此。是为钱、王评本矣。吴卓信识。

夹纸，云：

丙寅至辛亥，止五十八年。《疑年录》言六十八，六为五字之讹。辛楣（钱大昕）之言未知所据。观《钝吟文稿》末篇《书吴浩然逸事》，尾署壬子秋八月，则辛亥定远犹在也。又赵秋谷（执信）撰序是康熙丙戌，上距壬子止三十五年，不应遽言四十也。何况钝吟绝笔于壬子，尚未可知耶。书以待考。甲戌（1814）惊蛰吴卓信读毕识。

墨笔跋云：

丁巳（民国六年，1917）夏瞿鸿禨从仲祜④借观，读竟。

---

① 孙毓修的藏书印。孙毓修(1871—1923)，字星如，一字恂如，号留庵，自署小渌天主人，江苏无锡城郊孙巷人。清末目录学家、藏书家、图书馆学家。从缪荃孙学版本目录学，任上海商务印书馆编译所译员、编辑，主持涵芬楼购买古籍，主持影印《四部丛刊》等，著有《中国雕版刻书源流考》《江南阅书记》等。

② 陈清华，字澄中，湖南祁阳人。酷嗜古籍，于古本旧椠爱不释手，所藏宋元刻本既精且富，与北方著名藏书家周叔弢齐名，有“南陈北周”之称，号为江南藏书第一。藏书印有“陈印清华”“郇斋”“祁阳陈澄中藏书记”“陈澄中收藏印”等。

③ 瞿鸿禨(1850—1918)，字子玖，号止庵，晚号西岩老人，湖南善化(今长沙)人。

④ 丁福保(1874—1952)，字仲祜，号畴庵居士，一号济阳破衲，江苏无锡人，近代藏书家、书目专家。

缪朝荃①抄录《钦定四库全书总目》中的《钝吟杂录》和《冯定远集十一卷》之提要、《苏州府志·常熟县·人物传》、朱彝尊《带经堂诗话》、钱大昕《疑年录》、王应奎《柳南随笔》、张维屏《听松庐诗话》中记录冯班的相关材料，并跋云：

> 是书旧藏鹿河荔香明经所，吴项儒孝廉（吴卓信）校本也。孝廉于卷首，朱笔题云："此系冯窦伯（武）手抄、手阅之本，从马秀才天根处假归，临之。"卷尾蓝笔题云："客岁从琴南处，借得柳南评本，用黄笔临之。今年九月，过琴南斋，见其令兄砚北先生阅本，复用蓝（原注：原作墨，误）笔借临于此。是为钱、王评本矣。"据此则朱笔临冯窦伯阅本、黄笔临王柳南评本、蓝笔临钱砚北评本。窦伯名武，钝吟先生犹子。柳南名应奎，即所采《柳南随笔》者。钱砚北，则未详。展读数过，犹想见丹黄点勘时也，为之神往。光绪戊戌（1898）秋八月，东仓书库主人缪朝荃录竟并识。

《游仙诗》下，朱笔（钱良择）题记，云：

> 百绝，大抵朝局世事，错综言之。吾生也晚，不能知其事，因不能达其辞，无足怪者。然从来传世之作，未有不可解者。不解则不传矣。定远诗必传，则此作亦将附以俱传。传而不可解，则亦等于不传而已。闻伊侄窦伯，能悉晓其义，而不为之发明以示后，亦后死者之过也。定远之论义山诗也，曰："如见西子，但知其美而已，不必知其姓名。"此非笃论也。然可以知定远之用心，固不望后人之解之矣。木庵（钱良择）记。

蓝笔（钱砚北）题记云："木庵此论极佳。窦伯（冯武）果能悉晓其意否？"

黄笔（王应奎）题记，云：

> 钱木庵云："钝吟诗，是以魏晋风骨，运李唐才调者。正如血皴汉玉，宝光溢露，非复近代器皿。然却是小小杯棬之属，而非天球重器

---

① 缪朝荃，字蘅甫，江苏太仓人。藏书楼为"东仓书库"，收藏善本书数万卷，为县内藏书之冠，张謇为之题写"清涧之曲"四字。

也。"又云："钝吟宗温、李二公。二公工力，视李而逊一筹，视温则殆有过之无不及也。"或曰："钝吟视东涧何如？"予曰："东涧才大，自非钝吟可及。然论精细工夫，东涧却不如也。东涧是文人之诗，钝吟是诗人之诗。"又云："近人诗都易入眼，钝吟诗却不易入眼。近人诗都不耐看，钝吟诗却耐看。总之工夫深耳。"

余家尚有简缘翁（冯武），手录钝吟翁诗稿一册。因取之以校刻本，顺笔圈点，以便诵读，非敢妄加品藻也。前有木庵（钱良择）评语四则，乃木庵阅本所无者，因并临之。柳南王应奎识于兰风书屋。壬申夏五杏雨主人（吴卓信）临。

附《钝吟杂录》，康熙十八年刻本。无名氏朱笔录何义门（焯）评点。有"延陵吴氏珍藏"白文长方印、"西圃藏书"①"光奎""勉岑延陵藏书""存春书屋""耽书成癖""从吾所好"诸印，并有朱笔题记，云："丙子春录何义门先生批。"

我所见各本之中，此本因会集诸家评点，堪得头筹。

---

① "西圃藏书"，潘遵祁的藏书印。潘遵祁(1808—1892)，字觉夫，一字顺之，号西圃、简缘退士、抱冲居士等，吴县(今江苏苏州)人。藏书室名有"香雪草堂""四梅合""勿自欺室""宝山楼"等。藏书印有"西圃所藏""四十归里""香雪草堂"等。著有《西圃题画诗》《西圃集》《香雪草堂书目》《西圃藏书目》等。

第二章　冯舒、冯班的诗学起源

冯舒、冯班兄弟皆以诗名，称"海虞二冯"或"二冯"。二冯诗学是建立在对明代文学全面反思的基础之上的。冯舒、冯班兄弟二人以激烈而又犀利的言辞对明代各大流派发起攻击，并能取其精华去其糟粕，将七子之复古与公安、竟陵之性情融合：将情与法、庄与媚、复与变融合于绮丽、委婉的诗歌创作中，并从文本的校勘、评点入手，由文本研究推及诗史研究，并进一步形成自己的诗歌观。二冯诗学的形成并非偶然，与时代思潮、地域环境、师学家承等皆有渊源。

第一节　诗　学　思　潮

从时代思潮而言，明末清初是一个破大于立的时代，整个文坛掀起了一场对明代文学的全面反拨。一方面明末心学，流于空谈，空疏误国；另一方面无论是前后七子的"文必秦汉，诗必盛唐"，还是公安、竟陵之"性情"说，皆已穷途末路，不再适应新的社会形势。张健总结明代诗学说："明代诗歌面临的基本问题是情感的真实性与形式风格的古典性，也就是真和雅的矛盾。七子派强调形式风格的古典性，但牺牲了情感的真实性；公安派强调情感的真实性，但牺牲了形式风格的古典性，真而不雅。"[1] 所以明末清初之文人反对心学，提倡实学，主要表现在复归儒家经典和提倡"文须有益天下"两方面。而在具体的诗歌创作中，反对复古模拟，重申"诗言志"的诗歌本质。本文就从这两对破与立的运动中揭示明末清初文坛的诗学风尚。

一、从批判阳明心学到提倡儒家经典的复归和诗歌的经世致用

自明代中期起，阳明心学逐渐兴盛，并超过程朱理学，然而天地之道物极必反。阳明心学在解放思想、破除禁欲主义等方面曾经起到过一定的积极作用，但它也为虚无主义和空疏、空谈之风打开了大门，学风

---

① 张健：《清代诗学研究》，北京大学出版社 1999 年版，第 43 页。

愈加空疏。吴晗论述王阳明心学与明七子复古运动结合后的学风，说："谈性理者以实践为标榜，掩其不读书之陋；谈文学者以复古为号召，倡不读汉后书之说。两家相互应合，形成一种浅薄浮泛之学风。"① 学风至此，已然开始受到各方的攻击，即其内部纷争和反动也开始躁动。李塨曰："高者谈性天，纂语录；卑者疲精敝神于八股。不唯圣道之礼乐兵农不务，即当世之刑名钱谷，亦懵然罔识，而搦管呻吟，遂曰有学。"② 顾炎武曰："昔之清谈谈老庄，今之清谈谈孔孟。未得其精，而已遗其粗；未究其本，而先辞其末。不习六艺之文，不考百王之典，不综当代之务，举夫子论学论政之大端，一切不问，而曰'一贯'，曰'无言'，以明心见性之空言，代修己治人之实学。"③ 在内忧外患、贫弱无脊的晚明社会，虚幻的空谈已经不再适应时代的发展和历史的选择，于是众多学者立足于社会实际，开始对阳明心学进行反思，倡导经世致用的实学，主张实行、实习、实言。④ 颜元明确提出"救弊之道，在实学，不在空言"⑤，假使实学不明，哪怕言语再精致美妙，书籍积累得再多，也空留虚幻，于世无益。因而他强调："明道不在《诗》《书》章句，学不在颖悟诵读，而期如孔门博文约礼，身实学之，身实习之，终身不懈者。"⑥ 李颙也大力倡导"道不虚谈""学贵实效"，只有"明体适用而经纶万物，则与天地生育之德合矣"，才能"命之曰儒"。⑦

那么如何才能实现实学呢，众多学者不约而同地向汉学汲取养分，追求汉学传统的复归。毛奇龄大胆地指出："自汉迄今，从来误解者十居其九；自汉迄今，从来不解者十居其一。"⑧ 儒学随着时代的变迁，经文的内涵和经书的真实性、可靠性早已失去其本来面目。方棻进一步申明："此经说之可疑，于汉十之一，于唐十之二，于宋十之七。盖前儒说经，解说而已。至宋而说之，不是则论而议，议而辨，往往于无可疑者而疑。既疑之则遂以身质疑事，小则改张前说，大则颠倒经文。"⑨ 特别是宋代理学以儒家经典阐释自己的性理之学，合则顺之，不合则删之、改之，

① 吴晗：《胡应麟年谱》，《清华大学学报》（自然科学版），1934 年第 1 期，第 203 页。
② 李塨：《恕谷后集》卷九《书明刘户部墓表后》，河北教育出版社 2009 年版，第 800 页。
③ 顾炎武：《日知录》卷七"夫子之言性与天道"，上海古籍出版社 2013 年版，第 306—307 页。
④ 黄爱平：《朴学与清代社会》，河北人民出版社 2003 年版，第 26 页。
⑤ 颜元：《存学编》卷三《性理评》，《续修四库全书》本，第 946 册。
⑥ 颜元：《存学编》卷一《上太仓陆桴亭先生书》，《续修四库全书》本，第 946 册。
⑦ 李颙：《二曲集》卷十四《鼇屋答问》，中华书局 1996 年版，第 120 页。
⑧ 毛奇龄：《西河合集》卷五《与朱鹿田孝廉论孟子书》，《四库全书》本。
⑨ 方棻：《清儒学案附录·与全绍房书》，《清儒学案新编》，齐鲁书社，1985—1994 年。

甚至悖之、祸之，导致经书面目全非。

而"经学自有源流，自汉而六朝、而唐、而宋，必一一考究，而后及于近儒之所著，然后可以知其异同离合之旨"①。相比于宋学，"汉儒虽未事七十子，去古未远，初当君子五世之泽，一也；尚传闻先秦古书，故家遗俗，二也；未罹永嘉之乱，旧章散失，三也。故汉政事、风俗、经术、教化、文章，皆非后世可几。"② 又"古今不同，非训诂无以明之，训诂明而道不坠。后世舍汉儒所传，何能道三代风旨文辞乎?"③ 从时间而言，汉学比之宋学离古更近，汉学诸儒虽未能亲侍诸子，然毕竟离古未远，尚可披余泽；从经学方法而言，汉学以训诂为主，宋学以解经为主，相较"六经注我"，显然"我注六经"更贴近经学之本。排除无法逆转的时间之因，宋学偏重义理之学的习经之法和随意删减、肢解经书的学术态度恐怕才是最为明末清初学者所不能接受的。因此，明末清初广大学子所倡导的汉学复兴，主要表现在汉学训诂、考辨等考据方法的广泛应用和传统经世致用精神的提倡。

首先，运用传统考据学方法，澄清历代对儒家经典的误读，重新确立儒家著作的经典地位，如黄宗羲作《易学象术论》、阎若璩作《古文尚书疏证》、胡渭作《易图明辨》、毛奇龄作《诗传诗说驳议》、顾炎武作《音学五书》等等。

其次，重申经世致用之精神，倡导文学对社会的干预。顾炎武提出"凡文之不关于六经之旨，当世之务者一切不为"，并进一步提出"文须有益于天下"，曰："文之不可绝于天地间者，曰明道也，纪政事也，察民隐也，乐道人之善也。若此者有益于天下，有益于将来，多一篇多一篇之益也。"④ 以对文学经世致用作用的重申，倡导文学摆脱空疏学风，回归传统儒学的精神轨道。

二、从批判七子之复古末流到"诗主性情"的提出

如上所述，明末清初之学子，强调诗歌的经世致用，强调儒家经典和儒家精神的回归，而明前后七子之复古，乃是复兴盛唐诗歌的审美传统，而非诗学精神；公安、竟陵之性灵说提倡个人孤情别绪的抒发，更

① 顾炎武:《亭林文集》卷四《与人书四》,《续修四库全书》本,第 1402 册。
② 费密:《弘道书》卷上《道脉谱论》,《续修四库全书》本,第 946 册。
③ 费密:《弘道书》卷上《原教》,《续修四库全书》本,第 946 册。
④ 顾炎武著、黄汝成集释:《日知录集释》卷十九,《文须有益于天下》,上海古籍出版社 1985 年版,第 1439 页。

加远离诗歌的实用传统。两种主张都背离了经世致用的社会环境。

我们不可否认七子的复古说对明代文坛和诗歌复兴做出的重要贡献，然七子末流的盲目拟古、无病呻吟之作却也将诗歌带入歧途。薛所蕴《曹峨雪诗序》指出："明李、何、王、李倡为雄丽高华之什，后学转相摹效，如衣冠饰土偶，面貌具存，意味索然，于风雅一道何居？此袭之为瘤疾也。"① 顾炎武亦云："近代文章之病，全在模仿。即使逼肖古人，已非极诣，况遗其神理而得其皮毛者乎？"② 模仿终归是模仿，即便模仿得多么惟妙惟肖，终归为拾古人之牙秽，而非独创，何况七子之末流，仅从格调、字句上维肖古人，而遗古人之精神呢？接着顾炎武又从诗歌随时代发展变化的角度，指出了模仿之弊，曰："诗文之所以代变，有不得不变者。一代之文，沿袭已久，不容人人皆道此语。今且千数百年矣，而犹取古人之陈言一一而摩仿之，以是为诗可乎？"③ 谢天枢亦云："夫惟人之所处之世，所遇之地，各有不同，故触之而日新，出之而日变，而其诗亦因以千百世而不穷。于是遂不能以此人之诗易为彼人之诗，且不能以千百代之诗而求合于一代之诗。"④ 时代之不同，境域之变迁，诗歌亦应随时代的变迁而发展，否则将导致诗歌生命力的枯竭。"近代之士，逐伪而炫真，肖貌而遗情。是故摹仿蹈袭，格之卑；应酬牵率，体之靡；傅会缘饰，境之离；错杂纷揉，辞之枝。其所以为诗者先亡，则其诗之存也几何矣。"⑤ 以至于叶燮戏称模仿为"小儿学语"，曰："惟有明末造，诸称诗者，专以依傍临摹为事，不能得古人之兴会神理，句剽字窃，依样葫芦。如小儿学语，徒有喔咿，声音虽似，都无成说，令人哕而却走耳。乃妄自称许曰'此得古人某某之法'"⑥。胡世安称之为"醍醐嚼蜡"，此种论断比比皆是，难以枚举。

公安、竟陵虽针对七子之流弊，倡导性灵说，然矫一弊而生另一弊。"竟陵力诋历下，所持以为攻具者，止'性灵'二字"，然亦是"靠古人成语，人间较量，东支西补而已"⑦。贺裳云："钟、谭细碎人，喜于幽寻

---

① 薛所蕴：《澹友轩集》卷三，《四库全书存目丛书》本，第197册，第44页。
② 顾炎武著、黄汝成集释：《日知录集释》卷十九，《文人模仿之病》，上海古籍出版社1985年版，第1462页。
③ 顾炎武著、黄汝成集释：《日知录集释》卷二十一，《诗体代降》，上海古籍出版社1985年版，第1591页。
④ 谢天枢：《龙性堂诗话序》，《清诗话续编》，上海古籍出版社1983年版，第933页。
⑤ 徐乾学：《憺园文集·七颂堂集序》，《续修四库全书》本，第1412册。
⑥ 叶燮：《原诗》内篇上，《清诗话》，上海古籍出版社1978年版，第571页。
⑦ 王夫之：《船山全书》，岳麓书社1996年版，第1453页。

暗摸，于光明豁达者气类固为不侔。"① 虽然相比于七子而言，公安和竟陵的历时较短，留害较浅。然性灵说与儒家传统诗教相背离，将诗歌引入个人的狭小空间，失去了广阔的时代背景和社会作用。王岱《张螺浮晨光诗序》总结宋元明诗歌衰亡的原因，曰："宋诗亡于理，元诗亡于词，明之何、李亡于笨，七子亡于冗，公安亡于谑，天池亡于率，竟陵亡于薄。石仓，竟陵之优孟；云间，七子之优孟。后生辈出，标榜云间，贡高自大，土饭尘羹，馁鱼败肉，合器煎烹，使人败肠而吐胃，并云间故步亦亡矣。"② 连用"笨""冗""谑""率""薄""优孟"诸词，指出了明代诗学之弊。

既然明代的诗歌秩序与诗歌标准已经不再适应诗歌发展的时代背景，那么明末清初之学子，如何以儒家诗教这一标准，重新衡量和审视七子与公安、竟陵？如何打破二者之偏颇，将诗歌带入正轨呢？如何看待古代优秀的诗歌传统呢？

他们将诗歌回归"诗缘情"这一古老的命题，倡导"真情"论。顾炎武指出："诗主性情，不贵奇巧。"③并提出"真情"说，曰："末世人情弥巧，文而不惭。固有朝赋《采薇》之篇，而夕有捧檄之喜者。苟以其言取之，则车载鲁连，斗量王蠋矣。曰是不然，世有知言者出焉，则其人之真伪即其言辨之，而卒莫能逃也。《黍离》之大夫，始而摇摇，中而如噎，既而知醉，无可奈何而付之苍天者，真也；汨罗之宗臣，言之重，辞之复，心烦意乱，而其词不能以次者，真也；栗里之征士，淡然若忘于世，而感愤之怀有时不能自止，而微见其情者，真也。其汲汲于自表暴而为言者，伪也。"④ 黄宗羲亦云："诗以道性情。"⑤ 进而诸家将情与格调相融合，毛先舒指出："鄙人之论云：'诗以写发性灵耳，值忧喜悲愉，宜纵怀吐辞，薪快吾意，真诗乃见。若模拟标格，拘忌声调，则为古所域，性灵所掩，几亡诗也。'予按是说非也。标格声调，古人以写性灵之具也。"⑥ 清人面对古人之遗产，表现出了更大的融通性和兼容性。他们批判七子和公安竟陵，因其各有偏颇，然亦能在批判之中有所

---

① 王士禛：《分甘余话》，中华书局 1989 年版，278 页。
② 王岱：《了庵文集》卷一，《四库全书存目丛书》本，第 199 册，第 22 页。
③ 顾炎武著、黄汝成集释：《日知录集释》卷二十一，《古人用韵无过十字》，上海古籍出版社 1985 年版，第 1559 页。
④ 顾炎武著、黄汝成集释：《日知录集释》卷十九，《文辞欺人》，上海古籍出版社 1985 年版，第 1460 页。
⑤ 黄宗羲：《南雷文定·景州诗集序》，《续修四库全书》本，第 1397 册。
⑥ 毛先舒：《潠书》，《四库全书存目丛书》本，第 210 册。

继承。他们以真情为纽带，将格调与性灵并社会功用很好地融合起来，试图将诗歌带入良好的发展轨道。或许有人指责清人此种徒劳，然经过几代人不懈的努力，虽无法再现唐宋诗歌的辉煌，但也部分扭转了诗歌日益败落的颓势。而且清人以自身的融通性集了古代诗歌创作的优良传统，并做了有益的尝试与整合，这无疑都是对诗歌发展做出的可贵之举。

第二节 地 域 环 境

从地域环境而言，常熟古称海虞、琴川，自古即是毓秀之地，不仅山川秀美、气候宜人，而且为言子故乡，文化底蕴深厚，明清之际更以丰富的藏书享誉海内。常熟以其优美的自然环境、深厚的文化底蕴以及丰富的藏书，孕育出一代代优秀的文人墨客。下面就从这三方面探讨地域文化对二冯的影响。

一、优美的自然环境

常熟山川秀美、气候宜人，"倚虞山以为城，环江海以为池，实东吴要害之地。其土膏腴，其田平衍，其物产殷盛，若粳、秫、布、枲、鱼、盐、蔬、果、水陆之珍奇，所以供国赋而民用者，充然有余。自阖闾、夫差，雄踞一方，虎视诸夏，而俗尚豪奢；自泰伯、子游，礼让风行，文学化洽，而人才汇出。是固江南名区，非特一郡六邑之冠而已"①。常熟地处江南水乡，降水充沛、土壤肥沃，有利于农作物的生长与高产，故称"常熟"。北宋诗人杨备《题常熟》诗对此曾有过描述，曰："远逼江垠傍海壖，落帆都是往来船。县庭无讼乡间富，岁岁多收常熟田。"

常熟境内有虞山、顾山、福山等名胜山川，特别是虞山在常熟的文化和习俗中占据重要地位，古代的几位先贤皆葬于此，历史上重要的常熟流派皆以此山命名，如虞山诗派、虞山琴派、虞山画派等。秀美的山川环境，养育了此方士人之尊礼、崇雅等人文情怀，吸引佛、道两家在此建寺、观以传道，并吸引了无数游子为之驻足流墨，其中比较有名的有唐代的王维和常建。

王维作《饭覆釜山僧》诗，曰："晚知清净理，日与人群疏。将候远山僧，先期扫弊庐。果从云峰里，顾我蓬蒿居。藉草饭松屑，焚香看道

---

① 李杰：《常熟县志序》，明弘治本。

书。然灯昼欲尽，鸣磬夜方初。已悟寂为乐，此生闲有余。思归何必深，身世犹空虚。"① 常建作诗咏虞山三峰，其《第三峰》诗，曰："西山第三顶，茅宇依双松。杳杳欲至天，云梯升几重。莹魄澄玉虚，以求鸾鹤踪。逶迤非天人，执节乘赤龙。旁映白日光，缥缈轻霞容。孤辉上烟雾，余影明心胸。愿与黄麒麟，欲飞而莫从。因寂清万象，轻云自中峰。山暝学栖鸟，月来随暗蛩。寻空静余响，袅袅云溪钟。"② 常建《题破山寺后禅院》诗，曰："清晨入古寺，初日照高林。曲径通幽处，禅房花木深。山光悦鸟性，潭影空人心。万籁此都寂，唯闻钟磬音。"③ 优美寂静的山谷在两位诗人的笔下，透露出无限的空灵。而南宋庆元间常熟知县孙应时《虞山》诗："长啸虞山迥，天开风气清。南窥五湖近，北览大江横。历历三吴地，悠悠万古情。雄观有如此，聊复记平生。"④ 则表现了虞山南窥五湖，北览大江的雄伟气势和历览三吴的悠久历史文化。明沈玄的《过海虞》诗："吴下琴川有古名，放舟落日偶经行。七溪流水皆通海，十里青山半入城。齐女墓荒秋草色，言公家在旧琴声。我来正值中秋夜，一路哦诗看月明。"表现了常熟自然环境与人文环境的融合。

优美的山川环境，造就丰富细腻的文人情操，并激发了吴中才子的写景摹物之情。在钱谦益、冯舒、冯班、孙永祚等常熟文人的笔下，时现对居地秀丽山川的赞叹和描摹。蔷薇、海棠、桃花、芍药、梅花、水仙、腊梅等自然景物，屡现冯班诗中，哪怕只是最常见的草，几经诗人细致描摹，亦蕴含无限喜爱之情。

而素有"鱼米之乡"美称的常熟，隶属"吴中"，具有绮丽轻柔的地域文化特点。王应奎《柳南文钞》曰："前明成弘之际，吴郡之为诗者，推唐、祝、文、徐四家，并有才子之目。……文章江左，烟月扬州。流传艺苑，夸为香艳，盖桑梓亦有光焉。"⑤ 地域文化特点和生活环境无疑会影响身居常熟的二冯兄弟诗学观的形成。二人既不能脱离时代社会的大环境，又不能不受绮丽香艳的地域文化氛围影响。不过值得肯定的是，二冯用绮靡香艳的晚唐诗风来排解诗人心中的悲凉凄怆之情，赋予地域文学以切合时代精神的真切内涵。

① 杨文生：《王维诗集笺注》，四川人民出版社2003年版，第408页。
② 《全唐诗》，中华书局1979年版，第1458页。
③ 《全唐诗》，中华书局1979年版，第1461页。
④ 傅璇琮、孙钦善：《全宋诗》，第5册，北京大学出版社1998年版，第31723页。
⑤ 王应奎：《抱影庐诗钞序》，《柳南文钞》卷一，清乾隆刻本。

二、深厚的文化底蕴

常熟属吴国旧地，为吴文化的重要组成部分。据《重修常昭合志》的记载，常熟的文化源头，可以追溯到商代的巫咸、吕尚和虞仲三位先贤。巫咸及其子巫贤均为商代巫官，曾先后辅佐商代太戊、祖乙两位君主。《越绝书》云："虞山，巫咸所出也。"[1] 唐张守节《史记正义》亦云："巫咸及子贤冢皆在常熟海虞山上，盖二子本吴人也。"[2] 吕尚即是姜尚（姜子牙），为助周灭商的一代名相。据唐陆广微《吴地记》和宋龚明之《中吴纪闻》的记载，姜尚曾隐居虞山，垂钓于尚湖。虞仲是周族首领周太王之次子，因让位于其弟，而与其兄奔赴吴地，为吴文化的进步发展起过重要的推动作用。虞山之名，即因虞仲冢之所在而命名。常熟亦为言子之故乡，言子即言偃，字子游，曾北游鲁国从孔子学礼，为七十二贤人之一，名列十哲之第九，尊称为"南方夫子"。言偃学成归国，宣扬孔子之礼，普及教育，为南北文化的交流及吴文化的繁荣做出了重要的贡献。死后葬于虞山东麓，其墓至今犹存。

渊博的文化源头及秀美的山川景色陶冶了常熟人民的情操，并吸引众多文人驻足。虞山曾为梁昭明太子读书之处，洗砚台至今犹存；王维、常建等诗人留下了秀美的篇章。常熟文化经过数千年的积淀与酝酿，至明末清初走向全面繁荣。《重修常昭合志》卷九即云："山川清淑之气钟为人文，言游氏首开运会，自是以还，代不乏人。有明前哲如张止庵、吴文恪诸人，品卓而文亦粹，其他志以遇抑，词以穷工，执牛耳而登骚坛者，正复不少。邑人张应遴集《海虞文苑》、王应奎集《海虞诗苑》搜罗颇广。夫苑者，必名材异卉，古干新葩，咸粹其中。"[3] 归允肃亦云："独其民气柔醇，佩服诗书，多博雅好古之论。"[4] 常熟文化的全面繁荣主要体现在众多以虞山命名之流派的形成。在诗文领域，以钱谦益为首的"虞山诗派"，为清初三大流派之一，影响至近代而不绝；在戏曲创作领域，出现了徐复祚、黄庭俸、孙柚、周昂、丘园等大家，创作了很多脍炙人口的剧作；在绘画领域，元代黄公望开创了山水画之浅绛、水墨两格，清代的"画圣"王翚开创了"虞山画派"，培育了一代又一代的书画

---

① 钱谦益：《牧斋初学集》卷三十五，《送瞿起田令永丰序》，上海古籍出版社2009年版，第988页。
② 何振球、严明：《常熟文化概论》，苏州大学出版社1995年版，第23页。
③ 丁祖荫、徐兆玮纂：《重修常昭合志稿》，1948年铅印本。
④ 归允肃：《归宫詹集》卷二，《重修常熟县志序》，嘉庆十年刻本。

大家；在音乐领域，虞山盛传古琴，"虞山琴派"盛行一时，为中国琴史五大流派之一。①

冯舒、冯班兄弟继承了常熟文化的渊博传统，吸取了吴文化重视艺术特点的精髓，在诗歌创作中，时现吴文化的影响和痕迹。如，二冯的诗歌创作中蕴含了深厚的悲天悯人之情怀，并有一种刚强不屈的精神，继承了常熟文化"耿直仗义、不畏强暴"②的特点；冯氏兄弟雅好昆体，常以齐梁后人自居，此与梁昭明太子不无关系；冯班曾作《钝吟书要》论述书法和字体，并对汉、晋、唐、宋之流派及风格特征有很深的认识，此当与虞山书画盛行有关；冯班从音乐流变的角度对诗体之辨析，被学术界称为至论，此点当为冯班受常熟琴派之影响亦精通音律之故。

三、良好的藏书风尚

常熟境内学者雅好藏书，仅《常熟市志》所载之藏书家就有 110 家之多，以至于《常昭合志稿》专门立"藏书家"一门，曰："自来郡邑志乘未有以藏书家立一门者，岂斯例之不可创欤，抑其人之不多故也。独吾邑以藏书之名，著闻于海内者，自元明迄今，踵若相接。其遗编散帙，流传四方，好事者得之，或谓海虞某氏之所收录，或谓琴川某人所题识，以相引重，而书估至有摹刻图记，割截跋语，以牟厚利者，可不谓盛欤？"③藏书传统的形成既和深厚的人文环境有关，又和富庶的经济条件相关，前贤相倡，后辈接踵，终成一股风尚。虞山藏书在藏书史上享有盛名的主要有赵氏（赵用贤、赵琦美）脉望馆、钱谦益绛云楼、毛氏（毛晋、毛扆等）汲古阁、钱曾述古斋、瞿镛铁琴铜剑楼、陈揆稽瑞楼、张海鹏爱日精庐和借月山房等等。张瑛曾言："常熟藏书家远有端绪，自明万卷楼杨（仪）氏、脉望馆赵氏、绛云楼钱氏递相祖述，汲古毛氏实集其成，羽翼之者述古钱氏。近之爱日、稽瑞两家继之。蕞尔一邑储藏之富，甲于东南。"④《绛云楼书目序》亦称："自宗伯倡为收书，虞山遂成风俗。冯氏、陆氏、叶氏，皆相效尤，毛子晋、钱遵王最著。"

---

① 以上关于常熟地域及文化渊源之言，多参见常熟邑志和何振球、严明著《常熟文化概论》，苏州大学出版社 2001 年版；并参考罗时进博士论文《虞山诗歌流派研究》第二章《虞山诗派形成的背景》和赵炜博士论文《明末清初虞山诗学研究》第一章《虞山文化与虞山诗学》。

② 何振球、严明：《常熟文化概论》，书中曾总结常熟文化心态的特征，此为第四点，见第 92 页。

③ 丁祖荫、徐兆玮纂：《重修常照合志稿》，1948 版铅印本。

④ 张瑛：《铁琴铜剑楼藏书目录·后序》，《宋元明清书目题跋丛刊》（十），清代卷第四册，中华书局 2006 年版，第 283 页。

丰富的藏书，为古籍的阅读、抄校、评点及版本的鉴别等提供很大的便利，其中脉望馆、绛云楼、汲古阁等都与二冯关系甚密，冯氏空居阁亦享有盛名。

赵氏脉望馆楼主为赵用贤和赵琦美父子："性嗜典籍，所搜集凡数万卷，不轻以借人，朱黄雠校，不分日夜。"① 不仅致力于古籍的收藏，并精心校勘，赵琦美所校《洛阳伽蓝记》历时八年，先据陈锡元、秦酉严、顾宁宇、孙兰工四家抄本改正四百八十八字，增脱三百二十字，后又据旧刻本改正五十余字，方成善本。其抄校的《古今杂剧》很多为难见之孤本，被后人称为"戏曲宝库"。赵氏藏书"二酉五车，斯架塞屋，临老乃发无书之叹"，可见其收书之嗜。钱曾称："赵清常脉望馆，藏书者之藏书也。"② 有《脉望馆书目》传世。赵琦美死后，其书尽归钱谦益所有。

钱谦益，字受之，号牧斋，晚号蒙叟、东涧老人、东涧遗老等。藏书室名"绛云楼""红豆山庄""半野堂"等。曹溶《绛云楼书目题词》称钱谦益："尽得刘子威、钱功父（笔者按：又称钱功甫）、杨五川、赵汝师（笔者按：赵用贤）四家书，更不惜重资购古本。书贾奔赴捆载无虚日，用是所积充牣，几埒内府。视叶文庄、吴文定及西亭王孙或过之。"并称："宗伯每一部书，能言旧刻若何，新版若何，中间差别几何。""然大偏性，未为深爱古人者有二端：一所收必宋元板，不取近人所刻及抄本。虽苏子美、叶石林、三沈集等，以非旧刻，不入《目录》中。一好自矜啬，傲他氏以所不及，片楮不肯借出，尽有单行之本，烬后不复见于人间。"③钱谦益之藏书乃为读书人之藏书，所藏之书，悉为阅竟，丹黄甲乙，复加其中，绛云楼之火虽尽毁其书，然未毁其腹中之识。且其对版本之间的差异、源流等悉能分辨秋毫，堪称大家。其族人皆深受其影响，雅好藏书、校书。钱谦贞，字履之，钱谦益之从弟，建"怀古堂""竹深堂""愚公榭"以藏书。钱谦贞之子钱孙保（字求赤）、钱孙艾（字颐仲）皆喜藏书，精校勘，勤抄书。钱谦益之族孙钱曾，字遵王，号贯花道人，藏书处曰"也是园""述古堂""莪匪楼"，编有《述古堂书目》《也是园书目》《读书敏求记》诸目录学著作。以藏书为业，"二十年食不重味，忆不完采，捋当家资，悉藏典籍中"④。勤于校勘、目

① 叶昌炽：《藏书纪事诗》，北京燕山出版社 2008 年版，第 214 页。

② 钱曾：《读书敏求记》，《宋元明清书目题跋丛刊》（十一），清代卷第五册，中华书局 2006 年版，第 2 页。

③ 曹溶：《绛云楼书目题词》，《绛云楼书目》，陈景云注本。

④ 钱曾：《述古堂藏书自序》，《宋元明清书目题跋丛刊》，中华书局 2006 年版。

录之学，生平所嗜，以宋椠为最，以致于冯班戏曰"佞宋"。绛云楼火后，所存之遗书，大半皆赵玄度脉望馆校藏旧本，藏书四千余册。

绛云楼之火，烧毁宋元旧本无数，引无数学者为之遗憾。常熟后学诸加搜访，尽力搜集、抄录，仍保藏书之冠。黄廷鉴《爱日精庐藏书志序》云："吾邑藏书，绛云之后，尚有汲古毛氏。述古钱氏羽翼之者。叶石君、冯巳苍、陆敕先诸君子互相搜访，有亡通假。故当时数储藏家，莫不以海虞为首。"①

毛晋，初名凤苞，字子久，后更名为晋，字子晋，号潜在。曾学于钱谦益门下，前后积书，多至八万四千册，构汲古阁、木耕楼以收藏。陈瑚曰："登其阁者，如入龙宫鲛肆，既怖急，又踊跃焉。其制上下三楹，始子讫亥，分十二架，中藏四库书及释道两藏，皆南北宋内府所遗，纸理缜滑，墨光腾剡。又有金元人本，多好事家所未有。子晋日坐阁下，手翻诸部，雠其讹谬，次第行世。至滇南官长万里遣币以购毛氏书，一时载籍之盛，近古未有也。其所锓诸书，一据宋本。……司李雷雨津赠之诗曰：'行野樵渔皆拜赐，入门僮仆尽抄书。'人谓之实录云。"② 吴伟业《汲古阁歌》曰："比闻充栋虞山翁，里中又得小毛公。搜求遗佚悬金购，缮写精能镂版工。""主人留宿倾家酿，醉来烧烛夜摊书，双眼摩挲觉神王。古人关书借三馆，羡君自致五千卷；又云献书辄拜官，羡君待索躬耕田。伏生藏壁遭书禁，中郎秘惜矜谈进。君获奇书好示人，鸡林巨贾争摹印。"③ 毛晋雅好藏书，尤好宋元精椠，所藏宋本最多，遇有罕见而不能收藏之书，辄选良工影抄，称为"影宋抄"。家中男女老少，乃至童仆皆能抄校书籍。毛晋生有五子，皆承父业，特别是毛晋第五子毛扆，继承家学，搜讨旧椠，校雠刊刻诸多善本秘册。朱翔凤曰："明季虞山钱氏绛云楼藏书为备，钱遵王作《读书敏求记》排次篇目，就其宋本皆有识别，然寥寥无几。同时邑中汲古阁刻经、史诸书，始以宋本对校，已洗永明一代刻书之陋。"④ 汲古阁所刻之书流布天下，为我国古籍刊刻与流传做出了重要贡献。

陆贻典，字敕先，号觌庵，又名贻芬，"自少笃志坟典，师东涧而友

① 黄廷鉴：《爱日精庐藏书志·序》，《宋元明清书目题跋丛刊》（十一），清代卷第五册，中华书局 2006 年版，第 273 页。

② 陈瑚：《确庵文集·为毛潜在隐居乞言小传》，国家图书馆藏。

③ 吴伟业：《梅村集》，《四库全书》本，别集类二十六。

④ 朱翔凤：《铁琴铜剑楼藏书目录·序》，《宋元明清书目题跋丛刊》（十），清代卷第四册，中华书局 2006 年版，第 2 页。

钝吟，学问最有原本。笃于友谊，钝吟、孙岷自遗诗，皆赖君编辑付梓"①。游于钱谦益门下，与毛晋、冯班等善，冯班之《钝吟老人遗稿》即为陆贻典付梓刊刻。曾影抄宋本《西昆酬唱集》二卷烧于钱谦益冢前，藏有元刻本《千家注杜诗》《武林旧事》等书。

叶树廉，又名万，字石君，号潜夫，别署鹤汀、清远堂主人、南阳穀道人，叶奕从弟。藏书室称"朴学斋""怀峰山房""归来草堂"等。藏书印有"南阳穀道人""归来草堂""古道自持""金庭玉柱人家""东洞庭山镇恶先生叶万字石君""立本之印""胥江""审研堂""镇恶""万经""树廉居士""虞山怀峰山房叶氏鉴藏"等。"性嗜书，世居洞庭山中。尝游虞山，乐其山水，因家焉。所至必聚书，常损衣食之需以购书，多至数千卷。……石君所好书与世异。每遇宋元抄本，虽零缺单卷，必重购之，世所常行者勿贵也。其所得书，条别部居，精辨真赝，手识其所由来，识者皆以为当。"② 精于校雠，雅好抄书，所抄之底本精善，且抄写工整，校对精严，《藏书记要》称："石君所藏书，皆手笔校正，博学好古，称为第一。叶氏之书，至今为宝，好古同嗜者赏识焉。"《七十二峰足征集》称何焯最喜叶树廉所阅之书，并谓其书："考订精严，评骘古今，源流了然，别具手眼"③。

孙江，字岷自。祖承先业，喜抄书，多藏异本，如《宏秀集》《沈下贤集》《武林旧事》等。

何大成，字君立，晚自称慈公，藏书处称"娱野园""妙香阁"，喜好藏书、抄书。惜无子，死后遗书散为云烟。与冯舒最善，得一书，必相通假。并曾与冯舒一起去赵均处抄录《玉台新咏》，并作《同冯已苍昆季入寒山抄玉台新咏毕遂游天平》诗一首，记录抄书始末。④

常熟藏书家注重对宋元旧本的搜集，哪怕片言只语，亦不惜重金购买。如无缘收藏，辄抄录之，毛抄、叶抄、冯抄等以抄写底本之善和抄写之精细，被藏书家视为至宝。而且诸家之间经常互通有无，校勘不同版本之间的异同，对旧本的保存与流传做出了巨大的贡献。

罗时进曾说："考察藏书传统与虞山诗派的关系有三点需要注意：一是流派中不少诗人都是江南享有声名的藏书家……二、藏书不仅体现出虞山派诗人共同的兴趣，也是互相之间学术交流的纽带。……三、搜求

① 王应奎：《海虞诗苑》，古处堂本。
② 徐乾学：《憺园文集·叶石君传》，《续修四库全书》本，第1412册。
③ 孙从添：《藏书纪要》，扫叶山房。
④ 以上关于常熟藏书家之记载，多见叶昌炽著：《藏书纪事诗》，北京燕山出版社2008年5月版。

图书正是虞山派诗人砥砺学风的过程。"① 藏书家之间的互通有无，不仅仅在于保存文献，更能相互交流，嘉惠后学，传播某种特定的诗学主张。冯舒、冯班兄弟世居常熟，父亲冯复京即喜好藏书，二人继承父学，致力于经史百家，多藏异本，常以难见之宋元旧本校勘所藏之常本。二冯与钱谦益、毛晋等交往甚密，经常互通有无，为抄校和阅读提供了很大的便利。丰富的藏书为二冯诗学注重学问提供了坚实的物质基础。二冯抄校和评点之作，常为文人所追捧，引发"不见为憾"之感慨；而且清初虞山尚好结社，互相切磋诗学，冯班即为成社之盟主，钱谦益《和成社初会诗·序》曰："定远帅诸英妙结社赋诗，武伯以《初会诗》见示。"② 二冯以其在诗歌创作、诗歌理论及版本目录学上的巨大成就，在吴中地区乃至全国享有盛名，世称"海虞二冯"或"二冯"。

第三节　师　学　家　承

从师学家承而言，二冯之父冯复京深于经学，所作《六家诗名物疏》堪称《诗经》名物疏解之巨著，且对诗学有自己独到的见解；二冯之师为文坛巨匠钱谦益，创立"虞山诗派"，推动了明清文风的转变。本节就从二冯的师承与家学两方面，重点论述一下冯复京及钱谦益对二冯诗学的影响。

一、钱　谦　益

钱谦益，字受之，号牧斋，又自称牧翁、蒙叟、绛云老人、尚湖、虞山老民、东涧遗老等，"虞山诗派"的创始人，亦是二冯的恩师。钱谦益为扭转明末清初学风之领军人物，以其在文坛的巨大影响力，推进了明清学风的转变，然其命运多舛，宦海沉浮，几经荣辱。归庄《祭钱牧斋先生文》，曰："百余年来，文章之道，径路歧而芜秽丛。自先生起而顿开康庄，一扫蒙茸。知与不知，皆曰先生今日之欧苏两文忠。先生之文光华如日月，瀚浩如江海，巍峨如华嵩。至其称物而施，各副其意，变化出没，不可端倪，又如生物之化工。残膏剩馥，概沾后学，使空空者果腹，怅怅者发蒙。……先生通籍五十余年，而立朝无几时，信蛾眉

---

① 罗时进：《清初虞山诗派及其诗文化圈》，苏州大学学报（哲学社会科学版），2002年第3期。

② 钱谦益：《牧斋有学集》卷十三，上海古籍出版社2010年版，第626页。

之见嫉，亦时会之不逢。抱济世之略，而纤毫不得展；怀无涯之志，而不能一日快其心胸。"① 正如归庄而言，钱谦益的人生际遇充分体现出了理想和现实的矛盾。他既是官场舵手，有很高的政治期许，又一直游离于政权之外，难以大展宏图；既率先降清，冀希获得重用，又再次遭受闲置，乃悔变节之行，进而反清复明；既崇尚儒家思想及经史百家，又寄之无望，从而倾心诗文乃至奉佛信道；既为学术巨擘坐拥江左盟主，又遭清府毁板销毁，禁而少嗣；既藏书富甲东南，又遭绛云之火毁之大半；既心志于明史，又为余丁去取无留；既交心于柳如是，又难保其母女周全……而在学术思想上，其屡受不同学派、学风的二律碰撞，呈现矛盾和困惑：其先业师于东林党人顾宪成，汲取了顾氏宗程、朱，诋陆、王的理学思想，后又向管志道行弟子礼，接受明心见性的心学熏染，持"绳狂""贬伪"之说；其受教家学及顾宪成的影响，欲以《春秋》致知格物，治经以经世，同时又深受其母及管志道的影响，主张儒佛互补，注重个体修为；其既服膺于东林党人士的宁折不弯的经世人格，又暗慕李贽等真率狂放的个体人格；其早诗学于复古派，于空同、弇山二集，澜翻背诵，后服膺于性灵说，与三袁和汤显祖私交甚密；其古文先学秦汉，后受归有光影响转学唐宋八大家，尤以苏轼为重……

所以在钱谦益的学术脉络中，总能感受不同思潮在他脑海中的碰撞激荡，他也一直欲调和各种矛盾，而就在调和矛盾的过程中，他对明代各种学说、学派有了更为清醒的认识，才能取精华去糟粕。故而他对明代各种学说、学派既有继承又有批判，既是王阳心学、程朱理学、七子复古说、钟谭性情说的批判者，又是他们的传钵者。他将理学之经世致用与心学之致良知融合，既强调治经经国，亦看重个人修为，从而抛弃空谈与死板；他将复古与性情相融合，以真情为首以格调为辅，既尊奉秦汉盛唐，又兼学魏晋两宋，而扬弃剽袭和浮滥；他将儒家入世思想与佛释的出世修为相融合，既欲执挽朝堂又能清净修为，而抛弃执念和虚妄……他也在明末清初的风云际会中沉浮漂转，以继承为内核，以批判为利器，尊经重史，倡导实学，扬弃空浮。钱谦益对二冯的影响是多方面的，本文仅从对明代诗学的反思、复归儒家传统和主情三个方面来谈钱谦益对二冯诗学的影响。

（一）反思明代诗学

钱谦益少年之时深受前后七子复古论的影响，后乃悔悟，抛弃七子

---

① 归庄：《归庄集》卷八《祭钱牧斋先生文》，上海古籍出版社2010年版，第470页。

而另寻新途，而其诗学的建立也是从对七子与竟陵派的反拨开始的。钱谦益在《王贻上诗集·序》中言："诗道沦胥，浮伪并作，其大端有二：学古而赝者，影略沧溟、弇山之剩语，尺寸比拟，此屈步之虫，寻条失枝者也；师心而妄者，惩创《品汇》《诗归》之流弊，眩运掉举，此牛羊之眼，但见方隅者也。之二人者，其持论区以别矣，不知古学之由来，而勇于自是，轻于侮昔，则亦同归于狂易而已。"① 将诗道之沦丧归为"学古而赝"和"师心而妄"两种，前一点是针对七子末流，死拟古人乃至吞咽古人唾渣的行为；后一种主要针对竟陵派"独抒性灵，不拘格套"，背离诗歌有关教化作用的流弊。他指出这两种学诗之法，会导致二种歧途："一则弊于俗学，一则误于自是。"所谓"弊于俗学"就是追随社会风气，而没有自己的风格特点；所谓"误于自是"，就是弃古人之精华而不顾，沾沾自喜于个人的狭隘趣味之中。

钱谦益对公安、竟陵之批判尚留有情面，对七子之指责则深入骨髓，甚至直接指向七子之祖严羽，对严羽的初、盛、中、晚唐之划分和"以禅喻诗"都进行了剖析。

钱谦益指责四唐之划分，曰：

> 世之论唐诗者，必曰初、盛、中、晚，老师竖儒，递相传述。揆厥所由，盖创于宋季之严仪，而成于国初之高棅。承讹踵谬，三百年于此矣。夫所谓初、盛、中、晚者，论其世也，论其人也。以人论世，张燕公、曲江，世所称初唐宗匠也。燕公自岳州以后，诗章凄婉，似得江山之助，则燕公亦初亦盛；曲江自荆州已后，同调讽咏，尤多暮年之作，则曲江亦初亦盛。以燕公系初唐也，溯岳阳唱和之作，则孟浩然应亦盛亦初。以王右丞系盛唐也，酬春夜竹亭之赠，同左掖梨花之咏，则钱起、皇甫冉应亦中亦盛。一人之身，更历二时，诗以人次耶？抑人以时降耶？世之荐樽盛唐，开元、天宝而已。……严氏之论诗，亦其翳热之病耳。而其症传染于后世，举目皆严氏之眚也，发言皆严氏之谵也，而互相标表，期以药天下之诗病，岂不慎哉！②

钱谦益对严羽和高棅的初、盛、中、晚唐之论，可谓深恶痛绝，言语不免有些过激，然其从论世论人的角度指出了张说、张九龄二人亦初

---

① 钱谦益：《牧斋有学集》卷十七，上海古籍出版社 2010 年版，第 765 页。
② 钱谦益：《牧斋有学集》卷十五，《唐诗英华·序》，上海古籍出版社 2010 年版，第 706 页。

亦盛，孟浩然、王维二人亦盛亦初，钱起、皇甫冉亦中亦盛，从而言说四唐的划分是不准确的。其实初、盛、中、晚之划分，只是据一定时期的主要审美特征而言，不可能囊括全部风格特征，而各个时期的过渡也不可能泾渭分明，只是大概言之而已。当然，钱谦益反对四唐之划分，是欲从根本上动摇独尊盛唐而排斥中、晚唐和宋诗之基石。

钱谦益进一步从诗歌风格的多样性，言说四唐界定之误，曰："唐人一代之诗，各有神髓，各有气候。今以初、盛、中、晚厘为界分，又从而判断之曰：此为妙悟，彼为二乘；此为正宗，彼为羽翼。支离割剥，俾唐人之面目蒙幂于千载之上，而后人之心眼沉锢于千载之下。甚矣，诗道之穷也。"① 黄宗羲进一步称："古今志士学人之心思愿力，千变万化，各有至处，不必出于一途。今于上下数千年之中，而必欲一之以唐，于唐数百年之中，而必欲一之以盛唐，盛唐之诗岂其不佳？然盛唐之平奇浓淡，亦未尝归一，将又何所适从耶？"② 从创作主体之差异性而言，诗歌创作的多种风貌和多种取径，不必拘于盛唐一家，况且盛唐之面貌又不尽相同。诗歌面貌之万紫千红方为诗坛之盛，如果单提倡一种风貌则千篇一律，失诗之旨。

钱谦益指责"以禅喻诗"和"妙悟"说，曰："严氏以禅喻诗，无知妄论，谓汉、魏、盛唐为第一义，大历为小乘禅，晚唐为声闻、辟支果，不知声闻、辟支即小乘也。谓学汉、魏、盛唐为临济宗，大历以下为曹洞宗，不知临济、曹洞初无胜劣也。其似是而非，误人箴芒者，莫甚于妙悟之一言。彼所取于盛唐者，何也？不落议论，不涉道理，不事发露指陈，所谓玲珑透彻之悟也……今仞其一知半见，指为妙悟，如照萤光，如观隙日。"③ 钱谦益对严羽"妙悟说"的理解与他的审美原则相关，钱谦益之诗，以杜甫、韩愈为宗，而出入于香山、杜牧、松陵，以迄苏轼、陆游、元好问诸家，提倡铺陈排比，乃为"文人之诗"，欲融抒情与议论、说理与叙事于一炉。而严羽推崇诗歌的兴象，排斥议论和说理。故钱谦益对严羽给予了不留余地的痛击。而清初的很多学者都秉持钱谦益之论，吴乔说："诗于唐人无所悟入，终落死句。严沧浪谓'诗贵妙悟'，此言是也。然彼不知兴比，教人何从悟入？实无见于唐人，作玄妙恍惚语，说诗说禅、说教，俱无本据。"④ 朱庭珍也认为："近代诗家，宗

---

① 钱谦益：《牧斋有学集》卷十五，《唐诗鼓吹·序》，上海古籍出版社 2010 年版，第 708 页。
② 黄宗羲：《南雷文案》，《续修四库全书》集部，第 1397 册。
③ 钱谦益：《牧斋有学集》卷十五，《唐诗英华·序》，上海古籍出版社 2010 年版，第 706 页。
④ 吴乔：《围炉诗话》卷五，《清诗话续编》本，上海古籍出版社 1983 年版，第 603 页。

严说而误者，挟枯寂之胸求渺冥之悟，流连光景，半吐半吞……不知其言无物，转堕肤廓空滑恶习，终无药可医也"。①

可以看出，钱谦益指责四唐之划分也好，苛论"以禅喻诗"和"妙悟"说也罢，都是针对独尊盛唐而来。钱氏认为严羽之论为七子复古论的根源，所以他对严羽的指责，实际是对扭转晚明思潮所作的努力。虽然他的言论不免有些苛刻，然其拳拳之心可引后来学者之路。冯班继承钱氏之衣钵，作《严氏纠谬》一文，对严羽之论进行了系统细致的分析，纠正了严羽的一些偏颇和疏漏。

（二）复归儒家传统

钱谦益作为明末清初理学向实学思想转变过程中首开风气的人物，对宋儒的毁经有着深刻的认识。他指出："十三经之有传注、笺义疏也，肇自汉、晋，粹于唐，而是正于宋。"但宋之学者"自谓得不传之经学于遗经，扫除章句，而胥归之于身心性命"的读经、解经、传经之法，使"汉唐章句之学，或几乎灭矣"。宋以后之学者还惶然不知，沉溺于宋学的删改经文的虚伪、空谈之中，并"以讲道为能事，其言学愈精，其言知性知天愈眇"。② 以"道"作为理学的最高指归，离"经"而讲"道"。"经"与"道"的关系遂成为宋明理学与汉经学对立的焦点。

钱谦益鉴于宋明理学蔑视汉唐注疏，离"经"而谈"道"，提出"圣人之经即为圣人之道"的精辟论点。"汉儒谓之讲经，而今谓之讲道。圣人之经，即圣人之道也。离经而讲道，贤者高自标目，务胜于前人，而不肖者汪洋自恣，莫可穷诘，则亦宋之诸儒扫除章句也，导其先路也。"③ 钱谦益从经道一体的角度，对程朱理学之不守章句之学，随意离经、改经，以及由此带来的不良影响进行了深入的批判。于是他提出"诚欲正人心，必自反经始"和"反经正学为救世之先务"。④ 于此，钱谦益将反经和正学、经世、救世紧密地联系在一起。那么何所谓"反经"呢？"反经"就是"穷经学古"，以汉之章句训诂之学，恢复儒学的本来面目。"六经之学，渊源于两汉，大备于唐、宋之初，其固而失通，繁而寡要，诚亦有之，然其训诂皆原本先民，而微言大义，去圣贤之门犹未

---

① 朱庭珍：《筱园诗话》卷一，《清诗话续编》本，上海古籍出版社 1983 年版，第 2328 页。

② 钱谦益：《牧斋初学集》卷二十八，《新刻十三经注疏·序》，上海古籍出版社 2009 年版，第851 页。

③ 钱谦益：《牧斋初学集》卷二十八，《新刻十三经注疏·序》，上海古籍出版社 2009 年版，第851 页。

④ 钱谦益：《牧斋初学集》卷二十八，《新刻十三经注疏·序》，上海古籍出版社 2009 年版，第851 页。

远也。学者之治经也，必以汉人为宗主，如杜预所谓原始要终。寻其枝叶，究其所穷，优而柔之，餍而饫之，焕然冰释，怡然理顺，然后抉摘异同，疏通疑滞。汉不足求之于唐，唐不足求之于宋。唐、宋皆不足，然后求之近代。庶几圣贤之门仞可窥，儒先之钤键可得也。"① 汉代经学作为六经之学的源头，虽然墨守成规，缺乏创新，过于强调美刺本旨以至于曲解附会，训诂也偏于琐碎，但基本保存了经学的原貌，依据经文阐释微言大义，离圣人之意不远。特别难能可贵的是，他虽然倡导汉学，但对于汉学死守章句、细碎繁琐的训诂之法，并不是全盘吸收的。虽然对宋学不遗余力地加以批评，但也并没有全盘否定。以唐、宋、近代之学补汉学之不足，反映了钱谦益辩证的文学观和思想观。这与很多学者，对汉学视之如珠宝、对宋学视之如敝屣的偏执之见是有很大不同的。

此外，钱谦益还论述了"经"与"史"的关系，提出了"六经，史之宗统也。六经之中皆有史，不独《春秋》三传也"②。这实际上已是清代章学诚之"六经皆史"论的滥觞。钱谦益关于"经""史"关系的论述，首先是强调尊经，主张"史不离经"。同时，也绝不轻视史的作用与功能，而认为"经"与"史"是相辅相成的，他说："经犹权也，史则衡之有轻重也。经犹度也，史则尺之有长短也。"③"经"与"史"之间，既然是权与轻重、度与长短的关系，因此，二者也是相互依存的，史既不能离经，经也离不开史。表现在诗歌领域，就是继承"诗史"传统，以诗存人，以人存诗。钱谦益《投笔集》以宏大的篇章反映了作者本人晚年从事的抗清活动，堪称一部明末清初反清复明之诗史。二冯继承钱谦益之"诗史"观，评点《中州集》。冯舒并仿《中州集》和《列朝诗集》的体例，选《怀旧集》以示"以诗存人"之志。

与经学的儒学复归相适应，诗学领域内亦开始复归儒家传统诗教，而儒家诗教的复归主要表现在诗歌的怨刺、风化的经世功能。自从李梦阳提出"文必秦汉，诗必盛唐"的文学主张，明代诗学就弥漫在拟古的浪潮中，亦步亦趋，缺少独创性。针对这种流弊，众多学者从儒家的经世致用的角度对明代的名为"复古"实为"拟古"的思潮进行反拨，而

---

① 钱谦益：《牧斋初学集》卷七十九，《与卓去病论经学书》，上海古籍出版社 2009 年版，第1706 页。

② 钱谦益：《牧斋有学集》卷三十八，《再答苍略书》，上海古籍出版社 2010 年版，第 1309 页。

③ 钱谦益：《牧斋有学集》卷十四，《汲古阁毛氏新刻十七史序》，上海古籍出版社 2010 年版，第679 页。

清初率先提出诗文创作需要经术经世的就是钱谦益①。他从经学、诗学、经世三位一体的角度，建立了文与经合、文与道合、道与学合的文学观。"经术既熟，然后从事于子史典志之学，泛览博采，皆还而中其章程，隐其绳墨。于是儒者之道大备，而后胄出而为名卿材大夫，以效国家之用。"② 这里，他虽然没有明确提出诗学这一称谓，而是以子史典志之学泛称一切学问，但诗学也包含其中。无论是诗学、经学还是一切学术，其最终旨归点无疑都在有益国家，能经世致用。所以他从儒家诗学的经世致用的角度，对明末拟古诗风，忽视诗学的政教的价值功能进行批判。他说："夫诗本以正纲常，扶时运，岂区区雕绘声律剽剥字句尔乎？""先儒有言，诗人所陈者，皆乱状淫形，时政之疾病也；所言者，皆忠规切谏，救世之针药也。"③ 钱谦益复兴的不只是儒家的经典，亦是儒家的传统精神、比兴之义。

二冯继承了钱谦益的观点，认为复古当自六经始，树立儒家诗教传统的典范地位，追求温柔醇厚之旨和风雅比兴之义。

（三）性情论

钱谦益对明末清初诗学转变所作的努力，主要有二：一是批判严羽，动摇七子复古论之基石；二是重提"诗言志"这一诗歌命题，重树儒家典范地位。钱氏认为七子和竟陵派两种病症之根在于脱离了诗歌的本质特征，背离了儒家经典的轨道。所以，钱谦益将诗歌引入"诗言志"传统，从情感上贯通古今，从而将复古与言情融合。"夫诗者，言其志之所之也。志之所之，盈于情，奋于气，而击发于境风识浪奔昏交凑之时世，于是乎朝庙亦诗，房中亦诗，吉人亦诗，棘人亦诗，燕好亦诗，穷苦亦诗，春哀亦诗，秋悲亦诗，吴咏亦诗，越吟亦诗，劳歌亦诗，相舂亦诗。"④ 钱谦益将"诗言志"与"诗缘情"统一起来。认为诗歌是内心情感的真挚流露，只有发自内心之作才为诗，那种一味模仿古人、无病呻吟之作，既无益于个人情感的宣泄与抒发，亦无益于社会。所以"有真好色，有真怨悱，而天下始有真诗"⑤。故而钱谦益评价诗歌以性情为先，

---

① 陈居渊：《清代朴学与中国文学》，百花洲文艺出版社 2000 年版，第 48 页。
② 钱谦益：《牧斋初学集》卷二十八，《苏州府学志序》，上海古籍出版社 2009 年版，第 852 页。
③ 钱谦益：《牧斋有学集》卷四十二，《王侍御遗诗赞》，上海古籍出版社 2010 年版，第 1430 页。
④ 钱谦益：《牧斋有学集》卷十五《爱琴馆评选诗慰·序》，上海古籍出版社 2010 年版，第 713 页。
⑤ 钱谦益：《牧斋有学集》卷十七《季沧苇诗·序》，上海古籍出版社 2010 年版，第 758 页。

"余尝谓论诗者，不当趣论其诗之妍媸巧拙，而先论其有诗无诗。所谓有诗者，惟其志意佶塞，才力愤盈，如风之怒于土壤，如水之壅于息壤，傍魄结墙，不能自喻，然后发作而为诗。……夫然后谓之有诗，夫然后可以叶其宫商，辨其声病，而指陈其高下得失。如其不然，其中枵然无所有，而极其挦撦采撷之力，以自命为诗。剪采不可以为花也，刻楮不可以为叶也。其或矫厉气矜，寄托感愤，不疾而呻，不哀而悲，皆象物也，皆余气也，则终谓之无诗而已矣。"① 只有真情之作才能称之为诗歌，然后才可以以诗歌之标准衡量之、品评之，否则一切皆为无根之谈。

钱谦益以真情而非形式风格作为衡量诗歌的标准，从根本上抹杀了各种诗歌体裁和诗歌风格之间的差异，从性情的差异性上肯定诗歌形式风格的差异性。也就是说，各种风格特征和各个时代之诗歌的地位是平等的，不必强分初、盛、中、晚，亦不必强分唐、宋之优劣。这样就从根本上推翻了七子"文必秦汉，诗必盛唐"之论，为中晚唐诗、宋诗争得了与盛唐诗同等之地位。正是在这种价值观之推动下，清代诗坛才悄然兴起了晚唐热和宋诗热。乔亿《剑溪说诗》曰："自钱受之力诋弘、正诸公，始缵宋人余绪，诸诗老继之，皆名唐而实宋，此风气一大变也。"② 二冯继承了钱谦益之性情论，从古今性情相通的角度，融合复古与性灵，并从辨析体制的角度，指出诗无定体，彻底摧毁了七子之拟古准则。然二冯与钱谦益不同之处在于，二冯取法晚唐，以李商隐、温庭筠为宗，上导魏、晋、六朝，下及宋代"西昆"。

二、冯　复　京

冯复京，字嗣宗，有三子：舒、伟节（班）、知十（彦渊）。钱谦益《冯嗣宗墓志铭》说冯复京："强学广记，不屑为章句小儒。少而业诗，钩贯笺疏，嗤宋人为固陋，著《六家名物疏》六十卷。谓冠昏丧祭，不当抗家礼于会典，作《遵制家礼》四卷。罗旧闻、述先德，作《先贤事略》十卷、《族谱》四卷。年四十余，始见本朝实录，谓《通纪》详而野，吾学裁而疏，拿山炫博，妄而谬。宪章典则，自郐无讥。作编年书，驳正得失，曰《明右史略》，草创未就而殁。君形容清古，风止诡越，翘身曳步，轩唇鼓掌，悠悠忽忽如也。性嗜酒，酒杯书帙，错列几案，歌

---

① 钱谦益：《牧斋有学集》卷四十七《书瞿有仲诗卷》，上海古籍出版社 2010 年版，第 1557 页。
② 乔亿：《剑溪说诗》，《清诗话续编》本，上海古籍出版社 1983 年版，第 1104 页。

呕少倦，则酌酒自劳，率以为常。"① 邑志皆有著录，大都引钱谦益之语。其子冯舒称其遗书有"《常熟先贤传略》十五卷、《说诗谱》八卷、《诗名物疏》五十四卷、《遵制家礼》一卷、《族谱》一卷、《应世呈试之文》二十四卷、铭记俳谐杂文若干篇"②。

所言各书除《族谱》《应世呈试之文》及铭记俳谐杂文等未曾得见，其余各本均有幸获睹。《六家诗名物疏》现存各本皆为五十五卷，各大图书馆皆有收藏；《说诗谱》现存复旦大学，《明诗话全编》借以影印；《遵制家礼》《常熟先贤事略》南京图书馆有藏；《明右史略》收入《明清稀见史略丛书》。本文不作全面梳理，仅取《六家诗名物疏》和《说诗谱》两部著作，论述一下冯复京的诗学主张及对冯舒、冯班的影响。

（一）《六家诗名物疏》

关于此书，尚有几点争议：一、关于作者：钱谦益、冯舒等言冯复京作《六家诗名物疏》，《四库全书总目》言此书为"冯应京"所作，此书到底出自谁手？二、关于卷数：钱谦益说《六家诗名物疏》为六十卷，《四库总目》和冯舒说为五十四卷，此书到底为几卷呢？三、关于广何书：《序》言此书取陆玑《毛诗草木鱼虫疏》和郑樵《昆虫草木略》而广之；《四库全书总目》言此书"因宋蔡元度《诗名物疏》而广之"。又关于"六家诗"，《四库全书总目》云："所称六家乃谓齐、鲁、毛、韩、郑笺、朱传，则古无是名，"乃为"臆创"。③ 那么四库馆臣之言是否正确呢？现在我们就这些疑问一一考辨，以进行下一步的分析。

1. 《六家诗名物疏》考辨

首先，关于作者之考辨：

《四库全书总目》《全书简明目录》《续文献通考·经籍九》卷二，皆云："《六家诗名物疏》五十四卷。明冯应京撰。应京字可大，号慕冈，盱眙人。万历壬辰进士。官至湖广按察使金事。事迹俱《明史》本传。"而台湾商务印书馆影印《文渊阁四库全书》所收《六家诗名物疏》卷首《提要》称："臣等谨案《诗名物疏》五十五卷，明冯复京撰。复京字嗣宗，常熟人。"《千顷堂书目》《明史·艺文志》和朱彝尊《经义考》等都持此观点。此书的作者到底是谁呢？

（1）《明史·艺文志》著录冯应京著作为三种：《皇明经世实用编》

---

① 钱谦益：《牧斋初学集》卷五十五《冯嗣宗墓志铭》，上海古籍出版社2009年版，第1378—1379页。
② 冯舒：《默庵遗稿》卷九《我府君玄堂志并序》，《常熟二冯先生集》，民国十四年铅印本。
③ 永瑢等撰：《四库全书总目》，中华书局2008年11月版，第129页下。

二十八卷、《月令广义》二十四卷、《经世实用编》二十八卷。无《六家诗名物疏》；而卷九十六志第七十二艺文一著录"冯复京《六家诗名物疏》五十五卷"。

（2）清乾隆十二年《盱眙县志》卷十六，云，"（冯应京）著有《经世实用编》《书艾编》《月令广义》诸书行世"，未言《六家诗名物疏》。清光绪二十九年《盱眙县志稿》卷十二始言，"冯应京《六家诗名物疏》五十四卷"并全引四库书目提要语。其编纂者可能未加考证，据四库提要抄录。考《明史·冯应京传》："冯应京，字可大，盱眙人。万历二十年进士。"并无"称其少而业《诗》，钩贯笺疏，作《诗六家名物疏》"之语。常熟与盱眙虽相距不远，然"海虞"实指常熟，而非盱眙。

（3）钱谦益《牧斋初学集》卷五十五《冯嗣宗墓志铭》称："（冯复京）少而业《诗》，钩贯笺疏，嗤宋人为固陋，著《六家诗名物疏》六十卷。"

（4）《康熙常熟县志》亦云冯复京："强学广记，不屑为章句小儒。少而业《诗》，钩贯笺疏，嗤宋人为固陋，著《六家诗名物疏》六十卷。"《江南通志·艺文志》清乾隆六年刻本，曰："《六家诗名物疏》五十五卷，常熟冯复京。"

（5）国家图书馆藏《六家诗名物疏·叙例》后书："海虞后学冯复京识。"每卷卷首亦写："海虞冯复京嗣宗辑注。"叶向高作的序亦言："海虞冯生，肆力是经，摭其名物，详为之疏。"焦竑序亦言："海虞冯君复京童习是经，久而有得，取疏略而广之。"

（6）冯舒《默庵遗稿》卷九之《我府君玄堂志并序》称冯复京："遗书有《诗名物疏》五十四卷。"

《明史·艺文志》、乾隆六年《江南通志》等皆著录此书为冯复京所作；乾隆十二年《盱眙县志》未言冯应京著有《六家诗名物疏》，直至清光绪二十九年《盱眙县志稿》卷十二始言："冯应京《六家诗名物疏》五十四卷。"从时间上来推算，言作者为冯复京者皆成书于《四库总目》撰写之前，而清光绪二十九年的《盱眙县志稿》所引显然为《四库总目》之语，而未加考辨。钱谦益为冯复京挚友、冯舒为冯复京之子，其二人之言当为不虚。总之《六家诗名物疏》为冯复京所撰，而非冯应京，《四库总目》著录有误。

其次，关于卷数之考辨：

关于《六家诗名物疏》之卷数，主要有钱谦益的六十卷；《四库全书总目》《四库简明目录》著录和冯舒所称的五十四卷；及通行的五十五卷三种说法。查四库全书和国家图书馆、上海图书馆、南京图书馆所藏《六家诗名物疏》，正文均为五十五卷。五十四卷不知何据，但冯舒作为冯复京之子，他不会不知此作之卷数，不知是否为后来付梓时，将五十四卷析为五十五卷。至于钱谦益的六十卷之说，山东大学徐超称："台湾影印《文渊阁四库全书》，正文五十五卷，前有《原序》一篇，《叙例》一篇，《提要》上、中、下。而据《天禄琳琅书目后编》：'前有王道新序、万历乙巳申时行序、焦竑序、庄毓庆序、陈禹谟序。又《提要》二卷，列……三十二门。次《卷目》，次《引用书目》。'则说'五十五卷'，系指正文言。说'六十卷'，疑合诸《序》《提要》《卷目》《引用书目》等计之。"① 我查国家图书馆藏《六家诗名物疏》有叶向高、焦竑两篇序，南京图书馆藏《六家诗名物疏》多一篇申时行序。至于《天禄琳琅书目后编》所云另外两篇序，惜无缘得见。但合《序》三篇（即便将三篇《序》合称一卷）、《叙例》一卷（未有《卷目》之名）、《引用书目》一卷、《提要》三卷，亦超六十卷之数。我以为六十卷之说当排除三篇序，可能将《叙例》一卷、《引用书目》一卷以及《提要》三卷，一并计算在内。

再次，关于广何书之考辨：

《四库全书总目》云，"（《六家诗名物疏》）因宋蔡元度《诗名物疏》，而广之征引。"我以为不妥。《六家诗名物疏》序云："陆玑作《疏》，良有意于此。郑樵氏以支离目之，迨自为《昆虫草木略》也。谓以儒生而识田野之物，农圃而兼诗书之理，可无余憾矣！然仅仅三百六十，以应周天之数，语焉而不详，亦奚取焉？海虞冯君复京童习是经，久而有得，取《疏》《略》而广之。缀集昔闻，参以新义。自鸟兽草木而外，如象纬、堪舆、居食、被服、音乐、兵戎，名见于经者种种具焉，足以补陆郑之遗。"② 直言此书取陆玑《毛诗草木鱼虫疏》和郑樵《昆虫草木略》而广之，而此书亦确可补二书之遗。不知《四库全书总目》所言何自。

最后，关于"六家诗"之考辨：

冯复京以齐、鲁、毛、韩、郑笺、朱传六家诗学为基础，进行名物的细致考辨，以助于理解《诗》的比兴要义。关于冯复京之"六家诗"说，《四库全书总目》提出质疑："惟所称六家，乃谓齐、鲁、毛、韩、

①　徐超：《关于〈六家诗名物疏〉》，《山东大学学报》（哲社版），1998 年第 4 期。

②　冯复京：《六家诗名物疏》，明刻本。以下所引出于此者，不一一标注。

郑笺、朱传，则古无是名，而自复京臆创之。且毛、郑本属一家，析而为二，亦乖。"六家诗的提法，确实古无先例，而这也正体现了冯氏的开拓创新。《六家诗名物疏·叙例》云："汉世说诗者，齐、鲁、毛、韩分镳并驱，洎乎郑《笺》续缀毛说，孤行。朱《传》晚成学官，植立古今名家不越乎此。其诂中名物诠释，如左，虽三氏沦亡，而群书错引，固可得而备论也。其他，如欧之本义、王之新说、苏、吕、钱、董诸家虽式存遗牒，未列学官，各刃新奇，无烦翰墨。"① 冯复京选此六家，乃为此六家于《诗经》学史上的重要地位。齐、鲁、韩三家为今文经学，毛《诗》为古文经学，四家诗代表了汉代诗学的最高成就，而三家诗失传，毛《诗》独存。郑《笺》虽续说毛《诗》，但其将毛《诗》发扬光大，并得以孤行。而朱《传》代表了宋代诗学的成就，并被立为官学。古代经学的三个重要历史时期为汉代经学、宋代理学和清代考据学。清代的考据学融合了汉代经学与宋代理学，而这种融合从明代中后期就已经开始。冯复京所选六家诗，即为汉代经学典范——毛《诗》、郑《笺》和宋代理学经典——朱熹《诗集传》，而这也正是冯氏摆脱明初以来朱学独尊的地位，吸纳汉代经学，重视义理和考据的融合的一种表现。所以我以为"六家诗"之提法虽属"臆创"，却不乏创见。

2.《六家诗名物疏》研究

孔子言学《诗》可以"多识于鸟兽鱼虫之名"（《论语·阳货》），自六朝陆玑《毛诗草木鸟兽虫鱼疏》，名物疏解占据了诗学研究的一席之地，出现了很多著述。如：蔡卞《毛诗名物解》、许谦《诗集传名物钞》、林兆珂《多识篇》、冯复京《六家诗名物疏》、吴雨《毛诗鸟兽草木考》、毛晋《陆氏诗疏广要》、赵执信《诗经名物疏钞》、陈大章《诗传名物集览》、姚炳《诗识名解》、方瑛《读诗释物》、焦循《陆氏草木鸟兽虫鱼疏疏》《毛诗草木鸟兽虫鱼释》、牟应震《毛诗名物考》、丁晏《毛诗草木鸟兽虫鱼疏校正》等；另外，还出现了一些天文、地理名物方面的著作，如焦循《毛诗地理释》、洪亮吉《毛诗天文考》、朱右曾《诗地理征》、尹继美《诗地理考略》、桂文灿《毛诗释地》等；亦出现以图的形式说解名物的专著，如徐鼎的《毛诗名物图说》等。

然众多疏解，往往局限于草、木、鱼、虫、鸟、兽等自然名物的训诂，虽于天文、地理方面的名物稍有涉及，然伤于芜杂。有的著作虽引用资料丰富，但条理不清，"考证辨驳，往往失之蔓衍"，使人莫知所从。

---

① 冯复京：《六家诗名物疏》，明刻本。

另外，名物疏解还常常与经学相纠缠，成为道德比附的工具，缺乏科学的依据和立论。而冯复京的《六家诗名物疏》立足于汉代经学，精于考据，广征博引，将名物分为三十二门进行细致考辨，可以称为明末以来诗经名物疏解的集大成之作。《四库全书总目》评曰："征引颇为赅博，每条之末间附考证，……议论皆有根柢，犹为征实之学者。"① 本文主要基于四库馆臣对此书的评价，分为三个部分来论述《六家诗名物疏》成就，如下：

（1）广征博引

冯复京作《六家诗名物疏》所用书目颇广，叶向高称："其所采集自六经、正史以至诸子百家、稗官小说，与夫谶纬、医卜、天文、历数诸书，无不搜引连类。"考《六家诗名物疏》引用书目，叶氏所言不虚。现仅将《六家诗名物疏》所引书目列表，如下：

经：238 部											
诗	周易	尚书	礼	春秋	孝经	论语	孟子	尔雅	小学	经解	谶纬
60 部	7 部	11 部	33 部	17 部	2 部	7 部	3 部	14 部	22 部	11 部	41 部
史：115 部											
正史	杂史	职仪	杂记传	地志	谱系						
22 部	16 部	12 部	6 部	55 部	4 部						
子：183 部											
儒家	道家	法家	名家	墨家	纵横家	农家	杂家	小说家	天文历数	兵法	医方
15 部	17 部	3 部	1 部	1 部	1 部	14 部	51 部	23 部	32 部	6 部	19 部
集：51 部											
总集	别集										
23 部	28 部										
总计：587 部											

冯复京为《诗经》名物注疏，兼采经二百三十八部、史一百一十五部、子一百八十三部、集五十一部，突破了以往注疏类著作杂引字书、

---

① 永瑢等撰：《四库全书总目》，中华书局 2008 年版，第 129 页下。

本草的局限；而且冯复京对名物的疏解，往往注重材料的多方引证，只"琴"一条，就引用了《琴书》《说文》《乐书》《广雅》《琴操》《风俗通》《山海经》《琴清英》《书》《周官》《明堂位》《乐记》《国语》《史记》《乐书》十五家之言。单言《六家诗名物疏》，似乎不足以证明冯氏引用之博。与同时期的其他名物著作相比较，冯复京《六家诗名物疏》引用资料之博以及各家之得失能更直观的显现。如关于"鸠"的注疏。

林兆珂《毛诗多识编·鸟部·鹘鸠》：

"宛彼鸣鸠，翰飞戾天。"（《小雅·小宛》章）"于嗟鸠兮，无食桑葚"。（《卫风·氓》）

鸠，鹘鸠也，春来秋去。《释鸟》：鶌鸠，鹘鸼。郭璞云：似山鹊而小，短尾，青黑色，多声，今江东亦呼为鹘鸼。陆佃云：一名鸣鸠，《月令》所谓"鸣鸠拂其羽"是也；一名莺鸠，庄子所谓"蜩与莺鸠笑之"者，是也。陆玑谓：鹘鸠即斑鸠，非也。盖斑鸠似勃鸠而大，项有绣文斑然，与此鹘鸠全异。此鸟朝鸣，故一曰鹘嘲。许慎云：鸣鸠奋迅其羽，直刺上飞数千丈入云中。其勉而飞如此，故《小宛》以刺幽王不能自强也。①

吴雨《毛诗鸟兽草木考·鸟考·鸠》：

《卫风》曰："于嗟鸠兮，无食桑葚。"《传》："鸠，鹘鸠也。食桑葚过则醉，而伤其性。"《小雅》曰："宛彼鸣鸠，翰飞戾天。"《传》："宛，小貌。鸣鸠，鹘鸠也。"

鸠，鹘鸠也。一名鸣鸠，一名鶌鸠，一名鹘鸠，一名莺鸠。似山雀而小，短尾，青黑色，多声，亦多子。在山林间，飞翔不远。春来秋去，备四时之事，故少皞氏以为司事之官。春后引雏鼓翼上天而飞，鸣以翼相摩拂，《月令》"鸣鸠拂其羽"是也。此鸟好鸣，故名鸣鸠；亦好朝鸣，故名鹘嘲。北人名鶻鶹，今江东亦呼为鹘鸼。性食桑葚，然过则醉而伤其性也。陆玑云：斑鸠也。盖斑鸠似鹘鸠而大。鹘鸠灰色，无绣项，阴则屏逐其匹，晴则呼之。斑鸠，项有绣文斑然，故曰斑鸠，则与此鹘鸠全异。玑之言，非也。《尔雅》鸠非一。知此是鹘鸠者，似鹘鸠，冬始去

---

① 林兆珂：《毛诗多识编》卷四，明刻本。

今秋见之，以为喻，故知非余鸠也。①

　　冯复京《六家诗名物疏》卷十七：

　　《传》云："鸠，鹘鸠也。"○《尔雅》：鹠鸠，鹘鸼。舍人曰今之斑鸠。某氏曰："《春秋》云：'鹘鸠氏司事，春来冬去。'"孙炎曰："一名鸣鸠。"《月令》云："鸣鸠拂其羽。"郭璞曰："似山鹊而小，短尾，青黑色，多声，今江东亦呼为鹘鹐。"○《本草》云："鹘嘲，南北总有。似鹊，尾短，黄色。在山林间，飞翔不远。"○《广雅》云："鹘鹐，鹠鸠也。"《埤雅》云："鹠鸠，一名鸣鸠，一名莺鸠，庄子所谓'蜩与莺鸠笑之'者也。多声，故名鸣鸠。鸣鸠小物，决起而飞，抢榆枋，时不至，控于地而已矣。"陆玑云："鹘鸠，一名斑鸠。盖斑鸠似鹘鸠而大。鹘鸠，灰色，无绣项，阴则屏逐其匹，晴则呼之。语曰'天将雨，鸠逐妇'者是也。斑鸠项有绣文班然，故曰斑鸠，与此鹘鸠全异。"玑之言非。此鸟喜朝鸣，故曰鹘嘲也。○《周书·时训》云："谷雨又五日，鸣鸠拂其羽鸣。不拂其羽，国不治兵。"○许叔重云："鸣鸠奋迅其羽，直刺上飞数千丈入云中。"

　　案：《本草》言鹘嘲飞翔不远，而许叔重谓直入云中，岂所见各异耶？庄子所云与《本草》合，则许说非也。②

　　林兆珂《毛诗多识编》以材料罗列为主，不加考辨，以至于四库馆臣讥之为"贪多务博，颇乏持择"③。而吴雨和冯复京在综合前人注疏成果的同时，能加以考辨。《毛诗多识编》先采《释鸟》、次郭璞、次陆佃、次陆玑、次许慎，隐去《传》和《春秋》之目，加以整合，出为己说。吴雨《毛诗鸟兽草木考》除陆玑和《尔雅》外，均不列使用书目之名称，虽于行文中渗透自己的思考与考辨，但归属难辨。又杂诸家之义于一炉，失之芜杂。有时又因未能理解各家之义而时时出现前后抵牾之处。故而有学者指出："明人考据多引，但往往直接摘录不注出处、任意删改不加说明，使后人很难知晓谁是真正作者，以及材料来源是否可靠。"④ 相比

---

①　吴雨：《毛诗鸟兽草木考》卷二，明万历磊老山房刻本。
②　冯复京：《六家诗名物疏》，《影印文渊阁四库全书》，台湾商务印书馆1986年版，第204页。
③　永瑢等撰：《四库全书总目》卷十七，中华书局2008年版，第140页中。
④　王海丹：《明代〈诗经〉考据特色研究》，《大众文艺》2010年版第20期。

较而言，冯复京《六家诗名物疏》严谨得多，在《毛诗多识编》引用之五条的基础上，又加孙炎、《本草》《广雅》《埤雅》《周书·时训》、许叔重六条，材料显然要丰富得多。不惟如此，每条均注明出处，不没前人成果，而且其引用书目多而不泛，每条都围绕诗义而出，并能考辨诸家之言，辨定是非。

（2）分类精细

冯复京《六家诗名物疏》将《诗经》名物分为三十二门细细考辨，涉及草木、鸟兽、天文、地理、居实等各个方面，几乎囊括了《诗经》所涉及名物的全部种类。焦竑《序》云："自鸟、兽、草、木而外，如象纬、堪舆、居食、被服、音乐、兵戎，名见于经者，种种具焉。"《叙例》言："诗人之作，撷流景于目前，心曲于形表。孔子曰：多识于鸟、兽、草、木之名。比类而言，几乎上穷景纬，下括舆图，中备人事。予今具释列为三十二门，各若干事《诗》之名物，殚于此矣。"

陆玑《疏》仅释草、木、鱼、虫四类；蔡卞《毛诗名物解》所释有天、百谷、草、木、鸟、兽、虫、鱼、马、杂释、杂解十一种；许谦《诗集传名物钞》训解名物之外，夹杂文字训释和诗旨抄录，不过八卷之目；林兆珂《毛诗多识编》分草部、木部、鸟部、兽部、虫部、鳞部六部，合为七卷；吴雨《毛诗鸟兽草木考》分鸟考、兽考、虫考、鳞考、草考、谷考、木考、天文考八类，总计二十卷。而冯复京之《六家诗名物疏》长达五十五卷，分为释天、释神、释时序、释地、释国邑、释山、释水、释体、释亲属、释姓、释爵位、释饮食、释服饰、释室、释器、释布帛、释宝玉、释礼、释乐、释兵、释舟车、释色、释艺业、释夷、释兽、释鸟、释介鳞、释虫、释木、释谷、释草、释杂物三十二类。所释名物"上穷景纬，下括舆图，中备人事"，其涉及的广度和分类的精细远超同时期的其他名物疏著作，在《诗经》名物的研究史上也堪称巨作。

（3）详于考证

冯氏之《六家诗名物疏》不仅群征博引，详细排列各家关于名物的注解，更为可贵的在于能加以考辨，出以己见。检全书加案语考辨的多达二百五十三条，现将各卷的分布情况列表如下：

卷数	条数	卷数	条数	卷数	条数	卷数	条数	卷数	条数
卷一	6	卷十二	5	卷二十三	9	卷三十四	4	卷四十五	2
卷二	6	卷十三	8	卷二十四	0	卷三十五	2	卷四十六	3

续表

卷三	4	卷十四	3	卷二十五	6	卷三十六	3	卷四十七	5
卷四	8	卷十五	7	卷二十六	7	卷三十七	2	卷四十八	1
卷五	9	卷十六	8	卷二十七	8	卷三十八	4	卷四十九	4
卷六	8	卷十七	2	卷二十八	10	卷三十九	4	卷五十	5
卷七	2	卷十八	0	卷二十九	5	卷四十	2	卷五十一	4
卷八	8	卷十九	0	卷三十	6	卷四十一	3	卷五十二	5
卷九	2	卷二十	4	卷三十一	3	卷四十二	3	卷五十三	5
卷十	10	卷二十一	4	卷三十二	7	卷四十三	3	卷五十四	4
卷十一	10	卷二十二	10	卷三十三	4	卷四十四	2	卷五十五	1

　　冯复京尊重经典，却又不盲目跟从，敢于对传统提出质疑，而且其考辨论据充分，精于推理。如：上文所引之"鹘鸠"条，通过比对庄子、《本草》和许慎三家之言，而推知许说之误。再如四库馆臣指出的卷五所疏《采蘩》篇"被之僮僮"之"被"，"郑《笺》以被为髲髢，《集传》以为编发。应京（误，应作复京）则据《周礼·追师》谓编则列发为之，次则次第发长短为之。所谓髲髢，定《集传》之误混为编"。"又如《郑风》'缁衣'，《集传》以为缁衣羔裘，大夫燕居之服。应京（误，应作复京）则据贾公彦《周礼疏》以为卿士朝于天子，服皮弁服，其适治事之馆，改服缁衣。郑《笺》所谓所居私朝，即谓治事之馆。"

　　冯复京敢于发出疑义，却并非无的放矢，而是非常谨慎的。其详加考辨并明辨是非者，往往是其比较精通的或熟知的。比如冯复京曾作《遵制家礼》四卷，对服饰、礼仪等都有很深的了解，其对"缁衣"等条的考辨，即从传统习俗和儒家礼义规范出发，辨定是非。又如常熟盛行古琴，并有"虞山"一派，至今不绝。冯复京亦精通音乐，他对各种乐器的考辨，即从其音乐实践出发，加以梳理。以卷一"琴"为例，冯复京在罗列各家论点之后，加以分析，曰：

　　按：《明堂位》有大琴、中琴之文。然则长八尺一寸者，大琴之度也；长三尺六寸六分者，中琴之度也。制之长短虽不同，不过五弦、七弦而已。郭氏云，大琴二十七弦，未知何据。陈旸又云：声不过五，小琴五弦，中琴倍之十弦，大琴四倍之二十弦。深辟七弦之琴，以为存之有害。古制其称十弦、二十弦，于古罕用。而七弦则古今相传，未可废也。①

　　琴有大琴、中琴之目，琴长又有八尺一寸、七尺二寸、三尺六寸六分之分，弦又有五弦、七弦、十弦、二十弦、二十七弦之不同。冯复京从音乐实践出发，指出大琴长八尺一寸、中琴长三尺六寸六分；而五弦、七弦古今通用，十弦、二十弦古人罕用，至于二十七弦则未能辨。

　　如遇有疑问而众家之说不同，又无从考证者，冯氏往往提出疑问而不论定是非，然也为后来学者提供了一些线索。当然，冯复京的考辨虽然严谨，但正如刘毓庆先生所指由于其"缺乏清儒归纳、演绎、音韵、训诂的手段"，又"过于依赖于文献，而又无力疏通其间关系，故虽博而多有不通"②。冯氏以一人之力详注五十五卷之目，错误、纰漏在所难免，至于由于能力所限，缺乏对材料的整体把握和疏通，亦是人之常情。冯复京对文献的依赖也正是其严谨学风的有力表现，有一分材料说一分话亦是治学的一种方法。冯氏之作对《诗经》名物材料的细致整理，为后人的研究提供了很大的便利。而其严谨的治学之风和质疑权威的行为，都已开启清代朴学之风。冯氏在经学注疏上的巨大成就和在明清学术思潮转变中的推动之功还是令人瞩目的。

　　总之，冯复京《六家诗名物疏》以征引广博、分类精细、详于考辨三点，打破了以往名物疏解的局限，堪称明代《诗经》名物疏解的集大成之作；并且冯复京以身体力行的方式为清代考据学的兴盛开辟了先路。其对文献的重视与应用及其严谨的学术态度，对其子冯舒和冯班产生了深远的影响，亦是当今学子学习的典范。

　　（二）《说诗补遗》

　　冯复京自幼治诗，于诗学用力至勤，论诗亦深受七子派影响，尊崇盛唐，疾宋如仇，临终前亦有所觉醒，对七子颇有微词，卧病之时曾语中子冯班曰："王、李、李、何，非知读书者。吾向为所欺，汝辈不得悆则。凡言王、李者，皆往时语也，读者甚详之！"③。《说诗补遗》（又称《说诗谱》）八卷，成于明泰昌元年（1620），时冯复京年四十八岁，乃其早年之作。第一卷总论诗法，后七卷分论具体的诗人、诗作，自上古

---

① 冯复京:《六家诗名物疏》,《影印文渊阁四库全书》,台湾商务印书馆1986年版,第44页。
② 刘毓庆:《从经学到文学——明代〈诗经〉学史论》,商务印书馆2003年版,第154、156页。
③ 冯复京:《说诗补遗》冯班跋,《明诗话全编》本,江西凤凰出版社1997年版。本文所引冯复京之论皆出此书,之后所引,不再出注。

歌谣至唐而不及宋。偶有涉及宋者，亦为斥论。如：卷一云："宋人之解杜诗，穿凿附会，狂吠不休，诗道之蟊贼矣。""予尝谓谈诗者若胸中留一宋人见解，则是膏肓之疾，和缓莫救。"卷三云："诗道至宋一世，病热醉梦，无烦具述。"等等。

冯复京论诗受七子影响，以古为则，以雅为正。如其言论诗之宗旨，曰："章法与其镵削瘦劲，不如浑厚冠裳。字句与其浮响倒装，不如沉实平正。与其学杜陵之苍老危仄，不如学王、李之风华秀朗。与其为大历之清空文弱，不如为景龙之缛藻丰腴。发端贵于气象远大，句格浑成。结尾贵于收顿得法，意兴无尽。中二联，对极整切，而中含变化，机极圆畅，而自在庄严，和平而不悲冗，雄伟而不粗豪，斯得格调之正，而备诸法之全者。"冯复京此段言论涉及章法、句法、字法、结构和文风，总而言之，标准为二：一、以雅正为旨，追求温柔醇厚之美；二、转益多师，诸法兼备。下面就从这两个方面分而论之。

首先，以雅正为旨，追求温柔敦厚之风。

冯复京论诗讲究雅正，常言某体以某为正宗，以何为极则，如其称"古诗浑厚典则，蕴藉和平。李翰林之狂率、杜拾遗之刻露，皆非诗之正也。使谓为李杜体，可以师法，岂不误哉"。（卷一）"七言歌行当以高达夫为正宗，杜子美为大家，王维、岑参实相羽翼，卢、骆长篇，靡缛相矜，太白骚体，跌宕过度，均伤雅道。学者姑舍焉可也。"（卷一）"五言律，须刊贞观垂拱之浮靡，主开元、天宝之正格，对仗整严，音吐鸿亮，风骨高峻，滋味隽永。畅之以才气，润之以丹采，结构规模，必无爽尺寸。虽错综变化，亦由斯假途焉。"冯复京论诗尊汉魏盛唐，并分诸诗体以求雅正。四言国风雅颂，为圣籍冠冕。后世五、七言之句法、字法、兴象风神，无不源于四言。古体诗以浑厚典则为正，讲究蕴藉和平，所谓"温柔醇厚"是也；七言歌行当以高达夫为正宗，杜甫为集大成者；五言律诗则以开元、天宝之风骨高峻、滋味隽永之作为正。其余各家、其余各体、诸种风格则非为正宗，虽自成一格，姹紫嫣红，终是偏途，非取法之对象。

与诗歌的雅正标准相适应，冯复京追求的理想诗歌风貌，就是"温柔醇厚"。如其评述七言绝句之标准时，说："所贵者兴象玲珑，意味深厚。天真溢发，极精工又极自在；气骨浑涵，极神骏又极闲雅。悲而不畅，怨而不怒，和而不流，丽而不险。极真切而不凡近，极感慨而不萧飒。"冯复京所界定的诗歌的度，实即儒家"怨而不怒"的具体演绎。

冯复京认为雅正之原则、温柔醇厚之风的获得，源于情感的自然萌发，所谓"为情作文"也。"人钟五秀，实蕴七情，情发于中，斯形于言，歌咏嗟叹，有所不得已也。由是章句节比，听真宰以就班，音调铿锵，循天钧而赴节。气骨神韵，趣味才力，则主张旋运于章句音调之中，以赞成厥美者焉。"诗歌是情感的自然流露，是真情积于胸中、不吐不快之结果。"夫诗本性情，天籁自发，若驰骋牵造，割裂配拟，必无可工之理，安能以易穷之日力，有尽之心思，作此无意哉。"而燕飨应制，失去了诗歌抒发性情之意旨，虽强作之亦难成佳作，则作之何益？

冯复京虽深受七子之影响，倡导复古之说，然其对七子尚有超越。七子论诗重视格调，而冯复京以雅正为则，提倡温柔醇厚之风，并与情连接起来。摆脱了七子之仅格调肖似古人，无病呻吟之弊，将诗歌带回抒情言志之本。

其次，转益多师，诸法兼备。

冯复京在以雅正为则的前提下，尚强调转益多师，主张多种风格的融会贯通，并立足于融合诸家而自成一格。这在某种程度上不能不说亦是对七子的超越。七子之复古强调格调肖似古人，实为古人代言；冯复京之学古，虽亦强调在诗法、句法上取法于汉唐大家，然亦注重融合诸家之长，形成自己的诗歌特征。"作五言古，须求性情于《三百》，采风藻于《楚辞》，而卓然以古诗及苏、李《十九首》为师，子桓、子建为友，熔铸琢磨，精神游于彀内；优柔厌饫，理趣浃乎胸中。……盖参之以步兵之虚旷、记室之俊爽、康乐之精凿、彭泽之淡永、宣城之流丽、工部之沉郁，衷斯众美，妙骋心机，究竟自成一家，独有千古。"（卷一）五言古诗要求性情于《诗三百》、采风藻于《楚辞》，是遵守诗歌的雅正原则；参采众家，则要融合自己的才力、情致，选取适合自己的诗歌风格，进而形成自己的独特诗歌风貌。

冯复京总结诗歌有十个恒体："一曰达才，二曰构意，三曰澄神，四曰会趣，五曰标韵，六曰植骨，七曰练气，八曰和声，九曰芳味，十曰藻饰。"位居首位的"达才"即依据各人才力之不同，选取适合自己的体裁、诗法，扬长避短，不必具体大成。所谓"能此体，正不必兼彼体。工我法，正不必用他法"是也。冯复京之"达才"说，兼顾个体之差异。前人之遗产蕴含丰富，后之学者就要在其中选取适合自己的风格进行研习，方能超越古人。而独特风格的形成，除了自身之才情外，尚须后天不断地学习，正所谓"灵趣雄才，得自天授。精思妙诣，必以学求。然天授之奇者，不可以不学，学力之至者，未必不可以胜天也"。哪怕天生才俊，如不努力学习，难免成为庸才，而天生平钝者，尚勤能补拙。只有"读书破万卷"才能"下笔如有神"。

冯复京早年对初、盛唐诗歌顶礼膜拜，对中、晚唐诗歌评价较低。临终之前乃有悔悟，曾语冯舒曰："汉魏六朝，无遗憾矣。初、盛两朝，自谓精确。所恨者中、晚之间，立言未真耳。""夫中、晚之不得为初、盛，犹魏晋之不得为两京，而谓初、盛诗存，中、晚绝，将文心但存苏、李，而世宙遂止当途乎？此何待知者而辨也。故初、盛有初、盛之唐诗，以汉、魏律之，愚也。中、晚有中、晚之唐诗，以初、盛律之，亦愚也。"各个时代有不同的诗歌风貌，很难以统一的标准衡量高下。温柔敦厚是一种美，剑拔弩张亦是一种美，诗歌正是以其各种不同之艺术风貌，或沉郁、或秾丽、或平淡、或奇崛、或艰涩……乃为姹紫嫣红，百花齐盛。如果都用一种标准衡量之规定之，则诗之不存也。

二冯继承其父雅正之则和转益多师之学，以性情统一初、盛、中、晚，融合七子之复古与竟陵之性灵，绕开盛唐而取法晚唐。如果说二冯反对七子之复古，倡导性情说乃是深受时代思潮和钱谦益之影响，那么其取法晚唐而不取法宋则可能与其父有关。前已论述，冯复京早年取法盛唐，诋中、晚唐而疾宋如仇，晚年乃悔悟对中、晚唐之论，而于宋诗还保前态。故虽钱谦益由唐及宋，而二冯另辟蹊径，取法晚唐，以李商隐、温庭筠为宗。

第三章　冯舒、冯班的诗学理论

钱谦益等明末清初诗人对七子复古思潮之批判，打破了复古派所建立的审美价值体系，将盛唐诗歌与其他时代之诗歌等量齐观，这样不惟盛唐诗歌，齐梁诗歌、晚唐诗歌、宋代诗歌皆可成为后人师法之对象。在这种诗学观的影响下，清代兴起了晚唐诗热和宋诗热两股诗歌热潮。钱谦益崇尚苏轼、陆游之宋诗系，推动了宋诗热的兴起。冯舒、冯班兄弟继承钱谦益诗学，对七子派和竟陵派诗学都持批判的态度，但与钱谦益不同之处在于，二冯以晚唐诗为基础，"建立了以象征性比兴为核心，崇尚细腻功夫与华丽文采的诗学，这种诗学对晚唐诗歌的审美价值做了正面的论述与肯定，确立了晚唐诗的地位"。① 可以说二冯诗学之最显著成就乃在于融合了复古派与性情派之合理成分，致力于晚唐绮靡文风之复兴，在学术界掀起了一场晚唐热。当然这场变革得以实现，非仅以二人之力所能完成，又其在论述过程中，时常出现前后抵牾之处，然这并不影响二人以身体力行带动了一代诗风之转变。

第一节　通与变的融合

"通变"是刘勰《文心雕龙》提出的理论范畴，詹福瑞师认为，"通变"具有通于变化和因变而通这两层意义，而在具体操作上，就要处理好因与变，也即继承与革新的问题。② 本文所讲之通变，在继承詹福瑞师的基础上，又微有不同。本人试将通与变分开来讲：通，主要讲继承的问题，也即纪昀所指之师古；变，主要讲变革的问题。

一、通 于 何 时

继承与革新的问题，乃是诗歌创作的大问题，惟有处理好二者之间的关系，诗歌才能良性发展。中国古代诗歌发展到清代，似成强弩之末，前代诗歌之优秀成果给清代诗人提供了丰富的艺术借鉴，同时也给清代

---

① 张健：《清代诗学研究》，北京大学出版社 1999 年 11 月版，第 148 页。
② 詹福瑞：《"通变"释义》，《汉魏六朝文集》，河北大学出版社 2001 年 8 月版，第 176—187 页。

诗人造成了难以逾越的障碍。如何对待前人的诗歌传统，无疑成为摆在清代诗人面前的首要问题。二冯一如前人以宗经、征圣的崇古观为理论支点，但不同于前人之处，二冯打着尊古的旗号，复的却是晚唐的诗风。关于此点，冯班曾自言："余自束发受书，逮及壮岁，经业之暇，留心联绝。于时好事多绮纨子弟，会集之间，必有丝竹管弦，红妆夹坐，刻烛擘笺，尚于绮丽，以温、李为范式。……呜呼！自'江西'派盛，斯文之废久矣。至于今日，耳食之徒，羞言'昆体'。然王荆公云：'学杜者当从李义山入。'欧阳文忠尝称杨、刘之工。世有二公，必能鉴斯也。是为序。"① 冯班以温、李之晚唐绮靡文风为范式，并感叹自宋代"江西"以来诗文风雅之道丧失，故其欲提倡晚唐文风而倡风雅之道。

　　从"通"的角度，冯班感叹"六经"之晦、风雅之失，提倡宗经、征圣，重新树立儒家经书之典范地位。冯班曰："儒者于六经，如法吏之于三尺，一字动摇不得。法吏定罪，必据三尺；儒者论事，必本六经。自儒者之是非六经也，所以邪说竞作，更无以压之。宋朝诸君子直是未睹其害耳。读六籍，必有不合，如见父母之过，口不得言也。初读时多不合，久后学问进，便觉自家粗浅。"② （《读古浅说》）儒者之尊六经，必如法吏之守律条，恪守谨遵，不得随意质疑六经之是非。自宋儒非议六经，儒经之典范地位岌岌可危，"宋人读书未闻好古，只是一肚皮不信"。故宋儒所解之经不可信，当征从汉儒所解之经，因"六籍裁于圣手，然秦火之余，诸儒传录，岂无讹窜，然大体不失"。（《读古浅说》）秦火之后，六经虽靠传录，然毕竟去古未远，大体不离本意。

　　冯班欲重树六经之典范地位，奉汉儒之经为至论，以至于达到了盲从的地步，尝曰："读《孟子》，有与《论语》不同处，当信孔子。读程、朱之书，有与孔、孟不合处，当信孔、孟。"因"汉儒释经，不必尽合，然断大事，决大疑，可以立，可以权，是有用之学。去圣未远，古人之道，其有所受之也。宋儒视汉人如仇，是他好善不笃处"。（《读古浅说》）儒者事经如侍奉父母，苟有不合，亦不得质疑，必须盲从。又曰：

　　士人读书学古，不免要作文字，切忌勿作论。成败得失，古人自有成论。假令有所不合，缺之可也。古人远矣，目前之事，犹有不审，况在百世之下，而欲悬定是非乎？

----

① 冯班：《同人拟西昆体诗·序》，《钝吟老人遗稿》，清康熙刻本。
② 本文所引冯班的言论，多出自《钝吟老人遗稿》之《钝吟杂录》，清康熙刻本。此后凡引自此者，皆不再出注。

尚论古人，不是与古人争是非。好讥评者，其为学必不得益。

文人儒者，大有异端。不信五经、喜毁古贤人、招合虚誉、立党败俗，皆圣人之罪人。

凡人之是非，当决之于君子。儒者之是非，当裁之以圣人之言。苟不合于仲尼，虽程、朱，亦不可从也。（《家戒上》）

以古人之是非为是非，以圣人之是非为是非，冯班之尊经崇古可谓达到了迷信的地步。宗经、征圣是古来学者立身之本，然如此盲从，似乎太过。

不过从中亦可看出冯班崇经的苦心，他一再强调汉儒的崇正地位，主要是针对宋儒而言，他无时不在标刻以汉儒矫正宋儒之虚妄、讹谬，故而强调汉儒之典范。从尊古的角度出发，攻击宋儒之壁垒，亦可攻击"文必秦汉，诗必盛唐"之狭隘崇古论，可谓一箭双雕。从时代久远性上，宋代自不如汉代久远，故弃宋儒遵奉汉儒为明智之举。《诗经》为儒家之经典，其价值自不可代替。再从时代上言，《诗经》亦去古未远，保存圣貌，非后人所能随意超越。盛唐之诗歌高潮，仍是延续《诗经》余绪而达到，故标举盛唐而弃先秦、汉、魏、六朝，乃失诗歌之源。

可以说，从"通"的角度上，冯班完成了他崇古说的第一步，即树立汉儒经学的典范地位。然而这只是他论说的开端和角度，接着他开始了崇古说的第二步，即树立杜诗的典范地位。冯班曰：

杜子美上承汉、魏、六朝，下开唐宋诸大家，固所云集大成者也。（《瀛奎律髓汇评》卷一杜甫《登岳阳楼》）

千古惟老杜可配陈思王。

千古只一子美也。（《读古浅说》）

杜甫为先秦、汉、魏、六朝、唐代诗歌之集大成者，因杜诗之成就直接来源于风雅之道，亦即"六经""六义"。从通的角度，杜诗上承汉、魏、六朝之风雅，下开唐、宋诗歌之盛世，是唐诗之典范，亦是历代诗歌的集大成者和典范。因此，后世诗人作诗应以杜诗为圭臬。

紧承其上，冯班从杜甫师承的角度，提升齐、梁诗的地位，为齐、梁绮靡文风正名。齐、梁诗离汉不远，"风雅之道，未坠于地。贤者得其大者，不贤者得其小者。'夫子焉不学，而亦何常师之有？'"（《读古浅说》）所以，"看齐、梁诗，看他学问源流，气力精神，有过唐人处。"

(《读古浅说》) 而"千古会看齐、梁诗,莫如老杜,晓得他好处,亦晓得他短处,他人都是望影架子话"。以老杜之才,尚从齐、梁诗中吸取精华,他人又岂能弃而不读?然后冯班指出"义山本出于杜"(卷三十九李商隐《夜饮》),且王安石曾云"学杜当从李义山入"。于是他又从承继杜诗的角度,提升以李商隐为代表的晚唐诗歌的地位。于此,才正式步入冯班崇古论的核心。

　　韩吏部,唐之孟子,言诗称鲍、谢。南北朝红紫倾仄之体,盖出于明远。西山真文忠公云:"诗不必专言性命,而后为义理。"则儒者之论诗,可知也已。人生而有情,制礼以节之,而诗则导之使言,然后归之于礼。一弛一张,先生之教,然也。吾友陆敕先,今之端士也。自髫岁而好联绝,下语多惊人,至今十年不休,于书多所窥。其于诗律益深,咏情欲以喻礼义,则时有之。或讥之曰:"诗人当有忠义之气,拂拂出于十指之端,此直朝花耳。"噫!是安知诗哉!光焰万丈李太白,岂以酒色为讳耶?以屈原之文,露才扬己,显君之失,良史以为深讥。忠愤之词,诗人不可苟作也。以是为教,必有臣诬其君、子谪其父者,温柔敦厚其衰矣。且诗人又不当如此。韩学士不为褚渊,将宋晃之虎须,其文有《香奁集》,视夫口言忠孝、婉娈赋手者,其何如哉?(《陆敕先玄要斋稿序》)

　　汉人云:"大者与六经同义,小者便丽可喜。"言赋者莫善于此,诗亦然也。"仁者乐山,智者乐水",咏之何害?风云月露之词,使人意思萧散,寄托高胜,君子为之,其亦贤于博弈也。以笔墨劝淫,诗之戒,然犹胜于风刺而轻薄不近理者,此有韵之谤书。(《家戒上》)

　　何况,"艳诗妙在有比兴,有讽刺。《离骚》以美人喻君子,《国风》好色而不淫"[①] 是符合儒家传统的。首先,艳体诗时来久矣,自齐、梁至今不绝如线,李白、杜甫大才亦不以为讳;其次,艳体诗符合比兴之义,含蓄蕴藉,怨而不怒,讽而不露,尚未失温柔醇厚之旨;再次,诗歌之风格与诗人的品格修养并无直接关系:韩偓作《香奁集》,而为人忠孝有气节,而屈原作忠愤之词,却露才扬己,失忠君之道;最后,艳体诗乃诗人情感之自然抒发,可以疏导诗人之性情,使人意思萧散,寄托高胜,远胜于以笔墨劝淫之谤书。

　　由是,冯班从尊经崇古的立论出发,先树立汉、魏、六朝的典范地

---

① 李庆甲:《瀛奎律髓汇评》卷七小序之冯班评语,上海古籍出版社 2005 年版。

位；其次，树立杜诗之典范地位，认为杜诗是先秦汉魏六朝乃至唐代诗歌之集大成者；最后学杜当从李义山入，而"西昆"诗人乃学义山诗者，指出李商隐乃得杜诗之精髓者，亦得"六经"之精髓者，为儒家温柔醇厚诗风之继承者。可以说，冯班倡导"六经"之典范，乃是为断宋儒之基石；冯班尊崇杜甫，乃为齐、梁、晚唐诗风张目。冯班尊经崇古的最终目的，乃是从诗学继承的角度，导出温、李等晚唐诗人及"西昆"诗人乃善学杜者，也是集先秦、汉、魏、六朝、唐代之精华者，亦为儒家温柔醇厚诗风之继承者。

接着冯班再从"变"的角度，指出艳体诗符合诗歌发展的正变规律，曰：

徐、庾为倾仄之文，至唐而变，景龙、云纪之际，渢渢乎盛世之音矣。温、李之于晚唐，犹梁末之有徐、庾；而西昆诸君子，则似唐之有王、杨、卢、骆。杜子美论诗，有"江河万古流"之言。欧阳永叔论诗，不言杨、刘之失，而服其工。古之论文者，其必有道也。盖徐、庾、温、李，其文繁缛而整丽，使去其倾仄，加以淳厚，则变而为盛世之作。文章风气，其开也有渐，为世道盛衰之征。君子于此，有前知之道焉。"治世之音安以乐，乱世之音怨以怒，亡国之音哀以思。"非直音声，其文字则亦有然者。盛而衰，衰而盛，其变如循环，非老于学者不足以辨之。（《陈邺仙旷古集序》）

徐、庾艳体诗，乃诗歌变革的先导，为盛世之音的前兆；而晚唐之温、李，犹若齐、梁之徐、庾，亦是诗歌变革之先行军。"西昆诗派"可比初唐四杰，为盛世之音之开创者。首先，杜甫认为初唐四杰"不废江河万古流"，而欧阳修亦不言"西昆"之失但言其工；其次，徐、庾、温、李之艳体诗繁缛而整丽，去其倾仄，加以淳厚，亦为盛世之音；最后，诗歌发展盛衰因变，循环往昔，温、李之艳词，为盛世之先兆。冯班从诗歌因变相循的角度，辅以杜甫和欧阳修之言，将温、李比附徐、庾，"西昆"比附"四杰"，力称艳体诗为盛世之先兆，符合诗歌发展之规律。按照冯班的理论，诗歌因变，唐诗继齐、梁而变革，宋诗继晚唐而变革，"西昆"在诗歌转变中的推动作用与"四杰"同。

又曰：

"昆体"壮丽，宋之沈、宋也。开国之文必须典重，徐、庾化为沈、宋，温、李化为杨、刘，去其倾仄，存其整赡，自然一团元气浑成。李、杜、欧、苏出而唐、宋渐衰矣，文章之变，可征气运。[①]

冯班力称"西昆"之壮丽，又将杨、刘比之沈佺期、宋之问，极力宣言"西昆"之作为盛世之音，可看国运之兴衰。然二冯是极力否定宋诗的，认为宋诗除"西昆"外，不可道只字。此处又力挺"西昆"开宋之盛世之音，那么宋诗到底是继晚唐、"西昆"之后前进了呢？还是倒退了呢？冯班恐怕要搬石头砸自己的脚，左右难圆其说了。

综之，冯班从诗歌发展观上，建立了其诗学的理论支点：从继承的角度讲，晚唐诗歌乃是儒家传统之继承，集萃了先秦汉魏、六朝、唐代诗歌之精华；从变革的角度讲，绮丽文风乃诗歌发展之先导，为盛世之音的预兆。冯班欲为晚唐、"西昆"正名，故常常出现前后抵牾，不免让人觉之可笑，然其立论之思路和意旨却可明鉴。

二、如 何 通 变

冯班遵奉杜诗，"江西"亦遵奉杜诗，然因两家学杜之门径不同，故二冯嫉"江西"如仇，对"江西"之诗论进行了全面的反击，其中不乏深中"江西"弊病之精彩言论。此点在后面会有专门的论述，此处不赘。又冯班尊经崇古之宗旨与明七子之复古说，似无二致，然二冯却对七子之说持批判的态度，如冯舒曾曰："李、何与王、李，钟、谭及袁、徐，妖氛既荡涤，坛坫皆污潴。"（《对酒偶作》，《默庵遗稿》卷一）又借夫人之口，斥曰："李、何、王、李文章伯，子视一钱亦不值；袁、汤、钟、谭天下师，子独唾骂供笑嗤。"（《放歌》）将七子与竟陵一竿打倒，认为两派之作玷污诗坛，一钱不值，徒供笑嗤。

冯班之论调与冯舒同，曰：

> 王、李、李、何之论诗，如贵胄子弟，倚恃门阀，傲忽自大，时时不会人情；钟、谭如屠沽家儿，时有慧黠，异乎雅流。（《正俗》）

七子派如贵胄子弟，高唱复古而不通世情；竟陵之流如屠沽小儿，致力于个体之私情而失风雅之致。两家皆失诗歌之真与正。又说：

---

① 李庆甲：《瀛奎律髓汇评》卷二，上海古籍出版社 2005 年版。

图腰袅之形，极其神骏，若求伏辕，不免驾款段之驷；写西施之貌，极其美丽，若须荐枕，不如求里门之姬。万历时王、李盛举汉魏、盛唐之诗，只求声貌之间，所谓图腰袅、写西施者也。……况今日之虞山诗人，所揾扯剽剥，其敝与王、李正同，而又不及王、李，是图款段之马、写里门之姬者也。（《读古浅说》）

七子仅从声貌、字句之间复古，求格调之与古人肖似，乃为形模、剽窃字句，失却古人经世致用之精神与风雅之传统，其缺失与"江西"之流并无二致。而"古诗法汉、魏，近体学开元、天宝，譬如儒者，愿学周、孔，有志者谅当如此矣。近之恶王、李者，并此言而排之，则过矣。顾学何如耳。近代只学王、李，而自许汉、魏、盛唐，我不取也，恐为轮扁所笑耳"。（《正俗》）七子末流只学王、李，弃汉魏、盛唐诗而不读，离之更远了。

冯班所欣赏之拟古诗，当如陆机和江淹之作，曰："陆士衡《拟古诗》、江淹《拟古》三十首，如搏猛虎，捉生龙，急与之较力不暇，气格悉敌。今人拟诗，如床上安床，但觉怯处，种种不逮耳。然前人拟诗，往往只取其大意，亦不尽如江、陆也。"（《正俗》）二冯一直秉奉学古要学古人之精神、气格，以自我之言语书写自我之性情，这从理论层面上来说当然不错，而从实际操作层面上来说又谈何容易？学古之初，很难一下抓到古人之精髓，恐怕都要从形式技巧之模拟开始。善学者，能化古人之字句、技巧为己所用；不善学者，恐怕只剩下剽窃字句而已矣。而此乃学古易落之窠臼，从"江西"到七子均如此，二冯虽力诋之，然观其二人及"虞山"末流之创作，亦不免失之于此。

二冯与七子之不同在于，七子欲复盛唐之诗，二冯欲复晚唐之诗；七子重视取法古人之格调、句法，二冯强调取法古人之神韵、气格。同时二冯还指出了学古之向上一路：多读书。

七子、竟陵之失全因不善读书，"杜陵云：'读书破万卷，下笔如有神。'近日钟、谭之药石也。元微之云：'怜伊直道当时语，不着心源傍古人。'王、李之药石也。子美解闷戏为诸绝句，不知当今学杜者何以不读。"（《正俗》）"江西"之失，亦在于其不善读书，曰："'江西'诗，须多学乃可作。"（卷二十五谢幼盘《饮酒示坐客》）历来论"江西"者皆曰，"江西"之弊在于仅从书本中汲取养分，脱离了社会生活；而二冯却屡次指出"江西"之学识浅，看来"江西诗派"不是不读书，乃是不会读也。宋代和明代之失，还是读书少功夫，曰：

圣人好读书，豪杰好读书，文人亦好读书，惟宋儒不好读书。(《家戒上》)

宋人不以读书为学。(《家戒下》)

敖陶孙器之评诗，如村农看市，都不知物价贵贱。论曹子建云："如三河少年，风流自赏。"只此一语，知其未尝读书也。

不读书人读文字，一味都是虚气。(《读古浅说》)

今人读书，自有通病，好以近代议论裁量古人也，以俗本、恶本校勘古本也。(《正俗》)

俗人不读书，好以意改古书。(《日记》)

读书少，不懂前人诗作，不知古今得失，议论没有根柢。甚至以俗本、恶本校勘古本，意改古书。冯班进而总结宋代和明代"四病"，曰：

宋儒有四大病，近代犹甚。不喜读书，则君子、小人渐无别；不作文字，则词气鄙倍而不自知；不事功业，则无益于世；不取近代事，则迂疏。"(《家戒上》)

又曰：

吾见人家教子弟，未尝不长叹也。不读《诗》《书》，云妨于举业也。以余观之，凡两榜贵人，粗得名于时者，未有不涉猎经史。读书好学之士，不幸而踬于场屋，犹为名于一时，为人所宗慕。其碌碌不知书者，假令窃得一第，或鼎甲居翰苑，亦为常人。其老死而无成者，不可胜计，岂曰学古不利于举业乎？又不喜子弟学道，脱有差喜言礼义者，呼为至愚。不知所谓道者，只在日用中。惟不学也，居家则不孝不悌，处世则随波逐浪，作诸不善。才短者，犹得为庸人；小有才者，往往陷于刑辟中，世网而死。其人不可胜屈指也。见三十年前，士人立身，尚依名教，相见或言《诗》《书》，论经世之务。今则绝无矣。有一老儒，见门人读书则杖之，罚钱一贯。斯人也，竟困于青衿而死，亦何益哉！(《家戒上》)

时人致力于八股考试，故常以为读诗书，无益于举业。然读书，居则有益个人之身心修养、有利于日常生活；进则有利于举业、有利于社会发展。

为矫正时弊，冯班一力强调多读书之好处，曰：

钱牧翁教人作诗，惟要识变。余得此论，自是读古人诗，更无所疑，读破万卷，则知变矣。

余不能教人作诗，然喜劝人读书。有一分学识，便有一分文章。但得古今十分贯穿，自然才力百倍。相识中多有天性自能诗者，然学问不深，往往使才不尽。

多读书则胸次自高，出语皆与古人相应，一也；博识多知，文章有根据，二也；所见既多，自知得失，下笔知取舍，三也。（《正俗》）

要知晓古今通变，惟有读书；要作好文章，惟有读书。因为有一分学识，便有一分文章：多读书，胸次高，可与古人相应；多读书，知识渊博，文章有根据；多读书，下笔能知取舍。

既然读书有如此之多好处，那么如何读书呢？曰："儒者之业莫如读书，记诵以为博，是读书病处，亦强似不读。""读书有一法，觉有不合意处，且放过去，到他时或有悟入，不可便说他不是。"（《家戒上》）儒者贵在多读书，然读书要求甚解，读一分便理会一分，切忌死记硬背，然尚好于不读。读书之中，不可能事事理会，遇有理会不了者，姑且放之，待日后读书积累多时，自会通晓。"信而好古""温故知新"是也。《诫子帖》后附社约四则，亦总结了读书之法，曰：

古之名人，皆是博学大才，一时重誉。所传文字，又经历代具识审鉴，以至今日，其有遗谬，乃是万中之一。近世轻薄之流，果于非古，非惟贻笑将来，亦惧有损盛德。凡我同人，读古有疑，恐是思之未至，毋惮博访详问，慎勿任意诋呵也。

杜子美云："读书破万卷，下笔如有神。"涉览既多，才识自倍，资于吟咏，亦不专在用事。今之律诗，始于永明，成于景龙，既以俪偶为文，又安得以用事为讳。况近世坟籍不全，师匠旷绝，假令力学，犹惧未到古人。凡我同人，纵使嗜好不同，慎勿自隐短薄，憎人学问，便谓诗人不课书史也。

陶公读书，止观大意，不求甚解。所谓甚解者，如谢康成之《礼》、毛公之《诗》也。世人读书，正苦大意未通耳。今者朝读一书，至暮便竟，问其旨归，尚不知所言何事，自云"吾师渊明"，不惟自误，更以教人。少年倦于讨求，从之而废。凡我同人，若遇此辈，所谓损友，绝之可也。

古人议论，自有异同。或由于同时嫌隙；或由于时代悬远，风尚乖隔；或是救时之言，矫枉过正；或一时快言，不为笃论。假如王安石不信《春秋》，李泰伯不喜《孟子》，此亦可从耶？凡我同人，古人所称，自当研求，遇所诋刺，且宜存而不论，毋事逐声也。

　　首先，古之名人学问渊博，所著之典籍，历经时代之审鉴得以流传至今者，当为精当之作，即便偶有遗漏，亦是万中之一。以我辈之才，遇有不合己意处，应多从自身处找原因，切勿轻薄古人。所谓"觉有不合意处，且放过去，到他时或有悟入，不可便说他不是"（《家戒上》）。可能是自己学识不够而理解不到古人意旨，勤加博读，自能理会。

　　其次，古人之议论，难免会有不同，我辈自当研求，切不可逐声附和，妄论古人之非。

　　再次，多读书，才力自然博大，不必专于用事，又不必以用事为讳。而且为人不要隐瞒、避讳自己短处，嫉妒别人之学识而妄谈，不事学问。

　　最后，读书有不求甚解一法，然亦有求甚解之一法。不求甚解故为不误，然怕时人以无知当为不求甚解，羞于甚至懒于讨教，则恐怕误人误己了。

　　要之，冯班所重点强调者为二：切忌非议古人和切忌读书不求甚解。此两点冯武《钝吟杂录序》，亦给予指出，曰：

　　天下非无嗜书好古者也，然窃谓有二病焉：不具一知半解，纵涉猎经史百家，究不得古人要领，其病若膏肓；好翻驳古人，不惜诬圣非经，创为新奇炫世之说，其病若怖头狂走。膏肓之病，病止一身；狂走之病，病在天下后世，非细故也。先仲父定远公深恶之。公自少厌薄制举业，专意古学，矻矻至老。其性情激越，忽喜忽怒，里中俗子皆以为迂。独于古人，精神吻合，若有夙契，于是非得失处，非信而有征，不轻下一字也。

　　冯班所深诋责者，乃为"翻驳古人者"，体现了很强的崇古观念，所谓"以古为则"是也。二冯兄弟在校勘古书之时，亦谨遵这一原则，故仅校不改。冯班力倡读书的重要性，并总结读书之法，于古、于今、于后都是非常有益的。然而冯班所言读书之法，又有很大的偏颇。古人自有值得今人学习之处，自当勤于研读，然古今相距甚远，古书在流传过程中，难免会出现一些讹误，又何必替古人避讳呢？如果事事均以古人为则，以牺牲今人之创新精神为代价，那么社会又如何进步呢？冯班欲融合通与变，为晚唐绮靡文风正名，然其强调读书之法时，又弃变而不谈，谨遵古法，真是合则用之，不合则弃之。

第二节　复古与性情的融合

二冯批评七子之形模、剽窃，然却继承了七子复古之精神；二冯批评竟陵之虚妄，却继承了竟陵师心之实质。可以说二冯诗学最显著之特征乃在于融合，不仅仅融合通与变为己立言，又融合复古与性情、融合情与法为己著说。复古与性情之融合是二冯诗学精神层面的体现；情与法之融合是实际操作层面的体现。

从复古的层面看，二冯批评七子复古之形模，却也继承了七子复古的精神内核，且看冯班此言：

> 古诗法汉、魏，近体学开元、天宝，譬如儒者愿学周、孔，有志者谅当如此矣。近之恶王、李者，并此言而排之则过矣。顾学之何如耳。（《正俗》）

冯班虽然从通与变之角度为晚唐诗风正名，认为复古当复绮靡艳丽之风，然其对汉、魏、盛唐的成就并不是视而不见的。在他看来杜甫为汉、魏、盛唐诗歌之集大成者，而李商隐为杜诗之嫡传者，所以温、李所代表之晚唐诗风乃盛唐诗风的直接继承者。取法晚唐与尊奉汉魏、盛唐两者并不矛盾，甚可称为曲线救诗之路。

二冯之复古与七子之复古最大的差别还不在于诗法何人、何时之问题，主要在于复古角度之差别。七子复古求与古人之肖似，图声貌技巧之间；二冯之复古重在继承古人之性情和精神内涵。所以二冯将复古与性情相融合，指出复古之向上一路：

> 古人文章，虽人人殊制，然一时风气相染，大体亦不至胡越，变革相从亦不为难，未有如今日者也。为王、李之学者，则曰诗须学古，自汉、魏、盛唐而下，不许道只字；为钟、谭之体者，则曰诗言性情，不当依傍古人篇章，出手如熏莸之不可同器矣。（《隐湖唱和诗序》）

因为个体之差异，诗文表现之方式、风格会略有差别，然同时代之作品，会因为时代风会所致，有某些相同的特质，才使变革相从。王、李只学汉、魏、盛唐；钟、谭独抒性灵，皆失偏颇。

那么不同时代诗歌的相同特质是什么呢？冯班认为是"诗言情"的传统。

> 诗之兴也，殆与生民俱矣。民生有喜怒哀乐之情，情动乎中，形乎言，言之不足，而长言之，咏歌之。古犹今也。（《正俗》）

人生下来皆有喜怒哀乐之情，而诗歌是人之诸种情感自然喷发之产物，自古至今皆然。接着冯班继续从古今性情相通之角度，言说复古与性情融合之必要，曰：

> 诗以道性情。今人之性情，犹古人之性情也。今人之诗，不妨为古人之诗。不善学古者，不讲于古人之美刺，而求之声调气格之间，似也不似也则未可知。假令一二似之，譬如偶人刍狗，徒有形象耳。黠者起而攻之，以性情之说，学不通经，人品污下，其所言者皆里巷之语，温柔敦厚之教，至今其亡乎？虞山多诗人，以读书博闻者为宗，情动于中形于外，未尝不学古人也。上通《诗》《骚》，下亦不遗于近代，然而甘苦疾徐，得于心应于手，亦不专专乎往代之糟粕也。工拙深浅，虽人人不同，然视世之沾粘绝者为异矣。（《马小山停云集序》）

今人之性情与古人之性情是相通的，所以今人之诗可以为古人之诗，这样就从古今情感相同的角度言说了复古的必要性与可行性。因此，复古当从性情的角度复古，而不应该如七子之流徒讲求于声调格律之间，只得古人之声貌，遗失古人的精神内涵和性情之感。另，人生而有喜怒哀乐之情，这诸多情感之中，该复何种呢？

冯班认为当继承古人之真性情，即温柔醇厚之风和风雅比兴传统，所以他指责公安、竟陵的性情失之雅，曰：

> 钟伯敬创革弘、正、嘉、隆之体，自以为得真性情也。人皆病其不学，余以为此君天资太俗，虽学无益。所谓性情，乃鄙夫鄙妇市井猥亵之谈耳，君子之情不如此也。（《正俗》）

冯班指责钟、谭之性情为鄙夫鄙妇之性情，与君子之雅正性情不同，而竟陵性情之俗，实是读书太少之过。这又回到了如何复古的问题上了。其实冯班指责竟陵之俗，实是针对风雅比兴和经世致用之传统而言的。

如同明末清初其他学者一样，冯班兄弟非常强调诗歌的经世致用，他谈复古是从这个角度展开的，他谈读书也是针对此点而言的。所以冯班才要复兴古人之精神内涵，复兴风雅比兴传统。也正是从经世致用的角度，冯班以性情为纽带，将复古与性情融合起来。不过必须提出的是，冯班立论之基点在于今人与古人性情相同的地方，他所强调的诗言情不是言今人之情，而是言今人模仿古人之情，所以说冯班所指之复古实是以牺牲今人之性情为代价的。

冯班虽然要复兴古人之性情，然在具体创作过程中很难避开格调而不谈，所以二冯之复古，强调以性情为先，格调辅之。冯舒曰：

> 诗有法乎？曰：有。乐府之别于苏、李五言也，古体之别于律也，是也。如人之四肢耳目，各有位居，如是而后谓之人。舍法而求情，则魋目在顶，未可称美盼也。诗有情乎？曰：有。《国风》好色而不淫也，《小雅》怨诽而不乱也，是也。如四肢之于运动，耳目之于视听，如是而后谓之得其官。舍情而言法，则阳虎貌似，仅可以欺匡人也。二者交资，各不相悖。苟无法而情，无情而法，无一可也。①

情是诗歌的实质，法是言情的手段，二者相辅相成，缺一不可。舍法而言情，则难言诗之极致；舍情而言法，则徒有形似，失之实质。冯舒在此强调情与法的融合，恰是在操作层面融合诗言情的本质与格调的形式。前面已经指出，二冯反对七子斤斤于格调之间，认为未得古人之实质，强调诗歌的言情本质，然在实际创作中是不可能避开格调而不谈的。故冯舒关于情与法融合的一段言论，恰可看作二冯致力于解决此对矛盾的一种有益的尝试，同时也可看出二人诗学之融通性。

二冯诗学是以复兴晚唐诗风为核心的，这是其立论的出发点和归宿。二冯诗学围绕复兴晚唐诗风这一个点，呈圆形辐散开来：首先是从通与变的角度，引出复古说，进而谈复古之实现途径——读书；其次，从如何复古的角度，引出性情说，在精神层面融通复古与性情，在操作层面融通情与法；最后，在审美标准上，重提讽刺比兴传统，融合讽与婉。

---

① 冯舒：《陆敕先诗稿序》，《默庵遗稿》卷九，《常熟二冯先生集》，民国十四年铅印本。

第三节　讽与婉的融合

　　二冯诗学总是试图融合复古与言情，试图为晚唐绮靡文风正名，然风雅比兴传统和绮靡文风之间是存在矛盾的，因此二冯诗学一直致力于解决这对矛盾，二冯诗学之融通主要是围绕着风雅比兴传统和绮艳靡丽的形式这对矛盾来展开呈现的，而展开过程中难免又会产生其他的矛盾。比如：二冯讲复古是从诗言情的本质展开的，而随之带来的就是如何处理情感与格调之间的关系问题。二冯力避七子之格调说，强调诗言情内核，可是在具体创作、欣赏中是不能离开格调的，故二冯又转身强调情与法的融合，即性情与格调的融合。二冯强调复风雅比兴之传统，又力倡晚唐绮靡文风，追求温婉含蓄之蕴藉，而绮靡文风似与风雅比兴之儒家传统不符，所以二冯在如何处理这一问题的过程中，需要改造风雅比兴传统。

　　二冯致力于汉儒的复兴，故很多论调都是继承汉儒的见解而来，风雅比兴亦是以汉儒之解为准绳。郑玄曰：

　　赋之言铺，直铺陈今之政教善恶；比，见今之失，不敢斥言，取比类以言之；兴，见今之美，嫌于媚谀，取善事以喻劝之。①

　　郑玄解释赋为直陈铺排，比兴为象征性的表达，比为刺，兴为美。二冯继承的就是郑玄建立的美刺比兴传统。冯班曰：

　　比兴乃《诗》中第一要事。二字本出《大序》。《大序》出于《毛诗》，齐、鲁、韩皆无此序。朱子既不信序文，却不应取此二字。既用二字，又不应不用毛解。毛止有兴也，本是意兴之兴，非兴起之兴。又比兴是诗中作用，诗人不以比兴分章。朱子谬甚。如朱说，则兴者乃是说了又说，重复可厌。又如此解兴字，亦鄙而拙。昼公云："取象曰比，取义曰兴。义即象下之义。"此语直捷分晓。（《钝吟杂录》卷四《读古浅说》）

　　赋、比、兴是中国古代诗歌创作的基本表现方法，但具体含义历来解释纷纭，冯班秉承一贯之做法，反对宋儒赞成汉儒。他极力反对宋儒

――――――――――

　　① 孔颖达：《毛氏正义·诗大序正义》，《十三经注疏》本，中华书局 1980 年版。

以"兴起"解兴，反对宋诗之直接抒发议论，直接继承的是汉儒之"意兴"说，重视比兴之意象性手法。

冯舒曰：

大抵诗言志，志者心所之也。心有在所未可直陈，则托为虚无惝恍之词，以寄幽忧骚屑之意。昔人立意比兴，其凡若此。自古及今，未之或改，故诗无比兴，非诗也。①

诗歌以言志为本，然志之抒发，不可铺陈直叙，要重视讽刺比兴，以虚无惝恍之词，寄托诗人之怨刺。如果诗非关比兴，则不能称为诗也。二冯继承了郑玄的讽刺比兴传统，只是不重视赋的作用，更强调比兴的意象性手法，强调比兴与美刺的结合。

相比较而言，美与刺二者，二冯更注重刺的作用。冯班曰：

诗者，讽刺之言也。凭理而发，怨诽者不乱，好色者不淫，故曰思无邪。但理玄，或在文外，与寻常文笔言理者不同，安得不涉理路乎？（《严氏纠谬》）

诗歌乃讽刺之言，一语概括了二冯比兴实质。即二冯所讲之比兴，实即刺之比兴。同时，二冯极力强调比兴的意象性表达，主张讽刺之意隐含于诗歌意象之中，讽而不露，强调讽与婉之融合。冯班曰：

有韵、无韵皆可曰文；缘情之作则曰诗。诗者，思也。情动于中，形乎言，言之不足，故长言之，长言之不足，故咏歌之。有美焉，有刺焉，所谓诗也。（卷四《读古浅说》）

诗以讽刺为本，寻常嘲弄风月，虽美而不关教化，只是下品。②

诗缘情而绮靡，赋体物而浏亮。全作体物语而无托兴，非诗人语也。（《瀛奎律髓汇评》卷二十七小序）

古人用事，意在词中，即诗人比兴之变也。（《瀛奎律髓汇评》卷二十七黄庭坚《和答钱穆父咏猩猩毛笔》）

---

① 冯舒：《家弟定远游仙诗·序》，《默庵遗稿》卷九，《常熟二冯先生集》，民国十四年铅印本。
② 参见《二冯先生评阅才调集》卷一，白居易《玩半开花赠皇甫郎中》，清垂云堂刻本。

　　诗与文之区分，不在于有韵、无韵，而在于是否以言情为本，是否具有讽刺比兴，所谓有美、有刺，方为诗也。比兴成为诗与文分界的一个主要标准，极大程度上抬高了比兴的地位。而诗之比兴又是以讽刺为本，讽刺比兴之表达又要意在词中，委婉含蓄，所谓意在言外是也。

　　且看冯班关于用事的品评：

　　用事之法，取材宜清，用意宜切，凑合宜赡，言尽而意有余。如诗人用鸟兽草木为比兴者，上也；直用古事，言切理举者，次也；锻炼华词，以助文章者，下也。（《瀛奎律髓汇评》卷二十七杜甫《萤火》）

　　冯班认为诗歌之意境要达到言尽而意有余，方为妙，而此种意境的获得以比兴之象征为上；次为直陈铺排，直接议论者；再次为仅以辞彩取胜者。再看冯班对《秦中吟》的评点，曰：

　　元白讽刺，意周而语尽，文外无余意，异于古人也。大略亦是《小雅》之遗。○白公讽刺诗，周详明直，娓娓动人，自创一体。古人无是也。凡讽谕之文，欲得深隐，使言者无罪，闻者足戒。白公尽而露其妙处，正在周详，读之动人。此亦出于小雅也。

　　冯班一再强调，讽喻之文，要深隐不露，言之者无罪而闻之者足以戒。元稹、白居易之讽刺诗则伤之于露，直接抒发议论，太过于直白，未达到言尽意余之境界。冯班虽然肯定了元、白讽刺为"《小雅》之遗"，但元、白这种直接议论还是异于古人的。古人追求比兴传统，温婉含蓄，而元、白讽刺以赋的形式直陈铺来，是背离古人之比兴传统的，背离温柔醇厚之旨的。冯班在赋、比、兴的传统中，极力强调比兴之意，对于赋的直陈铺排实是持否定态度的。他所继承的风雅比兴传统，实际是《国风》所代表的比兴之意，也即含蓄蕴藉的温婉之风。

　　故冯班曰："诗妙在有比兴，有讽刺。《离骚》以美人喻君子，《国风》好色而不淫是也。直作丽语，不关教化，最为诗家一病。"而古今诗人继承讽刺比兴传统者，李商隐当属其一，曰："唐香艳诗必以义山为首，有妆里，意思远，中间藏得讽刺。"（《瀛奎律髓》卷七）赞赏李商隐《汉宫词》诗，曰："刺好仙事虚无，而贤才不得志也。讽刺清婉。"冯班在比兴传统上费了很多口舌，最终无非还是归于以温、李绮艳为宗这一点上。前文已经指出，冯班认为艳体诗符合比兴传统，符合温柔醇厚之旨。此处，冯班改造赋比兴传统，力诋赋之直陈铺排，极力强调比兴手法，又是围绕艳体诗而言，亦是为温、李诗风正名。

不过冯班反对直接议论，主张含蓄蕴藉，也是有一定的现实因素的。冯班生于明末清初，社会动荡，冯舒即因口舌之祸而惨遭横死。残酷的现实环境，使冯班不得不选择曲笔。

> 古人行道，只在立身行己。平常处衰世薄俗，古道自然难行，此妙句也。如宋朝道学先生正是衰世，好合朋党，倡议论，想方君于此句不解也。推官当唐亡之日，何须回护？（《瀛奎律髓汇评》卷十李咸用《春日》）
>
> 未有得罪名教而可以为诗人者也。此一论最要紧，如子我之流，得罪名教，乃诗人之蟊贼也。（《瀛奎律髓汇评》卷三十二忠愤类小序）

古人行世，只在立身行己，不可妄自非议朝政，朋党之论尤为要不得。直接议论失却温柔醇厚之旨，为诗教之蟊贼，不但不能达到讽谏之目的，反招杀身之祸。诸多言论不难看出冯班之谨小慎微。冯班追求晚唐诗风，其中不乏江南地区山清水秀容易引发诗人之绮艳之情，亦不乏冯班本人对绮艳文风之喜好，但似乎亦与残酷之政治环境不无关系。

朱鹤龄曾从李商隐所处的社会背景出发，探析李商隐诗风产生的原因，曰：

> 男女之情，通于君臣朋友，《国风》之蝤首娥眉、云发瓠齿，其辞甚亵，圣人顾有取焉。《离骚》托芳草以怨王孙，借美人以喻君子，遂为汉、魏、六朝乐府之祖。古人不得志于君臣朋友者，往往寄遥情于婉变，结深怨于寒修，以序其忠愤无聊、缠绵宕往之致。唐至太和以后，阉人暴横，党祸蔓延。义山厄塞当涂，沉沦记室。其身危则显言不可而曲言之；其思苦则庄语不可而谩语之，计莫若瑶台璚宇歌筵舞榭之间，言之可无罪，而闻之足以动。[1]

男女之情可以蕴含比兴深意，深藏诗人的忠愤、幽怨之情。而李商隐身居乱世，身危、思苦，只能将满腹的惆怅、忠愤之情隐含于庭宴舞榭之中。李商隐如此，冯班又何尝不是呢？冯氏兄弟身陷场屋，屡试不

---

[1] 朱鹤龄：《笺注李义山诗集·序》，引自刘学锴、余恕诚《李商隐资料汇编》，中华书局 2006 年版，第 243 页。

第，以一介布衣终其身。古人追求齐家治国平天下，二冯虽然迫于时局放弃场试，但其中的不甘与落寞却是人可想见。二冯身居乱世，性命之忧已经成为生活的主旋律，在此种朝局之下，书写男女之情、舞榭庭宴似乎成为诗人的最佳选择。

吴乔亦指出：

> 诗惟求词采则甚易，明人优为之，有意则措词不胜其难。以明之亡国言之，君非无过，始则靳于赈荒以成贼势，中则不能罄扫阃宫所有以赡军，终则误谓君国当死社稷，不肯南巡以图恢复。死社稷乃天子守土之臣，普天之下，莫非王土，播迁而复振者多矣，岂可与城俱尽哉！而死难之烈，高出千古。言其死难甚易，则其过端直陈之，既已不忍，又同于宋人；微言之，又同于义山之《重有感》诗，直俟七百年后之人始知作者之意，其间不能解而诟病之如顾东桥者何限乎！
>
> 诗贵有意，然值此乱世，死者已矣，生者何堪！出之儒家礼教不敢亦不能妄论国君、朝政之是非，但心中隐忍之情，何以抒之？惟有曲笔写之，望待数百年后有人能够知人论世，解诗人之意也。①

关于此点，冯班亦屡有论述，曰：

> 虞故多诗人，好为脂腻铅黛之辞，识者或非之，然规讽劝诫亦往往而在，最下者乃绮丽可诵。今一更为骂詈，式号式呼以为有关系。绮纨子弟，不知门外事，而矢口谈兴亡，如蜩螗聒耳，风雅之道尽矣。（《叶祖仁江村诗序》）

"不知门外事"一语，包含多少无奈和感慨。虽言直嚣怒骂，失去了风雅之道、比兴之意，然其中的辛苦又有谁知？艳体诗看似风花雪月，陷于脂腻铅黛之间，然其中尚不乏微言大义，即便远离讽刺比兴者，仍是便利可喜，不致招来杀身之祸。

再看冯班关于自己诗风的一段论述，曰：

> 冯子之文，危苦悲哀，无所不尽，而不肯正言世事。每自言曰：诗人之词，欲得言者无罪，闻者足以戒。今善于刺时者，宜有文字之祸焉。

---

① 吴乔：《围炉诗话》卷一，《清诗话续编》本，上海古籍出版社1983年版，第499页。

少年或讥其无宜教化，亦弗顾也。鸣呼！使万世之下有读冯子之文，论其世，而知其心者，冯子死且不朽矣。（《再生稿叙》）

纵有万千怨悱之言，终不敢发之议论，只能化为绕指柔，无非是怕惹文字之祸耳。"太平时做错了事，却有救；乱世一毫苟且不得，一失脚便送了性命。"（《家戒上》）兄长之死时刻警醒着自己，惟有效阮籍"不臧否人物"，学陶渊明"篇篇说酒，不及时事"。（《家戒上》）其中的无奈、悲苦，不禁让人悲慨。冯班生时常有人不理解他的无奈和苦心，惟有期待死后能有知其人，知其世者。至此，我们似乎可以理解冯班倡扬晚唐诗风的苦心和初衷。

第四节　"诗史"说

上文已经指出冯班从尊经尊古的角度，树立了杜甫的典范地位，认为杜诗是前代诗歌的集大成者，具有温柔醇厚之旨，而学杜当从李义山入，为晚唐诗风正名。然这只是二冯树立的杜诗典范地位之一方面，二冯尊崇杜诗还表现在对"诗史"说的推崇与演绎。

"诗史"说在清代受到了格外的重视，主要表现在三方面：一是以诗存史；二是以诗补史；三是史外心史。最早将杜诗称为"诗史"的，可见孟棨《本事诗》，曰："杜所赠二十韵，备叙其事，读其文，得其故迹。杜逢禄山之难，流离陇蜀，毕陈于诗，推见至隐，殆无遗事，故当时号为'诗史'。"[1]"诗史"说一经提出，就受到了宋、元许多学者的推崇，不过从宋人注释杜诗的侧重点可以看出，宋人对"诗史"的理解偏重于以史证诗，即用历史记录来印证诗歌所反映的时事。这种作用力还是单向的，更多表现在历史对于诗歌的作用，而未涉及诗歌对历史的作用。

清初文人对"诗史"之理解，是与杜甫被冠以儒家诗教之化身联系在一起的，并深受经史考辨学风之影响。冯班云："或问老杜学何人？答之曰：风雅之道，未坠于地。"（《读古浅说》）吴乔曰："杜诗是非不谬于圣人，故曰'诗史'，非直指纪事之谓也。纪事如'清渭东流剑阁深'，兴不纪事之'花娇迎杂佩'，皆'诗史'也。诗可经，何不可史？同其'无邪'而已。"[2]杜诗之称为"诗史"，首先在于杜诗是儒家诗教的直接

①　孟棨：《本事诗》，《历代诗话续编》本，中华书局 2006 年版，第 15 页。
②　吴乔：《围炉诗话》卷四，《清诗话续编》本，上海古籍出版社 1983 年版，第 584 页。

继承者，风雅比兴不坠；其次才是杜诗之实录精神。清初文人从儒家诗教传统出发，"对'诗史'说进行探讨和概括，使之成为一种较有系统的诗学思想，并用以指导创作实践，留下大量具有'诗史'特征和价值的作品"①。

清初"诗史"说内涵的扩展，首先，表现在"以诗存史"的提出。钱谦益在《胡致果诗序》中说：

> 孟子曰："《诗》亡然后《春秋》作。"《春秋》未作以前之诗，皆国史也。人知夫子之删《诗》，不知其为定史；人知夫子之作《春秋》，不知其为续《诗》。《诗》也，《书》也，《春秋》也，首尾为一书，离而三之者也。三代以降，史自史，诗自诗，而诗之义不能不本于史。曹之《赠白马》、阮之《咏怀》、刘之《扶风》、张之《七哀》，千古之兴亡升降，感叹悲愤，皆于诗发。驯至于少陵，而诗中之史大备，天下称之曰"诗史"。唐之诗，入宋而衰；宋之亡也，其诗称盛。皋羽之恸西台，玉泉之悲竹国，水云之茗歌，谷音之越吟，如穷冬沍寒，风高气慄，悲噎怒号，万籁杂作，古今之诗莫变于此时，亦莫盛于此时。至今新史盛行，空坑、崖山之故事，与遗民旧老，灰飞烟灭。考诸当日之诗，则其人犹存，其事犹在。残篇啮翰，与金匮石室之书，并悬日月。谓诗之不足以续史也，不亦诬乎？②

《春秋》以前之诗，皆是史也，诗之义亦本于史。三代以后，诗歌和历史虽自分途，然诗歌与历史有本质相通之处，即诗歌与历史一样皆可记录时代之浮沉，历史之兴衰，人事之代谢。史可以证诗，诗亦可以证史。基于此种认识，在明代默默无闻的《中州集》，在清初开始受到重视，钱谦益、冯舒、陆贻典等更是模仿《中州集》的编撰体例，对前代或当代诗歌进行搜集整理，目的无非在于"以诗存人""以诗存史"。

钱谦益在《列朝诗集序》中说到他编选《列朝诗集》之初衷，曰："录诗何始乎？自孟阳之读《中州集》始也。孟阳之言曰：'元氏之集诗也，以诗系人，以人系传。《中州》之诗，亦金源之史也。吾将仿而为之。'"③钱谦益虽为二臣，人品受污，然其晚年致力于反清运动，《列朝诗集》之编选，就反映了钱谦益深深的眷恋故国之情。钱谦益编选

---

① 李世英、陈水云：《清代诗学》，湖南人民出版社 2000 年版，第 12 页。
② 钱谦益：《牧斋有学集》卷十八，上海古籍出版社 2010 年版，第 800 页。
③ 钱谦益：《列朝诗集序》，《牧斋有学集》，上海古籍出版社 2010 年版，第 678 页。

《列朝诗集》时并不注重名家、大家，而是不论诗之工拙、不较诗人之名望，借诗以存其人、借诗以存史，具有明显的"以诗存史"的意图。

钱谦益此举受到很多人的赞同，黄宗羲《姚江逸诗序》云：

孟子曰："《诗》亡，然后《春秋》作。"是诗之与史，相为表里者也。故元遗山《中州集》窃取此意，以史为纲，以诗为目，而一代之人物，赖以不坠。钱牧斋仿之为《明诗选》，处士纤芥之长，单联之工，亦必震而矜之，齐蓬户于金闺，风雅袞钺，盖兼之矣。①

所谓诗与史相为表里，所谓"以史为纲，以诗为目"，均是钱谦益"诗之本义不能不本于史"的深化。诗歌作为历史的表现形式，具有与历史一样的记录功能，可保一代人物之长存。傅增湘亦曰："遗山惓怀宗国，垂老不忘，其寄托深挚，意或然也。每卷首书名大字占双行，次低四格排列人名、首数、总目，次小传，传后录诗，狭行细字，格式精雅。其后钱蒙叟《列朝诗集》即依仿其式，盖隐然以遗山野史亭自命也。"②明为诗集实为野史，字里行间渗透着深厚的眷恋故国和悲恸友朋远逝之情。诗歌之外表，历史之内核；史事之外表，情感之内核。在记录历史事件上，诗歌是历史实录精神之外衣；在表达情感上，历史事件是浓郁情感之外衣。二者互为表里，互相作用，既有记录历史之功用，又不失诗言情之本。同时在某种意义上说，《列朝诗集》等的编选，收录了很多历史无名人物之作，可补历史之不足。

黄宗羲在《万履安先生诗序》中又提出了"以诗补史"说，曰：

今之称杜诗者，以为诗史，亦信然矣。然注杜者，但见以史证诗，未闻以诗补史之缺。虽曰诗史，史固无藉乎诗也。逮夫流极之运，东观兰台，但记事功，而天地之所以不毁，名教之所以仅存者，多在亡国之人物。血心流注，朝露同晞，史于是而亡矣。犹幸野制遥传，苦语难销，此耿耿者明灭于烂纸昏墨之余，九原可作，地起泥香，庸讵知史亡而后诗作乎。是故景炎、祥兴，《宋史》且不为之立本纪，非《指南》、集杜，何由知闽、广之兴废？非水云之诗，何由知亡国之惨？非白石、晞发，何由知竺国之双经？陈宜中之契阔，《心史》亮其苦心；黄东发之野死，

---

① 黄宗羲：《南雷文案》卷一，《续修四库全书》本，第1397册。
② 傅增湘：《藏园群书题记》，卷第十九《题元刊本中州集》，上海古籍出版社2008年版，第964页。

宝幢志其处所。可不谓之诗史乎？元之亡也，渡海乞援之事，见于九灵之诗。而铁崖之乐府，鹤年席帽之痛苦，犹然金版之出地也。皆非诗史之所能尽矣。明室既亡，分国鲛人，纪年鬼窟，较之前代干戈，久无条序，其从亡之士，章皇草泽之民，不无危苦之词。以余所见者，石斋、次野、介子、霞州、希声、苍水、密之十余家，无关受命之笔，然故国之铿尔，不可不谓之史也。①

　　宋元关于"诗史"的解释，停留于传统的"以史证诗"，即用历史之记载来验证诗歌之内容。在这个意义层面上，诗歌是被动的，其关于历史之意义全凭历史之记载方能实现，而并没有指明诗歌对历史之补充。在黄宗羲看来，"诗史"之意义应该包含两层，一方面是传统的"以史证诗"；一方面是"以诗存人""以诗补史"。尤其是在朝代更替之战乱年代，正史已不能很好地记载历史，而这一时期的历史片段往往通过诗歌之记录得以保存和流传。从这个意义上说，诗歌可以补充历史不备之作用，才应是"诗史"说的重点。

　　明末清初诗人切身经历了战争的洗礼，感受到了国破家亡之悲戚，亦目睹甚至经历了残酷的战争，故反映时代之大变迁和社会底层之悲惨命运，成为这个时代诗歌的主旋律。清初诗人对于时代和历史之记录，更是一种自觉的行为，因为清初诗人具有强烈的"诗史"意识。冯舒历经明亡清替之重大历史变革，身经战乱，切实地感受到了岌岌可危的紧迫感、颠沛流离的漂泊感和满目疮痍的悲哀感，故其诗歌之中不乏直接记录战乱百姓疾苦之作。冯舒还同钱谦益一样仿效《中州集》之体例，编选《怀旧集》，收录同邑遗友二十三人之作，集中但书甲子，不云清朝年号，后因集中涉嫌谤讪而入狱屈死。冯舒编选《怀旧集》之初衷亦为"以诗存人"，表达缅怀故人之意，其集中收录之人均为布衣之士，正史之中恐难留名，所录二十三人惟靠此书得以长存。正是这种清醒的"诗史"意识，才使清人如钱谦益、冯舒之辈自觉地对前朝诗歌进行整理和总结，以补历史之阙如。

　　前面已经指出，清初"诗史"说强调的是诗歌与历史之间的表里关系，即互动作用，这样诗歌既具有史的功能，又能保持自身文体特征。然诗歌与历史之不同还在于，诗歌所反映之历史既可以是客观社会史、政治史、思想史，还可以是主观的心灵史、文化史。而关于心灵之记录，

---

① 黄宗羲：《南雷文案》前集卷一，《万履安先生诗·序》，《续修四库全书》本，第1397册。

才是"诗史"之独特价值所在。

冯舒《默庵遗稿》卷九《代泉州刺史重刻心史序》，曰：

《春秋》者，治心之书也。孔子以匹夫操衮钺，无其事，无其时，而乱臣贼子惧。惧者何？惧以心也。虽赵盾、许世子接踵于世，而其心固未尝不为清议畏也。新莽、魏操遂并禅让而窃之，惧乃愈甚。故心在，即衮钺在。周室已同家人，鲁公不保宗祐矣。而隐公之年，一系以春王正月，而周鲁为不亡。此即所南纪年，必称德祐之义。所谓无其事无其时，而存其心者也。汉唐以来三传专，而《春秋》散。不论心而论事，甚至变乱其事，以托于书法。如所称贾南风弑其太子遹，并其母谢太后；张守珪为禄山反者，比比皆是。夫谢玖终古才人，妄褒以太后，守珪即废军法，横比于逆臣。若是则《春秋》直矫诬之书。此皆不论心而泥事之过也。扬雄死。朱氏书曰："莽大夫扬雄卒。"夫卒何时？大夫何朝？何待系莽而后著其非？此又论心而泥事之过也。心与事判然为两强而比焉，非《春秋》也。

汉唐以来，心与事分途，史书不论心而专论事。而《春秋》以前之诗皆史也，《春秋》治心之书也。心、史、诗三位一体，诗歌不仅仅是写实的笔法，记录下社会的变迁，以弥补历史记录之缺失，更是通过诗人个体之心灵历程，展示时代兴亡、人事革替。在诗本位的意义上说，诗歌是内心情感之抒发；从史的扩展来说，诗可以记录历史事件，补历史之不足。从史本位上说，历史重在记录历史事件；从诗的扩展来说，史亦可以成为治心之书。这样心、史、诗三者融合，模糊诗与史之界限，历史向诗歌趋同，成为心灵史、文化史，强调了诗歌对历史的同化作用，亦强调了诗歌言情之本。

所以，即便是不肯正言世事之作，虽未实录历史事件，却实录了诗人的独特情感，尤其是感时伤世之情感本身即具有深厚的"诗史"情结。如冯班追求诗歌的标准即是讽与婉之融合，每自言曰，"言之者无罪，闻之者足以戒"。又身处乱世，时刻皆有生命危险，凡事不敢正言之，而以曲笔书之，其诗歌亦饱含危苦悲哀之情。冯班诗歌虽非史诗一般长篇叙述，而以比兴出之，却不失为冯班个人内心的展示。所以说，"心史"之提出，淡化了诗歌的实录精神，肯定了比兴之作的创造价值。任何表现诗人独特内心情感之作皆可称为"诗史"，极大地扩大了"诗史"的内涵。

第五节　分辨诗体

一、诗文之辨

明人专事模拟，以"拟古"为极则，这就导致了文体观念的淡泊，模糊诗体之间的分界，以至于诗体不明、诗文不分。"以文为诗"手法的适当应用，可以增强诗歌的表意功能，然而过度使用，则易流为粗俗平滑，丧失诗歌的含蓄蕴藉之美，从而丧失诗歌独特的文体特征和审美效果。因此，冯班确立了《诗三百》的选诗标准，曰：

> 仲尼删《诗》，上自文王《关雎》之事，下迄陈灵《株林》之刺，《三百五篇》王道浃，人事备矣。于商惟有《颂》，虞、夏仅存于《尚书》。语云："吾说夏礼，杞不足征。吾学殷礼，宋不足征。"准是而言，直恐当时虞、夏、殷之不文，不如周诗之备，非略不取也。梁昭明太子撰《文选》，辞赋始于屈宋，歌诗起于荆卿《易水》之歌。权舆于姬、孔以后，于理为得。近代诗选，必自上古，年祀绵邈，真赝相杂，或不雅驯。又《书》《传》引逸诗多不过三数句，皆非全篇。《三百五篇》，既是仲尼所定，又不应掇其所弃。尝与程孟阳言诗，譬之犬之遗骨，非徒戏言也。钟伯敬掊击王、李，不遗余力，独于此处不知矫正。《诗归》之作，较之《诗删》，殆有甚焉。（卷三《正俗》）

孔子删诗保存了诗歌的本体特征，其他如殷、夏等弃而不取者，或字句太少不能成篇，或为文非诗。《文选》之选编，辞赋始于屈宋，歌诗起于《易水》，是孔子删诗之延续；而近代诗选，如《诗归》《诗删》等，违背《诗三百》的选诗意旨，将孔子舍弃之作囊括于诗中，是不合选诗标准的。所以冯班说，孔子删定上古之诗，已经明确划分诗、文的界限，后世之诗选应当谨遵《诗三百》之轨范，不可妄自僭越。然而：

> 今天下之言诗者，莫盛于楚矣。钟、谭两君以时文妙天下，出具手眼为《诗归》，凡古今有韵之文，若铭、若诫、若祝、若易林，一经删定无不可化而为诗也。字求追新，义专穷奥，别风淮雨，何容问哉？于是

天下之士，从风而靡。①

钟、谭等模糊了有韵之文与诗的界限，随意将有韵之文删改为诗，破坏了诗体的纯粹性，于诗体之发展带来极不好的影响。

冯班纠之，曰：

古人文章自有阡陌。《礼》有汤之《盘铭》、孔子之诔，其体古矣。乃《三百篇》都无铭、诔之文，故知孔子当时不以为诗也。近世冯惟讷撰《诗纪》，首选"古逸"，尽载铭、诔、诫、祝、赞、繇词，殆失之矣。《元微之集》云："诗之流为赋、颂、铭、赞，大抵有韵之文，体自干涉，若直谓之诗则不可矣。"铭、赞、箴、诔、祝、诫，皆文之有韵者也，诗人以来皆不云是诗。诗人已后，有骚、词、赋、颂，皆出于诗也，自楚人以来，亦与诗画界，此又后人所分也。（卷三《正俗》）

既然以《诗三百》之选诗标准为标准，则《诗三百》有之体例为诗，无之体例非诗。铭、诔之文，孔子删诗之时既已断定非诗，则铭、诔为文，非诗也。《诗纪》将铭、诔、诫、祝、赞、繇词等皆看作诗，是不合孔子的选诗标准的，因为它们只能称作有韵之文，与诗还是有本质区别的。至于骚、词、赋、颂等皆出于诗，或可称为诗的变体，随着诗体的发展和成熟，诗的范围和内涵缩小，骚、词、赋、颂等从诗的范畴中分离出来，便成各自独立的文体，具有不尽相同的文体特征。

那么诗歌作为一种独立的文体，它的本质特征是什么呢？

诗之兴也，殆与生民俱矣。民生有喜怒哀乐之情，情动乎中，形乎言，言之不足，而长言之，咏歌之。古犹今也。凡物有声，皆中宫商，清浊高下，杂而成文，斯协于钟石。（卷三《正俗》）

因人有喜、怒、哀、乐之情，而诗是人表达与生俱来之情的有效手段，所以诗之产生与生民俱也。而无论世事如何变迁，诗歌的本质特征不会改变。

南北朝人以有韵者为文，无韵者为笔，亦通谓之文。唐自中叶以后，

---

① 冯舒：《以明上人诗·序》，《默庵遗稿》卷九，《常熟二冯先生集》，民国十四年铅印本。

多以诗与文对言。愚按：有韵、无韵皆可曰文，缘情之作则曰诗。（卷一《读古浅说》）

　　文体萌发之初期，可以以有韵、无韵作为文体分界的标准，然随着诗体的发展，诗文的体制早已发展成熟，文体特征亦已经明晰，因此再以简单的文笔之分判定诗文之分界显然是不合适的。"南北朝以有韵为文，无韵为笔。至于唐季，凡文章皆谓文，与诗对言，今人不知古称笔语是何物矣。"（卷三《正俗》）唐以后笔的概念已模糊，有韵之文、无韵之笔，皆称之为文，并与诗对言。因此有韵、无韵已不能再作为区分诗文特征的标准。而诗与文也应是两种表达方式截然不同的文体，这也正是诗文得以分界的原因所在。冯班从诗歌的本质特征缘情言志之角度，划分诗与文之分界，可以说是抓住了要害。

　　《书》曰："诗言志。"《诗序》曰："变风发乎情。"如《易林》之作，止论阴阳，非言志缘情之文。王司寇欲以《易林》为诗，直是不解诗，非但不解《易林》也。王、李论诗，多求之词句，而不问其理，故有此失。少年有不然余此论者，余谕之曰："夫镜圆也，饼亦圆，饼可谓镜乎？《易林》之不为诗，亦犹此耳。若四言韵语便是诗，诗亦多矣。何止焦氏乎？"（卷三《正俗》）

　　冯班以镜与饼为喻，言镜与饼虽同为圆形，然二者本质不同，故不能统称。同理，诗与《易林》等虽同为有韵之文，然铭、诔、祝、赞、《易林》等以说理为主，诗以言志缘情为主。虽然在有韵之角度，二者的言说方式无二，但其本质特征确有着天壤之别，不可混淆。何焯亦曰："《易林》既可为诗，则《参同契》多以四言、五言成文，亦是诗矣。"[①]
　　冯舒亦持此观点，曰：

　　原夫书契既兴，英贤代作，文章流别，其来久矣。若箴、铭、诵、诔可以备载，则赋亦诗家六义之一，何以区分？若云有韵之语可以广收，则《国策》《管》《韩》之属何非无韵？《素问》一书，通篇有韵；《易》之文言，本自圣制；《书》之敷言，亦自谐声，不专辞达，可得混为诗

---

①　冯班：《正俗》何焯批语，《钝吟杂录》卷三，《借月山房汇抄》本。

耶？作俑于兹，滥觞无极，焦氏《易林》居然入诗矣，岂不可叹？①

若以有韵为诗，则诗可以广收，不止铭、诔、祝、赞，《书》《易》《素问》《易林》等皆可成诗，则诗文无界。当然非仅王、杨、钟、谭，当今很多学者亦认为《易林》之韵语可以作为诗。这两种分歧，主要缘于选诗标准的不同。冯氏二人严格划分诗与文的界限，极力强调诗歌言志、缘情的本质特征，无非是为了强调诗体的独立性。也许二冯之立论有些拘泥，不够通达，然而在明末清初诗体混乱的社会背景之下，冯氏兄弟的立论无疑廓清了诗、文的界限，提高了诗歌的纯粹性和独立性，保存了诗歌的独特审美特征。

二、诗 体 之 辩

为了明确诗歌的独立文体特征，冯氏兄弟不仅辨析了诗、文的分界，又明确辨析诗体的特征，将诗与乐府、歌行等区别开来。上文所讲诗、文之辨，是从诗的广义上而言的，包括一切有韵、言情之作；本节所讲诗体之辨，是从诗的狭义上而言的。从诗广义上而言，骚、赋、词、乐府等均是诗的变体，在一定的文学阶段或可统称为诗，然而随着各种体裁的完备，骚、赋、词、乐府等从广义的范畴中抽离出来，变成独立的文体，由此诗的范畴开始变小，也就是我们现在意义上所讲的诗。

（一）诗歌与乐府

《古今乐府论》《论乐府与钱颐仲》《论歌行与叶祖德》以及《正俗》篇中的一些论断，是冯班对古今乐府的专题研究，"或许是乐府研究史上第一篇系统而内容丰富的专题论文，对乐府的名义、创作源流、类型、体制以及历代名家得失、文献著录、音乐失传的过程作了全面的论述"②。

首先，从诗歌与音乐之关系，讲乐府之起源与流变，曰：

伶工所奏，乐也；诗人所造，诗也。诗乃乐之词耳，本无定体。唐人律诗，亦是乐府也。今人不解，往往求诗与乐府之别。钟伯敬至云：某诗似乐府，某乐府似诗。不知何以判之。只如西汉人为五言者二家，班婕妤《怨诗》，亦乐府也。吾亦不知李陵之词可歌否。如《文选注》引古诗，多云"枚乘乐府诗"，知《十九首》亦是乐府也。（卷三《正俗》）

---

① 冯舒：《诗纪匡谬》,《知不足斋》本。
② 蒋寅：《冯班与清代乐府观念的转向》,《文艺研究》,2007 年第 8 期。

《乐记》曰："诗，言其志也；歌，咏其声也；舞，动其容也；三者皆本于心。"诗、乐、舞本于一体，三者皆由心生，是情感之自然萌发。"凡音之起，由人心生也。人心之动，物使之然也。感于物而动，故形于声，声相应，故生变。变成方谓之音。比音而乐之，及于干戚羽旄之乐。"乐与诗一样，是生与民具，诗合于乐，则为乐之词也，而乐府所采之诗即为合乐之词，所以乐府与诗在合乐之角度并无太多区别，汉乐消亡前之诗即为乐府，乐府即为诗。

古诗皆乐也，文士为之辞曰诗，乐工协之于钟吕为乐。自后世文士，或不闲音律，言志之文，乃有不可施于乐者，故诗与乐画境。文士所造乐府，如陈思王、陆士衡，于时谓之"乖调"。刘彦和以为"无诏伶人"，故"事谢丝管"。则是文人乐府，亦有不谐钟吕，直自为诗者矣。（《古今乐府论》）

然后世之文人或不懂音律，诗与乐分离，诗自为诗，乐自为乐，以至于文人所作乐府，亦有不协于乐者，诗与乐府自此分途。大略歌诗分界，疑在汉魏之间。伶伦所奏，谓之乐府；文人所制，不妨有不合乐之诗。随着汉乐的消亡，诗与乐府分途，乐工所奏合乐之作，为乐府；文人所作不合乐之作，为诗。因乐之维系，诗歌与乐府本为一途，均为合乐、言志之作，然随着音乐的消亡，众多文人不动声律，遂使文人之作与乐工之作分途，也即诗与乐府分途。

接着，冯班又继续从合乐之角度，讲乐府古词经乐工删减、增损，非乐府本身即如此也。曰：

乐府本易知，如李西涯、钟伯敬辈都不解，请具言之。李太白之歌行，祖述《骚》《雅》，下迄梁、陈七言，无所不包，奇中又奇，而字字有本，讽刺沉切，自古未有也。后之拟古乐府，如是焉可已。近代李于鳞取晋、宋、齐、隋《乐志》所载，章截而句摘之，生吞活剥，曰"拟乐府"。至于宗子相之乐府，全不可通。今松江陈子龙辈效之，使人读之笑来。王司寇《卮言》论歌行云："有奇语夺人魄者，直以为歌行"，而不言此即是拟古乐府。夫乐府本词多平典，晋、魏、宋、齐乐府，取奏多聱牙不可通。盖乐人采诗合乐，不合宫商者，增损其文，或有声无文，声词混填，至有不可通者，皆乐工所为，非本诗如此也。

汉代歌谣，承《离骚》之后，故多奇语。魏武文体悲凉慷慨，与诗人不同。然史志所称，自有平美者，其体亦不一。如班婕妤《团扇》，乐府也；《青青河畔草》，乐府也；《文选注》引古诗，多云"枚乘乐府"，则《十九首》亦乐府也。

伯敬承于鳞之后，遂谓奇诡聱牙者为乐府，平美者为诗。其评诗，至云某篇某句似乐府，乐府某篇某句似诗，谬之极矣。乐府之名，本于汉，至《三百篇》用之，乡人用之，邦国乐之，大者正以郊祀为本。伯敬乃曰："乐府之有郊祀，犹诗之有应制，"何耶？（《古今乐府论》）

乐府虽有奇崛者，亦有如《团扇》《十九首》等平美者。诗中不妨慷慨悲凉之音，乐府亦不妨柔美平典之声。乐府、诗各自有体，非以平美者诗，聱牙者为乐府。后世流传之乐府中很多聱牙不可通者，乃乐工为合于乐，改造加工的结果，非乐府本如此也。李白歌行，上本骚、雅，下迄齐、梁，包罗万象，奇思跌宕，是"拟乐府"绝美之作，后世之"拟乐府"但似李白歌行即可，切不可以生吞活剥，以聱牙不可通为乐府。

唐乐府亦用律诗，唐人李义山有转韵律诗。白乐天、杜牧之集中所载律诗，多与今人不同。《瀛奎律髓》有仄韵律诗。

不仅平美者可以为乐府，唐律诗亦多用于乐府。乐府自有其风格特征非以平美和聱牙区分。既然，乐府不以平美和聱牙论定，那又以什么论定呢？

最后，冯班为了消除时人对于何者为乐府、何者为诗的疑惑，提出了乐府的七种体制。曰：

总而言之，制诗以协于乐，一也；采诗入乐，二也；古有此曲，倚其声为诗，三也；自制新曲，四也；拟古，五也；咏古题，六也；并杜陵之新题乐府，七也。古乐府无出此七者矣。唐末有长短句，宋有词，金有北曲，元有南曲，今则有北人之小曲、南人之吴歌，皆乐府之余也。（《古今乐府论》）

在汉乐消亡之前，乐府之创作或制诗协乐，或采诗入乐，或倚声填词，或自制新曲，诗与乐皆是联系在一起的。随着汉乐的消亡，文人所作之乐府但剩赋题与拟词而已，直至杜甫的新题乐府才有所改观。"杜子美作新题乐府，此是乐府之变。盖汉人歌谣，后乐工采以入乐府，其词多歌当时事，如《上留田》《霍家奴》《罗敷行》之类是也。子美自咏唐时事，以俟采诗者，异于古人，而深得古人之理。元白以后此体纷纷而作。"（《古今乐府论》）杜甫之新题乐府，虽不同乐府之古题，亦不可歌，然古今乐府之"指论时事，颂美刺恶，合于诗人之旨，忠志远谋，方为百代鉴戒"（卷三《正俗》）的精神却是相通的。但从乐的角度而言，无论是赋题、拟词还是新题乐府，均将乐府歌诗从乐的母体中剥离出来，形成一种独立于乐之外的文体。乐府作为一种独立文体，其在不同发展阶段具有三个文体特征：一是合乐；二是咏古题；三是咏时事。汉乐消亡之前，乐府的本体特征为合乐；汉乐消亡之后，乐府主要以咏古题为主；杜甫之新题乐府又用乐府以咏时事。

所以说，判定诗是否可以称为拟乐府，至少应具有乐府的合乐、咏古题、咏时事的三个特征之一。

> 又李西涯作诗三卷，次第咏古，自谓"乐府"。此文既不谐于金石，则非乐也；又不取古题，则不应附于乐府也；又不咏时事，如汉人歌谣及杜陵新题乐府，直是有韵史论，自可题曰"史赞"，或曰"咏史诗"，则可矣，不应曰"乐府"也。诗之为文，一出一入，有切言者，有微言者，轻重无准，惟在达其志耳。故孟子曰："不以文害词，不以词害志，以意逆志，是为得之。"西涯之词，引绳切墨，议论太重，文无比兴，非诗之体也。乃其叙语讥太白用古题，谬矣。（《古今乐府论》）

李西涯所作，不仅不合乐，又不取古题，还不咏时事，不能称之为"乐府"；而且直抒议论，无关比兴，亦不能称之为"诗"。乐府的特征和标准已经言明，但如何写作呢？冯班进一步，说：

> 乐工务配其声，文士宜正其文。今日作文，止效三祖，已为古而难行矣。若更为其不可解者，既不入乐，何取于伶人语耶？……总之，今日作乐府，赋古题，一也；自出新题，二也。（《论乐府与钱颐仲》）

合乐的体制特征已经随着汉乐的消亡而变得无可依从，所以后世创作乐府，只要符合乐府的后两个标准：咏古题和咏时事，即可。

与乐府的辨义相关，冯班还对歌行进行了辨析，曰：

　　七言创于汉代，魏文帝有《燕歌行》，古诗有《东飞伯劳》，至梁末而七言盛于时，诗赋多有七言，或有杂五、七言者，唐人歌行之祖也。声成文谓之歌，曰"行"者，字不可解，见于《宋书·乐志》所载魏、晋乐府，盖始于汉人也。至唐有七言长歌，不用乐题，直自作七言，亦谓之歌行。故《文苑英华》歌行与乐府又分两类。今人歌行题曰"古风"，不知始于何时。唐人殊不然，故宋人有"七言无古诗"之论。予按：齐梁已前，七言古诗有《东飞伯劳》《卢家少妇》二篇，不知其人代，故题曰"古诗"也。或以为梁武，盖误也。如唐初卢、骆诸篇，有声病者，自是齐梁体。若李、杜歌行，不用声病者，自是古调。如沈佺期《卢家少妇》，今人以为律诗。唐乐府亦用律诗。唐人李义山有转韵律诗，白乐天、杜牧之集中所载律诗，多与今人不同。《瀛奎律体》有仄韵律诗。严沧浪云："有古律诗。"则古、律之分，今人亦不能全别矣。《才调集》卷前题云："古律杂歌诗一百首。"古者，五言古也；律者，五七言律也；杂者，杂体也；歌者，歌行也。此是五代时书，故所题如此，最得之。今亦鲜知者矣。大略歌行出于乐府，曰"行"者，犹仍乐府之名也。（《古今乐府论》）

　　从歌行的起源上说："歌行之名，不知始于何时。晋魏所奏乐府，如《艳歌行》《长歌行》《短歌行》之类，大略是汉时歌谣。"（卷三《正俗》）虽然不知道歌行产生的大致时间，但从晋、魏歌谣的记录情况来看，应始于汉人。汉代即有七言，曹丕《燕歌行》可以称为七言之滥觞。

　　从歌行的定名上看："晋宋时所奏乐府，多是汉时歌谣，其名有《放歌行》《艳歌行》之属，又有单题某歌某行，则歌行者，乐府之名也。"（《论歌行与叶祖德》）歌行大略出于乐府，行之名，犹仍乐府之名。"但指咏物之文，或无古题。"（卷三《正俗》）

　　从歌行的流变来看：

　　魏文帝作《燕歌行》以七字断句，七言歌行之滥觞也。沿至于梁元帝，有《燕歌行集》，其书不传，今可见者犹有三数篇。于时南北诗集，卢思道有《从军行》，江总持有杂曲，文皆纯七言，似唐人歌行之体矣。徐、庾诸赋，其体亦大略相近。诗赋七言，自此盛也。迨及唐初卢、骆、王、杨大篇诗赋，其文视陈隋有加矣。迨于天宝，其体渐变，然王摩诘诸作，或通篇丽偶，犹古体也。李太白倔起，奄古人而有之，根于《离骚》，杂以魏三祖乐府，近法鲍明远，梁、陈流丽，亦时时间出，谲辞云构，奇文郁起，后世作者无以加矣。歌行变格，自此定也。子美独构新格，自制题目，元、白辈祖述之，后人遂为新例，陈、隋、初唐诸家渐渐灭矣。……太白、子美二家之外，后人蔑以加矣。(《论歌行与叶祖德》)

《燕歌行》为七言歌行之滥觞，然诗文仍是五七言杂行；其后经梁元帝、卢思道、江总、徐陵、庾信等创作，纯七言之体始类唐人；初唐四杰及王维之作使歌行定体，然仍属古体；其后经由李白、杜甫的改造，七言歌行变格成形，并达到极致。

从歌行的写作手法而言，冯班将歌行分为四类，曰："咏古题，一也；自造新题，二也；赋一物咏一事，三也；用古题而别出新意，四也。"(《论歌行与叶祖德》) 其实统而分之，为用古题和造新题两类，在某种意义上说亦是乐府写作咏古题和咏时事特征的体现。在起源上，歌行本之乐府；在后世的写作手法上，歌行又与乐府相同。在冯班看来歌行与乐府本之为一，又归为一，打破了存于二者之间的壁垒，为乐府与歌行的创作带来了极大的便利。

蒋寅先生在《冯班与清代乐府观念的转向》一文中，回顾了前代和同时诗家对乐府的看法，得出冯班乐府论最为通达。因为冯班首先破除了乐府与歌行之间的隔阂，又重新确立了诗与乐之间的关系，并通过解构乐府词与乐的关系，打断人对音乐的追念；同时将乐府写作方式汰存为赋古题和赋新题二种，示人坦易可行之途。[①] 我深表赞同。冯班从音乐的产生与消亡的角度，讲清了乐府的产生和流变，并明确了乐府创作的七种体式，最后得出音乐既已消亡，今之乐府便可不必理会是否合乐，只要咏古题或咏时事即可。由于时代久远，诗与乐府、乐府与歌行之间的关系，盘根错节，深而不可解，然而冯班此论一出，就将复杂的问题简单化了，至此长期笼罩在乐府身上的迷雾，顿然开朗了。

(二) 近体之辨

明确了诗与乐府的关系后，冯班进一步辨析了古体与近体之别、律诗和绝句之关系以及声律音韵的问题。

1. 古体和近体之别

冯班所言之古体有两个概念，一是指声病说产生之前，汉、魏、晋、宋之古诗，这是从时代的久远性上说的；一是指声病产生之后，不用声病之法，而法效汉、魏、晋、宋之人所作的拟古之诗，如陈子昂之古体

---

①　蒋寅：《冯班与清代乐府观念的转向》，《文艺研究》，2007 年第 8 期。

诗。两种虽都是针对声律说而言，然其内涵确有很大的不同。冯班曰：

> 古诗之视律体，非直声律相诡，筋骨、气格、文字作用，迥然不同矣。然亦人人自有法，无定体也。陈子昂上效阮公感兴之文，千古绝唱，格调不用沈、宋新法，谓之古诗。唐人自此，诗有古、律二体。云古者，对近体而言也。《古诗十九首》，或云枚叔，或有傅毅，词有"东都""宛洛"，钟参军疑为陈王，刘彦和以为汉人。既人代未定，但以古人之作，题曰"古诗"耳，非以此定古诗之体式，谓必当如此也。李于鳞云："唐无五言古诗，陈子昂以其古诗为古诗。"立论甚高。细详之，全是不可通。只如律诗始于沈、宋，开元、天宝已变矣。又可云"盛唐无律诗，杜子美以其律诗为律诗"乎？子昂法效阮公，尚不谓古，则于鳞之古，当以何时为新？若云未能似阮公，则于鳞之五言古，视古人定何如耶？（卷三《正俗》）

　　四声八病说的兴起是古体诗与近体诗的分界点，然而古体诗与近体诗之间的区别，又不仅仅在于声律之间，两者的风骨、气格、文字作用又截然不同。陈子昂虽生于声律形成后，然其所作不用齐、梁声病，远效阮籍，亦为古诗，即冯班所言第二个意义上的古体诗。《古诗十九首》虽为古诗，然只是因其时代久远而已，是第一个意义上的古诗，并不能以此定古诗之体例。而李于鳞所言唐诗无五言古诗，陈子昂以其古诗为古诗，就是偷换了古诗的两个概念。从古诗的第一个概念上而言，唐代律体已经定型，自然无古诗，李于鳞所言不非。然从第二个概念而言，陈子昂所作之拟古诗亦可称为古体诗，所以不能说唐无古诗。但这又带来另一个论辩，既然第二个概念的古体诗，不等同于第一个概念的古体诗，那么李于鳞又何以以陈子昂之古诗为古诗呢？正如冯班所言，陈子昂之古诗，乃为拟古之诗，是针对近体而言，与近体诗之声律、筋骨、气格、文字作用等截然不同，然其又不同于汉、魏、晋、宋之古诗。陈子昂之拟古诗是古体诗的发展和变体，更类似于杜甫的新题乐府，是以古诗赋新事。

　　从冯班对于古体诗和乐府的论断，可以看出，冯班虽然尊古，但更看重新变，诗体在随着时代变革和发展，故诗人之眼光和创作方法亦应随着诗体的变革而变革。汉乐的消亡，并不代表乐府的消亡；近体之产生，亦不等同于古体的没落。因此当今诗人应适应新的形式，抛开不必要的羁绊，但可自赋新题或自咏时事，追随并促进文学的发展变革。

2. 律诗和绝句的关系

冯班《钝吟杂录》卷三《正俗》中有一段论述，反映了冯班对于律诗与绝句关系的看法，曰：

> 沈约、谢朓、王融创为声病，于时文体不可增减，谓之"齐梁体"，异乎汉、魏、晋、宋之古体也。虽略避双声叠韵，然文不粘缀，取韵不论双只，首句不破题，平侧亦不相俪。沈佺期、宋之问因之，变为律诗，自二韵至百韵，率以四句一绝，不用五韵、七韵、九韵、十一韵、十三韵，唐人集中或不拘此说，见李赞皇《穷愁志》。首联先破题目，谓之破题，第二字相粘，平侧侧平为偏格，侧平平侧为正格，见沈存中《笔谈》。平侧宫商，体势稳协，视"齐梁体"为优矣。近体多是四韵，古无明说，仆尝推测而论之，似亦得其理也。联绝粘缀，至于八句，虽百韵亦止如此矣。如正格二联，平平相粘也；中二绝，侧侧相粘也。音韵轻重，一绝四句，自然悉异，至于二转，变有所穷，于文首、尾、胸、腹已具，足得成篇矣。律赋亦八韵，《文选注》中已备记之，兹不具论。诗家尝言有联有绝，二句一联，四句一绝。宋孝武言吴迈远"联绝之外无所解"，是也。古人有是语。四句之诗，故谓之绝句。宋人不知，乃云是绝律诗首尾。目不识丁之人妄为诗话，以误后学，可恨之极。如此议论，亦非一事也。《玉台新咏》有古绝句，古诗也。唐人绝句有声病者，是二韵律诗也。《元白集》《杜牧之集》《韩昌黎集》可证，唐人集分体者少。今所传分体集，皆是今日妄庸人所更定，不足据。宋人集所幸近人不肯读，古本多存，中亦有分律诗、绝句者，如《王临川集》首题云"七言律诗"，下注云"绝句"，甚分明。唐人惟有元、白、韩、杜等是旧次，今武定侯刻《白集》，坊本《杜牧集》，亦皆分体如今人矣。幸二集尚有宋板，新本亦有翻宋板可据耳。高棅《唐诗品汇》出，今人不知绝句是律矣。高棅又创"排律"之名，虽古人有排比声律之言，然未闻呼作排律，此一字大有害于诗。吾友朱云子撰诗评，直云"七排""五排"，并去律字，可慨也。

冯班的此段言论主要论述了三个问题：一、唐律诗发展了齐梁律诗：自沈约、王融等创为声病说，诗歌变体，然齐梁之律诗与唐律诗还是不同的。齐梁律诗虽避双声叠韵，然不注意粘对、押韵、破题及平仄相叶；自沈佺期、宋之问因革，律体诗定型，首联破题、四句一绝、第二字相粘、平仄相叶，而其"平侧宫商，体势稳协，视齐梁体为优矣"。二、绝句即是律诗。近体诗多是四韵，所谓四句一绝，而律诗之八韵，乃是联绝粘缀，为绝句相粘的结果。如此而推，则非八韵而止，百韵、千韵亦可粘缀。唐不分律、绝，统称为律诗，以绝句为二韵律诗。律诗、绝句之分，乃后人所为。古本唐人诗集中分律、绝者很少，而所传之分体诗集，多为后代刊刻时妄加，不足信。三、今人不知绝句即是律诗，以至于误信高棅排律之言。

冯班从近体诗的起源和发展来看齐梁律诗和唐律诗，是符合律诗发展轨迹的，同时也是学界普遍认可的。然而自宋以来很多学者认为律、绝分体，且律的产生时间早于绝，绝句乃是律诗截半。对此冯班不予赞同。从律、绝之出现时间来看，绝句的产生时间要早于律诗，律诗定体之初，多为四韵，而四韵一绝，其余八韵乃至百韵均为四韵相粘之结果，即说律诗乃绝句粘缀，非律诗截半为绝句。再从唐人的创作情况来看，律诗定型之初即以四句为主，绝句即为二韵律诗。古今所传之古本唐人诗集皆不分律、绝，则绝句即为律诗，只是韵数之多寡不同，不必强分律、绝。进而言之，绝句即为二韵律诗，则律诗可称四韵律诗，如此类推，其他长篇又可视韵数多少而定，称几韵即可，无关排字。冯班从律、绝的产生时间和唐人的创作实践来看律诗，则打破了存于律诗与绝句之间的隔阂，将二者统一起来，所谓绝句即是律诗也。当然他以此极力抨击"排律"之言，不免过于拘泥。绝、律甚或排律均是对于不同韵数律诗的称呼，既然可用二韵、四韵、八韵、长韵等来称呼，何不可以用绝句、律诗、排律来区分？况排律之名并不始自高棅，[①] 而排律之名又已经广泛使用，冯班的父亲冯复京《说诗谱》中即屡用排律之言，冯班此处咄咄逼人，斤斤计较于字眼之间，难免小家子气了。

不过如同冯班的其他言论一样，冯班关于近体诗之辩，亦表现出强烈的"破"的精神。冯班打破律诗与绝句之间的壁垒，将二者统一起来，无疑又为后来学者打开了一扇屏障。

总之，冯班关于诗体之讨论带有强烈的"破"古今成见之态势，将笼罩在诗坛的千缠万绕，化而为一，也许他过于将复杂问题简单化了，然而却将诗歌创作带进了易知、易懂、易作的可操作境地，无疑促进了诗歌的发展。

---

① 冯班：《钝吟杂录》卷三《正俗》何焯评语，称："（排律之名）见元板欧阳《圭斋集》，是其高第弟子所编，已有排律二字，大抵宋末科举之士皆以诗作戒，元人学问渐失源流，相沿此名，竟不晤为杜撰。"

第六节　《严氏纠谬》

前文已经指出，清代文学是建立在对明代诗学的全面反思的基础上的。明七子的"文必秦汉，诗必盛唐"的主张，首当其冲地受到大家的指责，而严羽的《沧浪诗话》作为复古派的宗主，亦受牵连。钱谦益率先指出："严氏之论诗，亦其臀热之病耳。而其症传染于后世，举世目严氏之售也，发言皆严氏之谵也，而互相标表，期以药天下之诗病，岂不慎哉！"① 冯班紧追其后，作《严氏纠谬》一文对严羽发起攻击，其文开宗明义，即曰："嘉靖之末，王、李名盛。详其诗法，尽本于沧浪。至今未有知其谬者。"② 通观全文，不免流露出清初文人特有的偏执与过激。然冯班以一介草民之身份，欲在文坛弄出点声响，宣扬一家之言，激言愤慨无疑成为其有力的宣传工具。而冯氏的某些论点亦击中严氏之弊，不失为要论。现将《严氏纠谬》分为三部分，论述如下。

一、关于"以禅喻诗"

"以禅喻诗"是《沧浪诗话》的论述手段和论述特点，而这也正是冯班反拨的重点。冯班开篇即言"以禅喻诗，沧浪自谓亲切透彻者。自余论之，但见其漫漶颠倒耳"。进而"纠谬"，曰：

乘有大、小是也。声闻、辟支则是小乘。今云大历以还是小乘，晚唐以下是声闻、辟支，则小乘之下，别有权乘？所未闻一也。初祖达摩自西区来震旦，传至五祖忍禅师，下分二枝：南为能禅师，是为六祖，下分五宗；北为秀禅师，其徒自立为六祖，七祖普寂以后无闻焉。沧浪虽云宗有南、北，详其下文，都不指喻何事，却云临济、曹、洞。按临济元禅师、曹山寂禅师、洞山价禅师三人并出南宗，岂沧浪误以为二宗为南、北乎？所未闻二也。临济、曹、洞，机用不同，俱是最上一乘。今沧浪云："大历以还之诗小乘禅也"。又云"学大历以还之诗，曹、洞下也。"则以曹、洞为小乘矣。所未闻三也。凡喻者，以彼喻此也。彼物先了然于胸中，然后此物可得而喻。沧浪之言禅，不惟未经参学南、北宗派、大、小三乘，此最是易知者，尚倒谬如此，引以为喻，自谓亲切，

① 钱谦益：《牧斋有学集》卷十五《唐诗英华·序》，上海古籍出版社2010年版，第708页。
② 本文引用冯班之语皆出自《钝吟杂录》卷五《严氏纠谬》，以后各条就不一一标注。

不已妄乎？

　　冯班的"三未闻"对严羽提出了两点质疑：一、严羽先谓"乘有大小"，后又不知"不知声闻、辟支果即小乘"，而分大、小、声闻辟支三乘，岂非不知禅？二、严羽对俱为上乘的临济、曹洞强做高下，岂非厚此薄彼？关于这两个疑问，钱谦益在《牧斋有学集》卷十五早已指出，曰："严氏以禅喻诗，无知妄论，谓汉魏盛唐为第一义，大历为小乘禅，晚唐为声闻、辟支果，不知声闻、辟支即小乘也。谓学汉魏盛唐为临济宗，大历以下为曹洞宗，不知临济、曹洞初无胜劣也。其似是而非，误人箴芒者，莫甚于妙悟一言。"[①] 在钱谦益和冯班看来，佛有三乘：一为菩萨乘，即大乘；一为声闻乘；一为辟支乘。声闻、辟支因其求自度，而谓之小乘。如就三乘而分为：大乘、声闻、辟支；如就两乘而分为：大乘、小乘。严羽其先谓"乘有大小"，后又将汉、魏、晋与盛唐之诗称为第一义、为大乘禅，大历以还之诗为小乘禅，晚唐之诗为声闻辟支果，等于又将禅分大、小、声闻辟支三乘。岂非混淆了佛乘之法？

　　关于此点质疑，有的学者认为是版本讹误，非严羽不知禅。如：郭绍虞通过比照魏庆之《诗人玉屑》，曰："《玉屑》无'小乘禅也'四字，是。案钱谦益与冯班均讥严氏分别小乘与声闻、辟支之非，据《玉屑》则沧浪原不误。"[②] 骆礼刚也认为，此误或为"作者行文自注，今本衍出，版本之误，非严羽不知禅"[③]。但也有学者对魏庆之辑录的可信度提出质疑。如：王仲闻考证《诗人玉屑》"亦有可以改正原书者，如卷十九'叶水心论唐诗与严沧浪异'一条所引徐山民墓志，其文字实较《四部丛刊》本《水心文集》为胜"[④]。台湾黄培青认为《诗人玉屑》作为"选编"之作，"自然有其取舍标准与排列原则"[⑤]。周群也认为《诗人玉屑》乃"博观约取"的辑录之书，且含有自己斟酌改写的内容，"以此作为版本依据是否合适尚可商榷"[⑥] 等。张健则以宋代文献和《沧浪诗话》的版本源流等方面指出，"《诗辩》等五篇原本并不是一部诗话，而只是一些单篇的著作，这些著作由严羽的再传弟子元人黄清老汇集在一起，到明

　　① 钱谦益：《牧斋有学集》卷十五《唐诗英华·序》，上海古籍出版社 2010 年版，第 707 页。

　　② 郭绍虞：《沧浪诗话校释》，人民出版社 1983 年版，第 14 页。

　　③ 骆礼刚：《为〈沧浪诗话〉以禅喻诗一辩》，《学术研究》，2003 年第一期。

　　④ 王仲闻：《诗人玉屑校勘记·前言》，魏庆之《诗人玉屑》，中华书局 2007 年版，第 2 页。

　　⑤ 黄培青：《宋元时期严羽诗论接受史研究》，中华民国九十七年，中国台湾师范大学博士论文。

　　⑥ 周群：《〈严氏纠谬〉诗禅论平议》，《文艺研究》，2010 年第 2 期。

代正德年间才被胡冠以《沧浪诗话》之名。"① 而就现所能见的清代《沧浪诗话》的版本来看，各家版本《诗辩》一章大体内容相同，唯与《诗人玉屑》不同。由是而观之，以《诗人玉屑》作为校勘《沧浪诗话》的版本依据尚值得商榷。而且以版本之差讹来解决这一问题，也有些牵强。

即便宋本《沧浪诗话》无"小乘禅"诸字，为后来者衍增，那又如何解释严羽将汉魏盛唐诗为第一义，以大历以还之诗为第二义，又以晚唐之诗为声闻、辟支果也？岂非严羽又将佛教分为三乘？另，仅就"大历以还之诗"的定位而言，严羽忽而将大历以还之诗称为小乘禅，忽而又将学大历以还之诗归入曹洞下。小乘者怎么又成大乘了呢？恐怕严羽亦不能解释清楚。有学者指出，严羽所论之大小乘是指"禅家者流"而言，"并不是原初意义上求佛果为大乘，求阿罗汉果、辟支佛果为小乘，而是基于人心差等而对佛法诵读、悟解、修行不同分出的不同等级，是判分禅宗内部诸宗高下的方法"。冯班依据"佛之大小乘"；严羽所喻，乃"禅之大小乘"。两者内涵不同，冯班之驳未解严羽之意。②

《法华经》云：

若有众生，内有智性，从佛世尊闻法信受，殷勤精进，欲速出三界，自求涅槃，是名声闻乘，如彼诸子为求羊车出于火宅；若有众生，从佛世尊闻法信受，殷勤精进，求自然慧，乐独善寂，深知诸法因缘，是名辟支佛乘，如彼诸子为求鹿车出于火宅；若有众生，从佛世尊闻法信受，勤修精进，求一切智、佛智、自然智、无师智，如来知见、力、无所畏，愍念、安乐无量众生，利益天人，度脱一切，是名大乘。菩萨求此乘故，名为摩萨，如彼诸子为求牛车，出于火宅。

将佛分三乘：声闻乘也即小乘；辟支乘也叫缘觉乘，为中乘；菩萨乘也叫如来乘，为大乘。钱谦益和冯班将佛分为三乘，乃为依据佛家之分法，确实不假。又，严羽将乘分为大、小，又屡称"大乘禅""小乘禅"，确依据禅宗所论。但钱谦益、冯班亦了然禅家的大、小乘之分，否则不会云"乘有大、小是也"。他们只是针对严羽既分大小二乘，为何又在小乘之下，别分权乘？貌似严羽忽而遵从佛家三乘，忽而又分大、小，既把大历以还之诗称为小乘禅，又把学大历以还之诗归入曹洞下，对于佛禅之乘，时现混淆。所以，钱谦益、冯班等才揪住此点大加质疑。严羽"以禅喻诗"，而连喻的客体——禅——的基本常识都混淆不清，那么他的喻又怎能清晰？冯班之辩，无疑给严羽之论致命一击。

另，如果只将大、小乘，作为判定禅法高下的代名词，那么是否还有强分优劣的必要？这就引入了冯班对严羽的第二点质疑。佛经东传，至五祖而分南、北。始而北盛，经安史之乱而衰，七祖普寂后几乎绝迹。南宗六祖慧能禅师，发扬佛法致使南宗渐盛，安史之乱后，渐为独大，已无南、北之分。南禅宗自慧能以下，又分五宗沩仰宗、临济宗、曹洞宗、云门宗、法眼宗。北宋时，云门、临济独盛，南宋时曹洞才比肩临济，临济与曹洞并立。严羽之世，北宗已衰微，其又修临济宗，岂能不知临济与曹洞同属南宗，怎会混二者以南、北？冯班"二未闻"以严羽误分临济、曹洞为南、北，有些失考。又，临济、曹洞虽同属南宗，但两宗之争却由来已久。禅林、士大夫也多参与其中，纷纷阐明自己所宗法门。严羽习禅深受临济高僧宗杲影响，以临济为高而斥曹洞为低，故论诗言"学汉魏盛唐为临济宗，大历以下为曹洞宗"。钱、冯"以临济、曹洞俱是上乘"，质疑严羽高临济、低曹洞，未考见南宋的历史背景，有些苛责。

但就"以禅喻诗"而言，冯班认为诗以道性情，而人生有喜、怒、哀、乐之情，人之情感不必分高低优劣，故道性情之诗，亦不必强分优劣。钱振煌曰："沧浪借禅家之说以立《诗辨》，于禅则分第一义、第二义、正法眼藏、小乘禅、间辟支果、野狐外道；于诗则分汉、魏、晋、宋、齐、梁、盛唐、晚唐，其说巧矣。虽然佛门广大，何所不容，禽兽鱼鳖，皆有佛性，但能成佛，何必究其所自来。须知极乐世界，原无界限，何容平地起土，堆空门作重槛哉？历代以来，诗虽千变，但求其合于人情，快于己意，便是好诗。格调体制，何足深论。沧浪分界时代，彼则第一义，此则第二义。索性能指出各家优劣，亦复何辨。无奈只据一种荣古虐今之见，犹自以为新奇，此真不可教诲也。"① 佛门广大，包容万象，既以成佛，何必究其来历，判其优劣？诗以性情为本，只要合于己意之诗，便是好诗，何必又以格调强分高下？严羽将禅分第一义、第二义非知禅也；将诗以格调分之三六九等，非知诗也。不知禅、不知

① 钱振煌：《谪星说诗》，《民国诗话丛编》，上海书店出版社 2002 年版，第 578 页。

诗，又如何"以禅喻诗"呢？

冯班进一步指责严羽："至云单刀直入，云顿门，云死句、活句之类，剽窃禅语，皆失其宗旨，可笑之极。"并分析，云：

禅家言死句、活句，与诗法全不相涉也。禅家当机煞活，有时提倡，有时破除，有时如击石火闪电光，有时拖泥带水。若刻舟求剑，死在句下，不得转身之路，便是死句。诗人所谓死、活句全不同，不可相喻。诗有活句，隐秀之词也。直叙事理，或有词无意，死句也。隐者，兴在象外，言尽而意不尽者也；秀者，章中破出之词，意象生动者也。禅须参悟，若"高台多悲风""出入君怀袖"，参之何益。凡沧浪引禅家语，多如此，此公不知参禅也。

冯班从形式的角度言禅的活句的灵活多变，若过于拘泥、刻板则沦为死句。从意境的角度言诗的活句为隐秀，即兴在象外、言有尽而意无穷和意象生动，也即严羽所云"空中之色，水中之月，镜中之象"。若直叙事理或直言尽意则为死句。他从形式与意境分开来讲禅与诗之异，我们却不妨将二者合起来讲禅与诗之同。

钱钟书《谈艺录》云："禅宗当机煞活者，首在不执着文字，句不停意，用不停机。古人说诗，有曰'不以词害意'，而须'以意逆之'者；有曰'诗无达诂'者；有曰'文外独绝'者；有曰'不尽之意见于言外'者。不脱而亦不黏，与禅家之参活句，何尝无相类处。"[1] 禅也好，诗也罢，都是要求放弃执着，放弃拘泥，透过语言形式本身，探知言外之深意。而要领会其中深意，惟有参悟。"夫悟而曰妙，未必一蹴而至也；乃博采而有所通，力索而有所入也。学道学诗，非悟不进。"[2] 只是禅以悟为结果，而诗以悟为手段。胡应麟《诗薮》云："严氏以禅喻诗，旨哉！禅则一悟之后，万法皆空，棒喝怒呵，无非至理；诗则一悟之后，万象冥会，呻吟咳唾，动触天真。然禅必深造而后能悟；诗虽悟后，仍需深造。"[3] 钱钟书《谈艺录》进一步，云："禅家讲关捩子，故一悟尽悟，快人一言，快马一鞭，一指头禅可以终身受用不尽。诗家有篇什，故于理会法则以外，触景生情，即事漫兴，有所作必随时有所感发，大

---

① 钱钟书：《谈艺录》，三联书店 2001 年版，第 294—295 页。
② 钱钟书：《谈艺录》，三联书店 2001 年版，第 279 页。
③ 胡应麟：《诗薮》，上海古籍出版社 1979 年版，第 25 页。

判断外尚须有小结果。"① 冯班试图从禅与诗的区别着眼，攻击"以禅喻诗"，但其未能准确抓住二者之异同。二者之相通是"以禅喻诗"之可能，二者之相异则是"以禅喻诗"之必要。至于对诗境的理解，人人各有不同，所谓一千个读者一千个哈姆雷特。冯班以自己之标准要求严羽，未免强加于人。

冯班处处指责严羽之论，却又不能不受到沧浪的影响。如其苛责严羽之"空中之色，水中之月，镜中之象"之喻，不如刘梦得之云"兴在象外"和孟子之言"说诗者不以文害词，不以辞害志，以意逆志，是为得之"。而其在阐明诗之"活句"时又用了这一概念。不论严羽之喻还是刘梦得之语、孟子之言，实为一意，归根于"言不尽意""言外之意"。冯班虽未用其语，却无法回避其意。

冯班的某些诗学论述，又恰可作为严羽诗论的补充。

沧浪云："不落言筌，不涉理路。"按此：二言，似是而非，惑人为最。夫迷悟相觉，则假言以为筌；邪正相背，斯循理而得路。迷者既觉，则向来之言，还归无言；邪者既返，则向来之路，未尝涉路。是以经教纷纭，实无一法可说也。此在教家，已自如此。若教外别传，则绝尘而奔，诚非凡情浅见所测，吾不敢言也。至于诗者，言也。言之不足，故长言之，长言之不足，故咏歌之。但其言微不与常言同耳，安得有不落言筌者乎？诗者，讽刺之言也。凭理而发，怨悱者不乱，好色者不淫，故曰"思无邪"。但理玄或在文外，与寻常文笔言理者不同，安得不涉理路乎？

严氏之说不误，冯氏此说亦不误，只是侧重点不同而已。严氏云"不落言筌，不涉理路"，非谓不要理与言，而是要寻求言外之音、理外之情，达到情理、言意浑融的境界，而不可一味拘于字障、理障，所谓"羚羊挂角，无迹可寻"，所谓"言有尽而意无穷"是也。冯氏之言在于对诗歌载体的强调。诗歌作为抒情、讽谏之工具，非惟离不开言，亦离不开理。然诗之言与理又和寻常之言、理不同，具有诗歌的独特性。所以说冯氏之对言与理的强调，在于对诗歌表现手法的强调和诗歌独特性的强调；而严氏之论在于对言外之意、理外之情的重视。二者不惟不相悖，恰可互为补充。

---

① 钱钟书：《谈艺录》，三联书店 2001 年版，第 295 页。

还须指出的是，严羽"以禅喻诗"，将诗分为大小乘，只是为了分诗的优劣等级。并"以禅宗等级理论为前提，严羽按照自己的主观意志预先设计了一个关于诗歌和诗人的'金字塔'，并建立起'盛唐'与'非盛唐'二元对立模式"①。其于比喻客体之模糊，并没有妨碍其诗论的传达。他无非是强调汉、魏、晋、盛唐诗歌之正，而晚唐之诗则不具法眼。而这也正是冯班论辩的根源。冯班反对复古吗？反对汉魏盛唐诗吗？都不是。他只是不取法盛唐，取法晚唐，并由晚唐倒入汉魏六朝。冯班之所以斤斤于大、小乘，声闻、辟支之分，无非是针对严羽将晚唐归入末流，提出异议。严羽之喻未必合切，但喻只是宣传诗论的手段，大可不必拘泥。冯班之于严羽，无非是二人论诗旨趣和宗法对象的不同。二人主张复古的大方向和某些论调还是基本相同的。

二、关于诗体

冯班不只攻击严羽的"以禅喻诗"，还对沧浪之分体论，提出质疑。当然，冯班之指责大都属于细枝末节，虽能纠正严羽的某些错误和疏漏，却不能撼动其根本。况分诸诗体，只能就诗体的大体特征而言，不可能面面俱到，冯班的某些指责，难免有鸡蛋里挑骨头之嫌。

如，关于"建安体"，冯班指责曰："一代文章，惟须举其宗匠为后人慕效者足矣，泛及则为赘也。"难脱苛责之嫌。关于《琴操》，云："《琴操》岂止二篇？《水仙操》亦不始辛德源，观此则沧浪不知《琴操》也。"《琴操》虽不只两篇，但沧浪只列两篇，亦不为误。岂非一篇一篇罗列于此？更显累赘。

关于以人分体，冯氏曰："建安以后诗，莫美于阮公《咏怀》，陈子昂因之以创古体。何以不言阮嗣宗体？潘、张、左、陆，文章之祖。前言太康体，似矣。以人言，则何以缺此四君？""然沈、宋之前不云李峤、苏味道；王右丞以后不言钱、郎、刘随州；李商隐之下不言温飞卿；元白之下不言刘梦得。皆缺也。"诚然，阮籍以及潘、张、左、陆等人在文学史上的贡献和独特地位是不容忽视的。但每个人对诗的理解不同，对诗体的划分亦不尽相同。有的诗人合乎其审美规范，难免就有些偏爱，有的就会有些疏略。陶渊明最初亦不受重视，钟嵘《诗品》列为下品，刘勰《文心雕龙》未置一语。时代及个人的审美标准不同，何必苛责？

---

①　王术臻:《从严羽的诗学批评方法看〈沧浪诗话〉的写作意图》,《文学遗产》,2010 年第6 期。

何况，冯班以诗体论定之言要求严羽之草创之始，难免有失公道①。

然而《严氏纠谬》中的有些论条，却也纠正了严羽的一些错误。如，关于"黄初体"，冯班曰："五言虽始于汉武之代，盛于建安，故古来论者，止言建安风格。至黄初之年，诸子凋谢不存，止有子建兄弟，不必更赘言又有黄初体也。"我较为认同冯氏此说。黄初体更多的是延续建安风格，虽然七子凋谢，然能代之以接替旗杆之人物还未出现，诗学风格、旨趣亦没有明显的转变。其作为一独立诗体的条件不够成熟。何焯的评注言之甚明，曰："特主绮靡，尤多丽偶，士衡出之，体实少异于建安之质，宜分太康体；元风尽革，山水入咏，宜分元嘉体。"太康体、元嘉体之所以宜分，在于其风格变化较为明显，而且各自有能独领其军的重要人物。而黄初体的这两个条件都不具备，那么以其作为一代诗体就有待商榷。

又如，冯班纠正严羽将"西昆体"与李商隐体混淆之论，曰：

《西昆酬唱集》是杨、刘、钱三君唱和之作。和之者数人，其体法温、李，一时慕效，号为"西昆体"。其不在此集者尚多。至欧公始变，江西已绝后矣。及元人为绮丽之文，亦皆附昆体。李义山在唐与温飞卿、段少卿号"三十六体"，三人皆行十六也。于时无"西昆"之名。

何焯进一步指出："其误始于《冷斋夜话》。金源时此书流于北方。如李屏山《西严集序》、元遗山《论诗绝句》皆率指义山为'昆体'。玉溪不揖朝籍，飞卿沦为一尉，安得厕迹册府耶？杨文公序云：'取玉山册府之名，命之曰《西昆酬唱集》。'""西昆体"为后人仿效李商隐之作，与李义山体全不是一回事，本很易知。再如，严羽云："有古诗全不押韵者，《古采莲曲》是也。"冯班纠谬，曰："按'江南可采莲，莲叶何田田。鱼戏莲叶间。''田''莲'是韵，'间'字古韵通，何言全无韵也？"严羽云："有后章字接前章者，曹子建《赠白马王彪》诗。"冯班纠正，曰："按：《三百篇》已有此体。"严羽论诗经常杂采时论，不加考辨，乃至经常出现此种错误。冯班细细考辨，一一指出，不失要论。

冯班的某些演绎亦可补严羽之缺漏，不乏精彩之言。如其关于"永

---

① 郭绍虞指出："至沧浪此节之病，在体与格不分，格与法不分，混体、格、法三者为一，故读者不易有清楚之认识。此则后出者精，明清诸家之论诗，虽袭沧浪旧说，而条理井然，不致如沧浪之混淆不清了。大抵沧浪此节，仅根据时人而汇识之，没有细加分析，故有此失，但在开创之始，固难求全责备。"（《沧浪诗话校释》，人民文学出版社1983年版，第100页）

明体"之论，甚为详细明了：

> 永明之代，王元长、沈休文、谢朓三公，皆有盛名于一时，始创声病之论，以为前人未知。一时文体骤变，文字皆避八病。一简之内，音韵不同；二韵之间，轻重悉异。其文二句一联，四句一绝，声韵相避，文字不可增减。自永明至唐初，皆齐梁体也。至沈佺期、宋之问，变为新体，声律甚严，谓之律诗。陈子昂学阮公为古诗，后代文人始为古诗体。唐诗有古、律二体，始变齐梁之格矣。……齐时，如江文通不用声病，梁武帝不知平、上、去、入，其诗仍是太康、元嘉旧体。若直言齐、梁诸公，则混然矣。齐代短祚。王元长、谢玄晖皆殁于当代，不终天年。沈休文、何仲言、吴书庠、刘孝绰皆一时名人，并入梁朝。故声病之格，通言齐梁。若以诗体而言，则直至唐初皆齐梁体也。白太傅尚有格诗，李义山、温飞卿皆有齐梁格诗，但律诗已盛，齐梁体遂微。后人不知，或以为古诗。若明辨诗体，当云齐梁体创于沈、谢，南北相仍，以至唐景云、龙纪，始变为律体。

从声病而言，永明体、齐梁体一脉相承；从风格而言，齐梁体又有变化，始创新格，日尚绮靡。严氏与冯氏之划分标准不同，不能骤言对错。不过冯班此段关于诗体传承与变革之论，深入分析了齐梁体的产生及其与律诗的传承和古律之分，细致明了地阐明了齐梁体的来龙去脉，不乏创见。

三、关 于 诗 法

沧浪云："诗之是非不必争，试以己诗置之古人诗中，与识者观之而不能辨，则真古人矣。"冯班纠之曰：

> 沧浪之论，惟此一节最为误人。沧浪云："于古今体制，若辨苍素。"又云："作诗正须辨尽诸家体制。"沧浪言古人不同，非止一处。由此论之，古之诗人，既以不同可辨者为诗。今人作诗，乃欲为其不可辨者。此矛盾之说也。

严羽云古今不能辨者，当为相同体制，风格相近之诗，否则根本没有可比性。冯班之云古今不同，乃是针对诗体之异而言。虽与沧浪并非一意，却歪打正着击中了严羽的要害。沧浪辨尽诸家体制，无非是强调诗体的不同，进一步说就是诗因不同乃为诗，如果千篇一律，则作诗何益？而其又强调今与古同，无疑是自相矛盾的。古人尚能万紫千红，何独今人要拾古人牙秽？时代之不同，个体之不同，性情亦不同，何必以古人之性情束缚今人之性情？钱振煌《谪星说诗》云："我诗有我在，何必与古人争似。如其言，何不直抄古诗之为愈乎？"① 师古不失为学诗的一种法门，但学古只是手段，不是目的。师古而达今，方为正门。学古之最佳境界当如陶明濬《说诗杂记》所言："诗之妙处，人各不同。善学古人者，得其精华而遗其糟粕，得其精神而略其形似。古人有古之妙处，我亦有我之妙处。"② 师古也好，师心也罢，只是学诗的方法和途径，其最终当为抒发诗人主体情志，而非古人之情志。严羽之盲目拟古恰是对今人之性情与创造力的泯灭，冯班之论当为正地。

严羽论诗，还有很多言之不确处，冯班均一一考证，指明谬误。

如，严羽云："《仙人骑白鹿》之篇，予疑《苕苕山上亭》以下。其义不同，当又别是一首。郭茂倩不能辨也。"《严氏纠谬》曰："按此本二诗，乐工合之也。乐府或一篇诗止截半首，或二篇为一，或一篇之中增损其字句。盖当时歌谣，出于一时之作，乐工取以为曲，增损以协律。故陈王、陆机之诗，时谓之'乖调'，未命乐工也。具在诸史乐志，沧浪全不省，乃云郭茂倩不辨耶。"冯班对于乐府有着很深的认识。其《古今乐府论》《论乐府与钱颐仲》《论歌行与叶祖德》都是系统的研究乐府的专论。他从乐府体制入手，通过乐府与音乐之间的关系，考辨乐府的流变。古诗皆可入乐，诗与乐府并无分界，后乐失传，歌诗乃分界。而乐府古词经乐工加工剪裁以合音乐，早已经失去了本来面目。现在看到的很多不可通者，并非创作之初就如此，而是经过乐工加工以合乐的结果。沧浪不知此点，难怪有此言论。

又如，严羽云："楚词惟屈宋诸篇当读之外，惟贾谊《怀长沙》、淮南王《招隐操》。"又云："《九章》不如《九歌》，《九歌·哀郢》尤妙。"冯班曰："《九章》有《怀沙》，贾太傅无《怀沙》也。《招隐士》亦非操。《哀郢》是《九章》。《九歌》是祀神之词，何得有《哀郢》？沧浪云'须熟楚词'，今观此言，《楚词》殊未熟，亦恐是未曾看。彼闻贾生为长沙王傅，自伤而死，遂以为有怀长沙，不知怀沙非长沙也。彼知屈子不得志于怀襄而死，意《哀郢》必妙，不知《九歌》无《哀郢》

---

① 钱振煌:《谪星说诗》,《民国诗话丛编》本,上海书店出版社 2002 年版,第579 页。
② 转引自郭绍虞:《沧浪诗话校释》,人民文学出版社 1983 年版。

也。望影乱言，世人所欺。何哉！"钱曾亦有相似论断。按《四库总目》之言，严羽之误"或一时笔误，或传写之讹，均未可定。遽加轻诋，未免佻薄"。然严羽之误不仅此一处，很难断定均出于笔误或传写之讹①。哪怕为版本流传之误，冯班给予指出，亦为一件功事。

严羽的某些常识性错误，看似微不足道，但对于严谨的学人而言，任何瑕疵都是不能容忍的。冯班的某些偏激之言、攻击之语和对于细枝末节的考索，虽过于斤斤计较，失却了很多风度，却也表现出其严谨的学术态度与对于自己学术观点的坚持。

有学者将《严氏纠谬》视为一部"基于门户之见的意气之作"②，我以为不妥。冯班之攻击严羽之出发点确有些门户意气，但冯班的某些指责如关于"以禅论诗"和关于师古之论，却一语中的击中了沧浪的病处，不失为确论。严羽论诗的手段在于"以禅论诗"，然其对于禅的基本知识都混淆不清，其立论的可靠性难免遭人质疑。严羽以古人作为衡量今人诗作的准绳，必然以今人之性情和创造力的丧失为代价，失去了作诗的宗旨和意义。冯班与严羽之相同处在于师古，不同处在于冯班并不把师古作为学诗的唯一手段，他也强调师心。冯班将师古与师心两者融合起来，就解决了严羽之盲目拟古而缺乏性情之失；而且冯班的很多言论并不是无的放矢，而是针对明代诗歌流弊而发。明七子秉承严羽拟古之路，专事模拟，忽视了诗歌的风格特征和修辞要求等，将盛唐诗歌作为衡量一切诗歌创作的准则，诗歌成为古人为今人代言的工具，失去了表情达志的本质特征。冯班为救一时之弊，而成一家之言，不免言之过激，毁之太过。而其对于严羽的某些逻辑错误和常识错误的纠正，亦不失为正论。

---

① 关于"用事不必拘来历"之"事"字，郭绍虞《沧浪诗话校释》据《诗人玉屑》考证当为"字"字。

② 陈望南：《海虞二冯研究》，中山大学出版社2011年版，第171页。

第四章　冯舒、冯班的诗歌创作

二冯诗学理论以复兴晚唐、"西昆"诗风为核心，从通与变的角度融合性情与复古、情与法，树立了讽与婉相融合的审美标准。二冯以晚唐、"西昆"诗风为范式，反映在具体的创作中是——好为脂腻铅黛之词，以咏物描摹为主要抒写手段；以讽与婉相融合为审美标准，追求比兴的艺术效果，反映在具体的创作中为——立意深隐，表达曲婉；以杜甫之诗史为理想典范，不乏以现实之笔法记录时代变迁和社会生活。本章就以二冯的诗文创作为核心，理清二冯诗歌创作的思想内容、艺术特点及二冯对李商隐诗歌艺术的继承和二冯诗歌创作的成就。

第一节　冯舒、冯班诗歌创作的思想内容

冯班的诗歌主要见于《钝吟全集》前十二卷，包括《冯氏小集》三卷，一百三十八首；《钝吟集》三卷，二百七十二首；《钝吟别集》一卷，七十首；《钝吟余集》一卷，七十九首；《游仙诗》二卷，一百首，《钝吟老人集外诗》一卷，一百三十四首；另有《钝吟乐府》一卷，十三首。总计八百零六首。冯舒诗歌主要见于《默庵遗稿》前八卷中，《空居集》二卷，一百三十四首；《北征集》二卷，一百首；《浮海集》一卷，二十首；《避人集》二卷，一百一十首；《幽违集》一卷，五十九首。总计四百二十三首。冯班以近体诗见长，集中极少长篇；冯舒兼收古体、近体、杂体。

兄弟二人各自几百首的诗歌，显然不能一一具论，势必要选取其中最能代表二人诗歌风格和成就的典型诗作。这就不能避开诗歌的分类问题，或按题材、或按内容、或按编年……题材、内容之间往往会有一些交叉，很难准确的界定；而很多诗作又无法确定创作的具体时间；又二冯诗集中唱和诗数量颇丰，既表现了二人对诗歌创作技巧的追求，又反映了二人的交游及诗学传播方式，有必要单独分出，以示其重。所以，不妨借鉴一下《白氏长庆集》将白居易诗歌分为讽喻、闲适、感伤、杂律四类的分类方法，将二冯诗歌分为咏史诗、咏怀诗、咏物诗和唱和诗四类述之。

一、咏　史　诗

　　二冯继承了李商隐咏史诗借史刺时、以史鉴今的写作手法，集中的咏史诗大都情深意慨，包含着深沉的人生感慨和对时政的尖锐批判。如《读汉书》：

　　天醉初醒赤帝昌，从来顾命系兴亡。萧公自筑麒麟阁，却与他时画霍光。

　　化用汉昭帝临终顾命霍光和萧公筑麒麟阁两个典故：萧公本为自己筑麒麟阁，不料却与他人嫁衣，感叹世事无常；而霍光得受汉昭帝临终顾命，一跃而上，飞黄腾达，感叹英雄还须明主识。

　　风尘满眼心犹在，霜雪蒙头力已衰。豕突少年无远器，更将铃匮教孙儿。（《老将》）

　　以古写今，以他写己，诗中老将的形象，更似是诗人自己的影照。诗人早年怀有雄心壮志，惜未遇知己，沉沦世俗。诗人虽已白发苍苍，仍希望能有所建树，发挥余力。其中亦包含着诗人妄图收复祖国河山的雄心，将老心犹在也。

　　草露悠悠千里去，车前往事漫思量。生灵无主随兴废，历数难推自短长。但见干戈争海宇，何曾城郭似金汤。堪怜一片耕桑地，惯与英雄作战场。（《途次怀古》）

　　干戈相争，朝代兴废，却苦了平民百姓，无主沉浮。既是对古战场的感慨，更是诗人对社会现实的深沉感慨。明末社会动荡，战火频仍，人民惨遭荼毒。百姓赖以生存的农田，都已变成了战场，那百姓更何以堪？虽没有直接点破，但悲天悯人之情呼之欲出，表现了诗人对清兵入侵的厌恶和对民生疾苦的关心。

　　又如《和人题楚汉战处》："阴陵无路到江东，人杰纷纷属乃公。广武山前战场在，阮公犹道未英雄。"以古喻今，以楚汉相争比喻明清之战。《吴中怀古》："吴王遗迹已成灰，今日登临特地哀。湖水曾将西子去，江涛犹为伍胥来。名驹白练谁能见，宝剑芙蓉自不回。画壁纷纷祠庙在，不堪闲与拭烟煤。"以古咏怀，抒发诗人的故国之思。常熟曾隶属吴国，此处对吴国的追念，实际为对明朝的思念。其他如《夫差庙》："歌舞高台一夜倾，甬东遗恨更难平。江涛他是无情物，解为忠臣作怒声。"《古台城》："六朝形胜画中开，重叠河山势尽回。谁跃青骢三阁下，曾闻白马寿阳来。东游漫费秦王力，北去空教庾信哀。此日兰皋待极日，百年江表只蒿莱。"《经瞿起周昙园》："华屋重来泪暗弹，桐阴满地作秋寒。游丝风撼啼鸦树，积草烟生斗鸦栏。谁论绝交思任昉，空怜谇德有潘安。坏墙醉后曾题处，遍捡苍苔自读看。"《题壁》："豺虎干戈总莫忧，山人无地不堪游。久凭忠信泅悬水，自得忘机狎海鸥。世运岂须鳌断足，眼前休羡蜃成楼。梦中占梦少年事，事往休教一物留。"《京口阻风》："云片起风色，江边又滞留。潮疑驱白马，山似见黄牛。瑟瑟枫林晚，纷纷蓼叶秋。自非京口酒，何以慰羁愁。"《故陵》："汉帝邯郸道，曹公铜雀台。已知身是土，未信劫成灰。日薄松门闭，山空石马哀。千年华表在，谁见鹤飞来。"《甲申纪事》："难将盛德灭氛妖，凤阙风尘直北遥。紫气既能克帝座，长星何忍轹青霄。也知富贵同刍狗，争奈衣冠作土枭。将相纷纷尽旄钺，柱天谁拟树灵鳌。"《江上赠郭四将军》："久向江南住，衰毛长鬂边。衲残经战袄，用尽买刀钱。屋小深秋后，霜浓病起天。相逢空抚枕，楚豫足烽烟。"等等。皆以古咏今，借古抒怀，或抒发诗人对亡国的思念之情、或表现诗人对亡国的思考，忧时伤国之情，感人肺腑。

二、咏　怀　诗

　　叙事抒怀、感时伤事的咏怀诗在二冯的诗集中占有很大的分量，也是最能体现二人情致的诗作。这里有对穷困的嗟叹，有对人生的感悟，有对科举的思考，有对战争的厌恶，有对民生的哀叹，有对亡国的悲恸，有对亡友的思念，有对故国的眷恋……本人姑且将其分为伤人、伤时、伤国三个方面。其中伤人，包括自伤和伤友：自伤主要是对穷困的嗟叹、对人生苦短的感叹以及自己心志的抒发；伤友主要是对朋友之情的珍视以及对亡友的怀念。伤时主要是对时政的揭露、讽刺以及对民生疾苦的感怀。伤国主要表达亡国的悲恸和对故国的眷恋。

　　（一）伤人

　　1. 伤己

　　冯氏兄弟继承家学，又长期追随在钱谦益的门下，对功名的追求和渴望自然是他们早期生活的中心。"圆盖繇来道九层，不知乌鹊若为升。天河未抵天地阔，却是人间有大鹏。"（冯班《七夕暗答》）诗人渴望能像大鹏展翅一样有所作为，"鸿门壮士樊舞阳，头里铁冠三尺长。直将猛气当项王，楚兵百万如羸羊。骊山之路尘苍茫，熊熊王气拥日光。此日神龙脱刀俎，十二诸侯虚裂土。项王重瞳若无睹，座上英雄唯亚父。"（冯班《鸿门行》）像刘邦、樊哙、范增那样出人头地，干就一番事业。

然而"人生抱志节，所遇盖偶然"（冯班《杂诗七首》之一）"婆娑世界宽几许，寸步何曾着得人"（冯班《偶作》），科举制度带有太大的偶然性，不是自己能做得了主的，纵然有回天之才，却无地可施。况且"往往中下材，逢时幸瓦全"（冯班《杂诗七首》之一）。科举制度往往选拔一些庸碌无为之辈，纵然慨叹"葵葵不遇王孙赏，自背东风怨牡丹"（冯班《四喻诗》之三），也无法改变现实。二人开始对科举考试有所觉悟："眉目无光面有尘，如今方始觉钱神。诗书荒尽旧愁在，半世无端为别人。"（冯班《有赠》）执着于功名，苦读半生书，然一切皆为空，看着自己眉目无光的衰老面容，和一肚子无用的八股文，不由感发人生的虚废。二人或"读书无所成，聊尔事稼穑"（冯舒《对酒偶作》），或"斗酒聊自斟，吾生已云足"（冯班《冬日书》），以度余生。

而对科举的期许与失望也成了二人诗歌的分水岭：早期诗歌，大部分都是色彩明丽的、欢快的、昂扬向上的，哪怕只是一些"露才扬己"的赏玩之作；对科举失望之后，加上生活的窘迫和时局的动荡，诗歌中的色彩开始变得暗淡、悲凉、萧索。一面感叹自己才高而不遇，一面感叹年华的老去：

猿臂李将军，六十未封侯。来往灞亭道，夜猎阴风愁。南山猛虎下择食，将军猛气贯山石。弦如霹雳马如电，白羽参差大箭直。草中明灭见眼光，五步之内逢兽王。丽龟一箭已饮羽，下视却恐斑文伤。将军才气谁堪比，桃李芳名满人耳。寝虎皮兮食虎肉，更铸赤铜为虎子。每念将军射虎时，李蔡庸庸何足齿。（《射虎行》）

首句直喝题意，尾句紧收题意，首尾唱和，相得益彰。中间几联铺叙李广的射虎过程，表现李广的骁勇，和首尾做出反差。"下视却恐斑文伤"用得最妙，将李广的善射，一语道出，而不拖沓。然而正是这样一位骁勇善战、才气过人的英雄，却一直未得到重用，六十尚未封侯，反而是那些庸碌之辈忝居侯位。感叹怀才不遇之心溢于言表，并暗含对用人不当的统治者与社会制度的控诉。

冯班诗中常用景与人对比，营造一种人不协景的突兀视觉，以反衬自己不得志的落寞、悲凉。如：

一抹烟岚曲径微，涧花春浪湿罗衣。芳条尽被傍人折，偏自齐郎白
首归。（《偶感》）

上联大量使用色彩艳丽明快的词语：烟岚、曲径、涧花、春浪、罗
衣，突显景色的优美；下联笔锋一转，花再艳、春再明、景再好，都与
我无涉。"尽"和"偏自"两词的运用，逾加反衬出"一事无成两鬓霜"
之慨。

一雨初过处，春风欲暖时。无聊池畔立，自拔鬓中丝。（《池畔口
号》）

景与人形成鲜明的对比：雨后欲暖时正是春色萌发之时，而人已至
黄昏。与"夕阳无限好，只是近黄昏"有异曲同工之妙。"无聊"二字，
更出题意。

争轴湘帘出画楼，纤纤遥指敝貂裘。嫣然破尽桃花色，若要千金异
日酬。（《行经富室见楼中美人笑余敝衣》）

富室美人的湘帘和纤纤玉指，与诗人的敝貂裘形成强烈的反差，而
被美人嘲笑，更加深了诗人的穷苦与落寞。虽没有一语直接言说自己的
心迹，然此中之意迸然而发。

冯班诗中屡用白发、霜鬓、白头等词，以感叹自己一事无成，却已
年华老去。如上文所举《偶感》和《池畔口号》。再如《初见白发钱求
赤为余除之》："絮乱霜飞满眼前，今朝忽讶到头边。"又如《渔父》：
"直作渔竿曲作钩，不知何处有吞舟。再三为谢任公子，空坐矶边已白
头。"诗人想象姜子牙一样钓得伯乐，然却空白了头仍未遇见赏识之士。
《暮春闲步长句》："暮春初换敝貂裘，偶尔闲行访旧游。自叹尘怀恒匆
匆，可怜风景去悠悠。残香树底雏莺出，芳草坟边活水流。樵斧钓丝犹
好在，此身须向死前休。"则着力刻画暮春景象：敝貂裘、尘怀、残香、
坟边芳草层层叠加，感觉一切都了无生意，灰暗、萧索横铺满怀，突出
诗人的心灰意冷。诗人已经到了这样的境地："触景逢人总不宜，万般绕
绕只心知。贫非所病惟忧老，酒不怯愁却发悲。兽困鸟穷原有命，凤来

麟出也因时。不知陇上躬耕客，眼看尘寰更若为。"（《偶成》）连用"兽困""穷鸟""凤来""麟出"四个意象，感叹造化弄人，也算是对自己愁苦心情的一种慰藉吧。"少年孤露长年惝，诣死无成愧老农。堕地拖肠常作鼠，升云烧尾未为龙。弓弯也识天心曲，弦直方知世不容。百事须愁愁不得，垆头常羡泼醅浓。"（冯班《偶书》）上半阕极言自己的郁郁不得志；颈联方知个中缘由，太直而不谐俗，故为世所不容也；尾联自我开解，抒发"斗酒聊自斟，吾生已云足"（《冬日书》）的无奈之感。

明亡之后，诗人的性情发生了很大的变化，不再埋怨命运的不眷顾，而是甘于布衣，以表不事二朝的衷心。如冯班《朝歌旅舍》："乞索生涯寄食身，舟前波浪马前尘。无成头白休频叹，似我白头能几人。"抒发了诗人保全名节、矢志不渝的情怀。纵然乞食度日，飘无定所，又老无所成，然而那又何妨？我非不能飞黄腾达，而是不欲朝臣清廷。"休频叹"三字使用精妙。古人往往以白头无成抒发怀才不遇的感慨，冯班却于此抒发一事无成的豪情，不落窠臼，出之人外。"能"字，更显作者保全名节的可贵。再看《余生》："不养丹砂不坐禅，余生活计滞林泉。挥戈漫道能回日，炼石由来解补天。得丧转头同破甑，兴亡在眼赖残编。霜生两鬓身犹健，草绿花开又一年。"虽然仍是两鬓生霜，可心境却完全不同，再回首半生，个人生死、国家兴亡都经历过来了，其他的还有什么不能释怀的呢？虽然鬓已满霜，但所幸"身犹健"，不如滞居山夜林泉之中，静待草绿花开的新一年，表达了诗人历经兴亡、看破生死，期待匡扶山河的壮志雄心。《壬寅冬日偶成》一诗，抒发的亦是一样的心志：

> 宛转药炉前，萧萧日影迁。羸形支病鹤，衰耳沸鸣蝉。
> 贫贱应终老，辛勤又一年。惟余残气在，把笔欲笺天。

首、颔联言说贫病交加的衰老现状；颈联紧承首联、颔联，言贫贱自当终老；然尾联笔锋一转，抒发了欲老有所成的豪迈心境。"残气"一词与前二联相互照应，又与后"笺天"一词形成鲜明的对比，更增添了诗人年老身病却立志复辟故国的难能可贵。

兄弟二人同时经历了荣华富贵的转眼尘埃，蹇滞场屋的困顿，饱尝了乱世尘埃的流离失所，并历经故国之变。所以二人诗歌中弥漫着小人物的自哀自怜以及对命运的无可奈何之感。而冯舒较于冯班更为不幸，他还经历了牢狱之苦，所以他对生活和社会的感悟要比冯班更为深刻，伤天怜人之情也更为浓重。《对酒偶然作七首》可以说是冯舒对举制的失望和对命不逢伯乐感慨的真实写照：

　　读书无所成，聊尔事稼穑。种秫南村中，十亩得十石。五石足供输，五石矜新获。曲糵昔已储，和斋兼鼎铏。低头拜杜康，但愿清樽溢。朝来开缸看，气味两湜湜。岂特乐妻孥，兼可供宾客。罌壶满床头，衰老生颜色。

　　举杯忽不饮，思彼塞上公。倚伏谅已定，得失徒怔忡。何如古至人，无我观鸿蒙。鸿蒙在何许，欲往道何从。

　　从之泰山颠，泰山阻苕苕。从之东海滨，东海波滔滔。去往两未成，中心怅无聊。遐思古人言，妙理在濯醪。举杯时读书，息念安枝巢。

　　《太玄》不覆瓿，《三都》亦脍炙。老壮年或殊，小伎无高下。辟彼清浊醪，取醉安有差。惜哉扬子云，为尔生悲咤。逝将逐蠹鱼，终焉此耕稼。

　　马迁著《史记》，云欲藏名山。岂无读书者，但谓知音艰。今兹何为尔，丹铅遍人寰。老来念此事，通夜目鳏鳏。且须中圣人，一为解惭颜。

　　惭颜何穷已，愿得五车书。穷朝事幽讨，捃拾若畋渔。取方托元始，补拙藉勤劬。如此三十载，庶窥作者隅。旗鼓战邪僻，雷霆震聋愚。李何与王李，钟谭及袁徐。妖氛既荡涤，坛坫皆污潴。始觉天地间，日月常皎如。惜哉时不与，此志亦丘墟。

　　谁谓炳烛明，不如日月光。叹息皮相士，嫫母欺姬姜。眇小笑薛公，好妇轻张良。力学吾自许，语人非所详。作筏上天公，愿得大力王。燎此诬世者，一炬如阿房。乘云到溟莽，天门戾将将。一夫而九首，当关何强梁。吾言既不达，吾心徒自伤。不如且饮酒，沉醉归吾乡。

　　七首诗一气呵成，层层递进。第一首概述耕居的现状，"聊尔"一词，传递出冯舒并非专事农耕，而是"读书无所成"的无奈之举。尾联提起下面六首，以"酒"为媒介，抒发"衰老"年华而一事无成的感慨。第二、第三首，持酒思己，寻求鸿蒙，然山路险阻，水陆受阻，无奈之下，还是沉溺于酒中，以麻痹自己。第四首，前二联言说虽已不复青春，然才学并未衰减，雄心依在。后二联以悲扬子云悲己，纵有报国之心和救国之才，无奈身不逢人，埋没于山野之中。第五首承接第四首，揭示滞居山野的缘由，难遇知音也。第六首收第四、第五首，书写自己自幼秉承家学，饱读诗书，对时局有很深的认识，然如扬子云、司马迁一样，生不逢时，无知音相识，枉将一肚子才学废弃于农耕之中，感叹英雄无用武之地。第七首，以"吾言既不违，吾心徒自伤。不如且饮酒，沉醉归吾乡"通收全篇，并与第一首遥相呼应。七首诗围绕诗人郁闷不得志的心境层层递进，娓娓道来，以"酒"和"农耕"贯穿首尾，一方面是物质媒介，使篇章结构井然有序，一方面是借酒消愁、避世农耕的心境，亦是诗人心志的主旋律。

冯舒的很多诗歌都是抒发白头老于野的感慨，如《晚春偶怀》之四："有气冲霄汉，无才避草莱。头颅千丈雪，身世一庭槐。独向斜阳立，还愁野雀猜。会须逃俗外，绕户长莓苔。"其七："饮败肺常渴，心孤胆不雄。梅酸时入梦，鼠黠便呼翁。人自嫌吾道，天应恕乃公。倘能强健在，鼓腹咏皇风。"诗人并非胸无大志，只是苦于时局之不遇，故枉有雄才，只能埋没于乡野。《放歌》一诗，通过诗人与妻子之间的对话，将这种无奈之情抒发至底。

生前愿作信陵客，死后愿葬要离墓。老人立志本如此，堪叹年华久相负。负郭一顷田，欲卖未卖真可怜。丹铅万卷书，朝读暮读何其愚。不如拔剑出门去，安顾儿女牵衣啼。

老妻顾我言，愿子且踟蹰。子今何所去，子去何所为。长枪大戟非子事，名卿贵人将何依？

戟手为妇语，子言一何鄙。人生岂合不称意，丈夫会应有知己。知己一朝遇，抵掌吐六奇。盾鼻旋磨墨，羽檄纵横飞。长绳缚单于，再拜献玉墀。稷契辅尧舜，咏歌播声诗。何能老死茅屋下，稿项黄馘无所知。

老妻顾我笑，人言子痴真太痴。古人有言，"直道焉往，不三黜"，舍此适彼何不思。出门匪科第，屈宋总哈呢。结交须黄金，丹宪乏知音。李、何、王、李文章伯，子视一钱亦不值。袁、汤、钟、谭天下师，子独唾骂供笑嗤。如此狂愚世所怪，无论贤愚皆裂眦。岂独邯郸学步匍匐归，只见木偶漂流土偶败。

叹息还升阶，乃知卿言亦自佳。舍我行装弃我马，低头还入茅檐下。朝曦入户背已热，明月停空友非寡。耐可耕田种黍稌，时还捉笔论风雅。百年从此老时多，辟如已死当奈何。

全诗一扬一抑，波荡起伏：先是冯舒抒发豪情壮志，此为扬。而扬中又有抑，立志本该如此，然年华已经老去；身无钱财，只有天地一顷；终生置身于举业，手无缚鸡之力。然即便如此仍不顾儿女的啼哭，欲拔剑而出，更显诗人心志的难能可贵。次以妻子之言为抑，诗人心志虽可贵，然既不善枪射，又无人依靠，去无所去，为无可为。又以诗人之言为扬，只要蒙遇知己，一切皆可改观，怎能老死于茅屋之中？再以妻子之言为抑，紧承第一部分和第二部分，再次言说诗人无为的原因有三：一是诗人侍奉耕稼，并非科举出身；二是诗人只有家田一顷，无钱去结交朝中贵人；三是诗人太过痴狂，对当时操坛者均多加唾骂，以其性格很难与当朝者为伍。最后，诗人听从妻子劝告，心灰意冷，收心舍剑，继续侍奉农耕和诗笔，"百年从此老时多，辟如已死当奈何"，将诗人心志已死的无奈，痛斥开来。

可以说冯氏兄弟对二人不得志的原因皆有很深的认识，除去金钱、地位等现实原因，以二人不谐时俗之性格，恐怕真的很难蒙受知遇，惟有在诗酒之中空自嗟叹自己郁郁不得志而年华老去的悲己无奈之情。

2. 伤友

冯班早年好为联绝，常与一群好友相与唱和游玩，《戏赠颐仲》曰："潘岳多愁无是处，谁将芳酎慰凄凄。青禽来往春宵促，莫遣临期醉似泥。"《早春对酒戏赠严武伯》曰："对景一樽酒，劝君君莫辞。晓风犹拂拂，午日已迟迟。芳草初满路，繁华未着枝。莫言春尚早，正是少年时。"从中可见少年与友朋游玩饮酒之欢。或与友人之间相互劝诫、勉励，如《蔷薇》："攒红铺绿正芳菲，好似文君锦在机。听得黄莺又飞去，只应纤刺损金衣。"钱良择曰："此是相戒陶子齐，以其有高阳之溺也。"《赠友人》："樽前几度见清扬，珠玉辉辉发夜光。散髻学梳王俭样，紫罗新换谢玄香。柳矜月影金条嫩，草妒春袍翠带长。谁向临江辞楚女，好怜消渴莫登墙。"此诗为赠子齐。钱砚北曰："赠意在落句，乃规之，非戏之也。"《行路难》："自许直如绳，看君白如雪。一朝更变不似先，雾里看花云里月。梦中不悟君心异，言笑依依尚相悦。五更欲曙白鸟啼，玄鬓生丝泪成血。念君旧恩君岂知，万物荣衰各有时。君不见，黄蜂阶下收残蕊，转眼飞莺过别枝。"似为鼓励陈在兹而发。《示戴仲以试文不合格被黜因事慰之》："日烈风轻欲度春，宋家墙下好沾巾。金徽古淡难为听，不及三弦调得人。"因戴仲繁科举失利，作此诗以解慰之。

随着时光的流逝和战乱的扰攘，很多挚友离世而去，所以在二冯的诗歌中有很多缅怀故友之作。如冯班《怀故人》："萧索东南王气空，归魂应自绕江枫。当时错为苍生起，常抱焦桐怨土风。"为缅怀钱谦益所发；《赠钱夕公》："往事分明劫火然，可堪风物换新年。知君作得池塘句，又对春风哭阿连。"为缅怀钱颐仲所发；《赠友人》："八月灵槎来往路，深深圆折有明珠。浊波无底骊龙恶，为问仙郎盗得无。"为陶子齐而发;《忽忆亡友张子》:"日暖花香春晚后,月寒风爽早秋时。与君行走共君卧,并到今宵作酒悲。"为缅怀亡友张君而发;《感旧》:"当日楼中夜未阑,隔帘红药露团团。清歌出格鲸尊满,醉袂沾香凤蜡残。暗与美人妆堕珥,狂教座客笑遗冠。重来事事陵成谷,一片秋阴作晚寒。"为缅怀高阳夫人而发;《夜坐赠友人》:"通夜与君语,潺潺涕下裳。为谁遭契阔,无计且颠狂。万事到头尽,百年中路长。穷交古来有,凭仗莫相忘。"不知为谁而发,是冯班集中少有的感情浓烈之作。首联回忆二人交好之情景,"通夜"一词可见二人交情之深;次句点出怀友人之情,"潺潺"却已泪湿衣衫;颔联言说自己伤友之痛,为友之遭遇感伤以至癫狂,既是对友人的怀念,又是用以自戒、佯狂避世;颈联、尾联抒发感慨,人生道路终有尽,然贫困之交不能忘。

　　冯舒与冯班曾游于钱谦益门下,钱谦益受诬陷入狱之时,冯舒曾入京相救并受牵连一并入狱,其在狱中闻钱谦益洗冤还乡,怅然有感作《命下放归别牧翁侍郎一首》,其二曰:"皇灵有私亲,福淫善不与。朝市多嚣尘,山泽难安处。虎既市所成,石或凭为语。志士无义剑,君门多撑拄。嗟哉鱼虾俦,亦与蛟龙侣。蛟龙困涂泥,太息空延伫。"以鱼虾自喻,而以蛟龙喻钱谦益,并以自己能追随钱谦益门下为荣,可见其对恩师的崇敬与感念之情。冯舒与钱谦益的族弟钱谦贞同年出生,交情最笃,集中与钱谦贞相与唱和的诗篇,就有《秋夕对雨为履之悼亡兼伤往事》《和履之元旦韵》《元夕同履之再和》《偶感阶前小松再用履之元旦韵》《庭新栽丛竹适钱夕公以感事怀人长句见示不胜怃然因次来韵赋竹诗三首为答》《闰春诗和钱夕公十三首》《为友人悼亡三首》《和钱履之抱疴西田诗四十二韵》等二十二首。其中《和钱履之抱疴西田诗四十二韵》诗,曰:

　　昔年十六七,结友德星聚。同人比肩来,君独盟肺腑。诺以千金要,笔亦五色吐。持杯角秦项,分札战晋楚。劫来十数年,人情变寒暑。楼中跛足顾,楼下侏儒许。止棘何营营,缉翻互靓缕。子柔或弥缝,我刚不受辱。绕绕丁戊间,谗书笑交午。忽然天听卑,雷霆破簧鼓。尊蛟斗麒麟,鱼虾首亦俯。机发驱渊獭,毒殚含沙弩。其余四五辈,雨散畏首鼠。始知天与善,鬼谋不足数。时平世适清,甘过味还苦。我讼狱有词,子疾御无櫓。遂与笔砚疏,息羽罢制举。局局老辕下,何异囚在固。幽忧方草莱,周内又门户。弃我家乡安,劳我关山阻。牢户几冤填,他人岂我父。昭雪幸明圣,还家聚儿女。一别闽中去,经载不同簠。遽舍荔支香，归觅金兰侣。共欢故里乐，有子看进取。何云世事变，迟暮惊师旅。须臾日月晦，倏忽乾坤古。荑夷若卷箨，奔走极痒瘝。千间劫后灰，一命空中楮。子城橐已空，我村窭难处。犹徼妻子完，冰雪得日煦。岂忆贤仲子，惊魂丧河浒。哀绝有贤母，相继泪痕普。君戚我病贫，始知俱失所。此言久欲诉，道院无从语。忽闻子有诗，缕缕悲凉踽。意不合时宜，撑肠更挂肚。上言人情薄，下言疾难愈。一读再三叹，抚髀还扪股。逝将扁舟来，共子酌清酤。循陌量雨晴，开轩面场圃。假我到明年，同子五十五。

冯舒与钱谦贞早年相识，形影不离，中年遭遇战乱，而分离两地。此诗并有序文记录作此诗之始末，曰：

予生十八而与履之定交，时神皇盛时，米肉贱于土。相过醉饮，无间日夕，三日不面，惊为阔疏。已更经历世患，忧谗畏讥，无不与共，至今四十年。其暌离经年月者，唯余之入燕与寓闽，及履之卧病不能见客耳。去年乙酉，余语履之曰："世事败矣，城市非所居，盍为行计乎？"予于是避居莫城西洋荡村，履之始寓湖南，既迁祖居之西田。至七月，而余几死于兵，天幸得脱。八月而履之次君颐仲夭。未几，室人亦以哭子殁。予家业已尽，犹幸妻子无恙。天盖以贫，故恕之也。履之所居与余既相去六七十里，而舟行于道，每为兵所苦。自春及秋，声闻遂绝。生平同在里中，而漠不相知，未有如今岁者矣。七夕之次日，其阿咸夕公忽出履之四十二韵诗一章，有"抱病西田四十余日，以迟莫难起，问疾无人为叹"，不胜怃然，敬和原韵以当面谈。

原本三日不见便如隔三秋的挚友，经战乱分离，已有大半年未得消息，又闻挚友之子早逝，感伤、关切之心更甚。忽得挚友之诗，恍然视为珍宝一般，起合原韵以示相似慰勉之情，可见二人交情之笃厚，亦可知冯舒乃为至情至性之人。

冯氏兄弟身边的好友一一远逝，二人难免感伤惆怅，冯舒作《怀旧集》两卷，收亡友之诗，并作小传，以示追思。冯舒因缅怀故人以抒缅怀故国之情，而招杀身之祸。《默庵遗稿》卷一《感旧诗一首赠钱大履之》，序与诗相配，纪念安十、释大寂、张应遴、张叔维、王慎初五人。序末曰："余生三十八耳，齿发向衰，方有无年之忧。今一岁中而弃余去者且五人。故交零落，曷胜其悲！过此以往，将余之悲他人者，亦他人之悲余乎？五人死，有余悲之；余而死，谁以余之悲？五人者悲余乎？钱子履之与余交最久，亦最善，庶其悲余也。"思友思己，感叹朋友的远逝和生命的脆弱，并由友及己，不知自己死后能有人悲乎？情感浓烈而真挚。而《别稼翁给谏》："清宵忽焉睹，离烛惨无光。别尊昨宵举，乖情今日长。怅怳空执手，执手非河梁。君尚滞兹土，我独还故乡。故乡郁萧艾，杜若难为芳。凄凄风雨时，难鸣亦蜩螗。秋蓬无连根，折叶易飘扬。岂曰无护草，谁与树北堂。眷言托心寄，怀鉴待君明。"缅怀抗清英雄瞿式耜。诗人缅怀故人萧索悲伤之心境，使原本美好的"清宵"亦蒙上了一片萧条、暗淡、了无生气的色彩。"秋蓬"、"折叶"即是瞿式耜远逝飘零的写照，亦是诗人自身孤苦无依，亡国无根境遇的真实写照。诗人背负自伤、伤友、伤国的巨大悲恸，难怪乎一切皆没了生气。

（二）伤时

冯舒、冯班早年置身于举业而老无所为，所以痛斥举业亦是二人诗歌中不可缺失的旋律。冯舒《府试日赠同试老翁》一诗，以四十岁的自己与六十岁的老翁两个形象的对比，将科举考试之弊端揭露无遗。

默庵居士年四十，头白面皱齿欲堕。案头久废帖括业，试逼妻儿强牵课。提携笔墨入吴门，举足欲前心不奈。是时九月正初一，晓雾梦梦风若簸。府官朱衣呵殿来，诸生龌龊七百个。吾亦其中当一人，俯首羞颜岂堪浣。须臾垩板看试题，下笔无能但深坐。传餐最笑声喧逐，不觉日光已西残。强将蜡炬续残篇，老眼昏花书字大。誓将今日了今生，糠秕从兹免飏播。踉跄交卷迫欲出，门钥不启愁无那。腰酸背楚立未能，长叹声高疾于呼。门边老人苦思涩，舔纸呻吟若忍饿。闻余太息相慰劳，问余年光几折挫。余言去年三十九，今年四十差可贺。老翁抚手更张目，嗟哉子言真罪过。不见磻溪老钓师，八十始为王者佐。吾今六十子四十，譬如学生发如须。余闻匿笑不自禁，两旁少年皆惊讶。老翁老翁听吾言，说经不用丘与轲。于陵新著仲子篇，诗传惊闻子贡作。钟批左传实腐俗，陈云班史真板儒。时高手眼尽如斯，老矣何堪拾残唾。又闻天下兵戈起，总把生灵当斩莝。庙堂牛李争怨恩，何如抱犁向南亩。瘠犬当关有人嗾，借助拾得进贤冠，掣肘无成空脚挫。赢得闲来且高卧。老翁老翁何太愚，人生百年有几个。功名富贵前世缘，读书识字今生痾。只今若不归去来，为问烂衫几领破。夜行不休当自摧，欲学少年竞竿牍，争奈朽老无钱货。为翁援笔作长谣，漫声赠翁当楚些。

全诗分为上下两部分：上半部分以诗人的自况，直述科举考试之现实，蜡烛残篇、老眼昏花、踉跄、愁门匙不启、腰酸背楚一连串的身心摧残，映入眼帘。下半部分，诗人与老翁的对话，实际就是诗人内心矛盾两方面的展示。老翁的痴迷，实是诗人内心对科举的不甘以及期望；诗人的决绝，实是诗人对科举的失望和心灰意冷。而诗人与老翁的对话，实际上也是诗人的自我劝解。科举以八股取士，导致世人皆学八股而弃古学于不顾，非学之正道；士人终生投身于举业之中，摧残年华；科举无力解决兵祸之乱。诗人年且四十，一直致力于举业之中，而碌碌无所作为，其对科举的弊端已有很深的认识。此诗可看作是诗人放弃科举的宣言，冯氏兄弟二人于此放弃了科举考试，退耕于虞山之中。

冯氏兄弟放弃了仕宦之路，开始了艰难的农耕生活，又历经战乱，对百姓的疾苦和官吏的横夺有着更深刻的认识和体会。故二人的诗篇中亦不乏表现民生疾苦与抨击统治者的横征暴敛、寻欢作乐的讥时之作：

榷关部岸坐，邗沟莫敢迕。官船嵯峨高似山，任尔东西挝大鼓。民船苦不蔽风雨，来往横征遹无所。我从南来何所赍，仅有图书无糇脯。传闻津吏不税书，徼幸未逢关使怒。岂知榷船不计赀，但是民船即商贾。须臾青盖从中举，势若豺狼声若虎。指挥黑索乱殴人，阔展梁头加尺五。加尺五，官自估，顾语佐书莫入簿，书佐回头映人语。此官懊恨多两肩，无肩看入钱中去。（《到扬州泊二日始得过关因赋榷关部》）

深入刻画了搜刮民脂民膏以中饱私囊的豺狼嘴脸。冯舒的诗歌中有很多类似之作，诗人以其悲天悯人的情怀反映民生疾苦，表达对明朝官兵横征暴敛的血泪控诉。又如《吴农叹》：

吴农赋命薄，下田尽沮洳。况此经乱离，连岁商羊舞。出门泥滑滑，举趾无干土。岂期五月初，预征急于火。吏呼一何怒，官符纷似雨。锒铛入县署，县吏冠而虎。吮剥竭膏血，蹂践若俘虏。手足挂桁杨，臀背递鞭楚。鞭楚不敢辞，但忧死囹圄。急与乡里计，卖船并机杼。留釜难留锄，鹭豚兼鬻牸。辗转未足偿，分张及儿女。心伤血泪迸，欲言不敢吐。乡人忽来报，昨夜军捉伍。封船载军资，篙橹一时取。鸡犬无留余，狂窜翁与姥。闻言肠遽断，舌桥不得举。嗟我吴中农，时命遽如许。呼天天不闻，叩地地不语。嗟彼与上人，有言吾告汝。民以食为天，君足民所与。民穷至于斯，托国将何所。莫恃弓矢威，须忧天意去。天意亦昭昭，斯民忍终苦。

　　明朝末年，战乱横飞，遍地荒芜，老百姓生活在水深火热之中，然而当权者却不顾人民死活，横征暴敛肆无忌惮。时值五月，官吏即已催租不止，可怜农民还未收成，在官吏的鞭笞蹂躏威逼下，无奈卖船、卖机、卖斧、卖锄、卖猪、卖牛，然而农民卖掉了一切的生产材料还无法填补赋税，只能卖儿、卖女。可以说官吏已经将农民的一切搜刮殆尽，然而这还不算完，身陷绝境的农民还要时刻担心被官府抓壮丁。在"呼天天不闻，叩地地不语"的悲苦绝境之中，诗人以一己绵薄之力告诫："民以食为天，君足民所与。"不顾百姓死活地横征暴敛，终将农民逼至揭竿而起。

　　冯舒曾受钱谦益牵连入锦衣狱，受尽折磨方得释归，故他对官吏的黑暗有着常人没有的深刻体会。《北征集》中除了一些反应途中所见战乱的诗歌，又有很多反映牢狱生活和诗人惶恐不安内心的诗作。如《崇祯圣人年一首》，曰：

　　崇祯圣人年，贯索明可数。公私恣牵连，罗曳嗟旁午。济济明廷贤，忽忽忧蛾驽。朝从玉阶游，暮已添牢户。惜哉司农卿，仓卒狱吏伍。臣罪未当诛，天正方拗怒。东身就司寇，司寇诓敢诬。五辞听谆谆，六典案公府。丹笔持不下，直言陈肺腑。帝曰未蔽辜，黄钺下无所。守官执愈牢，龙鳞触龃龉。赤心挂丛棘，慎罚遭图圄。诏书一朝下，风狂沙乱舞。云雾蔽天黑，觌面不相睹。司寇囚服来，士民塞行路。司寇至狱门，缙绅走草莽。司寇入狱坐，穷囚仰天诅。送者皆失声，杨郎读酸楚。何难人百身，天远悲莫诉。次日经筵开，赭案横空布。词臣三四人，补衮嗟凉踽。立仗喑无声，举德终莫助。英英少京兆，捧表来北土。官轻少言责，忽建敢言鼓。封章昧死陈，奋臂相撑拄。表言臣三俊，结发事皇祖。扬历三十年，束修着清苦。失出臣之过，好生天所与。申商实亡秦，周来惑妣武。酷罚厉威严，岂曰天之枯。大臣当体貌，呵叱匪奴虏。愿宽斧钺恩，一面开汤罟。士民闻此言，传写穷纸楮。缙绅闻此言，咋舌不敢语。穷囚闻此言，头如捣蒜杵。谏书昧旦上，退立甘鼎俎。传闻政事堂，战战汗股膝。圣怒不可测，模棱互推阻。韩城独奋笔，镵级调外补。圣人视之笑，神笔登即许。清卿解桎梏，一言重鼎吕。国体赖公全，生人赖公怙。当官公为麟，上殿公为虎。吾视公如龙，公视人如鼠。盈庭若无人，落落空缨组。国家正多事，盱食劳当宁。兵荒何震荡，风雨忧桑土。得公镇庙堂，庶莫予敢侮。留都滞闲曹，有策安得吐。公乎何时来，鸿飞亦遵渚。

以诗人所见、所历、所感，展现狱吏的凶狠和狱刑的残酷。诗人笔下虽未曾直接书写自己所遭受的酷刑，然其在狱中的经历可以想见，以至于诗人出狱之后，仍惶惶不可终日。《出刑部狱初寓邸中八首》其一，曰："百日囚中过，今朝意尚惊。悲伤终我事，踊跃见朋情。始觉皇都丽，还思狱吏狞。吉凶今似定，无事怯鸦鸣。""狱吏狞""怯鸦鸣"诗人出狱后的惶恐之情溢于言表。

冯班亦将讽刺的笔触直接透进社会的上层，发出对统治阶级的阵阵笔伐。如《戏题》："世间无赖是豪家，处处朱门锁好花。唯有梦魂难管束，任他随意到天涯。"富贵豪家将美女等强抢进府，然人可抢，心难关，讥讽富贵之人的强抢豪夺。《公子家》："车马盈官道，高门鼎食家。缭垣围粉月，歌榭起丹霞。养鹤惟教舞，科松为种花。锦堂宵晏罢，列炬照栖鸦。"极力描写了富家公子的奢华，"惟""为"二字包含着极大的讽刺。百姓生活在水深火热之中，而富家公子却闲心玩乐，花费巨资养鹤起舞，科松种花。钱砚北以为："科松句讥公子之蠢也。"可备一说。《六月不雨至七月夜闻富家歌乐》："朱弦风脆清疑玉，画鼓声干噪似雷。裂石焦金浑不管，绮筵惟要月光来。"朱弦清脆要断，鼓声干燥似雷，裂石、焦金，旱情可见一斑，可富贵人家为了享受燕飨之乐，不顾百姓死活，还祈盼晴天以有月光来助兴。又如《猛虎行》："烟霏霏，雨微微。怅鬼啼，猛虎饥。山家苦竹围茅屋，遥见烟中尾矗矗。夜闻前村失黄犊，村路泥深印虎足。天胡恩此物，而俾之食肉？不见太山之下妇人哭。"以"苛政猛于虎"的典故为核心，低诉人民之苦，而结尾问句收尾，直接将罪恶的根源导向最高统治者。

（三）伤国

冯舒、冯班兄弟亲身经历了清兵南下的浩劫，亲人的阵亡、友朋的离别和故国的灭亡，这些都在他们的心里留下了不可磨灭的印记。因此展现战乱的悲惨状况，痛斥清兵的烧杀抢掠的野蛮行径，以及缅怀故国成为二人后期诗歌的主旋律。

冯舒、冯班的弟弟冯知十为抵清兵，举身赴死，冯舒、冯班为避战乱，躲避洋荡村中。冯舒《避人集》即为此段生活的记录，诗人自序曰："丧乱以来避兵洋荡村中，败壁颓垣，不堪容膝。隔岁始构茅茨两架，仅十七椽。中设一榻一案，榻以逸老，案以置笔砚，残书断编，乱庋于壁。

偶阅《松陵集》，见皮、陆有《临顿里唱和诗》各十首，备言闲适之致。呜呼！予生斯世，岂直不能闲适哉？因追和其韵，读者幸知我志。"其一曰：

> 乱后少宁宇，穷村漫卜居。有星窥破瓦，无壁护残书。
> 危似焚巢燕，枯同涸辙鱼。天心浑未定，兀坐亦奔车。

为避战乱躲居洋荡村中，败壁颓垣，苟且存活，真切地反应了诗人的艰苦境地和坐卧不安的惶恐之情。"借居茅屋小，八口仰孤身。盗讶非贫相，僧嫌似武人。拆书糊破壁，乞酒慰比邻。谁寄城中信，开看泪满巾。"（冯班《兵后借居村中》）环境再艰苦皆可忍耐，只是诗人虽避居于村中，却时时担心城里的境况，接到城里的信件，不由泪流满面。

诗人饱受战乱之苦，并亲身经历了生离死别，故二人诗歌中有大量记录战争惨况的诗篇："春到平原国已墟，可怜三径亦全芜。笳声遍野军容盛，鬼哭连宵麦饭无。世态已知徒尔尔，寸心终自抱区区。愁来欲觅桃源路，只恐桃源也不殊。"（冯舒《再叠前韵十首》其五）"前日过尧山，今日到禹城。三代邈已远，荒聚空留名。饥鸟伺人啄，枯骸悲蔓荧。人烟既阒寂，鬼火何纵横。"（冯舒《宿禹城烟火断绝怅然感怀》）清兵过后，一片荒芜，尸横遍野，鬼火纵横。一代名城扬州亦已惨遭洗劫，面目全非："从来总说扬州好，今日扬州事事空。关外画楼余破瓦，城头新堞尽弯弓。江间浪浊昏残照，衣上尘多欠好风。莫是淮王成道去，并携鸡犬入云中。"（冯舒《泊扬州关关外民居毁尽怃然伤之》）以战后之所见，描写了北兵的烧杀抢虏，所过之地均被洗劫一空，鸡犬不留。冯舒的《雪夜归村中即事》以诗人雪夜归村所见，真切细致地描述了战后的千疮百孔：

> 前年扰扰惊北兵，城南万室成蓁荆。先人敝庐二百载，劫灰一旦无留赢。妻儿奔迸走村落，穷乡发业如浮萍。今年兵锋似稍息，还思丘首乘新正。提携襁被觅我室，门巷尽毁余一楹。墙颓迎面逼城郭，瓦破触脚争齟龉。伤心世事遽如此，欲哭不可还吞声。徘徊日落四壁静，屏当寝具心怦怦。空中忽闻响渐沥，侧耳倾听何瑽琤。惊呼童子问何事，云是漫天飞六霙。质明披衣出启户，但见偏野生瑶琼。我家童子颇好事，问我此日将何营。袁安高卧亦徒耳，谅少履迹窥门闳。不如策杖出门去，岂无客右居长卿。老人扪心只悲叹，眼前有几弟与兄。孙公廊楼足水石，

钱家怀古亦轩敞，窈窕几欲方蓬瀛。
最喜陆二颐志堂，长松偃蹇多高情。
石林开士吾老友，梅花百树方含英。
仙人北山有杰阁，诗篇白业久与盟。
弓刀毳褐塞满路，低头正与虞山平。
千钱赁得舟一叶，行不得也空鹍鸣。
巫呼暖水濯我足，乘兴鼓楫凭纵横。
老人忽然志不得，还倾浊酒浮深觥。
只今白骨竟何在，举杯欲饮泪已盈。
吾闻北人耐寒冷，无乃冰雪相支撑。旃裘惯与冰霜争。
吁嗟此意良未晓，管窥自笑真硁硁。
遐想主人闻我至，披帷炙炭欢相迎。
悲哉吾友今已矣，孤子肃客伤茕茕。
孟兔寓居亦自好，两地难踏冰峥嵘。
传闻新年去东塔，不知何处煨折铛。
犬羊牛马恣蹴踏，曲池已塞朱阑倾。
不如归我穷村去，还婞老妇斟藜羹。
抵村野犬吠如豹，迎门孺子惊喜併。
楬枒火红山芋熟，老幼团坐忘深更。
忆昨前年七月半，杀人不异屠牺牲。
血流遍地未可洗，白雪得无今亦赪。
天公意或骄此虏，故借深雪添狰狞。
眼前有饭且饱吃，来朝看取赤日东方生。

　　全诗可以分为三部分，第一部分，以现实的笔触，描写自己亲眼所见战后惨况；第二部分诗人睹景思人，感叹世乱人离，昔日好友大都已经离世；第三部分，现实与回忆两相交合，两年前清兵入侵，杀人如屠牲口，现今依然白骨遍野；两年前血流成河，而今未得洗净。诗人巧妙运用"雪"的意象：一方面，北兵以白雪掩盖罪行，遮人耳目；一方面白雪却更增添了北兵的残暴和狰狞。结尾抒发了诗人静待北兵灭亡的心志。

　　冯班的诗作中亦不乏反映战乱之作，如："芜没苍山路，兵余废寺多。鬼神应护惜，麋鹿欲如何。进笋穿空树，颓垣缭败萝。高人放鹤处，猎客漫张罗。"（《经废寺》）以废寺一角映射全局的荒芜颓败。诗人并不是无可奈何地描述战乱的疮痍和百姓的疾苦，他更渴望能改变战况，呼吁扭转时局的人才将相的出现。"隔岸吹唇日沸天，羽书惟道欲投鞭。八公山色远苍翠，虚对围棋忆谢玄。"（《有赠》）此诗作于清顺治二年（1645），当时清兵南下，直逼扬州、南京一带情况十分危急，而南明小朝廷腐败无能，抗清不力。诗人有感时局，感愤不已，写下此诗。诗怀古念今，用淝水之战的典故，描写了清兵南下时的嚣张气焰，也表达了盼望有谢安这样将才出世的愿望。"无家从道一身轻，把酒相看忽不平。削发也知须学道，工文都是背时名。花开水国空为客，尘满中原正阻兵。莫把方袍盛恨泪，只今随分是前程。"（《赠履泰上人总角时能诗负气迄今以失意出家与余有旧逢于江上》）号召大家奋起反抗。

　　明朝灭亡后，冯舒、冯班兄弟虽没有参与反清复明的行动，却以遗民自居，心系故国。"投老余生又到春，萧萧短发尚为人。世情已觉趋时便，天道难言与善亲。梦里山川存故国，劫余门巷失比邻。野人忆着前年事，洒泪临风问大钧。""喔喔荒鸡到枕边，魂清无梦未安眠。起看历本惊新号，忽睹衣冠换昨年。华岳空闻山鬼信，缇群谁上塞人天。年来天意浑难会，剩有残生只惘然。"（《丙戌朝二首》）诗人虽被迫削发，然心志不改，梦里犹忆故国山川、故国人事。冯舒的《赋得濯足图》一诗，更是真切地表达了诗人这种拒不与清廷合作的态度：

吾闻古人濯足欲觅万里流，只今黄河阻绝难容舟。又闻孺子濯足自取沧浪浊，只今楚江血染波涛恶。何方觅得清净水，洗尽一尺三寸污脚泥土辱。庶几庐山万丈之瀑布，水未出山犹未污。不然乘龙六月之暴雨，倾河倒海未及土。庐山分路断，六月分天旱。两者不可得，使我颜空汗。汗颜亦何为？展转还自悲。假令两者俱可得，濯余此足何方息。我欲濯我足，不如濯我心。我心不待濯，我足濯难任。请君施我濯足，方我愿褰裳，濯足与子同相伴。

诗人巧用左思"振衣千仞岗，濯足万里流"和《孟子·娄离》的"沧浪之水清兮，可以濯我缨。沧浪之水浊兮，可以濯我足"两典故起兴，言说濯足之水已经不可复得，意指在清朝的统治之下，已经难得一滴净水和一方净土。与其濯足，不如濯心。心净则不为世事所污，抒发了诗人保持名节，不事二廷的忠贞决心。冯舒作《怀旧集》更是只书甲子年号，而不用清朝纪年，终被奸佞以谤讪罪曲杀。

弟弟冯知十死于兵祸，哥哥冯舒死于诬蔑，在残酷的社会现实面前，冯班佯狂避世，学阮籍以酒避祸，所谓"世事所须唯一笑，此中何似竹林边"（《长至日同邓肯堂饮陈邺仙斋中》）。然而，亡国之悲、失亲之痛是不可抹灭的，故冯班重视诗歌的比兴讽刺，追求含蓄委婉的表达方法，往往是淡淡地、隐晦地选取一角浅浅道来，却蕴含着极深的悲恸之情。如："殿堂严闭乱乌飞，日照虚廊燕麦肥。宝剑霜凝瓜步气，灵旗风掣顺昌威。中原父老悲陵谷，南渡朝廷漫是非。莫莫椒浆寻往事，尘栖古壁长垣衣。"（《扬威侯庙祠宋将刘信书》）"禾黍离离天阙高，空城寂寞见回潮。"（《有感》）"中原武骑漫千群，南北天教自此分。岂是子桓英略少，只看江水叹浮云。"（《金陵》）"西日东波去去新，萧萧空逐陌头尘。无端却论平生事，大似同君话别人。"（《故人话旧》）"日暮沙风起，驽马不肯前。平生旧行处，黄河古岸边。战地添新垒，荒坟露坏砖。试问辽东鹤，如今是几年。"（《杂诗》）虽是简单的几笔，但故国之悲感彻肺腑。

亡国之挽歌恰如诗人的生命挽歌，对亡国的思念已经成为诗人晚年生活的主旋律，以至于诗人羡慕自己早年小像"犹着旧衣冠"。（《自题小像》）《题友人听雨舟》曰："蓬窗偏称挂渔簑，荻叶声中爱雨过。莫笑陆居原是屋，如今平地有风波。"以雨舟映射时局，言说如今家国如同小舟，在战乱中飘摇。"平地有风波"一句，孤零、飘摇之感顿然抖出。《临桂伯墓下》："马鬣悠悠宿草新，贤人闻道作明神。昭君恨气苌弘血，带露和烟又一春。"以缅怀为国捐躯的瞿式耜为引，表达诗人对英雄的赞誉和对故国的思念。《过拂水山庄》："三径荒凉草色迷，一声邻笛日平西。人间多少伤心处，纵是庄周也不齐。"睹景思人、思国。拂水山庄是诗人走读于钱谦益之处，然而时过境迁，物是人非，抒发"主人如故客来非"（《饮许氏园中》）的苍凉之悲。再看《江南曲》：

> 春风一夜吹江色，千里细烟生乱碧。草芽纤细遍金陵，古石苔荒江令宅。年光岁岁常如此，千烧万战台城圮。鸱尾尘埋三阁平，张孔销亡二周死。石头城下水悠悠，暗数兴亡得几筹。山川不改繁花在，两桨依然迎莫愁。

该诗以江南春景抒发黍离之悲，前四句中，"春风""细烟""草芽"与"乱碧""苔荒"杂然成景，更反衬出"江令宅"的荒凉；中四句亦是对比，春色年年如此，而皇殿早已衰颓。满城的春色愈发凸显战后残墟的衰败。后四句抒发感慨，然而无论朝代如何更替，江南风景依旧，歌舞欢笑亦不曾停歇。大有"商女不知亡国恨，隔江犹唱后庭花"（杜牧《泊秦淮》）之悲。以血泪凝结的亡国之悲，以及对亡国的痛定思痛，已经深入诗人的骨髓，一直伴随他走到生命的尽头。

三、咏 物 诗

冯舒诗集中极少咏物之作，其《柳絮二首》："不着根株到处生，飘为飞雪落为萍。江流看取千寻阔，占尽还应剩一泓。""漫漫密密逗精神，栖薄何分溷与茵。却恐章台新雨后，也随马足伴红尘。"为集中难得咏物之作，可见灵动清俊之姿。

冯班诗集中咏物诗的数量最多，钱良择曾云："（冯班）独精于艳体及咏物。"在众多的咏物诗篇中，有些纯是描摹物象，了无深意，如《美人手巾》："龙脑熏多入缕香，轻云一叶照人凉。阶前暗堕谁收得，认取宵来粉汗光。"《愁眉》："双双桂叶聚，愁态满香台。不遇张京兆，无因扫得开。"《七月梨花》："粉态秾时月影斜，天然太白更难加。河边织女应无恙，只是金风爱素花。"但更多的是托物感怀、借物抒情、以物刺时之作。

（一）托物感怀

冯班咏物诗的托物感怀，主要侧重于诗人早年欲求建功立业的雄心壮志和战后对故国的思念与哀悼。如《题小刀》："一尺清光势似钩，锷边名姓旧来仇。未甘孤怯常磨看，自恨粗疏更密收。无质暮烟轻欲动，有情秋水冻难流。饮飞匕首堪为伴，但斩蛟龙不觅侯。"以小刀自喻诗人欲有所作为的雄心壮志。《有感咏庭前枯树》："火入空心半死身，高柯犹自出风尘。不逢匠石应难识，若遇樵人定作薪。好鸟枉教鸣宛宛，苔花闲点碧鳞鳞。仲文莫恨无生意，病叶犹能勉强春。"又以枯树自况，诗人虽已年迈，却仍对建功立业抱有一丝幻想。

《越鸟》："无聊自捻鬓边丝，日照残春午影迟。每对茅檐惭越鸟，为伊情性恋南枝。"白发守节的诗人形象与贪恋南枝的越鸟形象两相呼应，突出诗人守节不变的忠贞和对故国的思念。《咏蝉和伎人陆采》："闻道齐王最多恨，为谁还作旧时声。"以蝉感叹世事之多变，抒发诗人依恋故国之情。《垂柳》："垂柳萧萧又几春，一回风起一回尘。皆言旧屋胜新屋，不觉居人换昔人。"垂柳历经数年风尘的摧残，仍随时节的变换而展现春颜。然而屋已非原来的屋，人亦不同往昔。以屋代国，暗指朝代的更替。"皆言旧屋胜新屋"蕴含作者对故朝的深深思念。

（二）借物抒情

《咏钱》："十万腰缠亦壮哉，一文羞涩实堪哀。聚如好客留还去，散似亡奴唤不回。身事千般无便拙，市中百物有方来。人前未敢轻开口，暗使金门尔是媒。"两路夹写，以对比出之。首句言有钱之好；次句转言无钱之悲；三、四句接首句言钱多而不留，终为散去；五、六句对第二句，转言钱虽身外之物，然无钱亦拙，描述无钱的苦恼；第七句紧接言无钱的悲哀，并发感慨。金钱富贵乃为浮云，然能解决生活必需。又社会薄凉，嫌贫爱富，钱财代表了社会地位，也是仕途晋升的敲门砖。"亦"字增添了富贵气象；"未"极言贫寒的卑微。通篇以钱寓身世之卑微，抒发诗人晚年贫困交加的悲哀之情。《苦雨》："水痕终日长，篱外即横流。漱岸颓空石，临桥碍小舟。鸠喧无静树，鱼健欲欺钩。何日西檐日，云开慰我愁。"抒发诗人落寞不得志的郁闷情怀。

（三）以物刺时

《吐绶鸟》："临风向日自矜看，若若胸前锦一团。试问丹山朝凤鸟，不知阶品是何官。"以吐绶鸟讥讽"弘光卖官"之事。《蛱蝶》："何年变化别青陵，栩栩随风力不胜。莫向花间容易宿，等闲一梦负韩凭。"以蝶之恋花无主，劝告那些变节事清之徒。《燕二首》其一："巧语斜飞百草芳，红闺日暖觉春长。知君最得佳人意，一任衔泥污画梁。"钱砚北评曰："隐有所指，意在一污字刺之也。"其二："自倚轻身出汉宫，笑伊黄雀住蒿蓬。何当弹取烧为脯，持饵深渊万岁龙。"钱砚北评曰："此深恶之也。"所指似为一人，人品不高而位居高官，不知是否隐刺常熟县令瞿四达。《织妇》："夜长不得眠，独向窗中织。五丈为谁姝，一心空自恻。"夜已深，然织妇还不能睡，仍然独坐窗中织布不止。然辛苦梭织，却不能留得，均被别人夺去。讥讽之意、同情之心溢于言表。

四、唱　和　诗

关于什么是唱和诗，褚斌杰在《中国古代文体概论》中指出："古人用诗歌相互酬唱、赠答，称为唱和，或称倡和。……唱和诗有两类，一类是所酬和的诗，只就来诗的旨意回答，在用韵方面无限制；另一类是限韵，就是'和'诗需要根据所赠诗篇的韵脚来用韵。后者出现较晚，前类属多数。"[1] 可以说唱和诗是和酬唱、赠答分不开的，和诗早在汉魏时期就已经形成了，只不过那时还是和意不和韵，就是褚先生所指的第一种。但后来唱和诗体不一，开始和韵。陆游《跋吕成叔和东坡尖叉韵雪诗》云："有用韵者，谓同用此韵耳；后乃有依韵者，谓如首唱之韵，然不以为次也；最后始有次韵，则一皆如其韵之次。"[2] 指出了和韵的三种情况，并指出了先后次第关系。吴乔《答万季野诗问》进一步总结曰：

意如答问而不同韵者，谓之和诗；同其韵而不同其字者，谓之和韵；用其韵而次第不同者，谓之用韵；依其次第者，谓之步韵。[3]

唱和诗有四种体例：和诗，只作诗酬和，不必同韵，所谓和意不和韵是也；和韵，又叫依韵，和诗与被和诗用在一韵中，而不必用原字；用韵，即其原韵，而先后次序不依；次韵，又叫步韵，即和其原韵，而

---

① 褚斌杰：《中国古代文体概论》，北京大学出版社 1990 年版，第 260—261 页。
② 陆游：《陆游集》，中华书局 1976 年版，第 2277 页。
③ 郭绍虞：《清诗话》，上海古籍出版社 1978 年版，第 25 页。

先后次序亦同。四种体例中，次韵唱和诗产生得最晚，也最难。

在古代唱和诗是友朋间相互交往、赠答、宴饮的一种方式，具有较强的交际功能。自汉魏相互酬唱开始，唐宋元白、皮陆、三苏等相互唱和，达到鼎峰，已经俨然成为文人生活中必不可少的一种交往方式。《西昆酬唱集》就是杨亿等馆阁文人相互酬唱的诗歌集结。二冯"自束发受书，逮及壮岁，经业之暇，留心联绝。于时好事多绮纨子弟，会集之间，必有丝竹管弦，红妆夹坐，刻烛擘笺，尚于绮丽，以温、李为范式"（《同人拟西昆体诗序》）。会集之间相互唱和、赠答自然是免不了的。他们通过彼此唱和，增进友谊，切磋诗技，唱和诗自然也在二冯诗歌中占有相当的分量。冯班在《隐湖倡和诗序》中，曾曰：

> 唐元和间，元、白、刘角立于诗林，和韵之作自兹而始，雄挑强战，屡交不休，亦一时之盛也。夫诗家和韵，必得体制相当、妍媸相等，如盐梅之共济，方堪献酬，其胜负相轧，乃在毫厘间耳。若以筵撞钟，狐腋而续之以黄犬，则"翩其反矣"。（《隐湖倡和诗序》）

唱和诗的要求很高，故唱和诗人必须具有很强的诗学功底，方能和作。而次韵唱和诗不但要和同韵，并且要求韵字的次序为一，在唱和诗的四种体例中最难。二冯以温、李为范式，属词之间刻意追求词彩的锤炼修饰和诗歌技巧的掌控，故他们的唱和诗中，以次韵唱和诗为多，或为展现才华，或为表达友朋之情，或为抒解心意①。

（一）雅玩唱和之作

二冯诗集中有部分次韵诗纯是友朋宴饮唱和的雅玩之作，无非是为了熟练诗歌技巧，展现个人才华而作，并无太多的感情寄托，如冯班《冯氏小集》下的《和钱夕公春赖闰加添四首》和冯舒《空居集》下的《闰春诗和钱夕公十三首》，各取二首，示之如下：

> 春赖闰加添，深宫胜事兼。和风吹碧幌，瑞日到珠帘。
> 宴促宵初短，妆寒晓尚尖。休嫌花发晚，剪彩自纤纤。

> 春赖闰加添，游人胜事兼。听歌如听鸟，障扇似障帘。
> 油壁容身隐，蛮靴挑镫尖。宋家门巷好，墙上簇秾纤。

> 　　　　　　　（冯班《和钱夕公春赖闰加添四首》其一、四）

---

① 因唱和诗亦是朋友间相互赠答的一种方式，故本文将赠答诗并与唱和诗一起分析。

春赖闰加添，郊游胜事兼。试风金缕袖，映日玉与帘。
气暖山如笑，烟开树忽尖。花边游伴过，屐齿印来纤。

春赖闰加添，重楼胜事兼。迎风褰绣幕，邀燕卷珠帘。
日午朱阑直，云收远岫尖，庚郎盘马过，应羡柳腰纤。

（冯舒《闰春诗和钱夕公十三首》其一、三）

　　首句都用"春赖闰加添"，次句压用"兼"字韵，第四句压用"帘"字韵，第六句压用"尖"字韵，第八句压用"纤"字韵。不仅要求压同一个韵字，而且先后次序并依之，难度系数较大。冯班作四首，冯舒作十三首，可见才力之厚和对诗歌技巧的熟练掌握程度。不过从四首诗来看，并无太多深意，纯是技巧的展示。而且从选韵上，"兼""帘""尖""纤"四字连用，容易给人纤软之感，且二人多用"深宫""碧幌""珠帘""妆寒""障扇""油壁""金缕袖""屐齿""绣幕""朱栏""柳腰"等字眼，更显浓艳纤靡。

　　再看冯班《冯氏小集》上的《和钱牧斋宗伯茸城诗次韵四首》其二：

殊翁彩翼绣鸳鸯，深下银钩隔异香。少女和风闲拂幌，姮娥映月自过墙。青骊金络光归路，锦瑟朱弦独上堂。谢傅东山正行乐，诗人休羡嫁王昌。

　　先从色彩上说，"彩翼""银钩""青骊""金络""锦瑟""朱弦"，可谓花团锦簇，浓妆艳抹；再从用字上，先后化用温庭筠"彩翰殊翁金缭绕，一千二百逃飞鸟"、李商隐"重帏深下莫愁堂"、梁元帝"花疏有异香"、《日出东南隅》"白马从骊驹……黄金络马头"、《相逢狭路间》"兄弟两三人，中子为侍郎。五日一来归，道上自生光"、"小妇无所作，挟瑟上高堂"、《河中之水歌》"人生富贵何所望，恨不早嫁东家王"，沿承齐梁、晚唐一派。然而从诗的意境上殊无可言，只能算是诗人宴饮唱和生活的写照。

　　（二）敷衍应酬之作
　　二冯的诗集除了展现才华的次韵诗，甚至不乏应朋友之请，敷衍应付之作。如：

买时的的费明珠，掌上擎将天上姝。拟把芙蕖比容色，芙蕖应恨太施朱。（《姬人席上索诗聊道四句用塞其意》）

节妇与孝子，此事不为名。为名请文字，当请公与卿。穷生憔悴茅屋里，把君名纸额生泚。孝子不妄言，君母应尔尔。节母不求名，孝子心无已。请诗不择人，君心端在此。我感孝子不能辞，把笔为君为此诗。我诗狂怪喻者少，请君为我深藏之。(《袁孝子请余作节母诗歌以赠之》)

首冬和气在，献寿及佳辰。四海识贤母，一家如古人。风霜常似旧，陵谷几经新。莫讶桑田改，千年未一春。(《寿袁重其节母次韵》)

冯班集中尚有几篇为别人祈福祝寿之作，多属应酬敷衍之辞，惟有给毛晋写的两篇稍有友朋珍视之情。冯舒集中亦有为人请辞之作，然比冯班之作更增添了一些感慨，如《节妇吟为袁母作》：

昔人轻改嫁，改嫁不为讳。尚少固其宜，贫寒达有位。圣朝重改嫁，改嫁人所弃。哲妇固吞声，不肖亦仰企。世风既已然，人情敢云二。所以苦节者，贫贱乃足贵。悲哉袁生母，誓死亦何为。上无翁姑怜，下无弟兄恃。藐此三岁孤，暧暧如未视。欲煮盎无粟，欲恤机无纬。揭来二十年，之死靡他志。岂若富贵家，多金恣骄肆。筵后罗珍羞，窗中理金翠。岂若富贵家，气势足周庇。端坐恣挥斥，姨媪争谄媚。一旦巡方来，奉行举故事。袁母空苦节，富贵有名字。但令孝子伤，来必桑中愧。四座且勿喧，听我诗言志。富家节易守，守易旌亦易。贫家节难成，节成空悲泪。二者竟何如，敢告采风使。

以穷富之对比，写出穷人守节之不易，表现了诗人对社会两极的认识，蕴有一定的内涵，而不纯为应酬之言。

二冯集中的雅玩和应酬之作，虽没有太深沉的感情内蕴，却也是二冯早期宴饮、游乐、唱和生活的写照，并表现了二人的诗歌技巧和才华，是二人诗歌轨迹中不可缺少的一个链条。从这些诗歌中可以看出二人的交游情况以及生活环境，对我们准确地把握二冯诗歌的整体风貌，以及探讨二冯绮艳诗风形成的原因具有很大的帮助。

(三) 惜友怀朋之作

二冯诗歌中唱和诗，并非全供雅玩之资，其中的很多赠答诗，均表现了诗人对友情的珍视。乃至部分次韵唱和诗，亦含有浓情挚意。如冯班《重迭前韵示源公》："论诗讲义共年年，故纸辛勤最可怜。不是高人为解缚，争教外学不妨禅。总驱尘累离心地，尽放烟花着眼前。一笑何时容我醉，过溪休忘旧因缘。"记录与友人相互唱和作诗的点滴，"过溪休忘旧因缘"希望朋友不要忘怀这段友谊。《钱耐翁五十初度成咏不胜斐然辄继芜陋次韵》:"相看不厌酒尊香,笑口频开月几场。彭祖千年方是寿,侏儒一节漫争长。废兴阅世应难问,富贵酬身不易偿。兰玉满庭方五十,好披班彩悦高堂。"为钱谦贞五十祝寿;《钱颐仲为余篆印作二痴字兼赠诗句次和》:"半世从人笑,新来自说痴。烦君题玉箸,珍重莫相疑。"冯班以痴自居,又排行二,故称"二痴",钱颐仲为冯班篆"二痴"印,乃为知冯班者也。冯班回敬此诗亦是珍重之意。《叙旧次韵合钱夕公四首》:"纷飞霰雪又残冬,愁拥熏炉四体慵。书襞近笺虚郑重,绣抛云帖任蒙茸。韩生已见魂成蝶,洛女徒教态似龙。长夜不眠思往事,玉花双堕泪溶溶。"与钱龙惕唱和之作,告诫钱龙惕为李商隐诗作笺注,要郑重,以示惺惺相惜之情。

(四)感事抒怀之作

前文已经言明冯班晚年之作主要是思念故国,这不仅表现在他的咏史诗和咏怀诗中,唱和诗亦不乏以抒发故国之思为主要内容的诗篇。如《酬友人次韵甲申》:"乱来贫贱致身难,负气回头自屡叹。贾火已燃还剧卧,汲薪重积尽高官。也知辛苦三分业,不及疏狂七里滩。何事尘中不归去,未酬桑下一壶餐。"乃说金陵时事也;《和叶石君过马湘兰墓下四首》其二:"风景山河自不堪,板桥惟见草鬖鬖。琵琶改尽当时调,好手犹传马老三。"感叹故国山河顿改之情昭然可见;《和钱耐翁次先师韵》:"廿年藜藿许同尝,曾为成章赏我狂。草发陈根山自碧,莺啼宰木梓空长。东门有恨还无嗣,北海何人为立乡。最是驽骀筋力尽,几回骧首忆孙阳。"思师、思友、思国三情并发,感人至深。

历代诗人对次韵诗多有贬斥,以其以字凑韵,以句凑篇,勉强牵合,全无意义章法。赵执信亦谓:"次韵诗以意赴韵,虽有精思,往往不能自由。或长篇中一二险字,势难强押,不得不于数句前预为之地,迂回迁就,以致文义乖违,虽老手有时不免。"[1]王应奎亦曰:"次韵之诗,思路易行;又或追用前人某诗韵,连篇累牍,用以自豪,益无谓矣。"[2]冯氏兄弟所作次韵诗为供雅玩之作和应酬之作,亦难脱凑韵之嫌疑,然二人所作怀友伤国之诗,则情感真挚浓烈,全无凑韵之嫌,为次韵诗之佳者。

① 王应奎:《柳南随笔》卷五,《清代史料笔记丛刊》,中华书局 1983 年版。
② 王应奎:《柳南随笔》卷五,《清代史料笔记丛刊》,中华书局 1983 年版。

第二节　冯舒、冯班诗歌创作对李商隐的继承

袁行霈先生主编的《中国文学史》评价西昆体，曰："西昆集中的诗人大多师法李商隐诗的雕润密丽、音调铿锵。……西昆集中诗体大多为近体，七律即占有十分之六，也体现出步趋李商隐、唐彦谦诗体的倾向。……西昆体诗人学习李商隐的艺术有得有失，其得益之处为对仗工稳、用事深密，文字华美，呈现出整饬、典丽的艺术特征。……都是晚唐五代诗风的延续。"① 我以为亦可以用之于二冯，二人重视用典、追求比兴、文字华美等特点均与李商隐、西昆派一脉相承。可以说，二冯的诗歌创作是李商隐和西昆诗风在清朝的回响，亦是晚唐五代诗风的延续。本文就从题材和艺术表现力两方面，简单地论述一下二冯对李商隐诗风的继承。

一、题　　材

就题材而言，咏物诗在冯班诗集中占据很大的比重，所咏之物多是自然界或日常生活中一些纤小的事物，常见的动物有："巧语斜飞百草芳，红闺日暖觉春长"的燕子、"露洗风吹赤玉寒，当庭挏颈锦毛攒"的公鸡、"翦翦身材绿作衣，帘前声唤为朝饥"的鹦鹉、"一从玄露下青冥，嘒嘒高枝镇不平"的蝉、"何年变化别青陵，栩栩随风力不胜"的蝴蝶等；常咏的植物有："今日不堪帘外树，一枝和粉弄残阳"的梅花、"攒红铺绿正芳菲，好似文君锦在机"的蔷薇、"风吹露湿一枝枝，带子垂阴是后期"的桃花、"浓扫匀铺绿不休，最宜长路水悠悠"的绿草、"檀心一点余春在，莫似寻常看白花"的梨花、"何人扇上画，特遣不宜秋"的石榴、"桃花丰态海棠名，映石穿阶到处生"的秋海棠等；日常物品有"一尺清光势似钩，锷边名姓旧来仇"的小刀、"双双桂叶聚，愁态满香台"的愁眉、"龙脑熏多入缕香，轻云一叶照人凉"的美人手巾、"山骨何人琢，床头作六安"的枕、"萤尾衔光翻觉冷，蝇头欲堕莫频挑"的灯等。李商隐的咏物诗很少有那些具有巨大力量和具有崇高悲壮感的事物，亦多选用纤细微小事物，如"徒劳恨费声"的寒蝉、"并应伤皎洁，频近雪中来"的蝴蝶、"皎洁终无倦，煎熬亦自求"的灯、"如何肯到清秋日，已带斜阳又带蝉"的柳，等等。

① 袁行霈：《中国文学史》第三册,高等教育出版社2004年版,第29页。

且冯班咏物诗的很多意象多与义山咏物诗有所重合，如蝉、蝴蝶、燕子、鸳鸯、灯、镜、柳、梅、桃等。李商隐"把个人的身世遭遇及悲剧心态与所咏之物紧密结合起来，托物寓怀，并贯穿于他的整个创作历程。诗人笔下的物象，如嫩笋、牡丹、秋蝉、锦瑟等，不但能够展示诗人在不同时期的心灵轨迹，而且在这些极具悲剧性的物象身上，凝聚着出身卑微的诗人在宦海生涯中特有的感情与心态"，[①] 故李商隐的咏物诗在意象色彩的选择上偏于萧索。在李商隐的笔下"双双对对的鸳鸯"为"云罗满眼泪潸然"；柳为"如何肯到清秋日"的弱柳；花为"芳心向春尽"的落花。萧条之气贯穿笔端，映射出李商隐的不幸遭遇和身世之感。冯班笔下的物象，梅亦是"正到暗春恨过时"的晚梅；树亦为"萧条似海槎"的枯树；灯亦为"轻煤拂落残书卷"的寒灯；蝴蝶亦是"栩栩随风力不胜"的弱蝶。衰落之意亦见诸笔端。冯班的咏物诗走的也是咏物托怀的路数，悲鸣无告的寒蝉、弱不禁风的弱蝶、饱受摧残的衰花都是诗人沉沦世俗、伤友思国心情的凝结。

李商隐与冯班同生于乱世，同沉沦宦海，故冯班的诗歌（尤其是咏物诗和咏史诗）与李商隐的诗歌具有跨时代的心灵契合，或者说冯班在生于晚唐的李商隐身上给予了生于明清易代的自己的某些寄托。故在冯班诗歌中不惟艺术表现技巧，甚至诗歌的题材以及情感基调都是延续李商隐而来。比如冯班还创作了一类《无题》诗和《戏题》诗，显然也是受李商隐《无题》诗的影响；此外冯班的咏史诗如《古城台》《夫差庙》《故陵》等，也能找到李商隐咏史诗的痕迹。

二、艺术表现力

就艺术表现力而言，冯氏兄弟努力学习李商隐，注重比兴手法的运用和典故的使用，追求词彩的华美流丽，追求含蓄蕴藉的艺术效果。

（一）层峦叠加的典故

李商隐精于用典，常将古人的言论或事迹故事提炼出来，蕴含在诗歌的人物、事件和背景当中。由于很多典故已经被不同的诗歌内容和意境反复使用，所以典故本身的最初意义慢慢积淀两层乃至多层的意蕴和内涵。"恰如其分地用典往往能在非常有限的篇幅里表现丰富而复杂的内容，扩大诗歌的内涵，使本来难以明言的情意得以顺畅地表达，通过古

---

① 参见于志鹏：《楚雨含情俱有托——李商隐咏物诗探析》，《中国石油大学学报》（社会科学版），2010年。

今的对比，引起读者丰富的联想。"① 如著名的《锦瑟》：

> 锦瑟无端五十弦，一弦一柱思华年。庄生晓梦迷蝴蝶，望帝春心托
> 杜鹃。沧海月明珠有泪，蓝田日暖玉生烟。此情可待成追忆，只是当时
> 已惘然。

中间两联连用了四个典故："庄生晓梦迷蝴蝶"化用《庄子·齐物论》庄周梦蝴蝶的故事；"望帝春心托杜鹃"化用蜀王望帝死后魂化为杜鹃，每到暮春啼血不止的故事；"沧海月明珠有泪"化用《博物志》海中鲛人泣泪成珠的故事；"蓝田日暖玉生烟"化用司空表圣"诗录美景，如蓝田日暖，良玉生烟，可望而不可置于眉睫之前也"②。首句的"无端"又与尾句的"惘然"之情相互照应，中间两联沧海、月、明珠、泪、蓝田、日、玉、烟众多意象的反复叠加，又以四个典故连环围绕虚幻、悲苦的惘然之情反复诉说，构筑出全诗迷离虚幻的艺术境界。

而冯班亦是用典的高手，如《和钱牧斋宗伯葺城诗次韵四首》其一：

> 薰风长日正悠悠，兰室新成待莫愁。一尺腰犹红锦襷，万丝鬟更玉
> 搔头。已障画扇登油壁，好放偏辕促玭牛。争似秣陵桃叶渡，风波迎接
> 隔江舟。（《冯氏小集上》）

据姚弼《钝吟集笺注》说，诗中共用了十五个典故。薰风长日：韩鄂《岁华纪丽》："长日助威棱之气，熏风同长育之恩"；兰室：梁武帝《河中之水歌》："卢家兰室桂为梁"；莫愁：《初学记·释智匠〈古今乐录〉》："石城西有女子名莫愁，善歌谣"；一尺腰：庾信《昭君词》："围腰无一尺"，温飞卿《张静婉采莲歌》："宝月飘烟一尺腰"；锦襷：《贾谊传注》："师古曰：'偏诸若今之织成以为腰襷'"；万金鬟：辛延年《羽林郎》："一鬟五百万，两鬟千万余"；玉搔头：《西京杂记》："武帝过李夫人就取玉（簪）搔头"；画扇：王献之《团扇歌》："七宝装画扇"；油壁：《苏小小歌》："妾乘油壁车"，《北史·恩伟传》："油壁者，加青油衣于车壁也"；偏辕：《世说·汰侈》篇，王恺与石崇竞相夸炫，有不及崇处，"乃密货崇帐下都督及驭车人……问牛所以驶。驭人曰：

① 许琰：《西昆酬唱集研究》，西北师范大学博士论文，2007 年 5 月。
② 刘学锴、余恕诚：《李商隐诗歌集解》，中华书局 2004 年版，第 1581 页。

'牛本不迟，由将车人不及，制之耳。急时听偏辕，则驶矣。'" 玳牛：
《艺文类聚·梁吴均〈赠周兴嗣诗〉》："朱轮玳瑁牛"；秣陵：《吴志》：
"张纮谓孙权曰：'秦始皇改金陵为秣陵'"；桃叶渡：杨氏《六帖补》：
"桃叶渡在秦淮口"；风波：《桃叶答歌》："桃叶复桃叶，渡江不待橹。
风波了无常，没命江南渡。"迎接：王献之《桃叶歌》："桃叶复桃叶，渡
江不用楫。但渡无所苦，我自来迎接。"几乎无字无来历。且用字精妙，
仅用正、新成、待、犹、更、障、登、放、促、迎接等字贯穿熏风、长
日、兰室、莫愁、腰、锦襷、万丝鬟、玉搔头、画扇、油壁、偏辕、玳
牛、秣陵、桃叶、风波、江舟等众多意象。"犹""更"两个虚词的使用，
尤为生妙。

（二）回环曲折的结构

李商隐的诗歌，结构回环曲折，跌宕起伏，或两路夹写，或明暗对
比，或回环照应，常常出人意表。如上文所引的《锦瑟》一诗，颔联一
句中既用两事，而每句内又各涵两意：一意，沧海明月而珠偏有泪，蓝
田日暖而玉已生烟，下三字与上四字似作反照；一意，唯沧海明月故明
珠有泪，惟蓝田日暖故暖玉生烟。两意都解释得通，然两意截然相反。

冯班的诗歌亦得义山诗的妙造，如《风人体二首》：

> 拟绣田田叶，寻丝底为荷。城头无雀网，自是欠楼罗。

> 半夜寻遗佩，谁知暗里环。夹河飞白鸟，争奈两边鹇。

第一首，两联之间绣与丝、叶与荷、城与楼、网与罗之间来回照应，
结构回环往复。第二首，每联之间夜与暗、白与鹇两相照应，结构巧妙。
王应奎评这两首诗的结构，云："尚有丝绣双关，不独荷叶而已；尚有城
楼双关，不独网罗而已；尚有暗夜双关，不独佩环而已；又有夹河双关，
不独白鹇而已。"冯班巧用双关句法，妙作艳体，让人耳目一新。

再看冯舒的《丙戌岁朝二首》其二，曰：

> 喔喔荒鸡到枕边，魂清无梦未安眠。起看历本惊新号，忽睹衣冠换
> 昨年。华岳空闻山鬼信，缇群谁上塞人天。年来天意浑难会，剩有残生
> 只惘然。

首联写现实，无梦、无眠；颈联以"惊新号""换昨年"暗指心境；
颔联以典故贯穿历史；尾联回到现实，抒发感慨。首先，首联与颈联之

间形成真与幻的对比，突出诗人思念故国之心为切；其次，颔联与尾联之间为历史与现实的回环，点明无力回天之感慨；最后，首以现实开始，尾以现实作结，然情思却大有不同，陡然递进，方见转折。冯舒此首诗的结构在真与幻、历史与现实的交织中，围绕着人生的变换、历史的兴亡中来回跳跃，既翻出新意，又不离本旨。

（三）隐晦蕴藉的情思

李商隐的诗歌往往具有很深沉的人生主题，并把深沉的人生主题融入到身边平常而细小的事物之中，再配以绚丽的辞藻和回环曲折的结构，形成一种细小而伟大的巨大魔力，而这一切既来源于诗人的敏锐感知和对语言的把捉能力以及对结构的运筹帷幄，又在于诗人以丽与伤形成的强烈对比。感伤的主题以感伤的词语出之，平常易见，然感伤的心绪以明快妖艳的词语出之，效果加倍。历代学李商隐者多着意于他的精美辞藻和独特娴熟的行文技巧，往往忽视他的忧国忧时和自慨身世的两大人生主题与形式技巧之间的联系，而在冯班的诗作中屡屡见到这种情思。平常易见的事物经过融入诗人的感时伤世的深刻主题内容的熔铸，就变得不平凡起来。以事、景与人物心情的强烈对比，突出强化感伤的主题色彩，再以艳丽的辞藻和回环的结构出之，自不失直露，达到隐晦蕴藉的艺术效果。

如李商隐《杜司勋》云："高楼风雨感斯文，短翼差池不及群。刻意伤春复伤别，人间惟有杜司勋。"以伤春来伤时、伤别、伤人。"高楼风雨"象征着混乱的政局；"短翼差池"象征壮志未遂；而第三句引杜牧之诗句点明题旨，第四句以感叹杜牧之才华，感叹自身，"惟有"二字，感慨颇深，诗坛寂寞，知音稀少，而又沉沦下僚，均可见于言外。

冯班作《春分日有寄》：

> 池塘狼藉草纷纷，日带嫣红露有文。刻意伤春春又半，可知愁煞杜司勋。

不仅化用义山诗的诗句，亦用义山诗的诗意，表达忧国忧时的主题。全诗看似在漫不经心之间，戏笔书来，描绘一幅美丽的春分景象。然首句的狼藉的池塘和纷纷的乱草却不是春天应有的景象，而是以此不协调的景象象征着时局的动荡。"春又半""愁煞"既巧妙化用李商隐的诗句，又不为泥滞，并带出感伤的主题色彩。

再看冯班的《林桂伯墓下》：

马鬣悠悠宿草新，贤人闻道作明神。昭君恨气苌弘血，带露和烟又一春。

　　首句写景，言说春去春回，岁月常新；次句写事，英雄虽已离别，但化为神明常守左右，其精神和魅力永存；三、四两句用典感怀，连用王昭君被迫远嫁异族和苌弘被谤死后一腔精血化为碧玉的两个典故，既表达了对抗清英雄瞿式耜的崇敬与怀念，也表达了诗人如昭君思念故国之心，如苌弘对故国忠贞不渝之心。诗人的情思在写景、写事、用典中穿梭，结构回环往复，相互照应，包罗时间与空间的巨大跨度，以宿草、明神预示时间、空间以及心志的永恒，意味曲致绵长。然而从字面上看，只是淡淡写来，好像漫不经心，哪怕是写忧国忧时的巨大人生主题，亦选用马、草、露、烟等寻常意象，笔触极其空灵。

　　综之，冯班的诗歌在题材、艺术技巧和含蓄蕴藉等方面都对李商隐的诗作进行了学习与借鉴，而不如纪昀所讥"但取其浮艳尖刻之词为宗，实不知其比兴深微，用意曲折，运笔生动沉着，别有安身立命之处"①。米彦青在谈冯班对李商隐的接受时说："在冯班的诗中，对于用词的雕琢使诗歌有涵量，有深度，故而能以最少的字眼来换取最大的表现力。只是与义山诗相比，尽管文辞、声律上修整得十分工致，气度的安详与意象的浑融则稍有不及。"然而冯班诗作中又有很多诗引人称道，"就在于诗人能够贴近历史来发挥想象，创造出了一种形象生动的史境。诗人把比兴、写景、用典自然地熔在诗中，虽然表达的是具有政治色彩的美刺主题，但却能够写得蕴藉含蓄，辞采华美，绮艳整丽，充分体现了温李范式和绮丽风采"②。我深以为然。

　　由于个人才力的限制，冯班"所作虽于义山具体，而堂宇未闳，每伤纤仄"③。故钱良择曾曰："钝吟诗，是以魏晋风骨，运李唐才调者。正如血皴汉玉，宝光溢露，非复近代器皿，然却是小小杯斝之属，而非天球重器也。……独精于艳体及咏物，无论长篇大什，非力所能办。凡一题数首，及寻常唱酬投赠之作，虽极工稳，皆无过人处。盖其惨淡经营，工良辛苦，固已极锤炼之能事。而力有所止，不能稍溢于尺步之外，殆限于天也。"然他又肯定了冯班学李商隐之精妙，曰："定远诗谨严典丽，律细旨深，求之晚唐中亦不可多得。……视李而逊一筹，视温则殆有过

---

①　朱庭珍：《筱园诗话》卷一，《清诗话续编》，上海古籍出版社 1983 年版。

②　米彦青：《论二冯对李商隐的接受》，《中国韵文学刊》，2006 年 9 月。

③　徐世昌：《晚晴簃诗汇》卷十五，《诗话》，退耕堂刊本。

之无不及也。……近人诗都易入眼，钝吟诗却不易入眼；近人诗都不耐
看，钝吟诗却耐看。总之工夫深耳。"①既指出了冯班诗歌的不足，又对他
学李商隐的成就做出了极大的肯定。我以为钱良择所言虽为不殊，然应
分而言之。冯班的诗歌当分为早期和晚期。其早期的诗歌多无太多的人
生感慨和时代主题，多为宴饮游玩之作，或可称为戏笔，难免"纤仄"。
然诗人在这些诗作中锻炼了对于语言、字句、结构等的把握能力，可以
说冯班早期的诗歌创作，是诗人对"西昆派"乃至李商隐诗歌技巧学习
和熟练的过程。后来，诗人经历了科举失利的巨大打击，又经历战争的
洗礼和亡国的巨大悲恸，对人生和社会以及时代兴亡的感触更加深刻。
诗歌的主题内涵亦发生变化，开始慨叹自身的怀才不遇和忧国忧时，而
在这两个主题的选择上，与李商隐又近了一步。如果说冯班的早期诗歌
主要是学习李商隐的诗歌技巧，与"西昆派"更加接近；而在冯班诗歌
创作的后期，他的心境与李商隐更加接近了。所以在冯班的诗歌中既有
对字词的锤炼、声律的修整、典故的繁用、结构的巧妙布置，又有很深
沉的人生感慨，并能将这种人生感慨和诗歌技巧巧妙融合，以创造一种
含蓄蕴藉的艺术情思，达到与李商隐诗歌契合的审美状态。

第三节　冯舒、冯班诗歌创作的艺术成就

冯舒和冯班虽为兄弟，都以晚唐为宗，然二人的诗学渊源和诗学风
格却微有不同。首先，二人的性格不同：冯舒为人"直肠快口，躯干伟
然，遇事敢为，不避强势，小人疾之如仇"；冯班则"为人悠悠忽忽，不
事家人生产，衣不掩骭，饭不充腹，锐志讲诵。亡失衣冠。颠坠坑岸，
似朱公叔；燎麻诵读，昏睡热发，似刘孝标；阔略眇小，荡佚人间，似
其家敬通。里中以为狂生，为端愚"②。陈望南先生曾以"直"和"狂"
概括二人的性格特征，并从时代背景和二人生活环境以及科举失利的现
实出发，分析他们性格形成的原因，并云二人性格的不同，使二冯的诗
歌创作呈现出不同的特征，曰："冯班之'狂'……表现在创作中，则是
一种温婉的格调。冯舒之'直'，表现在他的行为中是'直肠快口'，
'遇事敢为，不避强势'，表现在创作中，即是一种质直的风格。"③ 我以
为知论。

---

①　冯班：《钝吟老人遗稿》，吴卓信临钱良择评语，上海图书馆藏。
②　钱谦益：《冯定远诗·序》，《钝吟老人遗稿》，清康熙年间刻本。
③　陈望南：《海虞二冯研究》，中山大学出版社 2011 年版，第 135 页。

　　然而二人诗风的不同风貌除了性格的驱使外，还因诗学渊源的不同，冯武于《二冯评点〈才调集〉凡例》，曰：

　　先世父钝吟、默庵两先生，承先大父嗣宗公博物洽闻之绪，学无不该，尤深于诗赋。默庵先生名舒，字巳苍，以杜樊川为宗，而广其道于香山、微之；钝吟先生名班，字定远，以温、李为宗，而溯其源于汉魏六朝。虽径路不同，其修词立格，必谨饬雅驯，于先民矩矱，不敢稍有逾轶，则一也。

　　冯舒与冯班继承冯氏家学，皆以晚唐为宗。然学诗的路径微有不同：冯舒以杜牧为宗，而广之于白居易和元稹，故诗风更多地继承了杜牧、白居易的豪宕，以长篇为主，豪爽清俊、语径词直；冯班以李商隐、温庭筠为宗，而上溯汉魏六朝，故诗风更多地继承了温、李的绮艳，以短篇为主而不奈长篇，敦厚温柔、称丽浓稳、含蓄蕴藉。

　　然而不知是否由于诗风的不同，二人的诗歌创作遇到了不同的待遇。后世评价冯舒，往往重视他的学问根底，诗歌创作则多为所忽略。钱谦益同为冯舒和冯班诗集作序，言冯班诗歌，曰："沉酣六代，出入于义山、牧之、庭筠之间。其情深，其调苦，乐而哀，怨而思，信所谓穷而能工者也。"[1] 给予了极高的评价，然于冯舒却不是从诗歌本身出发，而是从宣传诗学的角度论定的冯舒诗歌的价值，曰："巳苍之诗行世，必有读其诗而知其学者，于以针砭俗学，流别风雅，其必有取于此矣。"[2]这似乎给二人的诗歌定了调子，以至于后世尽言冯舒学问，不论诗情，如徐世昌《晚晴簃诗汇·诗话》云："巳苍与弟定远并负诗名，善持论，为钱牧斋所推许。近体以晚唐为宗，古风才气视定远差纵逸。"[3]

　　而冯班的诗歌却屡被征引、传诵。如，陈维崧《箧衍集》收其诗五十首之多；朱彝尊《明诗综》选取其风怀之作；徐世昌《晚晴簃诗汇》选其意较深挚者十九首。阎若璩《潜邱札记》选取清十二圣人，冯班位居第二；张之洞列清康熙以前有名的诗人，冯班亦居其一。

　　不仅如此，冯班的诗歌更是深受清代以至民国很多诗家的好评，如：陆贻典评价冯班诗，曰："敦厚温柔，称丽浓稳，乐不淫，哀不伤，美刺

---

① 钱谦益：《冯定远诗·序》，《钝吟全集》，清·康熙刻本。
② 钱谦益：《默庵遗稿·序》，《常熟二冯先生集》，民国张鸿铅印本。
③ 徐世昌：《晚晴簃诗汇》卷十五《诗话》，天津徐氏退耕堂本。

有体，比兴不坠。"① 孙永祚认为冯班之诗："艳句生香，名言掇秀，命意曲而取致婉，涵旨远而吐藻芳。""风流蕴藉，隽永有加。"② 赵执信曰："其诗原本《诗》《骚》，务裨风教。至于条缕体制，含咀雅颂，北宋以来，未之有也。"陈田《明诗纪事》辛签卷十二，曰："诗于齐梁及唐人温、李，无所不仿，藻丽中别有古韵，固由才笔殊绝，亦是学古功深。"刘声木曰："钝吟诗由温、李入手，组织甚工，层次井然，未可厚非。"③ 朱彝尊《静志居诗话》更称冯班为"善言风怀者"，并将其与王次回对比，曰："启、祯诗人，善言风怀者，莫若金沙王次回。定远稍后出，分镳并驱，次回以律胜，定远以绝句见长。大都次回全学温、李，而定远多师，其源出于《才调集》也。"④ 邓之诚《清诗纪事初编》卷一，亦曰："今观其诗，字字锤炼，无一浅率语，置之晚唐人集中，几无可辨。功候深纯，一时无二。盖矫七子、钟、谭之穷，而不堕宋人之直率者也。"⑤

　　吴乔和曹弘并引冯班诗中好句以为含蓄无穷，得唐人妙处。吴乔曰："唐人诗妙处，在于不着议论，而含蓄无穷，近日惟常熟冯定远诗有之。其诗云：'禾黍离离天阙高，空城寂寞见回潮。当时最忆姚斯道，曾对青山咏六朝。'金陵、北平事，尽在其中。又有云：'隔岸吹唇日沸天，羽书惟道欲投鞭。八公山色还苍翠，虚对围棋忆谢玄。'马、阮四镇事，尽在其中。又有云：'席卷中原更向吴，小朝廷又作降俘。不为宰相真闲事，留得丹青夜宴图。'以韩熙载寓刺时相也。又有云：'王气消沉三百年，难将人事尽凭天。石头形胜分明在，不遇英雄自枉然。'以孙仲谋寓亡国之戚也。所谓不着议论声色，而含蓄无穷者也。"⑥ 曹弘《画月录》卷一，曰："余爱钝吟集中'禾黍离离天阙高……'及'隔岸吹唇日沸天……'二绝句，以为如书家之敛笔藏锋，歌者之潜气内转，最为含蓄有味。当时昆山吴修龄《围炉诗话》谓如唐诗，妙处在于不着议论而含蓄无穷，真先得我心之所同然。"⑦ 诸家均对冯班的诗歌做出了不同程度的肯定，可见冯班的诗歌创作在清代乃至民国的影响和地位。

　　① 参见陆贻典：《冯定远诗·序》，《钝吟全集》，清·康熙刻本。
　　② 参见孙永祚：《冯定远诗·序》，《雪屋文集》，清抄本。
　　③ 刘声木：《苌楚斋随笔续笔三笔四笔五笔》，《清代史料笔记丛刊》，中华书局 1998 年 3 月版。
　　④ 朱彝尊：《静志居诗话》卷二十二，明文书局同本。
　　⑤ 邓之诚：《清诗纪事初编》，上海古籍出版社 1965 年版，第 74 页。
　　⑥ 参见吴乔：《围炉诗话》卷二，《清诗话续编》，上海古籍出版社 1983 年版，第 514 页。
　　⑦ 转引自钱仲联：《清诗纪事》，江苏古籍出版社 1987 年版，第 179 页。

　　而从评述者的多寡和评述语言的侧重点均可看出，后世对二冯接受的轻重差别。当然客观论之，二人的诗歌各有其特点：冯舒的长篇歌行，浩瀚大气，平直率朴之中，浩然正气和忧时忧民之情荡然可见；冯班的七言绝句和七言律诗，宛转低迷，含蓄蕴藉，余味无穷。

　　从诗歌继承的角度而言，冯舒的很多长篇歌行，既继承了元、白的质直，又继承了杜甫的"诗史"精神，如《吴农叹》《雪夜归村中即事》等诗，以悲天悯人的情怀记录了时事的动荡和人民的疾苦，既可证史、补史，亦是诗人心史的完美展现。

　　冯舒亦创作了很多律绝，不失含蓄蕴藉，明显受到了李商隐的影响。如《初冬过尚湖》："萧萧帘幕不遮风，百顷清光半幅篷。山色有无斜照里，人家低湿水烟中。雁遥苇枯杆杆白，鹭惊餐霞片片红。如此风光谁与会，笔床茶里伴衰翁。"衰翁与初冬的景象融合无间，既不失闲情逸致，又暗含淡淡的忧伤，亦不是含蓄灵动。又《春深独游》："性僻难求伴，春原只自行。强寻桃面笑，生怕燕泥争。举袂障人醉，抠衣御犬狞。最怜沙渚畔，风急脊令鸣。"首联点题，后三联围绕首联娓娓道来，无一句不是景，无一句不是事，无一句不是情，景、事、情三者融会无间。少了一些质直，多了一些蕴藉。又如《少欢》："不关中酒怯春寒，何事逢春却少欢。欲话无生消妄想，一家空自愧团乐。"短短四句，每句皆言当欢之景，却无句不流出少欢之情。有酒逢春，一家团圆，为何还言少欢？诗人未曾道出，引发读者猜想。

　　冯舒的很多诗歌意境萧索、哀怨，与李商隐诗歌的基调多有相类。前文已言，李商隐诗歌中很多意象都带有萧索的气象，如残柳、哀蝉、弱蝶、衰花等。冯舒的诗歌中亦少有欢娱之景，多为衰败意象，如"一番白纸强妆成，头角尖斜骨亦轻"的纸鸢、"瓦破昔邪出，墙危薜荔扶"的晚春、"且待秋风瑟"的蟋蟀、"乱送狂飞舞白云，纷纷何处问新春"的寒雪、"雪欺霜压自年年，移值难逢雨后天"的丛竹等，悲惋、萧索之情尽现其中。尤其是诗人经历了牢狱之苦和战乱攘扰后，"磷火""魑魅""朽骨""枯骸""荆榛"等意象更是频繁地出现在诗人笔下，悲凉、恐慌以及对死亡的惊悚之情渗透至底。

　　李商隐诗歌中频繁使用梦的意象，被称为"内蕴创造力非常丰富的'白日梦'者"[1]。冯舒笔下又有很多涉及梦境的诗句，如《五月十七夜梦故友钱大履之宛如生平寤后追忆情事，记以绝句六首遗其长君求赤志

　　① 董乃斌:《李商隐的心灵世界》，上海古籍出版社1992年版。

感》以梦怀友；《丙戌岁朝二首》其一"梦里山川存故国，劫余门巷失比邻"以梦抒写对故国的思念；其二"喔喔荒鸡到枕边，魂清无梦未安眠"已见上文，不仅在梦的意象运用的方法上与李商隐如出一辙，诗的篇章结构亦如义山诗回环跌宕。

所以说，冯舒的诗歌既明显地受到了李商隐的影响，又吸收了杜牧、元稹、白居易的质直，以及杜甫的"诗史"精神，取师非常广泛。故他的诗歌中既有质朴率直，又不乏情韵悠长和情深调苦。只是他的长篇歌行，浩瀚泼洒，与他的性格更为契合，故多为人所重，以至于简单地以质直概括他诗歌的全貌。

虽然很多人说冯班的诗学非常广泛，但从创作实际而言，无非是沿承齐梁、晚唐、西昆一脉而下，大抵未离开李商隐诗风的左右。本文的第二节重点论及了冯班诗学对李商隐诗学的继承。可以说，冯班对李商隐诗风的继承要比冯舒忠贞和彻底得多，故他的诗歌中含蓄蕴藉之风非常明显。清代打破了盛唐诗歌一统天下的局面后，晚唐诗歌和宋诗都各自占据了一席之地。二冯高树晚唐旗帜，一直不乏追随之人。于晚唐诗风的追随者而言，冯舒诗歌中为数不少和质直特征较为明显的长篇歌行，很难入眼；而冯班的浅唱低吟、风华绮靡、含蓄蕴藉却深得其爱。这也就是说，冯舒与冯班诗歌接受的巨大反差，一方面是二人才性确有差异，一方面也是时代风气使然，不能以此论定高下。

第五章　冯舒、冯班的诗学研究方式

二冯居于藏书圣地，家富藏书，在搜讨遗帙之余，致力于古籍的校勘与抄录，留下了许多价值很高的抄、校本。本章分二冯抄本、二冯校本和二冯评点三部分，证述二冯以抄、校、评本传播诗学的推广方式，及二人在古籍整理方面的杰出贡献。

第一节　精　　抄

瞿冕良《中国古籍版刻辞典》汇录冯舒抄本有：《潜夫论》十卷、《华阳国志》十卷、《支遁集》十卷、《贞白先生陶隐居文集》一卷、《王建诗集》十卷、《吕衡州集》十卷、《杼山集》十卷、《沈下贤文集》十二卷、《灯下闲谈》二卷、《追昔游诗》三卷、《乐府古题要解》六卷、《重刊校正笠泽丛书》四卷、《补遗诗》一卷、《清真词》四卷、《云烟过眼录》一卷、《近事会元》五卷、《复古编》二卷、《五代史补》五卷、《汗简》七卷等；冯班抄本有：《列仙传》二卷续一卷、《文心雕龙》十卷、《玉台新咏》十卷、《许丁卯集》二卷续集二卷、《重刊校正笠泽丛书》四卷补遗一卷续补遗一卷、《白莲集》十卷、《风骚旨格》一卷、《西昆酬唱集》二卷等①。惜多数已不存。本节就目前能见的《玉台新咏》《西昆酬唱集》《文心雕龙》《白莲集》《复古编》《汗简》等，分论二冯所抄各本的版本情况和版本价值。

一、《玉台新咏》

冯舒、冯班、冯知十兄弟三人皆曾抄校《玉台新咏》，惜冯舒抄校本不存，现存与二冯有关的《玉台新咏》版本主要有三种：一是明崇祯二年冯班抄本；二是翁心存影冯知十抄本；三是冯鳌刻本。下面先分述三本的版本情况：

---

① 陈望南：《海虞二冯研究》，中山大学出版社 2010 年版，第 53—55 页。

1. 明崇祯二年，冯班抄本《玉台新咏》，何云校并跋，叶裕[①]、钱孙艾[②]、赵瑾、翁同书[③]跋，半页九行，行十九字，国家图书馆藏。卷首为徐陵序，序下有"班""二痴"二印；次为"玉台新咏卷第一目录"，有"班""二痴""上党"诸印。卷中并有"宋本"椭圆形章。[④]

2. 嘉庆十六年，翁心存[⑤]影冯知十抄本《玉台新咏》并跋，每半页十五行，行二十九字、三十字不等，国家图书馆藏[⑥]。卷首为徐陵序，序下有"海虞翁氏遂庵馆图书印"和"翁心存字二铭号遂庵"二印；次为"玉台新咏卷第一目录"。卷末翁心存跋，翁跋后另有一页，有"宋本""上党""冯彦渊读书记""彦渊""知十印""冯知十"[⑦] 等印章。

翁心存跋曰：

己丑季春，假得钱氏宋本抄校一过，同异颇多，恨为悉正也。

是月，复假得钱氏所获赵灵均宋刻细校一过。前录此本时，兼有明知谬，略为改窜者，今亦依宋本改正，纤毫不差。但宋刻原本未为尽善也。瘦狂居士记。

嘉庆辛未，余馆于山塘浸李氏。长夏无事，借得陈子准（陈揆）表兄藏本，手自影临，凡三阅月乃毕，颇自诩纤悉毕肖。今忽忽已廿载。子准旧物，稽瑞楼（陈揆）藏书都化为云烟，而余亦目力昏诰，隆然老矣，不禁感慨系之。道光庚子小除夕，遂庵记。（"遂盦""臣心存印"）

---

① 叶裕，字祖仁，自称枝指生，叶奕次子，清江苏常熟人。藏书印有"枝指生叶祖仁读书记""宋少保石林公二十一世孙裕"等。

② 钱孙艾，字颐仲，钱谦贞次子，清江苏常熟人。年仅二十卒，冯班多作诗文悼念。

③ 翁同书（1810—1865），字祖庚，号药房，又号和斋，翁心存长子，翁同龢兄，江苏常熟人。翁心存的藏书多归其所有。藏书室有"双桂轩""柏古轩""借一雅馆"等。

④ 刘跃进：《玉台新咏研究》，中华书局 2007 年 7 月版，第 22 页，亦介绍了此本的版本情况，可参看。冯班抄本的冯班跋语下文有所引述，此处不赘。另吴兆宜注、程琰删补、穆克宏校点，《玉台新咏》，中华书局，1997 年版附录中均有征引冯班、何云、叶裕、钱孙艾、赵瑾、翁同书的跋语，本文亦不赘录。

⑤ 翁心存（1791—1862），字二铭，号遂庵、瘦狂居士，江苏常熟人。藏书楼有"知止斋""陔华吟馆"等。有三子，即翁同书、翁同爵、翁同龢。著有《知止斋遗集》《知止斋日记》《知止斋文集》等。

⑥ 刘跃进：《玉台新咏研究》，中华书局 2007 年版，第 37 页；谈蓓芳《〈玉台新咏〉版本考》，《上海师范大学学报》(哲学社会科学版)，2006 年 1 月。均有介绍翁心存影冯知十抄本，可参看。

⑦ 冯知十，字瞻淇，又号彦渊，江苏常熟人。冯舒、冯班之弟。清兵破常熟，冯知十不愿降清，出门与战，不幸赴死，冯班作《海虞三义传》记录始末。藏书印有"冯氏藏书""冯彦渊藏本""冯彦渊图书记""知十印""彦渊收藏""冯彦渊读书记"等。冯氏兄弟三人皆喜抄校古籍，所抄之书称为"冯抄"，为明清十大抄本之一。

3. 康熙五十三年，冯鳌刻砚丰斋藏本《玉台新咏》，半页九行，行十九字，国家图书馆藏。首为陈鹏年①题记；次为冯舒题跋；次为徐陵序；次为冯鳌《重刻玉台新咏例言五则》；次为《玉台新咏目录》。卷末依次录陈玉父、赵均②、李维桢、冯班、法顶（孙潜③）、南阳毂道人④（叶树廉）跋语，并附冯鳌跋语⑤。

陈鹏年题记，曰：

　　诗之道微矣，发乎情，止乎义，自忠臣孝子至思妇劳人，皆有咏歌性情之事，故编氓虽鲁，弦诵时闻，五尺何知，歌谣间作。自古民风王化胥于是乎微焉。今我皇上推崇正学，阐明圣教，凡缙绅学士，咸知则古称先，不以为忝。岁己丑，余守姑苏郡，见夫人怀学古习讴吟，心窃嘉之。因思南国为言、游故里，彬彬学道之风，于此有存焉者乎？间从政事之暇，访先贤遗址，相传子游产灵于虞山焉。夫虞山为三吴望郡，累钟名英为文坛领袖者，推钱宗伯、嗣宗。冯子与宗伯并兴学问，文章亦与之颉颃，不愧一代作家。其长君默庵、次君钝吟，精深诗法，出入于有唐中盛之间，可称冯氏一家学矣。今冠山重刻《玉台新咏》，手寄一缄，索余为序。余思《玉台》起于六朝，成于天监，《玉台》之诗固无俟余之烦言，特以二冯君之才子，其手眼固有迥出寻常者。则是集之刻，二冯与冠山不皆诗教之功臣也哉？余许冠山之情，不可以不文辞也，遂信笔而为之序。岁在甲午夏六月之朔，长沙陈鹏年题。

冯鳌《重刻玉台新咏例言五则》曰：

　　余学殖芜浅，未及窥古人堂奥，于诗义尤未谙。家默庵、钝吟两公精于古律杂歌诗，其丹黄甲乙务归于精当。予生也晚，未获亲承提命。

---

　　①　陈鹏年(1663—1723)，字北溟，又字沧州，湖广湘潭人，清代学者。著有《道荣堂文集》《喝月词》《历仕政略》《河工条约》等。
　　②　赵均(1591—1640)，字灵均，江苏吴县人，赵宧光之子。喜搜金石，尝汇各种碑目识跋，及近代续出为见闻所及者，为《寒山金石时地考》。
　　③　孙潜(1618—?)，字潜夫，一字庵，又字知节、知节君、蔚庵道人、节生，号菽园，别号知节君，道人法顶、法顶，江苏常熟人。
　　④　增阳毂道人，详见本文第一章第二节，第19页的相关著录。
　　⑤　冯鳌跋语，参见刘跃进《玉台新咏研究》，中华书局2007年版，第33—34页亦有介绍；所录跋语，吴兆宜注、程琰删补、穆克宏校点《玉台新咏》，中华书局1997年版附录中均有征引，本文亦不赘录。此本所录冯班跋语与冯班钞本之冯班跋语多有异同，另冯鳌跋语下文亦有引，此处不赘，且看下文论述。

第受其遗编读之，法程具在，眉宇得清，奚只为家学之渊源欤？

是书原本六朝，声歌艳丽。唐代名家用字、用法悉本诸此，但舛讹错出，向无善本。昔寒山赵氏加意搜访，曾整齐一番。今所传宋刻，疑非真本。既经考订，不复妄掺臆见，真赝并存，以俟参定。

默庵公较订此书一以宋刻本为正，如"憹"之为"懔"、"茺"之为"苑"、"迢"之为"苕"，自是世手传写，随世改例。知者不烦言，故《真诰》注云："漂"字或应作"溧"。《五经文字》云："苑菀"。并于阮《反说文》以"苑"为"苑囿"字。今则通用李善注《文选》，俱作"苕苕"。事证显然，非臆说也。陶隐居云：字有不得体者，于理乃应治易，要宜全其本迹，郭之向注于下。义即为长，取以为例。

是书向无圈点，非阅者与作者之心吻合，不敢妄加评骘。钝吟公读本，其圈点处，别具手眼，特为标出。其空处，亦仍其旧。

此书虽有诸家旧刻，未归画一，默庵公搜罗考订，欲存完璧。惜书方脱稿，遂归他姓，未及公诸同好。余既获是书，如合浦珠还，连城璧返，用付剞劂，以成两公未竟之业云。上党冯鳌冠山氏识。

近年，学界关于冯氏抄本《玉台新咏》的研究有很多。刘跃进先生《玉台新咏研究》一书，将现存的《玉台新咏》分为两个版本系统：一个为郑玄抚刻本系统，另一个是以明五云溪馆活字本、明崇祯六年赵均刻本、明崇祯二年冯班抄本为代表的陈玉父刻本系统。谈蓓芳教授进一步肯定了冯班抄本的学术价值，称其最接近宋本原貌，并在《〈玉台新咏〉版本补考》一文中提出："翁心存抄本与冯班抄本同出一源，可以互补，而冯鳌刻本则与冯班抄本之间存在不可调和的矛盾。"① 并从三个方面推知冯鳌刻本"其为伪造不言可知"：一、"冯鳌刻本中无论作者、标题或文字很多都同于郑玄抚本系统而不同于冯班抄本、翁抄本和赵均刻本"；二、冯鳌刻本所引冯舒序与《常熟二冯先生集》之《重校玉台新咏序》存有相左之处；三、冯鳌刻本所引冯班跋文与"冯班抄本《玉台新咏》卷末的跋语大异其趣"。陈望南先生于《海虞二冯研究》一书中基于《四库全书总目》言"国朝冯舒所校，其犹子武所刊也"而云："抄书是六个人的事，校书则似乎只是冯舒一个人的事情。"② 对冯班是否与冯舒一起校定此书提出质疑。要想论定冯班抄本《玉台新咏》的价值，首先要解

---

① 谈蓓芳：《〈玉台新咏〉版本补考》，《上海师范大学学报》(哲学社会科学版)，2006 年 1 月。

② 陈望南：《海虞二冯研究》。陈君于此书中亦认为冯班校《玉台新咏》当为事实，只是对二人是否一同校定存疑。

决学界的两点质疑，一是冯班是否校过《玉台新咏》？一是冯鳌刻本《玉台新咏》是否为伪造？

（一）冯班是否校过《玉台新咏》

《四库全书总目》卷一百九十一《冯氏校定玉台新咏十卷》提要云："国朝冯舒所校，其犹子武所刊也。"但《四库总目》此说，只是肯定了冯舒校书的事实，于冯班是否校过《玉台新咏》并未提及。冯班跋文有"己巳（明崇祯二年，公元1629年）之冬，获宋本于平原赵灵均，回重录之如右"云云，知冯班曾于己巳（明崇祯二年，公元1629年）往赵灵均处抄录《玉台新咏》，并为之"重录"，此抄本现存国家图书馆①。此点正可和冯舒序中"己巳早春，闻有宋刻在寒山赵灵均所，乃于是冬挈我执友，偕我令弟，造于其庐"之语相印证。可知冯班确曾于崇祯二年与兄舒共同抄录《玉台新咏》。

从现有资料来看，冯班不仅抄录《玉台新咏》，并且多次校定，且对其进行圈点。国家图书馆藏崇祯二年冯班抄本之跋文，对此做过介绍："己巳冬，方甚寒，燃烛录此，不能无亥豕。壬申春，重假原本，士龙与余共勘二日而毕，凡正定若干字，其宋板有□则仍之云。""己丑岁，借得宋刻本校过一次。……小年兄弟，多学玉溪生作俪语，偶读是集，因摘其艳语可用者，以虚点志之。"可知冯班于己巳冬（明崇祯二年，公元1629年）抄录此书，并于壬申春（明崇祯五年，公元1632年）、己丑岁（清顺治六年，公元1649年）先后两次校定过此书，并对其做了圈点。法顶（孙潜）跋，曰："辛卯（清顺治八年，公元1651年）三月一日，假冯氏校定本对读，不独辨其鲁鱼，且并存其字体，至三日早晨讫。"于此虽不能确定冯氏即为冯班，但毂道人（叶树廉）的跋文中却有明确指称："是月十五日，借孙本对录异同，亦照冯本参量圈点，增其不足，广其所用，藏之箧中，俾补吟咏。……孙即法顶，冯即二痴。"而且从后来学者记录的情况来看，亦可知冯班曾校过此书。程琰跋曰："灵均赵氏仿宋椠板，虞山二冯校正之，最为善本。"钱孙艾跋曰："定远此本甚善。"可知冯班校订过《玉台新咏》当为无误。

另，从冯氏二兄弟记载此书的版本情况，也可见些端倪。

冯舒云：

---

①　关于此书是否出于冯班之手，可参看谈蓓芳，《〈玉台新咏〉版本补考》，《上海师范大学学报》（哲学社会科学版），2006年1月。

　　此书今世所行，共有四本：一为五云溪馆活字本；一为华允刚兰雪堂活字本；一为华亭杨元钥本；一为归安茅氏重刻本。活字本不知的出何时，后有嘉定乙亥永嘉陈玉父序，小为朴雅，伪谬横出矣；华氏本刻于正德甲戌，大率是杨本之祖；杨本出万历中，则又以华本意掺者；茅本一本华亭，误逾三写。

　　冯班云：

　　是书近世凡有三本：一为华亭杨玄钥本，一为归安茅氏本，一为袁宏道评本。归茅、袁皆出于杨书，乃后人所删益也，是本□其□书，后人有得此者，其审□□□常熟冯班者也。

　　从上文可知，冯班曾于万历年间见过五云溪本，后"又见华氏活字本于赵灵均，华本视五云溪馆颇有改易，为稍下矣。然较之杨、茅则尚为旧书也"。兄弟二人关于此书的版本记录情况基本相同。五云溪本为最早，华氏活字本出自五云溪本而稍下，华亭杨本从华氏活字本而来，而茅本又出于华亭杨本。冯班如没有亲见这几种本子，则很难理出如此清晰的版本源流。
　　冯舒与冯班很可能并未一起校书，两本单行。冯武刊刻之本很可能是冯舒校本；上引毂道人跋文特指参照冯班本校点，而非冯舒校本。又冯鳌序言，曰：

　　集向藏之钱遵王斋中。壬辰夏友人持示，谓是固君家故物也，因思此书自默庵公校对之时，广搜博考，剧费苦心，而自归钱氏，诸同人每以不见为恨。然美玉蕴而韬光，骊珠藏而匿采，若秘而不宣，雅非公之初衷。予既得是书，狂喜累日，亟思传播，未暇开雕。今春借窗道院，稍理旧业，适俗冗纠纷，又无闲暇。思所为自竟其志，以竟前人之志者，毋乃竟成画饼乎？端阳后偶得汲古阁藏本，字句一遵宋刻，复有黄笔点定，翻阅后跋，知为钝吟公笔也。因更觅赵氏、杨氏本，查核校对，使无余恨。至有讹谬不可从处，悉依默庵公正之，金根略辨，因谋登梓，庶使读是诗者开卷了然，无虞乖错，则两公垂教之思，于此亦见一斑也已。

　　可知，冯鳌先后见了两种冯氏校订本，先为冯舒校本，后为冯班校点本。后将两本合为一本刊刻。而四库馆臣所见冯武刻本，就很有可能是冯舒校本，而非冯班校本，才有上言。

（二）冯鳌刻本是否为伪造

关于谈蓓芳教授对冯鳌刻本提出的三点质疑，我认为尚有商榷的必要，如下。

首先，辨析冯鳌刻本所录冯舒序文与《常熟二冯先生集》之《重校玉台新咏序》相异的问题。

冯鳌刻本所录冯舒序云：

> 此书今世所行，共有四本：一为五云溪馆活字本，一为华允刚兰雪堂活字本，一为华亭杨元钥本，一为归安茅氏重刻本。活字本不知的出何时，后有嘉定乙亥永嘉陈玉父序，小为朴雅，讹谬横出矣。华氏本刻于正德甲戌，大率是杨本之祖。杨本出万历中，则又以华本意搀者。茅本一本华亭，误逾三写。尝忆小年侍先府君，每疑此集缘本东朝，事先天监，何缘子山窜入北之篇，孝穆滥挐笺之曲，意欲谛正，时无善本，良用怃然。己巳早春，闻有宋刻在寒山赵灵均所，乃于是冬挈我执友，偕我令弟，造于其庐，既得奉观，欣同传璧。于时也，素雪覆阶，寒凌触研，合六人之功，抄之四日夜而毕。饥无暇咽，或资酒暖；寒忘堕指，唯忧烛灭。不知者以为狂人，知音亦诧为好事矣。所憾者，寻较不精，时起同异，误自适于通人，疑未绝于愚口。敬遵先志，参其得失。见闻不广，敢矜三豕之奇；心目略穷，自盈偃鼠之腹。上党冯舒默庵述。

其较《常熟二冯先生集》之《重校玉台新咏序》多出"挈我执友，偕我令弟"，而无"凡七十三番，番三十行，行三十字"。并缺"谨护序之如左。较钉此书，一以宋刻本为正。如'慄'之为'僳'，'莞'之为'苑'，'迢'之为'苕'，自是世手传写随世改例，知者自不烦言，故《真诰》注云：'溧'字或应作'溧'。潘安仁《关中记》云：因'苕'为名。李善注《文选》，俱作'苕苕'。事证的的，非愚臆说也。陶隐居云：字有不得体者，于理乃应治易，要宜全其本迹，廓之而注于下。义既为长，取以为例。宋本之善十九，俗本之善百一。凡今所笺，正是宋本之可疑者耳。俗本事例大乖，殆可忿笑，若不悟斯理者，便是不能灵知，亦可无烦诵读，并所略焉。"谈文据此认为，冯鳌刻本冯序与《重校玉台新咏序文》的不同，"显然不是由于它（冯鳌刻本）比《默庵遗稿》（《常熟二冯先生集》）本可靠，而是因为《默庵遗稿》本中的那两段有力地拆穿了冯鳌本的伪造，所以把它删去了。"①

　　王应奎《海虞诗苑小传》卷一载："（冯舒）著有《默庵遗稿》八卷，钱宗伯为序。"② 国家图书馆现存的康熙世爻堂本《默庵遗稿》亦为八卷，无卷九、卷十，更无此篇序文。《常熟二冯先生集》之《默庵遗稿》的卷九、卷十，乃为民国时期张鸿搜集补入，其真实性和可靠性本就值得怀疑；而冯鳌刻本刊刻于康熙年间，从时间上言，也远早于张鸿重辑本。哪本更为可靠不言自知。又冯鳌刻本中序虽缺此二段，然其《凡例》言：

　　默庵公较订此书一以宋刻本为正，如"慄"之为"慄"、"芫"之为"苑"、"迢"之为"苕"，自是世手传写随世改例。知者不烦言，故《真诰·注》云，"漂"字或应作"溧"。《五经文字》云，"苑菀"。并于阮《反说文》以"苑"为"苑囿"字。今则通用李善注《文选》，俱作"苕苕"。事证显然，非臆说也。陶隐居云：字有不得体者，于理乃应治易，要宜全其本迹，郭之向注于下。义即为长，取以为例。

　　虽与《重校玉台新咏序》有些出入，如冯序"慄"之为"傈"，凡例言"慄"之为"慄"；冯序云"《真诰·注》云：'溧'字或应作'溧'。潘安仁《关中记》云：因'苕'为名。李善注《文选》，俱作'苕苕'。事证的的，非愚臆说也。"《凡例》云"《真诰·注》云：'漂'字或应作'溧'。《五经文字》云：'苑菀'。并于阮《反说文》以'苑'为'苑囿'字。今则通用李善注《文选》，俱作'苕苕'。事证显然，非臆说也。"冯序云"廓之而注于下"，凡例云"郭之向注于下"。虽个别字句和所用书目有异，然传递出来的信息却是相同的。即冯舒校订此书以宋本为准，遇有异文，全部依照宋本，而以别本注之于下。如果冯鳌有意删改冯舒的序文，断不会于凡例中加以说明。冯鳌本刊刻于康熙五十三年（1714），而《常熟二冯先生集》乃于1925年张鸿搜集补录。所以不能排除张鸿据冯鳌刻本凡例改造加工冯舒序的可能性。

　　其次，辨析冯鳌刻本所引冯班跋文与冯班抄本跋文相异的问题。

　　冯鳌刻本所录冯班跋曰：

---

① 谈蓓芳：《〈玉台新咏〉版本补考》，《上海师范大学学报》（哲学社会科学版），2006年1月。
② 参见王应奎：《海虞诗苑》，古处堂本。

己丑岁，借得宋刻本校过一次。宋刻讹谬甚多，赵氏所改，得失相半，姑两存之，不敢妄断。至于行款，则宋刻参差不一，赵氏已整齐一番矣。宋刻是麻沙本，故不佳。旧赵灵均物，今归钱遵王。小年兄弟，多学玉溪生作俪语，偶读是集，因摘其艳语可用者，以虚点志之。冯二痴记。

冯班抄本无，另有三篇如下：

己巳之冬，获宋本于平原赵灵均，回，重录之如右。是书近世凡有三本：一为华亭杨玄钥本，一为归安茅氏本，一为袁宏道评本。归茅、袁皆出于杨书，乃后人所删益也，是本□其□书，后人有得此者，其审□□□常熟冯班者也。壬申春日识此。

己巳冬，方甚寒，燃烛录此，不能无亥豕。壬申春，重假原本，士龙与余共勘二日而毕，凡正定若干字，其宋板有□则仍之云。冯班再记于确庵之北窗。

余十六岁时，常见五云溪活字本于孙氏，后有宋人一序，甚雅质。今年又见华氏活字本于赵灵均，华本视五云溪馆颇有改易，为稍下矣。然较之杨、茅则尚为旧书也。闻湖广李氏有别本宋板，甚精，交臂失之，殊为怅恨也。班又识。

谈蓓芳云：冯鳌刻本的跋文与"冯班抄本《玉台新咏》卷末的跋语大异其趣，其为伪造不言可知"，并指出："钱曾并未藏有宋本《玉台新咏》。"

那么就先来分析一下冯鳌刻本的此段冯班跋语。

1. 台北国立中央图书馆藏有明崇祯六年赵氏复刊宋陈玉父本《玉台新咏》，清叶树廉过录了冯班的此段跋语。除"偶"作"因"、"因"作"并"、"冯二痴记"作"二痴"外，其余全同。叶树廉生于1619年，卒于1685年，而冯鳌本刊刻于康熙五十三年即1714年，则叶树廉抄录的冯班跋语的时间，要早于冯鳌刻本，可以排除叶树廉据冯鳌刻本抄录冯班跋语的可能。进而言之，在冯鳌刻本之前，冯班的此段跋语即已存在，断非冯鳌伪造。

2. 冯班所云宋本"讹谬甚多"的特征，符合陈玉父记录的宋本情况。陈玉父跋云：

右《玉台新咏集》十卷，幼时至外家李氏，于废书中得之，旧京本也。宋已失一叶，间复多错谬，版亦时有剜者。欲求他本是正，多不获。嘉定乙亥，在会稽，始从人借得豫章刻本，才五卷。盖至刻者中徙，故弗毕也。又闻有得石氏所藏录本者，复求观之，以补亡校脱。于是其书复全，可缮写。

宋本为旧京本、嘉定豫章残本、石氏藏本三本整合的结果，其间错谬之多，亦可想见。

3. 冯鳌刻本的冯班跋语与冯班抄本的跋语为互证的关系。冯班抄本跋语称冯班曾于己巳冬（1629）抄录《玉台新咏》并于壬申春（1631）据宋本校订。冯鳌刻本冯班跋语称冯班于己丑（1649）借宋刻再校一次，其当为冯班校书的继续。又冯班抄本之翁同书的跋文中言："二冯先生曾就灵均手抄，世有行本，默庵一跋，定远一跋，定远跋与此不同，而可以互证。"可见，世行本的冯班跋文是与冯班抄本的跋文不同的，但确属"互证"关系①。

4. 冯鳌刻本的此段跋语与冯班抄本亦可相互印证。冯班跋云："宋刻讹谬甚多，赵氏所改，得失相半，姑两存之，不敢妄断。"而从冯班抄本本身来看，也确是如此。此书对宋本的异体字、误字乃至缺字都全部抄录，并常加盖椭圆形的"宋本"图章（此点与冯班抄本的跋语"凡正定若干字，其宋板有□则仍之云"相合）；抄写时的缺漏、错误，后据宋本改正补入的，也加盖"宋本"椭圆章。冯班抄本的"宋本"图章说明了两个问题：一是冯班抄本较好地保存了宋本的原貌；二是冯班抄录时对宋本的讹谬、缺失等存疑，加盖图章以示疑而不论。

5. 赵刻本之行款，确经赵氏整齐一番。从冯舒跋语和翁心存影冯知十影宋抄本来看，宋本当为"凡七十三番，番三十行，行三十字"。国家图书馆藏明崇祯六年（1633）赵均刻本虽亦为"番三十行，行十五字"，但无翁心存影冯知十抄本中的不应提行而提行和应该分段而不分之处。可知赵刻本于行款上在宋本的基础上加以"整齐划一"。此点亦合赵均刻本面目。

6. 钱曾曾藏有宋刻《玉台新咏》。

赵均跋称："（《玉台新咏》）凡为十卷，得诗七百六十九篇，世所通

①　翁同书作此跋于咸丰九年五月二十四日，其所云的世行本很可能就是冯鳌刻本或吴兆宜注本。两本都有冯鳌刻本所录冯班跋文，而无冯班抄本的三篇跋文。

行妄增，又几二百。惟庾子山《七夕》一诗，本集俱缺，独存此宋刻耳。虞山冯巳苍未见旧本时，常病此书原始梁朝，何缘子山窜入北之诗，孝穆滥擘笺之咏。此本则简文尚称皇太子，元帝亦称湘东王，可以明证。惟武帝之署梁朝，孝穆之列陈衔，并独不称名，此一经其子姓书，一为后人更定无疑也，得此始尽释群疑耳。"①钱曾《钱遵王读书敏求记校正》卷四云："《玉台新咏》集十卷。是集原本东朝，事先天监。流俗本妄增诗几二百首，遂至子山窜入北之篇，孝穆滥擘笺之曲（钰案此二语本冯舒），良可笑也。此本出自寒山赵氏，予得之于黄子羽。卷中简文帝尚称皇太子，元帝称湘东王，未改选录旧观。牧翁云：凡古书一经庸妄手，讹谬百出，便应付蜡车覆瓿，不独此集也。披览之余，复视牧翁跋语，为之掩卷怃然。"②钱曾直言其所藏本，出自寒山赵均，得之于黄子羽。且赵均和钱曾二人同时传递出了两个相同的信息，即：二人之藏本较世俗本少几二百首诗；简文帝尚称皇太子，梁元帝尚称湘东王。可知二人所云之本应为同一种本子。

　　从后人的记录中，亦可知钱曾曾藏有宋刻原本。叶启发跋曰："赵氏宋本后归虞山牧翁，庚寅火后，为其从子遵王所得，述古之藏，乃不知流于何所。"③傅增湘跋云："宋刻原本，自赵氏身后归于钱遵王，其后流传踪迹已不可知。"④可知，赵灵均所藏宋刻本曾归钱曾所有，只是后来佚失，踪迹全无。

　　7. 冯班确曾圈点过《玉台新咏》，且其圈点本得以流传。冯鳌刻本彀道人（叶树廉）跋曰："亦照冯本参量圈点，增其不足，广其所用，藏之箧中，俾补吟咏。"⑤又冯鳌刻本《凡例》中言："是书旧刻向无圈点。非阅者与作者之心吻合，不敢妄加评鉴。钝吟公读本，其圈点处别具手眼，特为标出，其空处亦仍其旧。"如其伪造冯班的跋文，势必也要伪造彀道人的跋文，我以为可能性不大。其果能如此细心，就不会留下诸多破绽引人质疑。王应奎《柳南随笔》卷五言："（冯班）其教人作诗，则以《才调集》《玉台新咏》二书。"⑥作为教科书，《才调集》有二冯的评

　　①　参见《玉台新咏》，明崇祯六年赵均刻本。

　　②　钱曾撰，管庭芳、章钰校正：《钱遵王读书敏求记校正》，《宋元明清书目题跋丛刊》，中华书局2006年版，卷四下，第215页下。

　　③　参见《玉台新咏》，明崇祯六年赵均刻本。

　　④　参见傅增湘：《藏园群书题记》，上海古籍出版社2008年版，第908页。

　　⑤　参见吴兆宜注本和国家图书馆藏的吴慈培抄录佚名校点的清抄本，亦有著录冯鳌刻本中的冯班跋文和叶树廉的跋文。

　　⑥　王应奎：《柳南随笔》，中华书局1983年版。

点,《玉台新咏》有圈点就不足为奇。而冯班"自束发受书,逮及壮岁,经业之暇,留心联绝。于时好事,多绮纨子弟会集之间,必有丝竹管弦,红妆夹坐,刻烛擘掌笺,尚于绮丽,以温李为范式"①。不仅本人喜作丽语,且影响了一代诗风。《四库全书总目》卷一百八十一《冯定远集》提要曰:"《才调集》外,又有《玉台新咏》评本。"所以说,在冯班抄本之外,当别有一冯班评点本《玉台新咏》,只是今不得见。

综上得出,冯鳌刻本中的冯班跋语并非冯鳌伪造。

再次,辨析冯鳌刻本内容与冯班抄本、翁心存影冯知十影宋本内容差异的问题。

刘跃进先生云:"此本(冯鳌刻本)与崇祯二年冯班抄本相近,而与赵均刻本相左。第一,其编排存古本之旧,在每位作家下标出篇目总数,如潘岳诗四首,下列各诗,与唐写本相近,唯无双行小注。第二,其编次分篇,也与赵本不同,如徐干《室思》一首,《杂诗》五首,如杨方《合欢诗》二首,《杂诗》五首,与赵本统作《杂诗》五首不同。"② 不过,冯鳌刻本并非全同于冯班抄本而左于赵均刻本,其亦有很多同于赵均刻本而左于冯班抄本和翁心存影冯知十影宋抄本处,以至于有学者质疑冯鳌刻本的真伪。③ 然冯班抄本抄于崇祯二年,至"崇祯十七年七月晦"就已经"索借颇多,遂为俗子涂改,中间差误已失抄时本来面目"④。何况冯鳌见时乃为康熙年间,时隔几十年,其间删改差误之处可以想见。

又从冯鳌跋文"至有讹谬不可从处,悉依默庵公正之",可知冯鳌刻本与冯班抄本不同之处,乃依冯舒抄校本。至于行款,冯舒抄本、翁心存影冯知十影宋抄本、明崇祯六年赵均刻本以及国家图书馆所藏的另一部清抄本均为"七十三番,番三十行,行三十字"。而冯班抄本为半页九行,行十九字,款式相异。因宋刻讹谬甚多,且行款不一,冯班在重录时加以调整。而冯鳌刻本亦为半页九行,行十九字,与冯班抄本同。

冯知十是否与冯舒、冯班同往赵灵均处抄录尚不可知,其抄本是否据冯舒抄本亦未可知。冯舒抄本已不可见,冯班抄本、冯知十抄本虽与其同源,但当时抄录时就有"同异",又几经校订,在流传过程中又几经删改,已失原貌。所以也很难据二本来推见冯舒抄校本全貌,亦很难据

①　冯班:《同人拟西昆体诗·序》,《钝吟老人遗稿》,清康熙刻本。
②　刘跃进:《玉台新咏研究》,中华书局 2007 年版,第 33 页。
③　谈蓓芳:《〈玉台新咏〉版本补考》,《上海师范大学学报》(哲学社会科学版),2006 年 1 月。
④　参见《玉台新咏》,钱孙艾跋,明崇祯二年冯班抄本。

此二本来论定冯鳌刻本的真伪。

至于冯鳌刻本与冯班抄本和冯知十抄本的一些差异，可能于冯舒抄校本中就存在，乃或流传过程中经过删改，甚或冯鳌刊刻时加以窜改。按冯舒跋语和冯鳌的《凡例》，此书应该一依宋刻，故正文中应以宋刻为主，而校注应为"某本作某"的形式。冯鳌刻本却多处校注"宋本作某"，与冯舒序言不合。如卷一《为焦仲卿妻作》诗"喜戏莫相忘"句"喜"字下小字双行注"宋本作嬉"，冯班抄本和翁抄本均作"喜"，赵刻本作"嬉"；又"寻遣承请还"句，"承"字下小字双行注"宋本作丞"，冯班抄本和翁抄本均作"承"，赵刻本和活字本作"丞"。又如卷二阮籍《咏怀诗》"声折似秋霜"句之"声"字下，小字双行注"宋本作盘"，冯班抄本和翁抄本均作"声"，赵刻本作"盘"；又如卷二张华《情诗》"连娟眄与眉"句"娟"字下，小字双行注"宋本作媚"，冯班抄本和翁抄本均作"娟"，赵刻本作"媚"……冯鳌刻本不见"赵刻本作某"类似字样，而多处作"宋本作某"之字与赵刻本同，故很可能冯鳌校刻《玉台新咏》时将原本依据赵刻本作的校注，却以"宋本作某"的形式出之①。又冯鳌曾参校杨本，其中很多与冯班抄本不同之处却与杨本相同，可以猜想，冯鳌参校杨本之时，只是部分以"一本作某"出之，如卷二左思《娇女诗》"衣被皆重地"句之"地"字下，小字双行注"宋本作池，一作施"，冯班抄本和翁抄本皆作"地"，赵本作"池"，杨本作"施"；又如卷三陆机《艳歌行》"彩色若可餐"句之"彩"字下，小字双行注"一作秀"，冯班抄本和翁抄本作"彩"，杨本作"秀"……又有部分并未出校语，而是直接校改，如卷二曹植《情诗》"翔鸟鸣翠隅"句之"隅"字，冯班抄本和翁抄本均作"偶"，杨本作"隅"；又"游目四野外"句之"目"字，冯班抄本和翁抄本均作"自"，杨本作"目"；又如卷三陆机《艳歌行》"窈窕多容仪"句之"窈窕"，冯班抄本和翁抄本作"窕窈"，杨本作"窈窕"……所以，我们可以肯定，冯鳌在校刻《玉台新咏》时，曾以赵刻本和杨刻本部分删改了冯舒抄本和冯班圈点本，以至于出现冯鳌刻本中多处或同于杨本、或同于赵本而异于冯班抄本和翁抄本。

综之，冯班抄本和冯鳌刻本有很多相异之处，且现存之冯班抄本未

---

① 从此做法亦可知，上文所引冯鳌刻本中的冯班跋语不可能为冯鳌伪造。冯班称"宋刻讹谬甚多，赵氏所改，得失相半"，明确指出了赵刻本与宋本并非一本，赵刻本虽以宋本为底本，但赵均对宋本进行了改正，且其所改得失参半。如冯鳌刻本的冯班跋语为冯鳌伪造，则其断不会在明知赵刻本非宋本的情况下，再据赵刻本校书，并以"宋本作某"的字样出之。

有圈点痕迹，可以排除冯鳌据冯班抄本刊刻之可能，则冯鳌刻本之底本为冯班抄本之外的另一校点本。不过冯班抄本虽非冯鳌刻本之底本，然除冯班抄本无圈点外，冯班抄本与冯班校点本之间差异应该不会太大。虽然冯鳌刻本与冯班抄本之间的差异，易导致我们质疑冯鳌刻本之真实性。不过，冯鳌刻本之冯舒序言和冯班跋语虽与《常熟二冯先生集》和冯班抄本不尽相同，然冯鳌刻本之冯舒序和冯班跋语，并非冯鳌伪造；冯鳌刻本虽部分掺入了冯鳌的校语，未能很好保存冯舒校本和冯班校点本原貌，但还是有一定的版本依据的，绝非冯鳌伪造。

（三）冯氏抄校本《玉台新咏》和冯鳌刻本《玉台新咏》的价值

冯氏兄弟三人先后都曾抄录过《玉台新咏》，冯舒抄校本现已不存，可考《四库全书总目提要》的著录；冯班抄本现存国家图书馆；冯彦渊抄本不存，国家图书馆藏有翁心存影冯知十抄本。

关于冯氏抄本《玉台新咏》的学术价值，《玉台新咏》历代跋语中多有论述。如翁同书云："藏书家最重常熟派，定远与陆敕先尤喜手抄。二百年来，典型具在。"① 钱孙艾云："定远此本甚善，较之茅、袁两刻之谬，可谓顿还旧观矣。"②程琰云："灵均赵氏仿宋椠板，虞山二冯校正之，最为善本。"纪昀云："自明以来无善本，赵灵均之所刻，冯默庵之所校，悉以嘉定宋刻为鼻祖。"③《四库全书总目》卷一百九十一云："舒此本，即据嘉定本为主，而以诸本参核之。较诸本为善。"而且冯舒校本常为后人判定版本的参考依据，如《四库总目》判定左克明的《古乐府》时说："冯舒校《玉台新咏》于《焦仲卿妻》诗'守节情不移'句下注曰：按活本、杨本，此句下有'贱妾留空房，相见常日稀'二句。检郭、左二乐府并无之。今考此本乃已有此二句，知正文亦为重刻所改，不止私增其解题矣。"

对校冯班抄本与翁心存影冯知十抄本，两本除由抄写之时疏忽所致的个别差异外，基本相同，当同出一源。在现存各本《玉台新咏》之中，直接来源自宋本的惟有冯班抄本和赵均刻本，翁抄本虽未直接抄自宋刻，却可能抄自直接来源宋刻的冯舒抄本。三本之中，赵均刻本缺漏甚多，此点已经谈蓓芳教授细致考辨，可参见其《〈玉台新咏〉考》和《〈玉台新咏〉补考》二文，我不再赘述。而冯班抄本和翁抄本二本可以互证，并

---

① 参见《玉台新咏》，明崇祯二年冯班钞本。

② 本文引用跋文，凡不标出处者，均依据吴兆宜注，程琰删补，穆克宏点校《玉台新咏笺注》，中华书局 1999 年版。

③ 参见纪昀：《玉台新咏校正》，清缃英书屋钞本。

见宋刻之面貌，又冯班抄本之中加盖诸多"宋本"腰圆印，可以明见宋本之原字，其价值自非别本可比。

冯鳌于康熙五十三年将冯舒校本与冯班校点本合二为一，刊刻面世。冯鳌合刻本一出，就获得广泛关注。华绮更称此本的流传盛况，并重刻之以弥补学者之憾。"《玉台新咏》十卷，自汉魏迄梁，作者具备，诗多《文选》中所未登。唐人渊源，皆出于此。……虞山冯默庵复搜罗辩证，为之校订，系以点次者。其弟钝吟手眼亦异。我朝康熙甲午冯冠山曾刻之吴中，四方争购……承学者每以不见为憾，余因于暇日手校默庵原本，重刻以传之。"正如上文所说冯鳌刻本存有诸多擅改之处，已失冯班抄本原貌，然其合刻冯舒校本和冯班校点本两本，在冯舒抄校本佚失的情况下，此本并冯班抄本和翁心存抄本在探寻冯舒本之面貌上都具有一定的价值；又冯班之圈点，此本仅存，则冯鳌刻本之价值亦不容忽视。《玉台新咏》因冯氏兄弟的抄校得以保存宋本原貌，并通过冯鳌刻本得以广为流传，而冯氏兄弟亦因此书奠定了二人于古籍整理、校勘领域的地位，并通过冯鳌刻本得以广为流传。

二、《文心雕龙》

学界关于《文心雕龙》的研究已经取得了突破性的进展，詹锳先生的《文心雕龙义证》一书对《文心雕龙》的各大馆藏版本均有详细的介绍，为我们研究《文心雕龙》提供了很大的便利。然而冯舒、冯班兄弟均曾校定《文心雕龙》，且冯班还据钱功甫抄本抄录过。《义证》一书对冯舒校本《文心雕龙》的版本特征给予了详细介绍，却未提冯班抄本。本文在詹先生的研究基础上，补录冯班抄本和冯舒校本的一些特征；考证冯班抄本乃其亲笔手书，而非伪造；论定二冯抄校本《文心雕龙》版本学价值。

（一）冯班抄本和冯舒校本《文心雕龙》的版本介绍

1. 冯班抄本《文心雕龙》

明天启四年冯班抄本，半页九行，行二十字，左右双边，黑口，单鱼尾，常熟图书馆藏。首目录、次正文、卷末抄录钱允治题识，冯班并跋曰：

按此书至正乙未刻于嘉禾，弘治甲子刻于吴门，嘉靖庚子刻于新安，辛卯刻于建安，癸卯又刻于新安，万历己酉刻于南昌。至《隐秀》一篇，均之阙如也。余从阮华山得宋本抄补，始为完书。甲寅（1614）七月廿四日，书于南宫坊之新居，钱功甫记。

功父名允治，厥考穀，传世好书，所藏精而富，今则散为云烟矣。余从钱牧斋得是书。前有元人一叙，极为可嗤，因去之而重加缮写。其间讹字尚多，不更是正，贵存其旧云。冯班。（班印）

2. 冯舒校本《文心雕龙》

明天启七年谢恒抄本，冯舒校跋，半页九行，行二十字，四周单边，黑口，单鱼尾，国家图书馆藏。前有《文心雕龙目录》，次正文，卷末抄录朱谋㙔（土韦）跋和钱功甫跋（作"文心雕龙跋"），次冯舒跋语，尾页书"壬寅腊月望后重装"。目录首页有"文瑞楼①""季振宜②藏书""铁琴铜剑楼"诸印章；卷一首页有"文瑞楼""铁琴铜剑楼""上党""上党冯氏藏书""空居阁藏书记"五枚印识；卷十末有"上党冯氏藏书""铁琴铜剑楼"二枚印识。冯舒校本曾经瞿氏铁琴铜剑楼、季振宜、金氏文瑞楼收藏。

冯舒抄录朱郁仪跋和钱功甫跋，并手跋于后，钱功甫跋已见冯班抄本，现录朱谋㙔跋和冯舒跋，如下：

往余弱冠，日手抄《文心雕龙》，讽味不舍昼夜，恒苦无善本，传写伪漏，遂注意校雠。往来三十余年，参考《御览》《玉海》诸籍，并据目力所及，补完改正，共三百二十余字。如《隐秀》一篇，脱数百字不复可补，他处尚有伪误，所见吴、歙、浙本，大略皆然。虽有数处改补，未若予此本之最善矣。俟再咨访博雅君子，增益所未备者而梓传之，亦刘氏之忠臣，艺苑之功臣哉！万历癸巳（1593）六月日，南州朱谋㙔③跋。

功甫，讳允治，郡人也。厥考讳穀，藏书至多，功甫卒，其书遂散

---

① 文瑞堂：清嘉庆时浙江桐乡人金檀的藏书楼名。檀喜藏书，尤以明人集部为多，有《文瑞楼书目》。

② 季振宜（1630—1674），字诜兮，号沧苇，明末清初泰兴县季家市（今靖江市季市镇）人，著名的藏书家、版本学家、校勘家。他曾将所藏宋版书编录成《延令宋版书目》（又名《季沧苇书目》），后由乾隆时人、校勘家黄丕烈刻印传世。藏书印有"宋本""御史之章""紫玉元居宝刻""季沧苇图书记""沧苇""季振宜读书""季振宜字诜兮号沧苇""季振宜藏书"等。

③ 朱谋㙔，字郁仪，豫章（今江西南昌）人，明金石学家、藏书家。宁献王朱权七世孙，封镇国中尉，摄石城王府事。通晓朝廷典故，藏书甚多。所著有《六书贯玉》等书；又考订大禹碑、周宣石鼓、比干墓铭，手自临摹而加以诠释，名为《三古文释》；另有《诗故》《春秋戴记》《鲁论笺》等百种；诗文有《积园近稿》等。

为云烟矣。余所得《毘陵集》《阳春录》《简斋词》《啸堂集古》，皆其物也。岁丁卯（天启七年，1627），予从牧斋借得此本，因乞友人谢行甫（恒）录之。录毕，阅完，因识此。其《隐秀》一篇，恐遂多传于世，聊自录之。八月十六日，屏守居士记。

南都有谢耳兆①（兆申）校本，则又从牧斋所得本，而附以诸家之是正者也。雠对颇劳，鉴裁殊乏，惟云朱改，则必凿凿可据。今亦列之上方。闻耳兆借之牧斋，时牧斋虽以钱本与之，而秘《隐秀》一篇，故别篇颇同此本，而第八卷独缺，今而后始无憾矣。（"上党冯舒"之印）

丁卯（天启七年，1627）中秋日阅始，十八日始终卷。此本一依功甫原本，不改一字，即有确然知其误者，亦列之卷端，不敢自矜一隙，短损前贤也。屏守居士识。（"上党冯舒"、"冯巳苍手校本"印）

《太平御览》六百八卷有论学一段，此本所缺。（涂抹，后书"此抱朴子也，刻本误耳。钱本在第七卷。"）五百九十八卷又有契券替三条亦缺。（涂抹，后书"并有"。）

崇祯甲戌（1634）借得钱牧斋赵氏抄本《太平御览》，又校得数百字。

（二）　冯班抄本的真实性

冯班抄本，明清诸家书目并无著录，所以我们在进行评述之前，首先要证明此本乃冯班亲笔手书，而非伪造。陈先行先生在《明清稿抄校本鉴定》一书中，指出鉴定批校本可以依据字体、印章、避讳字、题跋和文字内容的考订等②。下面我们就从字体、印章等方面证明冯班抄本的真实性。

第一，从字体而言，冯班抄本《文心雕龙》与目前所藏其他冯班抄本并手跋字迹并无违戾。冯班抄本及手书题跋，除《文心雕龙》外尚有存者，如国家图书馆藏有明崇祯二年冯班抄本《玉台新咏》、《西昆酬唱集》以及冯班跋明张敏卿抄本《贾浪仙长江集》，上海图书馆藏有明崇祯三年冯班抄本《王右丞集》等，笔迹与此本可相互印证。现取冯班抄本《文心雕龙》和《王右丞集》的书影录之如下，以资参证。

---

① 谢耳兆：谢兆申（？—1629），字伯元，一作保元，号耳北，又号太弋山樵，邵武（今属福建）人，明藏书家、文学家。著有《谢兆申诗文稿》8 卷，文集 16 卷，合称《谢耳北诗文集》。

② 陈先行、石菲：《明清稿抄校本鉴定》，上海古籍出版社 2009 年版，第 89—99 页。

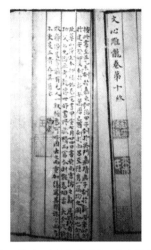

冯班抄本《文心雕龙》冯班跋语　　　　　　冯班抄本《文心雕龙》

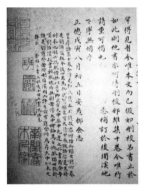

冯班抄本《王右丞集》　　　　　　　　冯班抄本《文心雕龙》
冯班跋语　　　　　　　　　　　"班""一字虎"印

　　第二，从印章上言，冯班抄本《文心雕龙》"班""一字虎"印与冯班其他抄本的印章可以相互比对，并非别人伪造。"班""一字虎"印，均见于冯班抄本《王右丞集》，"班"印并见于冯班抄本《玉台新咏》、冯班家抄本《白莲集》等。现将几本的"班"和"一字虎"印章分别影录于此，此供参证。（见上）

　　第三，从文字内容上言，冯班抄本和冯舒校本可以相互印证，则冯班抄本出自钱功甫抄本当为无误。首先，冯班和冯舒均言钱功甫藏书甚富，死后则化为云烟，钱功甫抄本《文心雕龙》获之于钱牧斋所，来源为一。其次，对校冯班抄本和冯舒校本，两本除偶然抄写错误之处外，行款、内容大体相同。此是二本来源为一的最有力凭证。最后，冯班和冯舒均称冯班抄本和谢行甫抄本均以钱功甫抄本为正，确然知其错者亦照录不改，以存其旧。从两本的实际情况来看，确实如此。如卷二《征圣》篇两本均作"以立辞为功"，冯舒校云"立当作文"；两本皆作"妙极机神"，冯舒校云"机当作几"；两本在"必征于圣"和"必宗于经"之间空四字，冯舒校补云"各本俱缺四字，杨增稚圭劝学"；两本皆作"虽欲此言圣弗可"，冯舒校云"此言当作訾"……

综之，冯班抄本《文心雕龙》乃冯班亲笔手书，并非别人伪造。且此书笔墨精良，朱笔校定历历可见，堪称精品。

（三）二冯抄校本《文心雕龙》的价值

现在我们能看到《文心雕龙》最早的版本为上海图书馆藏元至正十五年（1355）刊本。此本错简较多，如《隐秀》篇，自"而澜表方圆"句后接"风动秋草"，中间脱四百余字；《序志》篇在"则尝夜梦执丹漆之礼器"下接"观澜而索源"，中间脱三百二十二字。明代凡经几刻，《隐秀》一篇均缺文：如国家图书馆藏明弘治十七年冯允中刻活字本、北京大学藏嘉靖十九年（1504）汪一元私淑轩刻本之《隐秀》篇和《序志》篇缺文和元至正刻本同；北京图书馆藏嘉靖二十二年（1543）畲诲刻本之《隐秀》篇亦缺，《序志》篇为补录。

可见《隐秀》一篇，明初即已缺失，明初诸家所刻之本均阙如。后钱功甫偶得宋本，据宋本补录之缺文。梅庆生注本亦据钱功甫所藏宋本补充缺文，天启二年（1622）曹批梅庆生第六次校定本之朱郁仪跋，曰："《隐秀》中脱数百字，旁求不得，梅子庚既以注而梓之。万历乙卯（1615）夏，海虞许子洽于钱功甫万卷楼检得宋刻，适存此篇，喜而录之，来过南州，出以示余，遂成完璧，因写寄子庚补梓焉。子洽名重熙，博奥士也。原本尚缺十三字，世必再有别本可续补者。"此本现存天津图书馆。后钱功甫写本为钱谦益所得，冯班于天启四年（1624）抄录钱功甫本《文心雕龙》十卷，除个别字缺失，大体补完《隐秀》缺文，并据《太平御览》校；冯舒于天启七年（1627）请谢恒抄录钱功甫抄本，并据《太平御览》、谢耳伯本校定，亦补《隐秀》缺文。

从三本的跋语来看，三本《隐秀》缺文来源为一，均出自钱功甫抄本。再考《隐秀》一文，梅本和冯舒校本、冯班抄本，除个别字略有不同外，大体相同。则三本之《隐秀》之缺文，均出之钱功甫抄本当无疑问。不过，三本之中，梅本只有《隐秀》缺文来自钱功甫藏宋刻本，冯舒校本和冯班抄本均直接来自钱功甫抄本。所以二冯抄校本《文心雕龙》

无疑是考察钱功甫抄本面目的最好版本，进一步说两本亦为我们考察《文心雕龙》宋本原貌提供了线索。

然而历来关于冯抄校本的价值，诸家论定相异：

《铁琴铜剑楼藏书目录》云：

> 是书《隐秀》一篇，元至正乙未刻于嘉禾者已缺，以后诸刻仍之。自钱功甫从阮华山得宋本补足，方有完书。功甫本藏绛云楼，冯巳苍假以传录，上方朱笔较字，一仍功甫之旧。①

黄丕烈云：

> 冯巳苍手校本，藏同郡周香岩（锡瓒②）家。岁戊辰春，予校元刻毕，借此复之。冯本谓出于钱牧斋，牧斋出于功甫，则其抄必有自来矣。惜朱校纷如，即功甫面目已不能见。况功甫虽照宋椠增《隐秀》一篇，而通篇与宋椠是一是二，更难分别。古书不得原本，最未可信。《雕龙》其坐此累欤！③

从冯舒校本的校录情况来看，校改抄录时的错误，多直接在原字上涂改。如《明诗》篇，冯舒校本抄作"则明于图谶"，"明"字上朱笔校改为"萌"字；《乐府》篇冯舒校本抄作"于是武德兴岁"，"岁"字上朱笔涂改为"乎"字。遇与他本不同，字少者书于行间，如《诠赋》篇，冯舒校本抄作"极貌以穷文"，冯舒朱笔书"极"字旁一"声"字；《颂赞》篇，冯舒校本抄作"促而不旷"，冯舒朱笔书"旷"字旁"《御》广"……字多者书于页眉，如《乐府》篇，冯舒校本抄作"观其兆上"，冯舒朱笔校于页眉，曰"兆谢本作北"；《诠赋》篇，冯舒校本抄作"王扬骋其势翱翔"，冯舒朱笔校于页眉，曰"翔，曹学佺云，应作朔"；冯舒校本抄作"遂客至以首引"，冯舒朱校于页眉，曰"依《御览》改，遂客至览客主"……并未更改钱功甫抄本面目。

---

① 瞿镛：《铁琴铜剑楼藏书目录》卷二四，《宋元明清书目题跋丛刊》（十），清代卷第四册，中华书局2006年版，第376页。

② 周锡瓒（1742—1819），原名周赞，后改名周涟，再改现名。字仲涟，号香岩，又号漪塘，别号香岩居士。吴县（今江苏苏州）人。清代藏书家，藏书楼名"水月亭""香岩书屋""漱六楼"等，藏书印有"漱六楼""曰涟""周曰涟塘氏"等，著有《研六斋笔记》等。

③ 黄丕烈：《荛园藏书题识》卷一〇，《宋元明清书目题跋丛刊》（十三），清代卷第七册，中华书局2006年版，第244页。

况冯班抄本与冯舒校本同出一源，除个别字由于抄录时的疏漏而略有不同外，大体皆同。二冯之校语，也基本相同。如《乐府》篇，两本均抄作"殷牝思于西河"。冯班朱校云"牝，谢作整"，冯舒朱校云"牝，谢本作整"；《诠赋》篇，两本均抄作"招宇于楚辞也"，冯班朱校云"招，谢作拓"，冯舒朱校云"招宇，谢本作拓字"；《颂赞》篇两本均抄作"史班固书托赞褒贬"，冯班朱校云"史班书记以"，冯舒朱校云"《御》作史班书记以"……如从冯舒校本无法探寻钱功甫校宋本之面目，则冯舒校本与冯班抄本互见，即为易见易知。钱功甫本在钱谦益之后即已失传，而冯舒校本和冯班抄本均以钱本为底本，成为探寻钱功甫本乃至《文心雕龙》宋本的重要依据，其价值自不待言。虽然何焯曾指责冯舒，曰："巳苍以天启丁卯从宗伯借得，因乞友人谢行甫录之，其《隐秀》一篇，恐遂多传于世，聊自录之。则两公之用心颇近于隘，后之君子不可不以为戒。若余兄弟者，盖惟恐此篇传之不广或被淹没也。乙酉除夕呵冻记。"① 然《隐秀》一文，除梅本外幸得二冯抄录，才得以保存，私心或有之，然抄录之功亦不可泯灭。况二冯对抄本均做了精心的校勘，其文献价值自不待言，二冯于刘勰乃有功之臣也。

三、《白莲集》

（一）冯班抄本《白莲集》

《白莲集》十卷附《风骚旨格》一卷，为唐释齐己所撰，冯班曾抄校过此书。《四库全书总目》卷十五《居易录》，云："僧齐巳《白莲集》十卷、《风骚旨格》一卷，有荆南节度副使朝议郎检校秘书少监试御史赐紫金鱼袋孙光宪序，嘉靖己丑柳金跋，云元书北宋刻传世既久，淹灭首卷数字，当俟善本补完。与皎然、贯休三集并传之常熟冯班抄本。"惜冯班抄本现已不存，仅存冯班、何焯校本于国家图书馆，著录为："明末冯班家抄本（卷三、卷六配清抄本），清何焯校并跋，丁祖荫跋，半页九行，行十八字，左右双边，黑口，单鱼尾。"《白莲集序》及各卷卷首之"白莲"二字上均加盖"上党"印章，《风骚旨格》卷末加盖"上党冯氏私印""一字虎"印章。每卷卷首书"冯斑""冯彬""冯辩""冯贲""冯彪"等字，并有"钱曾之印""嘉荫""彭城"（钱沅）"汉月""光

---

①　参见南京图书馆藏沈岩临何焯批校本《文心雕龙》之何焯跋语。

宇"、"汪士钟藏"①"兆玮审定"（徐兆玮）"叶氏审研堂藏书之印"（叶树廉②）、"文登于氏小谟觞馆藏本"③诸枚印识。

卷一《送刘蜕秀才赴举》眉批云："第九卷中复有《送韩蜕秀才赴举》也。若一篇，则此诗不美，复愚作也。"

卷末何焯跋云："山谷称其十二郎见过绝句。此本无之。焯识。"

《风骚旨格》目录后，抄录柳佥跋语，云：

> 陈氏《直斋书解》云：唐僧齐己《白莲集》十卷，《风骚旨格》一卷，今兼得之，为合璧矣。元书北宋刻，传世既久，淹灭首卷数字，尚俟善本补完，与皎然、贯休三集并传。嘉靖八年（1529）岁己丑，金阊后学柳佥志。（以后各本均有此篇跋文）

柳佥跋后又有跋语，云：

> 柳佥字大中，所藏唐人诗集多善本。其人稍□于毛豹孙（文焕），祝希哲（允明）有《赠安愚柳大中诗》云："章甫玄端行秘书，穹窿山下竹林居。淫如玄晏道不远，愚似龙城乐有余。"盖畏荣好古之士也。

《风骚旨格》卷末何焯④跋曰：

---

　　①　汪士钟（1786—?），字春霆，号阆源，长洲（今苏州）人，清代藏书家。建"艺芸书舍"以藏书，有《艺芸书舍宋元本书目》，藏书印有"阆原父""阆源真赏""三十六峰园主人""艺芸主人"等。

　　②　叶树廉（1619—1685），一作树莲，又名万，字石君，号潜夫，别署鹤汀、清远堂主人、南阳毂道人，叶奕从弟，明末清初著名藏书家。建"朴学斋""归来草堂""怀峰山房"等藏书楼。藏书印有"归来草堂""南阳毂道人""金庭玉柱人家""古道自持""东洞庭山镇恶先生叶万字石君""胥江""审研堂""立本之印""树廉居士""镇恶""万经""东洞庭山镇恶先生叶万字石君""虞山怀峰山房叶氏鉴藏"等。著作有《朴学斋集》《续金石录》《论史石镜》《史记私论》《金石文随笔》等。

　　③　于昌进，字仲樽，号秋溟，山东文登人，清藏书家。早年曾得到著名藏书家黄丕烈的旧藏数十种，与著名藏书家杨以增等交往颇密。藏书楼为"小谟觞馆"，收藏图书甚多。藏书印有"文登于氏小谟觞馆藏本""谟觞馆""红药书庄""于氏东始山房""昌进收藏""于秋溟家秘本""于或山字仲樽印""文登于氏小谟觞馆审定善本""于昌进珍藏""于昌进鉴藏""不夜于氏藏书印""清俸买来""文登于氏小谟觞馆审定善本"等。

　　④　何焯（1661—1722），字润千，又字屺瞻，号义门，晚号茶仙，学者称其为"义门先生"，江苏长洲（今苏州）人。藏书楼为"赉砚斋""承筐书塾""碧筠草堂""德符堂"，藏书印有"语古小斋""憨闲老人""心好遗书性乐酒德""太学何生""不仕元后人""吴下狂生""义门藏书""汉节""家在凤岗之北""家在桃花西坞""闲官养不才""逍遥游""黄绢幼妇""香案小吏""直夫""文殊师利弟子""语古""吾师老庄"等。

《白莲集》十卷，定远先生所手校，后传入钱遵王家，蒋三扬孙①得之以赠余。余正素无善本，一旦得此书，遂居其甲，喜而识其所自。康熙壬申（1692）六月何焯记。

后又有一跋，惜墨色脱调严重，只能辨认几字。幸傅增湘先生曾藏有此本，抄录了何焯的两篇跋语，并云第一篇跋文为墨笔书写，第二篇跋文为黄笔书写。傅氏所录第一篇跋语，如本文所录，不缀。现据傅氏所载补录第二篇何焯跋文，曰："此本乃定远少年时所阅，虽优于汲古阁刊本，然亦未有宋刻精校。康熙戊子（1708）复借钱楚殷②（沅）架上牧斋旧藏本参校，庶为善本，可资后来学吟者涉猎矣。长至后五日灯下焯又书。（此跋黄笔）。"③

何焯跋后一页，有丁祖荫跋云：

《读书敏求记》云：《白莲集》十卷，北宋本影录，行间多脱字，牧翁以朱笔补完。又一本有柳金跋，附《风骚旨格》一卷，此即述古所藏之又一本也，义门向楚殷假校之。牧翁阅本即前本。钝吟少年所校，多从己意，得义门校宋书遂称善。每卷首冯氏辄书"斑"或"辩""贲"等字，取虎文之义，故小印曰"一字虎"也。王贻上《居易录》云：僧齐己《白莲集》十卷、《风骚旨格》一卷，有孙光宪序，嘉靖乙丑柳金跋，常熟冯班抄本。《香祖笔记》又云：齐己《白莲集》至今尚传，余尝见海虞冯氏写本，篇帙完好，略无缺佚。是此本抄于冯氏，藏于钱氏，转而入于蒋、于何，最后为汪、为于，藏庋源流历历可数。惟"汉月"一印，视冯略早。藏师入主三峰，乃在万历中叶。其果出于冯氏传写，抑为清凉旧帙，冯氏无辞，不足征也。戊午秋抄初园主人，识于密娱小阁。

此本曾经钱谦益、冯班、钱曾、钱沅、何焯、汪士钟、于昌进收藏，罗振常、傅增湘经眼。《善本书目所见录》卷四著录，曰：

《白莲集》十卷，附《风骚旨格》一卷，唐僧齐己撰，旧抄本。前有

---

① 参见蒋廷锡（1669—1732），字扬孙，又字酉君，号西谷、南沙、青桐居士，江苏常熟人。
② 参见钱沅（1650—1740），字楚殷，钱曾之子，有"彭城楚殷氏读书印""彭城世家""传家一卷帝王书"等藏书印。
③ 傅增湘：《藏园群书经眼录》，中华书局 1980 年版，第 1109 页。

荆南节度副使朝议郎检校秘书少监试御史赐紫金鱼袋孙光宪序（序多缺字），有朱、黄批校。黄笔为何义门校；朱笔并圈点，据义门跋，谓是定远。然每卷多有朱、墨署名：卷三署"冯斑"，卷四署"冯彬"，卷六署"冯彪"，卷七署"冯贲"，卷八、卷九署"冯斑"，《风骚旨格》署"冯彪"。九卷四"风骚旨格目录"后柳大中题记五行。藏印有"上邽"（朱方）、"汪士钟藏"（白长方）、"钱曾之印"（白方）、"汉月"（朱长方）、"光宇"（朱方）、"文登于氏小谟觞馆藏本"（白长）"彭城"（朱椭圆）、"一字虎"（"冯彪"、"冯斑"下皆有此印）、"忠孝之家"（竹圆作钱形中有孔）、"上邽冯氏私印"（朱方）。

《藏园群书经眼录》卷十二著录，曰：

《白莲集》十卷，附《风骚旨格》一卷，唐僧齐己撰，旧写本，九行十八字。钤有"上党冯氏私印""上党"各印。明冯班、清何焯手校。……钤有"钱曾之印""文登于氏小谟觞馆藏本"白长方印。（见于蝉隐庐、戊午）

《寒瘦山房鬻存善本书目》卷七，曰："（沅叔）称曾见义门校本，乃据牧翁所藏，又经定远手校，转入遵王家。惜沅叔未收。"

虽然此本曾经丁祖荫、罗振常、傅增湘等经眼，但从丁祖荫的跋语可知，其虽历数此本"抄于冯氏，藏于钱氏……"的藏庋源流，但对于此本是否为冯班手抄，还是持怀疑态度的。如丁氏所见，此本虽有冯班的印识和校语，然并无冯班跋语，且卷首有"汉月"和"光宇"两枚印识，似略早于冯班。丁祖荫于《夜坐》诗附纸曰："汉月禅师名法藏，字於密，无锡苏氏子，万历庚戌（三十八年）入主三峰。袁光宇，字元让，号养冲，万历丙戌进士（十四年），丙申卒（二十四年），尚在汉月来虞之先。"虽然丁祖荫对"汉月"之印提出质疑，然其出现在冯班抄录之后的可能性还是存在的。冯班生于1602，汉月来虞在1610年，彼时冯班8岁，虽尚年幼，然汉月卒于崇祯乙亥即1635年，时年冯班33岁。汉月入主三峰至其卒之间，冯班还是有可能与其交往的。故以"汉月"之印来验证此本非冯班所抄，实则站不住脚。然如"光宇"之印果出于袁光宇，其卒年为万历丙申（1616），时冯班尚且14岁，则此本为冯班抄录后由其经眼的可能性甚微。又，何焯和傅增湘皆言此为冯班校本，未提为冯班抄本，故很难论定此本为冯班抄录。另，此本之字体与国家图书馆藏冯班抄本《玉台新咏》和上海图书馆藏《王右丞集》迥异，非出自一人之手。故国家图书馆藏冯班家抄本，当非冯班亲笔手书之本，仅为冯班校本。

国家图书馆另藏两部《白莲集》有何焯跋语，与上文所录之语稍异。一本为明抄本，半页九行，行十八字，无格，每卷卷首和卷末皆有"何氏藏书"之印，目录后著录何焯跋语；又一本为张氏藏清抄本，半页十一行，行二十四字，无框格，无目录，孙光宪序后有何焯跋语。两段跋语相同，云：

此本乃嘉靖八年（1529）金阊柳佥得北宋刻写者，冯定远校过。壬申（1692）夏日，蒋三扬孙携以赠我，后有《风骚旨格》，差为可读。戊子（1708）长至从钱楚殷借得东涧老人所藏杨南峰（杨循吉）家抄本，遂详校一过，考去讹字百余，庶乎善本矣。

在最后落款时，何焯藏明抄本（明抄本）曰"焯记"；张氏藏清抄本曰"何焯记"。同一段跋语出现在两个不同版本上，同为何焯手书的可能性不大，则必有一本为抄录。此跋语传达出两个信息：一、此本为柳佥抄本；二、此本为何焯校本。现在就这两个问题逐条分析此段跋语的真伪和归属问题。

1. 关于柳佥抄本

傅增湘曾藏有柳佥抄本，《藏园群书题记》著录柳大中抄《白莲集》跋，先介绍版本情况，曰："是书明抄本，九行十八字，前有孙光宪序。《风骚旨格》前有柳佥跋五行。""有'钱后人谦益读书记''季振宜印''沧苇''季振宜读书'朱文印，'金氏文瑞楼珍藏记'白文印。"并作考辨，曰："此集自汲古阁刻《唐三高僧诗》本外，别无旧刊，诸家所传者皆抄本。如带经堂陈氏有明抄本，铁琴铜剑楼瞿氏有顾一鹗所藏抄本，涵芬楼印行者亦据旧抄本，惟《读书敏求记》言：一本从'北宋本影录，行间多脱字，牧翁以朱笔补完。又一本有柳佥跋，附《风骚旨格》一卷。'劳权注云：柳跋一本今归丹铅精舍，九行十八字，副叶有'秋夏读书冬春射猎'白文方印、'函雅堂收藏书画记'朱文长印，此下尚有'牧斋''沧苇''文瑞楼'诸印。今检此帙，钱、季、金诸氏印咸在，惟附页二印不存，行款亦皆悉合，是此帙即柳氏原本也。昔戊午岁，沪上蟫引庐罗子经君寄示旧抄一册，系何义门手校，所据为钱牧斋藏本，复经冯定远校过，转入钱遵王家。以高价不谐。旋于德化李椒微师许假得汲古毛氏藏抄本，云从柳大中本录出，因竭二日夜之力对勘终卷，正定字句甚多。今取此本核前校本，凡订讹补夺之处，大抵皆同，益信此为柳氏手写原本无疑。凡何校、冯校、汲古所传，咸出于此，滋足贵也。卷中宋讳如殷、敬、玄、匡、恒、贞字，咸缺末笔，可为源出宋刻之证。而字迹朴拙疏古，至可爱玩，决非抄胥所能办。至文字之异，举其荦荦大者，如：卷五《渚宫莫问》诗十五首，次第既不同，而第一、第七、第十三首末句乃互相掺杂，得此本悉从更正。尤可珍也。"①《藏园群书经眼录》卷十二著录，曰：

> 《白莲集》十卷附《风骚旨格》一卷，明柳佥大中写本，九行十八字，宋讳皆缺笔。按：此本为柳大中写本，曾藏钱牧斋（谦益）家，序中缺三十九字，又诗中缺字均经牧斋点记，卷七朱笔圈点亦多牧翁之笔。后归季沧苇（振宜），最后为劳平甫（权）所得，有记在《敏求记》中。按《敏求记》所言，此书亦曾归钱遵王，即记中所言"又一本"也。劳权跋副叶有"秋夏读书冬春射猎"（白文印）、"函雅堂收藏书画记"，今不见，疑重装时失之。（甲戌十二月十四日得之文友堂，价一百四十元）

今检国家图书馆著录《白莲集》十卷，《风骚旨格》一卷，明嘉靖八年柳佥抄本，明柳佥跋。每半页九行，行十八字，无格。卷中宋讳字，咸缺末笔。有孙光宪《白莲集序》，序页并有"钱后人谦益读书记""江安傅沅叔考藏善本""双鉴楼藏书记""半笑半哭楼主②""季振宜印""沧苇""季振宜读书"和"金氏文瑞楼珍藏记"诸印。序前有张宝祥题记，云：

> 甲戌小除夕，藏园主人举行祭书之典。与祭者凡八人：江阴夏闰枝（孙桐）、闽县林诒书、新会陈援庵（垣）、吴兴徐森玉（鸿宝）、吴江沈羹梅（兆奎）、丰润张庚楼、海宁张宝祥、赵斐。云期而不至者：闽县陈弢庵（宝琛）、萧山朱幼平、徐水袁守和（同礼）、南宫邢赞亭也。主人今日岁时作胜游，与玉衡岳、北访灵岩，月铅之课，缘此少缀，故手校之书，凡得二百余卷，而所撰《群书题识》乃及百篇。入库之书有宋本《咸淳临安志》十三卷、元本《文献通考》二百九十余卷、元本《宣和画谱》十卷、明弘治本《后山先生集》二十七卷，皆残本也。抄本则有

---

① 傅增湘：《藏园群书题记》，上海古籍出版社 2008 年版，第 641 页。
② 半哭半笑楼主，于右任的笔名。于右任（1879—1964），名伯循，字右任，别署刘学裕，笔名骚心、大风、剥果、神州旧主、半哭半笑楼主、太平老人等。

柳大中（金）《白莲集》十卷、吕氏讲习堂（吕留良、吕葆中）之《孔清江集》三十卷、十万卷楼（陆心源）之《靖康要录》十六卷、嘉万间之《记纂渊海》一百九十五卷、述古堂（钱曾）之《藏书目录》十卷、陈乾斋（元龙）手写之《题画诗》二册，皆号为珍秘，而明刻之善者当不胜记也。宝祥十载居与南未兴会，今得重逢雅集，编览奇书，谨记之。张宝祥。

《风骚旨格》目录后有柳金跋语，内容与冯班、何焯校本相同，不赘述。

此本虽无傅增湘跋，然版式和印识与傅氏著录相同，又此书之张宝祥题记云傅氏藏有刘大中抄本《白莲集》，可以断定此本为柳金抄本。

著录何焯跋语之清抄本，版式与劳权和傅增湘的著录相差甚远，则此本不可能为柳金抄本，又此书并无校语，则此本之何焯跋语为后人抄录无疑。著录何焯跋语之明抄本，正文有校语百余字，版式与傅氏藏本同，无诸枚印记。取何焯跋明抄本与柳金抄本两本校勘，字句悉同，而明抄本因有何焯校语，更为精善。那么有没有可能两本皆为柳金抄录之本呢？没有相关著录证明柳金曾抄两本《白莲集》，又两本虽内容相同，然字体微有不同，为一人抄录的可能性不大。为更直观体现两本之字体差异，现取两本之书影并国家图书馆所藏柳金抄本《贞居先生集》和《五代史补》一并录下：

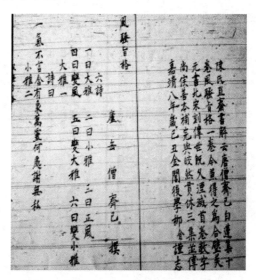

柳金抄本《白莲集》柳金跋

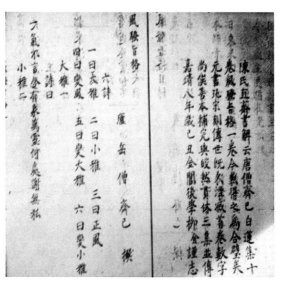

何焯跋本《白莲集》柳佥跋

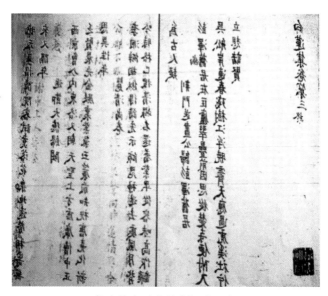

柳佥抄本《白莲集》卷三末

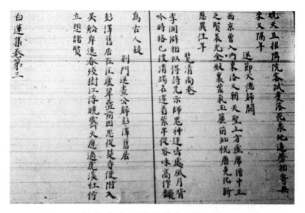

何焯跋本《白莲集》卷三末

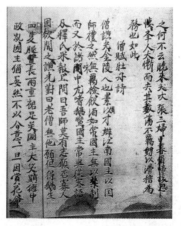

柳佥抄本《五代史补》

柳佥抄本《贞居先生集》

通过与柳佥抄本《五代史补》和《贞居先生集》相比较，可以发现国图著录的柳佥抄本为柳佥手书的可能性更大，而何焯跋本应属于精摹者。

2. 关于冯班、何焯校本

本文开头即已经著录国家图书馆藏冯班家抄本为冯班、何焯校本，曾为傅增湘收藏，亦与傅氏之著录相互印证。此明抄本著录的何焯跋语又言此本为冯定远校本，何焯补校。那么冯班家抄本和明抄本孰为冯班、何焯校本呢？是否两本同为二人所校？或一本为二人校本，一本为抄录校本呢？要解决这些疑问，首先要判定冯班家抄本和何焯跋本之何焯跋是否为何焯手书。现取书影如下：

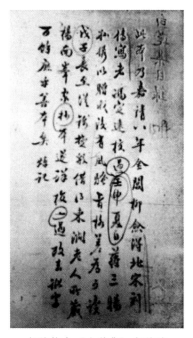

何焯校本《白莲集》何焯跋　　　　　冯班家抄本《白莲集》何焯跋

何焯行书杜甫诗　　　　　何焯行书远游篇

何焯行书致彦瑜札　　　　何焯行书　　　　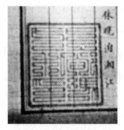

冯班家抄本《白莲集》
"上党冯氏之印"

　　通过比较字迹，冯班家抄本之何焯跋语应为何焯手书，又经傅增湘和丁祖荫证实。另，关于冯班家抄本之批校情况，罗振常的《善本书所见录》亦有记录。其称，冯班家抄本有朱、黄批校，黄笔为何焯校勘，朱笔为冯班校勘。检此本之校勘确有朱、黄两种，则此本曾经冯班、何焯手校的可信度更高。然何焯跋本之何焯跋语又似不伪，又冯班家抄本之何焯跋云："康熙戊子复借钱楚殷架上牧斋旧藏本参校，庶为善本，可资后来学吟者涉猎矣。"可与明抄本之何焯跋语相互印证。考何焯学生喜好模仿先生字体，不知是否为学生模仿之作，然集中墨笔点定，历历在目，与冯班家抄本比较有很多相同之处，且校勘更为仔细，如为学生抄录，则抄录之底本为何？傅增湘之语，似可解决此种疑问。傅氏曰："义门校书，常有复本，余生平所见若《长吉诗》《中兴间气集》《极玄集》等，皆不止一本。"① 则何焯校本可能为二，一为冯班家抄本，此本冯定远曾据柳佥抄本校过；一为何焯跋明抄本 。两本何焯皆据从钱楚殷处借得钱谦益藏杨南峰抄本校勘。

（二）《白莲集》其他版本

除上文介绍的柳佥抄本、冯班家抄本、何焯藏明抄本和张氏藏清抄本外，国家图书馆尚藏有刘氏嘉荫簃藏清抄本《白莲集》十卷、顾一鹗跋清抄本《白莲集》十卷附《风骚旨格》一卷、毛诗汲古阁刊印《唐三高僧诗集》。复旦大学藏有明天启七年（1627）曹氏书仓抄本《白莲集》十卷附《风骚旨格》一卷。另有涵芬楼藏抄本《白莲集》十卷附《风骚旨格》一卷，已收入《四部丛刊》（以下称四部丛刊本）。现附述如下：

1. 刘氏嘉荫簃藏清抄本《白莲集》十卷，半页十行，行二十字，无格。钤有"嘉荫簃""嘉荫簃藏书印""御赐清爱堂""刘喜海印""笥河府君遗藏书画"等诸枚印识。卷末跋云："此集汲古阁毛氏曾刊入《唐三僧集》。"然检此本与诸本多有异同，殊不类。

2. 毛氏汲古阁刻《唐三高僧诗集》录有《白莲集》十卷，半页八行，行十九字，左右双边，版心刻"汲古阁"。卷首钤有"长乐郑振铎西谛藏书印""丽农精舍藏书""北塘金氏收藏""董康印""江屏氏"诸印，卷末钤"长乐郑氏藏书之印""吴江余瑶网鉴藏书画图籍印"二印。序后有《梁江陵府龙兴寺齐己传》，卷末有毛晋跋和郑振铎跋，云：

齐己，俗名胡得生，性喜吟。头有瘤，人戏呼为诗囊。迹不入王侯门，惟醉心于郑都官（谷），投鹿门寺调之云："高名喧省闼，雅颂出吾唐。垒巘供秋望，无云到夕阳。自封修药院，别下著僧床。几梦中朝事，

---

① 傅增湘：《藏园群书题记》，上海古籍出版社 2008 年版，第 967 页。

久离鸾鹭行。"谷览之云："改一字，方可相见。"经数日再谒，称已改得，云："别扫著僧床。"谷嘉赏，结为诗友。既用，因后唐明宗太子从荣，招入中秋大燕，已公窥从荣不轨，有"东林莫碍渐高势，四海正看当路时"之句，几被戮辱，赖荆帅高公匿而获免。其不屈节王公，诗寓讽刺。"粥名良药，佛所赞扬。义冠三檀，功标十利。更祈英哲，各遂愿心。既备清晨，永资白业。"（按：《粥疏》）此疏甚与食时五观并传，惜未有揭示学人者。其后居西山，金鼓示寂，塔存焉。龙盘乃其书堂云。虞山毛晋识。

赞宁作《唐三高僧传》，未甚详覆。余各就其诗句，拈出数字。如休公云："得句先呈佛，无人知此心。"昼公云："不因寻长者，无事到人间。"已公云："未曾将一字，容易谒诸侯。"道价诗声，和盘托出，可作三公自传。余先得《杼山》《禅月》，未购《白莲》。丙寅春杪，再过云间康孟修（时万）内父东梵川，值藤花初放，缠络松杉间，如入山谷，则内父少年手植也，不胜人琴之感。既登阁礼佛，阁为紫柏尊者休夏之地，破窗风雨，散帙狼藉。搜得紫柏手书《樊川纪略》一幅，末赞一绝，云："只因地僻无人到，更为池清有月来。恼杀藤花能抱树，枝枝都向半天开。"俨然拈出眼前景相示。又搜得《白莲集》六卷，惜未其全，忽从架上堕一破篦中，复得四卷。咄咄奇哉！余梦想十年，何意凭吊之余，忽从废纸堆中现出，岂内有灵，遗余未曾有耶？既知为紫柏手授遗编，早向未来际寻契，余小子有深幸焉。晋又识。

予收汲古阁各本诸唐人集，各本皆络绎而集予斋中，偶缺《唐三僧诗》，久觅未得。前晨到琉璃厂，见此书，乃挟之归。汲古镌唐人集，除方干、元英集外，皆备之矣。一九五八年六月四日灯下，西谛记。

毛晋的两篇跋语，其一云齐己之传，其二云得《白莲集》之经历，言其"先得《杼山》《禅月》，未购《白莲》。"丙寅（1626）春杪，于其岳父康孟修东梵川处，得紫柏手书《樊川纪略》一幅，"又搜得《白莲集》六卷，惜未其全，忽从架上堕一破篦，复得四卷。"亦为紫柏手授遗编。毛氏所藏紫柏手抄本，傅增湘亦曾得见，并据柳金抄本校勘，云其"从柳大中录处"，"卷五《渚宫莫问》诗十五首，次第既不同，而第一、第七、第十三首末句乃互相掺杂"[1]，得柳金抄本悉从更正。余检此刻本，录诗与柳本全同，当是源自柳金抄本。然此本未有柳金跋语，并集中文

---

① 傅增湘：《藏园群书题记》，上海古籍出版社 2008 年版，第 641 页。

字与柳本差异颇多，举其大者即如傅增湘所云，《诸宫莫问》十五篇次第及末句掺杂之问题，并时有柳金抄本不阙字而此本阙字处。

3. 顾一鹗跋清抄本《白莲集》十卷附《风骚旨格》一卷，半页十行，行十九字，左右双边，白口，单鱼尾。顾一鹗于卷首题记，云："随园行箧书。是集为钱塘汪午晴太史家藏旧本。乾隆丙申余从事西江书局，与太史订忘年交，以此持赠，珍若百朋。"并有"顾一鹗印""西江书局校书"诸记。可知此本原为袁枚收藏，后转入钱塘太守汪午晴家，汪午晴赠予顾一鹗，后又转入瞿氏铁琴铜剑楼。清瞿镛《铁琴铜剑楼藏书目录》卷十九著录，曰："《白莲集》十卷，《风骚旨格》一卷，旧抄本。唐庐岳僧齐己撰。旧为吴氏顾一鹗所藏……举以校毛本正误甚多，《风骚旨格》亦未刻。"[①]（卷首有西江书局校书朱记）

4. 明末曹氏书仓（曹学佺）抄本《白莲集》十卷附《风骚旨格》一卷，半页十一行，行二十一字，左右双边，版心书"曹氏书仓"。钤有"独山莫氏铜井文房之印""莫棠字楚生印""莫氏秘笈""苍虹经眼""王氏二十八审研斋秘笈"等印识，复旦大学藏。跋云："天启七年（1627）仲冬，借绿斐堂（冯廷章）抄本录于一字斋中。虚舟子记。"知曹学佺抄本乃据虚舟子抄录的冯廷章抄本抄录。举此本与柳金抄本对校，文字虽有差异，但总体趋同，亦抄录柳金跋语，知其亦源自柳金抄本。

5. 傅增湘另藏有涵芬楼藏本，"旧写本，十一行二十一字，卷十后有柳金识语，从柳金本出。"[②] 已收入《四部丛刊》。

（三）《白莲集》版本价值考辨

《白莲集》现存之最早版本即为柳金抄本，以上诸家抄、刻本均与其有些渊源，滋足贵也。然其仍有诸多疏漏之处，亦应说明。首先，柳金抄本录诗807首，比孙光宪《白莲集序》所云810首，阙三首。其次，诗歌顺序偶有颠倒处。如卷二《答人寒夜所寄》诗，据《目录》应在《送人赴举》和《酬洞庭陈秀才》两诗之间，然柳金抄本在抄录时遗漏，将其补入第二卷卷末，并于《酬洞庭陈秀才》诗处，眉批云："《答人寒夜所寄》诗在卷末。"最后，文字略有残缺，总计39字。据柳金跋语，文中缺漏之处，实乃因其所据北宋刻本即已残缺。除此之外，文中又偶有因缺字或舛错致句意费解之处。如：卷五《伤秋》诗"名山未归得，

① 瞿镛：《铁琴铜剑楼藏书目录》卷十九，《宋元明清书目题跋丛刊》（十），清代卷第四册，中华书局 2006 年版，第 294 页。

② 参见莫友芝撰、傅增湘订补：《藏园订补郘亭知见传本书目》，中华书局 2009 年版，第1077 页。

可惜死江湖。"柳佥抄本作"可死惜江湖",殊不可解,应为抄录时舛错
所致。卷十《观李璹处士画海涛》诗,柳佥抄本作"一挥一画皆筋骨,
滉漾崩腾大鲸臬。瓦仙搓摆欲沉,下头应是骊龙窟。""摆"与"欲"之
间阙一字未留白;曹氏书仓本和四部丛刊本作"瓦仙搓摆□欲沉";何焯
藏明抄本和冯班家抄本校补为"瓦仙搓摆卜欲沉";毛氏刻本作"一挥一
画皆筋骨,滉漾崩腾大鲸□。泉瓦仙槎摆欲沉";《全唐诗》作"叶扑仙
槎摆欲沉"。然句意均颇费解。《影宋唐人五十家小集》《唐音统籤》朱
警《唐百家诗》均作"叶样仙槎摆欲沉",意较胜。

各家抄本抄录情况不一而足,差异较大。在所见诸本之中,何焯藏
明抄本最接近柳佥抄本原貌,不仅版式、避宋讳缺笔、阙字悉同,并柳
佥抄本中诗歌顺序颠倒处亦同。如上所指卷二《答人寒夜所寄》诗,柳
佥抄录时遗漏,故将其补入卷末,何焯藏明抄本亦从其遗漏,抄于卷末。
另遇有柳佥抄本与别家顺序不同者,何焯藏明抄本仍与柳佥抄本同。如:
卷二《夏日栖霞寺书怀寄张逸人》诗,冯班家抄本、四部丛刊本、曹氏
书仓本均在《古松》与《访自牧上人不遇》之间,柳佥抄本及何焯藏明
抄本《目录》并正文均在《送友人游湘中》后;卷七《喜得自牧上人
书》诗,四部丛刊本、曹氏书仓本、冯班家抄本在卷末,柳佥抄本、何
焯藏明抄本在《怀金陵知旧》和《惊秋》之间。

然何焯藏明抄本仍有偶与柳佥抄本相异者9处9字,其中7处为个别
文字之差异。《赠刘五径》云:"往年长白山,发愤忍饥寒。"柳佥抄本并
冯班家抄本、四部丛刊本、曹氏书仓本皆作"饥",何焯藏明抄本作
"肌";柳佥抄本、四部丛刊本、曹氏书仓本作《谢人寄诗集》,何焯藏明
抄本作《谢人寄新诗集》;《将之匡庐过浔阳》柳佥抄本、冯班家抄本、
四部丛刊本、曹氏书仓本皆作"浔",何焯藏明抄本作"寻";《和昙域
上人寄赠之什》"道寄虚无合,书传往复空。"柳佥抄本、冯班家抄本作
"无",四部丛刊本、曹氏书仓本、何焯藏明抄本作"元";《夏日作》
"燕雀语相和,风池满芰荷。"柳佥抄本、冯班家抄本作"雀",四部丛刊
本、曹氏书仓本作"省";《赠樊处士》"有路未曾迷日用,无贪终不乱
天机。"柳佥抄本、冯班家抄本作"迷",何焯藏明抄本、四部丛刊本、
曹氏书仓本作"谋";《忆东林因送二生归》"可怜二子同归兴,南国烟
花路好行。"柳佥抄本、冯班家抄本作"兴",何焯藏明抄本、四部丛刊
本、曹氏书仓本作"去"。另有2处为柳佥抄本不阙字而此本阙字:《对
雪寄荆幕知己》"江斋卷箔含毫久,应想梁王礼不经。"柳佥抄本、冯班
家抄本不阙字,何焯藏明抄本、四部丛刊本、曹氏书仓本阙"不"字。

《酬九经者》"江僧酬雪句，沙鹤识麻衣。"柳金抄本、冯班家抄本不阙字，何焯藏明抄本、四部丛刊本、曹氏书仓本阙"句"字。十卷之数9字之差，已是十分难得，不必苛责。

在所见诸本中冯班家抄本的情况最为复杂。不仅抄录者是谁扑朔迷离，并抄录时间、底本亦不甚明了。现虽无法考证其为何人抄录，然非冯班所抄，上文已证。关于抄录时间诸家跋语虽未言明，然视"光宇"和"汉月"两印，如"光宇"之印果出于袁光宇，则其抄录时间至少要早于万历丙申（1616）。如非，时间尚可后推，以汉月禅师卒年为限，也不会晚于崇祯乙亥（1635）。至于所据之底本，虽抄录有柳金跋语，然其直接来源于柳金抄本的可能性并不是很大。因为此本中多有异于柳金抄本处，如上文所言柳金抄本诗歌顺序错漏处，冯班家抄本亦与其不同。并卷二《夏日栖霞寺书怀寄张逸人》诗及卷七《喜得自牧上人书》诗的顺序，均与柳金抄本和何焯藏明抄本异，而与四部丛刊本和曹氏书仓本同。

又，上文言柳金抄本阙文39字，此本除《送刘蜕秀才赴举》诗与柳金抄本同阙5字，其余34字悉存。如：卷一《新秋雨后》"静引闲机发，凉吹远思醒。"柳金抄本、何焯藏明抄阙"静引闲机"四字，冯班家抄本、四部丛刊本、曹氏书仓本皆不阙；卷十《君子行》"苟进不如此，退不如此，亦何必用虚伪之文章，取荣名而自美？"柳金抄本阙"苟进不如此退"和"章，取荣名而自美"，冯班家抄本、四部丛刊本、曹氏书仓本皆不阙；《升天行》"幢盖飘摇入冷空，天风瑟瑟星河动。"柳金抄本阙"摇"字，四部丛刊本、曹氏书仓本、冯班家抄本均不阙。《赠念法华经僧》"念经念佛能一般，爱河竭处生波澜。"柳金抄本阙"竭"和"生波澜"，冯班家抄本不阙；《谢徽上人见惠二龙障子，以短歌酬之》"我见苏州昆山金城中，金城柱上有二龙。老僧相传道是僧舔手，寻常入海共龙斗。"柳金抄本阙"苏州昆山"、"手寻常入"，冯班家抄本、四部丛刊本、曹氏书仓本皆不阙。

另，诸本异同之处，其仅与柳金抄本同者为5处，仅与何焯藏明抄本同者1处，与柳金抄本、何焯藏明抄本并同者为39处；仅与曹氏书仓本同者8处，仅与四部丛刊本同者1处，与四部丛刊本、曹氏书仓并同者为53处。即诸本中冯班家抄本与曹氏书仓本相同者为61处，与柳金抄本相同者为44处。就比重而论，其与曹氏书仓本更为接近。

四部丛刊本和曹氏书仓本虽也抄录了柳金跋语（四部丛刊本抄录于《白莲集》卷末，曹氏书仓本同冯班家抄本，抄录于《风骚旨格目录》

后），然卷中诸本异同处多与冯班家抄本同，而与柳金抄本和何焯藏明抄本相异。不仅诗歌顺序与冯班家抄本同，柳金抄本阙文，二本只有两处与冯班家抄本不同，为《赠念法华经僧》"念经念佛能一般，爱河竭处生波澜"之"竭"字，冯班家抄本不阙，曹氏书仓本阙，四部丛刊本原阙后为补入；《观李璩处士画海涛》冯班家抄本不阙字，曹氏书仓本和四部丛刊本阙。其余37字均与冯班家抄本同。另，就集中文字而言，两本与柳金抄本、何焯藏明抄本差异更甚。两本相同而与柳金抄本、何焯藏明抄本相异者，多达159处，其中53处并与冯班家抄本同。

当然冯班家抄本、曹氏书仓本、四部丛刊本之间也略有相异，各有缺漏。如四部丛刊本没有孙光宪序，且三本皆有别本不阙字而阙字之情况。然总体来说，曹氏书仓本与四部丛刊本更为相类，而与冯班家抄本差异多些。四部丛刊本与曹氏书仓本相同者为159处，相异者为27处，其中13处为四部丛刊本与诸本皆异者，14处为曹氏书仓本与诸本皆异者。冯班家抄本除了有62处与曹氏书仓本或四部丛刊本相同，另有45处与曹氏书仓本、四部丛刊本异而与柳金抄本或何焯藏明抄本同，又其还有43处与诸本皆不同。但相较四部丛刊本，冯班家抄本与曹氏书仓本更为接近。其与曹氏书仓本同者61出，与四部丛刊本同者54处。而其中53处为并与两本相同，即遇见曹氏书仓本与四部丛刊本不同诗，其与曹氏书仓本相同处更多。

关于四部丛刊本和曹氏书仓本抄录所自，皆无相关著录，但曹氏书仓本所录虚舟子跋语记载了曹学佺抄书所自，乃为天启七年（1627）虚舟子所录冯廷章抄本。从三本的同异来看，冯班家抄本和四部丛刊本很可能与曹氏书仓本一样源自于冯廷章抄本。只是不知其是否直接抄自冯廷章本，还是同曹氏书仓本一样抄录于虚舟子本。

张氏藏清抄本、顾一鹗跋本皆来源于冯班家抄本。因遇冯班家抄本与他本异同时，张氏藏清抄本和顾一鹗跋本往往与冯班家抄本同。如：卷二《赠曹松先辈》诗"闲游向诸寺，却看白麻衣"。柳抄、何焯藏明抄本、四部丛刊本、曹氏书仓本皆作"诸"，冯班家抄本、张氏藏清抄本、顾跋本作"谁"；《禅庭芦竹十二韵呈郑谷郎中》诗"映带兼苔石，参差近画楹"。柳金抄本、何焯藏明抄本、四部丛刊本、曹氏书仓本皆作"近"，冯班家抄本作"逸"，张氏藏清抄本、顾跋本亦作"逸"；《思游峨眉寄林下诸友》诗"会抛湘寺去，便逐蜀帆归"。柳金抄本、何焯藏明抄本、四部丛刊本、曹氏书仓本皆作"便"，冯班家抄本作"更"，张氏藏清抄本和顾跋本亦作"更"；《闻贯休下世》诗"欲去焚香礼，啼猿峡阻修"。柳佥抄本、何焯藏明抄本、四部丛刊本、曹氏书仓本皆作"礼"字，冯班家抄本作"裡"字，张氏藏清抄本、顾跋本亦作"裡"字；《送卢说乱后投知己》诗"兵寇残江墅，生涯尽荡除"。柳佥抄本、何焯藏明抄本、四部丛刊本、曹氏书仓本皆作"江"，冯班家抄本作"红"，张氏藏清抄本、顾跋本亦作"红"。卷四《送周秀游峡》"又向夔城去，知难动旅魂"。柳佥抄本、何焯藏明抄本、四部丛刊本、曹氏书仓本作"向"，冯班家抄本、张氏藏清抄本、顾跋本作"白"；《永夜》诗"神闲无万虑，壁冷有残灯"。柳佥抄本、何焯藏明抄本四部丛刊本、曹氏书仓本皆作"虑"，冯班家抄本、张氏藏清抄本、顾跋本作"应"。此种甚多，不一一枚举。而两本又偶有由于抄录时校勘不严，与冯班家抄本不同之处。张氏藏清抄本和顾跋本两本中，张氏藏清抄本与冯班家抄本相异之处要少一些，而顾跋本相较略多。

又，判定冯班家抄本和何焯藏明抄本的价值还要考虑到两本中冯班、何焯的校雠价值。

冯班家抄本之校勘总计有52处，其中在原字上涂乙者36处，在原字边校注者8处，校补原本之阙文者8处，大都改正了冯班家抄本的讹错。

首先，冯班家抄本原有柳佥抄本、何焯藏明抄本、四部丛刊本、曹氏书仓本均不阙字而阙字者有12处12字，其校补阙文8处8字，校补后与诸本同。如：《东林作寄金陵知己》"泉滴胜清□，松香掩白檀"。冯班家抄本校补入"磐"字，校补后与柳佥抄本、何焯藏明抄本、四部丛刊本、曹氏书仓本同；《山寺喜道者□》冯班家抄本校补入"至"字，校补后与诸本同；《读岘山碑》"那堪望黎庶，□地是疮痍"。诸本皆作"匝"字，冯班家抄本校补入"匝"字；《贺行军太傅得白氏□林集》冯班家抄本校补入"东"字，校补后与诸本同；《谢橘洲人寄橘》"霜□露蒸千树熟，浪围风撼一洲香。"冯班家抄本校补入"裹"字，校补后与诸本同；《苦寒行》"杀物之性，伤人之欲，既不能□绝蒺藜荆棘之根株。"冯班家抄本校补入"断"字，校补后与柳佥抄本、何焯藏明抄本同；《祈贞坛》"何当断欲便飞去，不要九转神丹□精髓。"冯班家抄本校补入"换"字，校补后与诸本同；《吊汨罗》"更有逐臣，于□葬魂。"冯班家抄本校补入"焉"字，校补后与诸本同。

其次，改正了冯班家抄本抄录时的部分讹误。如：《寄三觉山从益上人》诗，冯班家抄本作"三觉寺"，校改为"三觉山"。考，四部丛刊本和曹氏书仓本虽作"三觉寺"，然题目后有小字注云，"又云三觉山"，柳佥抄本、何焯藏明抄本、汲古阁刻本和《唐百家诗》均作"三觉山"，并齐己另有《游三觉山》诗，所以此处为"三觉山"应更确。《寄南徐刘员外二首》"海边山夜上，城外寺秋寻"。冯班家抄本原作"城上寺秋寻"，与柳佥抄本和何焯藏明抄本同，校改为"城外寺秋寻"。考，上句为"海边山夜上"，下句再云"城上"似为不妥，且"城上寺"作何解？不若"外"字妙。《病起见秋月》"惜坐身犹倦，牵吟气尚羸"。诸本皆作"羸"，冯班家抄本作"应"，校改为"羸"。考，"羸"字照应题目"病起"和上句之"倦"字，而"应"字不知作何解，故当为"羸"字。《荆渚寄怀西蜀无染大师兄》"大沩心付白崖前，宝月分辉照蜀天"。诸本皆作"沩"；冯班家抄本作"伪"，校改为"沩"。考，"大沩"即为大沩山，乃齐己禅寺所在之地，"大伪"不知作何解，当为抄写之误。《沙鸥》"何如飞入汉宫去，留与兴亡作典经"。诸本皆作"亡"；冯班家抄本作"忘"，校改为"亡"。"忘"字误，当为"兴亡"。《赠岩居僧》"石如麒麟岩作室，秋苔漫坛净于漆"。诸本皆作"苔"，冯班家抄本作"坛"，校改为"苔"。考，句中已有"漫坛"，再作"秋坛"语意颇怪，作"秋苔"则合诗意，词意亦可解。冯班家抄本直接在原字上涂乙者，大都校改可确，而原字与校改字可两存者，其大都以旁注的形式出之，校勘态度还是颇为严谨的。

何焯藏明抄本总计校勘 65 处，其中直接在原字上涂改者 54 处；在原字旁边校注者 6 处；增补原本之阙文者 5 处 24 字。考何焯藏明抄本之校勘价值主要有三方面。

第一，校补了部分阙文。柳佥抄本原阙 39 字，何焯藏明抄本亦阙，而冯班家抄本除《送刘蜕秀才赴举》与柳佥抄本一样同阙 5 字，剩余 34 字不阙（其中 32 字，四部丛刊本和曹氏书仓本亦不阙）。何焯据杨南峰抄本校勘时补入 6 处 29 字，补后仅 2 处 6 字与柳佥抄本和四部丛刊本、曹氏书仓本不同。其为：《赠念法华经僧》诗"念经念佛能一般，爱河□处生波澜。"何焯校补为"无"字，冯班家抄本和四部丛刊本作"竭"字。卷一《送刘蜕秀才赴举》"百发百中□，□□□□年"。柳佥抄本、冯班家抄本、四部丛刊本、曹氏书仓诸本皆空阙，惟何焯藏明抄本补入为"百发百中蓺，临场决胜年"。其余 23 字均与冯班家抄本、四部丛刊本和曹氏书仓本同。

第二，校改了柳佥抄本并何焯藏明抄本部分讹误。柳佥抄本虽出自宋本，然或由宋刊本身即微有瑕疵或柳佥抄录时偶有疏漏，仍有个别字词颇可商榷。何焯藏明抄本在据柳佥抄本抄录时并可商榷处原封不动地过录下来，何焯校勘时发现并予以校正。如，卷三《江令石》是"贪向深宫去，死同忘国休"。柳金抄本和何焯藏明抄本皆作"忘"，何焯校改为"亡"字。四部丛刊本、曹氏书仓本、《唐三高僧诗集》、《全唐诗》皆作"亡"，而从通篇的语境来看也是应作亡。卷六《岁暮江寺住》"风雪军城外，蒹葭水寺中"。柳金抄本、何焯藏明抄本作"水寺"，合作校改为"古寺"。四部丛刊本、曹氏书仓本、《全唐诗》皆作"古寺"。"水寺"不知何解，"古寺"为当。《书李秀才壁》"我有闲来约，相看雪满殊"。柳金抄本、何焯藏明抄本皆作"殊"字，何焯校改为"株"字。四部丛刊本、曹氏书仓本、《全唐诗》亦作"株"。"雪满殊"未知何意，当为"雪满株"。

第三，考见记录了杨南峰家抄本与柳金抄本异同。从现有资料来看，《白莲集》比较早的版本，主要有钱曾《读书敏求记》记载的钱谦益藏影宋抄本和柳金抄本，两本俱据宋本影录。何焯从钱楚殷处借得的杨南峰家抄本，很可能即为《读书敏求记》所言的影宋抄本。首先，何焯从钱楚殷借得杨南峰家抄本，曾为钱谦益所藏，后归钱曾，故何焯能从钱曾之子楚殷处借得此本。其次，钱谦益藏影宋抄本仅为《白莲集》十卷，没有《风骚旨格》，而何焯藏明抄本仅《白莲集》卷中丹黄甲乙班然可见，《风骚旨格》则未见批校痕迹。此种情况，可能有三种原由：一种是杨南峰家抄本仅为《白莲集》十卷而未附《风骚旨格》。一种是杨南峰家抄本附有《风骚旨格》但与柳金抄本和何焯藏明抄本并无相差，所以何焯藏明抄本《风骚旨格》未见批语。但冯班家抄本《风骚旨格》卷中却有批语。虽然不知何焯校勘冯班家抄本《风骚旨格》所据何本，但所据之本亦当直接或间接出自宋本，然其却与柳金抄本颇有异同。另，杨南峰家抄本《白莲集》与柳金抄本差别亦不甚少，何焯藏明抄本之何焯校勘记中班然可见。所以，杨南峰家抄本《风骚旨格》与柳金抄本零差别的可能性很小。一种是杨南峰家抄本附有《风骚旨格》，但何焯未校勘。何焯在校勘冯班家抄本《风骚旨格》时，其不仅校勘了文字的差异，并加注了诗句出注。以此种校勘态度，其岂能看见杨南峰家抄本《风骚旨格》而置之不顾？综之，何焯据以校勘的杨南峰家抄本，很可能即为《读书敏求记》所言的钱谦益藏影宋抄本，此本仅有《白莲集》十卷而未有《风骚旨格》。

惜此本不存，幸何焯藏明抄本校语中为我们考见杨南峰家抄本留下了些许线索。何焯校勘时或改或注，保留了两本的异同。如，卷一《蝴蝶》诗，现存诸本皆作"桃蹊牵往复，兰径引相从"。何焯校改为"兰径引过从"；《送迁客》诗，现存诸本皆作"应想尧阴下，当时獬豸头"。

何焯校改为"应想尧庭下"；卷二《归雁》诗，诸本皆作"湘川一夜空"，何焯校改为"潇湘一夜空"；《老将》诗，诸本皆作"逐虏与平戎"，何焯校改为"破虏与平戎"……我们很难断定哪字善哪字不善，故均可两存之。从中我们可得知，杨南峰藏加钞本与柳佥抄本皆源自宋刻，大体相类，然微有不同。

综之，在《白莲集》现存各本之中，柳佥抄本直接抄自宋本，在现存各本中价值最高。何焯藏明抄本直接源自柳佥抄本，最接近柳佥抄本原貌，又经何焯据杨南峰家抄本校勘，不仅改正了柳佥抄本一些明显讹误，并可由其校勘记推知杨南峰本面貌。冯班家抄本、四部丛刊本、曹氏书仓本与柳佥抄本异同颇多，可能均出自辗转传录，而非直接抄录自柳佥抄本。然柳佥抄本之阙文，三本皆备，亦不失资证价值。张氏藏清抄本和顾一鹗跋本皆来源于冯班家抄本，辗转颇多，故讹谬多些。毛氏汲古阁刻《唐三高僧诗集》与柳佥抄本虽亦时有异同，然其为现存《白莲集》最早之刻本，亦不可忽。另，《全唐诗》和朱警《唐百家诗》亦悉录僧齐己之诗，可与《白莲集》互见，并增补遗诗。

四、《西昆酬唱集》

《西昆酬唱集》为宋真宗景德年间，杨亿编定与钱惟演、刘筠等诸馆阁文人互相唱和的诗集。卷前有杨亿自序，曰："凡五、七言律诗二百四十七章，其属而和者又十有五人，析为二卷，取玉山策府之名，命之曰《西昆酬唱集》云尔。"是集在宋代即已流传，晁公武《郡斋读书志》卷二十、陈振孙《直斋书录解题》卷十五、王应麟《玉海》卷五十四均有著录，唱和人数和诗歌章数与杨序同。现存各本中，集中诗人除杨亿、钱惟演、刘筠三人，属和者为十四人，录诗凡二百五十首，至朱俊升刻本之杨亿序亦云："凡五七言律诗二百五十章。"祝尚书考证此集尚脱王曾诗一首，并此首应有四首为后人掺入。

然宋元刊本已不得见，现存诸本中，明代的有嘉靖十六年张綖玩珠堂刻本和祁氏淡生堂抄本；清抄本有冯班抄本、毛氏汲古阁影宋抄本和无名氏清抄本；清刻本较多，据傅增湘和顾广圻著录，凡经五刻，为昆山徐司寇（乾学）刻本、吴门壹是堂刻本、长洲朱氏（俊升）听香楼刻本和周祯、王图炜注本；此外尚有故宫影宋精写本、浦城丛书本、邵武徐氏丛书本、粤雅堂丛书本、上海扫叶山房石印本、王仲荦注本和郑再时注本。本文即在介绍《西昆酬唱集》的版本基础上，论定《西昆酬唱集》的版本源流和版本价值，从而判定冯班抄本之善。

（一）《西昆酬唱集》版本知见

1. 明嘉靖丁酉张綖玩珠堂刻本：

半页十二行，行二十字，版心上方书"玩珠堂"三字，国家图书馆藏。前有高邮张綖序，次杨亿自序，次诗人姓氏一页。诗人首见处皆注官职，字体为小字双行，如"杨亿翰林学士、左司谏知制诰"、"刘筠大理评事、秘阁校理"；后见处皆略去诗人姓氏只留名，如"亿"、"筠"。为傅增湘所藏，有"增湘""藏园""沅叔"诸印。《西昆酬唱集》宋刊本不存，此为传世最早刊本①，后被收入《四部丛刊》初编。

傅增湘跋曰：

此书旧刻罕见，昔游南中，于艺风堂谬氏假得旧抄本，取邵武徐氏刻勘读，改正七十余字。徐刻源出于祝氏《浦城遗书》，世所称为善本也，而讹失仍所未免。艺风藏本录有张綖序，是从张刻本传出可知。余缘是深知此本之可贵，而又惜其书之未易睹也。翌年南游，获见此本于秦曼青斋中。因展转通词，慨然割爱相付，数年夙愿，一旦得偿，为之欣喜无已。其后涵芬楼征书海内，余举此本付之，今《四部丛刊》行世者是也。此书半页十二行，行二十字，版心上方有"玩珠堂"三字。前有嘉靖丁酉高邮张綖序，次杨文公自序，序后有唱和诗人姓氏，详列官职于下，诗下题名亦各注官职，此咸祝、徐诸本所未有也。

尝遍览诸家簿录，知此书自元明以来淹没已久，明季钱、毛、叶、陆诸人寻求咸不可得。洎康熙甲辰，毛斧季乃获钱功甫手抄本于朱卧庵家中。冯定远闻之，置陈书于案，顿首再拜而后披吟，可见其嗜之深而思之渴矣。自钱本出世，转为流传，大江南北，先后五刻，而此书卒以大显。……惟海源阁杨氏有影宋抄，即毛斧季属何道林从钱功甫摹写者；八千卷楼丁氏藏淡生堂抄本，有张綖序，则由此本转录者。检两本行格皆同，是张氏授梓即依据宋椠无疑矣。

余取此奉与顾千里校祝本（笔者按：即浦城丛书本，详下）对勘，顾氏所举各条，其吻合者十得七八，……凡此皆祝本与朱本之差失，而核之此本，一同于顾校，又可为此本出于宋本之明证。盖顾氏所据者，即冯定远传录钱功甫本，斧季所称原本定系宋刻者也。以此观之，此本既以举世稀见为珍，又以探源宋椠足贵，虽梓于明代，要与天水遗刊同

①　参见莫友芝撰、傅增湘订补：《藏园订补郘亭知见藏本书目》，中华书局 2009 年版，第 1519 页。

其罕秘也。戊寅（1938）中秋日，藏园记。①

2. 明山阴祁氏②淡生堂抄本

半页八行，行十九字，蓝框，四周单边，南京图书馆藏。前有张綖序，次杨文公自序，序后有唱和诗人姓氏，详列官职于下，诗下题名亦各注官职。行款、格式、内容与四部丛刊本同，应是据张氏玩珠堂本抄录。封面署"祁氏淡生堂藏书""嘉庆甲戌芗里主人识"，另有"八千卷楼珍藏善本"方印和"淡生堂中储经籍，主人手校无朝夕。读之欣然忘饮食，典衣市书恒不给。后人但念阿翁癖，子孙益之守弗失。旷翁铭。"大方印。张綖序页署"淡生堂经籍记""四库著录""旷翁手识""嘉惠堂丁氏藏""善本书室""八千卷楼藏书之记""山阴祁氏藏书之章""子孙世珍"（圆印）等多枚印章。卷中印有"公约过眼"。

丁氏③附纸跋曰：

《西昆酬唱集》二卷，明抄本，祁氏淡生堂藏书。翰林学士、户部郎中、知制诰杨亿序曰："余景德中忝佐修书之任，得接群公之游，时今紫微钱君希圣、秘阁刘君子仪，并负懿文，尤精雅道。二君成人之美，置之同声，更迭唱和，互相切劘。予参酬继之末。凡五、七言律诗二百四十七章，其属而和者又十有五人，析为二卷，命曰《西昆酬唱集》云。"后列诗人姓氏，姓氏为杨亿、刘筠、钱惟演、李宗谔、陈越、刘骘、晁迥、崔遵度、薛映、刘秉乃十七人。岂刘、钱二公唱而非和，都不入耶？前有嘉靖丁酉高邮张綖刊序，何明末诸家寓目世罕耶？为祁旷翁（夷度）收藏，有"淡生堂经籍记""祁氏藏书之章"。

---

① 傅增湘：《藏园群书题记》卷第十九，《明玩珠堂本西昆酬唱集跋》，上海古籍出版社 2008 年版，第 956 页。

② 祁氏，祁承爜（1563—1628），字尔光，号夷度，又号旷翁，晚号密园老人，浙江山阴（今绍兴）人。明代著名图书馆学家、目录学家、藏书家。先后建"旷园""澹生堂""旷亭"以藏书。藏书印有"旷翁手识""山阴祁氏藏书之章""淡生堂中储经籍，主人手校无朝夕。读之欣然忘饮食，典衣市书恒不给。后人但念阿翁癖，子孙益之守弗失。旷翁铭。"等。今存有《澹生堂集》《澹生堂外集》《宋贤杂佩》《藏书训约》等。其子祁彪佳、祁骏佳、祁豸佳亦能守其父书，晚年藏书流散。

③ 丁氏，丁丙（1832—1899），字嘉鱼，别字松生，晚号松存，浙江钱塘（今杭州）人，清代著名藏书家。其藏书室称"八千卷楼"，另辟"后八千卷楼""善本书室"等，总称"嘉惠堂"。著有《庚辛泣杭录》《善本书室藏书志》等。

3. 冯班抄本

清叶万（树廉）、何煌、顾广圻校跋，半页十二行，行二十字，无框格，有圈点，国家图书馆藏，后为《宋集珍本丛刊》收录。有"铁琴铜剑楼""归来草堂"诸印。前有杨文公自序，诗下题名于首见处悉注官职，如"翰林学士、左司谏知制诰杨亿""大理评事、秘阁校理刘筠"；后见处只有名无姓，如"亿""筠"。惜缺损严重，下卷尤甚，卷末跋语多已残缺不全，难以辨认，考《顾千里集》亦作阙如，略记于下。

上卷末有何煌跋语两则，云：

（缺）旧物也，三月望日，手校改二字，千金（缺）作是字。淡生堂抄本上卷崔诗缺，杨亿怅望（缺）连前崔诗写去，又缺刘缺（据《顾千里集》补）将一诗，却以下任随作刘筠下（缺）。抄本每印现成格纸抄写，不（缺）元书行款，往往□落多有脱（缺）谬，写竟口装裱，全不校对之，致（缺），得其元本一校，庶乎此书无毫毛憾也。仲子庐江生煌记。

明日，倩陆干实覆勘，校出一字，《荷花》七言"露成珠"作"露如珠"，亦可两存也。

下卷末有冯班手书跋语一则，云：

梁有徐、庾，唐（后"有次宋唐"四字，右侧各点两点）有温、李，宋有杨、刘，去其倾侧，存其繁富，则为盛世之音矣。

后又有叶万（树廉）、法顶（孙潜）和顾广圻跋语，云：

（缺）一参得字每云徐、庾（缺），唐太宗、虞伯施（据《顾千里集》补）、李百药以及王、杨、卢、骆；温、李（《顾千里集》作□）之极，有晏元宪、二宋以及杨、刘，穷则变，变则通，盛世之音，所由成也。下至胡元诸家，习尚西昆。洪武初，张光弼、高季迪亦有黼黻太平之作。今观此书批阅，可以知其识矣。余曾录净本，为冯借去，以此见偿。其评骘精到，后人毋或忽焉。况此书想慕几三十馀年，同志老友皆不得见，见者惟余与冯及陆勒耳。保之保之，庶乎西昆流韵，复口于来异云尔。□□春仲，洞庭东山叶石君（树廉）识，（缺）十九。

（缺）潜夫勘定本照改，孙云："己未十月一日用黄俞邵藏本勘正，改九十餘字，黄本从抄本，缺诗三首，亦改正二十余字，字山法顶（孙潜）识。"

字山法顶，潜夫别号也。今此书可为（《顾千里集》作"谓"）完璧，他日能付之梓人，应腾季氏刊本矣。南阳縠道人（叶树廉）记于城南读书处。

（缺）借失以此见偿，验之（缺），圻记于罗宿亭，时重九后。

验其笔迹，盖定远手录者。案此书元、明时不显于世，国朝凡五刻：一刻于昆山徐司寇，再刻于吴门求是堂，三刻于长洲朱氏，即所谓听香楼本也，四刻于浦城祝氏，又有周桢注本。世以朱本为善，祝本依之，最后亦为最精。然以□本对□□，如"直道忍籧篨"，"忍"刻"思"；"茗粥露芽销昼梦"，"梦"刻"夜"；"□□（高挹）方诸荐水苍"，"苍"刻"仓"；"蹁跹霞袖举"，"举"刻"舞"；"巢笙传曲沃"，"笙"刻"生"；"出恐严钟晚"，"钟"刻"妆"；"不曾亡国是无言"，"亡"刻"忌"；"珠蚌泪长圆"，"蚌"刻"串"；"江澄捣练匀"，"江"刻"汪"；"秋意先侵玉井桐"，"先"刻"光"；"佳色艳新霜"，"佳"刻"桂"；"金波先上结磷楼"，"磷"刻"麟"；"故宫经驳娑"，"经"刻"轻"；"昔人求富是虚词"，"昔"刻"晋"；"林疏露下凉"，"林"刻"松"。非得此本正之，几不得其解，乃知前辈之物为可宝也。望日广圻又记。

此本曾为瞿氏收藏，《铁琴铜剑楼藏书目录》著录，曰：

《西昆酬唱集》二卷，旧抄本。宋杨亿编，前有自序。此洞庭叶石君所藏冯定远录本。卷末有冯记云："梁有徐、庾，唐有温、李，宋有杨、刘，去其倾侧，存其繁富，则为盛世之音矣。"叶记云："曾录净本，为冯借失，以此见偿。中黄笔校改者，借孙潜夫本勘定。潜夫用黄俞邰（虞稷[①]）藏本改正。"卷上后有何煌记云："康熙戊申春仲，借得马寒中所藏淡生堂抄本校改二字。"又有顾广圻记云："验其笔迹，盖定远手录者。案：此书元明时不显于世。国朝凡五刻，一刻于昆山徐司寇，再刻于吴门求是堂，三刻于长洲听香楼朱氏，四刻于浦城祝氏，又有周桢注本。世以朱本为善，祝本依之。"

---

　　① 黄虞稷（1629—1691），字俞邰，号楮园，明末清初晋江安海人，著名藏书家。藏书处名"千顷堂"，著《千顷堂书目》《我贵轩集》《建初集》《朝爽阁集》《蝉巢集》《史传纪年》《楮园杂志》等。

今核此本所校，有异于祝本者。如《受诏修书》云"寡妇宜忧纬"，不作"疑忧"；《和作》云"历帝自几蓬"，不作"凡蓬"（原注：几蓬出《庄子》。惟几字反声。《庄子·释文》无音，刘殆作平声读耳。此诗《韵府》亦引之）；《南朝》云"麝壁灯回遍照昼"，不作"鹿壁""照画"；《槿花》云"千金轻换笑"，不作"经换"；《夜宴》云"蹁跹霞袖举"，不作"袖舞"；《咏鹤》云"不是谐枉见疑"，不作"不似"；《旧将》云"新画仪容当汉阁"，不作"仪形"；《宣曲》云"高唐荐枕荣"，不作"高堂"；《无题》云"不曾亡国是无言"，不作"忘国"；又"走马章台冒雨归"，不作"暴雨"；《荷花》"香返梦兰魂"，不作"兰船"；又"不知谁有高唐梦"，不作"惟有"；《咏泪》云"多情不待悲秋气"，不作"秋意"；又"江山满目新亭泪"，不作"江南"；《初秋属疾》云"秋意先侵玉井桐"，不作"知侵"；《枢密王右丞宅新菊》云"佳色艳轻霜"，不作"桂色"；《无题》云"玉壶盛泪只凝红"，不作"承泪"；《译经光梵大师》云"机缘芥引针"，不作"值针"；《清风十韵》云"凉飔逗晓回"，不作"凉飓"；《戊申年七夕》云"昔人求富是虚辞"，不作"晋人"；《秋夕池上》云："林疏露下凉"，不作"松疏"。皆胜于刻本也。又此本每人名上皆有结衔，祝本无之，失其旧矣。（卷中有"树廉石君""朴学斋""归来草堂""彭城仲子审定""戈小莲秘籍印""半树斋戈氏藏书印"诸朱记[①]）

4. 明末毛氏汲古阁抄本

半页十二行，行二十字，黑格，白口，左右双边。卷尾有毛扆《抄本西昆酬唱集·跋》和陆贻典《西昆酬唱集·跋》。首杨亿自序，"西昆酬唱集序——翰林学士户部郎中知制诰杨亿述"无唱和诗人目录，次正文。有多枚印章为："开卷一乐""席铄之印""席氏[②]玉照""彦合珍玩""毛扆之印""继梁席鉴之印"；序后印章为："汪士钟印""汲古阁得修绠仲离故国人家"；正文首页又有："斧季之珍""海源阁""杨灏之印""汲古阁""宋本希世之珍""子晋""三十五峰园主人"等印，并有"宋本"椭圆形图章；卷下首页有"笔砚精良人生一乐""子晋""毛扆"和

---

①　瞿镛：《铁琴铜剑楼藏书目录》卷二三，《宋元明清书目题跋丛刊》（十），清代卷第四册，中华书局 2006 年版，第 358 页。

②　席氏，席鉴，字玉照，号茱萸山人，江苏常熟人，清藏书家、刻书家。藏书楼有"扫叶山房""酿华草堂""敏逊斋"等。所刻古今书籍过两千余部，版心均有"扫叶山房"字样。藏书印有"玉照读书敏逊斋""虞山席鉴玉照氏收藏""学然后知不足""琴川席氏珍藏""扫叶山房藏书"等。

"赵文敏公书卷末云吾家业儒，辛勤署书以遗子孙，其志何如。当念斯言取非其有母宁殒"诸印；卷末又有"书香千载""虞山子晋""子晋书印""杨氏海源阁""杨绍和审定""杨氏海源阁书画印"等印。诗人首见处标官职如"左司谏知制诰杨亿""大理评事秘阁校理刘筠""太仆少卿直秘阁钱惟演"等。

卷下末有毛扆跋，并抄录陆贻典跋，曰：

宋初杨文公与钱、刘二公特创诗格，组织华丽，一变晚唐诗体而效李义山，取玉山册府之名，名《西昆酬唱》，人因目之"西昆体"。其《南朝》《汉武》等篇仅见于《瀛奎律髓》。

先君每以不得见此为恨。甲辰（1664）三月，同叶君林宗（树廉）入郡访朱卧庵（之赤），其榻上乱书一堆，大都废历及潦草医方。残帙中有缮整一册，抽视之，乃《西昆酬唱》也，为之一惊。卷末行书一行云，"万历乙丑（今按：万历无乙丑，'丑'字当误）九月十七日书毕"，下有功甫印，乃钱功甫手抄也。因与借归。次日林宗入城，喧传得此。最先匍匐而来者，定远冯先生也。苍茫索观，陈书于案，叩头无数，而后开卷朗吟，竟日索酒痛饮而罢。使先君而在，得见此书，不知若何慰悦。言念及此，不禁泪下沾衣也。案杨文公序云：景德中，忝佐修书之任，紫微钱君希圣、秘阁刘君子仪并负懿文，更唱迭和，而予参酬继之末。其属而和者，又十有五人。今三公外，惟十一人，《代意》第七首下但名秉而无姓，其二人则阙如也，揣当年原本定系宋刻。何子道林书法甚工，属拟宋而精抄之。今流传转写遍满人寰，要必以此本为胜也。外舅觌庵先生从钱抄影写一部，亦有跋语，今并考异附录于后。

抄录"觌庵先生（陆贻典）跋"，曰：

此书出郡人钱功甫手抄，余从毛倩斧季印录者也。功甫为磬室先生子，富于藏书，兼多秘本。牧翁先生语余，尝访书于功甫，功甫自叹无子，许悉以藏书相赠，约以次日往。退而通夕无寐，凌晨过其家，晤对移日都不理昨语。微叩之，诡辞相却，已无意赠书矣，乃怅然而返。后又诣之，时值严冬方映窗日，手抄金人《吊伐录》，且训邮便图，与曹能始（学佺）觅粤西方志，始识其兴复不浅，无惑乎前之食言，而求书之意亦遂绝望矣。不逾年功甫殁，所藏俱云烟散去，不谓此书尚流落人间也。牧翁绛云未烬时，羽陵秘简，甲于江南，生平慕此，独未得见。顷斧季从郡友借，牧翁已卧病逾月，未浃旬而仙去。岂秘书出没固亦有数，而前后际终悭一见耶？缅惟畴昔，绪言如昨，典型徂谢，尚期于二三凤素缮录一编，焚诸殡宫，以申挂剑之义也。抚卷为之三叹。甲辰六月十有九日，常熟陆贻典敕先识。

清杨绍和《楹书隅录》卷五著录，影宋精抄本《西昆酬唱集》二卷，云：

此书先公得之江南，亦汲古阁影抄之致佳者，笔精墨妙，雅可宝玩，诚希世珍也。至是书乃子晋生前所未见者，而卷中有其名字各印，当由斧季补钤耳。彦合记。

每半页十二行，行二十字。有"宋本希世之珍""子晋""虞山子晋""子晋私印""子晋书印""汲古主人""汲古得修绠仲离故国人家毛褒之印""斧季""开卷一乐""书香千载""笔砚精良""人生一乐""杨灏之印""继梁席鉴之印""席氏玉照""汪士钟印""三十五峰园主人"各印，又大方印文云，"赵敏公书"。卷末云："吾家业儒，辛勤置书，以遗子孙，其志何如。后人不读，将至于鬻，颓其家声，不如禽犊。苟归他室，当念斯言：吾取非其有，毋宁舍旃。"亦毛氏印也①。

杨绍和跋语中已云此本为"汲古阁影抄之至佳者"。又其先录毛褒跋，次录觌庵先生跋，并小字标注云"均在卷末"；所记诸枚印识毛氏汲古阁本均存；国图藏本亦有杨绍和的印识。则杨绍和著录之"影宋精抄本"，即为毛氏汲古阁抄本。

汲古阁本为毛褒抄录，毛晋并未得见。此本之毛晋诸印识，可能为毛褒加盖。后此本经席鉴、汪士钟、杨绍和递藏。

是以共有三本直接来源于钱功甫抄本：冯班抄本、汲古阁抄本和陆贻典抄本，前两本俱存国家图书馆，陆贻典抄本焚于钱谦益墓前。

傅增湘记录此本，曰："明末毛氏汲古阁写本，十二行二十字，白口，左右双栏。毛褒据明钱允治写本传录。"除此之外，傅增湘还增补一本为清初影宋精写本，曰："十二行二十字，钤季振宜、王闻远藏印，故宫藏。"查检《国立故宫博物院善本旧籍总目》并无《西昆酬唱集》，不

---

① 杨绍和：《楹书隅录》卷五，《宋元明清书目题跋丛刊》（十），清代卷第四册，中华书局2006年版，第558页。

知傅氏所云之清初影宋精写本现居何所。

5. 无名氏清抄本

半页十一行，行二十字，无框格。先张緅序、次杨亿序、次唱和诗人姓氏。考此本首录张緅序；又正文诗人官衔，小字双行注于姓名之下，与张緅玩珠堂本和四部丛刊本同；又正文字句皆同玩珠堂本；则此本乃据张緅玩珠堂本抄录。

6. 徐乾学刻本

莫友芝曾藏有此本，惜无缘得见①。

7. 吴门壹是堂刻本

半叶九行，行二十字，左右双边，单鱼尾，为黄纸本，有朱笔校。版式前抄配冯武和朱俊升《重刻西昆酬唱集序》和目录（上下卷）；题名页书"西昆酬唱集，壹是堂订"。

8. 朱俊升听香楼刻本

清康熙四十七年辨义堂刻本，半叶八行，行十八字，白口，左右双边，单鱼尾。有校语。前抄录有毛扆"抄本西昆酬唱集跋"、和陆贻典跋，次冯武"重刻西昆酬唱集序"、次朱俊升"重刻西昆酬唱集序"、次杨亿序，无唱和诗人姓氏。每卷前附"西昆酬唱集目录"。卷末属"旌邑李又韩刻"。冯武序页有"林家珍秘书籍"诸印。诗人姓名首见处注明官职，如"翰林学士、左司谏知制诰杨亿"、"大理评事、秘阁校理刘筠"；后见处名前皆有姓氏，如"杨亿"、"刘筠"。杨亿序下注曰："毛抄本十二行二十格。"上海图书馆藏本有莫棠校语。

9. 浦城遗书本

清嘉庆十六年浦城祝氏留香室刻，半叶十行，行二十三字，白口，四周双边，单鱼尾，版心下方镌"留香室开雕"。内页题"宋杨文公西昆酬唱集、嘉庆辛未祝氏留香室雕"。前有冯武序和朱俊升序（作旧序）、杨亿序（作自序）。卷一、卷下首页下书："长乐梁章钜②、浦城祝昌泰③

---

①　莫友芝撰、傅增湘订补、傅熹年整理：《藏园订补郘亭知见藏本书目》卷十六，中华书局1994年版。

②　梁章钜（177—1849），字茞中、闳林，号茝邻，晚年自号退庵，祖籍福建长乐。藏书楼名"黄楼"，藏书印曰"茝林珍藏"。著有：《浪迹丛谈》《制义丛话》《清尘录》《夏小正通释》《经尘》《论语孟子三国志旁证》《藤花吟馆诗抄》《三思堂丛书》《退庵所藏金石书画题跋》《枢垣记略》等。

③　祝昌泰，字躬瞻，号东岩，福建浦城人。与梁章钜搜集浦城先辈遗书，共十四种，特构"留香室"，捐资刊刻。著有《留香室诗钞》《留香墨林》《留香别集》等。

同校刊。"卷末有祖之望①跋，曰："东岩太守（祝昌泰）继《武夷新集》而并梓之。"顾广圻据冯班抄本校并跋。

10. 粤雅堂丛书本

半叶九行，行二十一字，左右双边，版心下书"粤雅堂丛书"。前附冯武和朱俊升《重勘西昆酬唱集序》、次杨序、次西昆酬唱集目录、卷一末印"谭莹②玉生覆校"。卷下末印有咸丰甲寅（四年，1854）伍崇曜③跋。

11. 见山堂本

半叶十行，行十九字，白口，四周单边，单鱼尾。题名页署"重刊宋本，西昆酬唱集，见山堂藏版"。集前有杨亿序和王士祯跋，前附《见山堂遗诗》一卷。清莫友芝撰，傅增湘订补《藏园订补邵亭知见藏本书目》卷十六《总集类》之《西昆酬唱集》载："《西昆酬唱集》二卷，宋杨亿等撰。附《见山堂遗诗》一卷，清赵作肃撰。清康熙间赵秋谷（执信）刊本，十行十九字。封面题'重刊宋本，见山堂藏版'。《见山堂遗诗》有王易序，言作肃从侄秋谷择其什三存之云云。"从傅增湘著录可知，此本原为赵执信刊本，后收入《丛书集成初编》。

12. 邵武徐氏（健）丛书本

国家图书馆藏清光绪年间徐干刻，傅增湘校跋，半叶九行，行二十二字，白口，左右双边，单鱼尾，版心下方署"邵武徐氏刊"。正文每卷首署："宋浦城杨亿大年编、邵武徐干小勿校刊。"傅增湘曾据玩珠堂本教改七十余字，有"沈叔校勘"印。前有《钦定四库全书提要》和《四库全书简明目录》对于《西昆酬唱集》的著录、次杨亿序（作"序"）、次冯武序（作"旧序"）和朱俊升序。唱和诗人均未著录官职。卷末附有钱曾《读书敏求记》之《总集类》对《西昆酬唱集》的著录、祖之望跋、伍崇曜跋（作"旧跋"）。

书名页傅增湘题曰："据影抄嘉靖本校定，壬戌沈叔志于阳台山大觉寺。"并有"藏园校定群书"印章。

---

① 祖之望(1763—1813)，字舫斋，又字载璜，号子久，福建浦城人。乾隆戊戌进士，改庶吉士，官至刑部尚书。有《皆山草堂诗钞》。

② 谭莹(1800—1871)，字兆仁，号玉生，广东南海（今属广州）人。搜辑粤中文献藏于"乐志堂"，助友人伍重曜刻《岭南遗书》《粤雅堂丛书》《乐志堂集》等。

③ 伍崇曜(1819—1863)，原名元薇，一名绍荣，字紫垣，一字良辅，南海（今属广州）人。父伍秉鉴，以洋商起家，家资巨富。他好学嗜古，遍收四部图书，建藏书楼有"粤雅堂""远爱楼"，与康有为"万木草堂"、孔广陶"岳雪楼"、潘仕成"海山仙馆"合称"粤省四大家"。约请谭莹为之鉴别古籍，并协助他汇刻《粤雅堂丛书》三编三十集。

在书名页后空白页抄录"西昆唱和诗人姓氏"。

在《四库全书简明目录》后，抄录张綎序，补"西昆酬唱集序——翰林学士户部郎中知制诰杨亿述"诸字，并补唱和诗人之官职于姓名之下，小字双行。

卷上末，跋云："壬戌二月十一日，于清泉吟社校读此卷。"

卷下末，傅增湘跋云：

艺风藏旧写本，前有嘉靖丁酉张綎序，盖自明刻出也。取此本款式不同，字句亦微有异。旧刻序云，西河得抄本，徐健刻之，是明刻，国初亦罕见也。抄本序后有唱和诗人姓氏一页，此本亦脱去。明本亦不易求，此旧抄亦殊可贵也。近日习静山中，夜间校读，既竟，松涛习习，与瓶笙（翁同龢）相应和，清宵冷趣，索解人正不得异哉。藏园居士志于清泉吟社。

昨岁在南中见张綎刻此书于秦氏绥青斋中，商价未谐，异日终当致之。沅叔附记。（并印"藏园""沅叔"二章）

壬戌二月十一日校毕。

卷下末旧跋著录《读书敏求记》之语，并小字双行注曰："蒿卢先生云，冯舒字巳苍，尝以议赋役事语触县令瞿四达，瞿深衔之，遂以他事罗织，下巳苍狱中，未几死于狱中。右录钱曾《读书敏求记》。"

国家图书馆另藏有泽之署藏本。有朱笔校注，称"据朱阆仙原刻本校定。"

13. 周祯、王图炜注本

半页九行，字数不等，小字双行，左右双边，单鱼尾，翁同书朱笔校并跋，国家图书馆藏。前抄录四库全书总目之语，每卷首署"虞山周祯以宁、云间王图炜彤文注"双行题款。

卷首四库提要后有翁同书朱笔跋语，云：

此有注之本在徐、朱二刻之后，剞劂颇工。卷首无冯武序，而杨亿序中称诗二百四十七章，与汪如藻（念孙）家藏本又异。册中标点亦不草草，未知出何人手。咸丰七年正月得之扬州书肆，因记。南沙翁同书。（"同书"印）

1985年上海古籍出版社影印黄永年先生家藏本，书前有黄永年先生所作的《前言》，书后有黄先生所作的《释西昆酬唱集作者人数及篇章数》一文。黄先生在《前言》中，首先介绍寒斋藏此周、王合注《西昆酬唱集》刊本的版式，再推算此注本之刊刻时间，曰："此书以'王俨斋先生鉴定'标榜，知其纂注刊刻必在康熙中后期。书中'玄'字避康熙讳缺笔，而雍正以下不避讳，亦是佐证。"最后指出此注本："当与铁琴铜剑楼旧藏冯班抄本之属同源自宋刻善本，故得保存旧式，而迥异于玩珠。"而明嘉靖玩珠堂本"所据底本，实以南宋建阳麻沙坊肆俗本充数，其增出《唱和姓氏》，及改易款式衔名，正坊本面貌，玩珠依式刊刻"。所以认为此注本"有裨校勘，止亚于宋刻、冯班一等，而为玩珠以下通行诸本之所弗及"，充分肯定了此本的价值。傅增湘亦称此本"绝精"。①

此外，另有 1980 年中华书局出版，2001 年 10 月上海书店出版社再版王仲荦先生《西昆酬唱集注》和 1986 年齐鲁书社影印出版的郑再时《西昆酬唱集笺注》，可资补用。

（二）《西昆酬唱集》版本源流及各本之价值

《西昆酬唱集》各本之间的传承关系，如下：

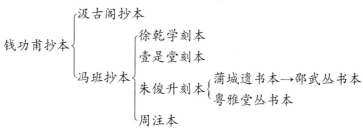

现存《西昆酬唱集》有两个版本系统，一是钱功甫抄宋本系统，以汲古阁抄本和冯班抄本最珍；一是玩珠堂刻本系统，包括《四部丛刊本》、山阴祁氏淡生堂抄本和无名氏清抄本。这两个系统都源于宋本，而又略有不同。傅增湘先生充分肯定了玩珠堂本的价值，黄永年先生却认为玩珠堂本出自南宋麻沙本，远不如冯班抄本。本人现在就简单叙述一下两个系统的不同，以及这两个系统的价值。

首先，钱行甫抄本系统，如毛氏汲古阁抄本、冯班抄本、吴门壹是堂刻本和周、王合注本均于姓名首见处先署职衔，再书诗人姓名，其后重见者，则止存名而略去姓。有重署职衔者，为诗人已授之新职，故不承旧衔而另署之。如卷首序文题"翰林学士户部郎中知制诰杨亿"，上卷之《受诏修书述怀感事三十韵》题"左司谏知制诰杨亿"、《禁中庭树》题"翰林学士杨亿"、《休沐端居有怀希圣》题"少卿学士杨亿"。据《宋史》卷三百五杨亿本传，亿先拜左司谏知制诰，景德三年召为翰林学士，大中祥符初加兵部员外郎、户部郎中，三诗一序先后撰制，故分别题署。朱俊升刻本，诗人首见处同上述刻本，为重见者补姓于名前。

而玩珠堂本、四部丛刊本、山阴祁氏淡生堂抄本和清抄本，于姓名首见处，皆先署诗人姓名，诗人官衔皆小字双行题识于诗人姓名下，其后重见者亦存名去姓。然并未照顾到诗人前后官职的变换，而是混题于首见处。如杨亿《述怀感事三十韵》下混题"翰林学士左司谏知制诰"，《禁中庭树》下不署职衔。黄永年先生指出冯、毛抄本等"先署职衔，然后接写姓名。玩珠本乃先列姓名，职衔列姓名下作双行小注，已失旧本款式"。

其次，钱行甫抄本系统均无《西昆诗人唱和姓氏》，而玩珠堂本系统于杨亿序后均增添《西昆唱和诗人姓氏》。之所以说是增添而不是原本即有，理由如下：第一，杨亿职衔题为"翰林学士左司谏知制诰"，未留意杨亿前后官职的变化；第二，任随于《唱和姓氏》并未署职衔，而上卷《汉武》题为"太常丞直集贤院"；第三，《唱和诗人姓氏》于张咏前，书"元缺"，而上卷《代意》"懊恼鸳鸯未白头"作者姓名，玩珠堂本和汲古阁抄本正文均题"元缺"，冯抄本留白，壹是堂刻本和朱刻本涂黑，则此诗之作者姓名已佚缺。不知者还以为唱和诗人之中有名"元缺"者。凡此种种，玩珠堂本之《西昆酬唱诗人姓氏》为妄增，可知也。

再次，从字句而言，两系统差异较大，如：《代意》之"路隔仙源不可寻"篇，玩珠堂系统署名"隋"，钱功甫抄本系统均署"亿"或"杨亿"；张咏之《馆中新蝉》末句，钱功甫抄本系统俱作"凭君无苦预悲秋"，玩珠堂系统"君"俱作"栏"；钱惟演《再赋》，钱功甫抄本系统俱作"珠串泪长圆"，玩珠堂系统"串"俱作"蚌"。刘筠《秋夜对月》，钱功甫系统俱作"六幕极天清"，玩珠堂本系统"清"俱作"青"；刘筠之"芒燸盛德正浑仪"诗，玩珠堂系统在钱惟演《夜意》前，钱功甫系统在《夜意》后；杨亿《无题》之"合欢蠲忿亦休论"诗，玩珠堂系统俱作"风翩林叶迷归燕"，钱功甫系统"翩"俱作"翻"；又"满天飞絮冒游丝"诗，玩珠堂系统作"几夕空机愁促识"，钱功甫系统"识"俱作"杼"；等等。

　　综之，玩珠堂本要逊于钱行甫抄本系统。从字句而言，校勘不精之处屡屡得见。又妄增《唱和诗人姓氏》，并随意增改文中唱和诗人之官衔，以至于出现上述之不类情况。而在玩珠堂系统内，《四部丛刊》本讹谬更甚，其底本虽为玩珠堂本，然校勘不精，远不如同以玩珠堂本为底本的淡生堂抄本和无名氏清抄本精善。如刘筠《受诏修书述怀感事三十韵》，玩珠堂和钱功甫系统各本均作："编年终显德，历帝自凡（校作几）蹇。一览无前古，三长岂后予。宏纲提要妙，至论绝篷篠。"《四部丛刊》本缺"一览无前古，三长岂后予。宏纲提要妙，至论绝"诸字；刘筠《汉武》，诸本皆作"汉武天台切绛河"，《四部丛刊》本"天台"作"高台"；钱惟演《夜意》，诸本皆作"雨云无迹火云凝"，《四部丛刊》本"雨云"作"云雨"。钱惟演《无题》其二"耿耿寒灯照醉罗"诗，诸本皆作"只恐重投折齿梭"，《四部丛刊》本作"低恐"；又《无题》其三诸本皆作"香歇环沉无限猜，春阴浓淡画帘开。"《四部丛刊》本"无限猜"作"无沉积"、"阴"作"限"……诸多谬误，不一而足。

　　以钱功甫抄本为底本的冯班抄本和汲古阁抄本，大体相同，然中间亦稍有不合。与两本相比较，冯班抄本略显粗漏，然其经过叶万、何煌等校定，更改了许多不足，乃成善本。以后诸家刻本皆祖冯抄，并很好地吸收了诸家的校勘成果，推广之功，堪称至伟。

　　之所以说壹是堂刻本、朱俊升刻本以及诸家丛刻之源为冯班抄本，理由如下：

　　首先，如遇冯抄本与汲古阁抄本不同处，诸刻本皆与冯抄本或冯抄之校语同。如：杨亿之《公子》，玩珠堂本、汲古阁本均作"月轩宫袖案前溪"，冯抄本抄作"案"，校作"按"，壹是堂本、朱刻本及诸家丛书本均作"按"；又玩珠堂本和汲古阁抄本作"细雨垫巾过柳巾"，冯班抄本"巾"作"予"，校作"市"，其余诸本皆"市"。钱惟演之《夜意》玩珠堂系统、汲古阁抄本和冯抄本均作题名"夜意"，冯抄本之"夜意"二字被圈涂，壹是堂本、朱刻本及丛书本均未题名。《汉武》，汲古阁本未署名，冯班抄本署名"亿"，朱刻本均作"杨亿"；等等。

　　其次，"懊恼鸳鸯未白头"诗，汲古阁抄本题名"元缺"，冯班抄本留白，以后诸家刻本均涂乙。如其源自汲古阁抄本必做"元缺"，其涂乙正说明，抄时留白处，在刊刻印刷之时乃成黑丁。

　　所以壹是堂、朱俊升等诸家刻本皆祖冯班抄本，并借鉴了诸家的校语。在诸家刻本之中，特别是壹是堂本很好地继承了冯班抄本的原貌。而朱俊升刻本虽世称为善，以后诸家刻本仍之，然其本亦有讹谬，并增加《西昆酬唱集目录》，算不得特别精善。至于祝氏浦城遗书本和邵武徐氏丛书本，其中的讹谬就更多了，瞿镛、顾广圻和傅增湘等分别做了校勘，并作校语，此处就不再赘述。

要之，在现存《西昆酬唱集》各本之中，以玩珠堂本最古，以汲古阁抄本和冯班抄本最善，特别是冯抄本经过叶万、何煌等人的校订，文献价值更高，堪称魁首。只是现已残缺不全，甚为可惜。幸壹是堂刻本和朱俊升刻本皆以冯班抄本为底本，并很好地吸收了诸家的校勘成果，并能部分补充冯抄本之缺失。

五、《汗简》与《复古编》

二冯抄校之书颇为广泛，涉及经、史、子、集四部，本书的重点在集部，然冯舒抄录的两部字书《汗简》和《复古编》却不能忽略。本人疏于字学，篆字尤甚荒疏，然因冯舒此二抄本的重要价值，斗胆略述如下：

（一）《复古编》

冯舒曾于崇祯四年（1631）抄写宋张有所撰《复古编》两卷，后为友人借去，越六年乃归，冯舒如见至宝。国家图书馆藏有冯舒抄本《复古编》二卷，有“巳苍父”“长乐”“冯巳苍”“铁琴铜剑楼”“文瑞楼”诸枚印章。

卷末，冯舒跋曰：“篆字嘿庵手书。”（巳苍父）又跋曰：“崇祯辛未（1631）七月抄，此编甫抄成，便为何世龙借去，越六年丙子（1636）始见归，如见古人，如得已失物也。九月十七夜记。”（长乐、冯巳苍）

此本曾为瞿氏铁琴铜剑楼和金氏文瑞楼收藏，《铁琴铜剑楼藏书目录》卷七著录，云：

宋张有撰，嘿庵手抄本。嘿庵即孱守居士也。……此书与安邑葛氏所刊新安程序旧写本大致相同，似出自一源。嘿庵书不无小有舛错，如支韵之“窥”讹为“窺”、“葰”讹为“蔆”；灰韵之“颓”当在肧字下而讹在上，则紊其纽矣。然其结构谨严，运笔圆健，盖亦陶九成所谓写篆而非画篆者，正非刊本所及。至其小注则属抄胥影写，嘿庵亦为遑审勘然。如，“齹”字注云：“别作齻，刊本讹为齺，无此字也”；“鉏”字注云：“土鱼切，刊本讹士为七”；“柴”字注云：“师行野次，坚木为区，落名曰柴”；“蓠”，案本书蓠字，注草名，又藩也，别作篱，非，则此从草是也，刊本乃讹从竹。其足资订正者不少，葛氏撰《校正》一卷，颇为疏略，惜未见此帙也。①

　　冯舒抄写不免舛错，然较刻本为善，除结构严谨、运笔圆健外，更能校补刻本之诸多不足。

　　（二）《汗简》

　　冯舒曾于避兵乱之洋荡村中，冒着酷暑炎热抄录宋郭忠恕所撰《汗简》七卷。此书现存国家图书馆，著录为《汗简》七卷，明弘光元年冯舒抄本，明冯舒、清黄丕烈跋。有"冯舒之印""铁琴铜剑楼""黄丕烈""虎孙"诸枚印识。

　　卷末冯舒跋曰：

　　右《汗简》上、中、下各二卷，末卷为《略叙》《目录》，共七卷。李公建中序为郭宗正忠恕所撰，引用者七十一家，亦云博矣。崇祯十四年（1641）借之山西张孟恭氏，久置案头，未及抄录。今年乙酉（1645）避兵入乡，居于莫城西之洋荡村，大海横流，人情鼎沸，此乡犹幸无恙。屋小炎蒸，无书可读，架上偶携此本，便发兴书之，二十日而毕。家上人叹谓予曰："世乱如此，挥汗写书。近闻有焚书之令，未知此一编者，助得秦坑几许虐焰。"予亦自笑而已。犹忆予家有旧抄《张燕公集》，卷末识云："吴元年南濠老人伍德手录。"此时何时，啸歌不废。他年安知不留此洋荡老人本耶？但此书向无刻本，张本亦非晓字学者所书，遗失讹谬，未可意革。李公序云："赵字旧字下，俱有臣忠恕字。"今赵字下尚存旧，下则亡之矣，确然知其非全本也。既无善本可资是正，而所引七十一家，予所有者仅仅始一终取本《说文》《古老子》及《碧落碑》而已，又何从定其讹谬哉！亦姑存其形似耳。又此书亦有不可余意处。如沔字、汸字、泯字、涸字，俱从水。今沔从丏，汸从方，泯从氏，涸从卤，䏸从月而入脊部，郤从邑而入谷部，驶从马而入史部，朽从木而入丂部。诸此之类，不可枚举。大抵因古文字少，未免援文就部，以足其数，其实非也。目录八纸，应在第七卷。今七卷首行尚存"略叙、目录"四字，古人著书，多有目录是他人作者，故每云书若干卷，目录几卷。即一人所作，目录亦或在后。徐常侍所校《说文》其明证也。今人一概移置卷首，非是。今此本目录亦在第七卷，后人知之书成后偶余耳

　　①　瞿镛：《铁琴铜剑楼藏书目录》卷七，《宋元明清书目题跋丛刊》（十），清代卷第四册，中华书局 2006 年版，第 106 页。

纸，信笔书此，以供他年一笑。太岁乙酉六月之十日屏守老人识。（冯舒之印）

黄丕烈跋云：

《汗简》一书，钱唐汪立名所刊，出于朱竹垞藏旧抄本。旧刻无闻焉。钱遵王《读书敏求记》谓"屏守居士藏书率多善本"，此殆是也。《汗简》字学中不甚重，潜研老人曾言之。然论古书源流，是书何可废哉！且屏守居士抄于明代，较竹垞所藏更旧，因急收之。己巳冬至后二日复翁识。①

此本曾经钱曾、张金吾、瞿氏铁琴铜剑楼、黄丕烈、陆心源等递藏，《读书敏求记》、《爱日精庐藏书志》、吴寿旸《拜经楼藏书题跋记》等均有著录。后为《四部丛刊续编》所影印。

从冯舒此段跋语可知，一、《汗简》向无刻本；二、张孟恭本保存旧式，《目录》至于卷后；三、张孟恭本亦非晓字学者书，遗失讹谬甚多，且此书有许多不可意处；四、张本虽有诸多讹谬，然无本是正。即张本虽不称尽美，然《汗简》一书无刻本行世，且抄本之中亦无善本可以校补张本之讹。且张本保存了宋本旧式，与各本相比亦不失为一佳本。冯舒死后几二百年乃有刻本行世，然其底本尚无冯舒之本旧，又其讹谬更甚，远不及冯抄本。关于冯抄本《汗简》之价值可参看诸藏书家之著录，如下：

清钱曾《读书敏求记》称："屏守居士为吾友冯舒巳苍，别号癸巳老人，藏书率多异本，吾邑之宿素也。"章钰补曰："劳权云，恬裕斋藏屏守居士手抄本三卷，《略叙》一卷，有李建中题词、忠恕自序、李直方后序、郑思肖跋，较钱塘汪立名刊本为优。钰案：仪顾堂续跋亦载巳苍抄本，云遵王藏本，即《敏求记》所著录后归爱日精庐者。与劳说见恬裕斋者互异。又案汪刻系出朱竹垞藏旧抄本，见《曝书亭集》。"②

清张金吾《爱日精庐藏书志》卷七，著录《汗简》七卷，曰："冯巳苍手抄本，年几二百，手迹如新，视跋所云，有如左券，是亦吾邑中

① 黄丕烈：《荛园藏书题跋》卷一，《宋元明清书目题跋丛刊》（十三），清代卷第七册，中华书局 2006 年版，第 22 页。
② 钱曾：《读书敏求记校正》卷一，《宋元明清书目题跋丛刊》（十一），清代卷第五册，中华书局 2006 年版，第 52 页。

一嘉话也。其珍秘之哉。"又著录孙氏木芝抄本,引陈鸿记跋曰:"后冯巳苍假来抄得,余于庚寅冬日从巳苍借抄点。……是亦从冯本抄下者。"①

清陆心源《仪顾堂续跋》卷四,著录冯巳苍手抄《汗简》跋,曰:

> 前有自序、次七十一家事迹,卷七为《略叙》,《目录》后有李直方跋及《图画见闻志》、潘远《纪闻》、周越《法书后苑》、刘向《别录》四条,郑思肖书跋,每页十四行,后有冯巳苍手跋。与康熙中汪立名刊本字迹少有参差,汪本出自曝书亭,移《目录》于首,此本《目录》在卷七,犹存汉人旧式。有"虞山钱曾遵王藏书"朱文长方印,即《敏求记》所著录,后归爱日精庐者。②

清杨绍和《楹书隅录续编》卷一,著录精抄本《汗简》七卷二册一函,曰:

> 此本则叶石君由牧斋所藏旧本手写而成。字体古秀,较冯巳苍本款式稍大,而点画特为精妙,勘校綦详,洵奇书也。其后序三段犹牧翁笔朱校,则也是翁所补著于录,以见古书授受源流云,同治庚午冬月初雪海源阁主人志。
>
> 上、中、下各分二卷,每半页八行,行作五排,原字在上,分注于下。《目录》一卷居后,古例也。有"叶石君""蒙叟""虞山钱遵王藏书""明善堂珍藏书画印""安乐堂藏书记"各印。③

清瞿镛《铁琴铜剑楼藏书目录》卷七著录,曰:

> 《汗简》三卷,《略叙》一卷,旧抄本。此屏守居士手抄本,卷末有天禧二年李直方后序、庚寅郑思肖跋及居士自跋。居士姓冯,名舒,字巳苍,吾邑人。此书今有钱唐汪氏刻本,出自秀水潜采堂,然以此本校

---

① 张金吾:《爱日精庐藏书志》卷七,《宋元明清书目题跋丛刊》(十一),清代卷第五册,中华书局2006年版,第338页。

② 陆心源:《仪顾堂续跋》卷四,《宋元明清书目题跋丛刊》(九),清代卷第三册,中华书局2006年版,第246页。

③ 杨绍和:《楹书隅录续编》卷一,《宋元明清书目题跋丛刊》(十),清代卷第四册,中华书局2006年版,第583页。

之，有可以补正者甚多。如示部䄟字注：誀，此作祖（案祖当作祖）。王部下，此有"见石经"三字。⺆部鼐字注"孔子题季札墓"，文下此有"字"字。商部下㲎有"女八切"三字，十部卑字注"出郭显《字指》"，显下有卿字。几部几皆讹々，此并改正。目部字注同字上，此有"上"字。眀部䁤字注：见《周易》，此周上有"古"字。咼部凡咼之属皆从咼，此并作咼。工部㠪字注：臣，此作㠯。琵部注：琵展，此无琵字。黍部黍并讹，䵣此作黍。臼部注：此有巨九切。㫃部㫃字注文：亦作旅，此文上有说字。紳部下此有"卿"字，囪部注江上空一字，此作又（案又当作叉）。焱部"弋"下空一字，此作釗（案釗即剑，此书劒并作金）。夰部皆从夰，此皆作从夰。宅部㝉字注：出表张楫集，古文此楫作揖。车部䡾字注：辅此作輨。乙部𠃜字注：今下下空一字此作亦。子部𡥈字注：卷切上此有"山"字。各部注：他骨下有"切"字。至目录第二埊字注：元卷中作埊。又阠字注：死，卷中作阠，此并在简端盖校者之语。汪氏讹入注中也。第三佽字注：牛林下此有切字，第六𦣹字注：丁四切，此四作回。弄字注空一字，此作养（案养字作春）。凡此诸条，虽亦未能无讹，要胜汪刻为多，故悉举之，为读此书者念焉。①　（卷首末有冯舒之印、癸巳老人、虎孙士礼居藏、黄丕烈诸朱记）

在诸家记录之本中，只有叶石君（树廉）抄本可与冯舒抄本媲美，其余孙氏木芝抄本、汪立名刻本等均不可比拟。瞿镛更是以冯抄本校定了汪刻本的诸多不足。综之，冯舒抄本《汗简》不仅字体精美，几二百年后仍然焕然如新，且保存旧式，可补诸家抄刻本不足，具有很高的校勘价值。

二冯尚抄有《封氏闻见记》《经典释文》《近事会元》，虽无缘得见存本，然查阅到相关著录，如下：

《封氏闻见记》十卷一册，唐封演撰，冯舒曾抄录。钱曾《读书敏求记》卷二上言冯舒抄本《封氏闻见记》为："屠守居士从吴岫②本，录于空居阁。"章钰、管庭芳补劳权语，云："冯本今归丹铅精舍。每页左栏

---

① 瞿镛：《铁琴铜剑楼藏书目录》卷七，《宋元明清书目题跋丛刊》（十），清代卷第四册，中华书局 2006 年版，第 104 页。

② 吴岫，字方山，号濠南居士。吴县(今江苏苏州)人。嘉靖诸生。家多贮书，前后收书逾万卷。有藏书楼为"尘外轩"，所藏书扉页有"尘外轩读一过""姑苏吴岫家藏""方山吴岫"等印。喜抄书，用绿格纸，抄有《瀛涯胜览》《吕衡州文集》《开元天宝遗事》《太平胜典》《定陵注略》《握机经传》等，为清代藏家所重。

外上方有'冯氏藏本'小隶字，上卷末有已苍手识。"台湾藏有明崇祯甲戌常熟冯氏抄本，有冯舒跋曰："崇祯甲戌七月一日，阅。从弟叔昭所书也。孱守居士。"（见《国立中央图书馆善本题跋真迹》）

《经典释文》存二十二卷十册，唐陆德明撰。冯班跋曰："原书文渊阁秘籍，不知何自出于人间。叶林宗（树廉）购书工影写一部，凡八百六十帧，崇祯十年岁次丁丑写毕。越十四年，上党冯班识。"（同上）

《近事会元》五卷，冯舒跋云："太岁乙酉，避乱于洋荡之村居。是年闰六月，忧闷无聊，遂手书此本，二十日而毕。是书是秦季公①（四麟）所藏，余从孙岷自（江）借抄之。七月初六日孱守老人记。"见《铁琴铜剑楼藏书目录》卷一六之《近事会元》条，此跋叶德辉《书林清话》、黄丕烈《士礼居题跋》亦引。黄丕烈又引吴翌凤跋，曰："右系薄长启源原本，余从余君萧客②抄得之。虽甚小碎，然可补五代典故之缺也。孱守老人姓冯，名舒，字已苍，又号癸巳老人，虞山人。"可知冯舒抄本《近事会元》曾归陆启源所有后归余萧客，吴翌凤曾借抄之，后辗转落入黄丕烈之手。

通过前文之介绍，可以总结得出二冯抄本的三个特点：首先，二冯抄书重视底本的选择，往往为宋元善本，底本价值很高，孙从添《藏书纪要》云："新抄冯已苍、冯定远……俱从好底本抄录"。其次，二人抄录之底本很多皆以缺佚，底本之面目往往为二冯抄本仅存，如：冯班抄钱功甫本和冯舒校本《文心雕龙》、冯舒抄本《汗简》等，则二冯抄本之价值自不待言。再次，二冯抄本往往可以弥补刻本之不足，如：冯班抄本《玉台新咏》是现存抄刻本之中最接近宋本原貌之本，其为判定诸抄刻本价值的重要依据。

冯抄以上述三个特点成为藏书家之至宝。叶德辉《书林清话》云："明以来抄本书最为藏书家所秘宝者，……曰冯抄，常熟冯已苍舒、冯定远班、冯彦渊知十兄弟一家抄本也。"介绍兄弟三人抄本概况，并引诸家著录之抄本曰："冯彦渊抄本，格阑外有'冯彦渊藏本'五字。《张志》：唐《杜荀鹤文集》三卷。《毛目》：《李太白集》四本，从绛云楼北宋板，觅旧纸，延冯窦伯影抄。按：窦伯名武，彦渊子也。冯定远抄本，格阑外有'冯氏藏本'四字。《张志》：《许丁卯集》二卷、《续集》二卷。《瞿目》：宋周密《云烟过眼录》一卷。冯已苍抄本，格阑板心均无字。

---

① 秦季公：秦四麟，字景阳，又字西岩，号季公，常熟人。万历间贡生，好藏书，又善抄书，其所抄之书因笔法流逸，为藏书家争而藏之。

② 余萧客（1732—1778），字仲林，别字古农，江苏吴县人。

《张志》《黄记》：手抄《近事会元》五卷，《汗简》七卷。《黄记》：校明影宋抄本《元英先生诗集》十卷，后有'崇祯戊辰年六月冯氏空居阁阅'一行。墨格抄本，有毛晋、孙绥万跋。《华阳国志》十二卷，云：顾涧蘋藏，空居阁抄本，《李群玉方干诗集》合装一本。"[1] 不仅介绍了冯抄本的特征，更强调了冯抄本的重要价值，把冯冯抄本并列为明清以来最为藏书家所至宝的十二家抄本之一。

第二节　校　雠

冯氏兄弟嗜好抄校书，尤好宋元善本。冯抄以其底本之善、抄校之精为明清藏书家争相收藏。冯舒于避乱洋荡村之时，尚抄书不辍，不仅抄《汗简》七卷和《近事会元》五卷，并据宋版校勘《重勘嘉祐集》十五卷、据柳金影宋抄本和谢耳伯宋本校勘《水经注》三十三卷（计四十卷，前七卷校于崇祯十五年），其用力堪称勤。二冯抄校书籍甚多，很难一一予以介绍。本章第一节捡取二冯抄本中保存较好且容易得见的几部做了详细研讨，本节就简单地做个二冯抄校本的题跋汇录，以期日后深入研究。

一、集　部

1.《贾浪仙长江集》，唐贾岛撰，明张敏卿抄本，清冯班、何焯跋，清孙江、陶世济、钱孙保题款，冯班评点，国家图书馆藏。先苏绛撰《唐故普州司仓参军贾公墓铭》（有"上党""上党冯氏藏书之印"）、次《贾浪仙长江集目录》（有"窦伯""嘉荫卢氏抱经堂收藏章"），后附《圣宋新修唐书浪仙传》《唐韩文公送无本师归范阳诗》《题浪仙赞》、平阳王远《后序》（有"情钟我辈"方印和"自然幽雅"方印）。卷一首页："宋本"腰圆形章、"上党"方印。

卷第七末冯班跋曰："维扬保障河边柳下，读一过。班。"

卷第八末冯班题识："伟节。"（上党冯氏藏书之印）

卷第十末冯班跋曰："书此者，张敏卿。今日求佣书人笔意，清雅善是者，何可得归？读竟慨然。"（冯班定远、上党）

陶世济题识并跋曰："崇祯乙亥岁五月观。"

冯班跋曰："书此者为张敏卿。"（上党冯氏之印）又"柳大中家宋

① 叶德辉：《书林清话》，上海古籍出版社 2008 年版，第 206 页、208 页。

本重录。"（上党、班）

孙江跋曰："丁亥冬岷山人借抄。"

何焯跋曰："此册真钝吟老人所点，流传入郡中一人手。沈生颖谷知余慕从老人议论，用白金二十铢购以见赠。书后诸名氏，孙江字岷自、钱孙保字求赤、陶世济字子齐，皆有文而与老人善。孙、钱名载邑志，陶事详老人兄屦守居士所著《怀旧集》中云。康熙癸巳秋，后生何焯书。"

后署："崇祯甲申五月重装。"

此本有冯班亲笔手书跋语和各枚印识，又有何焯手书，当为冯班手校本无二。冯班于卷一、卷九数诗上有眉批，现录之如下：

第一卷：

《朝饥》之"古人有拙言"句，冯班评曰："言'拙言'，用陶诗也。'有'字便不韵。"

《哭卢仝》诗，冯班评曰："玉川死于甘露之难，长江讳之也。甘露之事，宰执死之可也，无官而死，冤哉！讽刺深雅。"

《剑客》之"谁为不平事"句，冯班评曰："'为'字妙，'谁为不平'，便须煞却，是侠概；'谁有不平'，与人报仇，是卖身奴。"（亦见二冯评点《才调集》中，评语略有不同，然意思为一。）

《寄远》诗，冯班评曰："古样。"（冯班于《才调集》中评曰："拟古诗"。）

《斋中》诗，冯班评曰："效陶。"

《感秋》诗，冯班评曰："文语似陶。"

《辞二知己》诗，冯班评曰："古样。"

第九卷：

《渡桑干》诗，冯班评曰："《元和御览》载此。"

《赠梁浦秀才斑竹拄杖》诗，冯班评曰："妙得竹杖之理。'结根石上'，则瘦劲节密；'红斑少'，则实而有筋，堪杖也。"

冯班评点本后归何义门所有，又转入卢文弨所，卢文弨并手临一本，为萧穆所得；国家图书馆又藏一部《贾浪仙长江集》刻本亦临冯班的评点，卞孝萱曾照此本录冯班评点①，与本文所录大体相同。

卢文弨《抱经堂文集》卷十三《再题贾长江诗集后》（丁酉）曰："始余得《贾长江集》，乃冯定远本，录之箧中。"又《题贾长江诗后》

---

① 卞孝萱：《唐代文史论丛》，山西人民出版社 1986 年版，第 205—209 页。

（甲午），曰："明海虞冯钝吟有评本，长洲何义门得之，称善。其字句洵远出俗本之上。如云：'十年磨一剑，霜刃未曾试，今日把示君，谁为不平事。'今本作'谁有不平事'，钝吟云：'谁为不平'，便须杀却，此方见侠烈气概；若作'谁有不平'与人报雠，直卖身奴耳。一字之异，高下悬殊，旧本之可贵类如是。余得其本，因临写之，欲令后生知读书之法，必如此研校，而后古人用意之精，可得也。"①

谬荃孙《艺风堂藏书记》卷六，著录《长江集》十卷，曰：

卢抱经（文弨）校冯定远、何义门藏本，补遗及何跋皆手抄也。首页有"武陵卢氏手校"朱文小长方印、"抱经堂写校本"朱文小长方印、"钟山书院"长白方印、"卢文弨白檠斋"朱文珠联小方印、"卢印文弨"白文、"弓父"朱文两方印、"范锴借观"朱文方印。②

录上文何焯跋，并补录四则：

湘蘅（毕沅③）所得校本出冯窦伯（武），最可征信，今归于家弟心友（何煌）。辛巳（1701）春见张孟恭④家宋椠本前缺目录，出自定远先生抄本，意窦伯当年所从刊正也。张氏子言孟恭昔以白金十两市之朱方初，仓猝不可得，今不知落何处矣。康熙甲申（1704）春焯记，时居皇子八贝勒府中东厢。

丙戌（1706）初秋得毛豹孙（文蔚）宋本影抄《长江集》，复手校一过。张氏书间在，惜吾力不能致之耳。焯又记。

己丑（1709）夏张氏以书质于心友，因再校。焯又记。

庚寅（1710）春借毛斧季（扆）从赵玄度（琦美）所藏宋本对校者，又校。凡改三字。焯又记。

① 卢文弨：《抱经堂文集》，中华书局1990年版，第182页。

② 谬荃孙：《艺风藏书记》卷六，《宋元明清书目题跋丛刊》（十四），清代卷第八册，中华书局2006年版，第324页。

③ 毕沅（1730—1797），字湘蘅，又字秋帆，江苏镇江（今太仓）人，是清代清学者、鉴藏家。藏书处为"经训堂"，藏书印有"秋帆""秋帆珍赏""毕沅秋帆之章""毕沅审定""经训堂珍藏印""毕沅一字湘蘅""家住灵岩山下香水溪边""灵岩山人秘笈之印"等。

④ 张孟恭（1624—?）字孟公，号震岩，山西太原人，迁居江苏苏州，明末清初藏书家。曾向舒、叶树廉借抄图书。其藏书印有"逸民徒""震岩老人""兴机""原名拱端字孟公""天累之后""汉留后裔""闲居庵""烟霞洞天图书""张弓之印"等。著有《明遗民诗》《孤云集》等。

谬荃孙跋曰:"何云浪仙身没远外,又无子嗣,莫能收拾其遗文,虽孤绝之词流传于人口,然散佚多矣。蜀本出于后人掇拾,反杂以他人之作。如《才调集》所载《早行》《老将》诸篇,足为出格,顾在所遗,他可知矣。《寄远》一篇亦《才调集》所载者,胜荆公《百家选》,则就蜀本录之者耳。"① 并录卢文弨序,内容与上引《抱经堂文集》同。

《义门先生集》卷九《跋贾长江集》云:"此册无古诗,又书者甚不工,然当日所据,乃宋刻之善者。余有常熟冯氏勘本,甲申(1704)新秋,雨窗对校,改正其中讹字数处。冯本亦尚有讹谬,赖此得为完书,后人勿易视之。焯记。"又云:"此抄缺处,皆与宋本同。后得张氏所藏书棚本,再校,止改《登楼》落句一'比'字耳。焯又记。"

冯氏校本为张敏卿抄柳金影宋本,底本价值很高,又经冯班校评,远比俗本为善,以至于卢文弨和潘氏诸人视为至宝,争先抄录。然其亦未尽美,仍有疏漏讹谬,后何焯数次补校,方为美善。

2.《中兴间气集》二卷,唐高仲武辑,明冯舒、清黄丕烈校并跋,劳健跋,国家图书馆藏。有"冯舒之印""冯氏藏本""长乐""空居阁藏书记""荛园手校""江夏""幽吉堂""劳健"诸印。

卷末冯舒跋曰:"崇祯己卯(1639)春得赵玄度(琦美)抄宋本,较(校)增于空居阁。"

黄丕烈跋曰:"嘉庆癸亥(1803)秋,得一抄本与冯校本大同而小异。因用墨笔手校一过,然卷中先有墨笔校者,故每遇校处,钤'江夏'印章别之。所最异者,李嘉佑末一首及戴叔伦之,或作七首或作二首耳。荛翁黄丕烈记。"

劳健跋曰:"'幽吉堂'是钱颐仲藏书处。颐仲,名孙艾,履之次子,求赤之弟,年仅二十而卒。冯巳苍《怀旧集》称其喜诵读,每与人通假抄录,朱、黄两毫不去乎黄。荛园(黄丕烈)于嘉庆甲戌(1814)见校宋本《嘉佑新集》,有钱求赤跋语,乃知颐仲与求赤为兄弟。行考见幽吉堂抄本《张子野词》荛翁后记。盖荛翁得此书时,尚未知幽吉堂为何许人也。戊辰(1808)二月在文弨案头见此书,有'幽吉堂'印,回记之。劳健。"

此本曾为冯舒、钱孙艾、黄丕烈、劳健递藏,后归藏于谬荃孙。《艺风藏书记》卷六著录此本,并转录冯舒和黄丕烈跋语。二人跋语亦见

① 谬荃孙:《艺风藏书记》卷六,《宋元明清书目题跋丛刊》(十四),清代卷第八册,中华书局2006年版,第324页。

《士礼居题跋》之卷七。

3.《梁江文通集》十卷四册，梁江淹撰。半页十行，行十八字，左右双边，白口，单鱼尾，国家图书馆藏，冯舒校跋。有"冯舒之印""冯""舒""冯巳苍""冯氏藏本""上党冯氏藏书""孙潜之印""孙二西珍藏""铁琴铜剑楼"诸印。前七卷，每卷卷末冯舒皆书跋，言校书之日，可见冯氏校书之勤。

第一卷末，冯舒跋曰："戊子仲秋廿九日灯下，取元人抄本校此一卷。道默。"（冯舒之印）

第二卷末，冯舒跋曰："八月拜校此卷。"（冯、舒）

第三卷末，冯舒跋曰："初二日校此卷。"（冯巳苍）

第四卷末，冯舒跋曰："初三夜校。"（冯舒之印）

第五卷末，冯舒跋曰："初四日校。"（冯舒之印、冯氏藏本）

第六卷末，冯舒跋曰："初四日校。"（冯巳苍）

第七卷末，冯舒跋曰："初五灯下读。"（冯舒之印）

第十卷末，冯舒跋曰："戊子仲秋之晦初，得元人抄本，至季秋之十二日，始校完。元本多《乐府》三章，此本不知何以删去。而元本所缺，此本又以意填增，文理荒悖可笑，今尽□之。凡□者，元本所无也。旁注者，元本如而又可两通者也。孱守老人。"

叶树廉跋，曰："康熙二年（1662）仲春望后五日，孙凯之示余校正本对录。孙本系故友冯巳苍所藏，从元抄本校者也。其《铜剑赞》，冯以意附之耳。冯遭酷令所诛，书籍尽散，今见其书，如见故人，不胜怅叹云。南阳叶石君记。"

《四部丛刊》本《梁江文通集》校补，前有孙毓修[①]记，云："乌程蒋氏密韵楼[②]藏明翻宋书棚本《江文通集》，中有校补，盖冯巳苍依元人抄本手校，而叶石君过录者也。明刻亦源于宋，岂明人校刻不免窜改，致失真欤。今移录校语附于卷后，江集当此为致佳之本矣。庚申六月无锡孙毓修记。"

《铁琴铜剑楼藏书目录》卷十九，云："明嘉靖刊本，版刻清朗而有讹缺，又缺文多以意补字。冯巳苍以元人所抄赵篯翁本手校一过，乙改

---

① 孙毓修，字星如，一字恂如，号留庵，自署小渌天主人，江苏无锡城郊孙巷人，清末目录学家、藏书家、图书馆学家。

② 密韵楼：蒋汝藻的藏书楼。蒋汝藻（1877—1954），字孟苹，号乐庵，吴兴（今湖州）南浔人。有传书楼、密韵楼等藏书楼，其中密韵楼与陆心源皕宋楼、刘承干嘉业堂、张钧衡适园，并称为吴兴四大藏书楼。藏书印"孟苹鉴藏""密韵楼""公羊疏七卷之家"等。

甚多。并录卷末自序前缺辞三首。"①（卷首有"上党冯氏藏本""冯巳苍读书记""孙潜之印""孙二酉珍藏"诸印记。）

虽叶树廉指责冯校本有意补之嫌，然冯舒校本较好地保存了元本的面貌，并改讹谬、补缺文，在《梁江文通集》各本之中，当为至佳之本。

4.《吕和叔文集》十卷二册，唐吕温撰，清抄本，半页十行，行十八字，小字双行，无边框，佚名校并录明冯舒跋，南京图书馆藏。有"绛云楼藏""牧斋藏书印"朱印。

内页题"常熟冯氏抄本，文瑞楼金氏校。丁巳花朝寒云"。

卷末冯舒跋曰：

右《吕衡州集》十卷，甲子岁从钱牧翁借得前五卷，戊辰（1628）岁从郡中买得后三卷，俱宋本。第六、第七二卷，均之阙如，因案置久之。越三年辛未（1631），友人姚君章始为余补录之。因取《英华》《文粹》所载者照目写入，以俟他年得完本校定。正月尽日识。孱守居士。

凡行间所注某作某，俱愚所校。此本则一照宋本抄写。第二卷《闻砧》以下十五首，宋本所无，案陈谢元栅本增入。孱守居士。（常熟冯舒）

雍正七年（1729）五月初十至十三日，文瑞楼（金檀）校正一次。

从冯氏跋语可知，冯舒曾抄有《吕和书文集》，并作校补。惜此本不存，《四库全书总目》之《吕衡州集》条引冯舒之跋，并言四库著录之本"盖舒所重编也"。傅增湘《藏园群书经眼录》卷十二亦著录此书，云："明末冯舒家写本，十行十八字，冯氏跋录后。""钤有彭氏知圣道斋、朱氏结一庐（朱学勤）藏印。"

瞿镛曾藏有述古堂旧抄本，此本可补冯抄所缺之卷六、卷七两卷。《铁琴铜剑楼藏书目录》卷十九云："旧抄本，述古堂蓝丝栏抄本，左外线有'钱遵王述古堂藏书'八字。其中六、七两卷，实冯巳苍所未见者，世传冯本皆缺。观《读书敏求记》知是本犹抄自绛云也。"②

冯舒之校本前五卷和后三卷均出自宋本，并很好地保存了宋本之面貌，又经冯舒校勘，改定讹谬，补录缺漏，价值自不可小觑。然其第六、

---

① 瞿镛：《铁琴铜剑楼藏书目录》卷十九，《宋元明清书目题跋丛刊》（十），清代卷第四册，中华书局 2006 年版，第 273 页。

② 瞿镛：《铁琴铜剑楼藏书目录》卷十九，《宋元明清书目题跋丛刊》（十），清代卷第四册，中华书局 2006 年版，第 283 页。

第七两卷乃据《英华》《文萃》所补，略嫌遗憾。以至于招致顾广圻指责："冯校此书虽曰用《英华》《文萃》，然极草草。""吴方山本止此卷。冯本可取大抵出于《英华》，但择焉未精、语焉未详者，往往而有。且冯氏疏于史学，故不能洞见曲折。"①

　　冯舒以藏书家的身份身兼抄校书之重任，涉猎经、史、子、集四部，然毕竟很难门门精通，疏漏在所难免。顾氏虽于此指责冯氏之疏于史学，然其却亦未必都很擅长。

　　5.《唐甫里先生集》二十卷，唐陆龟蒙撰。明万历许自昌刻合刻陆鲁望、皮袭美二先生集本，校刻唐陆天随先生全集，霏玉轩②藏板。半页九行，行二十字，左右双边，白口，单鱼尾，上海图书馆藏。明冯舒跋、庸斋③跋，清惠栋④校点。有"小字巳苍""惠栋珍藏"印。

　　卷上跋曰："红豆居士（惠栋）阅。卷十九末页有冯巳苍跋，并白文印章'小字巳苍'。癸未秋日，庸斋得于隆福寺宝文堂，共二册。"

　　卷十九末页有冯舒跋语，曰："万历丁巳夏与孙光甫借此本，七月初二日阅完，回命童子更为装好成帙，聊志此。巳苍。"并有"小字巳苍"白文印章。

　　另有两篇跋文，曰：

斋中所藏吴牧庵先生七校本，服其校勘。此本颇少见，成化陆钱序，不知成化有刊本否。庸记。

　　冯舒复京子，字巳苍，号默庵，又号癸巳老人。肆力经史百家，犹邃于诗。遇事敢为，小人嫉之如雠。顺治初，构衅于邑令瞿四达，指所著《怀旧集》为谤讪，曲杀之。有《默庵遗稿》《文觳》《诗纪匡谬》《空居阁集》，校定《玉台新咏》，评点《才调集》。

　　6.《重刊嘉祐集》十五卷，宋苏洵撰，明嘉靖十一年太原府刻本，

---

　　① 顾广圻：《思适斋书跋》卷四，《宋元明清书目题跋丛刊》（十三），清代卷第七册，中华书局2006年版，第650页。

　　② 霏玉轩：许自唱的室名。许自昌，白字玄祐、号梅花墅、梅花主认、高阳生、霂环、去缘居士，江东吴县人，曾以"霏玉轩"之名刊印《太平广记》等书。著有《水浒记》《白花亭》等。

　　③ 庸斋：杨岘的号。杨岘（1819—1896），亦作杨显，又名杨定，字季仇，一字季述、见山，号庸斋，又号庸叟、迟鸿轩主，晚号藐翁，自署迟鸿残叟，浙江归安（今湖州）人，清代藏书家、书法家、金石学家。藏书室名"迟鸿轩""受经堂""石头庵"，有"臣显""臣显之印""见山""老藐""臣显大富"等藏书印。著有《庸斋文集》《迟鸿轩诗钞》等。

　　④ 惠栋（1697—1758），字定宇，号松崖，学者称小红豆先生，清代汉学家。

上海图书馆藏。明冯舒校补并跋。

目录后冯舒跋，曰："乙酉夏，避兵莫城东之洋荡村，借钱颐仲宋版校增。村中无事，十日而毕。六月二十七日，孱守老人。"

《铁琴铜剑楼藏书目录》卷二十著录此本，曰："此冯已苍以家藏明刻悉依宋本改正，增抄《附录》一卷，末有绍兴十七年四月晦日，婺州州学雕教授沈裴校二行。"①（卷首有"上党大冯收藏图书记"朱记）

7.《搜玉小集》，明刻本，明冯舒校跋。有"上党""冯已苍手校本""上党冯舒"诸印。跋曰："崇祯三年八月十九日，用柳金本对过。"

8.《梨岳诗集》，唐李频撰，明抄本，冯舒校跋。有"文瑞楼""铁琴铜剑楼""钱牧翁""上党""冯氏藏本""孱守居士""钱孝修图书印"诸印。

冯舒跋曰："戊辰春中得之曹生。孱守居士。"卷尾又跋曰："己巳九月又借抄本对过无误。"

考卷中校语皆作"汲古阁本作某"，则冯舒当以汲古阁本对校。此本后归瞿氏收藏，《铁琴铜剑楼藏书目录》卷十九，云："此本抄自元时裔孙邦材刻本，有王埜吕师仲序及邦材跋，旧为冯氏藏本。（卷首有'冯氏藏本''钱孝修图书印'诸朱记②）"

9. 李群玉、方干诗集合订本，见《士礼居题跋》和《荛园藏书题记》。一跋曰："李群玉、方干诗集合装者，余家向有一本系空居阁旧藏刻。""此则汲古阁旧藏，审其字迹似毛本，后于冯本也。初得见是书时以冯本对勘，抄无异字。"③ 又跋曰："予藏旧抄本有三本：一叶氏抄本；一冯氏抄本；一毛氏抄本。向因未见宋刻时，就此三本核之，似冯本较胜，因有缺处独全也。""予校李群玉用宋刻为主。此叶抄行款同宋刻，故校宋刻于此本上。""复用冯本参之。毛抄本即出于冯抄稍有异者，当经后人校过。"④

冯舒校本曾藏于黄丕烈处，其取冯抄、叶抄并毛抄相互校勘，发现三本微有不同，似冯抄更胜。取三本与宋本相校勘，则叶抄行款为旧，

① 瞿镛：《铁琴铜剑楼藏书目录》卷二七，《宋元明清书目题跋丛刊》（十），清代卷第四册，中华书局 2006 年版，第 306 页。

② 瞿镛：《铁琴铜剑楼藏书目录》卷十九，《宋元明清书目题跋丛刊》（十），清代卷第四册，中华书局 2006 年版，第 291 页。

③ 黄丕烈：《荛园藏书题记》，《宋元明清书目题跋丛刊》（十三），清代卷第七册，中华书局 2006 年版，第 162 页。

④ 黄丕烈：《士礼居题跋》卷七，《宋元明清书目题跋丛刊》（十三），清代卷第七册，中华书局 2006 年版，第 390 页。

毛抄与冯抄一源而略晚，故记录校记于叶本之上而参校冯抄本。即与宋刻和叶抄相比，冯抄本虽然行款失旧，然校毛抄精善，亦具有很高的参校价值。又冯抄并毛抄之底本应亦有来源，否则二家不会都据此抄录，是以二本仍不可小视。

10.《李元宾集》五卷，见《思适斋书跋》卷四。曰："此盖冯定远校本所录也。与往岁石研斋新刻亦不全同。"又转录冯舒跋语，曰："崇祯庚午，彦渊又借得秦季公（四麟）此本来。余因校考于此，不及卒，伟节（冯班）为余对讫。"其归札云："乙者字有多少也。旁列者，字之异同也。此书余始得之杨氏，即此本。是注在卷首，则钱本也。今伟节所校则在行间矣。屠守老人跋。"① 则冯氏兄弟二人冯舒和冯班皆校过《李元宾集》，并互通校记。

11.《毗陵集》，《铁琴铜剑楼藏书目录》卷十九，记载无名氏题记，曰："戊子七月借上党冯氏本，命童子录出略校一过，误舛处苦无据，就可知者略为改正。"②

12.《沈下贤文集》十二卷，《铁琴铜剑楼藏书目录》卷十九著录，云："此出冯氏抄本，同里叶奕传录之，孙明志再录之，复以陈氏藏本校过。"并录叶奕跋曰："崇祯四年假冯巳苍抄本，舅氏杨伯仁为余录就。冬十一月假冯伟节原本校对四卷，迁延八月未及卒业。今何公虞见促，阅一晨夕校毕。"③ 则冯班藏本为冯舒所抄，后叶奕请杨伯仁抄录冯舒抄本，并据冯班藏本校四卷。后孙明志再抄之，并以陈氏藏本校。可见冯氏之藏抄本在诸家之流传追捧。

二、史　　部

《史记》一百三十卷，汉司马迁撰，刘宋裴骃集解，明崇祯十四年毛氏汲古阁刻清顺治十四年重修本，清丁晏录冯班、阮学浚批校，上海图书馆藏。

卷末冯班跋，曰："班受教于文宗牧斋钱先生，先生雅称归震川先生。余得《史记》于包山叶石君，震川所阅本也，因以朱笔存其批抹点

---

① 顾广圻：《思适斋书跋》卷四，《宋元明清书目题跋丛刊》（十三），清代卷第七册，中华书局2006年版，第650页。

② 瞿镛：《铁琴铜剑楼藏书目录》卷十九，《宋元明清书目题跋丛刊》（十），清代卷第四册，中华书局2006年版，第280页。

③ 瞿镛：《铁琴铜剑楼藏书目录》卷十九，《宋元明清书目题跋丛刊》（十），清代卷第四册，中华书局2006年版，第286页。

发处焉。冯班记。"

三、子 部

1. 《潜夫论》十卷，王符撰，影宋本，述古堂藏，每页二十行，行十八字，每卷篇目移接正文。曾经稽瑞楼杨芸是、袁漱六诸家藏。题名页朱笔署"儒家类"，墨笔署"何家抄潜夫论回丹堂"，并有"八千卷楼珍藏善本"印。现存南京图书馆。

卷末冯舒跋，曰："戊子六月，得沈与文①所藏宋版翻刻本，回命印工印抄。此书谬误颇多，无从改定，借笔点定一次，殊失句读，后之学者勿哂。七月初三日，默庵老人书。"

佚名跋，曰："《潜夫论》时本不可读，此乃印抄宋本者。冯巳苍详识于其末，校对亦精，须珍之。"

2. 《韩非子》二十卷，明万历十年赵用贤刻管韩合刻本，清卢文弨校跋并录明冯舒校，清丁丙跋，南京图书馆藏。有"昆圃黄氏藏图书""文弨借观""卢氏藏书""文弨校正""八千卷楼珍藏善本""数间草堂藏书""文弨"诸印。

卷首眉批，云："（乾隆）四十二年又以冯巳苍所校张鼎文本校。"

跋，曰："冯巳苍以此本，并叶林宗（树廉）道藏本，又秦季公（四麟）又元斋本校，所藏张鼎文刻本。张本固多脱文，然颇有好处，不可谓全非也。张藏本与道藏本合者多。"案：卷中绿笔书写者，为以冯舒所校张鼎文本，校。

不惟卢文弨抄录冯舒的校语，惠征君亦请友人临过冯舒校语，见《铁琴铜剑楼藏书目录》卷十四，曰："顾涧黄氏先假得惠征君临冯巳苍校本，属友人王小梧渭录于是本。冯本出叶林宗校道藏秦季公本，惠氏自有疏证语并录上方。"②卢文弨云冯舒是以叶林宗道藏本和秦季公本校张鼎文刻本，瞿镛说冯舒是以叶林宗本校秦季公本。先冯舒手校本已不存，无从考证孰是孰非，不过从二家的著录来看，冯舒之校本亦是校勘《韩非子》之重要参校本。

3. 《艺文类聚》，明刊本，陈子准校宋本，每页二十八行，行二十八字，南京图书馆藏，有洵自序、胡缵宗序合陆采跋。卷末陈子准抄录冯

---

① 沈与文，字辨之，自号姑余山人，吴县人。明嘉靖年间著名的藏书家、刻书家。藏书印有"吴门世儒家""野竹斋""野竹斋藏书""姑余山人"等。

② 瞿镛：《铁琴铜剑楼藏书目录》卷十四，《宋元明清书目题跋丛刊》（十），清代卷第四册，中华书局2006年版，第205—206页。

舒跋语，曰：

岁丙子，闽人刘履丁①赠钱宗伯（谦益）《艺文》。予从牧翁借校此本，始于丁丑之四月，毕于六月之十七日。是年闰五月，盖百日而终卷也。刘本正是此本之祖，中有模糊缺失处，无不因袭，始知陆本所云掺半之说，谬也。卷末有"葫芦碧沙"印，又"旧学图书"四字方印，未知何家物之。孱守居士记。

崇祯丁丑借钱宗伯宋本校过，与此本正同。掺半之说，妄也。此书似非全书，但宋时已止存此，想世无完本矣。冯巳苍书。

此本曾为瞿氏所藏，《铁琴铜剑楼藏书目录》卷十七著录，曰："此吴郡陆子玄刻本，与华本大致相同。陈子准以冯巳苍校宋本订正脱讹。冯云：'八十五至八十七三卷中，宋本亦杂乱无绪。'"②

4.《穆天子传注》六卷，晋郭璞撰，明杨氏万卷楼抄本，冯舒校并跋，南京图书馆藏。

冯舒跋曰："此册为杨梦羽所藏，崇祯己卯借锡山秦汝操绣石书堂抄本，并取家所有范钦订本校读一过，两日始终卷。老眼已昏，灯下更自草草。孱守居士识于空居阁。"

卷首三行，诸本所无，独见秦本，并盖校过印。曰：

于鳞谓：唐无五言古。仲默又谓：七言诗歌少陵沉着而少流转，岂老□□□太白欤。近体俱宗少陵，而或得其雄壮，或得其雅练，分流竞爽，自成一家，非门外人所知。截句以二十八字，写数十言所难尽者，神境固不易到。姜廷干③。

自仲尼删述以来，言诗者，必曰风雅。然世能名之，莫知其所以名也。夫曰风，则夸奇炫博，钩深索隐，非风矣。曰雅，则饾饤襞积，俚俗杂陈，非雅矣。

神庙时，吾娄元美、敬美两王先生，以诗文雄长天下，既而昆山归太仆弹击之于前，虞山钱宗伯抨驳之于后。要是文人相轻，故两王身价未尝少贬也。周云骧。

①　参见刘履丁，字渔仲，福建漳浦人。

②　瞿镛：《铁琴铜剑楼藏书目录》卷十七，《宋元明清书目题跋丛刊》（十），清代卷第四册，中华书局 2006 年版，第 245 页。

③　姜廷干，一名廷翰，字绮季，清山阴（今浙江绍兴）人。

5.《灯下闲谈》二卷，唐韦绚撰。谬荃孙《艺风藏书记·卷八·小说第十》著录江郑堂手抄本，引冯氏手跋曰："崇祯戊寅借叶林宗本录，仲昭手书。七月二日，孱守居士。"① 《铁琴铜剑楼藏书目录》卷十七亦有著录，并引冯舒跋语。

6.《水经注》

冯舒不惟在躲避兵乱之时，抄写了《近事会元》五卷、《汗简》七卷，校勘《重勘嘉祐集》十五卷，其在生命岌岌可危之时，尚历时四载，据柳佥影抄宋写本和谢耳伯所见之宋本校勘《水经注》四十卷。冯舒校本《水经注》曾藏于陆心源处，《仪顾堂续跋》卷八"冯巳苍校宋本《水经注》跋"，曰：

> 《水经》四十卷，次行题，桑钦撰，郦道元注。经顶格，注低一格，每页二十行，每行二十一字。道元自序不能不犹下注明缺二百二十字，余与《大典》本同。明蓝格抄本，崇祯十五年冯巳苍用柳佥大中影宋抄本校正，后以谢耳伯所见宋本增改。每卷以朱笔、蓝笔记校毕日月，间用"巳苍父"白文方印、"冯巳苍"白文方印、"癸巳老人"朱文方印长乐朱文腰圆印。卷一"昆仑虚"上不衍"河水"二字；"此树名婆罗树"，"婆"不误"婆"；"上我置楼上"不作"置我楼上"；"父母作是思维"，"父母"不作"二父王"；"布效心诚"不讹"怖惧心伏"；"作父抱佛像"，"父"不讹"佛"；"送物助成"，"送"不讹"逆"；"九流分逝"，"逝"不误"游"；"浮沫扬奔"，"奔"不讹"望"。卷十八"长安人刘终于崩"下较诸本多四百字。巳苍于卷末题云"卷中一页各本俱无，独此完善。"皆与《永乐大典》本同，其余字句之□不胜枚举。卷十后接卷十一，不别纸起，宋本往往如此，尤为从宋本传录之一证，又经冯巳苍以柳、谢两宋本校正。诚二百年前善本也。

此段跋文传达出以下几点信息：

首先，冯舒参校之本为柳佥影宋写本和谢耳伯所见之宋本，参校本价值很高。胡适先生称："柳佥依据的底本，是一部很精美的宋刻本，其优胜处可比《永乐大典》本。《大典》本道元自序不曾残缺，比柳本多二

---

① 谬荃孙：《艺风藏书记》卷八，《宋元明清书目题跋丛刊》(十四)，清代卷第八册，中华书局2006年版，第306页。

百二十字。此外，柳本是影抄本，应该比《大典》之一抄再抄更可靠。"①

其次，许多俗本误处，冯舒校本皆不误，且冯校本沿袭宋本旧式，则冯舒校本之底本要比俗本善。

再次，冯舒校本据柳佥抄本补录卷十八诸本所缺之页，又经柳佥、谢耳伯两宋本校正，为善本也。胡适先生又云："陆心源记冯舒本两大长处，即是郦序已补得大半，又补得卷十八的一整页。"

综之，冯舒校本以其底本、参校本之善和冯氏校勘之精堪称二百年前之善本，具有很高的文献价值。胡适先生曾摘录冯舒家藏写本《水经注》题记，如下：

每半页十行，每行二十字。注文每行十九字。骑缝无字，无书名卷数，亦无页数。

目录后冯记：校用柳佥本，黄涂改者是。奇事用青（三角）。朱改亦用青。佳言玮句用黑○或（点）。此本不误而柳本误者，亦用朱笔侧注柳本所作之字。直用红笔增者，谢耳伯所见宋本也。

卷一尾：崇祯十五年（壬午，1624）正月初七日校一卷，用柳大中宋板印抄本校。

卷二尾：二月十四校毕此卷。

卷三尾：十八日校定此卷。（巳苍父）

卷四尾：十八雨窗无客至，又校得此卷。

卷五尾：壬午十月初六夜终此卷。（冯舒之印）

卷八尾：丙戌（顺治三年，隆武二，1646）三月十五灯下校。（冯舒之印）

卷九尾：三月十七校对。是日又闻海寇将至，闭城门。（巳苍父、冯舒之印）

卷十尾：十八日校此卷。（巳苍）

卷十一尾：十九夜校。大风扬尘，草舍岌岌欲倾。

卷十二尾：二十日校。

卷十三尾：越四月至五月初一日始再读此卷。是日福山杨房移部下往浙，乱抢人船，挟之俱行，民心摇摇。前一月不雨，此日始雨，大风发木。（冯舒之印、癸巳人）

———————

① 胡适:《冯舒校柳佥本〈水经注〉》,《胡适全集》第十六卷,安徽教育出版社 2003 年版,第329 页。

卷十四：初三夜终此卷。是日闻虏以初一日败于湖兵。颐仲汹汹，捉人守城。

卷十五：端午日终此卷。（冯氏巳苍、冯舒之印）

卷十六尾：六月初七终此卷。是月之初三，白腰兵至张泾，劫阳濠村等处。

卷十七尾：六月初九校毕。

卷十八尾：初十日仅毕此卷。中一页各本俱无，独此完善。

卷十九尾：十一日终此卷。前后颠倒殊甚。然各本俱若此。谢耳伯所校以意揣摩，亦为得之。因著其说。此似指《朱笺》。是日闻白腰者又至，城中闭门不出，但取白腰所经之地偶不焚劫者，谓之为党与。贫则杀之，富则货之而已。时事如此，未知可得终此书否也。孱守老人。

卷二十尾：十四日终此卷。

卷二十一尾：十七日终此卷。昨日白腰兵杀劫唐墅，是日抢湖南之河口。（冯巳苍）

卷廿二尾：二十日终此卷。（巳苍父、癸巳人）

卷廿三尾：二十二日终。（冯巳苍）

卷廿四尾：廿五日终此卷。（冯巳苍、癸巳人）

卷廿五尾：廿七日终此。（长乐）

卷廿六尾：廿九日毕此卷。廿八日县兵入乡，名曰逐白腰兵，实则抢良民也。颜家湾一带，共抢二十余家。缚八归，杀其二。（长乐、冯舒之印）

卷廿七尾：（七月）初一日终此卷。

卷廿八尾：初二日终此卷。（癸巳人）

卷廿九尾：初三日校。

卷卅尾：初五日终此卷。

卷卅一尾：初六日校。

卷卅二尾：廿一日毕此卷。自（七月）初七至廿俱在城。

卷卅三尾：二十七日申刻终此卷。

卷卅四尾：廿八上午终一卷。是日天已凉，微雨。

卷卅五尾：廿八又校此卷。江水何以不着所终。意南北限之耶？

卷卅六尾：丙戌（顺治三年，隆武二年，1646）冬初之三日校此卷。

卷卅八尾：十一月夜始终卷，去前读此时一日有余。因在县寻居，无定住也。

卷四十尾无冯舒题跋，然有陈宝晋跋曰：此书至宝，世世子孙切不可以之□□□也。同治十二年正月初七□□记于□□□田舍之读书草堂。

胡适先生云：“以上抄冯舒校《水经注》的题记。四十卷中，只有四卷无题记（六、七、卅九、四十）。前七卷校于崇祯十五年（1642），第八卷以下校于隆武二年（顺治三年，1646）三月至十一月。陆心源仅据第一卷尾的题记，故说他校于崇祯十五年，是错的。题记兼记时事，写明亡之后苏州乡间所遭的兵祸、官祸、匪祸，读了使人感慨。”①

冯舒于隆武元年（顺治二年，1645）避兵于洋荡村，其酷暑之中先后抄《汗简》七卷、校《重勘嘉祐集》十五卷、抄《近事会元》五卷，隆武二年（顺治三年，1646）接着崇祯十五年（1642）校勘的《水经注》校后三十三卷，并记录了其时战乱民情。冯舒校本《水经注》诸卷卷尾之题记，尤如一部明末江南民间的小型史书，记录了冯舒校书之四年间时事的变迁、朝局的动荡，官匪横行，民不聊生。而冯舒处此乱世，居无定所，时刻均有生命危险之时，其念念不忘的仍是“未知可得终此书否也”，不由引发后人无限的感慨与崇敬。叶德辉先生就曾感叹冯舒抄书之嗜，“尤可贵者，冯已苍舒，当甲乙鼎革之交，遁迹于荒村老屋，酷暑如蒸，而手抄不辍。……古人拳拳爱书之心，直与性命为轻重。吾自遭国变，逃难四方。辛壬癸甲之交，始则避乱于邑之朱亭，居停罗南仙朝庆。患难相依，颇有抄书之暇。继而流寓海滨日下，终日嬉游征逐，几席尘封。他时无一卷书之流传，无一片土之遗迹。以视屠守老人，滋愧甚矣，更何敢侈言绳武”②。自愧不如。

通过阅读二冯的诸多校记和跋语，可以得出二人校书的一些特点：首先，二冯校书一般用旧本（以宋元善本为主）校勘通行本或手抄本；其次，二人的校勘都很谨慎，一般只列异文于眉端或行间，只有确然有误者才在原字上轻笔改写，很少重笔涂抹。再次，二冯所校之书，往往都是从朋友之处索借而来，有时一书甚至索借多本进行校勘（如《文心雕龙》，冯舒先后以《御览》《玉海》、谢耳伯本校勘），而且又经常亲友之间同时抄校一部书（如《玉台新咏》，冯氏兄弟三人皆有抄本；《才调集》，二冯、陆贻典、冯武等均有校勘）；又次，二冯抄校书非常广泛，囊括经、史、子、集四部；最后，二冯抄校之本，往往为诸家所重视，争相传录、收藏。

---

① 胡适:《冯舒家藏写本〈水经注〉》,《胡适全集》第十六卷,安徽教育出版社2003年版,第535页。

② 叶德辉:《书林清话》,上海古籍出版社2008年版,212—213页。

　　二冯作为明清常熟藏书家的一员，勤于抄校宋元旧本，客观上为古籍的整理与保护，乃至传统文化的传播做出了极大的贡献。上海图书馆的陈先行先生在《明清稿抄本鉴定》总结了明清藏书家校书特点，并指出明清藏书家校勘的意义和价值，曰："明代中期以降，宋元旧本日见稀少，他们或以家藏旧本校今本，或四处寻觅向人商借旧本校家藏通行本，使孤本秘籍尽可能得到保存与传播，……客观上为保存传统文化做出了莫大贡献。"其次，明代刻书经常删改文字，"藏书家以保存版本面貌为宗旨的客观态度，就极具有科学性。"① 再次，藏书家之校书，契合清代考据学兴起之潮流，为专家学者提供了善本，其积极意义自不待言。

　　二冯除为我们保存了诸多宋元旧本、留下了诸多精辟的论点外，二人之严谨的态度和执着的热情，更是透过字里行间深深地影响着每一位研读者。

第三节　评　　点

　　"二冯诗学的基本倾向，是以诗教为本，以晚唐为宗，以学术方式为途径，最终落实到具体选本，通过选本批评来阐述自己的诗学观念和对诗史的认识。"② 所以，考察二冯的文学理论，不能避开二冯对文献的校勘和评点研究。关于二冯的抄、校本，上章已经论及。本章主要考辨二冯关于诗歌选集的评点。③

一、《才调集》

　　（一）二冯校点《才调集》考略④

　　《才调集》十卷，蜀韦縠编，"纂诸家歌诗，总一千首。每一百首成卷，分之为十目"。不论作者世次、声名，兼收初、盛、中、晚唐各家，且每卷收选人数不等，据垂云堂本目录所载，收入有姓名者 193 人，无名氏 2 人，共计 195 人。其中重出者为 16 人，实际收选 179 人。在现存唐人选唐诗各本中，数量最多。据《直斋书录解题》《崇文总目》等诸家书

---

　　① 　陈先行、石菲：《明清稿抄本鉴定》，上海古籍出版社 2009 年版，第 86—88 页。

　　② 　蒋寅：《虞山二冯诗歌评点略论》，《辽东师范学院学报》（社会科学版），2008 年 12 月。

　　③ 　二冯的评点涉及广泛，除本章选取的三部典籍外，尚有《史记》《两汉纪》等多部典籍。

　　④ 　关于《才调集》的版本，傅璇琮、龚祖培，《才调集考》，《清华汉学研究》第一辑，清华大学出版社 1994 年版，第 161—165 页。刘涢《〈才调集〉研究》，对外经济贸易出版社 2008 年 12 月版，第一章《〈才调集〉编者及版本研究》均有详细的论述。对本文的编写帮助很大，在此表示感谢。

目著录情况和诗话中的称引情况来看，《才调集》在宋代就流传很广。南宋临安府陈宅经籍铺刻本（卷一并卷六至卷十皆补配清抄本），至今犹存，藏于上海图书馆，半页十行，行十九字，白口，左右双栏。明清之际，更是掀起一股校勘、评点的热潮。最为突出且影响最广的当属冯舒、冯班兄弟。二冯不但多次校定《才调集》且对其进行批阅。

据《中国古籍善本书目》和各大图书馆藏目录，与二冯有关的版本主要有四种：

1. 辽宁省图书馆藏明刻递修本，佚名录徐玄佐、清冯班、陆贻典批。
2. 湖北省图书馆藏明刻本，佚名录明冯舒、清冯班批点。
3. 国家图书馆藏明刻本，怀古堂藏板，录有冯舒跋文一则。
4. 清康熙四十三年，汪氏垂云堂刻本，国家图书馆、上海图书馆、南京图书馆等各大馆均有藏，并收入《四库全书存目丛书》。

现分述之，如下：

1. 国家图书馆藏明天启四年刻，怀古堂藏板《才调集》，半页八行，每行十八字，白口，无鱼尾，左右双栏。

书名页有跋语一则，云：

《才调集》向少刻本，万历间邑中沈氏始付之梓，惜为俗子所窜，伪谬实甚。今取沈氏原刻，一仍宋本，并集状元徐玄佐抄本校正，凡汰去讹字二千二百余字，重经新刻者三十二板，此本庶为完书矣。识者拜上。

书名页后有冯舒跋语一篇，云：

《律髓》之诗，大历以后之法也，大略有是题则有是诗，起伏照应，不差毫发。清紧葱倩，峭而有骨者，大历也；加以骀荡，姿媚于骨，体势微阔者，元和长庆也；俪事梍句，如锦江濯彩，庆云丽霄者，开成以后也。清惨入骨，哀思动魄，令人不乐者，广明隆基也。代各不同，文章体法则一。大历以前，则如元气之化生，赋物成形而已。今人初不识文章之法，谓诗可作八句读，或一首取一句，或一句取一二字，互相神睊，岂不可哀。曾读《律髓》以此法读之，今纯以此法读此诗，信笔书此。且诗之为物，无不可解，《关雎》《鹿鸣》，首尾通畅，只因误解"秦时明月"四字，遂生多少梦寐，学诗者不可不破此关，不可以自落此鬼蜮。丁亥（清顺治四年，1647）六月廿二日屏守老人识。

此篇跋语，垂云堂本署名为"钝吟老人"，垂云堂本底本为冯班订阅本，此本乃为过录本，则垂云堂本更可靠；又纪昀《删正二冯评阅才调集》亦署名为"钝吟老人"，而且与《才调集》冯班的评点更合。所以，此段跋语当为冯班所作。

2. 国家图书馆藏康熙四十三年汪氏垂云堂刻本，半页八行，行十九字，小字双行，白口，左右双栏，单鱼尾。诗集前录韦縠《才调集》原叙和冯武《二冯先生评阅才调集凡例》，集后录徐玄佐、冯舒、冯班、陆贻典、钱龙惕、钱谦益、汪文珍跋语七则，详细说明了《才调集》的刊刻、传阅、抄录、残缺、增补、重录等流传情况，并附有二冯评点，且校勘精细。现录诸篇跋语，如下：

蜀韦縠《才调集》十卷，本朝所未刊，诸名公所未睹者也。先君文敏公素有此书，盖宋刻佳本，惜分授之时，匆忙失简，逸去其半。后逾三十年，幸交符君望云，获闻其亲钱复正氏有抄本家藏，因而假归，特嘱知旧马公佐照其款制，摹以配之，共计一百有六幅，凡二千七十三行，装池甫毕，展卷焕然，顿还旧观矣。后之人勿视为寻常物也。万历甲申腊月十日华亭徐玄佐记。

万历三十五年（1607）借得研北翁孙氏本，即沈氏所刻之原本也。沈本为俗子所窜，伪处不可胜乙。崇祯壬申（1632）严文靖曾孙翼馆于余家，携宋本至，前五卷为临安陈谢元宗之家刻，后五卷为徐玄佐录本，始为是正。又从钱宗伯假得焦状元本，亦从陈书抚写，与孙本不殊。焦本尽改"娇娆"为"妖娆"，可当一笑，今悉正之。乙亥（明崇祯八年，1635）夏屏守居士记。

崇祯壬申假（1632）别本于宗伯钱公，盖华亭徐氏旧物也，卷末有跋语云："失后五卷，借抄本于钱伏正氏写补之。"戊寅（1638）洞庭叶君奕示余抄本，首尾缺损，聊为装之，线缝中有题记云"万历丙戌钱伏正重装"，始知即徐氏所借也，中脱一叶，徐亦仍之。是岁十月得赵清常（琦美）录本为补完。冯班记。

是岁冬，江右朱文进中尉寓吴，有宋本，介郡人邵生借之不可得，携本就勘，颇草草。朱本亦残缺，却有第九、第十卷，唯第八卷全失。而叶本第六卷独完好，惜第七卷"薛逢"以下不复存，参以抄本始具，命之重写。因记，冯班。

沈刻原本系邑人研北孙翁家藏，沈与善，因假此，并《弘秀集》合梓之。按二书俱本临安刻版，乃孙先世西川公得之杨君谦者也，余善翁之孙江，因得其始末，记之如左。陆贻典。

（以上诸家藏本原跋）

右沈氏所刻《才调集》，原本不甚伪，为不知书人铲改，殆不可读，今为改定千余字，重梓者廿余叶，皆以临安陈本为正。凡得别本六：徐本得前五卷；叶本得第九卷；朱本得第九、第十卷；焦状元、钱复正、孙研北三抄本皆完具无缺。第八卷未有宋版，取以补之抄本，行墨如一，皆出于临安。又赵清常本仅后四卷，不知所自，亦旧物。凡此数家，大略相类，始知此书更无异本，而沈刻为信而有征云。沈名春泽，字雨若，阻应科，隆庆辛未张元忭榜进士。沈平生好事，喜为诗，此足概见。是书成，为附著之。鲈乡渔父夕公（钱龙惕）记。

余素不知诗，即有志而未逮，顾自幼颇好《才调集》。今年春，友人子重冯君从他氏购得万历间刻本归余，毁败既多，伪谬亦甚，辄命工人补其残缺，兼以诸君子之力，得广核诸家，翻改详审，然后此书得以复完。昔人所谓因人成事者，庶几近之矣。刻成附记。鲜民赤复氏书，时岁在疆围大渊献朱明之皋月。

（以上钱校沈本原跋）

近日诸家尚韦縠《才调集》，争购海虞二冯先生阅本，为学者指南车，转相摹写，往往以不得致为憾。甲申春，余获交钝吟次君服之冯丈，始知汲古阁毛氏所藏，钝吟手阅定本，默庵评阅附载其中。丹黄甲乙，各有原委，其从子简缘先生实能道其所以然。因托友人假汲古阁所藏，并影写宋刻，取沈刻暨钱校本，重加校雠，而乞例言于简缘，遂谋登样。庶同志者感佩两先生嘉悉后学之德，且不虑摹写之难云。康熙甲申八月新安后学汪文珍书城氏谨识。

冯武《二冯先生评阅才调集凡例》，曰：

先世父钝吟、默庵两先生，承先大父嗣宗公博物洽闻之绪，学无不该，尤深于诗赋。默庵先生名舒，字巳苍，以杜樊川为宗，而广其道于香山、微之；钝吟先生名班，字定远，以温、李为宗，而溯其源于汉魏、六朝。虽径路不同，其修辞立格，必谨饬雅驯，于先民矩矱，不敢稍有逾轶，则一也。

赵宋吕文清，名本中，字居仁，作江西诗派图，推山谷老人为第一，列陈无己等二十五人为法嗣，上溯韩文公为鼻祖，一以生硬放轶为新奇。杨大年名亿、钱文僖名惟演、晏元献名殊、刘学仪名筠，诸公为西昆体，推尚温助教庭筠、李玉溪商隐、段太常成式为"西昆三十六"，以三人各行十六也。唐彦谦、曹唐辈佐之，其为诗以细润为主，取材骚雅，玉质金相，丰中秀外。两先生俱右西昆而辟江西，诚恐后来学者不能文而但求异，则易入魔道，卒至于牛鬼蛇神而莫可底止也。

　　唐宋选本无虑数十，如元次山《箧中集》、高仲武《中兴间气》、殷璠之《河岳英灵》、芮挺章之《国秀》、姚武功之《极玄》、无名氏之《搜玉》，皆各自成书，不可以立教。其《文苑英华》诗则博而不精；姚铉《文粹》诗又高古不恒；《岁时杂咏》惟以多为贵；赵紫芝《众妙集》但选名句而不论才；赵孟奎《分类唐诗》苦无全书；洪忠惠迈《万首唐人绝句》止取一体；郭茂倩《乐府》但取歌行、乐府，而今体不备；王荆公《唐人百家诗选》但就宋次道选成，此外所遗良多；方虚谷《瀛奎律髓》如初唐四杰、元和三舍人、大历十才子、四灵、九僧之类皆有全书，惜所尚是江西派，议论偏僻，未合中道；令狐楚之《御览诗》专取醇正，不涉才气；韦端己之《又玄》则书亡久矣，今所刻者伪本也。惟韦御史《才调集》才情横溢，声调宣畅，不入于风、雅、颂者不收，不合于赋、比、兴者不取，犹近选体气韵，不失《三百篇》遗意，为易知易从也。

　　《才调集》一选，非专取西昆体也。盖诗之为道，故所以言志，然必有美辞秀致，而后其意始出；若无字句衬垫，虽有美意亦写不出。于是唐人必先学修辞，而后论命意，其取材又必拣择取舍。从幼读《文选》《骚》、雅、汉、魏、六朝，然后出言吐气，自然有得于温柔敦厚之旨，而不失《三百篇》遗意也。韦君所以取此。故其为书也，以白太傅压通部，取其昌明博大，有关风教诸篇，而不取其闲适小篇也；以温助教领第二卷，取其比兴深邃，新丽可歌也；以韦端己领第三卷，取其气宇高旷，词调整赡也；以杜樊川领第四卷，取其才情横放，有符风雅也；以元相领第五卷，取其语发乎情，风人之义也；以太白领第六卷、第七卷，而以玉溪生次之，所以重太白而尊商隐也；以罗江东领第八、第九卷，取其才调兼擅也。其他如司空表圣非不超逸，而不取，以其取材不文也；韩退之非不协雅颂，而不取，以其调不稳也；柳柳州非不细丽，而不取，以其气不扬而声不畅也；高达夫、孟浩然非不高古，而所取仅一二篇，以其坚意不同也；韩致光香奁非不艳冶，而不取，以其发乎情而不能止乎礼义也；襄阳、东野非不寄，而所取仅一二，以其艰涩也。余不可殚述，要之韦君此书，非谓可尽一代之人，亦非谓所选可尽一人之能事，合则取之，不合则弃之，亦自成韦氏之书云尔。

两先生教后学，皆喜用此书，非谓此外者无可取也。盖从此而入，则蹈矩循规，择言择行，纵有纨绔气习，然不过失之乎文。若径从江西派入，则不免草野倨侮，失之乎野，往往生硬拙俗，诘屈槎牙，遗笑天下后世不可救。今学者多谓印板唐诗不可学，喜从宋元入手，盖江西诗可以枵腹而为之；西昆则必要多读经、史、骚、选，此非可以日月计也。况诗发乎情，不真则情伪。所以从外至者，虽眩目悦耳，而比之刍狗衣冠；从肺腑流出者，虽迫里巷鄙俚，而或有可取，然亦须善为之。钝吟有云：图骥裹之形，极其神骏，若求伏辕，不免驾款段之驷；写西施之貌，极其美丽，若须荐枕，不如求里门之姬。万历间，王、李盛学盛唐、汉魏之诗，只求声貌之间，所谓图骥裹、写西施者也。牧斋谓：诗人如有悟解处，即看宋人亦好，所谓款段之驷、里门之姬也。遂谓里门之姬胜于西施，款段之驷胜于骥裹。岂其然乎？若今诗人专以俚言俗语为能事，是图款段之驷、写里门之姬矣，其能免于千古讪笑乎？噫！此言真为好言宋诗者药石也。凡所下语，俱用默庵、钝吟分别。凡说诗法者，列在每卷第二行后；凡说诗人者，列在人名后；凡说全篇者，列在诗题后；凡说一句者，列在本句下；凡评注，列在各句旁；集中旧有原注，悉依宋本。

两先生所好同，所学同，所穷年矻矻丹黄，雨毫不省去手亦同，而其论诗法则微有不合处。默庵得诗法于清江范德机，有《诗学禁脔》一编，立十五格以教人，谓起联必用破，颔联则承腹联，则转落句，则或紧结或远结；钝吟谓诗意必顾题，固为吃紧，然高妙处正在脱尽起承转合。但看韦君所取，何尝拘拘成法？圆熟极则自然变化无穷尔。

……

是书既亡久矣，沈雨若刻本舛错纰谬，不可穷诘。幸钱求赤多方购求影宋抄本，历三处而得全，中间几经钱功甫辈明眼校雠，始得复见本来面目。然宋刻不免实有误处，沈氏刻时，想亦曾见原本，意为更易，为可知也。虞山七十八老人简缘冯武识。

考冯舒和冯班跋语可知：冯舒于万历三十五年（1607）借得孙研北抄本，崇祯壬申（1632）借徐玄佐本，并从钱谦益处借得焦竑写本，校正了沈春泽本，时为明崇祯八年乙亥（1635）。也就是说，冯舒校本为以沈本为底本，参校了孙研北抄本、徐玄佐本和焦竑抄本。与此同时，冯班于崇祯壬申（1632）从钱谦益处借得徐玄佐抄本，戊寅（1638）从叶奕处得钱伏正重装残宋抄本，此本中间脱失一页，徐本此页亦脱，遂于十月据赵清常抄本（存后四卷）补录。此本第六卷完好，缺第七卷"薛逢"以下并；而同年冬借得朱文进藏宋刻残本，虽缺第八卷，然有第九、第十卷。遂据钱重装本、赵清常抄本、朱藏宋刻残本补完，并命人重新书写。

那么就先来说明一下诸本的源流情况。诸家抄刻本如孙研北抄本、钱伏正抄本、焦竑抄本、赵清常抄本和朱文进藏宋刻残本皆出自南宋临安陈谢元书棚本。据徐玄佐跋语可知，明嘉靖中书棚本缺失，仅存前五卷。沈春泽据孙研北抄本补录后五卷，合宋版前五卷一并刊刻。徐玄佐据钱伏正抄本补完后五卷，于万历十二（1584）刊刻。又从钱龙惕跋语可知宋版于徐玄佐本存前五卷；叶本存第九卷；朱藏残宋刻本存第九、第十两卷；钱抄本、孙抄本、焦抄本皆为完本。赵清常抄本仅存后四卷，虽不知所自，亦为旧物。

是以冯舒参以校定沈春泽刻本的诸本中，孙研北抄本和焦竑抄本直接来自宋刻书棚本，徐玄佐本前五卷为残宋刻书棚本，后五卷据钱伏正抄本补入。冯班所见诸本中，钱伏正抄本、赵清常抄本、朱文进藏残宋刻本均源于宋刻书棚本。徐玄佐本前五卷来自书棚本，后五卷来自钱伏正抄本。徐本与钱抄本皆缺一页，钱本并第七卷"薛逢"以下均缺；赵抄本仅存后四卷；朱藏本缺第八卷。是以冯班据赵抄本补入钱抄本和徐玄佐本中间均脱佚的一页，又据朱藏宋刻残本（卷九、卷十）和赵清常抄本补完钱抄本缺失的后四卷（第八卷，朱藏本缺），补完后又命人重为书写。

关于二冯校本的价值，傅增湘曾给予很高的评价，曰："海虞冯巳苍及定远，笃嗜此集，与叶石君、陆敕先诸人寻求旧本，匡谬正讹，俾臻完善。康熙甲申，新安汪文珍访诸后人，获其遗迹，为之授梓，并附刊二冯评点，以示学诗之准的。"①

惜冯舒校本和冯班校补本均佚，无缘得见。所幸二冯评阅本得以刊印保存，为康熙四十三年新安汪氏垂云堂刻本《才调集》，国家图书馆、上海图书馆、南京图书馆等均有藏。据上文所录汪文珍跋语可知，垂云堂本以汲古阁所藏，附有冯舒评语的钝吟手阅订本为底本，并影写宋刻，参校钱允治校本。傅璇琮、龚祖培两位先生称垂云堂本以："有二冯批校语之本（可能就是冯舒校正的沈本）为底本，以影宋本、钱校沈本参校

---

① 傅增湘：《藏园群书题记》，上海古籍出版社2008年版，第945—946页。

新刻一本，是一个精校本。"① 顾玉文云："在现在常见的几个版本中，垂云堂本广参汲古阁本及二冯手阅定本及其他各本，其文字最优。"② 刘浏先生以白居易《代书一百韵寄微之》为例，列表对勘四部丛刊本、垂云堂本、汲古阁本和文学古籍刊行社 1955 年影印南宋绍兴本《白氏文集》，得出结果为："垂云堂本是在忠实于《才调集》原本的基础上，对文字明显错讹处作了改动；而汲古阁本则依据传世白集对《才调集》原文作了相当多的改动，而类似改动，非止白居易一家，余皆如此，可见汲古阁本已经背离了《才调集》的原貌。因此，垂云堂本在《才调集》历代诸本中当为最接近宋本原貌的本子。"③ 对于垂云堂本的文献价值，大家都做了不同程度的肯定。

　　然对于垂云堂本的底本，却持不同意见：傅璇琮先生和龚祖培先生认为，垂云堂的底本即二冯批校之本，为冯舒校沈刻本；刘浏先生则认为"垂云堂本是以汲古阁藏影写宋刊本（附二冯评阅）为底本"④。试分析两种提法，如下：

　　首先，前文已经指出冯舒校本是以沈本为底本参校了徐本、孙抄本和焦抄本，如垂云堂本以冯舒校本为底本，冯武就不会有"沈雨若刻本舛错纰谬，不可穷诘，幸钱求赤多方求购影宋抄本，历三处而得全"之语了。

　　其次，冯舒校本是校沈刻本；冯班校补本是以钱抄本为底本，参校徐本，又据赵抄本补录钱抄和徐本俱脱之页，并据朱藏宋刻残本（第九卷、第十卷）、赵抄本补完后四卷。即冯舒校本之源为孙抄，冯班校补本为钱抄，二者虽都源出宋刻书棚本，但并非一个系统。

　　再次，汪文珍言垂云堂本底本为"钝吟手阅定本"，则此本当为冯班阅本，冯舒评点只是附载其中。至于默庵之评点是冯舒手书还是别人过录，就不得而知了。

　　因此，垂云堂本依据的汲古阁藏二冯评本为冯舒校沈本的可能性不大，更可能为冯班校补本。（刘浏先生称：毛晋汲古阁藏影宋本即为冯班校补本）

　　综之，冯舒校本和冯班校补本，参校了当时所能见各种源自宋本之

① 傅璇琮、龚祖培：《才调集考》，《清华汉学研究》第一辑，清华大学出版社 1994 年版，第163 页。

② 顾玉文：《韦縠〈才调集〉研究》，南京师范大学硕士论文，2004 年 5 月。

③ 刘浏：《〈才调集〉研究》，对外经济贸易出版社 2008 年版，第 51 页。

④ 刘浏：《〈才调集〉研究》，对外经济贸易出版社 2008 年版，第 48 页。

抄本，在《才调集》校本中价值最高。惜版本之缺失，我们无法知晓二本之差别，亦无法考证二本之如何精善。幸垂云堂刻本吸收了冯班校补本的优秀成果，并参校钱允治校本，在现存刻本之中最接近《才调集》原貌。而且二冯的评点刊刻其中，极好地保存了二冯的评点体例和诗学观点，为我们研究二冯的文学思想以及二人对《才调集》的传播与接受提供了极大的便利。

（二）二冯评点《才调集》论略

二冯对《才调集》的评点有说诗法者、有说诗人者、有说全篇者、有说一句者，并兼有评注者。关于二冯评点的侧重，冯武于《二冯先生评阅才调集凡例》中言之甚明，"默庵得诗法于清江范德机，有《诗学禁脔》一编，立十五格以教人，谓起联必用破，颔联则承，腹联则转，落句则或紧结或远结；钝吟谓诗意必顾题，固为吃紧，然高妙处正在脱尽起承转合"。本文基于冯武之言，从选诗体例、诗法和字词考辨三方面论述二冯评点的异同和得失。

1. 选诗体例

关于选诗体例，冯班言之较多，主于"压卷"之说①。如冯班于第二卷卷首，评曰："此集第一卷至八卷，皆取一人压卷，去取多有微旨，不专在工拙也。宜取各家全集参看。"又于第六卷卷首，冯班评曰："此书多以一家压卷，此卷太白。"那么我们就先来分析一下各卷的诗人、诗歌分布情况。为了更直观展现《才调集》选诗情况，现将各卷所选诗人数量、卷首诗人诗作数量以及每卷选取诗歌数量最多之诗人，列表如下：

卷数	一	二	三	四	五	六	七	八	九	十
人数	18	6	15	11	8	4	30	27	49	26
卷首作者及诗作数量	白居易19首	温飞卿61首	韦庄63首	杜牧33首	元稹57首	李白28首	李宣古1首	罗隐17首	刘商1首	张夫人2首
收诗最多之人及数量	白居易19首	温飞卿61首	韦庄63首	杜牧33首	元稹57首	李商隐40首	许浑20首	罗隐17首	胡曾9首	李冶、鱼玄机各9首

《才调集》十卷，每卷选一百首诗，然各卷作家分布却相差较大，前六卷总计收入作家63人，后四卷收入诗人多达132人，比前六卷诗人数

---

① 对于"压卷"之说，刘渊表示赞同，傅璇琮先生则不以为然。

量的两倍还多。卷一压卷诗人为白居易，所收诗篇在第一卷中亦为最多，为 19 首，并卷五收录的 8 首，总计为 27 首①；卷二压卷诗人为温庭筠，所收诗篇于此卷中亦最多，为 61 首；卷三压卷诗人为韦庄，所收诗篇在本卷中亦最多，为 63 首；卷四压卷诗人为杜牧，所收诗篇在此卷中亦最多，为 33 首；卷五压卷诗人为元稹，所收诗篇在此卷中亦最多，为 57 首；卷六压卷诗人为李白，收诗 28 首，低于李商隐的 40 首；卷八压卷诗人为罗隐，于此卷中收诗数量亦最多，为 17 首。至于第七卷、第九卷和第十卷，卷首诗人收诗数量或为 1 首，或为 2 首，卷七收诗最多者为许浑，20 首；卷九收诗最多者为胡曾，9 首；卷十收诗最多者除却无名氏的 37 首，为李冶和鱼玄机，各 9 首。

冯班称，第一卷至第八卷，皆以一人压卷。考此表，第一至第五卷及第八卷，卷首之诗人选诗数量亦最多，合"压卷"之说。然第六卷卷首诗人为李白，选诗数量最多者为李商隐；第七卷卷首诗人为李宣，选诗最多者为许浑。此二卷，不合"压卷"之说。关于第六卷李商隐诗歌多于太白之数，冯班先云："此卷太白，后又有李玉溪。此有微意，读者参之。"紧接着于第七卷卷首，冯班评曰："此卷无压卷，李玉溪已在前也。"似乎有以卷六的李商隐压卷七之意。进而评第七卷选诗最多的许浑，曰："此人亦堪压卷，然调哑，与此书不合。"称虽卷七选许浑诗作最多，但诗风不合。如此，冯班分三步，为选诗占两卷之最而又无缘领卷的李商隐，争来"压卷"之名。

那么我们不禁要问，冯班为何如此坚持"压卷"之说呢？要想解决此问题，首先要了解韦縠的选诗标准；其次，要知晓冯班的批评意旨。现就这两点分述之：

（1）《才调集》的选诗标准

韦縠原序"韵高而桂魄争光，词丽而春色斗美"之语，明确指出《才调集》的选诗标准为"韵高"和"词丽"。

通观《才调集》，选诗数量最多的几位诗人为韦庄（63 首）、温庭筠（61 首）、元稹（57 首）、李商隐（40 首）、杜牧（33 首）、李白（28 首）、白居易（27 首），其余各家皆相差甚远。现以这几位诗人为例，论述一下韦縠的审美标准。

从诗歌体裁而言，韦縠偏重于近体律绝。韦庄 63 首中 54 首为近体、

① 本文所列收诗书目，均据垂云堂本《才调集》目录统计，不包括《才调集》署名错误之作。如白居易卷一 19 首，卷五 8 首，另有《长乐坡》《闺妇》署于无名氏名下，题为《杂诗》，《鹦鹉》署刘禹锡名下。总计应为 30 首。

温庭筠 61 首中 33 首为近体、元稹 57 首中 44 首为近体、李商隐 40 首全为近体、杜牧 33 首中 31 首为近体、白居易 27 首中 15 首为近体，惟有李白 28 首没有近体。而在近体诗作之中，白居易多选长律，十九首中仅有《题令狐家木兰花》一绝；其余诸家多选小律和绝句，有元白唱和之称的元稹，长律入选数量亦不多。

从题材而言，晚唐"艳诗"占据主流。选诗最多的这几位诗人中温庭筠、李商隐、杜牧、韦庄均为晚唐诗人，其余许浑（20）、罗隐（17）等晚唐诗人入选诗作亦不少。许总《论唐末社会心理与诗风走向》一文，将唐末诗风分为三脉：一是，承续元白一派政教文学观而着重描写民生疾苦并指时弊；二是，承续温李一派唯美倾向而着重描写艳情声色；三是，承续贾姚一派清淡诗风而着重抒写避世心理与淡漠情思。[①]《才调集》对此三派之诗作都有选收，然六人之中，温、李选诗最多，为 101 首；元、白二人诗作亦丰，为 84 首，然所选元稹之作多为妍辞丽句，仅白居易之作以讽喻长律为主；所选贾岛、姚合之作甚少，贾岛为 8 首，姚合为 7 首。可以看出在三派之中，韦縠偏爱晚唐"词丽"之作，以至于邹云湖先生云："（《才调集》）所选完全是以晚唐以来以艳情为美的审美趣味为宗，无疑是晚唐诗潮的直接反映。"[②] 许连军先生更是直称："《才调集》就是晚唐香艳诗潮的直接反映。"[③]

所以说，韦縠在"词丽"与"韵高"的两标准中，偏重于"词丽"。然虽以"词丽"先行，却也将"韵高"一以贯之。因此《才调集》所选诗歌不仅仅拘于晚唐，而是囊括初、盛、中、晚；虽以秾丽的艳诗为主，但题材亦广，并有咏史、怀古、宦游、边塞乃至针砭时弊和忧国忧民之作。《四库全书总目》解释"韵高"为"宏敞"，以后诸家仍之。然"宏敞"一词似乎无法囊括《才调集》艳诗以外的诗作。《才调集》所选白居易 27 首诗作中，第一卷占 19 首，其中 18 首为讽喻长律，如《四不如酒》和《秦中吟》组诗十首等，皆为讽时砭弊之作；杜牧的怀古诗亦为数不少；贾岛、姚合的苦吟之作，亦收有 15 首；其他如僧诗、无名氏之作、妇人之诗均有收录，反映了选者兼容并包的编选态度。所以说，韦縠关于"韵"的理解应该是非常宽泛的，否则无法容纳如此多题材和体裁的诗作，亦无法容纳诸多诗风。我以为韦縠之"韵高"当为一种风韵

---

① 许总：《论唐末社会心理与诗歌走向》，《社会科学战线》，1997 年第 1 期，第 131 页。

② 邹云湖：《中国选本批评》，三联书店 2002 年版，第 45 页。

③ 许连军：《唐后期唐诗选本与唐诗观念的流变》，《湖南文理学院学报》，2000 年第 6 期，第 89 页。

和情调，含而不露，讽而不过，奇而不涩。因为《才调集》所选诗作，除《秦中吟》组诗讽刺意味较浓外，其他如白居易的《江南喜逢萧九彻因话长安旧游戏赠五首》《祓禊日游于斗门亭》还是多取材于宴饮、冶游等；元稹的《代九九》《古决绝词三首》等均以女性的视角，展现社会生活。杜甫、韩愈没有选录，选录的贾岛、姚合之作亦少苦涩，多为平易之作。

因此，"词丽"反映了韦縠对词彩的重视，而"韵高"则表现为韦縠对艳诗以外题材的限制，讽喻意味太浓的、突出政教功能的，乃至艰涩、奇崛的诗作是无缘入选的。

（2）二冯的批评意旨

二冯并未直接点评韦縠的选录标准，亦未点明二人的批评意旨。幸冯武于《凡例》中论述韦縠选诗缘由的一段言语，可帮助我们了解二冯对"韵高"和"词丽"的理解，进而探知二冯的批评意旨。

《才调集》一选非专取西昆体也。盖诗之为道，故所以言志，然必有美辞秀致而后其意始出；若无字句衬垫，虽有美意亦写不出。于是唐人必先学修辞而后论命意，其取材又必拣择取舍，从幼读《文选》《骚》、雅、汉、魏、六朝，然后出言吐气，自然有得于温柔敦厚之旨，而不失《三百篇》遗意也。韦君所以取此。

冯武此处论及两点，一为"美辞秀致"，一为"温柔敦厚之旨"。恰好对应《才调集》的选诗标准："词丽"和"韵高"。无独有偶的是，在这两个标准中，冯武亦强调"美辞"先行，美意后出。当然冯武此处太过于强调词彩的重要，反而有些本末倒置了，以至于纪昀批评曰："究竟要先论命意，后学修辞，断无梁壁不具而丹垩能施者。唐人云云，尤为依托，唐人未见有此语。"然而这并不影响我们理解冯氏的批评意旨。

"温柔敦厚"并不仅是冯武的标榜，冯班亦持此观点，仅看冯班对白居易的点评，便可略知一二。如冯班评《四不如酒》曰："讽刺体。"评《玩半开花赠皇甫郎中》，曰："诗以讽刺为本，寻常嘲弄风月，虽美而不关教化，只是下品，此书纯取才调，惟以白老数章冠篇首，自后所选颇亦裁去奇怪淫昵，其文格大意可见。"又冯班评温飞卿《春江花月夜词》曰："陈后主起，陈后主结，好讽刺。"冯舒评顾况《悲歌六首》曰："此真风人。"强调了诗的讽刺意旨和教化功能。又冯班对《秦中吟》的点评，给予讽喻以限制，指出了何种讽刺方为正体。其曰：

元白讽刺，意周而语尽，文外无余意，异于古人也。大略亦是小雅之遗。○白公讽刺诗周详明直，娓娓动人，自创一体。古人无是也。凡讽谕之文，欲得深隐，使言者无罪，闻者足戒。白公尽而露其妙处，正在周详，读之动人。此亦出于小雅也。

冯班欣赏的讽喻之作，乃为言之者无罪，闻之者足以戒，即露能尽妙处，直而能周详，也即符合"温柔敦厚"之旨。如其评元稹《压墙花》，曰："此有所指也，却叙得蕴藉。"评李商隐《齐宫词》，曰："咏史俱妙在不议论。"评李商隐《汉宫词》，曰："刺好仙事虚无，而贤才不得志也。讽刺清婉。"冯班肯定的都是"蕴藉"、"清婉"之作，即冯班强调诗歌的政教功能，然讽刺不可太露，要以曲笔出之，做到含蓄蕴藉。冯武言："其修辞立格，必谨饬雅驯，于先民矩矱，不敢稍有逾轶。"表现出对儒家诗教和雅驯准则的重视。

然而《才调集》真正吸引二冯的仅为此点吗？显然不是。因为此类诗作在《才调集》中并不多，占据主流的乃是艳丽之作，而这也才是冯氏兄弟追求的重点。

冯武《凡例》云：

赵宋吕文清，名本中，字居仁，作《江西诗派图》，推山谷老人为第一，列陈无己等二十五人为法嗣，上溯韩文公为鼻祖，一以生硬放轶为新奇。杨大年名亿、钱文僖名惟演、晏元献名殊、刘学仪名筠，诸公为西昆体，推尚温助教庭筠、李玉溪商隐、段太常成式为"西昆三十六"，以三人各行十六也。唐彦谦、曹唐辈佐之，其为诗以细润为主，取材骚雅，玉质金相，丰中秀外。两先生俱右西昆而辟江西，诚恐后来学者不能文而但求异，则易入魔道，卒至于牛鬼蛇神而莫可底止也。

唐宋选本无虑数十，如元次山《箧中集》、高仲武《中兴间气》、殷璠之《河岳英灵》、芮挺章之《国秀》、姚武功之《极玄》、无名氏之《搜玉》，皆各自成书，不可以立教。其《文苑英华》诗则博而不精；姚铉《文粹》诗又高古不恒；《岁时杂咏》惟以多为贵；赵紫芝《众妙集》但选名句而不论才；赵孟奎《分类唐诗》苦无全书；洪忠惠迈《万首唐人绝句》止取一体；郭茂倩《乐府》但取歌行乐府，而今体不备；王荆公《唐人百家诗选》但就宋次道选成，此外所遗良多；方虚谷《瀛奎律髓》如初唐四杰、元和三舍人、大历十才子、四灵、九僧之类皆有全书，惜所尚是江西派，议论偏僻，未合中道；令狐楚之《御览诗》专取醇正，不涉才气；韦端己之《又玄》则书亡久矣，今所刻者伪本也。惟韦御史《才调集》才情横溢，声调宣畅，不入于风、雅、颂者不收，不合于赋、比、兴者不取，犹近选体气韵，不失《三百篇》遗意，为易知易从也。

冯武此处大言其他选本的弊端，极推《才调集》之善，言其符合风、雅、颂、赋、比、兴之旨，具有《三百篇》遗意。然而冯氏兄弟选《才调集》以教人的重点并不在此，这无非是冯武为"西昆"正名而已。"两先生俱右西昆而辟江西"才是缘由所自。二冯以晚唐、"西昆"为宗，尊崇李商隐、温庭筠，酷爱艳丽绮靡之作，而《才调集》以"词丽"为主要选诗表准，收录了大量的晚唐绮靡之作，故冯氏兄弟选此以抗衡"江西"诗派。

因此说，二冯的批评意旨乃是为张扬晚唐、"西昆"艳体，而这正好和《才调集》的选诗标准有某种程度的相合。

《才调集》前五卷置于卷首的温庭筠、韦庄、杜牧、罗隐，均为晚唐诗人；元稹所选亦全为艳诗；白居易虽有部分现实题材诗作，然闲情小篇数量亦不少。冯班主于"压卷"之说，恰能提高晚唐艳诗的地位和分量。惟第六卷虽选李商隐的诗作多于卷首的李白，然李白大才，难以超越。恰好第七卷卷首李宣古的诗作仅一首，诗作多的许浑又"才弱"，难担大任。二冯欲抬高李氏的地位，故而言《才调集》之举，乃有深意，欲以李商隐代替李宣古和许浑领下一卷，大有才高而隐的意味。这也就解释了为何冯班明知第六卷和第七卷不合"压卷"体例，还要坚持"压卷"之说。

冯武亦主张"压卷"之论，其称《才调集》：

以白太傅压通部，取其昌明博大，有关风教诸篇，而不取其闲适小篇也；以温助教领第二卷，取其比兴深邃，新丽可歌也；以韦端己领第三卷，取其气宇高旷，词调整赡也；以杜樊川领第四卷，取其才情横放，有符风雅也；以元相领第五卷，取其语发乎情，风人之义也；以太白领第六卷、第七卷，而以玉溪生次之，所以重太白而尊商隐也；以罗江东领第八、第九卷，取其才调兼擅也。

并分析《才调集》的去取之旨，曰：

其他如司空表圣非不超逸，而不取，以其取材不文也；韩退之非不协雅颂，而不取，以其调不稳也；柳柳州非不细丽，而不取，以其气不扬而声不畅也；高达夫、孟浩然非不高古，而所取仅一二篇，以其坚意不同也；韩致光香奁非不艳冶，而不取，以其发乎情而不能止乎礼义也；襄阳、东野非不寄，而所取仅一二，以其艰涩也。余不可殚述，要之韦君此书，非谓可尽一代之人，亦非谓所选可尽一人之能事，合则取之，不合则弃之，亦自成韦氏之书云尔。

有学者指出，"压卷"存有很多自相矛盾之处，故而冯班、冯武等人的"压卷"之说是经不起推敲的。纪昀即云冯武之言多附会，曰："诸家先后次序，有绝不可解者，恐亦随手排编，未必尽有义例。此所解多附会。"又曰："韦亦偶就所见，排比成书。一代之诗，浩如烟海，安能一一推其不选之故？所论诸家，尤多不确。"

冯武和冯班的"压卷"之说确有相抵牾之处，如：冯班言前八卷各以一人"压卷"，冯武言以白居易压通部，又言罗江东统领卷八、卷九；冯班说"第七卷无压卷，李玉溪已在前也"，冯武说是让李白和李商隐统领两卷。《才调集》何以选白不选杜？何以弃韩、柳而不顾？何以选香艳而不取韩致光？何以选孟浩然等诗寥寥？……后人无从知晓，只能据"词丽"和"韵高"两个标准进行推测。冯武之言也许未必尽合韦毂之意，也许只是曲为之说。然而无论是"压卷"之说，还是冯武对唐诗选本的曲评及其对"词丽"和"韵高"的解读，无非都是为了张皇"西昆"，为艳体诗正名。而这也是二冯立论的出发点和归宿。二冯评阅《才调集》，与其说是对《才调集》的解读，不如说是二人借《才调集》宣扬诗论，《才调集》只是在恰当的时机，充当了二冯诗教的工具而已。不过二冯的评阅却也促进了《才调集》在清初的传播与接受。

冯氏兄弟是赞赏《才调集》的编选体例的，如，冯舒评贾岛《上杜驸马》，曰："集无。此诗体亦不类，但此选此题甚称。"冯班评孟郊《古结爱》，曰："东野诗苦涩。今只存此章，却极称此集中语，选法甚妙。"然而冯班亦对个别作家、个别诗作的选录提出质疑，如，刘长卿《宛子怨》，冯班评曰："薛道衡作，误入。"纪昀考辨曰："乐府名《昔昔盐》。"薛能《杨柳枝》，冯班评曰："太拙。杨柳枝集中多佳句，选此一首，不取太新也。"吴融《浙东筵上有寄》，冯班评曰："艳诗妙语，然取此而去韩致光，何也？"元稹《初除浙东妻有阻色因以四韵晓之》，冯班评曰："何以选此首？"李涉《寄荆娘写真》，冯班评曰："长篇叙事，亦歌行一体，集中惟此五言则元相《梦游》一篇。唐诗如此者多矣。自乐天《琵琶行》、刘梦得《秦娘》、杜牧之《张好好》，皆过于此。何以独选此篇？李博士绝句佳者不少，所选亦不可解。"又冯班评许浑曰："此人亦堪压卷，然调哑，与此书不合，工夫亦太细。选用晦诗，去取不可解。"从冯班对《才调集》编选体例的疑问，可以看出冯班虽主《才调集》，但并没有将《才调集》完美化。为了宣扬诗教的目的，虽有部分的曲为之说，如"压卷"论不免有些牵强，然其对《才调集》的看法还是较为客观的。

2. 诗法

冯班、冯武对《才调集》编选体例的论述，只是为宣扬诗教做的准备。二冯诗论的重点乃是宣传诗法和字法、句法，指导后学学诗、作诗，进而张皇晚唐、"西昆"一脉。

此点冯武于《凡例》中曾予以指出："两先生教后学，皆喜用此书，非谓此外者无可取也。盖从此而入，则蹈矩循规，择言择行，纵有纨绔气习，然不过失之乎文。若径从江西派入，则不免草野倨侮，失之乎野，往往生硬拙俗，诘屈槎牙，遗笑天下后世不可救。""诚恐后来学者不能文而但求异，则易入魔道，卒至于牛鬼蛇神而莫可底止也。"二冯评阅《才调集》是以此集教后学，以矫"江西"粗野槎牙之病。而冯舒、冯班二人的诗论微有不同，冯武云：

> 默庵得诗法于清江范德机，有《诗学禁脔》一编，立十五格以教人，谓起联必用破，颔联则承，腹联则转，落句则或紧结或远结；钝吟谓诗意必顾题，固为吃紧，然高妙处正在脱尽起承转合。但看韦君所取，何尝拘拘成法？圆熟极则自然变化无穷尔。

观二人对《才调集》的评点，确如冯武之言，冯舒侧重诗法的篇章结构，强调起承转合之法，而冯班追求诗作的立意运笔，重视诗歌的整体意境，强调突破起承转合之法，追求深层意旨。下面就分而论二人诗法的异同。

冯舒重视篇章结构的巧妙跌宕，尤其强调起承转合之法。以白居易《代书一百韵寄微之》为例："忆在贞元岁，俱升典校司。"冯舒评曰："直起"；"疏狂属年少，闲散为官卑。"冯舒评曰："总二句"；"度日曾无闷，通宵靡不为。"冯舒评曰："总"；"几时曾暂别，何处不相随。"冯舒评曰"总结"；"荏苒星霜换，回环节候推。"冯舒评曰："又转"；

"并受夔龙荐，齐登晁董词。"冯舒评曰："转"；"既在高科选，还从好爵縻。"冯舒评曰："转"；"偏瞻獬豸姿"，冯舒评曰："起下"；"水暗波翻覆，山藏路险巇。"冯舒评曰："结上转下"；"王粲向荆夷，水渡清源寺。"冯舒评曰："以下俱说江陵"；"定知身是患，应用道为依。"冯舒评曰："结"；"想子今如彼，嗟余独在兹。"冯舒评曰："望江陵"；"前事思如昨，中怀写向谁。"冯舒评曰："总结"；"狂书一千字，因使寄微之。"冯舒评曰："代书寄微之，作结。"仅数字，充分展示了此长篇大韵的跌宕起伏。

又以刘长卿《宕子怨》为例："垂柳拂金堤，蘼芜叶正齐。水溢芙蓉沼，花飞桃李蹊。"冯舒评曰："首四句，怨之候"；"采桑秦氏女，织锦窦家妻。"冯舒评曰："怨之人"；"关山别宕子，风月守深闺。"冯舒评曰："二句怨之故"；"恒敛千金笑，长垂白玉啼。盘龙随镜隐，舞凤逐云低。惊魂同野鹤，倦寝忆晨鸡。暗牖悬蛛网，空梁落燕泥。"冯舒评曰："八句怨之景状"。"前年过岱北，今岁遑辽西。一去无还意，那能惜马蹄。"冯舒评曰："无还意，妙甚。若作无消息，则上二句顶接不紧。"

又如，冯舒评《东南行一百韵》曰："先叙东南行情景，因情景追念前时，以见题之后先、轻重与前篇体势殊甚，各致其情。文章变化，因物赋形，多类此也。"

冯班则不予赞同，其于第一卷卷首评曰："家兄看诗多言起承转合，此教初学之法。如此书正要脱尽此板法，方见才调。"评白居易《代书一百韵寄微之》，曰："起承转合，不可不知，却拘不得，须变化飞动为佳。此二篇匀整之至，却细腻省净，无叠辞累句妃红姹。"卷十末评曰："起承转合律诗之定法也。然只是初学简板上事。以此法看《才调集》如以尺量天也。"冯班不是抛弃起承转合之法，而是认为起承转合乃为初学之法，欲将诗作好，则要脱尽此法，方见变化飞动。

如，冯班评白居易《代书一百韵寄微之》，曰："长诗有叙置次第，此文章自然之式，其妙处全部在此。"只是在熟练的基础上超越此法，其还是很讲究首尾呼应的，尤其强调首句的破题功效。此点，二冯的观点还是一致的。如冯班评刘长卿《扬州雨中张十七宅观妓》之"夜色滞春烟，灯花拂更燃"，冯班评曰："好起。"冯舒评曰："雨中。"韦庄《谒巫山庙》首句"乱后啼处访高唐，路人烟霞草木香。"冯舒评曰："谒巫山庙。"冯班评曰："一句领起。"又如，冯舒评《长安春舍叙邵陵旧宴怀永门萧使君五首》，曰："五首中题面俱出，但少长安春舍。"冯舒评元稹

《离思六首》，曰："俱从离后追思当日如此。"评温飞卿《过华清宫二十二韵》，曰："此是过华清宫，故如此起。若牧之直咏清华宫，则以绣岭明朱殿起矣。"冯班评张籍，曰："水部五言多名句。张君破题极用意，不似他人直下。"冯班评《寄远客》首句"野桥春水清，桥上送君行"，曰："好起。"冯班评《送友人游吴越》首句"羡君东去见残梅，惟有王孙独未回。"曰："此破太平直。"冯班评刘禹锡《台城》"台城六代竞奢华，结绮临春事最奢。万户千门成野草，只缘一曲后庭花。"曰："陈亡则江南王气尽矣。首句自六代说起，不止陈叔宝也。六朝尽于陈亡，末句可叹可恨。"

可以说兄弟二人所言之法，乃是学诗的不同阶段：冯舒之见，适于初学作诗之人，起承转合易知易入，然而如果一直拘泥此法，则板滞缺少变化，难现诗作之妙；冯班之言适于有一定诗学修养、期待提高之人，摆脱规矩的拘束，方显灵动变化，呈现灵活多姿，然初学即从此入，很难把握诗歌的规律和特点，不太容易上手。

其实，冯班与冯舒一样，亦注重篇章的结构，但他又不拘泥于此，更注重篇章的深层意旨。如，张泌《寄人》，冯班评曰："唐人绝句上二句多着意。"评曹唐《病马五首呈郑校书章三吴十五先辈》，曰："寓托感慨。"韦韬玉《春雪》，冯班评曰："末句感慨。"韦庄《抚楹歌》，冯班评曰："不好。此首不知何所刺，若直咏崔子，不应用漳浦事，'銮与'、'翠华'等字亦用不得也。"元稹《压墙花》，冯班评曰："此有所指也，却叙得蕴藉。"孟浩然《春怨》，冯班评曰："此即诗人言怀春之意也。颔联怨而不淫，便晓得不是邪滥之女，作诗须如此。连用二春字，文势便活。用意在颔联。"温飞卿《太子西池》，冯班评曰："飞卿文不如长吉，正以理胜。"温飞卿《过华清宫二十二韵》，冯班评曰："此篇着意只在开元盛时，禄山乱后便略。与华清、长恨不同。"白居易《玩半开花赠皇甫郎中》，冯班甚至说："诗以讽刺为本，寻常嘲弄风月，虽美而不关教化，只是下品。"

冯班虽爱绮艳之作，重视辞采的华美，然其又注重儒家传统诗教，讲究风雅比兴，追求温柔敦厚。其总是试图将二者融合，以绮丽之词蕴含比兴寄托，达到艳而不靡、怨而不怒、讽而不露的绝佳状态，也即做到温柔敦厚。冯班强调诗歌的讽喻功能，但又反对直露的讽刺，要求以委婉之笔出之，是以他十分推崇李商隐。因"温、李遭逢坎坷，故词虽华艳而寄托常深。玉溪尤比兴缠绵，性情神致"。其他如"杨、刘续滋馆阁，相与酬唱，徒猎温、李之字句，故菁华易竭，数见不鲜，渐为后人所厌"①。冯班讽刺那些风花雪月之作虽美而不关教化，失去诗歌的讽刺之旨，然观其大部分诗作亦未能做到此点。以至于纪昀称二冯"但以字句秾丽赏之（李商隐），实不知其比兴深微，自有根柢"。

综之，二冯皆注重诗歌的篇章结构，强调首句破题和首尾呼应的重要性，以及起承转合之法；冯班高妙处在于能脱尽此法，透过篇章结构，追求作品的深层意旨。

3. 字词考辨

二冯对《才调集》字词的校正，主要表现在两方面，一是不同版本之间的校勘；一是根据诗意、诗境对字法的考辨。冯舒校本和冯班校补本均已失传，无法断定考见二人的校勘情况，只能通过二人跋语知晓二人校勘时所选版本之善，进而推知二人校本之重要价值。所幸垂云堂本的夹注中尚留有二人对字法的考辨。

韦应物《西涧》之"上有黄鹂绕树鸣"，冯舒辨曰："'绕'字上下映发，若作'深'，则幽草深树，便嫌犯重。"此是从前后字的对照来看，"深"字与"树"字犯重，不如"绕"字清妙。王维《送元二使安西》之"客舍青青杨柳春"，冯舒从诗的意境上考辨，曰："'杨柳春'妙于'柳色新'多矣。"贾岛《述剑》："十年磨一剑，两刃未曾试。"冯舒辨曰："剑。'两'今作'霜'，'两'字胜。""今日把示君，谁有不平事。"冯舒辨曰："本集'有'作'为'，'为'更胜。"钝吟辨曰："'有'字是卖身奴。"此亦是从意境上而言。冯班辨李廓《长安少年行十首》之四"好胜耽长夜"云："'长夜'，《文苑英华》作'长行'。'长行'是唐人戏名，不知者改'夜'字。"乍看"长夜"似通，然冯氏一语，道破个中玄机，乃知应为"长行"。

冯舒从上下句照应来看，韦庄《贵公子》"金铃犬吠梧桐院"，曰："'院'一作'影'，'影'妙于'院'。'院'字今人改'月'字，不知下有'夕阳'字则'月'字说不去。"从声律角度辨析，沈佺期《古意呈乔补阙知之》"卢家少妇郁金堂，海燕双栖玳瑁梁。"曰："'郁金堂'故粘'玳瑁梁'。若'香'字，则不相属也矣。"辨"九月寒砧催下叶"，曰："'下叶'，'寒砧'催之也。作'木'字呆而可笑。此本《品汇》所讹，意以对下句，然'木叶'可对'辽阳'、'征戍'如何对'寒砧'？"辨"十年征戍忆辽阳。白驹河北军书断，丹凤城南秋夜长。谁知含愁独

　　① 纪昀:《删正二冯评阅才调集》，镜烟堂十种。

不见，使妾明月照流黄"云："落句'谁知'、'使妾'，文理甚明，一改'谁为'、'更教'，便不通矣。"从常识上辨，元稹《离思六首》第四首之"吉了花纱嫩麹尘"，曰："吉了能鸣，鸟名，色黄。宋本作'吉了'，后人妄改'杏子'，不知'杏子'红色，如何又说'麹尘'。"

冯氏兄弟校书非常谨慎，一般只列异字，很少辨别真伪，只有可以肯定者，才下断语。如《玉台新咏》序文"虽复投壶玉女，为欢尽于百媱"，"诸本皆作'百媱'，惟冯氏校本作'百骁'。"纪昀予以考证曰："案：《神异经》曰：'东王公与玉女投壶，衺而脱误不接者，天为之笑。'又《西京杂记》曰：'郭舍人善投壶，激矢令还，一矢百余返，谓之为骁。'骁、衺义通，作'媱'为误，证佐显然，不为轻改，故从冯氏校本。"以"百媱"形容女子之妩媚多姿，亦似可通，然不知此中有投壶的典故。故据《神异经》和《西京杂记》的记载，冯氏校改"媱"作"骁"，并非轻率之举。

二冯关于《才调集》字词的考辨既有版本依据，又加入个人的理校。既保存了宋本之旧，又能校正俗本之疏漏，所以后世很多学者论定《才调集》皆以二冯的校语作为判定版本优劣的标准。《四库全书总目》之《长江集》提要亦曾引冯氏校语，曰："集中《剑客》一首，明代选本末二句皆作'今日把示君，谁有不平事。'惟旧本《才调集》'谁有'作'谁为'。冯舒兄弟尝论之，以'有'字为后人妄改。今此集正作'谁为'，然则犹旧本之未改者矣。案'为'字去声。"① 充分肯定了二冯校定《才调集》的功绩。

二冯关于《才调集》的评点既有关于选诗体例的、关于诗法的，还有很多分析诗歌体裁之语，尤其是关于律绝的辨析堪称至论。此处不作论述，放到后面分辨诗体一节具体论述。

上节已经指出，二冯抄校本《才调集》的版本之善，吴玉纶曰："虞山冯定远复得钱、叶、赵、宋诸家抄本，印证互勘，加以评点，蔚为完书。"② 以及垂云堂本，二冯评阅《才调集》，在现存《才调集》版本中的重要价值。二冯评阅《才调集》本一出，即被奉为学者指南车，"国朝冯默庵、钝吟两先生加以评点，遂为学诗者必读之书"③。可见二冯评点的重要价值。

———————————

① 永瑢等撰：《四库全书总目》，中华书局 2008 年版，第 1292 页下。
② 殷元勋笺注、宋邦绥补注：《才调集补注》，思补堂藏本。
③ 殷元勋笺注、宋邦绥补注：《才调集补注》，思补堂藏本。

二、《中州集》

国家图书馆、上海图书馆、复旦大学，皆藏有冯舒、冯班评点本《中州集》，我在比对几本的异同时，发现了一些问题：首先这三个版本皆为后人过录，而所据何本不得而知；其次，除章钰过录本外，其余几本皆为朱笔过录，评语的归属不易判别；最后，章钰过录本同时过录了何焯的评语和跋语，而在其他本子中章钰认为归属于何焯的跋语和评语均归属于冯班。这就不由引发了我对这些过录本的质疑。本文就以文献为基础，首先解决《中州集》评点的归属问题，澄清一些笼罩在冯班身上的错误论断，进而在肯定冯舒评点本的基础上，论述冯舒评点《中州集》的特点。

（一）《中州集》评点的归属

《中国古籍善本书目》著录现存录有何焯、冯舒、冯班评点的本子共有六种，如下：

1. 《中州集》十卷、《中州乐府》一卷，明末毛氏汲古阁刻本，佚名录明冯舒批校，复旦大学藏。

2. 《中州集》十卷、《中州乐府》一卷，明末毛氏汲古阁刻本，佚名录冯班批校，上海图书馆藏。

3. 《中州集》十卷、《中州乐府》一卷，明末毛氏汲古阁刻本，章钰校跋并录明冯舒、清冯班批校并跋，清何焯批校，国家图书馆藏。

4. 《中州集》十卷、《中州乐府》一卷，明末毛氏汲古阁刻本，清何焯批校并跋，傅增湘跋，社会科学院文学所藏。

5. 《中州集》十卷、《中州乐府》一卷，明末毛氏汲古阁刻本，佚名录何焯批校并跋，国家图书馆藏。

6. 《中州集》十卷、《中州乐府》一卷，清抄本，清袁廷梼跋并录清何焯校跋，清丁丙跋，南京图书馆藏。

如上所言，我仔细查看几本之评点，发现除国家图书馆藏佚名过录何焯批校本和南京图书馆藏本仅有何焯校语和跋语外，其余各本或署名何焯、或署名冯舒、冯班的评点大体相同，这就出现了相同之评语署名不同之问题，而且几段跋语亦出现此种情况。那么这几本《中州集》之评点和跋语，到底是出于何焯还是冯舒、冯班之手呢？

1. 跋语的归属

国家图书馆藏佚名过录何焯评本，卷首题识，曰：

毛氏此刻本，时所见止严氏重刊之本，其行款俱不古。斧季丈曾从都下得蒙古宪定五年刊本，为东海司寇公豪夺。以在汲古阁止有壬、癸及闰集三卷耳。辛巳三月，余偶从高阳许氏见甲、乙二卷，因略记其行款于书颜。蒙古至世祖始以中统纪元，乙卯则在宋宝祐二年，当金以后之二十三年，又二十五年而宋亡。时北方新出水火，故开雕亦无良匠云。

此本未署名题者何人，社科院藏本署名"焯"，国图章钰过录本、上图本和复旦大学本均署名"冯班"。上图和复旦藏本卷首并增"首尾叙述具得遗山苦心，文亦雅健"诸字。

卷七末有三篇跋语，曰：

辛集目下题曰"别起"，盖当年以诗名家派别相著者，具于所录矣。集凡十册，而限以庚者，《月令》三秋则其日庚辛，行白道而为金。金，完颜建国之号也。万物敛更于庚，悉新于辛，八卦震之，纳甲为庚，以出于震，以天兴之亡者，敛更之中，而望其后为悉新也。编集以癸巳五行，金生于巳也，引端以十月十日，于卦为坤，又金之母也。惓惓故国，瘦词致意四百余年，读者犹可以意逆也。丁丑又三月立夏后六日庐江何焯记。

卷首云乙卯新刊，亦取后天帝出乎震之意。焯又记。

余既为此说，学徒或难曰：虽遗山之善隐，无所遁乎夫子之善，信然。则有元之初，北方文物方盛，元子独不畏有知之者乎？余曰：惓怀故主者，秉彝之性便同也。设有知之者，其肯复加罪于元子乎？抑亦有可以自解焉者。有问别起云何者？曰：吾尝观《文选》之撰，后诗传矣。自十九卷之中题曰，诗甲自此递之而记之。至二十九卷杂拟下数穷于庚。吾窃比焉，则又非无前例，而诗之善谲也。学徒唯唯，因并记其语。壬午七夕书。

此三段跋语，社科院藏本署名亦为何焯，上海图书馆和复旦大学藏本署名均为冯班。第一段跋语，上图和复旦藏本，无"目下"二字；无"丁丑又三月立夏后六日"几字；"庐江何焯"作"冯班"。第三段跋语，"虽遗山之善"字，复旦本作"虽遗山之义"；"设有知之者"，上图本作"设有知之者矣"；"抑亦有可以自解焉者"，上图本和复旦本作"抑亦可以自解焉"。虽个别字稍有不同，然大义不违，那么或署名为何焯、或署名为冯班的三段跋语，到底出于何人之手呢？现在，就来分析一下卷首题识和卷七末三段跋语之归属问题。

首先，从时间上而言，有两种可能：如为冯班所作，丁丑为明崇祯十年（1637），壬午为崇祯十五年（1642），其时何焯尚未出生，而冯班分别为三十六岁和四十一岁；如为何焯所作，丁丑为清康熙三十六年（1697），壬午为清康熙四十一年（1702），冯班已卒多年，何焯时年分别为三十七岁和四十二岁①。两种亦都可通，然卷十李汾《下第》诗，批语有云："余近年正三十七岁矣。"如丁丑为康熙三十六年，何焯正好三十七，与此语合；如丁丑为明崇祯十年（1637），冯班三十六岁，与"三十七岁"相差一岁。

其次，虽题识并未著录书写时间，然如此段题识与后三段跋语同出一人之手，可从后三段跋语大致推知，题识初写时间当为丁丑至壬午之间。如此为冯班所作，当书于崇祯十年（1637）至十五年（1642）之间，而毛扆生于崇祯十三年（1640），冯班校点《中州集》时，毛扆可能尚未出生，或者年纪尚幼，还不可能藏书，那么冯班何以得知毛扆所藏元刊本呢？但如为何焯之语，时间为康熙三十六年（1697）至四十一年（1702）间，毛扆为五十八岁至六十三岁之间，时值晚年，曾拥有元刻本并为徐乾学（东海司寇公）所夺之可能性尚存。退而言之，即便题识与跋语非一人所作，然题识称毛扆为"斧季丈"，"丈"为对成年或老年男子之尊称。冯班与毛扆之父毛晋交好，毛扆为冯班子侄辈，以"丈"尊称之似乎太过。而何焯晚于毛扆多年，尊称毛扆于礼正合。所以题识不可能为冯班所作，只能出于何焯之手。

最后，社科院藏本卷末有傅增湘跋语，曰：

> 第八卷特标"别起"二字，义门推测其旨，谓"此后专记人物，而不专以诗。其必起于辛集者，以《月令》三秋则其日庚辛，行白道而为金令，金，完颜氏建国之号也。万物敛更于庚，悉新于辛，以天兴之亡，当敛更之中，而望其复为悉新。惓惓故国，瘦词致意，以意逆志"。可云读书得间矣。

傅增湘所引何焯之语，正是前文三段跋语中的第一段的部分内容，可知傅增湘认为第一段跋语为何焯所作。傅增湘的跋语亦收入《藏园群

---

① 据何焯门人吴江沈彤所作《翰林院编修侍读学士义门何先生行状》可知，何焯卒于康熙六十一年壬寅（1722）六月九日，年六十二。则推知何焯生于顺治十八年辛丑（1661）。康熙丁丑时，三十七岁，康熙壬午时，四十二岁。

书题记》① 卷第十九，题为《何义门评校中州集跋》，可知不惟第一段跋语且题记和后面的两段跋语及文中评点，傅增湘皆认为是何焯所作。我将社科院藏本与何焯评点的其他本子相互比对，从笔迹上判定乃何焯手书，非别人转录之本，且卷首有"何焯之印"朱色印识，可以初步判定社科院藏本为何焯亲自校评之本②，在现存诸本之中可信度最高。

综之，卷首题记和卷七末三段跋语，绝非冯班所为，乃何焯所书，只是不知何以在流传过程中署名变更。

2. 评点的归属

当然不惟题跋出现署名不同之问题，卷中评点亦随之变更归属。而现存诸本中，除社科院藏本外，其余各本之评校均为后人转录。在转录诸本中，除章钰过录之本，皆不见转录之人片言只语，所以何以会中间引出诸多差错，无从考知。不过从章钰跋语可知，此种归属错误由来已久，章钰曰：

此书为常熟二冯先生阅本，后又为吾长洲何义门先生阅本。何以明之序首，眉间出冯班姓名，序末又有默庵书于空居阁一行。默庵，巳苍别号也。又癸未为崇祯十六年，巳苍既记阅过，而末卷又题崇祯十五年冬尽读竟，则此必出于定远。此二冯同阅之稿证。七卷二十页似为语古小斋道者一条，语古，属义门，显然可见。卷三百二十页，有"北方皆然，不独塞垣"云云；四十六页，"癸酉冬与学徒寓燕山大定精舍，丁丑客授襄邑"云云；卷二百六十五页，"今八旗亦以生口为恒产"云云。二冯生平似未北游，家世素封，未必授徒，"远道生口"云云，又似熟于北地情形口吻。此等识语似属诸义门情事较合。至卷中评骘有同一诗，而一褒一贬绝不相谋者，若出一手笔绝无此理。窃谓此必另有流传真本，坊贾模写贸利，不加识别，遂纰谬至此。字迹错误尤触处皆是，随手改正，知必与原本不合；且引据各书，亦有须检原书校补者，卤莽灭裂，所谓楚则失之而齐亦未为得也。从群碧楼假得点笔既竟，撮记大要。壬子五月中旬。③

章钰亦未得见二冯评本和何焯评本，只是对卷中评点和跋语归属问

① 傅增湘：《藏园群书题记》，上海古籍出版社 2008 年版，第 966—967 页。

② 没有附以书影，冒然论断，难以信服，但由于社科院管理严格，我实不便取书影附之于此，以示明辨，望广大学者见谅。

③ 参见章钰：《四当斋集》，《近代中国史料丛刊三编》，文海出版社 1966 年版，第 398 页。

题有疑义，然亦无实据可考，故猜测为书贾贸利所模写。

　　首先，章钰不明白为何序首署名冯班，而序末又署名冯舒。考上图藏本和复旦藏本过录之评语虽皆用朱笔书写，然字体微有不同，其中用方正楷体书写者，乃为冯舒评语，并有冯舒跋语，曰："崇祯癸未阅一过，大抵有诗致，亦有诗情，恨无自造之句，幽眇之思耳。但可把玩，不甚咀嚼。知者当会我言。孟春之二十五日灯下，默庵氏书于空居阁。"社科院藏本，何焯并用墨笔抄录冯舒跋语，内容微有不同，曰："有诗致，亦有诗情，恨无自造之句、幽眇之思耳。但可把玩，不甚咀嚼。知者当会我言。"然三本同时验证一点，即冯舒曾校阅过《中州集》，并有评语和跋语存世。这就可解释章钰关于序首为冯班姓名而卷末又署默庵之疑问。卷首署冯班之名，乃为转录题跋时误将何焯署名为冯班；卷末署冯舒之名，乃为冯舒确有评本传世。于此我们不妨大胆假设一下，是否过录之底本卷首即署名为何焯，而卷末署名为冯舒。因二冯兄弟经常一起评校书籍，故过录者将何焯误认为冯班，而后人不知，故延续错误至今。

　　其次，针对第三段跋语有"学徒""北方文物"之语，卷三又有"癸巳冬与学徒寓燕山大定精舍，阅之以为为余道也。丁丑客授襄邑，复读至此，为之笑不能止"云云。章钰断称卷中评语与何焯更合的原因有二：一是冯班生平并未北游，然冯班《钝吟杂录》卷十有曰："自鼎革以来，余游北方。"所以此点不成立。二是冯班未必授徒。考冯班生平、著述，并无授徒之记载，然钱良择自曰："予年未舞象，携诗谒定远，极为所许，亲聆指授，苦吟二十余年，始能尽弃其学。九原可作，定远当不以予为异趋也。"[①] 王应奎《海虞诗苑》卷九称陈协为："学钝吟而入其室者"，卷五称严熊"与钝吟交，服习其议论，而能变化以出之，斯为善学冯氏矣"[②]。《重修常昭合志》卷二十曰："陈玉齐字在之，诗品书法并经冯班指授，班深器之。"冯武《哭在兹》诗序亦曰：陈玉齐"少从先伯钝吟公游"；严熊《冯定远先生挽词》之六，又称："钵袋亲承陈（玉齐）与严（熊）"[③]。从钱良择、王应奎、冯武、严熊及地方志的记载来看，钱良择、陈协、陈玉齐、严熊等人曾游于冯班门下，并有所得，所以此点亦不成立。综之，章钰质疑《中州集》评点为何焯所书而非冯班所作的两点立据实是站不住脚的。

---

　　① 冯班：《钝吟老人遗稿》，钱良择评本，常熟图书馆藏。
　　② 王应奎：《海虞诗苑》，古处堂本。
　　③ 严熊：《白云集》，清刻本。

　　所以，我们要想弄清卷中评点的归属问题，就必须找到新的论据。陈先行先生在《明清稿抄校本鉴定》一书中，指出鉴定批校本可以依据字体、印章、避讳字、题跋和文字内容的考订等①。

　　首先，从字体和印章而言，前文已作辨析，并指出社科院藏本为何焯手书之笔。此本另有何焯跋语一则，曰："戊寅正月，以墨笔对校冯默庵阅本，五日而毕。十七日雨窗，焯识。"可知，何焯所见冯舒阅本并无冯班评点，非冯班阅本，而且何焯亦未得见冯班校评本。以何焯对二冯之推崇，苟其得见冯班阅本，绝无视而不见之理。所以卷中朱笔书写者皆为何焯之语，墨笔书写者为何焯过录冯舒评点，而其余诸本皆为过录之本，故社科院藏何焯评点本可信度最高。上图藏本和复旦藏本卷中冯舒评语与社科院藏本何焯墨笔过录之评语，大体相同，可见冯舒评点《中州集》之概况。又诸本过录之冯班评语皆可与社科院藏何焯校评本相互印证，可知不惟题记和跋语，并卷中评语悉出于何焯之手，未有出于冯班者。

　　其次，从题跋而言，前文已经证明各本之题跋署名为冯班者，实属何焯。

　　最后，从文字内容而言，《中州集》之评点"点校并行，或凭旧刻，或以意改，评鉴之语，弥满上下，去取之旨，加以点抹，朱墨之笔，至于再三，可云精审矣。且评校之外，凡当时人物、时事、年月、地理，随时加意考订，以发明诗旨"②。冯班和冯舒曾评点《才调集》和《瀛奎律髓》，两书之评语主要关于诗法和诗体者，中间虽不乏知人论世之语，然无关诗法者甚少。此集之冯舒评语与《才调集》与《瀛奎律髓》之评点情况相同，主要为"新警""清便婉转""闲雅""妥适""刻画""粘皮带骨""抄"等关于诗句鉴赏之语，以及"主意""反结""落句妙"等关于诗体结构者，不出起承转合之法。而诸本《中州集》之评点，注重对典故之注解，并引据《金史》之关于集中人物记载，乃何焯评点常用之法，非二冯兄弟评点的常用手法。

　　要之，现存之冯舒评语归冯舒所有，而署归冯班者，实属何焯，冯班可能并未评校过此书，或是冯班评本早已失传。

　　（二）冯舒评点《中州集》
　　学界关于二冯对《中州集》评点的研究主要有胡传志《〈中州集〉

---

① 　陈先行、石菲:《明清稿抄校本鉴定》,上海古籍出版社 2009 年版,第 89—99 页。
② 　参见何焯校评《中州集》之傅增湘跋语,社会科学院藏。

的流传与影响》一文和陈望南的《海虞二冯研究·二冯评点〈中州集〉》。两文研究之立脚点均认为现存之署名为冯班之评语皆出于冯班之手，然上文已考证署名为冯班者实出于何焯之手。故本文抛开冯班不谈，仅粗略论析一下冯舒对《中州集》的评点。

从过录情况来看，冯舒关于《中州集》之评点，主要以夹注和尾注之形式完成。夹注之语甚为简略，主要是"新警""清便婉转""闲雅""妥适""刻画""粘皮带骨""抄""不切"等关于诗句鉴赏之语，以及"主意""反结""落句妙"等关于诗体结构者，不出起承转合之法。总体而言，冯舒关于《中州集》之评点秉承其一贯主张，扬晚唐、"西昆"而贬"江西"。冯舒跋，言："大抵有诗致，亦有诗情，恨无自造之句，幽眇之思耳。但可把玩，不甚咀嚼。"可以看做是其对《中州集》之总体评价。冯舒诗法晚唐，对汉魏、六朝、盛唐诗歌一并尊崇，然对宋元诗疾之如仇，故其对《中州集》诗歌评价较低。

当然这还与冯舒的评点动机有关。如果说冯舒评点《才调集》和《瀛奎律髓》乃其张扬诗学主张之举措，而其评点《中州集》实和其宣扬诗学之关系不大。冯舒对《中州集》之热情，更多缘于《中州集》"以诗存人""以诗存史"之编撰体例。《四库全书总目》对《中州集》评价曰："大致主于借诗以存史，故旁见侧出，不主一格。"代表了清初文人对《中州集》的总体看法。

冯舒仿《中州集》体例，编选《怀旧集》一书，诗人名下皆附小传，记录诗人生平、言行和气度，目的即在于"以诗存人"。冯舒与元好问虽生活年代不同，但都在时代变革的风口浪尖上，生命岌岌可危之时，眼见圈中好友骤然离去，悲痛之情是相同的。太平盛世史官尚能记录一二，而值此乱世，人人不能自保，又冯舒身边好友多为布衣，青史留名之机会甚微，故冯舒编选《怀旧集》缅怀故人，并希望借此集能留名一二。冯舒《怀旧集》自序，可见其苦心，曰：

> 向秀追寻囊好，栋宇空存；陆机还计生年，凋零殆尽。乃知阅水成川，阅人成世，古今之通慨矣。予也爰自草龄，泊乎衰老。其间亲承负剑，时聆先时之绪言；相揖乘车，驯睹后生之可畏，四十年来盖显显无有忘弃者。岂生初盛也，老际横流，火焰昆山，嗟玉石之莫辨；桑生沧海，痛人琴之两非。虽鲁殿独存，亦尧年道改矣。循发自念，顾影空潜；回首残编，时留佳句；还抽腹笥，胜忆赠言。于是和泪舔墨，朝书冥写，凡得二十四人诗词二百余首，分为上下两卷，名曰《怀旧集》，并各题小

传，以见平生。其仅取桑者，则以山川阻绝，搜索无从兼之，鸿鲤参差，存亡未审。若夫鹤师裔自练川，凤氏生从青社，则以松枝东指，已建育王之塔；虞峰西迈，亦有真娘之坟。书合牵连，人同流寓。昔称投漆，今匪滥觞。呜呼！人间何事，山阳之涕凄然；天道宁论，华表之归已矣！所翼清风穆穆，未绝于微言，神理绵绵，不随夫气运去尔。

衰老之年，眼见生计凋落，故人离去，感受沧海桑田之巨变，深痛人事两非。无奈一介书生，惟有和泪舐墨，以一己之力，记录故人之生平、诗作。期望"清风穆穆，未绝于微言；神理绵绵，不随夫气运去尔"。所以说冯舒对《中州集》评点虽然涉及到了诗法之讨论，然这并不是冯舒评点之中心所在。冯舒对《中州集》之评点更多在于它的社会功用和历史功用。其中可以看出冯舒对故国友人之留恋和身经战乱之悲戚，同时还有冯舒对历史的自觉认识。

三、《瀛奎律髓》

《瀛奎律髓》四十九卷，为元方回所编选，选录唐、宋五、七言律诗总计二千九百九十二首。方回选诗、论诗以宋诗为本，以"江西诗派"之法为法，对"江西诗派"的诗法理论、宋诗的发展过程和宋诗的发展流派都进行了梳理。可以说方回以宋诗之审美眼光审视唐宋律诗之发展，"对宋诗的艺术特征从总体上作出比较深刻的体认"，"摆脱了以唐诗为至高典范的传统观念的束缚"①，提高了宋诗的地位。故《瀛奎律髓》自问世以来，争议颇多。尤其是在清代，《瀛奎律髓》一书"海内传布，奉为典型"②。冯舒、冯班、查慎行、陆贻典、何焯、纪昀等竞相评点，而褒贬不一：宗法宋诗者，如查慎行、吴之振等派对此书甚为赞誉；宗法晚唐者，如冯舒、冯班等则与之针锋相对。本文主要依据李庆甲先生集评的《瀛奎律髓汇评》③一书所录有关方回与冯舒、冯班之评语，比较方回与二冯立论之不同，并进一步分析两家评论之得失。

（一）二冯评点《瀛奎律髓》版本叙略

二冯兄弟虽与方回立场不同，然对此书用力至勤。冯舒曾先后两次评阅《瀛奎律髓》，终稿完成于清顺治六年（1649）四月二十八日，而同

---

① 莫砺峰：《从〈瀛奎律髓〉看方回的宋诗观》，《文艺理论研究》，1995 年第 3 期，第 78 页。

② 宋泽元：《瀛奎律髓刊误》叙，忏花盦丛书本，引自《瀛奎律髓汇评》附录一，上海古籍出版社 2005 年版，第 1836 页。

③ 李庆甲：《瀛奎律髓汇评》，上海古籍出版社 2005 年版。

年九月二十九日即诬死于狱中；冯班于冯舒死后二年，即顺治八年
（1651）评校《瀛奎律髓》。两兄弟之评点虽时隔两年，而手眼高低自同。
冯班之评本有三、四本，惜皆不存。陆贻典曾据毛扆藏本，参录其他本
之冯班评点，并用墨笔抄录冯舒之评语，当为诸本之中著录二冯评语最
全之本；钱湘灵曾藏有二冯评点本，评语颇详，后为涧泉先生携去，下
落不知所终；另有一本墨笔为冯舒评语，朱笔为冯班评语，较前本多加
删削。现存《瀛奎律髓》之二冯评点，均为别人过录，面貌稍有不同。
检李庆甲先生《瀛奎律髓汇评》和《中国古籍善本书目》的著录，二冯
评点本《瀛奎律髓》主要有下述九种：

　　1. 国家图书馆藏清康熙四十九年陈士泰刻本，佚名录冯舒、冯班评
点并跋。

　　2. 国家图书馆藏清康熙四十九年陈士泰刻本，佚名录冯舒、冯班评
点并跋，翁心存跋。

　　3. 上海图书馆藏清康熙五十一年吴宝芝刻本，清许士模录冯舒、查
慎行评点。

　　4. 上海图书馆藏清康熙五十一年吴宝芝刻本，清沈廷瑛录冯舒、冯
班、何焯评点，翁同龢跋。

　　5. 南京图书馆藏清康熙五十一年吴宝芝刻本，佚名录冯舒、冯班评
点并跋，清沈岩跋。

　　6. 武汉师范学院图书馆藏清嘉庆五年双桂堂刻本，清纪昀评点，清
钱泰吉录冯舒、冯班、查慎行评点。

　　（以上据《中国古籍善本书目》）

　　7. 南京大学图书馆藏清康熙四十九年陈士泰刻本，录有冯舒、冯班
评点。

　　8. 吉林图书馆藏清康熙五十一年吴宝芝刻本，录有冯舒、冯班、钱
湘灵评语。

　　9. 国家图书馆藏清康熙五十一年吴宝芝刻本，佚名录冯舒、冯班、
陆贻典评点并跋。（以上据《瀛奎律髓汇评》补）

　　国家图书馆所藏录有二冯评语的两本《瀛奎律髓》卷末皆过录冯舒、
冯班跋语，曰：

　　　己丑（顺治六年，1649）再读一过，亦阅月而毕，生平所得诗法尽
在此矣。四月廿八日灯下。巳苍冯舒。

　　　家兄读此书毕，谓余曰："吾是非与弟正同耳。"余意未信。今窦伯

偓以此见示，取余所评校之，真符节之合矣。今日求可与言诗者，定何人哉？八月廿七日书于小楼之西窗家，兄殁已二年矣。定远班识。

一本并有翁心存跋和过录人跋，过录人跋曰："庚辰，临冯默庵先生阅本，并临钝吟先生阅本。"翁心存跋曰："朱笔临默庵阅本，墨笔临钝吟阅本。默庵持论太峻，钝吟则稍加平和矣，黄笔不知何人评阅亦具手眼。第一首标蒋西谷（蒋廷锡）云，或是临西谷先生阅本耶？蓝笔考据事实甚精核。庚辰当是乾隆二十五年，惜无图章，亦不自署姓字，然可想见前辈用力之勤也。道光戊申儿子同龢得此书于湖州书估，甚可爱玩，翻阅一过，偶识数语于简端。遂尨翁心存。"

此本并录有冯班跋语一则，可见冯班评点《瀛奎律髓》的大旨，曰："杜子美上承汉魏六朝、下开唐宋诸大家，固所云集大成者也。元、白、温、李自能上推杜之所学，故学杜而得其神似。即宋之苏公亦然。陆放翁、范石湖又其亚也。若陈简斋、曾茶山岂无神似之作，但专守杜诗不欲推原见本，上下前后有所不究，粗硬之病，未免曲抄之致全无，生吞活剥，见诮来比。虽有相肖亦气异，叔敖之衣冠，中郎之虎贲矣。至于方公议论，全以己见绳缚古人，以古人无碍之才、圆复之学曲合于拘方板腐之辈。吾见其愈议论而愈多疵耳。上党冯班。"

另一本录有陆贻典跋语一则，曰："巳苍、定远兄弟称诗为冯氏一家之学。定远评驳此书凡有三、四本，斧季此本其一也。复取他本评语一一载入，前后心目庶可考见。余又从友人处见巳苍阅本，用墨笔录于卷内，以征两冯手眼之同异云。甲辰闰六月三日，常熟陆贻典识。"

上海图书馆藏沈廷瑛过录二冯评点本，卷首有翁同龢题识，曰："壬辰夏，同邑鲍叔衡（原注：廷爵）寄赠，付之廉（翁之廉）藏之。瓶叟（翁同龢）记。"序后有两篇张树本之题识，一曰："是刻之后，尚有查初白（查慎行）诗评、纪晓岚刊误，持论最通，抉摘精者，当视此奚啻□□新。道光丙戌暑夏同生张树本识。"一曰："本中所临义门何先生评点最为平允，校改之字亦极精审。……若二冯评点如此当为善本。必得陆敕先、孙宝讹，老手临此，乃为尽善者。四月二十六日灯下又记。"

卷四十八末黄笔识语，曰："钝吟先生评点用青黑笔（冯班字定远，又号二痴、伟节、长乐翁），默庵先生评点用黄笔（冯舒字巳苍），义门先生评点用红笔（何焯字屺瞻，又号无勇、潜夫）。"卷末沈廷瑛[①]跋，

---

① 沈廷瑛，江苏常熟人。

曰："两冯公评本，世多传写。其书义门先生阅者，绝未经见，是册从宝砚堂藏本假录。秋田师云：'义门评诗专在知人论世，能揭作者苦心，诠解出人意表，非仅如两冯公之但论源流法律也。'兹阅朱笔所志，信然，敢不秘为枕中鸿宝。乾隆丙申十月廷瑛谨识。"卷末并有道光庚辰立夏后二日潜远所作跋语，惜残。故陈望南君认为："此书系沈廷瑛过录二冯批点，又为张树本及潜远所阅，最后由鲍廷博寄赠，归于翁氏，并藏于翁之廉处。"

上海图书馆藏许士模临本，序后题记，云：

> 此书先生所阅旧刻，二冯评语颇详。向藏余家，后为涧泉素师携去。此本当是先生续阅者。其墨笔所传大冯评语，朱笔传者小冯也。议论较初本颇加删择，下栏皆先生自评。此非经世不可离之书，而批阅乃至于再。呜呼，可谓好学也已。陆灿（钱湘灵）识。

> 义门先生生平手不释卷，丹黄点勘不下数百种，考订之细，书法之工，为艺林所仅见。先生没于京邸，遗书尽归广陵马氏。既而马氏式微，余友吴太史苏泉不惜重资购得大半。每过其斋，四壁插架，触目琳琅，辄徘徊不忍去。未几苏泉物故，书渐散失。从弟倚青以白金十镒买数十种，余曾作诗赞□。今倚青闲居，书将转鬻，不知复落何人之手。从此前辈菁华风流云散，糊窗覆瓿，俱未可知，可胜浩叹！此本为乾隆庚戌寓扬时借录，距今二十有四年。元本已不知何在。既又念余年且将七十，又安知此本更属何人？始尽吾齿以自娱而已。特志其颠末，俾后之得是书者或因余言而珍重焉，是则余之所厚望也。嘉庆癸酉九月二十二日植亭学人许士模识于东台学斋。

眉批，云：

> 墨笔已录初白庵（查慎行）诗评，故大冯评语亦用朱笔载于上栏，间有鄙见，另书片纸。此外更借录《苏诗》《容斋五笔》《日知录》三种，评点较略。《日知录》为兄子维潘取去，余二种并存案头。回忆尔时目明腕健，可多录数种以广其传，而仅止此，愧悔何橶！同日又识。

南京图书馆藏本，沈岩跋曰："《瀛奎律髓》共六册，为虞山二冯先生阅本。凡默庵先生评点用绿笔，钝吟先生评点用朱笔。向未传布，辗转相借。校其间，脱讹舛谬，几不可胜诘。今按此本最为精审，且评语字迹清劲可爱。宜乐潜主人藏之箧衍，不异珍贝也。乾隆丙辰夏，沈岩谨识。"

二冯对《瀛奎律髓》的评点，不乏门户意气之见，然亦从反对者的立场纠正了方回的部分偏颇，其中的某些言论又不失为学诗者入门之要，所以二冯评本《瀛奎律髓》清代流传甚广，世多传写。康熙四十九年的陈士泰翻刻《瀛奎律髓》之时还参校了冯舒阅本。陈士泰序，曰："明成化间，有龙君遵叙者，访于乡之人，得抄本而付之梓，后又再梓于建阳，书遂大行于世。流传日久，初刻板本难得，建阳本鲁鱼亥豕，屡见叠出，学者无从是正。予因对勘两本异同，重付雕匠。又借何太史屺瞻先生所藏、屡守居士阅本再加参校。"陈士泰翻刻之时以建阳本为底本，参校了龙遵叙刻本和冯舒阅本，可见冯舒评阅本之价值。

（二）二冯评点《瀛奎律髓》论略

方回选诗侧重于宋代，对入选的作家、作品的评论，基本上是以"江西"诗法为诗法，提出"一祖三宗"之说，对诗歌创作的格律、句法、对偶、用字等都有系统的论述，尤其注重"拗字""变体"、情景关系和"诗眼"之说。

冯舒、冯班对《瀛奎律髓》的评点，宗唐黜宋，以唐、宋之分论定诗之高下，注重诗歌创作的内涵和意蕴，尤其强调讽而不露的温婉之风，对方回之论多加指责。

1. 学诗门径

方回取法"江西诗派"，论诗以杜甫为宗，主"一祖三宗"之说，称"古今诗人，当以老杜、山谷、后山、简斋四家为一祖三宗。"（卷二十六陈简斋《清明》）"老杜诗为唐诗之冠。黄、陈诗为宋诗之冠。黄、陈学老杜者也。嗣黄、陈而恢张悲壮者，陈简斋也；流动圆活者，吕居仁也；清劲洁雅者，曾茶山也。七言律，他人皆不敢望此六公矣。若五言律诗，则唐人之工者无数。宋人以梅圣俞为第一，平淡而丰腴。舍是，则又陈后山耳。此余选诗之条例，所谓正法眼藏也。"（卷一陈简斋《与大光同登封州小合》）提出"江西诗派"，"以老杜为祖，老杜同时诸人皆可伯仲。宋以后山谷一也，后山二也，简斋为三，吕居仁为四，曾茶山为五。其他与茶山伯仲亦有之，此诗之正派也。"进而提出学杜当从黄庭坚、陈后山、陈简斋三人入手。

冯舒讥"江西诗派"为"诗之恶派也。在老杜亦尧、舜之朱、均耳"。冯班曰："此书大例如此。若我家诗法则不然，欧、梅一也，次则坡公兄弟，次则半山，次则范、陆，不得已则'四灵'，所谓硁硁小人哉！如山谷出于杜，而杜以前不窥尺寸，有父无祖，何得为正派？放翁出于山谷，却于杜有会处，又善用山谷所长处。"（卷十六陈简斋《道中寒食》）冯班提出欧阳修、梅圣俞、苏轼、苏辙、王安石诸人乃至"四灵"诗人均盛于黄庭坚、陈师道之流，并认为黄、陈诸人，未得杜诗精髓："山谷着他看门，后山着他扫地，简斋姑用捧茶。看门者虽入其家门户，然实门外汉。主人行住坐卧颇亦知之，而堂奥中事实则茫然也。扫地者，尘垢多也。捧茶颇近人，童子事耳，然颇得主人意。茶山、昌父则又从阍人问主人起居者，未必不是，实则不是也。"（卷二十六陈简斋《清明》）五人之中，惟陈简斋稍得杜意，黄庭坚看似门中人，实为门外汉；陈后山则尘垢太多；曾茶山、吕居仁离杜就更远了，貌似神非。

冯舒接着从诗歌风格的多面性，指出：

> 王、杨四子，总之匀匀叙去，自然富丽，自然起结，无构造之烦迹。至沈、宋则富丽为阿房、建章，铢两为凌云，巧密为迷楼，门户房栊，别为蹊境矣。太白则仙山楼阁，望而难即。少陵则道君之艮岳，非骨力不办，然西风忽起，鸟兽哀鸣，不无萧飒之气。钱、郎以还，则知书守礼之缙绅，或束修自好之雅士，即家为丘壑，清风括自，碧树拂衣，触景潇洒，无有俗韵，然未可语马家奉诚，裴公绿野，无论石家金谷也。方君虽著此书，然于大段未十分明白，只晓得"江西"一派恶习，且不知杜，何知沈、宋及"四子"乎？既不知杜之由来，又何论庾、鲍而上至汉、魏乎？独于今世，不论章法，不知起结，"竟陵""空同"诸派，则彼善于此耳。世之言诗者莫谓予辈表章是书，遂谓"虞山"一派，纯讲照应起结也。（卷四十七宋之问《游法华寺十韵》）

初唐四杰之自然；沈佺期、宋之问之富丽；李白之飘逸；杜甫之沉郁萧飒；钱、郎士元之均为诗家之风貌。然方回于此不知，执泥于"江西诗派"，未能深晓诗歌之流变。杜甫诗歌为先秦、两汉、齐梁乃至唐代诗歌的集大成者，而"江西"不知杜诗之来历，殊失诗旨。

冯班进一步指出：

> 杜子美上承汉、魏、六朝，下开唐宋诸大家，固所云集大成者也。元、白、温、李，自能上推杜之所学，故学杜而得其神似。即宋之苏公亦然，陆放翁、范石湖又其亚也。若陈简斋、曾茶山岂无神似之作，但专学杜诗，不欲推原见本，上下前后有所不究，粗硬之病未免，曲折之

致全无，生吞活剥，见诮来者。虽有相肖，亦无异叔敖之衣冠、中郎之虎贲矣。至于方公之议论，全是执己见以强缚古人。以古人无碍之才，圆通因变之学，曲合于拘方板腐之辈，吾见其愈议论而愈多庚耳。呜呼！呜呼！（卷一杜甫《登岳阳楼》）

　　杜甫为古代诗歌之集大成者，元稹、白居易、温庭筠、李商隐四家得杜之精髓，而"江西诗派"如陈简斋、曾茶山亦专学杜，虽稍有神似之作，然未能深晓杜诗之源流，失之粗硬，徒有其貌而失其神。方回论诗执于一家之见，多失公正。

　　冯班进而引王安石语，提出学杜当从李商隐入，曰："义山本出于杜，'西昆'诸君学之而句格浑成不及也。'江西派'起，尽除温、李，而以粗老为杜，用事琐屑更甚于'昆体'。王半山云：'学杜者当从义山入。'斯言可以救黄、陈之弊。有解于此者，我请与言诗。"（卷三十九李商隐《夜饮》）李义山乃学杜而得其神髓者，"西昆"诸家学之而不及，然尚胜于"江西"之粗老和琐屑。认为李商隐为得杜之精髓者，非王安石、冯班而已，薛雪《一瓢诗话》，曰："有唐一代诗人，唯李玉溪直入浣花之室。"[1] 陆时雍《诗镜总论》，曰："李商隐七言律，气韵香甘。唐季得此，所谓枇杷晚翠。"[2] 施补华《岘佣说诗》，亦曰："义山七律，得于少陵者深，故秾丽之中，时带沉郁。如《重有感》《筹笔驿》等篇，气足神完，直登其堂，入其室矣。"[3]

　　方回论诗以"江西"为宗，主张学杜当从黄庭坚、陈后山、陈简斋入手；二冯诗法晚唐，以李商隐和"西昆"为范，疾宋如仇，称"宋人除'西昆'外，不能道只字"，主张学杜当从李商隐入。这是两家诗论之基础，亦是两家之根本分歧所在。李商隐、黄庭坚、陈后山、陈简斋、陆游皆善于学杜之人，只是所得不同。李商隐之学杜，乃在于杜诗之意象化之境界："同在于以感兴之触发取胜，而宋人所致力者，则偏重于理性之思致……即如北宋之半山、山谷、后山、简斋诸人，以及南宋之放翁、诚斋一辈，甚而至于金元之际的北国诗人元好问，可以说都是学杜而有得的作者，尤其是他们的七言律诗，更可以从其中看出自杜甫深相汲取的痕迹。或者取其正体之精严，或者取其拗体之艰涩，或者得其疏放，或者得其圆熟，然后复参以各家所特具之才气性情，无论写景、言

---

① 参见薛雪：《一瓢诗话》，《清诗话》，上海古籍出版社1978年版，第684页。

② 陆时雍：《诗镜总论》，《历代诗话续编》，中华书局2006年版，第1422页。

③ 施补华：《岘佣说诗》，《清诗话》，上海古籍出版社1978年版，第993页。

情、指事、发论，可以说都能有戛戛独造的境界，只是其中没有一个作者，曾继承杜甫与义山所发展下来的意象化之途径更有开拓。"① 即李商隐得杜之神韵，"江西"诗人得杜之技巧，高低自现。

2. 论诗标准

方回论诗以瘦硬平淡为"格高"，作为论诗的第一标准。曰：

诗先看格高，而意又到，语又工，为上。意到，语工，而格不高，次之。无格，无意，又无语，下矣。此诗全是格，而语意亦峭。（卷二十一曾茶山《上元日大雪》）

宋之盛时，文风日炽，乃有梅圣俞之蕴藉闲雅、陈后山之苦硬瘦劲，一专主韵、一专主律。梅宽陈严，并高一世，而古人之诗半或可废。则其高于"九僧"，亦人才涵养之积然也。（卷四十七僧怀古《寺居寄简长》）

后山学老杜，此真逼真者。枯淡瘦劲，情味深幽。晚唐人非风、花、雪、月、禽、鸟、虫、鱼、竹、树，则一字不能作。"九僧"者流，为人所禁，诗不能成，曷不观此作乎？（卷四十二陈后山《寄外舅郭大夫》）

义山诗体不宜作五言律诗。不淡不为极致，而艳而组不可也。（卷二十三李商隐《江村题壁》）

若论宋人诗，除黄、陈绝高，以格律独鸣外，须还梅老五言律第一可也。虽唐人亦志如此。而唐人工者太少，圣俞平淡有味。（卷二十三梅圣俞《闲居》）

杜甫诗风博大，方回却独取瘦硬平淡一派，二冯于此深表不满。冯舒纠之曰："方君每以字句之硬累者为格高，殊非诗旨。诗家第一件亦不在格，且亦本无格。"（卷二十一曾茶山《上元日大雪》）

首先，"以枯淡瘦劲为杜，所以失之千里，此黄、陈与杜分歧之处。不枯、不淡、不瘦、不劲，真认差也。如此学杜，岂不敛手扪心？乃至后山若不入'江西派'，定胜圣俞。"（卷四十二陈后山《寄外舅郭大夫》）杜甫乃中国古代诗歌的集大成者，方回以枯淡瘦硬理解杜诗，乃弃泉饮瓢也。

其次，"诗亦浓淡随宜耳，五言律必要淡，又被黄、陈所误。"（卷二

---

① 叶嘉莹：《论杜甫七律之演进及其承先启后之成就》，《迦陵论诗丛稿》，中华书局1984年版，第104页。

十三李商隐《江村题壁》）"若云圣俞反以平淡高之（姚合），此胸中终有黄、陈积滞在。若不信此言，请还独老杜，何尝尚平淡耶？"（卷二十三梅圣俞《闲居》）"五律本于齐梁，虚谷不解也。律体成于沈宋，承齐梁之排偶而加整也。若云不淡不极，失其原本矣。"（卷二十三李商隐《江村题壁》）诗风多变，以浓淡相宜为极致，仅取淡格，亦未窥诗风全貌。

最后，"诗主性情，而性情各因其时，或因其人，不可一例。三牲鼎烹，必曰不如葵笋杞菊，谬矣。无论黄、陈，即梅之五律，亦不必胜'九僧'。若必以苦硬瘦劲为美，则并葵笋杞菊之味亦失之矣。"（卷四十七僧怀古《寺居寄简长》）诗主性情，而性情因人、时之不同而不同，不可化为一例。性情万千，故诗风万千，非一淡字所能囊括。况诗歌风格的差异性和独特性，才是诗歌创作的最终目标，如仅用一种风格去束缚诗家创作，则放眼望去均为一格，必失诗歌姹紫嫣红之貌，亦失诗人之个性。

以至于纪昀讥方回曰："义山五律佳者往往逼杜，虚谷以门户不同，未观其集耳。况律诗不专以淡为贵，盛唐诸公千变万化，岂能以一淡字尽之？此论似高而陋。"（卷二十三李商隐《江村题壁》）"以枯寂为平淡，以琐屑为清新，以楂牙为老健，此虚谷一生病根。"（卷二十三梅圣俞《闲居》）

3. 形式技巧

方回总结了"江西诗派"的格律句法之学，对诗歌创作的布局、格律、字法、句法、对偶、用字等都有细致的探讨，尤其注重"变体"和"拗字"；二冯对此尤为嗤鼻，认为"江西"徒学老杜之外貌，弃杜诗之精髓，非学杜之精者。

（1）诗眼：

"江西诗派"秉承"点铁成金"之说，注重炼字、炼句，方回于《瀛奎律髓》评点中，尤为注重此法的运用，屡标诗眼，称为"诗法"，曰：

"采"字旧作"来"字，或见奉酬李都督，谓此是"来"字，非也。"力疾""采诗"，是重下斡旋字，若"来"字则无味，亦无力矣。"桃花"对"柳叶"，人人能之，惟"红"字下着一"入"字，"青"字下着一"归"字，乃是两句字眼是也。大凡诗两句说景，大浓大闹，即两句说情为佳。"转添""更觉"，亦是两句字眼，非苟然也。所以悲早春，所

以转愁，所以更老。尾句始破以四海风尘，兵戈未已望乡思土，故无聊耳。此乃诗法。（卷十杜甫《奉酬李都督表丈早春作》）

五、六下两只诗眼太工。（卷十一林和靖《夏日即事》）

三、四乃诗家句法，必合如此下字则健峭。后四句亦为老杜能道之也。（卷十三杜甫《刈稻了咏怀》）

五、六以"坼"字、"隐"字、"清"字、"闻"字为眼，此诗之最紧处。（卷十四杜甫《晓望》）

此诗尾句有把握，起句有两字为眼，殊不苟也。（卷十六唐太宗《守岁》）

"能"字、"每"字乃是以虚字为眼。非此二字，精神安在？善吟咏古诗者，只点缀一二好字高唱起，而知其用力着意之地矣。（卷四十二陈后山《赠王聿修商子常》）

中四句用"云天""夜月""落日""秋风"，皆景也，以情贯之。"共远""同孤""犹壮""欲苏"八字绝妙。（卷二十九杜甫《江汉》）

方回标诗眼时，尤其注重虚字的使用，曰：

凡为诗，非五字、七字皆实之为难，全不必实，而虚字有力之为难。"红入桃花嫩，青归柳叶新。"以"入"字、"归"字为眼；"冻泉依细石，晴雪落长松。"以"依"字、"落"字为眼；"榉柳枝枝弱，枇杷树树香。"以"弱"字、"香"字为眼。凡唐人皆如此，贾岛尤精，所谓"敲门""推门"，争精微于一字之间是也。然诗法但止于是乎？惟晚唐诗家不悟。盖有八句皆景，每句中下一工字，以为至矣，而诗全无味。所以诗家不专用实句、实字，而或以虚为句，句之中以虚字为工，天下之至难也。（卷四十三黄庭坚《十二月十九日夜中发鄂渚晓泊汉阳亲旧载酒追送聊为短句》）

冯舒称方回诗眼之说："浑是鬼话。"[1] "俱旁门小乘语。"[2] 冯班认为："此说最害事。"[3] 因"真境至情，不在言语之工拙也"[4]。"以一字为

---

[1] 参见卷四十二，陈后山：《赠王聿修商子常》。
[2] 参见卷四十三,黄庭坚：《十二月十九日夜中发鄂渚晓泊汉阳亲旧载酒追送聊为短句》。
[3] 参见卷四十二,陈后山：《赠王聿修商子常》。
[4] 参见卷二十九,韩致尧《向隅》冯班评语。

眼，宋人诗法，唐人不拘定如此，非诗人妙处"①"寻常觅佳句，五字中自然有一字用力处。虚谷每言诗眼，殊瞢瞢。假如'池塘生春草'一句，眼在何字耶？更自神妙也。"②炼字之法，古人不废，杜甫亦善为之，然终非诗之魂。方回每于诗歌赏析中独标诗眼，有时不免妄自穿凿。如方回评唐太宗《守岁》诗，曰："此诗尾句有把握，起句有两字为眼，殊不苟也。"冯舒纠之曰："五言、七言势必有一单子，何尝刊定诗眼？大历以后或亦有之，前此则未也。此皆'江西'恶识，宋人恶论。"纪昀亦曰："诗眼之说，不可施之初唐。且'斜'字、'丽'字亦无须锻炼而得之，标以为眼，尤属强坐。"（卷十六《守岁》）方回欲倡诗眼之说，故屡强标之，然"诗眼之说，即诗家炼字之法，未可斥为外道，但不宜任意穿凿，强标句眼耳"③。

又如方回评许浑，曰："其诗出于元、白之后，体格太卑，对偶太切。陈后山《次韵东坡》又云：'后世无高学，举俗爱许浑。'以此之故，予心甚不喜丁卯诗。然初年诵半山《唐选》，亦爱其怀古数篇。今老而精选，罕当予意。早行晨起，难得佳者，独丁卯为多。五言如：'素壁寒灯暗，红炉夜火深。厨开山鼠散，钟尽野猿吟。''露重萤依草，风高蝶委兰。''晨鸡鸣远戍，宿雁起寒塘。雪卷四山雪，风凝千树霜。'皆近乎属对求工，而所对之句意苦牵强。又如：'檐楹御落月，帏幌耿残灯。'上四字全不佳。又如：'水虫鸣曲槛，山鸟下空阶。'十字全然无味。七言如：'一声山鸟曙云外，万点水萤秋草中。''星河半落岩前寺，云雾初开岭上村。'殆不成诗。而近世晚进，争由此入，所以卑之又卑也。短中求长，唯七言《怀古》、五言《峡山寺》诗、《早梅》诗为优，自见别评。"方回论许浑诗以陈后山之喜恶为标准，已失公道之心，故而冯舒曰："若在黄、陈，则'御''耿'二字又是诗眼矣。此中诸诗，何句是黄、陈能道者，乃敢妄论如此？用晦诗精密清新，工夫极矣，但于格力词句，无古人来历，根柢太浅，未免卑弱耳。然较之疏硬粗野自谓杜诗者，何啻天壤。山谷不喜郢州，自是一家之见。若字字句句求其短处，则'江西'可议，而用晦少疵累也。评中所摘诸句，皆清新可诵。许诗工细，自是一种好诗，与黄、陈正相反，方君持论欠平。又云'用晦骨气自弱'，然清新相接，娓娓可诵，亦难到也。万里曲意排击，读其言，令人不平。"④

---

① 参见卷十三，杜甫：《早起》。
② 参见卷十四，杜甫：《晓望》。
③ 参见卷十六，唐太宗：《守岁》许印芳评语。
④ 参见卷十三，许浑：《晓发鄞江北渡寄崔韩二先辈》。

"体格太卑，对偶太切"正中许浑之病处，然许浑诗工夫细腻，不乏清新可诵之篇，方回以一人之语而论定喜恶，刻意求短，实乃门户之习气。又"炼字乃诗中之一法。若以为安身立命之所，则'九僧''四灵'，尚有突过李杜处矣。虚谷论诗，见其小而不知其大，故时时标此为宗旨。"①字句的选定乃在于诗歌意境的表达，方回定选诗眼，未免睹一斑而失全貌。故纪昀在《瀛奎律髓刊误序》中指出："响字之说，古人不废。暨乎唐代，锻炼弥工。然其兴象之深微，寄托之高远，则固别有所在也。虚谷置其本原，而拈其末节，每篇标举一联，每句标举一字，将举天下之人而致力于是，所谓温柔醇厚之旨灭如也；所谓文外曲致、思表纤旨亦茫如也。"诗歌之精髓在于温柔醇厚之旨和言外之意、文外之旨，方回弃诗歌之意旨而不谈，专于字句上下工夫，难怪二冯讥之为"小乘""鬼话"。

（2）情景：

方回论诗注重情景的运用，曰：

> 诗体源流，陈、隋多是前六句述景，末句乃以情终之。（卷十二唐太宗《秋日》）
>
> 中四句极其工，而不离乎景，情亦寓乎景中。但不善措置者，近乎冗。老杜则不拘，有四句皆言景者，有两句情、两句景者，尤伶俐净洁也。（卷二十三贾岛《僻居无可上人相访》）
>
> 此诗中四句不言景，皆止言乎情。后山得其法，故多瘦健者此也。（卷十杜甫《曲江陪郑人八丈南史饮》）
>
> 起两句言题，中四句言景，末两句摆开言意。盛唐诗多如此。全篇浑雄齐整，有古味。（卷二十九陈子昂《晚次乐乡县》）
>
> 此诗首尾四句言景，中四句用事。又未若移易中间四句两用事，两言景为佳也。（卷十六苏轼《海南人不作寒食而以上巳上冢余携一瓢酒寻诸生皆出矣独老符秀才在因与饮至醉符盖儋人之安贫守静者也》）
>
> 凡诗如此作自伶俐。前四句景，而起为题目；后四句情，而结句合杀。（卷四十七杜甫《谒真谛寺禅师》）

晚唐诗歌多以中四句言景，而首尾言情，方回欲力破此习，故屡唱前四句言景、后四句言情或中间四句两句言景、两句言情之说。

---

① 参见卷十，杜甫：《奉酬李都督表丈早春作》纪昀评语。

于此二冯颇讥之，冯班曰："两情两景乃训蒙法耳。大家老手，岂可拘此？"① "唐诗初不拘情景，起伏照应则不可无法，大略太拘便不是能手。"② 冯舒曰："诗本随人作，只要文理通耳，何尝有情景硬局耶？"③ "不必黏题，无句脱题；不必紧结，却自收得住，说得煞；不必求好，却无句不好。何处分情景？"④ "不必景，不必情，而情景兼生其中，句句说下，不必如元白辈以片言居要见警策也。沈宋之不可及如此。"⑤ 诗歌乃情感之自然流露，形式技巧等只是情感表达的外衣，如果以情景之法拘束情感之抒发，则求末失本也。况诗歌之发展流变虽各个阶段特征略有不同，所重之诗法稍有差异，然诗歌的本质特征并没有改变。方回论诗拘于宋诗法则，强分初唐法如何、盛唐法如何、晚唐法如何、宋诗法又如何，颇失拘。

诗歌不必拘情景，情景的运用只是诗人情感表达的一种手法而已，况 "晚唐法亦如此，但气格卑弱耳。盖诗之工拙，全在根柢之浅深，诣力之高下，而不在某句言情、某句言景之板法，亦不在某句当景而情、某句当情而景，及通首全不言景、通首全不言情之变法。虚谷不讥晚唐之用意猥琐，而但诋其中联之言景，遇此等中联言景之诗，既不敢诋，又不欲自反其说，遂不能更置一语，但以'多如此'三字浑之。盖不究古法，而私用僻见，宜其自相窒碍也"⑥。方回欲破晚唐之习，然晚唐诗风之短处不在此，方回弃诗之气格、用意而不论，徒拘于情景之法未得诗歌之质，亦失之板。故冯舒说："方君论诗必分情景，又必以一字为诗眼，此殊不然。无首无尾，无起无止，而自连贯、自浑成者，沈宋以前之诗也。不必如此起而首妙，不必如此止而结妙，景龙至李杜之诗也。如此起，如此结，钱郎以后之诗也。总之，言景必兼情，言情必兼景，或专情、或专景，而虚字、新字自具其中，此作诗之法也。必做空硬腔，巧入新字为诗眼，去诗道远矣，去说诗亦千里矣。"冯舒极赏之作乃为无首无尾，自成首尾，无转无接，但见动人之浑融者，若拘于字眼之说和情景之论，则逐末失本。

---

① 参见卷十，杜甫：《曲江陪郑八丈南史饮》。

② 参见卷二十三，贾岛：《僻居无可上人相访》。

③ 参见卷十六，苏轼：《海南人不作寒食而以上巳上冢余携一瓢酒寻诸生皆出矣独老符秀才在因与饮至醉符盖儋人之安贫守静者也》。

④ 参见卷二十三，杜甫：《江村》。

⑤ 参见卷一，宋之问：《登越台》。

⑥ 参见卷二十九，陈子昂：《晚次乐乡县》纪昀评语。

（3）拗字

方回编选《瀛奎律髓》一书，特选拗字一类，可见其对于拗字的重视。然学界关于拗字的看法不一，有必要先讨论一下，以明确方回关于拗字与“吴体”的界定，从而论定方回总结拗字格的目的和意义，评说二冯之看法。

何为拗？清人董文涣在《声调四谱图说》中说：“不过宜仄而平，宜平而仄而已。”“拗字”即是改变律诗某些字的平仄规律，即该平换作仄，该仄换作平，从而使作品骨骼峻峭的做法。何为“吴体”？“吴体”之名，始见杜甫集中，《愁》字诗题下自注云：“强戏为吴体。”“其诗云：‘江草日日唤愁生，巫峡泠泠非世情。盘涡鹭浴底心性，独树花发自分明。十年戎马暗万国，异域宾客老孤城。渭水秦山得见否，人今疲病虎纵横。’前三联皆对偶，首句、四句、六句是古调，次句、三句、五句是拗调。每联中古调、拗调参用，上、下联不黏，是为拗调变格。尾联上句仍用拗调，下句以平调作收，变而不失其所，此‘吴体’所以为律诗，不能混入古诗也。少陵集中，此体最多，不知者或误为古诗。”（卷二十五黄庭坚《题落星寺》）许印芳通过分析《愁》诗，认为“吴体”为拗调变格，即为拗体。那么方回是如何看待“吴体”与“拗字”之间的关系呢？

《瀛奎律髓》卷二十五拗字类小序，曰：“拗字诗在老杜集七言律诗中谓之‘吴体’，老杜七言律一百五十九首，而此体凡十九出。不止句中拗一字，往往神出鬼没。虽拗字甚多，而骨格愈峻峭。今‘江湖’学诗者，喜许浑诗‘水声东去市朝变，山势北来宫殿高’‘湘潭云尽暮山出，巴蜀雪消春水来’，以为丁卯句法。殊不知始于老杜，如‘负盐出井此溪女，打鼓发船何郡郎’‘宠光蕙叶与多碧，点注桃花舒小红’之类是也。如赵嘏‘残星几点雁横塞，长笛一声人倚楼’亦是也。唐诗多此类，独老杜‘吴体’之所谓拗，则才小者不能为之矣。五言律亦有拗者，止为语句要浑成，气势要顿挫，则易换一两字平仄，无害也，但不如七言‘吴体’全拗而。”

方回界定之“吴体”与“拗体”当为不同，首先，外延不同：即如郭绍虞先生所说“拗体可该吴体，吴体不可该拗体”[①]，并非所有的拗字诗皆可称“吴体”，只有杜诗中的七言拗律可称“吴体”。能作拗字诗者

---

①　郭绍虞：《论吴体》，参见《照隅室古典文学论文集》（下编），上海古籍出版社2009年版，第455页。

唐、宋不乏其人，之所以说只有杜甫拗字诗可称"吴体"，缘于杜诗之拗，才弱者不能为，较一般拗字诗为难。其次，拗字多少不同："吴体"拗字甚多，非句中止拗一字，乃全拗者；而杜诗五言拗律不称"吴体"，乃因五言更换一二字之平仄，无害也，只是语句浑成、气势顿挫耳。最后，"吴体"诗，拗字神出鬼没，不可迹求，然遵从诗歌之内在规律"文从字顺"，诗作却律吕铿锵，骨骼峻峭。①

方回专选拗字诗，然并未就拗字诗进行太多的论述，却重点论述了"吴体"诗，尤其着重论述了"吴体"不同于一般拗字诗之处，即"吴体"诗仅为老杜七言律诗，才小者不能为。方回于此着重强调了两点：一、杜诗；二、才小者不能为。

再看拗字类选诗的数量：五言十首，其中包括杜诗三首、贾岛诗二首、黄庭坚诗二首、陈后山诗二首；七言十八首，其中包括杜诗五首、黄庭坚诗四首、张耒诗两首、曾几诗二首；谢逸、汪藻、吕本中、胡铨各一首。"江西"诗人占据绝对优势。《瀛奎律髓》中标明"吴体"者有杜甫的《题省中院壁》《愁》《昼梦》《暮归》《早秋苦热堆案相仍》五首，另此卷又提及《郑驸马宴洞中》《九日至后崔氏草堂》《晓发公安》等六首；黄庭坚《题落星寺》（二首）、《汴岸置酒赠黄十七》《题胡逸老致虚庵》四首，另提及《永州题淡山岩前》等六首；张耒《晓意》一首；谢逸《闻徐师川自京师归豫章》一首；曾几《张子公召饮灵感院》《南山除夜》二首；汪藻《次韵向君受感秋》一首；吕本中《张袆秀才乞诗》一首、胡铨《过三衢呈刘共父》一首；此外提及陈后山诗四首、陈与义诗二首。诸人之中，杜甫为"江西"之祖，其余均为"江西"中人。

方回先是极力强调"吴体"乃老杜之首创，非才大者而不为。继而《瀛奎律髓》拗字类的编选中，专选杜甫和"江西"诗人之作。可以看出，方回特选此卷，欲以"吴体"为纽带连接"江西"与老杜之关联，从而提高"江西"诗人之地位。"吴体"乃杜甫之首创，"自山谷续老杜之脉，凡'江西派'皆得此奇调。汪彦章与吕居仁同辈行，茶山差后，皆得传授。茶山之嗣有陆放翁，同时尤、杨、范皆能之。乃后始盛行晚唐，而高致绝焉"②。又"吴体"诗创作尤难，才小者而不能作，故"此等句法为老杜多，亦惟山谷、后山多，而简斋亦然"。从而得出"'江西

① 对此，张秋娥：《方回〈瀛奎律髓〉中"吴体"之所指分析》，《殷都学刊》，2007 年；王奎光：《方回的"吴体"诗论及其诗学批评意义》，《文学遗产》，2008 年第 4 期。均有论述，可参看。

② 参见卷二十五，曾几：《张袆秀才乞诗》方回评语。

诗派'非江西,实皆学老杜耳"①。这样,就得出"江西诗派"乃学杜之正宗,强调了"江西诗派"的正统地位,并指出了学杜之路。"确立老杜'吴体'为新的创作范式与审美规范,从而开拓学诗的渠道,以提升江西诗人的创作品格,并借此批评与匡救江西末流只认黄而不知杜的诗学弊端"②。

　　这样就明了方回选拗字类,重"吴体"之目的了。可以说其欲振"江西"之苦心是难得的,其对于杜诗"吴体"诗法的总结,为学杜指出了一路。然正如前所述,方回论诗太过于注重字法、句法等形式技巧的运用,有逐末失本之嫌。纪昀说:"拗字各类皆有,何必别出一门!此亦有定法,非随意换易也。饴山老人《声调谱》言之详矣。虚谷此序,于拗字法尚未尽了了也。"(卷二十五小序)"以此种句法为学老杜,杜果以此种为宗旨乎?博引繁称,徒增支蔓耳。"(杜甫《题省中院壁》)"杜诗亦有工拙,须有别裁,不至效其所短。此等依草附木之说,最误后人。此杜极粗鄙之作。以此求杜公,杜公远矣。"(杜甫《早秋苦热堆案相仍》)纪昀先是提出各类诗中皆有拗字,不必单列一卷,继而指出方回小序之并无对拗字进行细致的论述,最后才落方回病处。方回学杜拘于"吴体",然杜诗之精华仅在此吗?

　　冯舒曰:"诗之妙岂在拗字?""周颙、刘绘、沈约辈之声病,止论五音。沈宋之律诗,兼严四声。拗字不妨为律诗,以其原论声病也。虚谷不知源流,遂并立一类,其为全不知诗,信矣。"冯班曰:"七言自梁、陈、沈、宋多有拗字,天宝以后,乃如今格耳。"(小序)"拗字诗,老杜偶为之耳。黄、陈偏学此等处,而遂谓之格高,冤哉!"(杜甫《题省中院壁》)"老杜'吴体'浑然天成,虽聱牙而细润。山谷得之,便觉有似粗处。类中诸作绝妙无敌矣,下此张宛丘也,吕居仁也。曾茶山二首,则太粗而直致矣。然茶山佳者甚多,此不尽耳。"(胡铨《过三衢呈刘共父》)综观二冯之评述,有五:一,拗字不妨为律诗,论其声病即可,不必别立一门;二,唐以前诗多有拗字,非惟老杜始也;三,拗字诗,老杜只是偶尔为之,非正格也;四,老杜之拗字诗浑然天成,而"江西"拗字诗失之粗硬;五,诗之妙处不在拗字,非杜诗之精髓所在,故不必专学此。"江西"虽学"吴体",然亦失老杜"吴体"诗之律吕铿锵,浑化自然,聱牙粗硬。

---

① 参见卷二十五,杜甫:《题省中院壁》方回评语。
② 参见王奎光:《方回的"吴体"诗论及其诗学批评意义》,《文学遗产》,2008 年第4 期。

故后世很多学者认为此法不可学，尤其不适合初学之人。如王世贞认为："作七言拗体者，必以意兴发端，精神傅合，浑融疏秀不见穿凿之迹，顿挫抑扬自出宫商之表可耳。虽老杜以歌行入律，亦是变风，不宜多作，作则伤境。"施补华曰："七律有全首拗调如古诗者，少陵《主家阴洞》一首、《城尖径仄》一首，是也，初学不可轻效。"① 胡震亨亦认为："凡七言律作拗峭语者，皆有所不足也。杜牧之非拗峭不足振其骨，刘蕴灵非拗峭不足宕其致。材愈降，愈借以盖其短。岂惟二子，即少陵之拗体，亦盛唐之变风，大家之降格，而非其正也。"②

方回对"'吴体'声律体式及其审美价值的精辟分析、对唐宋诗歌史上'吴体'类律诗创作现象的初步总结、通过'吴体'概念的界定与'吴体'诗的批评对当时的诗学弊端进行反思、批评与救赎等，对于后人理解杜诗、认识唐宋律诗的演变、了解唐宋诗学在宋元之际的对立与融合等，无疑提供了极其宝贵的参考资料"③。然方回将"吴体"诗法，视为"江西诗派"于老杜一脉相传之家法，欲借老杜以提高"江西诗派"，苦心可见，却不乏门户之见。又方回学杜，剑走偏锋，确有助于诗律的创新与变革，然未睹老杜之精髓，终究还是门外汉。二冯对方回的批评，其中亦掺杂二人之门户意气，然二人对"江西"专学老杜之技巧之指责，恰中"江西"之弊。王辉斌于《杜诗"吴体"探论》一文中提出，杜诗中拗字，"在杜甫以之进行创作的前后，其读音与平仄应是和那些非'方言谐词'甚为一致的，也即是合乎当时平仄之规律与要求的，而当其到了宋代之后，'底'等的读音产生了变化，并因之导致了律诗中'拗句'的出现"④。果如王辉斌之推断，则"江西"学杜之"吴体"就更无意义了。

（4）变体

方回还特重杜诗"变体"，专选变体类诗二十九首。那么何为"变体"？又何为"正体"呢？诗歌初不分正、变，此乃唐以后之事也。按照王力《古代汉语》的解释，从对偶上言，近体诗"句法结构相同的语句相为对仗，这是正格""近体诗的对仗还有一种情况，就是只要求字面相对，不要求句法结构相同"⑤，亦称正格。所谓字面相对也就是"词类相

① 施补华：《岘佣说诗》，《清诗话》，上海古籍出版社 1978 年版，第 993 页。
② 胡震亨：《唐音癸签》，上海古籍出版社 1981 年版，第 77 页。
③ 王奎光：《方回的"吴体"诗论及其诗学批评意义》，《文学遗产》，2008 年第 4 期。
④ 参见王辉斌：《杜诗"吴体"探论》《太原师范学院学报》（社会科学版），2009 年第 9 期。
⑤ 王力：《古代汉语》，中华书局 1985 年版，第 1528 页。

同的互为对仗：名词对名词，代词对代词，动词对动词，形容词对形容词，副词对副词，虚词对虚词。依照传统，名词还可以分为一些小类，同类的词相对是工对，颜色对、数目对也是近体诗常用的工对类型"。从句式上言，"近体诗的句式一般是每两个音节构成一个节奏单位，每一个节奏单位相当于一个双音词或词组"①。又"近体诗的句式，往往以三字结尾，这最后三字保持相当的独立性"②。从声律上言，近体诗平仄有一定的规律，该平处，不可用仄，该仄处不可用平。

"变体"乃是相对于"正体"而言的，"七律平起式，上句第五字拗作仄，下句第五字宜拗作平以救之。若第五、第六皆拗作仄，尤不可不救，此正格也。有不救者，乃是变格。"③ 即从平仄的角度讲，"是指在不该换易平仄处而换易平仄，致使诗歌格律异于常规的一种体式"④。常称"拗字""拗体""拗律"等，"吴体"亦属其中，前文已述；从对仗的角度讲，乃是打破字面相对之格和句法结构相同之格，独僻蹊径；从句式的角度而言，就是打破传统的句法节奏，如五言律诗以"二二一"式或"二一二"式为常格，以"四一"式为变格。

方回将平仄之变，归入"拗字类"，其所论之"变体"乃就对仗和句式而言。卷二十六变体类小序曰："周伯弢诗体，分四实四虚、前后虚实之异。夫诗止此四体耶？然有大手笔焉，变化不同。用一句说景，用一句说情。或先后，或不测。此一联既然矣，则彼一联如何处置？今选于左，并取夫用字虚实轻重。外若不等，而意脉体格实佳，与凡变例之一二书之。"方回又曰："以一句情对一句景，轻重彼我，沉着深郁，中有无穷之味，是为变体。"（卷二十六陈后山《次韵春怀》）"'有家无食''百巧千穷'，各自为对，变体也。……不以颜色对颜色，犹不以数目对数目，而各自为对，皆变体也。"（卷二十六陈后山《早起》）"浪仙善用此体，如'白发初相识，秋山拟共登'，如'羡君无白发，走马过黄河'，如'万水千山路，孤舟一月程'，皆句法之变也。如'自别知音少，难忘识面初'，又当截上二字下三字分为两段而观，方见深味。"（贾岛《寄宋州田中丞》）方回所论之变体，虽包含句法之变，然并不多见，相比较而言，方回更加重视对仗之变，如虚实相对之法、情景相对之法和各自为对之法，尤重虚实相对之法。

---

① 王力：《古代汉语》，中华书局 1985 年版，第 1531 页。

② 王力：《古代汉语》，中华书局 1985 年版，第 1532 页。

③ 参见《瀛奎律髓汇评》卷二十六苏轼《送春》，许印芳评语。

④ 张英：《论杜甫变体七律及其拗句格》，《中国韵文学刊》，2009 年，第 1 期。

二冯对方回"变体"之说，殊不以为然。冯舒曰："伯弢三体，每读使人笑来。方君此书全不解说景处。'四实四虚'之说，胡说也。"（卷二十六变体类小序）"体有何常？以此为变格，真眯目妄谈也。看此诗（杜甫《上巳日徐司录林园宴集》）即可知诗无常体，乃反谓此类为变体耶？大害诗者，此等议论也。"冯班曰："虚实无定体，情不离景，景不离情，何轻何重，此类诚属多事。多读古人书，自然变化出没，不为偶句所束。汲汲然讲变体，又增一重障碍。"（卷二十六变体类小序）"以区区对偶论之，去之千里。"二冯秉承一贯之看法，认为诗歌无须分正变、虚实、轻重，以自然变化，情与景之融合天衣无缝，为胜。方回对"变体"之强调，非得杜诗之实质，又徒增障碍，乃南辕北辙之法。

二冯所指固然不误，也直指方回之鄙陋，然方回于诗法之总结，对于初学而言，确有一定的指导作用，不可一笔抹杀。不过，正如许印芳所言："诗家变体，非一端可尽。虚谷诗学，只于字句上用工夫，故所选《律髓》一书，专取字句。其讲变体，但取对法活变，又但取虚实相对之一法。全卷选诗二十九首，批词二千余言，凡言一轻一重，一物一我，一景一情，不出虚实二字。此二字不能尽律体之变，并不能悉对法之变。"（卷二十六陈简斋《清明》）方回之于"变体"之总结，未免失之于狭也。

（5）用事

黄庭坚作诗讲究用字外，尚讲究用事，强调"无一字无来处"（《答洪驹父书》），曾曰："用一事如军中之令，置一字如关门之键。"（《跋高子勉诗》）并提出"夺胎换骨"之法。方回继承了黄庭坚诗学，好尚生新，表现在用事，即强调古事新用。曰：

> 山谷最善用事，以孔门变化雍、由譬接花，而缴以庄子挥金语，此'江西'奇处。如'岁寒知松柏'用彝字韵，山谷曰：'郑公扶正观，已不见对彝。'东坡亦和，终不及山谷之工也。曾文清、陆放翁、杨诚斋皆得此法。（卷二十七黄庭坚《和师厚接花》）
> 茶山此诗盖善学山谷《猩猩毛笔》诗者，所谓脱胎换骨也。苏节、祖鞭别无关于竹事，而以题观之，妙甚。'夜卯'事本何关于食笋，亦妙之又妙者也。（卷二十七曾茶山《所种竹鞭盛行》）

冯舒称夺胎换骨之法为"偷势"，为"钝贼"，曰："古人佳事、佳句，用之本无不宜，其病只恨熟耳。陆士衡已谓朝华可谢矣，必求新异，谓之翻案，此宋人膏肓之疾。翻案句多不韵。"又曰："脱胎换骨者，偷势也。若持撯吞剥，一钝贼耳。凡所谓翻案法、脱胎法、换骨法，皆宋人梦中谵语。留一句于胸中，三生不能知诗。"（卷二十七曾茶山《所种竹鞭盛行》）"夺胎换骨"之法，主要是规模前人诗意、点窜前人诗句、搬弄典故等，要之即借鉴前人之成果，借鉴得好能变化新意，自成风貌，然容易养成模拟剽窃的恶习。吴乔即言："各自有意，各自言之。宋人每言夺胎换骨，去瞎盛唐字仿句摹有几？宋人翻案诗，即是蹈袭陈言，看不破耳。又多摘前人相似之句，以为蹈袭。诗贵见自心耳，偶同前人何害？作意蹈袭，偷势亦是贼。"① 黄庭坚、陈后山很多诗作中善于化用古人词句、典故，亦有风致，然其余很多"江西"诗人尚嫌笨拙，化用不成反成剽窃。故冯舒所讲之"钝贼"，亦反映了"江西"创作之实际情况。"江西"好尚生新，力破陈言，易失艰涩。

继而冯班指出用事之正途，曰："用事之法，取材宜清，用意宜切，凑合宜赡，言尽而意有余。如诗人用鸟、兽、草、木为比兴者，上也；直用古事，言切理举者，次也；锻炼华词，以助文章者，下也。词繁意寡则昏睡耳目，学'西昆'者往往有此病。至'江西'之文，欲用新事而意为事使，冗碎乖僻，取材欠清，读之使人不喜。然山谷文有力，气势劲折，固是高手。后山五言诗，则杜诗之面也，最不可学。"（卷二十七杜甫《萤火》）冯班指出，用事取材要清，还要切合诗意，同时要有言有尽而意无穷之妙。"用事陈古讽今，因彼证此，不可着迹"②，善用比兴者，为上；直用古事而能言之有理契合题意者，次之；徒锻炼词句者，为下。学"西昆"者容易锻炼华词，辞采华富，而诗意寡薄。"江西"用事取材不精，又刻意求新，反使意受事累，不利于诗旨的表达。

"江西"之所谓脱胎换骨法、翻案法，都是形模古人，从前人的诗作中汲取养分，目的在于"领略古法生新奇"（《次韵子瞻和子由观韩干马因论伯时画天马》），是好尚生新、务去陈言之手段。

方回评卷二十一陈后山《雪中寄魏衍》，曰："'遥知吟榻上，不道絮因风。'此教人作诗之法也。'撒盐空中差可拟'，此固谢家子弟之拙，'未若柳絮因风起'，未可谓谢夫人此句冠古也。想魏衍此时作诗，必不用此等陈言，乃后山意也。然则诗家有翻案法，又在乎人。"冯班批评方回，曰："陆机云'谢朝华于已披'，谢句虽工，避之可也。然自是古人

_____

① 吴乔：《围炉诗话》卷五，《清诗话续编》，上海古籍出版社1983年版。
② 杨载：《诗法家数》，《历代诗话》，中华书局2004年版，第728页。

佳事，必以为讳，非文人风流胜概。且雪诗禁体，不始后山，此落句亦陈言耳。余谓此等诗题，若能绝无禁忌，直接古人，上也；才大雄思，自然不袭不犯，次也；巧避常词，洗出新意，又次也；翻案求奇，下也。平熟有规格，尤胜于丑俗而求新者。‘江西’诗不韵。古人佳句，如名花、香草，年年在眼，千古如新，直用之不过失之熟耳，其害小。如后山语便是倒却诗人架子，其俗甚矣，其害诗更大。如坡云：‘柳絮道盐’，何尝不新好耶？必欲作此语，下句亦应有回互，不应入后山之戆也。柳絮因风，用之则陈熟，然着以为戒，则又伤俗。‘江西派’用事欠韵，正坐此等识见。落句若在唐以前，堪作笑端矣。宋人诗愈苦愈不韵，亦缘读书少工夫。”“江西”好尚生新，故陈言务去，忌讳平熟。然古来事物风、花、雪、月等千古长存，如何去之？只能说诗人之角度不同，心境不同，物色亦随人而不同，而诗亦不同。如古人佳事、古人言辞，必欲讳之，难免有损诗意之表达，徒增羁绊。故冯班指出：摆脱禁忌，直接古人者，为上；虽有回避，然不袭不犯者，次之；锻炼词句，自出新意者，又次之；翻用古人佳事者，为下。之所以如此论定高低，乃因冯班认为用之平熟者，尚好于翻用失韵者。

　　诗贵求新，自成一家。然诗歌求新之根本在于广泛的社会生活对诗人内心独特情感之激发。“江西”从古人书本上下工夫，脱离社会生活、作品的社会内容和诗人的内在情感，孤立地追求诗歌技巧，专注于古人诗歌中未曾涉及的琐碎事物和生僻字眼，则失去了求新之本，走入偏途，反入魔障，不免艰涩诡僻。又“江西”刻意求新，反使意受事累，影响诗歌意旨之表达。二冯所指用事和求新之法，遵奉“诗言情”之本，将情、意、词、事融合，当为正法。关于求新之法，清代许印芳亦有总结。许印芳尊奉宋诗，诗学取向与二冯不同，然此处之论调却是一致的。曰：

　　诗贵求新，然必如何而后能新？且必如何而后每有新制，皆入作家之室？此中奥义宜细心研究。如此诗只就眼前实事熔铸成章，一切油熟语自然屏除净尽。其故何哉？盖天地间人物事理，时时不同，代代不同。偶有同者，其始与终毕竟有不同处。文字专从不同处落想，同者亦随之而化矣。此诗所言华亭鹤、烂柯山，皆故事也，此与古人同者也。围棋赌鹅，新事也，此与古人不同者也。故事而串以新事，遂化臭腐为神奇。愚者但知挨用故事，狷者又每禁用故事，皆非善求新径者也。诗径新矣，若但解雕镂字句，或炼一字而成句，或炼两字而成联，有句则无联，有联则无篇。此等诗费尽毕世苦心，但可采摘一二语收入诗话耳。若论家数，正如人有四体，体不备不成人也。圣俞此诗高在取径新而运以盛唐人气格，不向琐碎处用工夫，故能使章法浑成，痕迹融化。……当知炼词炼意据实事，炼气炼格法古人，诗文求新之道在是矣。（梅尧臣《送张景纯知邵武军》）

许印芳所指"求新"之途与二冯所指实为一意，天地间事物千古长存，同而不同，要善于从不同处着眼，以新视角带动旧视角，以新事物带动旧事物。气、格可学古人，而词、意当为自创。忌讳古人前言、前事，和锻炼一二字句者皆非求新之路。

要之，二冯总结"江西"学杜之失，大略有四：

首先，"江西"学杜，不读齐梁之作，未晓杜之源流。如，冯班评卷十七陈后山《寄无斁》诗，曰："后山不读齐梁诗，只学子美，所以不得法。子美体兼古人，黄、陈不知也。"冯班评《暑雨》诗，曰："效杜之极，然未肖也。杜诗对结，是南北朝格法，须声文俱尽始妙。后山自杜以上都不解，往往结不住。以为学杜，正在皮膜之外也。"杜诗乃唐及唐以前诗歌之集大成者，故而学杜应知杜诗之渊源，由唐而导汉、魏、齐、梁方为正路。"江西"诗人学杜而不晓杜之源流，故只学其皮毛。

其次，"江西"学杜仅以貌求，失杜之精髓。如，方回评卷十六陈后山《元日》诗，曰："读后山诗，若以色见，以声音求，是行邪道，不见如来。全是骨，全是味，不可与拈花簇叶者相较量也。"冯班曰："此'江西派'中紧要语，放翁以此不及黄、陈也。大略放翁骨不如肉。"后山诗不能以声求、以色见，杜诗亦不能以声求、以色见，"江西"总以诗之外貌求诗歌之似，恰失诗歌之神骨。故冯舒指责"江西"之作，曰："全是形模。如村学蒙师，着浆糊折子，硬欲刺人。自谓规行矩步，人师风范。句读间亦不差，然案头所有，海篇直音而已。"（卷三十四陈后山《钜野泊触事》）方回论诗只论诗之意味、字法、句法、对偶等，皆诗之外貌，而"义山学杜，得其神骨，而变其面貌，故能自成一家。虚谷所云组织艳丽，即其外貌也。以外貌论诗，已是门外汉"[1]。"江西"之以外貌求与杜之肖似，远不如李商隐之学杜之精髓而自成一家者。

再次，"江西"学杜而不能自成一家，还在于"江西"之作偏离了"诗缘情"之旨。冯舒曰："咏物诗前人多有寄托，宋人多作着题语，不惟格韵卑弱，而诗人之旨自此衰矣。'诗缘情而绮靡，赋体物而浏亮。'

---

[1] 参见卷二十三，李商隐：《江村题壁》，许印芳评语。

宋人作着题诗，亦缘情之旨也。"（卷二十小序）冯班曰："诗缘情而绮靡，赋体物而浏亮。全作体物语而无托兴，非诗人语也。然宋人以后不得废着题诗矣，少作可也，如老杜咏物乃为最佳。唐人之赋意，便自觉生动；宋人黏滞，所以不及。方君云，'体物肖形，语意精到'。宋人诗好煞，只得此八字，唐人玄远处未梦到。"（卷二十七小序）诗歌的本质特征为"缘情"，哪怕是咏物诗也寄托了诗人的情思，亦非寻常捏就，而宋人作咏物诗仅以着题为标准，失去了"诗缘情"的本质。二冯从诗咏性情的角度指出，诗歌乃情感之自然流露，学杜之佳者乃得杜之精髓而不失诗歌吟咏性情之本。

最后，"江西"学杜，失之粗，亦因读书少工夫。"宋人诗愈苦愈不韵，亦缘读书少工夫。"（卷二十一陈后山《雪中寄魏衍》）"'江西'诗，须多学乃可作。"（卷二十五谢幼盘《饮酒示坐客》）"律诗本实乎整，老杜晚年以古文法为律，下笔如神，为不可及矣。然须读破万卷，人与文俱老，乃能作此雅笔。浅学效颦学步，吾见其踬也。'江西'不学沈宋，直从杜入，细腻处太少，所以不入杜诗堂奥也。"（卷十杜甫《立春》）诗乃性情所钟，故诗之魂为情，而学诗之途不二，惟有读书破万卷。

4. 选注疏误

方回选诗有所疏漏，屡见重出之作和署名错误或属类不准之作，二冯常予指出。

《瀛奎律髓》重出之作有二十二首，冯班指出其中九首，如下：卷四十四疾病类陆游之《五月初病体觉愈轻偶书》诗，冯班指出："（见）夏日类"；卷四十七释梵类杜甫之《巳上人茅斋》诗，冯班指出："亦见'拗字类'"；卷四十二寄赠类之刘长卿《喜皇甫侍御相访》诗，冯班指出："见冬日类"。卷二十五拗字类之杜甫《上兜率寺》诗，亦见释梵类，冯班指出："重出"；卷二十五拗字类之杜甫《暮归》诗，亦见暮夜类，冯班指出："重出"；卷一登览类之杜甫《阁夜》诗，亦见暮夜类，冯班指出："重出"；卷十春日类之陆游《枕上作》诗，亦见老寿类，冯班指出："重"；卷二十三闲适类之程明道《郊行即事》诗，亦见春日类，冯班指出："重出"；卷二十三闲适类之吕本中《雨后至城外》诗，冯班指出："见晴雨类。"

王建《赠王枢密》本为宫词，因王建忤王守澄，守澄以所作宫词挟持之，王建作此以自解。方回却收入卷四十六"侠少类"，对此二冯均有指责，冯舒曰："此作何关'侠少'？此诗有为而作，人所共知，列之'侠少'，真全不读书者。"冯班曰："此是内官，非侠少也。"

王建《赠阎少保》方回收入卷四十八仙逸类，曰："此可入老寿类，亦可入仙逸类，盖方士也。"冯舒纠之曰："非方士。"纪昀亦曰："此应入老寿类，不应入仙逸类。观末二句，决非方士也。"

杜甫《秋兴》诗八首，方回只选一首，引发二冯非议。冯班曰："历看选家，自南宋以来，万历以上，不知何以只选此首？"冯班曰："何以只选此首？好大胆！"纪昀亦赞同二冯之观点，曰："八首取一，便减多少神采。此等去取，可谓庸妄至极。"

卷十六《新年作》诗，署名为宋之问，冯班曰："此是刘长卿诗。"

陈简斋《年华》诗当入春日类，方回选入卷二十一雪类，冯班曰："此篇不应入此类。"

姚合《万年县中雨夜会宿寄皇甫佃》、韦苏州《淮上喜会梁川故人》《扬州偶会前洛阳卢耿主簿》《月夜会徐十一草堂》及刘长卿《余干夜宴奉饯韦苏州使君除婺州》五诗俱入卷八宴集类，冯舒曰："俱非'宴集'。"

方回论诗之时，时出现典故理解错误，以致于错误理解诗意。如：

卷二十八刘梦得《蜀先生庙》诗："天下英雄气，千秋尚凛然。势分三足鼎，业复五铢钱。得相能开国，生儿不象贤。凄凉蜀故妓，来舞魏宫前。"方回评曰："梦得此诗用'三足鼎''五铢钱'，可谓精当，然末句非事实也。蜀固亡矣，魏亦岂为存哉？其业已属司马氏矣。诸葛公之子死于难，不为先主羞。而魏之群臣举国以授晋，则何灭蜀之有哉！"冯舒纠之曰："落句可伤。用刘禅事，何云非事实？方君不学乃至是？蜀亡时魏未禅位，何言之梦梦耶？'不象贤'自谓后主，何言诸葛？方君不通如此。"事出《三国志》，蜀亡于公元二六三年，魏让位司马氏于二六五年，即蜀亡时魏尚未禅位，末句"凄凉蜀故妓，来舞魏宫前"不为误；"生儿不象贤"句指刘禅，而非诸葛氏，方回误解。

卷三梅圣俞《丫头岩》诗"年算赤乌近，书疑皇象多"句，方回曰："'经来白马寺，僧到赤乌年'，奇矣；'赤乌''皇象'，则又奇矣。'皇象'恐作'黄'，非。假对真，如子规黄叶，更佳。"冯班："虚谷不知有皇象耶？大奇。皇象见《三国志》。是皇象书，非吴大帝也。"

卷七刘方平《新春》诗："南陌春风早，东邻曙色斜。一花开楚国，双燕入卢家。眠罢梳云髻，妆成上锦车。谁知如昔日，更浣越溪纱。"方回评："此盖赋所谓莫愁者，用骊姬、西子事遗意。"冯舒纠之曰："方评于莫愁事不知所出。"冯班曰："全谬，不是骊姬事。"

卷七韩偓《咏浴》诗："再整鱼犀拢翠簪，解衣先觉冷森森。教移兰烛频羞影，自试香汤更怕深。初似洗花难抑按，终忧沃雪不胜任。岂知侍女帘帷外，胜取君王几饼金。"方回曰："赵后外传：'昭仪浴，帝窃观之，令侍儿勿言，投赠以金，一浴赐百饼。'此诗当有所讽，谓世之为君者，亦惑乎此也。"冯舒曰："如此痴儿见识，何事取鸭遗半细也！"冯班曰："胡说。""落句妙，人都不解。第三联意已尽，若说到浴罢着衣而起，便索然矣；却说帘外潜窥，较有余味，此落句所以佳也。方公全不解此辈语。"何义门进一步解释，曰："若无落句，便是呆咏也。通篇尔许情态，皆从帘外眼中传出，定翁语得其一半。第二句便含恐人窥见，第四并将侍女亦遣出。'洗花''沃雪'，百态俱露矣。呼应紧密，在死法之外。"

卷二十一杜甫《对雪》诗："北雪犯长沙，胡云冷万家。随风且间叶，带雨不成花。金错囊垂罄，银壶酒易赊。无人竭浮蚁，有待至昏鸦。"方回曰："诗家善用事，藏一字于句中。'银壶酒易赊'，非易也，乃不易也。钱囊既已空矣，酒可以易赊乎？但吟此者，着些断续轻重，即见意矣。以尾句验之，盖无人肯赊酒，直待至昏黑也。"冯舒曰："五、六本直下语，言囊虽垂竭，酒尚可赊也。'有待'乃待共饮之人，非待酒也。注全误。"冯班曰："此言无人共饮耳。"此诗当不难解，五、六句言钱囊虽空，然酒尚未难赊。七、八句紧接言酒已赊来，却"无人"可以共饮，诗人惟有孤坐雪中等待来人自饮自酌。诗至此，意境全出，诗人于冰天雪地之中，苦无人相伴，独自对雪长饮，其中的酸楚和飘零之感顿生而出。方回曲解"易"字，以为此诗为无酒可赊之叹，未领会老杜之意。

卷二十三杜甫《暮春题瀼西新赁草屋》诗："彩云阴复白，锦树晓来青。身世双蓬鬓，乾坤一草亭。哀歌时自短，醉舞为谁醒。细雨荷锄立，江猿吟翠屏。"方回曰："'彩云阴复白'，谓晴云如彩，阴则忽复变白；'锦树晓来青'，谓花之骤开如锦，晓来犹是青树，未见花也。起句言景，中四句言身老，言家陋，言所以感慨者。而'细雨'一句，唤醒二起句，盖是景也，实雨为之。'猿吟'一句，尤深怨矣。老杜伤时乱离，往往如此。其诗开合起伏，不可一律齐也。"冯舒曰："第二句紧出'暮春'，言昨是锦树，晓来已生青矣，与注正相反。方君谓'锦树晓来青'为'晓来犹是青树，未见花也'，非也。第四句言乾坤之大，只有一草亭，非谓天地为帷幕也，注云'言家陋'，得之。"薄云映日成彩，渐阴渐白。树木花繁叶茂如锦，花落叶存，则青矣。冯舒所解为是，方回误。

5. 门户之分

方回评点《瀛奎律髓》对"江西诗派"多回护之词，动辄引杜甫以张其军，如：

　　卷一陈后山《登鹊山》诗，方回评曰："诗暗合老杜，今注本无之。细味句律，谓后山学山谷，其实学老杜，与之俱化也，故书此以示学者。"

　　卷一陈后山《登快哉亭》诗，方回评曰："予选此诗惧学者读处默、张祜诗，知工巧而不知超悟，如'度鸟''奔云'之句，有无穷之味。全篇劲健清瘦，尾句尤幽邃，此其所以逼老杜也。"

　　卷四十七苏轼《次韵定慧钦长老见寄》诗，方回评曰："此本山谷句法，亦老杜句法。"

　　卷四十七僧如璧《次韵答吕居仁》诗，方回评曰："此三、四老杜句法，晚唐人不肯下。五、六亦出于老杜，决不肯拈花贴叶，如界画画，如瓷砌墙也。"

　　方回欲攀杜甫以自高，故其评价"江西"诗人，讲解"江西"句法之时，常称"似老杜""逼老杜""出于老杜""老杜句法"等，冯舒驳之曰："方批云：'此本山谷句法'，山谷不通类此。方批云：'亦老杜句法。'大不然。方批引：'厉阶董狐笔，祸首燧人氏。'二句，文理直甚。方批云：'至山谷演而为管城子无食肉相，孔方兄有绝交书，则其工极矣。'丑甚。"（卷四十七苏轼《次韵定慧钦长老见寄》）纪昀亦称方回引老杜以张其军之做法，乃为"虚谷习气"，曰："'江西'亦有佳处，然自是别派。牵引老杜，依草附木耳。"（卷四十七僧如璧《次韵答吕居仁》）

　　然二冯之评点，以唐宋诗之分论定诗之高下，亦失公论。二冯疾宋如仇，常说"宋人除'西昆'外，不能道只字"。"宋人动手不得。"（卷三十耿湋《入塞曲》）"此等诗宋人气息，与唐实远。胸中一落'江西'恶派，便极道其佳。实则不然，可憎而已。"（卷四十七芮国器《罗浮宝积寺》）"若说'江西'胜'西昆'，我永不论诗。"（卷四十六杨亿《公子》）"一话到'江西派'，便令人欲呕欲杀，真诗厄也。"（卷四十七陈后山《别宾讲主》）评语之中亦屡见"宋气""宋甚""宋气逼人""似唐""有唐味"等字眼，可以说，二冯心中已先论定高低，再来评说诗作，不免失公道之心。

　　再观二冯之评鉴，冯班之语略为平和，冯舒之语颇为犀利，如，冯舒评卷四十七僧希昼《书惠崇师房》，曰："'江西'之体，大略如农夫之指掌、驴夫之脚跟，本臭硬可憎也，而曰强健；老僧嫠妇之床席，奇臭恼人，而曰孤高守节；老妪之絮新妇，塾师之训弟子，语言面貌无不可厌，而曰吾正经也。山谷再起，吾必远避。不则别寻生活，永不作有韵语耳。"冯舒评卷二十九陈简斋《次韵谢吕居仁》，曰："阅诸家诗，忽到后山、简斋，犹去德士、美女而就面目生狞之伧父，或头童齿豁之老人，自是一种独夫臭。"评卷三十四陈后山《钜野泊触事》，曰："全是形模。如村学蒙师，着浆糊折子，硬欲刺人。自谓规行矩步，人师风范。句读间亦不差，然案头所有，海篇直音而已。"

方回论诗以"江西"为宗，对"江西"之作多回护之词；二冯则疾宋如仇，以晚唐和"西昆"为宗，对宋诗和"江西"不免先入为主，亦失公论。两家之论恰如纪昀所言："虚谷左祖'江西'，二冯又左祖晚唐，冰炭相激，负气诟争，遂并其精确之论，无不有深文以诋之。矫枉过正，亦未免转惑后人。"① 纪昀之论深中方回和二冯之鄙陋，然细观两家之评语，对"江西"和"西昆"之流弊都有一定的认识，不全失公正。

方回论诗以"江西"之法为法，然其对"江西"之流弊，亦有一定的认识，方回曾云："'江西'之弊又或有太粗疏而失邯郸之步。"故方氏时常论及"细润"欲矫"江西"之弊，对晚唐和"西昆"诗人亦有中肯之论。如：

方回评宋之问《赠升州》（卷四十二），曰："盛唐人诗气魄广大，晚唐人诗工夫纤细，善学者能两用之，一出一入，则不可及矣。此诗比老杜，律虽宽而意不追。"

方回评陆游《山行过僧庵不入》（卷二十三），曰："诗不但豪放高胜，非细下工夫有针线不可，但欲如老杜所谓'裁缝灭尽针线迹'耳。此诗题目甚奇，'山行'是一节，'过僧庵而不入'又似是两节。'垣屋参差竹坞深'，只此一句便见山行而过僧庵，及过僧庵而不入矣。'旧题名处懒重寻'，即是曾游此庵，而今懒入矣。'茶炉烟起知高兴'，此谓不入庵而遥见煮茶之烟，想象此僧之不俗也。'棋子声疏识苦心'，则妙之又妙矣。闻棋声而不得观其棋，固已甚妙；于棋声疏缓之间想见棋者用心之苦，此所谓妙之又妙也。过僧庵而不入，尽在是矣。'淡日'、'残云'下一联，及末句结，乃结煞'山行'一段余意。前辈诗例如此，须合别有摆脱，老杜《缚鸡行》、山谷《水仙花》一律皆然。此放翁八十五岁时诗也。"

方回评钱惟演《始皇》诗，曰："督亢之'亢'作平声，作仄声用

① 纪昀：《瀛奎律髓刊误序》，镜烟堂十种。

亦可。末句尤妙。天下事每出于智之所不能料，有天下者修德而已。人主往往知惩前代之失，至于矫枉过正，则其祸必伏于人所不能见者。刘、项匹夫而亡秦，又岂必封建地大者足为患耶？此'昆体'一变，亦足以革当时风花雪月小巧呻吟之病，非才高学博，未易到此，久而雕篆太甚，则又有能言之士，变为别体，以平淡胜深刻，时势相因，亦不可一律立论也。"

方回言"西昆"足以革宋初风花雪月之病，为才高博学之士，虽流于雕琢太甚，却因时势相因，不可一概抹杀，乃为至论，二冯深表赞同。二冯论诗以晚唐为宗，嫌"江西"粗硬少工夫，方回说晚唐诗工夫纤细，学诗应从细润处入手，正合二冯意旨。冯舒曾曰："诗妙，评亦妙。如此说诗，方君亦匡鼎矣。以余论之，懒而不入是一篇主意。三、四是不入光景，以下四句却又是因天晚而不入，与第二句破题裂开矣。落句又斡旋补出晚景，大为费力。不如第二句并出天晚，方为天成无缝衣，只此句尚有可商。然此非深于诗者不知，吾恐解人之难索也。"①

诗歌发展，有一弊生，必矫正之，然矫枉过正，亦成一弊。"西昆"之出现，乃时势之结果，"江西"之崛起，亦何尝不是？方回认识到"江西"之流弊，二冯亦意识到"西昆"之不足。冯舒曰："唐末艳诗李义山为首，意思深远而中间藏得讽刺，'西昆'诸子不及也。'西昆'高在有学问，非空腹所辨，若义山则不止用学问为高矣。千古以来为此体者只此一人，备十分才情也。'西昆'盛矣、丽矣，然丽而清则不及义山。元之'艳体'伤于脂泽，韩之'香奁'伤于亵昵，亦似逊李。唐彦谦学得像，然毕竟是门下人。义山以用事写情，故曲曲能新，段柯古专用僻事，是不能为义山而别出一奇者。"冯班曰："唐香艳诗必以义山为首，有妆里，意思远，中间藏得讽刺，'西昆'诸君不及也。"（卷七小序）"'西昆'效玉溪，然有新事而少新意，富丽有余而新艳不足。"（杨亿《无题》）二冯指出，李商隐之艳诗，清丽而有讽刺，"西昆"丽而不清、讽而太直、化用新事却无新意，不及义山远矣。

综之，方回力挺宋诗，认为学杜当从黄庭坚、陈后山、陈简斋三人入手；二冯疾宋如仇，诗主晚唐，主张学杜当从李商隐入手。这是两家立论之出发点，亦是两家之根本分歧所在。二冯多次指出"江西"之失在于学杜，而不知杜诗之根源，有父无祖；杜诗风格多变，而"江西"只取杜诗瘦硬平淡一面，根茎偏狭；又杜诗具有广泛的社会内涵和人文

---

① 参见卷二十三,陆游:《山行过僧庵不入》。

情怀，"江西"弃而不取，却专注于形式技巧的探讨，殊失诗旨。我们不能否认"江西诗派"在诗歌发展史中的重要地位，其于诗法的细致总结对于初学之士确具有很好地指导作用，然二冯所指亦中"江西"之缺漏。黄庭坚诗学原是推尊杜甫的，其他的"江西派"诗人也都以杜甫为标榜，视黄庭坚为杜甫的直接继承者；但是，黄庭坚学杜，只注意从形式技巧中寻求经验和规律，存在很大的片面性。正如钱谦益所言："自宋以来，学杜者，莫不善于黄鲁直；评杜诗者，莫不善于刘辰翁。鲁直之学杜也，不知杜之真脉络。所谓前辈飞腾，余波绮丽者，而拟议其横空排𨎫，奇语硬句，以为得杜衣钵，此所谓旁门小径也。"① 而"江西派"末流，心目里只有黄庭坚，连杜甫的作品都弃而不读②，已经远离诗歌言情之途和黄庭坚学诗之径。

方回虽然对"江西"之流弊有一定的认识，并欲矫正之。然"方公评语，讲究句法。在初学亦好藉此入门，但本原却未见到。盖少陵之所以独出者，以其性情之正，学问之深，发为诗章，自然工巧耳。今不于本源之地求之，而徒校量于字句间，抑末矣。又如李太白诗，亦关国运。韩文公纯是文章经术之气。元、白虽可删者多，而其至处亦可考见盛衰得失。乃至晚唐，而此风绝响。虽鈇肾镂金，有何关系？此集良楉不别，美恶无分。毕竟诗之正鹄何在？益人甚少，而贻害实多，不可不辨也"③。方回以"江西"之法，矫"江西"之弊，未得法也。杜甫诗歌以其性情之真、学问之深、自然工巧为诗家极致。方回论诗，徒讲究字法、句法，初学可藉此入门，然舍诗之本源，可谓本末倒置矣。

二冯立论，不免失之偏激，门户之言时常得见。同邑后学王应奎即曰："方虚谷《律髓》一书，颇推江西一派，冯巳苍极驳之，于黄、陈之作，涂抹几尽。……余谓江西一派，虽不无可议，然涪翁之作，即东坡亦极赏之，何至诋毁若是。巳苍之论，亦殊失其平矣。"④ 评点之中，言语激烈处时常得见，亦失平允之心。不过值得肯定的是，二人对诗言情之本质有较深的认识和把握，同时重视比兴寄托和温柔醇厚之旨，又二冯对"江西"之失的系统总结可以警示后人，于诗歌鉴赏和诗歌创作均有莫大裨益。

---

① 钱谦益：《钱注杜诗·略例》，上海古籍出版社 2009 年版，第 4 页。
② 参见《瀛奎律髓汇评》，第 7 页。
③ 参见卷十，姚合：《游春》无名氏评语。
④ 王应奎：《柳南续笔》卷三，《清代史料笔记丛刊》，中华书局 1983 年版。

第六章　冯舒、冯班的诗学影响

二冯继承了钱谦益的批判精神，破中有立，立中有破，颠覆了前代信奉的文学观念和诗歌创作方式，打破独尊盛唐的创作格局，从盛唐追溯汉魏、六朝，从而树立晚唐绮艳诗风的诗学风尚，为晚唐诗风的复兴起到了推波助澜的作用。可以说在清初，首倡晚唐诗风的并非冯氏二人，但将晚唐诗风的追求取向扩大化，并形成一个时代的风尚，二冯所起的作用无疑是最大的。首先，二冯将取法晚唐的诗歌取向系统化、合法化，并形成一个行之有效的理论体系；其次，在二冯身边聚集了一批风格取向相同之人相互唱和、切磋，创作了大量的具有晚唐诗风的作品，使这种诗风得以延续。

第一节　虞山诗派

张鸿《常熟二冯先生集跋》云："启、祯之间，虞山文学蔚然称盛，蒙叟、稼轩（瞿式耜）赫奕眉目，冯氏兄弟奔走疏附，允称健者。祖少陵，宗玉溪，张皇'西昆'，隐然立虞山学派，二先生之力也。"二冯作为"虞山诗派"的中坚，以盟主钱谦益马首是瞻，很多诗学主张都有一脉相承之处，然诗学取向上却微有不同，并最终导致虞山诗派之分流。王应奎《柳南随笔》卷一，曰："某宗伯诗法受之于程梦阳，而授之于冯定远。两家才气颇小，笔亦未甚爽健，纤佻之处，亦间有之，未能如宗伯之雄厚博大也。然孟阳之神韵，定远之细腻，宗伯亦有所不如。盖两家是诗人之诗，而宗伯是文人之诗。吾邑之诗有钱、冯两派。"① 卷五又曰："吾邑诗人，自某宗伯以下，推钱湘灵、冯定远两公。湘灵生平多客金陵、毘陵间，且诗文、古文兼工，不专以诗名也。故邑中学诗者，宗定远为多。定远之诗，以汉魏、六朝为根底，而出入于义山、飞卿之间，其教人作诗，则以《才调集》《玉台新咏》二书。"② 钱谦益祧唐祢宋，沿着杜甫、苏轼、陆游一脉走向宋诗，而二冯以汉魏、六朝为根底，出

---

① 参见王应奎：《柳南续笔》，《清代史料笔记丛刊》，中华书局1983年版，第19页。
② 王应奎《柳南随笔、续笔》，《清代史料笔记丛刊》本，中华书局1983年版，第88页。

入李商隐、温飞卿之间，倡导晚唐诗学之复兴。不同的诗学取向导致二冯最终与钱谦益之宗宋诗派分流。冯班曰：

> 钱牧翁学元裕之，不啻过之，每称宋元人，矫王、李之失也。陆孟凫本无知，乃云"唐人不足学"。斯言也，不可以欺三岁小儿，邑人信之，为可笑。钱公极学唐，但齐、梁以上，未免愦愦耳。元遗山不解陆士衡，比之于布谷，知其胸中未尝有古人一字也。笔差爽，其所作亦时有可观，大略疏浅，不足深玩耳。（《戒子帖》，《钝吟杂录》卷七）

　　二冯诗学深受钱谦益的影响，如重儒家诗教传统，提倡读书，反对严羽、七子复古派和竟陵唯心派等，二人对钱谦益亦是推崇倍至。从二冯诗学上可以很清晰地看到钱谦益诗学的痕迹，但诗学取向的不同最终导致师徒分途，冯班此段论述恰可看作师徒分水之宣言。而在虞山诗派内部，钱陆灿等紧随钱谦益之脚步，继续走复兴宋诗之路；二冯、严熊、陈玉齐、冯武等人则致力于晚唐之复兴。于此，虞山诗派分作两途。

　　台湾学者胡幼峰的论文《清初虞山诗派》，以《海虞诗苑》为据，参考《国朝诗别裁集》和《江苏诗征》，列举虞山诗派成员四十人，以冯舒、钱曾、钱陆灿、严熊、钱良择、王誉昌、王应奎为虞山派重要诗人，又列"宗钱""宗冯""出入钱冯"三派和"后期弟子"数人。其中宗冯派的有：陈玉齐、孙江、戴淙、瞿岹、陈协、马行初、龚庸、冯行贤、冯武九人。当然实际受二冯影响之虞山诗人非止九人而已，姑且不论后世之诗人，即便是师承钱谦益而与二冯唱和者，很多人诗风与二冯接近，酷爱晚唐绮靡文风，这些人虽然不能简单地归入"宗冯"的派别中，但友朋之间相互切磋、唱和，相互之间的影响肯定是存在的。所以本文在论述二冯对虞山诗派的影响时打破"宗钱""宗冯"的分界，统而论之。

　　1. 释道源

　　释道源，字石林，娄江人。与钱谦益、二冯等交好，钱谦益曾为之作《石林长老小传》《石林长老七十序》《石林长老塔铭》，并为道源所注李义山集作序；冯舒曾为道源诗集作跋，且评价颇高，收之《默庵遗稿》卷十之中，见《常熟二冯先生集》本。曰：

> 庚午中秋，伟节过余曰："有石林师者，其诗在周贺、姚合、九僧、四灵间，似可与言。"余因是而获交于石公，因是而窥石公之诗，大率与伟节所言者近，是信乎其可与言诗也已。

　　冯舒因冯班对石林僧的推崇，才得以结交，并发现了共同的诗歌爱好，并称其为可与言诗者。观《才调集》《瀛奎律髓》二冯评语，常言与方回等非一类，遇懂诗之人，二人方可与之言诗，称石林为"可与言诗"者，称得上对石林的极高评价，可知石林与二冯乃志同道合之人。二冯诗集之中有很多与道源唱和之作，如：《石林上人见过聊书示之》《重叠前韵示源公》（以上为冯班所作）、《寄巢诗赠石林师有序》《石林见示除夕元旦二诗依韵和之》《再和石师元夕作同用韵》《元夜雪再和石师韵》《石公借十七史调之二首》《和石林师除夕韵》《和石师元旦序》（以上为冯舒所作）等。

　　钱谦益《寄巢诗序》评价释道源的诗歌，曰："观其诗罕目疏节，癯然而瘦硬，如其人之颧孤颐削，骨骼峻嶒，矗出于条衣外也。观其诗耽思傍讯，邈然而惨淡，如其人之穷老嗜学，吞纸以实腹，而食字以饱蠹也。"①

　　释道源曾为李商隐诗集作注，钱谦益并为之序，评价甚高，朱彝尊《静志居诗话》卷二十三曾引石林注，曰：

　　　　诗人论少陵忠君爱国，一饭不忘，而目义山为浪子，以其绮靡华艳，极《玉台》《金楼》之体而已。第少陵之志直，其词危。义山当南北水火，中外箝结，不得不纡曲其指，诞谩其辞，此风人《小雅》之遗。推原其志，可以鼓吹少陵。

　　释道源将李商隐与杜甫并举，认为二人忠君爱国为一，而遭际天差地别。只不过由于二人所处的时代背景不同，所以采取的表现方式不同。杜甫诗史"志直"而"词危"；义山之绮靡华艳，实是诗人之党争境遇下的无奈之选，乃是风雅之继承。所以从诗之内涵而言，李商隐可以比称杜甫。释道源从知人论世的角度出发，解读李商隐曲笔抒情之时代背景，并赋予李商隐诗歌以比兴之旨，小雅之遗，与强调"义山《无题》，皆寄思君臣遇合"②的冯班的某些论调，甚为一致。可以说开创了李商隐诗歌解读的一种新模式，且这种比兴解读的模式为钱龙惕、朱鹤龄、吴乔等继承，解释了李商隐诗歌所隐藏的政治寓意，消除了历来对李商隐诗歌

---

　　① 钱谦益：《寄巢诗序》，《牧斋有学集》卷二十一，上海古籍出版社2010年版，第882—883页。
　　② 吴乔：《西昆发微序》，引自刘学锴、余恕诚：《李商隐资料汇编》，中华书局2006年版，第265页。

华艳绮靡的误解，推动了李商隐诗歌在清代的传播。王士禛《论诗绝句》盛赞释道源注李义山诗功，曰："獭祭曾惊奥博殚，一篇《锦瑟》解人难。千年毛郑功臣在，犹有弥天释道安。"

2. 钱龙惕

钱龙惕，字夕公，早岁游于钱谦益门下，与二冯交情甚厚，早年亦与二冯等"玩花月，坐风雨，衔酒杯，须离别，登山临水，话言嬉游，未尝不以吟咏为乐也"①。国难之后，乃"抱宗周离黍之悲，而蕴身世沧桑之感，…伤逢忌讳之朝，恐遭罗织之祸"②。可以说生活境遇与个人选择与冯班同，早年风花雪月，浅吟低唱，战后谨小慎微，曲笔隐晦。王应奎《海虞诗苑》卷四，称：

> 其诗原本温、李，旁及于子瞻、裕之，憔悴婉笃，大约愁苦之词居多。与其族父屐之唱和最数，相得甚欢，一时有"竹林小阮"之目。著有《大衮集》五卷。君熟精义山诗，尝作校笺数条，颇为精审，今附载朱氏《义山诗注》中。

钱龙惕与二冯一样诗宗温、李，将李商隐比为小阮籍，实是其曲笔写诗之极照。钱龙惕族父钱谦贞亦是二冯交游圈中一员，钱谦益《列朝诗集小传》曰：其"帘户靓深，书签错列，所与游惟魏冲叔子、冯舒巳苍，相与论诗度曲，移日永夕，下键谢客，意泊如也"③。二冯诗集和钱谦贞《末学庵诗稿》中相与钱龙惕唱和诗作甚丰，冯舒并为其诗集作序。钱氏家族与冯家乃是世交，钱龙惕亦成为隐湖唱和人员之一，相与唱和之作颇多。冯舒有《次韵和夕公早春积雪三首》《小庭新栽丛竹适钱夕公以感事怀人长句见示不胜忾然因次来韵赋竹诗三首为答》《闰春诗和夕公诗三首》《早春述怀次夕公韵十首》《再叠前韵十首》《三叠前韵》《仲夏村居四叠前韵》计五十九首；冯班有《和钱夕公调玉生用韵》《和钱夕公春赖闰加添四首》《和夕公舟中感梦因题》《赠钱夕公》《叙旧次韵和钱夕公》《钱夕公追咏昔游颐仲继和余其意重成一章》《次韵夕公艳体》十首。钱龙惕《大衮集》中与二冯唱和诗作亦不少，如，《甲申纪事和定远》云："喧喧蛇永隐崔符，一夕军烽彻上都。黄道气昏离日驭，白虹妖重烁灵图。权门富贵轻囚虏，高帝山河恨壬夫。雨露涵濡谁拟报，忍将

---

① 钱龙惕：《钝吟集序》，《大衮集》，民国八年活字本。
② 周宝善：《大衮集跋》，清刻本。
③ 钱谦益：《列朝诗集小传》，上海古籍出版社2009年版，第48页。

衰泪滴江湖。"钱龙惕并为冯班《钝吟集》作序，对冯班评价甚高。曰：

> 昔崇祯治平时，四方之士以文艺游太保公之门者，不下数百年，而同里小冯君称首。其学则博极群书，广及动植。其诗则别裁伪体，亲于风雅，即太保公有起予之叹。若夫群从之中，则有西田耐翁及其子求赤、颐仲，皆谈古赋诗，好与小冯君游。数年之间，玩花月、坐风雨、衔酒杯、叙离别，登临山水，语言嬉游，未尝不以吟咏为乐也。久之而天下多事，太保公出山，一时朋旧皆散为云烟。而耐翁、颐仲相继沦没。每读小冯君之诗，昔日游处之迹显显然如在目前，犹之过山阳而闻笛声，不自知涕之无从也。……余自兵乱之后，杜门息影，闻户外跫然之声辄惸惸不敢出声。即四方之英旧与执手欢笑者，一至此邦皆匿不与相见，未几亦掉臂而去，不复知菰芦中有此人矣。而小冯君方且执牛耳、树赤帜，登骚坛而列文阵，岂非其才之有余而气之益壮欤？①

钱谦益《注李义山诗集序》，曰："石林长老源公，禅诵余暇，博涉外典。苦爱李义山诗，以其使事奥博，属词瑰诡，捃摭群籍，疏通诠释。吾家夕公，又通考新、旧《(唐)书》，尚论时事，推见其作为之指意，累年削稿，出以示余。"② 钱龙惕结交释道源时，正逢石林公注李义山诗集，钱龙惕"因取新、旧《唐书》，并诸家文集、小说有关诗本者，或人或事，随题笺释于下"③，得三卷，以复见释道源。钱龙惕于释道源同走一路，通考史书，考证时事，疏解李商隐诗集中的微言大义。后朱鹤龄笺注李义山诗，多吸收释道源和钱龙惕之成果，沿着比兴诠释之路继续探讨李商隐诗歌中的政治寓意，并获得《四库全书总目》的肯定，曰："至谓其诗寄托深微，多寓忠讽，不同于温庭筠、段成式绮靡香艳之词，则所见特深，为从来论者所未及。"释道源、钱龙惕、朱鹤龄、吴乔等对李商隐诗歌的诠释，重在知人论世，考证时事，揭示了义山诗背后深层的政治寓意，从而使义山诗从传统评价系统内的艳体诗脱颖而出，一跃而入《诗经》的风雅比兴传统中来，极大地提高了李商隐诗歌的地位。如果说冯班从诗歌理论的角度，为李商隐诗歌解开艳情诗的枷锁，三人的注释及吴乔的《西昆发微》则在冯氏诗学理论的指导下，进一步以诗歌

---

① 钱龙惕：《钝吟集序》，《大衮集》，民国八年活字本。
② 钱谦益：《牧斋有学集》卷十五，上海古籍出版社 2010 年版，第 703 页。
③ 转引自罗时进，《李商隐对清初虞山诗派的影响》，《中国韵文学刊》，200 第 2 期。（乾隆沈氏抄本《玉溪生诗笺序》）

诠释的角度，消除了义山诗上的艳情痕迹，使义山诗以风雅比兴的新面目重新出现在世人面前，从而极大地促进了义山诗歌为人们所接受认可，开创了空前的晚唐诗歌热潮。

3. 毛晋

毛晋，原名凤苞，初字东美，一字子久，后改名为晋，字子晋，号潜在，家富藏书，喜抄书、刻书，"汲古阁"抄本天下珍视，"汲古阁"刻本遍布海内。毛晋与二冯交好，其居地隐湖更是虞山诗派诗酒唱和之常地。冯班于《隐湖倡和诗序》叙及与毛晋往日交往之情景，曰："余自结发与君同研席，于今四十载，一言一笑，一日一夕，回思如在昨日。良友弃我，化为异物，披其隐湖酬唱之集，名贤先达，缙素高人，往时声气相应者，亦半已不存。虞山耸翠，湖水滔滔，其间踪迹，岂可重寻耶？"毛晋与其为同声相应者，具有共同的诗学追求，然友朋远逝，聊为《隐湖唱和诗集》作序以念。《钝吟全集》中有很多为毛晋而作之诗，如：《题汲古阁》《毛子晋五十寄韵》《又和子晋韵奉酬》《毛子晋六十生日并序》等。

毛晋与二冯之交好还体现在善本书目的互通有无上，二冯抄校的底本和参校本大多借于钱谦益与毛晋处，而二冯抄校后之本亦多藏于毛晋汲古阁。同时，冯抄与汲古阁抄本并为明清精抄，享誉盛名。

4. 陆贻典

陆贻典，字敕先，号觌庵，"自少笃志坟典，师东涧而友钝吟，学问最有本原。钱曾笺注东涧先生诗，僻事奥句，君搜访佽助为多。为人笃于友谊，如钝吟及孙岷自、释石林遗诗皆赖君编辑付梓。君没后，所著诗亦赖其友张文镔之子道淙出诸蠹蚀之余，为付梓焉"①。少年游于钱谦益门下，与冯班、孙永祚等关系甚密，二人诗集皆陆贻典为之付梓，可见交情之笃厚。《觌庵诗抄》卷一有《冯定远索和二痴诗》，曰："为问人间世，由来几得痴。怜君多忌讳，今始不相疑。"②乃解冯班者也。陆贻典曾集结虞山诗人之诗为《虞山诗约》，并请钱谦益为之作序，喧然立为一派诗学的意图十分明显。

张文镔《陆觌庵先生诗序》，云："觌庵先生与冯钝吟游钱宗伯之门，才名相颉颃。先生学无所不窥，尤长于诗。自汉、魏、六朝、三唐、两宋，莫不上下渔猎，含英茹华，以自成一家之诗。"③钱谦益论其诗，云：

---

① 　王应奎：《海虞诗苑》卷五，古处堂藏本。
② 　陆贻典著，周小艳、全广顺整理：《觌庵诗抄》，社会科学文献出版社 2019 年版，第 9 页。
③ 　陆贻典著，周小艳、全广顺整理：《觌庵诗抄》，社会科学文献出版社 2019 年版，第 3 页。

　　读敕先之诗者，或听其扬征骋角，以按其节奏；或观其繁弦缛绣，以炫其文采；或搜访其食跖祭獭、采珠集翠，以矜其渊博；而不知其根深殖厚，以性情为精神，以学问为宰尹，盖有志于缘情绮丽之诗，而非以俪花斗叶，颠倒相上者也。①

　　冯班《玄要斋稿序》亦曰："（陆贻典）自髫岁而好联绝，下语多惊人，至今十年不休。于书多所窥，其于诗律益深，咏情欲以喻礼仪，则时有之。"② 陆贻典缘情绮靡之诗多收之于《青归》《百艳》《晓剑》《玄要斋》四集中，然其晚年交付张文镳付梓之时，却曰："我平日风花雪月，忧贫叹老之什皆可不存，存其师友往还赠答几篇足矣。"③ 将四集删削殆尽，只存数首于《复存集》中，甚为可惜。然而陆贻典在虞山诗派之地位甚高，与冯班不相上下，冯班死后，邑中老成落落，唯有陆贻典为硕果，延续钱谦益及二冯在清初诗坛的影响。

　　5. 孙江

　　孙江，字岷自，百川先生之玄孙。《海虞诗苑》卷五，曰："尝仿徐孝穆《玉台》例，录唐诗艳丽者为《缘情集》。其自为诗，亦间有类是者，殆近冯氏一派矣。"④ 曾自叶奕处抄录冯氏藏本《沈下贤集》，喜藏书，好抄书，所藏多异本、抄本，与二冯经常互通有无。

　　6. 钱曾

　　钱曾，字遵王，号也是翁、贯花道人、述古堂主人等，家富藏书，并工诗文，存有《怀园小集》《交芦言怨集》《莺花集》《夙兴草堂集》《今吾集》《判春集》《奚囊集》诸诗集，诗学钱谦益，与二冯交游甚密。《读书敏求记》卷四《西昆酬唱集》跋，记与二冯谈诗之往昔，曰："忆丁亥、戊子岁，予始弱冠，交于巳苍、定远，两冯君时时过予商榷风雅，互以搜讨异书为能事。一日，巳苍先生来，池上安榴正盛开，烂然照眼。君箕踞坐几上，矫尾厉角，极论诗派源流，格之何以为格，律之何以为律，'江西'何以乎反'西昆'，反复数千言，开予茅塞实多，但不睹《西昆》集，共相怅惜耳。未几，君为酷吏碎死，屈指已三十六七年，泉路交期，频为梦中哭君而已。"挚友远逝，共相怅惜，然相同的诗学追求和对书籍之热爱，时刻联系着友人之间的慰藉和想念，故钱曾得《西昆

────────────

① 参见钱谦益：《牧斋有学集》卷六《陆敕先诗稿序》，上海古籍出版社 2010 年版，第 824 页。
② 冯班：《钝吟老人文稿》，清康熙刻本。
③ 陆贻典：《觊庵诗钞》，张文镳跋，清雍正元年张道淙刻本。
④ 王应奎：《海虞诗苑》，上海古籍出版社 2013 年版，第 98 页。

酬唱集》时首先感叹的是挚友冯舒未曾得见，惺惺相惜之情和悲天悯人
之叹充斥行间。

钱曾作为钱谦益之族孙，颇得牧斋赏识，钱谦益跋《遵王绝句》，
云："断句诗神情轩举，兴会络绎，颇似陆鲁望《自遣》三十首，殊非今
人格调，良可喜也。……仲文之赋《湘瑟》，思公之继《玉台》，钱后风
流，庶几再睹。"①《族孙遵王诗序》亦曰："遵王生长绮纨，好学汲古，
逾于后门寒素。其为诗别裁真伪，区明风雅，有志于古学者也。比来益
知持择，不多作，不苟作，介介自好，戛戛乎其难之也。"② 钱仲联评价
《鸳花集》曰："古诗学长吉，近体宗玉溪，细味之，多寄托，不尽为儿
女私情也。"长期绮罗纨绔，红袖相伴，歌红酒绿的唱和游玩和"情到狂
时烧破眼"的多情性格，无疑是晚唐绮靡诗风盛行的温床，然钱曾之诗
细丽而不失典雅，绮纨而能汲古，绵绵丽语之中寄托无限。王应奎《海
虞诗苑》卷四称其"诗学晚唐，典雅精细，陶炼工深"。钱曾在《读书敏
求记》卷四《李商隐诗集三卷》中，云："文宗时，椓人用命，朝士箝
结。甘露之变，为千古所未有。国势亦岌岌乎殆哉！义山忠愤逼塞，不
敢讼言北司，美人香草，隐词托寄，其旨微矣。"③ 托温柔绮艳之语，以
发诗人悲天闵怀之志，抒发国运之衰变，感叹自身命运之多舛。这似乎
是身逢乱世，诗人藉以避祸抒怀的常用手法，亦是冯班一派提倡的诗歌
创作方法。不仅如此，何焯曰："辛巳春日，过虞山遵王钱丈，出示之所
著论诗语数纸，大抵本之冯氏为多。"④ 钱曾论诗之语，亦多本冯班。

冯班集中相与唱和之作主要有《立春日次钱遵王》《示钱遵王》《钱
遵王斋中雨夜小集分得盐字》《次和遵王无题一百韵》《次和遵王无题一
百韵》五首，钝吟集中以短篇为主，极少长篇，三篇长篇之中即有两篇
为与钱曾唱和之作，可见交情之笃厚。

7. 钱谦贞

钱谦贞，字履之，号耐翁，能诗，工书法，通音律，"少即喜吟，束
于经生，弗获自展，间有所作，辄投水火，惟恐师友知也。自庚申以还，
或抱影幽忧，或钟情儿女，伤离怀旧之辞，叹世悲身之作，月明花落，
梦觉酒醒时写性灵，聊抒感慨。吾友魏叔子氏（冲）一见心赏，谓其风

① 钱谦益:《牧斋有学集》卷五十四,上海古籍出版社 2010 年版,第 1634 页。
② 钱谦益:《牧斋有学集》卷六,上海古籍出版社 2010 年版,第 827 页。
③ 钱曾:《读书敏求记》卷四,《宋元明清书目题跋丛刊》本,中华书局 2006 年版,第 202 页下。
④ 冯班:《钝吟杂录》卷三《正俗》何焯评语,清康熙刻本。

气在唐中晚间，绝似韦端己一流"①。喜藏书、抄书，与二冯交游甚密。

　　钱谦益《列朝诗集小传》称："（钱谦贞）生而韶令，有隽才，起于孤童，能自镞砺。早谢举子业，读书求志，辟怀古堂以奉母。帘户靓深，书签错列，所与游惟魏冲叔子、冯舒巳苍，相与论诗度曲，移日永夕，下键谢客，意泊如也。中岁攻诗，不屑应酬俗调。友人程孟阳精于论诗，少所许可，独称履之诗，以为鲜妍和雅，妙得近体之法。"②冯班称曰："世胄清华，天资和淑，髫岁不弄于绮纨，华发弥深于缃素。"③《钱履之小传》曰："初为诗，好刘长卿、韦庄、罗隐、许浑之作，后更深于韩、杜、元、白，旁猎苏子瞻、陆务观，所谓愈老愈奇，乃造平淡者哉。……赞曰：余少游于先师魏叔子之门，见履之风姿挺特，能度曲、审音律，尤善晋、唐人书法，私心窃向慕之。久与之交，知其为人，淡然不嗜荣利，盖古退让君子也。为诗发自天性，闻其八岁时既能吟，有‘特立艰行路，孤生易折心’之句，自后乃益工。"④推许之情溢于言表。

　　钱谦贞父子皆与二冯私交甚厚，对绮艳晚唐诗风的推动皆用力至伟。冯氏兄弟与钱谦贞唱和之作甚多，如冯班集中有《钱耐翁五十初度成咏不胜斐然辄继芜陋次韵》《东塔寺访源公同过钱履之幽吉堂午斋次履之韵》《和钱耐翁次先师韵》诸诗；冯舒集中有《感旧诗一首赠钱大履之》《秋夕对雨为履之悼亡兼伤往事》《和履之元旦韵》《为友人悼亡三首》《和钱履之抱疴西田诗四十二韵》诸诗。并为其《末学庵诗稿》作序，曰："吾与子生同年，居同里，读书、说诗同好，顾贱且老将随草木者亦同腐乎！顾何以永吾年也。"而同里好友或富或贵，追逐于声名富贵之间，独履之"颓垣败纸，斜行小字，犹得摩挲吟啸其间，则吾与子可藉以存者，其在兹乎！其在兹乎！由是各出所著，互为点定。而序之如此，昔元微之序乐天也。交分浅深非序文之要，故不书。予独拳拳以交，分为言者"⑤。冯舒将其为钱履之作序，比之元稹为白居易作序，以表示二人交情之深厚。并言元白二人同为富贵官僚，而其与钱履之同为乡里老贱书生，悯天同叹之情更加深厚。而且二人诗学志趣相同，故能抛开功名富贵之羁绊，潜心于读书与作诗之中。浩瀚丛书之中丹黄甲乙，不甚乐乎？

　　惜冯舒遇祸早逝，钱谦贞作《感旧四首怀巳苍》诗，以表感怀之情。

---

① 钱谦贞：《尺五集自序》，《末学庵诗稿》，清顺治二年至四年汲古阁刻本。
② 钱谦益：《列朝诗集小传》，丁集下，上海古籍出版社1983年版，第600页。
③ 冯班：《钱履之尺五集序》，《钝吟老人文稿》，康熙刻本。
④ 冯班：《钱履之小传》，《钝吟老人文稿》，康熙刻本。
⑤ 冯舒：《钱氏末学庵诗集序》，《末学庵诗稿》，清刻本。

其四曰："傲骨自应违俗尚，孤生何意忤时贤。止因调合金兰契，误被人将瓜李牵。榴带数花知夏季，风凉六月似秋天。波涛过去河山在，寄语同心且醉眠。"① 暗指冯舒之祸乃被奸人诬蔑，无辜受牵连。

8. 钱孙艾

钱孙艾，字颐仲，钱谦贞次子，"幼时即读书好古不辍，为诗颇学晚唐。……喜书，教颜真卿茅山碑，甚有法，从兄夕公及其友冯定远，互相称许，以为今之长吉也"②。英年早逝，与冯班交情笃厚，集中唱和之作众多。冯班所作唱和之诗，如《过颐仲所居》《为友人纪事并序》《钱颐仲眼疾二韵问之》《戏赠颐仲》《钱颐仲为余篆印作"二痴"字兼赠诗句次和》《秋夜同颐仲》《钱颐仲不赴张来文踏雪之期诗寄同游诸公因次来韵》《颐仲梦中作谢酒诗醒时忆次联二语戏为足成之》《简钱颐仲》《钱夕公追咏昔游颐仲继和余代其意重成一章》《再次韵戏赠颐仲》《梦颐仲同饮》《和颐仲题柏木界尺》等。

钱孙艾死后，冯班作《祭亡友钱颐仲文》曰："呜呼！池鱼构灾，园葵逢损，岂非命欤。不自我先，不自我后，昊天无辜，降此大凶。乙酉之岁，孟秋之月，鸣镝雨交，吹唇雷沸，屋瓦俱裂，崇墉尽隳，我与钱君奔迸草莽，俄而钱君构疾，值余有天伦之戚，未遑省问，曾不移时，奄然溘逝。奔亡之余，无地哭君。悠悠苍天，殱我良友。"感伤之情鱼悲禽鸣。

《颐仲遗稿》一卷中即有与冯班唱和之诗数首，如《次韵定远》《奉和定远》《戏题枯树示定远》《次韵定远》等，风格清脆，晚唐人体也。

9. 陈协

陈协，字彦合，号邺仙。"日与冯班辈，上下岩谷，下笔不能自休，有《鹤山》《旷谷》诸集。"③ 诗作"大率炼饰文采，浓纤丽密，体类'西昆'，盖学钝吟而入其室者。君尝赋《锦峰春游》十二绝句，邑中和者凡五十余人。钝吟序之，谓往者黄子久作《虞山十景》句，曲外史和之，继者十三人。石田翁有《虞山雅集图》，诸君子所咏刻尚存。邺仙之举，直可继黄沉之后，而为虞山第三集焉"④。陈协深得冯班真传，称为"入其室"者。冯班对其亦十分中意，屡为其诗集作序，《锦峰春游序》《迎春曲序》和《陈邺仙佛幌集序》存《钝吟文稿》中，不无嘉许之词。

①　钱谦贞：《尺五集》卷上，《末学庵诗稿》，清顺治二年至四年汲古阁刻本。

②　钱孙艾：《颐仲遗稿》，附钱谦贞《末学庵遗稿》后，清顺治二年至四年汲古阁刻本。

③　丁祖荫、徐兆玮：《重修常昭合志》，1948 年铅印本。

④　王应奎：《海虞诗苑》卷九，古处堂藏本。

钱兴祖序陈协《金庭集》，曰："先生（冯班）一见邺仙诗，惊喜曰：
'余论诗四十年矣，如子诗者不少概见。余老矣，诗道将绝。子诗之铺张
扬厉，富有日新，绮靡绵丽，春思秋悲，极词人才子之致。政将及子，
勉副物望。余之诗学尽以授子，子将大放厥词以昌其脉，不亦美乎？'"①
冯班将陈协视为诗脉传承者之心溢于言表。陈协亦与陆贻典、冯武等为
冯班诗集的刊刻出力不小，以报恩师舐犊之情。

10. 严熊

严熊，"字武伯，号白云，自称枫江钓叟，文靖公之曾孙"，"为人负
气落拓，纵情诗酒，游历边徼，所至率痛饮狂歌。宗伯比诸徐渭，人以
为无愧品目云。为诗远宗务观，近拟文长，朴老清真，亦时而峭刻奇丽。
宗伯序其集，谓披华落实，自有一种不可磨灭之气。盖诗如其人，不为
酸文涩体者也。是时邑中诗人率以冯氏为质的，循声按响，寸寸尺尺。
虽或雕缋满眼，而真气不存。公与钝吟交，服习其议论，而能变化以出
之，斯为善学冯氏矣"②。著有《雪鸿集》三卷、《严白云诗集》二十七
卷、《绳武读书堂诗抄》不分卷。严熊信服冯班之诗论，但能兼取诗家之
所长，自成风格，乃学冯而有所成者也。

严熊曾自曰："少从冯定远先生游，爱作绮艳语，三十以后绝不复
作。"③诗尊冯班，冯班死后，作《冯定远先生挽词二十章》以示缅怀，
并序曰："予既谓定翁行状，复作挽词二十章，历叙平生琐言陈迹，匪特
哀翁，亦以自哀也。"其八更以冯班弟子自居，曰："我是南丰真弟子，
瓣香休更拜先生。"冯班死后，师友所剩无几，诗人兀自发出"奇文疑义
谁堪语，不若从公地下游"④的感慨。

11. 陈玉齐

陈玉齐，字士衡，一字在兹。"书法、诗品并经冯钝吟指授，钝吟深
器之。顾钝吟喜怒不恒，而君性又诡越，屡有不合，钝吟至比之逢蒙，
逢人怨之，而君之名反以此起。又尝以'十里青山忆谢公'之句受之于
钱宗伯，为之延誉，名益大噪。然卒穷老不振以死。君诗学晚唐，工稳
细腻，亦类钝吟。"⑤陈玉齐深受冯班器重，然因不合辱师得以闻名。关
于此点，冯武《哭在兹》诗序中亦有记载，曰：

---

① 钱兴祖：《金庭集序》，清刻本。
② 王应奎：《海虞诗苑》卷五，古处堂藏本。
③ 严熊：《白云集》卷五，清抄本。
④ 严熊：《白云集》卷七，清抄本。
⑤ 王应奎：《海虞诗苑》卷四，古处堂藏本。

少从先伯钝吟公游。性敏慧，教以书，即能书；教以诗，即能诗，先伯爱之甚。先伯喜怒不恒，君性又诡越，屡有不合，往往犯先伯之怒。逢人怨之，至比之逢蒙，以故通国鲜有不知在兹者。后少年辈或病其名不立，辄效在君故事，靡不效。在兹不得志于时，困顿极矣。平生芒颖，都不复存，而读书论时，渐入老成。先伯亡后，从事文墨者多师友在兹，而在兹遂得卖诗字以糊其口，与余有中外之戚。①

陈玉齐虽因毁诗而闻名海虞，然其诗文还是沿袭冯班之路，并深得冯班真传，故冯班死后，从事文墨者师友陈玉齐者颇多。所以说陈玉齐与陆贻典、冯武、严熊等人一样亦是传承冯班衣钵，并将冯氏诗学发扬者。严熊《冯定远先生挽词》之六，即称："钵袋亲承陈与严。"从"中外之戚"一语可以看出，虽然陈玉齐毁冯班声誉，但冯武不以为嫌，更有惺惺相惜之意，并为之作诗以表哀悼之情。然冯班之子冯行贤却深以为隙，王应奎记录，曰：

某宗伯序冯定远诗，比其人于刘孝标、冯敬通，见者以为实录。案两人皆有悍妻，而定远亦如之。于是陈在之独酌谣中遂有"冯君诗序由蒙叟，叱狗蒸梨事满篇"之句。自注云："孝标以下，拟人于伦，何其刻也！"定远之子行贤，以陈诗发其父之隐，遂深衔之。会在之《情味集》刻成，行贤吹毛索瘢，不遗余力。至批其后云："开辟以来，无此不通之人。"余谓在之之诗虽多可议，然行贤之论未为平允。今在之《情味集》板已毁于火。②

王应奎称冯行贤以陈玉齐嘲讽冯班之事，对《情味集》吹毛索瘢，并称《情味集》板已毁。不过余从国家图书馆看到了冯行贤评点《情味集》，不免带有情绪，有言辞苛刻之处，但非如王应奎所言"吹毛索瘢"。

12. 钱良择

钱良择，字玉友，号木庵（牧庵），"为诗豪放感激，不主故常，古体规昌黎，近体模昭谏，见者率震而矜之，然如米氏作字，只知险绝为工，而纠纠自雄，去钟情、王态远矣"③。钱良择曾学于冯班门下，为学班而自有所得者。自曰："予年未舞象，携诗谒定远，极为所许，亲聆指

① 冯武：《遥掷稿》卷十一，《老泪草》，清康熙宝稼堂刻本。
② 王应奎：《柳南随笔、续笔》卷一，《清代史料笔记丛刊》本，中华书局1983年版，第6页。
③ 王应奎：《海虞诗苑》卷十，古处堂藏本。

授，苦吟二十余年，始能尽弃其学。九原可作，定远当不以予为异趋也。"① 钱良择初学于冯班，学成之后能脱尽冯班痕迹，自成变化，故其对虞山诗派固守冯班诗学的流弊有着很清醒的认识，曾说：

定远诗谨严典丽，律细旨深，求之晚唐中，亦不可多得。独精于艳体及咏物，无论长篇大什，非力所能办。凡一题数首，及寻常唱酬投唱之作，力有所止，不能稍溢于尺寸步武之外，殆限于天也。吾虞从事斯道者，奉定远为金科玉律。此固诗家正法眼，学者指南车也。然舍而弗由，则入魔境；守而不化，又成毒药。李北海云："学我者拙，似我者死。"悟此，可以学冯氏之学矣。②

冯氏之学，固可正法眼，为学者指南车，然学之要灵活变通，融汇百家，形成自家风貌。此语不仅学二冯者适用，学古之人皆应聆听。当然理论为一，实践为一，钱良择本人虽能脱尽冯班羁绊，但又有其他疵累。

钱良择诗学创作自成一家，而其诗学理论基本延续冯班而来，并有所深发，主要见于《唐音审体》一书，收入《清诗话》。据郭绍虞先生考证，《唐音审体》兼有总集性质，卷帙繁多，而《清诗话》仅摘录有关诗体论断之语。冯班《钝吟杂录》亦遭此命运，《清诗话》仅摘录《钝吟文稿》和《钝吟杂录》中有关论乐府之语，独成一编，并名之《钝吟杂录》。虽然《清诗话》所收《钝吟杂录》和《唐音审体》皆非二本全貌，不过皆为诗体论辩之语，正可较为直观地比较钱良择对冯班诗体论的继承和发展。

雪樵评论《唐音审体》云："古律体格，《声调谱》详矣，而古今分界之际，究未显揭。钱牧庵《唐音审体》一书，于源委分合甚析。饴山云：'名流问辨咸不及，夫有所受之也。'所选正变，另有议论，只录诸体论断数语，以示后学，可以晓然于升降之故也。"③ 对此书评价甚高，不仅将此书与赵执信《声调谱》对举，亦称读此书可以知晓诗体升降变革之故，极力肯定了此书的重要作用。

郭绍虞先生对《唐音审体》评价亦甚高，曰："赵执信《谈龙录》

---

① 冯班：《钝吟老人遗稿》，钱良择评本，常熟图书馆藏。
② 钱良择：《钝吟老人遗稿·跋》，康熙刻本。
③ 王夫之等：《清诗话》，中华书局1963年版，第779页。

称其书'原委颇具，可观采'，足为此书定评。大抵明人主张格调，只是朦胧地有所体会，但凭直觉，并无科学根据。自清代学风一变，于是诗人学者即同样论格调，其方法又与明人不同。故清初格调之说，可看作诗人学者研究格调之成果。其重在调者，则《声调谱》诸书可为代表；其重在格者，当以《唐音审体》为较早亦较好之书。常熟冯班受钱谦益的影响，反对明代前后七子之诗风，但其辨析诗体，却不能不说仍受格调派的影响。此种消息，自有辩证关系，不可不知。钱良择此书可说是继冯班之后，作了更进一步的研究。"① 郭先生不但强调了此书的重要地位，并指出了此书与冯班诗论的继承关系。

仔细比对《唐音审体》与冯班有关诗体之论述，两者很多论述都如出一辙，如冯班斥责李于鳞之拟乐府曰："李于鳞取晋、宋、齐、隋乐志所载，章截而句摘之，生吞活剥，曰拟乐府。"钱良择曰："李于鳞以割截字句为拟乐府，几于有辞而无义。"冯班评价钟伯敬云："伯敬承于鳞之后，遂谓奇诡聱牙者为乐府，平美者为诗，其评诗至云某篇某句似乐府，乐府某篇某句似诗，谬之极矣。"钱良择曰："钟伯敬谓乐府某篇似诗，诗某句似乐府，判然分而为二，自误误人，使后学茫然莫知所向，良可慨也。"等等。关于诗与乐府的界定，以及拟乐府、新题乐府的界定，钱良择步武冯班的轨辙非常明显。

钱良择《唐音审体》一书不仅仅对诗体的研究，是继冯班诗论为基础的；其关于诗风的追求，亦是深受冯班之影响，如钱良择论七言律诗，曰：

> 七言律诗始于初唐咸亨、上元间，至开、宝而作者日出……同时诸家所作，既不甚多，或对偶不能整齐，或平仄不相粘缀。上下百余年，止少陵一人独步而已。中唐律诗始盛。然元、白号称大家，皆以长篇擅胜，其于七言八句，竟似无意求工……义山继起，入少陵室，而运以秾丽，尽态极妍，故昔人谓七言律诗莫工于晚唐。然自此作者愈多，诗道日坏，大抵组织工巧，风韵流丽，滑熟轻艳，千手雷同。若以义求之，其中竟无所有。②

在钱良择看来，七律产生的百余年间，只有杜甫一人堪称独步，其

---

① 郭绍虞：《清诗话·前言》，上海古籍出版社1999年版，第1页。
② 王夫之等：《清诗话》，中华书局1963年版，第783页。

余元、白诸家无可比之者，直至晚唐李商隐以秾丽继之少陵，才带来了七言律诗的高峰。其称"七言律诗莫工于晚唐"，可以说是对晚唐诗歌的极高评价，从诗体的沿革角度，空前地抬高了晚唐诗歌的地位。而这种对李商隐及晚唐诗风的自觉追求和抬高恰是紧随冯班之脚步亦步亦趋的一种表现。

不过还当指出的是，冯班之论述乃经后人整理，略无诠次。钱良择之论述虽多秉承冯班之论，然其所述条理明晰，并做了进一步的发挥与阐释，堪称冯氏诗体论的直接传承者。

13. 陈涛

陈涛，字沧渔，常与冯班、陆贻典等唱和。陈玉齐序其诗云："沧渔少无他好，而独好诗，于诗无所不好，而好为和平温柔之诗。……酒阑梦觉，愁思□生，临水登山，赠言相属；情至文□，词穷响远，本其藻思，遣以苦心；比事备辞，声谐律中，风人之旨尽矣，诗人之事备矣。"①陆贻典序其诗集，云："吾所谓前知其能诗者，亦信之不陋不俗而已矣，其诗如是。"②冯班对陈涛之诗亦颇为赞赏，曰："仆因邓肯堂始识沧渔。一室萧然，焚香沦茗，庭中有花草，相对意消。出其诗读之，未尝不学古人，而直道其胸中，佳句霏霏。余喟然曰：'人品如此，加以好古不倦，虽古人何以逾之乎？'仆往来里中，年且七十矣，始见陈君一人，其幸可言耶！因书之于诗卷之后。"③

14. 马行初

马行初，一名朝桂，字小山，自号破山樵人。"工诗、善琴，兼精枪法"④。冯班作《马小山停云集序》曰："吾友马君小山，吾党之翘楚。其为人有侠骨，古之人也。有诗数百首，古人之诗也。笔端湖海之气，拂拂见于十指之间。噫！乘坚车，驾骏足，骋于康庄，日取千里，谁谓非良乐哉？小山年未及壮，敏而好学，不耻下问，起古人而问之，必有为小山击节者。"⑤ 对其推许至此。

15. 瞿峄

瞿峄，字邻凫，"为诗经冯钝吟指授，颇有师承"⑥，惜其集散佚，仅

---

① 陈玉齐：《沧渔诗集序》，《国初虞山十六家诗》，清抄本。

② 陆贻典：《陈沧渔密娱集序》，《国初虞山十六家诗》，清抄本。

③ 参见冯班题陈沧渔诗卷后，《国初虞山十六家诗》，清抄本。

④ 王应奎：《海虞诗苑》卷九，古处堂藏本。

⑤ 冯班：《钝吟老人遗稿》，清康熙刻本。

⑥ 王应奎：《海虞诗苑》卷十二，古处堂藏本。

得三首存之。

16. 龚庸：

龚庸，字士依，后改名齐行，字列御。"诗多名章俊句，颇为冯钝吟所称"，佳句极富警策，"惜全篇不称"①。

17. 陈帆

陈帆，字际远，号南浦。"诗宗晚唐，画宗梅道人，字宗柳诚悬。三艺中书法尤胜，人亦狷洁"②。

18. 戴淙

戴淙，榜姓刘字稼梅，字介眉，晚更字稼眉，举康熙辛酉顺天试。少负才名，家有白醉楼图书，彝鼎充牣错列，四方名士，过者辄盘桓不忍去。"为诗经冯钝吟指授，以晚唐为宗。吴祭酒梅村尝评之云：'无绮靡之色，无叫嚣之音，渊然穆然，思深调苦。'其推许如此"③。著《过云集》《白醉楼集》。冯班曾作《集戴介眉白醉楼次韵》诗一首，见《钝吟集》。

19. 冯武

冯武，字窦伯，号简缘，冯知十之子，冯舒、冯班侄子。"自少秉承家学，善书工诗，又为毛潜在（晋）馆甥。读书汲古阁，历十余年，密册异本多所窥览，故学问最为博洽矣。吾邑自钝吟而后，以诗字训迪后进者，有陆敕先、陈在之两公。然皆原本冯氏，刻覈不少贷。迨两公没，后进推翁为硕果，争以诗字相质，公则循循善诱，见辄道佳，有司马德操之风，异乎前此诸公矣。余少时尝以诗文谒翁，翁为之序，奖许甚至，余至今愧焉。翁诗自七十以后辄多率意，无复持择，见者有扫残毫颖之讥。余每闻耳叹之。呜呼！虽无老成人，尚有典型。自翁没，而吾邑前辈之流风余韵，于是乎歇绝矣。录其诗彷徨太息，盖不胜中郎虎贲之感云。著有《书法正传》二卷、《遥掷稿》十卷行世"④。冯武家学深厚，且读书于毛晋处，故两家之善本、秘本多得窥视。学有本源，而为人谦和，循循善诱，喜好嘉奖晚辈，在虞山地区颇多追随者。

冯武之父冯知十死于战乱之中，冯班《海虞三义传》记载事件始末。冯知十死后，冯武常侍冯舒、冯班左右，诗、书尽得冯氏家学。陈瑚《冯窦伯诗序》赞称："智深而勇沉，怀淡泊宁静之德，古人之狷也。故

① 丁祖荫、徐兆玮纂：《重修常昭和志》卷二十，1948 年铅印本。
② 王应奎：《海虞诗苑》卷八，古处堂藏本。
③ 王应奎：《海虞诗苑》卷八，古处堂藏本。
④ 王应奎：《海虞诗苑》卷七，古处堂藏本。

其诗和而庄，怨而不怒，深于小雅者也。"① 瞿有仲亦称其："为人恬静自爱，不妄言笑，读书喜详尽，盖僻句难字罔不识。"② 陆贻典亦赞称："余友冯子窦伯，好古博学，箪瓢晏如，为诗出入苏、李，上下庾、鲍，信所称穷而工者也。"③ 冯武性格恬静，博学好古，深得二冯真传，研学亦谨遵家学，重视学问。诗、书均深得冯班指授，"其诗，格律、色泽皆冯氏法"④。《钝吟书要》即是辑录冯班指授冯武作书之法。冯武又将冯班教授之法和自己作书之心得集结《书法正传》十卷传世。《四库全书总目》曰：

> 班以书法名一时，武受其学。年八十一时，馆于苏州缪日芑家，为述此书，专论正书之法。首陈绎曾《翰林要诀》一卷，次周伯琦所传《书法三昧》一卷，次李溥光《永字八法》一卷，以三家论书独得微旨故也。其语意有未显者，则武为补注以明之。次明李淳所进《大字结构八十四法》一卷，次《纂言》三卷，则历代书家之微论。次书家小传、名迹源流各一卷，而以班所著《钝吟书要》一卷终焉。每卷之中，武亦各为附论，时有精语。盖武于书学，颇有渊源故也。⑤

冯班死后，冯武搜讨遗帙，为《钝吟老人遗稿》《钝吟杂录》《二冯评点才调集》等的刊刻出力甚大。冯武紧承二冯脚步评点《才调集》一书，扛起播扬晚唐诗风的大旗，以传承冯氏家学为己任，教授后学，影响甚为深远。

20. 冯行贤

冯行贤，字补之，冯班长子。"自少秉承家学，即娴吟咏，未冠时有《永日草》。钱宗伯为序，称冯咎者，乃君始名也。君既以诗世其家，而书法、篆刻并擅精妙。中岁入京师，名籍甚。王公贵人争折节下之。举博学宏词，不售，归里卒。君诗初学温、李，如其家翁，晚乃稍规白傅，变绮丽而清真矣。著有《余事集》十卷"⑥。钱谦益《题冯子永日草》曰：

---

① 陈瑚：《确庵文稿》，清顺治汲古阁刻本。
② 瞿有仲：《遥掷稿序》，《遥掷稿》，清康熙宝稼堂刻本。
③ 陆贻典：《遥掷稿序》，《遥掷稿》，清康熙宝稼堂刻本。
④ 永瑢等撰：《四库全书总目》卷一百八十五，中华书局 2008 年版，第 1679 页上。
⑤ 永瑢等撰：《四库全书总目》卷卷一一五，中华书局 2008 年版，第 986 页中。
⑥ 王应奎：《海虞诗苑》卷八，古处堂藏本。

李义山之诗，其心肝肺腑，窍穴筋脉，一一皆绮组缛绣，排纂而成，泣而成珠，吐而成碧，此义山之艳也。古人美之，肌肉皆香。三十三天以及香国，毛孔皆香。刘季和有香癖，熏身遍体，张坦斥之曰俗。今之学义山者，其不为季和之熏身者少矣，而况不如季和者乎！①

指责了冯行贤早年之作，仅得义山诗的形式美，而未得其精神内髓。钱谦益所指并非冯行贤一人有之，很多"虞山派"诗人均不免有此失。

冯行贤早年诗作紧随其父之后，老而益进，颇有白居易遗风。"诗学白乐天，却有自得之趣，与吴雯天章善"②。冯行贤的书法亦深得冯班真传，王应奎曰："吾邑冯补之行贤善书，得鲁公筋力，而徐南徐州善镌刻，刀法亦仿佛伏灵芝。补之尝书金刚经全部，而南徐镌诸石，一时推为二绝。"③ 王应奎《柳南续笔》卷三亦有"冯补之论律诗"一条曰：

律有二义：一如法律之律，则首必贯尾，句必栉字，对偶不可舛也，层次不可紊也；一如音律之律，则双声宜避，叠韵宜更，轻重不可渝也，清浊不可淆也。若夫平头、上尾、蜂腰、鹤膝之类，尤当谆谆致辨云。④

冯班论诗，既有关于章法结构的不离起承转合而又脱尽起承转合的妙语，又有对音韵的明辨。冯行贤论律诗，强调律法和音韵的应用，显然受乃翁的影响。

21. 冯行贞

冯行贞，字服之，号白庵，冯班次子。《海虞诗苑》卷十二曰："父兄皆耽吟咏，而君兼习武艺枪法，得之天都张老。尝山行遇虎，挺短枪毙之，投石百步外，意所注辄中，十不失一。腰间常悬一锦囊，以二铁丸贮之，疑即所谓剑丸也。会吴三桂反，康亲王率师南征。君谒军门请从。王壮之，置麾下。时贼帅赵鼎臣聚众岚岢山，以拒大军，众议环攻之。君独持不可，径单骑入其营，论以祸福利害，语甚切至，鼎臣俯首请降，大军遂得前进。滇南平，以军功题授参戎，格于部议，君拂衣归，仍以笔砚为生计。善画松石，颇有远韵，诗亦不失家法，有《白庵集》

---

① 钱谦益：《牧斋有学集》卷四十八《题冯子永日草》，上海古籍出版社 2010 年版，第 1576 页。

② 王士禛：《古夫于亭杂录》卷十七，《清代史料笔记丛刊》本，中华书局 1997 年版，第 414 页。

③ 王应奎，《柳南随笔》卷一，《清代史料笔记丛刊》本，中华书局 1983 年版，第 37 页。

④ 王应奎：《柳南续笔》卷三，《清代史料笔记丛刊》本，中华书局 1983 年版，第 186 页。

二卷。"① 冯行贞亦深得家传，诗、书、画皆精。平定战乱乃是对民生疾苦的关心，与二冯悲天悯怀的情性为一；而回乡以笔砚为生计，或许有家父不事二朝的忠心所在。

22. 王应奎

王应奎，字东溆，号柳南，曾仿《容斋随笔》之体例作《柳南续笔》，"多记旧闻轶事，其考证经史，论说诗文，亦杂见焉"。仿效《中州集》之体例，编选《海虞诗苑》，并作集前小传，以发挥以诗存人、以诗存史之功效。选虞山诗人一百八十三人，诗歌一千六百八十八首，虞山地区的很多人事皆赖其采择而得以保存，并成为虞山诗派研究的重要参考资料。

王应奎的诗歌颇近于格调派，不过其《柳南随笔》《续笔》之中引二冯之佳事佳话甚多，其关于诗体的论述，于冯班亦多有撷取。如论律诗之起源，曰："律诗起于初唐，而实胚胎于齐、梁之世。"又论古诗与齐梁体之分界曰："古诗之异于齐、梁体，固在声调矣，然其分界处，又在对与不对之间。齐梁体对偶居十之八九，而古诗则反是。尝考五言古诗，汉魏无论，在唐则创自陈拾遗，至李、杜益张而大之，而歌行之作，亦断以李、杜为宗。"②

如以比兴判定唐宋诗之高下，曰："作诗者不可有词而无意，无意则赋尚不成，何况比兴。唐诗有意，而托比兴以杂出之，其词婉而微。宋诗亦有意，惟赋而少比兴，其词径以直，如人而赤体。明之瞎盛唐诗，字面焕然，无意而法，真是木偶文绣耳。"③ 又其论宋人论文，引冯班之语，曰："宋人论文，有照应、波澜、起伏等语。冯钝吟谓：'若著一字于胸中，便看不起《史记》。'"

又解冯班关于严羽之古律诗之疑，曰："余观《瀛奎律髓》中有拗字一类，疑即所谓古律诗也。子美集中如《郑驸马宅宴》……等作皆是，亦谓之吴体。盖律诗而骨骼峻峭，不离古诗气脉，故谓之古律诗也。"（《柳南随笔》卷六）不过王应奎并非步武虞山诗派，其对于虞山诗派之得失有着较为清醒的认识，于钱、冯两派均有肯定与指责，可见其身上受钱、冯两派影响之痕迹。

当然，与二冯相互唱和之人甚多，如孙永祚、魏冲、邓林梓、叶祖

---

① 王应奎：《海虞诗苑》卷十二"冯处士行贞"，古处堂藏本。
② 王应奎：《柳南随笔》卷三，《清代史料笔记丛刊》本，中华书局1983年版，第43页。
③ 王应奎：《柳南文钞》卷二，《诗草自序》，清乾隆刻本。

德、陶世济等均与二冯交往甚密，为当时唱和的积极参与者。而叶树廉、叶奕、孙潜等人与二冯以书为友，致力于古籍的收藏与校勘，均受二冯影响颇深。其他如陈图煌"为诗丰腴工稳，颇近晚唐"（《海虞诗苑》卷二）；瞿师周"为诗工夫细腻，运古精切，于晚唐为近"（《海虞诗苑》卷六）；陈凡"诗宗晚唐"（卷七）；瞿世寿"所作悉丰腴工稳，可匹晚唐"（卷十）；黄仪"诗笔秀整，颇学晚唐"（卷十二）；周祯"为诗婉约秀润，体近晚唐"（卷十四）……诗风颇与二冯相近。

故本文所列数人，非能尽括二冯交游唱和之全部，只是以几人为契机，阐述一下二冯对虞山诗派之影响。同时也可以看出，二冯诗学的传播与影响，并不全在于教授后学，当然对后进之提携、指点亦是二冯诗学传播的一种方式，但更多的是相互之间的唱和、切磋，无论是前辈、同辈还是后辈均以同等之姿态，相互低吟浅唱，在友朋唱和的诗歌创作之中，宣扬诗学，影响潜移默化。可以说二冯传承诗学的方式是创作与理论的完美结合，加之虞山地区对诗文的热爱及诗歌整理的自觉意识，海虞地区留下了很多具有二冯诗学影响特征的诗歌作品，并为后代诗歌创作提供了范本，以至于数百年后晚唐、西昆诗风仍不绝于线。沈德潜《唐诗笺注序》即曰："虞山素称诗文渊薮，近代如钱宗伯、二冯昆仲，俱博雅渊茂，树帜骚坛，诗学著于海内。"① 晚唐诗风之所以能在清初虞山地区形成浩瀚之势，和虞山地区的文化积淀、人文情怀以及饱经沧桑的战后余绪等都是分不开的，但在二冯的影响和带动下，虞山诗人对晚唐诗风的自觉追捧，无疑起了极大的推动作用，并在全国范围内产生巨大的影响。

光绪年间，张鸿、徐兆玮等在京任官时，与李希圣、曾广钧、曹元忠、汪荣宝等皆从事昆体，结社酬唱，名曰《西砖酬唱集》。钱仲联曰："近代诗派，此四者外，尚有'西昆'一派。此派极盛于光绪季年，尔时湘乡李亦元、曾重伯，吴县曹君直、汪衮甫，我乡张璚隐、徐少逵诸公，同官京曹，皆从事昆体，结社酬唱，相戒不作'江西'语。稍有出入，辄用诟病，一以隐约褥丽为工。曹君直、汪衮甫、徐少逵致力玉溪最深，善集玉溪句，天衣无缝，不啻若自其口出。"② 晚清"西昆派"继承了清初二冯的诗学传统，宗李商隐，学"西昆"，可以称为二冯诗学在二百余年后的嗣响。

① 黄叔灿：《唐诗笺注》，乾隆松筠书屋藏板。
② 钱仲联：《梦苕庵诗话》，张寅彭主编：《民国诗话丛编》本（六），上海书店出版社 2002 年版，第 217 页。

　　二冯身居乱世，情无以出。晚清"西昆派"所处之政治环境和社会
环境亦沧桑百孔，险境丛生。也许真是相同的社会乱离感和身世悲戚感，
使时隔百年之人在李商隐身上找到了共同的寄托。汪荣宝《西砖酬唱集
序》可以看作为晚清"西昆派"的宣旨之言，曰：

　　咸以诗歌之道，主乎微讽，比兴之旨，不辞隐约。若其情随词暴，
味共篇终，斯管孟之立言，非《三百》之为教也。历观汉晋作者，并会
斯旨。迄于赵宋，颇获殊途。至乃饰席上之陈言，捃柱下之玄论，矜立
名号，用相胎愕，则前世雅音，几于息乎。惟杨刘之作，是曰"西昆"。
导玉溪之清波，服金荃之盛藻。雕签费日，虽诒壮夫之嘲；主文谲隐，
庶存风人之义。于是更相文莫，愿言则象。凡所造作，不涉异家，指事
类情期于合辙。号曰《西砖酬唱》者，既义附窃比，兼地从主人，无所
取之，取诸实也。……而今之所赋，有异前修，何则？高邱无女，放臣
之所流涕；周道如砥，大夫故其潜焉。非曰情迁，良缘景改。故以流连
既往，慷慨我辰；综彼离忧，形诸咏叹。虽复宫商繁会，文采相宣，主
宛转之吟客，计飘飘之气。而桃华绿水，不出于告哀；杂佩名珰，宁哄
乎欲色。此则将坠之泣，无假雍门之弹，欲哭不忍，有同微开之志者也。
嗟乎沧海横流，怨航人之无楫；风雨如晦，惧胶嗒之寡俦。于是撰录某
篇，都为一集。侧身天地，庶以写其隐忧；万古江河，非所希于囊轨。①

　　以《诗三百》比兴微讽为意旨，取李商隐之主文谲隐和风人之义，
托以"西昆"雕绘盛藻，以寄脱乱世之悲愤，正是他们与二冯遥相呼应
的契由所在。张鸿、徐兆玮等人致力于二冯诗文集的搜讨和辑佚，最后
由张鸿于民国十四年刊刻成《常熟二冯先生集》。冯舒和冯班的诗文集一
直都是单独成册，曰《默庵遗稿》和《钝吟老人遗稿》（又叫《钝吟全
集》），张鸿使冯舒与冯班的诗文第一次以集结之方式展现于世人面前。
而世传冯舒的《默庵遗稿》仅存前八卷，后两卷文一直阙如，丁祖荫虽
据抄本补足，然并未刊刻，可以说张鸿《常熟二冯先生集》的问世才使
后两卷得以流传，至此二冯诗文集才第一次以完整之面目传诸于世。可
以说于二冯，张鸿其功至伟。
　　不过应当指出的是，无论是虞山诗派还是晚清"西昆派"所走的都

---

　　① 参见汪荣宝：《西砖酬唱集序》，沈云龙主编：《近代中国史料丛刊》本，文海出版社 1967 年
版，第 597 页。

是复古之路，且取径过于单一。冯班等虽力避七子形模之弊而回避盛唐取法晚唐，并将复古与性情相融合，倡导性情学古，然矫一弊生一弊，仅冯舒、冯班等少数人能做到学古而有所得，其余仍不免流于形式，浮艳生风。钱陆灿序王露湑诗，云：“徐陵、韦縠，守一先生之言，虞山之诗季世矣。”并指定远一派，“以妖冶为温柔，以堆砌为敦厚”①。王应奎谓：“魁杰之才，肆而好尽，此又学钱而失之；轻俊之徒，巧而近纤，此又学冯而失之。”②长洲沈德潜以为知言。钱仲联《梦苕庵诗话》亦曰：“虞山诗派，自牧斋、二冯以来，宗法西昆，摘艳熏香，末流之弊，太尚涂泽，文胜于质。近时如张丈璚隐、徐少逵、黄摩西、孙希孟诸家，皆学玉溪，无恙与余，亦未能免此。扬云史好谈唐人，近梅村而不近牧斋。要其哀而顽艳，仍是虞山诗人本色。近百年中，能为清真朴老云山韶濩之音者，独一沈石友先生。而汪丈启东继之，虽成就不大，而专尚性情，一味白描为不可及。”③后世学者所指纤巧、堆砌、涂泽之弊，亦符合虞山诗派的创作实际。

第二节　吴乔、赵执信

一、吴　乔

二冯兄弟不仅影响了虞山地区，亦影响了清初文坛。吴乔《围炉诗话》自序，称：

一生困厄，息交绝游，惟常熟冯定远班、金坛贺黄公裳所见多合。皎然《诗式》持论甚高，而止在字句间。宋人浅于诗而好作诗话，近言是争，贻误后世，不逮二君所说远甚。盖诗自汉、魏屡变而成唐体，其间曲折，既微且繁，不易测识。严沧浪学识浅狭，而言论似乎玄妙，最易惑人。诗人于盛唐诗，虽相推重，非尽知作诗之本末。于中晚诗，非轻忽则惑溺，亦未究升降之所以然。宋人诗集甚多，不耐读而又不能不读，实为苦事。定远于古诗、唐体，妙有神解，著书一卷，以斥严氏之谬。黄公《载酒园诗话》三卷，深得三唐作者之意，明破两宋膏肓，读

---

①　转引自王应奎：《柳南随笔》卷五，《清代史料笔记丛刊》本，中华书局1983年版，第88页。
②　王应奎：《柳南随笔》卷一，《清代史料笔记丛刊》本，中华书局1983年版，第20页。
③　钱仲联：《梦苕庵诗话》，《民国诗话丛编》本，上海书店出版社2002年版，第288页。

之则宋诗可不读。①

吴乔认为，诗人虽推重盛唐而不知盛唐诗之本末，于中晚唐则过于轻视，宋人之诗虽多，却不耐看。宋人离诗远而诗话多，而又未深得唐人旨归，纰谬殊甚，尤以《沧浪诗话》最为惑人，幸得冯班《严氏纠谬》指点迷津，才知诗之本末、升降。可见吴乔对冯班之推崇。其《围炉诗话》常引冯班之语，不下数十条，奉定远之论为至论，并赞赏冯班之诗，曰：

唐人妙处，在于不着议论而含蓄无穷，定远有之。其诗曰："禾黍离离天阙高，空城寂寞见回潮。当年最忆姚斯道，曾对青山咏六朝。"金陵、北平事尽在其中。又有云："隔岸吹唇日沸天，羽书惟道欲投鞭。八公山色还苍翠，虚对围棋忆谢玄。"马、阮、四镇事尽在其中。又有云："席卷中原更向吴，小朝廷又作降俘。不为宰相真闲事，留得丹青夜宴图。"以韩熙载寓讥刺时相也。又有云："王气消沉三百年，难将人事尽凭天。石头形胜分明在，不遇英雄自枉然。"以孙仲谋寓亡国之戚也。所谓不着议论声色而含蓄无穷者也。论定远诗甚难，若直言六百年无是诗，闻者必以为妄；若谓六百年有是诗，则诗集具在，有好句之佳作有之，未有无好句之佳作如定远者也。②

吴乔论诗追求风雅比兴不坠，心中的理想典范为汉魏盛唐之诗，以定远之诗，比之唐人，并言六百年无是诗，可谓是对冯班之至高评论。叶方蔼曾评价冯班和吴乔之作，曰："海虞冯叟笔通神，比兴诗篇字字新。若较吴殳真敌手，邢夫人见尹夫人。"③ 吴乔回应曰："有好句之诗不让定远者，何独不佞？无好句之诗，他人不敢相强，余则实不敢与之并辔。"吴乔之语不无自谦成分，不过从他的言语之中可以看出他对冯班之推重。可以说吴乔的诗论有很明显的冯氏痕迹，如追求风雅，以唐诗尤以杜诗为最高典范，都主张曲线救诗，取法晚唐，追求诗歌的比兴微意等。

吴乔曾说："夫唐人能自辟宇宙者，惟李、杜、昌黎、义山。义山始

---

① 吴乔：《围炉诗话·自序》，《清诗话续编》，上海古籍出版社1983年版，第469—470页。
② 参见吴乔：《围炉诗话》卷二，《清诗话续编》本，上海古籍出版社1983版，第514页。
③ 郭绍虞、钱仲联：《万首论诗绝句》，人民文学出版社1991年版，第242页。

取法少陵，而晚能规模屈、宋，优柔敦厚。为此道自瑶草、琪花，凡诸篇什，莫不深远幽折，不易浅窥。"① 于晚唐诗风的一致追求是吴乔与二冯得以相识相交之媒介，而二冯对吴乔之影响亦通过晚唐诗歌的媒介而凸显出来。《围炉诗话》转录很多冯班论诗之语，可以说冯班的很多论调通过《围炉诗话》得以广为传播。吴乔论诗之作除《围炉诗话》外，尚有《答万季野诗问》和《西昆发微》，内容丰富，本文不具论，只是选取取法晚唐和探寻比兴微意之两方面来论述一下冯班对吴乔诗学之影响，以及吴乔对于冯氏之学的继承和发扬。

（一）诗意的形成：以"意"为主，取法晚唐

吴乔论诗，同冯班一样并未将自己的诗学传统终结于三唐，而是追溯到《诗三百》。尝曰："人心感于境遇，而哀乐情动，诗意以生，达其意而成章，则为六义，《三百篇》之大旨也。"② 张健曾总结吴乔对《诗经》的传统进行理论概括，分成诗意的形成与诗意的表达两个方面。就诗意的形成而言，是人心感于境遇，产生了喜怒哀乐之情，这样特定的境遇与感于境遇而生的特定情感的结合就形成了诗意；就诗意的表达而言，诗意呈现于文词之中，可以有两种表达方式，一是比兴之隐秀内敛的表达方式，一是赋之直陈铺排式的。在两种表达方式之中，吴乔同冯班一样注重比兴微意之表达和探讨。下面我们就先从诗意的生成出发，看吴乔诗论之脉络。

吴乔论诗体沿革，云：

三唐与宋、元易辨，而盛唐与明人难辨。读唐人诗集，知其性情，知其学问，知其立志。明人以声音笑貌学唐人，论其本力，尚未及许浑、薛能，而皆自以为李、杜、高、岑。故读其诗集，千人一体，虽红紫杂陈，丝竹竞响，唐人能事渺然，一望黄茅白苇而已。唐、明之辨，深求于命意、布局、寄托，则知有金矢之别。若唯论声色，则必为所惑。夫唐无二"盛"，盛唐亦无多人，而明自弘、嘉以来，千人万人，孰非盛唐？则鼎之真赝可知矣。晚唐虽不及盛唐、中唐，而命意、布局、寄托固在。宋人多是实话，失《三百篇》之六义。元诗犹在深入处。明诗唯堪应酬之用，何堪言诗？③

① 吴乔:《西昆发微序》,转引自刘学锴、余恕诚:《李商隐资料汇编》,中华书局 2006 年版,第 265 页。
② 吴乔:《围炉诗话·自序》,《清诗话续编》本,上海古籍出版社 1983 年版,第 469 页。
③ 吴乔:《答万季野诗问》,《清诗话》本,上海古籍出版社 1978 年版,第 25 页。

初、盛、中三唐之诗为最高典范，晚唐虽不及三唐而命意、布局、寄托犹在，尚未远离诗旨，至宋诗则多实话，少虚语，诗境索然无味，明诗则更加不堪，虽学盛唐自称音容相貌肖似，实离唐甚远，又明诗多应酬之作，已不入诗流。

吴乔对宋诗疾之如仇，对明诗之恶更甚宋诗，不止一次指出，应酬为明诗之厄。曰：

> 诗坏于明，明诗又坏于应酬。朋友为五伦之一，既为诗人，安可无赠言？而交道古今不同，古人朋友不多，情谊真挚，世愈下则交愈泛，诗亦因此而流失焉。《三百篇》中，如仲山甫者不再见。苏、李赠别诗，未必是真。唐人赠诗已多。明朝之诗，惟此为事。唐人专心于诗，故应酬之外，自有好诗。明人之诗，乃时文之尸居余气，专为应酬而学诗，学成亦不过为人事之用，舍二李何适矣！①

明诗与唐诗作诗出发点不同，唐人是为诗而作，明人是为人而作，故唐诗之情感真挚，明诗之情感轻伪。所以，明诗虽得唐诗外貌而唐人精神遗失殆尽，不可学也。那么吴乔认为唐诗之真正精髓是什么呢？

> 唐诗有意，而托比兴以杂出之，其词婉而微，如人而衣冠。宋诗亦有意，惟赋而少比兴，此词径以直，如人而赤体。明之瞎盛唐诗，字面焕然，无意取法，直是木偶被文绣耳。此病二高萌之，弘、嘉大盛，识者诋斥其措词之不伦，而不言其无意之为病。②

吴乔认为唐诗之精髓在于有"意"，那么宋元明诗皆无"意"吗？宋诗有"意"，但表达方式上与唐诗之重比兴不同，宋诗重赋，故多诗话，直写胸臆之作偏多而失含蓄蕴藉，少言有尽意无穷之妙。而明诗连唐诗之意都失去了，斤斤于字词、句法之间，一直在诗的外围打转，离诗甚远。诸多诗论家论明诗亦重在字词之间，未认识明诗偏失之关键。所以吴乔从诗意的形成之角度，将诗歌分为两类，一类是有诗意的唐宋诗，一类是无诗意的明诗；吴乔又从诗意的表达上将唐宋诗分为两途，唐诗诗意之表达以比兴为主，含蓄蕴藉；宋诗诗意之表达以赋为主，过于直

---

① 吴乔:《围炉诗话》卷四,《清诗话续编》本,上海古籍出版社1983年版,第594页。
② 吴乔:《围炉诗话》卷四,《清诗话续编》本,上海古籍出版社1983年版,第472页。

白。所以吴乔从诗意的形成和诗意的表达两个角度，极力强调唐诗的典范性，并屡次强调三唐，尤以盛唐为尊。不过这里出现了一个问题，既然吴乔以盛唐为典范，那么他为什么还取法晚唐呢？于此，吴乔有一段精辟的论述，曰：

> 二十岁以前，鼻息拂云，何屑作中、晚耶？二十岁以后，稍知唐、明之真伪，见盛唐体被明人弄坏，二李已不堪，学二李以为盛唐者，更自畏人，深愧前非，故舍之耳。世人谁敢夸大步？士庶不敢作卿大夫事，卿大夫不敢作公侯事。自分稷、高自许，爱君忧国之心，未是少陵，无其心而强为其说，纵得遣词逼肖，亦是优孟冠裳，与土偶蒙金者何异？无过奴才而已。寒士衣食不充，居室同于露处，可谓至贫且贱矣，而此身不属于人。刁家奴侯服玉食，交游卿相，然无奈其为人奴也。二李、刁家奴，学二李者又重台矣。"①

吴乔自称二十岁以前取法盛唐，不屑于中、晚唐，只是盛唐之诗已经被明七子辈学坏，不敢亦无从下手矣，故舍之而不入。并从等级上将盛唐诗比为公卿王侯，将学盛唐之七子比为家奴，称家奴虽冒入相府，锦衣玉食，与公卿交游，然无可改变其卑微身份，终不入流。其余学七子者则为学家奴之家奴，离公卿更远。远不如那些虽居寒室贫窑，粗食淡饭，但保持自身身节，量力而行者也。那么又有疑问了，学盛唐者为人奴，学中晚唐者就能避免人奴之诮吗？

> 答曰：学盛唐诗，乃天经地义，安得有过？过在不求其意与法，而仿效皮毛，苟如是以学中唐，亦人奴也。余谓盛唐诗厚，厚则学之者恐入于重浊。又为二李所坏，落笔先似二李。中唐诗清，清则学之者易近于新颖，故谓人当于此入门也。总之，古人诗文如乳母然，孩提时不能自立，不得不倚赖之，学识既成，自能舍去。弘、嘉之诗，如一生在乳母怀抱中，竟不成人，故足贱也。谁于少时无乳母耶？长吉、义山初时亦曾学杜，既自成立，如黑白之相去。此无他，能自用心以求前人神理故也。②

---

① 吴乔：《答万季野诗问》，《清诗话》本，上海古籍出版社 1978 年版，第 27—28 页。
② 吴乔：《围炉诗话》卷四，《清诗话续编》，上海古籍出版社 1983 年版，第 593 页。

　　吴乔说学何诗不是关键，关键在于学诗之法。苟如七子学盛唐一样学中、晚唐，不求意与法，只涉猎些字词皮毛，仍避免不了人奴之诮。吴乔又从学之难易程度上，称盛唐诗厚，学之不甚易落入浑浊、粗俗，而中晚唐诗清，则学之者易近于新颖，亦是说中晚唐诗易入门也。并将古人之诗文比作乳母，将后学之人比作吃奶之婴孩，说学诗如同婴儿吃奶，初时总免不了倚伏乳母之怀抱，然学长成人就应该渐渐脱离乳母，形成自己的独立风格，而不应长期赖在乳母之怀抱。然学盛唐之明人，好比之赖在乳母怀抱尚未能自立成人之伪婴儿，还未能自成一家。但晚唐之李商隐等则学杜并有所得，终于脱离乳母之怀抱而自成风貌。所以吴乔亦是在此号召学古之人，要像李商隐一样，首先要学古人之意与法，其次要学有所得，能化古人之精髓为我所用，最终脱离古人之阴影形成自己的独立风格。而不能像七子一样仅学得一二皮毛，徒自沾沾自喜，实际是未离乳母怀抱之婴孩，尚未成人矣。

　　既然学诗之法真确，后学何诗皆可，为何不学宋诗呢？吴乔对学宋者又是如何看待的呢？

　　答曰：为此说者，其人极负重名，而实是清秀李于鳞，无得于唐。唐诗如父母然，岂有能识父母更认他人者乎？宋人之最著者苏、黄，全失唐人一唱三叹之致，况陆放翁辈乎？但有偶然撞著者，如明道云："未须愁日暮，天际是轻阴"忠厚和平，不减义山之"夕阳无限好，只是近黄昏"矣。唐人大率如此，宋诗鲜矣。唐人作诗，自述己意，不必求人知之，亦不在人人说好；宋人皆欲人人知我意；明人必欲人人说好，故不相入。①

　　吴乔将唐诗比之父母，言说有父母者又何必认他人为父母耶？极力强调了唐诗的正统地位。又唐诗大家辈出，人人皆可宗法，而宋人之最善者苏、黄之辈，尚离唐人远矣，宋之他人则更无可比。接着从作诗之出发点再次指出，唐人作诗，乃为诗而作，宋人乃为我而作，明人乃为他而作。三者何者为高，不言自明。吴乔此处虽然未直接点名倡导宋诗之始作俑者为钱谦益，但实已将矛头指向钱氏，并称其未得于唐者。后吴乔作《正钱录》对钱谦益之论殊加指责，并称"定远见处，实胜牧斋，见者每惑于名位"（卷二）。冯班虽师承钱谦益，很多主张亦是延续钱谦

---

　　① 吴乔：《答万季野诗问》，《清诗话》本，上海古籍出版社 1978 年版，第 26 页。

益而来，然其最终在诗法何人的问题上分道扬镳。钱谦益桃唐弥宋，对宋诗的复兴起了推波助澜之作用；冯班诗法李商隐，倡导晚唐诗风之复兴。而吴乔同冯班一样，诗法晚唐，故其对冯班顶礼膜拜，对钱谦益则诸多指责。

然吴乔与二冯一样，虽皆以盛唐为楷模，但深知盛唐学之不易，故取法晚唐实乃曲线救诗之路。二冯称学杜学盛唐当从李商隐入，吴乔亦称盛唐为明人作坏，而晚唐之李商隐亦是善学杜之人，得杜诗、盛唐之精华，故学盛唐当从学晚唐始。二冯论诗以"性情"为主，吴乔论诗以"意"为主，看似不同，实则为一。吴乔所言说之"意"，从诗意之生成而言，"意"亦是感于境遇而生的喜怒哀乐之情感；从诗意的表达而言，"意"指诗歌的内容，既包括诗人之特定情感，又包括引发情感之境遇，内涵要广一些。吴乔诗学与二冯诗学一脉相承之处还在于，吴乔对宋诗乃至明诗之批判，而且较二冯更为激烈。吴乔屡次指出，明诗坏于应酬，不堪称为诗，而其始作俑者实为七子之复古派，徒得盛唐之音貌未得盛唐之意与法，为盛唐诗歌之劣奴，为未戒奶之婴孩，不但自己未能学会作诗，还教坏他人，后患无穷。

（二）诗意的表达：比兴

吴乔论诗是从"意"的生成和"意"的表达两个角度言说的。从"意"的生成的角度，吴乔将唐宋诗与明诗分界，并确立了盛唐诗的典范地位，明确了从晚唐入手之诗学取向；从"意"的表达的角度，进一步重申盛唐之典范，探寻诗歌之比兴微意，并对李商隐诗歌加以重新解读，提高晚唐艳体诗之地位。

吴乔先是从"意同"而"比兴"不同之角度，判定诗文之界，强调诗歌的独立特征，曰：

> 意同而所以用之者不同，是以诗文体制有异耳。文之词达，诗之词婉。书以道致事，故宜词达；诗以道性情，故宜词婉。意喻之米，饭与酒所同出。文喻之炊而成饭，诗喻之酿而为酒。文之措词必副乎意，犹饭之不变米形，啖之则饱也。诗之措词不副乎意，犹酒之变尽米形，饮之则醉也。①

意如米，文如饭，诗如酒，文与诗相同之处在于，二者均以"意"

---

① 吴乔：《围炉诗话》卷一，《清诗话续编》，上海古籍出版社1983年版，第479页。

为主，但从"意"之表达而言，诗文之分界在于文主叙事，诗主言情，侧重点不同，故书写方式不同。文是以叙事为主，以词达为目的，故用赋多，直叙情事未变米形；诗以言情为主，以婉转蕴藉为极致，故多用比兴，曲笔寄托变尽米形，而更沉醉。吴乔将铺陈直排看作是文的表现手法，将宛转隐晦看作是诗的表现特征，故在赋比兴三义之中，他更强调比兴的作用。曰：

> 人有不可已之情，而不可直陈于笔舌，又不能已于言，感物而动则为兴，托物而陈则为比。是作者固已酝酿而成之者也。①

诗乃是人之情感之自然萌发，不可直接陈之于笔触，故诗人之不可已之情和不可已之言，惟有感物而兴，托物于比。比兴乃诗人之不二选择也。因为：

> 大抵文章实做则有尽，虚做则无穷。《雅》《颂》多赋，是实做；《风》《骚》多比兴，是虚做。唐诗宗《风》《骚》，所以灵妙。②

诗文贵在做虚非做实，因虚做则言有尽而意无穷。赋为实做，比兴为虚做。"诗之失比兴，非细故也。比兴是虚句、活句，赋是实句。有比兴则实句变为活句，无比兴则实句便成死句"。③ 具体到实句之中，有比兴则实句可变为虚句，无比兴则虚句亦变为实句也。故追求无穷杳渺之诗境，惟有从比兴而来，而有无比兴亦是唐诗与宋诗之根本区别。

唐诗最盛，惟兴、比、赋不违乎《骚》而已。五代中原云扰，斯文道尽，吴、蜀独存吟咏，而皆专意于词。其立意也，流连光彩，鲜比兴而多赋。宋虽诗词并行，而未有见及于比兴之亡者也。然而言能达意，赋义犹存。弘、嘉之复古者，不知诗当有意，亦不知有六义之孰存孰亡，惟崇声色，高自标置。夫既无意，则词无主宰，纰谬不续，并赋义而亡之。④

---

① 吴乔：《围炉诗话》卷一，《清诗话续编》，上海古籍出版社 1983 年版，第 479 页。
② 吴乔：《围炉诗话》卷一，《清诗话续编》，上海古籍出版社 1983 年版，第 481 页。
③ 吴乔：《围炉诗话》卷一，《清诗话续编》，上海古籍出版社 1983 年版，第 481 页。
④ 吴乔：《围炉诗话·自序》，《清诗话续编》，上海古籍出版社 1983 年版，第 469 页。

　　唐诗之盛在于，唐诗不违乎骚，不失比兴之义，而宋诗则比兴几亡，赋义仅存，至明诗则比兴一并赋义皆亡矣。诗道至此乃斯文尽也。故欲学唐人便要学唐人之比兴微意。

　　比兴非小事也。宋诗偶有得者，即近唐人。韩魏公罢相判北京，作《园中》诗云："风定绕枝蝴蝶闹，雨余荒圃桔橰闲。"明道《春游》诗云："未须愁日暮，天际是轻阴。"皆用比兴以说朝事。子瞻拟陶云："前山正可数，后骑且勿驱。"兼用比兴以道己意，即迥然异于宋诗。①

　　既然要学唐人之比兴，那么如何学呢？在具体的创作中，就要以情为主，妙化比兴。曰：

　　诗以道性情，无所谓景也。《三百篇》中之兴"关关雎鸠"等，有似乎景，后人因以成烟云月露之词，景遂与情并言，而兴义以微。然唐诗犹自有兴，宋诗鲜焉。明之瞎盛唐，景尚不成，何况于兴？②

　　因"诗以情为主，景为宾。景物无自生，惟情所化。情哀则景哀，情乐则景乐"。③ 在情与景的关系中，情为主，景为辅，景只是诗人感境遇而生之情感的表达媒介，景物本身并无感情色彩，然景物会随着诗人情感之哀乐而具有哀乐之情感。所以说在诗歌表达之中，如何巧妙而准确地表达诗人之喜怒哀乐之情感才是关键，无情则无景，景只是诗人情感借以起兴之媒介，所以不能舍情而言景。

　　古人有通篇言情者，无通篇叙景者，情为主，景为宾也。情为境遇，景则景物也。……盖景多则浮泛，情多则虚薄也。然顺逆在境，哀乐在心，能寄情于景，融景入情，无施不可，是为活法。……意为情景之本，只就情景中有通融之变化，则开承转合不为死法，意乃得见。④

　　古诗多言情，后世之诗多言景，如《十九首》中之"孟冬寒气至"，建安中之子建《赠丁仪》"初秋凉气发"者无几。日盛一日，梁、陈大

　　① 吴乔：《围炉诗话》卷五，《清诗话续编》，上海古籍出版社1983年版，第630页。
　　② 吴乔：《围炉诗话》卷一，《清诗话续编》，上海古籍出版社1983年版，第478页。
　　③ 吴乔：《围炉诗话》卷一，《清诗话续编》，上海古籍出版社1983年版，第478页。
　　④ 吴乔：《围炉诗话》卷一，《清诗话续编》，上海古籍出版社1983年版，第480页。

盛，至唐末而有清空如话之说，绝无关于性情，画也，非诗也。①

然后世之诗多本末倒置，言景之作多于言情之作，而单独言景之作只能称作画，不能称为诗，因其已经失去诗言情之本。故要想学比兴，用比兴，就要先了解情与景之关系。而从中亦不难看出，吴乔对情与景关系的极力强调，实是跟他对比兴的理解有关，吴乔所解之比兴，同二冯一样，乃为意象性比兴。比兴微意皆渗透融合在诗人写景之言词之中。在吴乔看来，诗之比兴是与景之独立相反的。《诗三百》中只有情而无景，景融合于诗人的情感表达之中，即为兴，而后世之作徒有景而无情，更无兴。因为在情景之中，情为主导，景只是依附，并无独立地位，其价值之最大体现则在起兴之中。而随着后世言景之作的增多，景挣脱比兴的载体作用，景的独立地位被标显出来，于是比兴并情被景所取代。这样不但偏离诗言情之本质，亦偏离了诗以比兴为书写手段之特质，离诗越来越远了。所以吴乔在情景关系中，强调情的主导作用，淡化景的独立地位，借以强调比兴的作用。同时吴乔又将情景统一于"意"的范畴之中，用"意"指导情景关系的通融变化，虽然论定起承转合之法，然亦可融化变通，情景交融。这样，吴乔又将情景、比兴收归"意"之中，形成浑圆的论述格局。

吴乔认为不但在诗歌创作中要坚持以情为主，妙化比兴之原则，在诗歌鉴赏中，亦要重视比兴微意的阐发，才能得诗旨：

苏子由云："李白诗类其为人，骏发豪放，华而不实，好事喜名而不知义之所在也。言用兵则先登陷阵，不以为难；言游侠则白昼杀人，不以为非。此岂其诚能也哉！唐人李、杜首称，甫有好义之心，白不及也。"予谓宋人不知比兴，不独《三百篇》，即说唐诗亦不得实。太白胸怀有高出六合之气，诗则寄兴为之，非促促然诗人之作也。饮酒学仙，用兵游侠，又其诗之寄兴也。子由以为赋义而讥之，不知诗，何以知太白之为人乎？宋人惟知有赋，子美"纨袴不饿死"篇是赋义诗，山谷说之尽善矣，其余比兴之诗蒙蒙耳。②

在具体的诗作欣赏中，如仅以赋义处理，则只停留在诗歌语言的表

---

① 吴乔：《围炉诗话》卷一，《清诗话续编》，上海古籍出版社1983年版，第478页。
② 吴乔：《围炉诗话》卷四，《清诗话续编》，上海古籍出版社1983年版，第580页。

面，不能理解诗人的本义；而从比兴微意的探讨出发，则能晓见诗人深层意旨，阐发诗歌的隐性内涵。苏辙从赋的角度，理解李白之诗，认为李白之诗如其人，好大而不实，所谓"言用兵则先登陷阵，不以为难；言游侠则白昼杀人，不以为非"。在吴乔看来，李白之作非赋之铺陈直叙，乃为比兴之法。饮酒学仙，用兵游侠，皆是李白诗寄兴的媒介，不是李白诗书写的内容。苏辙以赋解李白未得李白诗的实质，是对李白诗的歪曲，而这也正是宋人不理解比兴之表现。宋人以赋之角度理解赋义诗不为误，一旦遇见比兴之诗，则完全不得要领了。所以吴乔说"唐人诗被宋人说坏，被明人学坏"，因宋、明之人不知比兴而说诗，以致于开口便错。曰：

> 义山之"侍臣最有相如渴，不赐金茎露一杯"，言云表露试之治病，可知真伪，讽宪、武之求仙也。白雪楼大师伯以为宫怨，评曰："望幸之思怅然。"①
>
> 义山《娇儿》诗，令其莫学父，而于西北立功封侯，托兴以言己之有才而不遇也。葛常之谓"其时兵连祸结，以日为岁，而望三四岁儿，立功于二十年后，为俟河之清"。误以为赋，故作寱语。②

宋、明之人不解比兴，故解诗引起很多笑话。而宋明之以赋解诗，不但错解了李商隐等晚唐诗歌，亦错解了《诗经》：

> 朱子尽去旧序，但据经文以为注，使《三百篇》尽出于赋乃可，安得据比兴之词以求远古之事乎？宋人不知比兴，小则为害唐体，大则为害于《三百》。③

吴乔对比兴之理解同二冯一样，继承的是汉儒之讽刺比兴传统，认为《诗三百》之作皆与政治教化有关，然朱熹等宋儒解诗，不太注重《诗经》的讽刺作用，怀疑《诗》序的可靠性，将很多汉儒理解的政治教化之作，理解为爱情之作。这是吴乔所不能容忍的，在他看来，《诗经》之作皆具有讽刺比兴，朱熹等以赋解诗，是宋人不知比兴之典型，不但于诗无益，于经更无益。所以吴乔秉承一贯的比兴原则，不但尊奉《诗

---

① 吴乔：《围炉诗话》卷一，《清诗话续编》，上海古籍出版社1983年版，第482页。
② 吴乔：《围炉诗话》卷五，《清诗话续编》，上海古籍出版社1983年版，第602页。
③ 吴乔：《围炉诗话》卷一，《清诗话续编》，上海古籍出版社1983年版，第481页。

经》的微言大义，亦深入探讨李商隐诗作和韩偓《香奁》诗的微言大义，给艳体诗以重新解读。

> 余读韩致尧《惜花》诗结联，知其为朱温将篡而作，乃以时事考之，无一不合。起句云："皱白离情高处切，腻红愁态静中深。"是题面。又曰："眼随片片沿流去"，言君民之东迁也。"恨满枝枝被雨淋"，言诸王之见杀也。"总得苔遮犹慰意"，言李克用、王师范之勤王也。"若教泥污更伤心"，言韩建之为贼臣弱帝室也。"临轩一盏悲春酒，明日池塘是绿荫。"意显然矣。此诗使子美见之，亦当心服。诗可以初、盛、中、晚为定界乎？①

吴乔理解艳体诗，联系时事与寓意，淡化形式技巧和绮艳词风，深入探讨诗歌的深层意旨。可以说吴乔通过比兴之义的探讨，给晚唐艳体诗以重新解读，拨开了以往对艳体诗的误解，抛弃了艳体诗为绮靡浮艳，有伤风化之作的恶名。尤其是《西昆发微》一书，探讨李商隐诗歌的微言大义，给李商隐诗歌以全新的视角和解读，树立了晚唐诗风的比兴风向。

吴乔以比兴微意探讨诗歌之深层意蕴，带给诗歌鉴赏以全新的视角，故很多不被重视之作，获得了风雅之冠，得以挤入诗坛正道。然而吴乔此种做法，亦是值得商榷的。因为并不是所有的诗歌都是具有比兴微意的，以比兴来解诗，对于那些具有象征性比兴之作无疑是合适的，但对于那些纯是写景摹物等无象征性比兴之作，即以赋之手法完成之作，比兴解诗之法显然是不合适的，难免落入牵强附会。此点吴乔也认识到了，故他说杜甫"'纨袴不饿死'篇是赋义诗，山谷说之尽善矣"。评杜甫七律曰：

> 杜陵七律，有一气直下，如"剑外忽传收蓟北"者；又有前六句皆是兴，末二句方是赋。如《吹笛》诗，通常正意只在"故园愁"三字耳。说者谓首句"风月"二字立眼目，次联应之，名为二字格。盲矣！"风月"是笛上之宾，于怀乡主意隔两层也。"蓬莱宫阙"篇，全篇是赋，前六句追叙昔日之繁华，末二句悲叹今日之寥落。王建"先朝行坐"篇，与此二首同格。说者谓此诗首句言土木，次句言天子，次联应首句，三

---

① 吴乔：《围炉诗话》卷一，《清诗话续编》，上海古籍出版社 1983 年版，第 496 页。

联应次句，谓之二字贯串格。盲矣！肃、代时何曾有土木耶？"童稚情亲"篇，只前二联，诗意已足，后二联无意，以兴完之。义山《蜀中离席》诗，正仿此篇之体。①

吴乔以比兴解诗，未离开赋义，于用赋之笔法写作之句以赋法读之，以比兴之笔写成之句以比兴之法读之。又如：

《古今诗话》云："王右丞《终南》诗，讽刺时宰，其曰：'太乙近天都，连山接海隅。'言势位蟠据朝野也。'白云回望合，青霭入看无。'言有表无里也。'分野中峰变，阴晴众壑殊。'言恩泽遍及也。'欲投何处宿，隔水问樵夫。'言托足无地也。"余谓看唐诗常须作此想，方有入处。而山谷又曰："喜穿凿者弃其大旨，而于所遇林泉人物，以为皆有所托，如世间商度隐语，则诗委地矣。"山谷此论，又不可不知。②

吴乔深刻理解黄庭坚所云以比兴论诗易入之弊，所以明言，以比兴之法解诗之时，要谨记黄氏之言，避免穿凿附会。落实到具体的操作中，就要深晓诗歌产生的社会背景和诗人的学识、人品等，做到知人论世再论诗。

熟读新旧《唐书》《通鉴》、稗史、杂记，乃能于作者知其事，知其境遇，而后知其诗命意之所在。如子美《丽人行》，岂可不知五杨事乎？试看《本事诗》，则知篇篇有意，非漫然为之者也。③

熟读史书、杂记等知作者之事，知作者之遇，才能知作者之情，故要想准确地解诗，读书是必不可少的。同时同冯班一样认为读书"须读全集，而后知其境遇、学问、心术"。不论是读全集还是涉猎经史百家均是针对作品之社会背景和创作背景而言，只有设身处地的了解诗歌产生的主客观条件，才有可能深晓诗歌之意旨。

学业须从苦心厚力而得，恃天资而乏学力，自必无成。纵有学力而识不高远，亦不能见古人用心处也。……识为目，学为足。有足无目，

---

① 吴乔:《围炉诗话》卷二,《清诗话续编》,上海古籍出版社1983年版,第545页。
② 吴乔:《围炉诗话》卷三,《清诗话续编》,上海古籍出版社1983年版,第556页。
③ 吴乔:《围炉诗话》卷一,《清诗话续编》,上海古籍出版社1983年版,第495页。

如老而策杖，不失为明眼人；有足无目，则为瞽者之行道也。今日作诗，于宋、明瞎话留一丝在胸中，纵读书万卷，足成有足无目之人。①

每个人天资聪颖不同，然读书为不二法门，纵是天资再高之人苟无学，亦不能得见古人意旨。同时舍弃宋、明诗，不能留宋、明人一句话于胸中，否则即便多读书亦无用也。又归到了唐宋之争的问题。所以说吴乔论诗之最终落脚点同冯班一样，都是以复兴晚唐诗风为中心，强调诗歌之以"意"为主和探寻诗歌之比兴微意，均是为晚唐诗风正名而言。如果说二冯树立了晚唐的诗歌取向，提升了李商隐诗歌的地位，为取法晚唐之人开辟了一条道路；吴乔则以比兴之法重新解读晚唐绮靡诗歌，拨开长期以来笼罩在艳体诗上迷雾，为晚唐之路披荆斩棘，使这条路更加平坦了。

二、赵 执 信

除了吴乔，冯班最忠贞的追随者，当属赵执信。赵执信《谈龙录》自序曰："余幼在家塾，窃慕为诗，而无从得指授。弱冠入京师，闻先达名公绪论，心怦怦焉每有所不能惬。既而得常熟冯定远先生遗书，心爱慕之，学之不复至于他人。"②赵执信一生信奉定远诗论，越晚越加，以至于焚刺"私淑门人"于定远墓前。清代史料中多有记载，如王应奎《柳南随笔》云："（赵秋谷）于近代文章，多所訾謷，独折服冯定远。一见《钝吟杂录》，即叹为至论，至具朝服下拜。尝谒定远墓，以'私淑门人'刺焚于冢前。新城《夫于亭杂录》中所谓'世人于冯定远，乃有皈依顶礼，不啻铸金呼佛'者，盖谓宫赞也。"③王培荀《乡园忆旧录》，云："赵秋谷不喜严沧浪论诗，而终身服膺冯定远，书法亦学之。"④杨钟羲《雪桥诗话》卷一曰："冯定远与兄舒巳苍，称二冯。著有《钝吟杂录》。其《杂诗》七首，颇似子山近体。……赵秋谷心折于冯氏之学，每购得钝吟片纸，喜动颜色，曰：'此希世之珍也。'"

虽然被王士禛指责为"铸金呼佛"，赵执信亦不以为然，仍然坚奉冯氏之学。《钝吟冯先生宅感怀》二绝句云：

① 吴乔:《围炉诗话》卷四,《清诗话续编》,上海古籍出版社1983年版,第592页。
② 赵执信:《谈龙录·序》,《清诗话》本,上海古籍出版社1978年版,第309页。
③ 王应奎:《柳南随笔》卷一,《清代史料笔记丛刊》本,中华书局1983年版,第1页。
④ 王培荀著、蒲泽校点:《乡园忆旧录》,齐鲁书社1993年版,第36页。

青山一掩子云居，风簌松门雨涨闾。破屋时闻吟啸苦，诸孙寒饿抱遗书。

间世钟期强听琴，潜依流水写徽音。敝庐未解相料理，枉被名卿妒范金。

后注曰："阮亭司寇谓余尊奉先生，几欲范金事之，为不可解。"以二绝句和序表明虽被误解为范金，而此志不渝。那么赵执信何以对冯班如此推崇呢？我分析原因有三：一是，生活经历的趋同性：失意文人；二是，性格趋同性：痴、狂；三是，用以反对王士祯的神韵说。

（一）生活经历趋同性：失意文人

冯班家世素深，其曾祖父冯玘官至御史，曾祖冯梁、祖父冯觉及父亲冯复京皆不仕，然家境尚可，藏书至丰。到冯舒、冯班辈，家境渐落，连蹇不遇。冯班更弃去举子业，专心于诗书。但是古之儒者以齐家治国平天下为己任，冯班虽自谢举业，然其心中的愤懑之情却可以想见。

赵执信幼承家学，自少即工吟咏，九岁时"辄语惊长老"，十四岁中秀才，十七岁中举人，据《清史稿·赵执信传》："年十九，登康熙十八年进士，授编修。时方开鸿博科，四方雄文绩学者皆集辇下，执信过从谈宴，一座尽倾。朱彝尊、陈维崧、毛奇龄尤相引重，订为忘年交。出典山西乡试，迁右赞善。"正可谓少年得意，平步青云，然而好景不长，康熙二十八年，因"坐国恤中宴饮观剧，为言者所劾，削籍归"。至此，仕途一蹶不振，而此时赵执信还不足二十八岁。年纪轻轻即已体会仕途的坎坷和人情的冷暖，故其对社会和人生有着更深的体会和更敏感的反应。因为其才学冠天，少中进士，所以其恃才傲物；因为其早早就经历了人世的坎坷并因其恃才傲物，故待人接物敏感尖刻，易与人仇。

（二）性格趋同性：痴、狂

冯班，时称"二痴"。《重修常昭合志》曰：冯班"为人落拓自喜。所不可，掉臂去之。胸中有所得，曼声长吟。经行市中，履陷于淖，衣裂其幅，如无见一人者。当其被酒无聊，抑郁愤懑，辄就座中恸哭，人亦不知其何以。班行第二，时称之'二痴'，班亦即以自号。"① 孙永祚《冯定远诗序》称："其为人落落寞寞，衣弊履决，不事边幅。……意有所触，善哭如唐瞿，而于声律会心，则长歌细吟，以为乐。"② 钱谦益

---

① 庞树森等：《重修常昭合志》，光绪甲辰排版。
② 孙永祚：《孙雪屋文集》，清抄本。

《冯定远诗序》亦称："其为人悠悠忽忽，不事家人生产，衣不掩干，饭不充腹，锐志讲诵，亡失衣冠，颠坠坑岸，似朱公叔；燎麻诵读，昏睡热发，似刘孝标；阔略渺小，荡佚人间，似其家敬通。里中以为狂生，为崇愚，闻之愈益自喜。"其《一叹示士龙》诗云，"要倩冯班恸一场"，注曰："邑中小冯生善哭。"①陆贻典《冯定远诗序》亦曰："（班）与人交多率其真，或喜、或怒、或离、或合，人颇以为迂，以为怪，则避而去之。"②侄子冯武亦言："其性情激越，忽喜忽怒。里中俗子皆以为迂。"③

王应奎《柳南随笔》记载冯班酒后撒溺之事，曰：

　　冯定远嗜酒，每饮辄酒面濡发，酩酊无所知。适当学使岁校，定远扶醉以往，则已唱名过矣。学使以后至诘之，定远植立对曰："撒溺。"盖犹在酒所，不知所云也。学使大书一"醉"字于卷面以授之。隶人扶至号中，定远据席酣睡，至放牌闻炮，然后惊醒，始瞿然曰："我乃在此！"因问临号生四书何题，五经何题，是日四书次题为"今夫弈之为数"一节，定远因作弈赋一篇、经文五篇。伸纸疾书而出。迨案发名列六等，定远因大书一联榜于堂中云："五经博士，六等生员。"④

　　陈望南先生说冯班的性格"究其根源，全在于他们确有学问的根柢，同时又是一个举业连蹇的失意文人。另外，明清鼎革之际，江南一地，为兵祸荼毒甚苦，清兵破城之际，二冯身处其间，都曾有过九死一生的经历，其弟知十更死于兵"⑤。可以说性格决定命运，而人生经历又会反作用于性格的形成。冯班性格的形成，固有其天生的因素在，但不可否认的是，遭际的人生境遇，对其痴狂性格的影响。

　　当然不仅仅冯班如此，赵执信亦是一样。如果说冯班的性格可以用"痴狂"来概括，那么赵执信的性格则可以用"狂狷"来概括。少负才名，早中举业，故其有狂傲的资本；而命运的突变让他感受了人情的冷暖，世态的炎凉，使其更加敏感狷介。赵执信自称："余少好为诗，而性失之狂易。始官长安时，颇有飞扬跋扈之气。"⑥《清史稿·赵执信传》

①　钱谦益：《牧斋初学集》卷十一，上海古籍出版社1985年版，第360页。
②　钱序和陆序皆见《钝吟老人遗稿》，清康熙刻本。
③　参见《钝吟杂录》冯武跋，清康熙刻本。
④　王应奎：《柳南随笔》卷一，《清代史料笔记丛刊》本，中华书局1983年版，第17页。
⑤　陈望南：《海虞二冯研究》，中山大学出版社2011年版，第33页。
⑥　赵执信：《沈东田诗集·序》，《饴山文集》卷二，中华书局1912年版。

曰："执信为人峭峻褊衷。"陈恭尹《观海集·序》曰："益都赵秋谷早通仕籍，才名振天下，然好纵酒，喜谐谑，后进以诗文赞者，合则投分定交，不合则略视数行，挥手谢去，是以大得狂名于长安。"① 王培荀曰："秋谷才气凌厉，一切少所许可，独俯首《钝吟集》。"② 王应奎《柳南随笔》卷六记有一事，亦可见赵执信之狂狷，曰：

> 赵太史秋谷，青州益都人也。乾隆戊午，北平黄昆圃先生任山东布政。黄固素重秋谷者，会益都令某来谒，黄语之曰："赵秋谷先生，君管内人也。其诗文甚富，盖请于先生持其草以来，俾予得一寓目乎？"令归，即遣一隶持牒取之。赵故善骂，得牒益大怒，诟令俗吏，并及于黄。黄亲为陈见复述之。

赵执信少负诗名而又早堕仕途，故其对人事的处理过于敏感，于此一件小事即可看出。换作别人可能不会有他的这种做法，而他之所以这样，可能是更想获得别人对他的尊重和认可。

从赵执信为冯班做的序可以看出，他对诗人和人事的理解，曰：

> 文章者，载道与治之器，而非人则莫之托也。三代以上，为君臣相操之。《春秋》作而权在匹夫，盖千古之变端矣。汉、唐而降，朝野相参，而卿大夫之力恒胜。其上者，经术事功，足以震耀海内，故一言之发，举世诵之。即其仅以立言自见者类，学富而名高，不挟官位以为重，其光芒气焰，能使天下之心思、耳目无敢苟为异同。岂若幽潜之士，老为蠹鱼，或瑰词自赏，或寓言托讽，幸则知名于时，不幸则与身俱没，漠无关于文章之数，可胜道哉！宋儒纷纷，道与治、与文分，分则文章为无用之物，而制义出焉。夫文章惟无用也，则无一定之是非。是非无定则争，争则求为必胜，于是卿大夫恒以官位之力胜匹夫，而文章乃归于匹夫矣。……先生非穷且老，使居高位而都大权，其所就固未必至此邪？然向之名卿大夫与先生相后先者，词华可以倾轧当代，濡染可以炫惑后来，往往为有识者所鄙。日以渐灭，以视先生之久而弥彰。人无异词，相去奚啻什伯乎哉！斯集也，非惟后之学为文章者，因以求古人之意。盖道与治之所托，咸于是焉。③

---

① 赵执信：《饴山诗集》，乾隆壬申园刊本。
② 王培荀著、蒲泽校点：《乡园忆旧录》，齐鲁书社 1993 年版，第 36 页。
③ 赵执信：《钝吟集序》，《钝吟老人遗稿》，清康熙刻本。

　　文以载道也，然三代以上文章为将相官卿控制，直至《春秋》作，而文章归匹夫所擅长。然而将相卿大夫权倾朝野，故其发之诗文议论，可以以其挟官位而震耀海内，引起很大的影响，以至举世诵之。而身份低微的布衣，要想获得同等的关注，则难之又难，幸者得以知名于当时，不幸者则与身俱没。尤其是宋代以来文与政分，文章成为无用之物，读书作文妨碍举业，故举子不以诗文为重，于是朝野大夫虽以官位获胜，而文章实不如布衣。所以说文章之优劣，不以身份地位的高低来评判，往往是身居高位者，疏于文章，而身份卑微者，文采风流。然而身居高位者，虽文采不及布衣，然却以官位之重得以倾轧当代，眩惑后来，为有识者所不齿。而其推崇冯班的原因就在于，冯班虽身为一介布衣，却是精于文章者，其对文学之影响不是靠显赫的官位带来的，而是确有真才实学。

　　赵执信此处对冯班的推崇，不如说是对自己的推崇，亦是其狂狷性格的表现。在他看来，身居高位者疏于文章，而身份低微者精于文章，所以他认为自己是精于文章的。他虽曾经显耀一时，现在沉沦了，其对文学的认识和理解不是靠官位带来的，而是因为自己才学横溢，故而他非常鄙夷那些靠显赫的官位扬名海内的人。

　　当然赵执信的这段论述是有所指的，这涉及到了清代的一段历史公案：赵、王之争。关于赵执信与王士禛交恶，赵执信《谈龙录·序》曰：

　　新城王阮亭司寇，余妻党舅氏也，方以诗震动天下，天下士莫不趋风，余独不执弟子之礼。闻古诗别有律调，往请问，司寇靳焉。余宛转窃得之，司寇大惊异。更睹所为诗，遂厚相知赏，为之延誉。然余终不肯背冯氏，且以其学绳人，人多不堪，间亦与司寇有同异。既家居，久之，或构诸司寇，浸见疏薄。司寇名位日盛，其后进门下士，若族子侄，有借余为诟者，以京师日亡友之言为口实。余自惟三十年来，以疏直招尤，固也，不足与辩。然厚诬亡友，又虑流传过当，或致为师门之辱。私计半生知见，颇与师说相发明。向也匿情避谤，不敢出，今则可矣①。

　　赵执信自言，王士禛虽名动天下，士人皆趋之若鹜，而自己则不肯师之，然并未交恶。后赵执信问诗律于王士禛，而王密不肯示，赵则深隙之，但并未曾彻底断绝往来。赵执信作《声调谱》后，王士禛还曾主

动示好，然赵执信并未领情，王士禛亦以为恨。加之，王士禛地位越益显赫，门徒众多，很多人不惜诋毁赵执信与冯班以谄媚王士禛，赵执信感觉师门受辱，遂彻底与王士禛交恶，并作《谈龙录》以敌王士禛。

《谈龙录》又曰：

> 司寇昔以少詹事兼翰林侍讲学士，奉使祭告南海，著《南海集》，其首章《留别相送诸子》云："卢沟桥上望，落日风尘昏。万里自兹始，孤怀谁与论？"又云："此去珠江水，相思寄断猿。"不识谪宦迁客，更作何语？其次章《与友夜话》云："寒宵共杯酒，一笑失穷途。"穷途定何许？非所谓诗中无人耶？余曾被酒于吴门亡友顾小谢（以安）宅，漏言及此，客坐适有入都者，谒司寇，遂以告也，斯则致疏之始也。①

此段论述可以作为《谈龙录·序》的补充。《序》称赵、王二人关系的彻底恶化，源于小人谗言，而此处言明到底出之何事。在赵看来，虽然他早就不屑于王学，然并没有撕破脸，直到赵执信批评王士禛"诗中无人"之事被人告发，二人关系才彻底恶化。陈汝洁、刘聿鑫在《王士禛、赵执信交恶真相考》一文中称，赵、王有两次关系的恶化，一次就是赵执信指责王士禛"诗中无人"之事为人告发；并引据《赵执信与王渔洋信札》指明，第二次是"赵执信指摘王士禛《子青墓志》中的失误，并且直言王士禛的文学功绩不能与韩愈、苏轼比肩，以致引发了王士禛侄子王启座的强烈不满，事后王启座将赵执信的言论转述于王士禛，遂使王士禛让其外甥当面责问赵执信，转达他对赵执信的不满"②。

当然这些都只是赵执信的一面之词，王士禛的著作中无相关记录，无可考见二人交恶之真正原因。不过，关于二人交恶过程，清代诗话多有著述，可见一些端倪，如王应奎《柳南续笔》，曰：

> 益都赵宫赞秋谷，自少负异才，以工诗鸣山左，视一时辈流，罕有当其意者。迨识新城先生，乃敛衽慑服，于是嗫不作诗者四五年。新城知之，特肆筵设席，醉之以酒，请弛其禁。宫赞乃稍复作，作则就正新城，以定是非。厥后两公议论偶不相合，谗人从而交构之，而彼此嫌隙生矣。吾邑冯定远为宫赞所私淑，新城顾谓其所批《才调集》"卑之无甚

---

① 赵执信：《谈龙录》，人民文学出版社 1981 年版，第 8 页。
② 陈汝洁、刘聿鑫：《王士禛、赵执信交恶真相考》，《文史哲》，2009 年，第 5 期。

高论"，即"平日訾警王、李，亦不过为拾某宗伯牙后慧耳！而世乃有皈依顶礼，不啻铸金呼佛者"。此盖隐指宫赞而言，未尝明言其人也。而宫赞《谈龙录》之作，傲睨前辈，显为诋斥，以视微文刺讥者何如。此亦足以征两公之为人矣。①

王应奎虽认为赵执信作《谈龙录》诋斥前辈，殊失雅道，然其关于二人交恶过程的论述与赵执信自述有很多相合的地方，就是二人议论不合，又加有人谗言，故而嫌隙加深，以至于王士禛连冯班一并诋毁。

考，王士禛《池北偶谈》评价冯班，曰，"博雅善持论"，"多发前人所未发"②，至《古夫于亭杂录》则曰："多拾钱伯宗牙慧，极诋空同、沧溟。于弘、正、嘉靖诸名家，多所訾警。其自为诗，但沿《香奁》一体耳，教人则以《才调集》为法。余见其兄弟名舒，所评《才调集》，亦卑之无甚高论，乃有皈依顶礼，不啻铸金呼佛者，何也？"③前后议论判若两人。关于此点，王应奎曰："盖因阮亭作《夫于亭杂录》时，方与益都赵伸符有隙，而伸符颇推服定远，修私淑门人之礼，阮亭故欲矫之，议论遂自相矛盾。此出私心，非公论也！"④赵、王交恶时来已久，赵执信言语矫厉王士禛亦非一日，只能说赵执信批评王士禛"诗中无人"一事，可能彻底恼怒了王士禛，才导致二人彻底决裂。

从赵执信和王应奎的记录来看，王士禛和赵执信关系断裂的导火索源于赵执信批评王士禛"诗中无人"一事。赵执信自己亦称，其虽屡有顶撞王士禛处，然王士禛似乎并未在意，还曾想提携他，直到其批评王士禛"诗中无人"一事，被人告发，才导致王士禛反目，以至于连及冯班。而赵执信作《谈龙录》彻底矫王士禛之学，也是因为王士禛对冯班的批判，让其有辱于师门之感。虽然王士禛并未言明二人交恶之原因，但从二人的论著亦可看出二人对此事的态度。王士禛著作中绝少相关记载，但赵执信专作《谈龙录》以诋王学，从中可见王士禛对此事并不是很在意，只是赵执信特别介怀罢了。由此亦可见赵执信的狂傲和偏执。

再来看赵执信《钝吟集·序》的论述，似可明了赵执信心生芥蒂的真正原因了。一是诗学主张的不同，王士禛倡导"神韵说"，"以神韵缥缈为宗"，赵执信则"以思路劖刻为主"，强调诗歌的现实作用，并强调

① 王应奎：《柳南续笔》卷二，《清代史料笔记丛刊》本，中华书局1983年版，第183页。
② 王士禛：《池北偶谈》卷十七，《清代史料笔记丛刊》本，中华书局1997年版，第414页。
③ 王士禛：《古夫于亭杂录》卷五，《清代史料笔记丛刊》本，中华书局1997年版，第113页。
④ 王应奎：《柳南随笔》卷四，《清代史料笔记丛刊》本，中华书局1983年版，第73页。

情感的真实抒发，所谓"诗中有人"也；一是社会地位的不同：在他看来王士禛是官卿士大夫的代表，而他和冯班却属于远离官场的世俗之人；王士禛本人诗学并不甚精，然可挟官位以显赫，门人成群，影响甚广，而他和冯班虽精于诗学，但因身份卑微，虽有属和但仍属寡众。诗学理论的不同，使赵执信对王士禛诗学弊端有着清醒的认识。但赵执信自称，其对王士禛的批判并非有意为之，姑且看作是狂妄晚辈对前辈诗学的质疑。然随着二人关系的恶化，赵执信作《谈龙录》对王士禛的宣战，不仅是两大诗学阵营的交锋，更是两大社会团体的对抗。

　　对于和赵执信的交战，王士禛反映不是很强烈。然而，被惹怒的王的学生和门人，将赵执信置于万矢之地。赵执信的族人赵执端曾作诗，讥刺赵执信为"不禁蜉蚍撼树来"，士人大都认为赵执信属于"泄私愤"，其中以朱庭珍《筱园诗话》最剧，曰：

　　　　赵秋谷与阮亭不睦，久遂成仇，至作《谈龙录》以诋刺之。独心折二冯，几欲铸金崇奉，其好恶殊不可解。查秋谷之服膺冯氏，阿好溢美，其说本于常熟吴修龄。曾三过吴门，访求修龄所著《围炉诗话》而不得，大以为恨。予观二冯所著《钝吟老人集》《默庵小刻》，并所评《才调集》及吴氏诗话诸书，不觉大笑，乃知秋谷之笃嗜，真如嗜痴，不可以正理诘矣。修龄集矢牧斋，至为《正钱录》以讥牧斋诗文，深文巧诋，指摘不遗余力，与秋谷掊击新城，作《谈龙录》，后先一揆。所著诗话，于有明前后七子及明末之陈卧子、曹能始、钱牧斋、吴梅村、周栎园诸家，无不吹毛索疵，诃诟万端。而独推崇冯氏诗为六百年所无，奉为一代宗匠。其持论与秋谷同符，故秋谷隐宗明祖，欲援吴以振其军。盖性情溪刻，笔锋犀利，伸臆说以乱公论，阿私好以排异己，二人同病，所以投契如是。其实吴氏议论乖谬，有似市井无赖，痛毁贤士大夫，而推尊村塾学究；又似浮荡子弟，妄议庄姜、明妃不美，而以所私娼女为天人。盲道黑白，大抵此类，岂足当识者一哂耶！二冯宗法晚唐，崇尚西昆，其诗卑靡无格，惟以心思尖巧见长，不过冬郎、武功、端己嗣音。其佳者略窥飞卿、水部门径而止，去玉溪且千百里之遥，况李、杜、王、孟乎？秋谷好恶拂人之性，其议诚不足辨矣。①

　　朱庭珍之言不乏门户之见，然这代表了当时的主流观点，他们反对

赵执信及冯班、吴乔一脉立论亦有二：一是冯班、吴乔与赵执信一样，性情溪刻，笔锋犀利，于明七子等吹毛索瘢，批评殆尽；二是三人皆为平民，地位低下，又似市井无赖痛诋贤人士大夫，而二冯诗法晚唐，诗格卑靡，离李商隐尚且远矣，何况李、杜、王、孟了？而这两点正是赵执信推崇冯班诗学之所在。我们姑且不论这段公案的对与错，但从当时大家的态度上可以看出，赵执信地位的尴尬与困苦。赵执信对王士禛宣战，实际是将自己边缘化，孤立于以王士禛为首的诗学中心，也就更突显了他以在野之身份挑战权威的大胆性和开创性。狂傲狷介的性格使其不谐时俗，同时参与《长生殿》案的查慎行等皆"悔改"被重加启用，唯独赵执信倔强不屈，没落终生即可见其一斑。而没落的人生境遇使其心中充满不平和不愤，更加剧了他的狷介狂傲，形成了循环往复、相互影响的怪圈。越是被边缘化，越加剧他的敏感和偏执，越加坚信自己的判断，坚定自己的立场。在他看来，他和冯班是一体的，同是才高八斗惨遭折腰之人。二人社会地位的趋同性和性格的趋同性，让他在前人那里找到了惺惺相惜之感，而冯班以一介布衣之身份在清初特别是在虞山地区影响甚广，这也是他想达到的效果。在政治生涯上，赵执信已经前途渺茫，所以他期望在诗文上能有一番成就，但正如他自己所言，官员可以挟官位以自重，在野之人要想成功又何其难也，所以他更加鄙夷那些身居高位、享受万人追捧的诗学盟主。

　　（三）论战之武器：用以反对王士禛的神韵说

　　当然身为布衣却影响深远之人非冯班一人，赵执信之所以服膺冯班除了性格的趋同性和人生经历的趋同性外，更深层的原因是赵执信可以以冯班诗学作为反对王士禛神韵说的武器，即如洪亮吉所言："博山宫赞赵执信复矫王（渔洋）、宋（荦）之弊，持论一准常熟二冯，以唐温、李为极则，则是又学温、李之派。"[1] 王士禛诗法严羽，而冯班曾作《严氏纠谬》，对严羽之学批驳殆尽，在冯班这里，赵执信找到了反对王士禛的理论支撑。"赵执信与王士禛之争看似出于意气用事，但更深层的原因还在于二人诗学观点的不同：王士禛以"神韵"说，反对宗宋黜唐或宗唐黜宋的拟古主义诗风，赵执信则针对王士禛'神韵'说缺乏真情实感、脱离现实等弊病，标举'意真'"[2]。而赵执信于二冯诗学的继承就是在与王士禛的论辩中展开的。

---

　　① 洪亮吉：《洪北江遗集》卷十《西溪诗集·序》，光绪三年刻本。
　　② 徐振贵：《赵执信与王士禛诗及诗论评辨》，《齐鲁学刊》，1995年第2期。

1. 融合儒家诗教与性情说，提倡"礼义"说

冯班诗学表现了很大的融通性，首先表现在融合了师古说与师心说，将复古与性情统一起来。以古今性情相通之角度，将性情与儒家诗教连结起来。赵执信继承了冯班这一论述模式，将儒家诗教与性情融合起来，不过其落脚点却不在于儒家诗教本身，其是以儒家诗教为其情真说张目立本。曰：

诗之为道也，非徒以风流相尚而已。《记》曰："温柔敦厚，诗教也。"冯先生恒以规人。《小序》曰："发乎情，止乎礼义。"余谓斯言也，真今日之针砭矣夫！①

赵执信重提儒家诗教并非无的放矢，而是针对时弊而言的，那又何为时弊呢？《谈龙录》曰：

司寇昔以少詹事兼翰林侍讲学士，奉使祭告南海，著《南海集》，其首章《留别相送诸子》云："卢沟桥上望，落日风尘昏。万里自兹始，孤怀谁与论？"又云："此去珠江水，相思寄断猿。"不识谪官迁客更作何语？其次章《与友夜话》云："寒宵共杯酒，一笑失穷途。"穷途定何许？非所谓诗中无人耶？②

又曰：

诗人贵知学，尤贵知道。东坡论少陵诗外尚有事在，是也。刘宾客诗云："沉舟侧畔千帆过，病树前头万木春。"有道之言也。白傅极推之。余尝举似阮翁，答曰："我所不解。"阮翁酷不喜少陵，特不敢显攻之，每举杨大年村夫子之目以语客。又薄乐天而深恶罗昭谏。余谓昭谏无论已，乐天《秦中吟》《新乐府》而可薄，是绝《小雅》也。若少陵有听之千古矣，余何容置喙？③

又曰：

---

①　赵执信：《谈龙录》，人民文学出版社 1981 年版，第 7 页。
②　赵执信：《谈龙录》，人民文学出版社 1981 年版，第 8 页。
③　赵执信：《谈龙录》，人民文学出版社 1981 年版，第 10 页。

攻何、李、王、李者曰:"彼特唐人之优孟衣冠也。"是也。余见攻之者所自为诗,盖皆宋人之优孟衣冠也。均优也,则从唐者胜矣。余持此论垂三十年矣,和之者数人,皆力排规模者。余曰:"亦非也。吾第问吾之神与其形,若衣冠听人之指似可矣。如米元章着唐人衣冠,故元章也。苟神与形优矣,无所着而非优也。"是亦足以畅嚢者谈龙之指也。①

首先,王士禛等身居高位,不识谪官迁客而发黍离之感,有富贵者语寒陋之嫌,不符合其身份地位,其情伪;其次,诗外尚有事在,诗以意为主,然意以事为牵,王士禛论诗虽以意为主,而他却抛弃诗中之事而不谈,恐怕最终连诗意亦失也,即其事亦伪;最后,"文以意为主,以语言为役。主强而役弱,则无令不从。今人往往骄其所役,至跋扈难制,甚者反役其主",无异于优孟衣冠,徒有其形而失其神,所谓言与意之疏离,即言伪也。

赵执信针对当时诗坛时弊之情伪、事伪、言伪,重申儒家诗教,强调诗歌之"发乎情,止乎礼义",而其礼义说的中心即在于强调"诗中有人",提倡情真、事真、言真。曰:

诗固自有其礼义也。今夫喜者不可为泣涕,悲者不可为欢笑,此礼义也。富贵者不可语寒陋,贫贱者不可语侈大,推而论之,无非礼义也。其细焉者,文字必相顺从,意兴必相附属,亦礼义也。是乌能以不止耶!②

从诗歌理论上,诗人之语要符合自己的身份地位,富贵之人不能语寒陋,即因为富贵之人不可能真正理解贫贱之人的寒陋状态,其对没有经历过的生活就不可能有深切的体会,其所记寒陋之事、寒陋之情都是假想出来的,不真也;而贫贱之人不可语侈大,亦是如此。乃是要求诗歌的事真和情真。从诗歌创作上,要以意为主,文从字顺,即是言真。曰:

昆山吴修龄论诗甚精。所著《围炉诗话》,余三客吴门,遍求之不可得。独见其与友人书一篇,中有云:'诗中须有人在。'余服膺以为名言。

---

①　赵执信:《谈龙录》,人民文学出版社 1981 年版,第 12 页。
②　赵执信:《谈龙录》,人民文学出版社 1981 年版,第 7 页。

夫必使后世因其诗以知其人，而兼可以论其世，是又与于礼义之大者也。若言与心违，而又与其时与地不相蒙也，将其所得知之而论之？①

诗以意为主，以言为辅，言要与意相合，也即要符合诗人的真性情，而王士禛等虽以"言语妙天下"，但即如冯班用以言说敖陶孙目陈思王之语，不过"如三河少年，风流自赏"。王士禛太过于注重言语之外在修饰，而不注重情真、事真，导致言与情之疏离，不但言之无当，并失意旨。

赵执信接着又从"诗言志"之角度指出情真、言真之必要性，曰：

诗以言志，志不可伪托，吾缘其词以觇其志，虽传所称赋列国之诗，犹可测识也，矧其所自为者耶？今则不然，设诗传舍，而字句过客也，虽使前贤复起，乌测其志之所在？②

诗歌之本在于言志，志不可伪，用以表现志之词亦不可伪。所谓缘词观志，倘若词伪，则志何得而观？词伪，并志亦随之伪也。首先，诗以言志为本，所以所言之志，必是诗人之真实情感；其次，诗歌要表现诗人真挚的情感，描写真实之时事，就要选择切合情事之真实的语言。文以意为主，以言为役。语言是为表达诗人意旨服务的："清新俊逸，杜老所重。要是气味神采，非可涂饰而至。"如果过于注重言语的外在修饰，而致言伪，则诗人之性情亦会随之伪而不真。

赵执信沿袭冯班的复古论和性情论，以复兴传统儒家诗教和"诗言志"之传统为依托，以"诗以意为主"为口号，重新解读诗歌之"礼义"，并重新树立了诗歌情真、事真、言真的标准。

2. 赞同冯班《严氏纠谬》反对"妙悟"说

王士禛提倡"神韵"说，对司空图的"味在咸酸之外"和严羽的"妙悟"说都十分赞赏，《池北偶谈》曰：

严沧浪《诗话》，借禅喻诗，归于妙悟。如谓盛唐诸家诗，如镜中之花，水中之月，镜中之象，如羚羊挂角，无迹可求，乃不易之论。而钱牧斋驳之，冯班《钝吟杂录》因极排抵，皆非也。③

---

① 赵执信：《谈龙录》，人民文学出版社 1981 年版，第 7 页。
② 赵执信：《谈龙录》，人民文学出版社 1981 年版，第 8 页。
③ 王士禛：《池北偶谈》，中华书局 1997 年版，第 416 页。

《分甘余话》曰：

严沧浪特拈"妙悟"二字，及所云"不涉理路，不落言筌"，又"镜中之象，水中之月，羚羊挂角，无迹可寻"云云，皆发前人未发之秘。①

王士禛视"妙悟"说为至论，斥责冯班《严氏纠谬》为拾钱谦益牙慧，"尤似醉人骂坐，闻之唯掩耳走避而已"。这引起了赵执信极大的不满，纠严氏之谬，曰：

司空表圣云："味在咸酸之外。"盖概而论之，岂有无味之诗乎哉！观其所第二十四品，设格甚宽，后人得以各从其所近，非第以"不著一字，尽得风流"为极则也。严氏之言，宁堪并举！冯先生纠之尽矣！②
唐贤诗学，类有师承，非如后人第凭意见。窃尝求其深切著明者，莫如陆鲁望之叙张祜处士也。曰："元和中作宫体小诗，辞曲艳发，轻薄之流，合噪得誉。及老大稍窥建安风格，读《乐府录》，知作者本意，短章大篇，往往间出，讲讽怨谲，与六义相左右，善题目佳境，不可刊置别处，此为才子之最也。"观此，可知唐人之所尚，其本领亦略可窥矣。不此之循，而蔽于严羽呓语，何哉？③

一方面，司空图二十四诗品中的"味在咸酸之外"，设格甚宽，而严羽之"妙悟"说则偏于狭窄，不尽得"味在咸酸之外"之旨，难以说尽"诗道"；另一方面，"妙悟"说并非唐诗精义，唐诗之精髓在于讽刺比兴。所以赵执信《独漉堂诗集·序》说："余颇尝观宋人严羽之论诗也，其言貌为精微，明人徐祯卿、王世贞从而附和之，惑乱人聪三百年。而其徒之论其诗也，则曰皆不能如所自言。"④ 严羽之论诗乃缥缈而不好把握，又不得诗道，远离诗歌的比兴大义，只是惑人耳目而已。

3. 承袭冯班的诗体论
王士禛亦一再言说冯班"但沿《香奁》一体""无甚高论"，赵执信沿袭冯班的诗体论，用以言说自己所追奉者非不学之徒，而是精于诗体、

---

① 王士禛：《分甘余话》，中华书局 1997 年版，第 37 页。
② 赵执信：《谈龙录》，人民文学出版社 1981 年版，第 11 页。
③ 赵执信：《谈龙录》，人民文学出版社 1981 年版，第 12 页。
④ 参见赵执信：《饴山文集·独漉堂诗集序》，中华书局 1912 年版。

诗法者。赵执信曾"闻古诗别有律调，往请问，司寇（王士禛）靳焉，余宛转窃得之，司寇大惊异"。于时"胜国士大夫浸多不知者"，王士禛偶而得之，却秘不示人，然而关于古今诗体之分，冯班早有论述，并非王士禛独得而已。

> 声病兴而诗有町畦。然古今体之分，成于沈、宋；开元、天宝间，或未有之尊也。大历以还，其途判然不复相入。由宋迄元，相承无改。胜国大夫沉浸多不知者。不知者多，则知者贵矣。今则悍然不信，其不信也，由不明于分之之诗。又见"齐梁体"与古体相乱，而不知其为一格也。常熟钱牧庵良择推本冯氏，著《唐音审体》一书，原委颇具，可观采。①

诗体本无古今之分，乃是声病之兴起使诗分古今，而古今诗体之分成于沈、宋，然至开元、天宝年间仍有混淆不清者，直至大历以后，律诗定体，古今诗体才判分两途。以简洁精辟之语言阐述了古今诗体之沿革，廓清了长期以来笼罩在诗坛上的古今诗体不分的迷雾，并明确了齐、梁之时，古今诗体尚未分界，"齐梁体"属于古体。最后赵执信推尊钱良择《唐音审体》一语，似有所指：王士禛偶得诗体秘不示人，赵执信得之于冯班、钱良择，不但阐明诗体之大概，并宣告得之何处。讥讽之意确然可见。

赵执信以谪官不遇之身份欲与主流诗学相抗衡，虽然找到了冯氏诗学作为自己的理论支撑，然其声势也微，在当时境遇仍是不甚好过。不过，赵执信、王士禛声势浩大的论辩在某种程度上却使冯氏诗学突破了虞山地域的局限，进入了京城诗人的视野，促进了冯氏诗学的影响和传播。然而时过境迁，冯氏诗学乃是明末清初满目疮痍转乱环境下的产物，而今已为康熙盛世，曲笔写心、讽刺比兴的言说方式，已不再适应盛世高歌的时代格局。加之统治文学的压制，冯氏诗学很难在全国大范围内掀起高浪，只能是低曲浅吟而已，纵然赵执信大力提倡亦难继往日盛况。

---

① 赵执信:《谈龙录》,人民文学出版社 1981 年版,第 6 页。

第三节　何焯、纪昀

一、何　焯

何焯（1661—1722），初字润千，后字屺瞻，晚字茶仙，自号憩闲主人，学者称义门先生。"笃志于学，读书茧丝牛毛，必审必核。吴下多书估，公从之访购宋元旧椠及故家抄本，细雠正之，一卷或积数十过，丹黄稠叠，而后知近世之书脱漏讹谬，读者沉迷于其中而终身未晓也"①。何焯与二冯一样酷好藏书、校书、评书，以至于身陷狱中，亦校书不缀。

关于何焯的诗学渊源，刘声木曾曰："赵秋谷宫赞执信，至以'私淑门人'剌焚于墓前，何义门太史焯亦笃信其说，教人习冯氏之学。"② 杭世骏《榕城诗话》卷上亦曰："固哉冯叟之言诗也。……益都赵秋谷、吴门何屺瞻皆宗尚其说，而并好其诗。"③ 王应奎《海虞诗苑》卷四亦曰："其《杂录》持论最善，益都赵赞善执信、长洲何学士焯并遵信之。"何焯笃信冯班之学，尊奉李商隐，崇尚晚唐诗风，反对宋元诗风。《钝吟杂录》卷四曰："看齐梁诗，看他学问源流、气力精神，有远过于唐人处。"何焯评曰："此定老专门之学，当终身服膺之。"此评可以看做何焯诗学的标语，继承冯班倡导的齐梁绮靡诗风。何焯不仅推崇齐梁诗，对晚唐诗尤其李商隐诗更是尊崇备至。何焯对冯班的诗学的继承，主要通过两个途径体现：一是何焯对《钝吟杂录》的评点；二是何焯对二冯抄、校、评本的重视和对二冯评点方法的继承。下面本文就从何焯对冯氏诗学理论的继承和诗学继承的途径两个方面，论说冯班对何焯的影响。

（一）诗学理论的继承：倡导晚唐诗风

何焯对《李义山诗集》进行笺注，《义门读书记》中收有《李义山诗集笺记》二百五十二题，既注重知人论世，阐发义山诗的篇章意旨，又注重论析诗歌的艺术特色、章法结构和语言特点等。卷首序文，表明了何焯对李商隐诗歌的看法和接受理念，曰：

> 晚唐中，牧之与义山俱学子美，然牧之豪健跌宕，而不免过于放，

①　全祖望：《长洲何公墓志铭》，《义门读书记》，中华书局 2006 年版，第 1279 页。
②　刘声木：《苌楚斋随笔、续笔、三笔、四笔、五笔》上，《清代史料笔记丛刊》本，中华书局 1998 年版，第 237 页。
③　杭世骏：《榕城诗话》，知不足斋本。

学之者不得其门而入，未有不入于"江西"派者。不如义山顿挫曲折，有声有色，有情有味，所得为多。冯定远先生谓："熟观义山诗，自见江西之病。"余谓："熟观义山诗，兼悟'西昆'之失。'西昆'只是雕饰字句，无论义山之高情远识，即文从字顺犹有间也。义山五言出于庾开府，七言出于杜工部，不深究本源，未易领其佳处也。七言句法兼学梦得。"①

何焯此段言论，首先指出了杜牧与李商隐俱学杜甫，然杜牧过于粗放，学之不慎，易有"江西"粗疏之病；李商隐诗则曲折顿挫，声色、情味兼备，为学杜而得其精华者。接着紧承冯班之语指出，熟读李商隐诗即可见江西之粗疏，亦可知西昆之徒有辞采，进一步说读李商隐诗歌可以矫宋诗之弊。最后指出了李商隐的诗学渊源，五言学庾信，七言学少陵和梦得。何焯的三层论述，既指出了李商隐的诗学渊源；又对比了晚唐的李商隐和杜牧，指出了李商隐诗何以技高一筹；又从"西昆"与"江西"的创作实际出发，指出了义山诗可以矫宋诗之弊。二冯兄弟虽然知义山诗远非"西昆"可比，然二人视"西昆"为李商隐诗歌直接继承，又欲以"西昆"矫"江西"，故对"西昆"并未过多疵责。何焯则将连"西昆"在内的宋诗一并打倒，表现了更为明显的以义山为尊，倡导晚唐诗风的诗学理念。

在具体篇章的评点中，何焯通过分析义山的诗法，得出义山乃学杜而有得者。如《二月二日》："二月二日江上行，东风日暖闻吹笙。花须柳眼各无赖，紫蝶黄蜂俱有情。万里忆归元亮井，三年从事亚夫营。新滩莫悟游人意，更作风檐夜雨声。"② 何焯评曰：

两路相形，夹写出忆归精神。合通首反复咀咏之，其情味自出。《隋宫》《筹笔驿》《重有感》《隋诗》诸篇得老杜之髓矣。如此篇与《蜀中离席》尤是庄子所云"善者机"。前半逼出忆归，如此浓至，却使人不觉，所谓《国风》好色而不淫也。其神似老杜处，在作用，不在气调。③

义山诗既继承了杜甫的诗法，巧布篇章结构，妙用声律技巧和锤炼词彩等，又继承了杜诗关心社会，吟讽政治的现实精神，乃《小雅》之

———————

① 何焯著、崔高维点校：《义门读书记》，中华书局 2006 年版，第 1243 页。
② 文中所引李商隐诗，皆据刘学锴、余恕诚：《李商隐诗歌集解》，中华书局 2004 年版。
③ 何焯：《义门读书记》，中华书局 2006 年版，第 1249 页。

遗。《二月二日》诗，看似漫不经心，江边行走，东风日暖，花、柳、蝶、蜂细致入目，"各"字、"俱"字转言，美景没情、于我无干。万里思归路，三年思归时。远别家乡，寄人篱下，新滩水声、风檐雨声，徒增惆怅耳。从笔法上，物景与人情反衬，景逾美，情愈切，相得益彰；从词彩上，浓妆艳抹，花、柳、蜂、蝶铺荡开来，妙用"各"、"俱"二字，逼出诗情；从用意上，句句言情，句句不离情，深沉浓挚。均是老杜诗法的直接继承。

首先，义山诗的章法结构抑扬顿挫，得老杜真传。如《杜工部蜀中离席》"人生何处不离群，世路干戈惜暂分。雪岭未归天外使，松州犹驻殿前军。座中醉客延醒客，江上晴云杂雨云。美酒成都堪送老，当垆仍是卓文君。"何焯评曰：

> 起句尤似杜。鲍令晖诗："人生谁不别，恨君早从戎"。发端夺胎于此。一则干戈满路，一则人丽酒浓，两路夹写出惜别。如此结构，真老杜正嫡也。诗至此，一切起承转合之法，何足以绳之？然离席起蜀中，结仍是一丝不走也。此等诗，须合全体观之，不可以一句一字求其工拙。荆公只赏他次联，犹是皮相。[①] ○发端从休文《别范安成》诗变来。起用反喝，使曲折顿挫，杜诗笔势也。"暂"字反呼"堪送"，杜诗脉络也。"座中"句醒"席"字。末联"美酒成都"，仍与上醉酒云雨双关。（《瀛奎律髓汇评》）

起用反喝，言人生有离合，又逢干戈之世，岂能不别离？道出分别之景。随后两联夹写，颈联承上写世路干戈：雪岭之使未归，松州之军犹驻。世事如此，岂能只顾友朋私情，而置水火于不顾？颔联起下写美酒云雨：送别宴席醉醒参半，江上云晴雨柔。云雨尚且相柔不离，友朋又怎舍离别？尾联云蜀中亦有美酒，而当垆之女亦为文君，则当共此流连，又岂堪轻言离别？四句诗起承转合运用无间，句句是别，句句是不忍。起用反喝；中间两联能承上起下，又两路夹写，首尾照应，前后互相点衬，离别之景，惜别之情，排荡开来，既合起承转合，又能脱尽起承转合，得杜诗笔法之妙。

又评《筹笔驿》："猿鸟犹疑畏简书，风云长为护储胥。徒令上将挥神笔，终见降王走传车。管乐有才真不忝，关张无命欲何如？他年锦里

---

① 何焯:《义门读书记》，中华书局 2006 年版，第 1249 页。

经祠庙，梁父吟成恨有余。"曰：

议论固高，尤当观其抑扬顿挫处，使人一唱三叹，转有余味。不离承祚旧论，却非承祚本意，读书论世真难事。"猿鸟犹疑畏简书"二句，一扬。"简胥"切"简笔"，"储胥"切"驿"。"徒令上将挥神笔"二句，一抑。破题来势极重，妙在次联接得矫健，不觉其板。"管乐有才终不忝"，此句又扬。"关张无命欲何如"，此句又抑。"他年锦里经祠庙"，对"驿"字。"梁父吟成恨有余"，对"筹笔"。[①] 〇起二句本意已尽下而无可措手矣，三、四忽作开笔，五、六收转，而两意相承，字字顿挫，七、八振开作结，与少陵《丞相祠堂》作不可妄置优劣也。起二句即目前所见，觉武侯英灵奕奕如在。通首用意沉郁顿挫，绝似少陵。（《瀛奎律髓汇评》）

首联"简书"对"筹笔"，"储胥"对"驿"，直接点题；尾联上半句对"驿"字，下半句对"筹笔"，收题；首尾呼应，照应得体。而在篇章布置上抑扬顿挫，气势跌宕。首联为扬，妙用"犹疑""长护"二字，指出武侯余威至今犹存，有此人才，何功不成？次联为抑，然有臣无君，纵然有神机妙笔，尚乏回天之力。颔联一扬一抑，固有管乐之才，但如关、张之失蜀有才无命终难全也。尾联又扬，然而武侯之志未申，他日有过其地而吊者，焉能没有余恨？通篇开、转、收、承，抑扬顿挫，曲致跌宕，甚得老杜真传。

其次，义山诗妙用比兴寄托，以史讽今，继承了杜诗关心国家命运和揭露腐朽政治的批判精神，乃小雅遗风。如何焯评《南朝》："玄武湖中玉漏催，鸡鸣埭口绣襦回。谁言琼树朝朝见，不及金莲步步来。敌国军营漂木柹，前朝神庙锁烟煤。满宫学士皆颜色，江令当年只费才。"曰：

此篇亦非杨、刘所及。南朝偏安江左，不思励精图治以保其国，乃徒事荒淫。宋不戒而为齐，齐不戒而为梁，陈因梁乱而篡取之，国势视前此尤促，乃复不戒，而甘蹈东昏之覆辙，如恐不及。且寇警天戒，偭然不知，安得不灭于隋乎？不特此也，前此宋、齐不过主昏于上，江左犹为有人，故命虽革而犹能南、北分王。至陈则君臣荒惑，一国俱在醉

[①] 何焯：《义门读书记》，中华书局2006年版，第1250页。

梦之中。长江天堑，谁复守之？落句深叹南朝由此终无一豪杰能代兴者，非特痛惜陈亡也。①

　　前两联写宋、齐、梁、陈四代更迭之事，娓娓道来，省却很多烦词。"玉漏""绣襦""琼树""金莲"点出四代灭亡之根源，为荒淫误国也。"谁言""不及"跌宕有致，四代之沿革宾主自现。陈取三代之革，却不思三代之失，有过而不及。后半君臣并写，君王昏庸，朝臣亦然，君臣同为醉生梦死，则国焉得不亡？而落句之言，尤引人深省，暗指此诗之言非仅陈之事也，可醒当世。李商隐的咏史诗借用历史笔法讽咏现实社会，为杜甫诗史精神的直接继承。

　　又评《井络》："井络天彭一掌中，漫夸天设剑为峰。陈图东聚夔江石，边柝西悬雪岭松。"堪叹"故君成杜宇，可能先主是真龙。将来为报奸雄辈，莫向金牛访旧踪。"云：

　　第一句破尽全蜀，第二是门户，第三是东川，第四是西川，四句中包括后人数纸。三四一联若不点出东西二字，只是成都诗耳。"堪叹"一联言以世守因余，犹归于泯灭，况么么草窃耶？喝起落句，有力。此篇若作于元和初，刘辟据蜀之后，更有关系。在义山之世，只当赋杜元颖、悉怛谋两事也。观《西昆》成都三篇，何其琐屑补缀。如此工致，却非补缀。义山佳处在议论感慨专以对仗求之，只是西昆诸公面目耳。②○世守不可保，因余无能为，况小丑窃据乎！义山去刘辟事未远，末句亦孟阳勒铭之意。"③

　　上联写蜀中地势全图：井络、天彭二峰均在成都指掌之中，古之剑锋险阻，亦比之不如。东据夔江阵图，西据雪岭传柝。下联陡转，然险要不足以斥敌，杜宇生异心，蜀帝梦断，兴废骤变，不可一足。此篇与李白《蜀道难》"一夫当关万夫莫开，所守或匪人，化为狼与豺"、杜甫《剑门》"西蜀地形天下险，安危须仗出群材"用意皆同，均是围绕警惕奸贼觊觎蜀中要地而发，拳拳之心传承相接。

　　冯舒、冯班屡次言说，李商隐诗用意慷慨，其妙处在议论，若"专

---

　　①　何焯：《义门读书记》，中华书局 2006 年版，第 1246 页。
　　②　何焯：《义门读书记》，中华书局 2006 年版，第 1262—1263 页。
　　③　李庆甲：《瀛奎律髓汇评》卷三，上海古籍出版社 2005 年版，第 104 页。

以巧句为义山，非知义山者也"①。何焯评义山诗继承了冯氏兄弟的观点，并多次征引二人的评语，如评《富平少侯》诗曰："此诗刺敬宗。汉成帝自称富平侯家人。三四言多非望之滥恩，反斩不费之近泽。已苍云：犹谚所谓当着不着。"评《宫妓》诗曰："定翁云：此诗是刺也。唐时宫禁不严，讬意偃师之假人刺其相招，不忍斥言，真微词也。"可以说，何焯在冯氏倡导的晚唐诗风的影响下，从艺术表现手法和诗意诗旨两个角度，论证义山为学杜而有所得者，深层挖掘义山诗的比兴意旨，进一步推进了李商隐及晚唐诗风在清代的传播与接受。

（二）诗学继承的途径：评点《钝吟杂录》和评点方法的继承

1. 评点《钝吟杂录》

现存有关《钝吟杂录》的评点，主要有何焯评点《钝吟杂录》、上海图书馆藏张庆荣批《钝吟全集》、国家图书馆藏近藤元粹《萤学轩丛书》以及国家图书馆藏、南京图书馆藏的无名氏评本。张庆荣、近藤元粹以及无名氏的评点均属零星散语，不成系统。惟有何焯对《钝吟杂录》的评点，或补充史料，或纠失补偏，或多加肯定，对冯班的诗学、经学、书学均多有阐发，从中亦可看出何焯对冯班诗学的继承。

冯班以读书为第一要紧事，何焯亦强调读书的重要性。何焯曰："不读经则举业必庸猥，不涉史则后扬其墙面矣。经须讲而后明，喜言理义者，通经之阶也，望子弟之远大者，安能舍是以为教哉。"（《钝吟杂录》卷一《家戒》上）又曰："读书亦不可混为一途，经亦书也，史亦书也，诸子亦书也，释典亦书也，百家小说亦书也。宋儒不留心杂书有之。为学第一事是读书，讲明义理，何为不以是为学。"（卷二《家戒》下）从不读经史的危害和书的分类出发，强调为学的第一件事就是读书。又卷四冯班曰："读书不可先读宋人文字。"何焯批曰："吾辈科举人初见此语，必疑其拘蔥，甚且斥为凡陋。久阅知书味，自信为佳。"冯班提倡读书，但不提倡读宋人文字，何焯亦佐语之。不过相比冯班之疾宋如仇，何焯的论说就平和一些："程朱为学，必由读书，讲明义理。惟陆学不尚读书耳。"非宋代皆不好学，仅是心学不好读书耳。将宋代之学区别开来，显然比冯班一竿子打倒的做法，要合理得多。

对冯班论诗追求宛转蕴藉的艺术效果，何焯深表赞同。如《钝吟杂录》卷四《读古浅说》，冯班曰："凡人作文字，下笔须有轻重。论贤人君子，虽欲纠正其谬误，词宜宛转。若言小人奸贼，不妨直骂。今之作

① 李庆甲：《瀛奎律髓汇评》卷三，上海古籍出版社 2005 年版，第 105 页。

古文者，多不理会。先君子教人作古文云，但熟看《春秋》，便知一字轻下不得。从曾与徐良夫言此，则云不必，且引苏子瞻为证。不知此正是苏文字不好处。不惟子瞻，唐人已有此病。"何焯批云："有根本之言。冯氏一家诗笔之学，其渊邃乃至此。"虽然只是简短的两句话，但"根本""渊邃"已是对冯班诗学的极大肯定。

冯班作的《严氏纠谬》对严羽诗学多加辩驳，何焯亦持之说，曰："自宋以来，大抵多为所误。《诗人玉屑》开卷即载其诗评，不待王、李也，攻之极当。钱牧翁作《唐诗英华序》，亦采其大略，然不若此核论，未足去后学之惑也。"纠严羽之以禅喻诗，曰："刘后村有云，诗家以少陵为祖，其说曰：语不惊人死不休。禅家以达摩为祖，其说曰：不立文字。诗之不可为禅，犹禅之不可为诗。此论足使羽卿辈结舌。"

然而，何焯并不盲目遵奉冯班之言，对冯班论说中有失偏颇之处，亦加以矫正。如冯班说："永明，天监之际。"何焯批曰："梁武代齐，岁在壬午，以天监纪元者十八年。庚子改元普通，丁未又改元大通。三年辛亥，昭明太子薨，立简文帝为皇太子，时徐摛为家令，属文好为新变，不拘旧体，春坊尽学之。宫体之号，自斯而始。则距天监已逾一终矣。不得谓天监以后独行也，况永明哉！"从史证的角度，指出了冯班以永明产生于天监之际的错误。又如，冯班认为唐代文学兼学南北，以人论体，唐代不可缺薛道衡。何焯则不予赞同，曰：

> 此条略本《北史·文苑传叙》。然多骨气而文不及南者，乃指温、邢未出以前。且通论有韵、无韵者，安得巧附立说？邺下才人，亦皆宗仰江左，故祖珽谓沈、任之是，乃邢、魏之优劣。思道乐府诸篇，道衡《昔昔盐》《戏场》诸篇，孰非南朝体乎？魏郑公《隋书·文学传叙》云："江左宫商越发，贵于清绮；河朔词义贞刚，重乎气质。气质则理胜其词，清绮则文过其意。理深者便于时用，文华者宜于咏歌。"则郑公立论，虽颇裁大同之淫放，至连绝所长，未有不以南朝词人为尸盟耳。《北史·文苑传》特著诸公者，盖以北方风雅，实始盛于齐季邺下，以为自是乃可希风江左，非谓宫体革自卢、薛也。卢没于开皇之代久矣，唐初诗歌承隋之后，轻则淫靡于是稍止。然率宗师徐、庾，上溯沈、谢，无闻别有北宗。若道衡特标一体，反属杜撰矣。（《钝吟杂录》卷五《严氏纠谬》）

何焯引郑公之语指出南北文学的差异，并指出北方文学以南方文学为宗，薛道衡《昔昔盐》诸篇亦带有南方文学的印记。接着他指出《北史·文苑传》列卢思道、薛道衡乃是因为两家受南方风气之影响，以表彰北方文学出之于齐，亦希风于南方文学。又唐代文学承隋代文学之后，乃是齐梁文学的继承，非有北方文学的痕迹。所以说，唐代文学以南为宗，未学北风，而薛道衡亦是南方文学的延续，难以立为一体。文学之间的影响是相互的，南北朝时期，南方文学较为兴盛，故北方文学期希于南，然随着南北融合的加剧，南方文学也或多或少地受到了北方文学的影响，这点是毋庸置疑的。何焯特标南方文学，而弃北方文学于不顾，甚至说唐代文学纯是南方文学的延续，显然是不合史实的。

何焯对冯班的诗体论，亦多有阐发。如冯班反对赞、祝、铭等为诗，何焯亦曰："《易林》既可为诗，则《参同契》多以四言、五言成文，亦是诗矣。"（《钝吟杂录》卷三《正俗》）又如冯班曰："赋颂本诗也，后人始分。屈原有《橘颂》。"何焯引证曰："《史记》云：'相如奏《大人之颂》'，潘安仁《藉田赋》亦曰颂。《汉书·王褒传》：'太子喜褒所为《甘泉》及《洞箫颂》'。"引《史记》和《汉书》之记载印证赋可称为颂，二者无别。又曰："屈宋既兴，赋盛而诗罕继。班、张殁后，赋衰而诗复振，由是五言竟鸣。驯至唐人，又变赋体而为长诗。《北征》《南山》，其一隅也。"（卷三《正俗》）从诗、赋兴衰更替的角度，唐人变赋为诗，诗赋一体。又如冯班曰："唐人律诗，亦是乐府。"何焯批云：

大历以前人沿齐、梁之体，五言律诗，多用乐府古题。唐季则有以乐府题作七言律诗者，秦韬玉《紫骝马》，胡曾、沈彬《塞下曲》诸篇是也。又白集王右丞"秦川一半夕阳开""为想夫怜弟二句"，则唐人律诗，亦有不必合古题而入乐者，大抵只不犯八病者，便可歌之以被管弦矣。白公《听歌六绝句》在第三十五卷。耿纬已有《塞上曲》七言四韵律诗。又有乐府古题作七言二韵小律者，汪遵之《战城南》《鸡鸣曲》是也。（《钝吟杂录》卷三《正俗》）

随着时代的变革、声律的改变和古乐的消亡，加之诗、赋、乐府三者之间的相互影响和融合，三者之辨越发迷离难索。故冯班打破壁垒将三者统一起来，廓清了长期以来隔于三者之间的屏障，给诗体带来了一次彻底的解放。何焯则补充文献加以佐证冯班的论点，使冯班的论说更加充分。

冯班《钝吟杂录》中还有很多论做人之道和有关书法的论条，何焯亦多加肯定、阐发，由于本文叙述以诗法为主，于此就不作详论。

综之，何焯对冯班的诗学、书学、经学等均有不同程度的继承和肯定。何焯对《钝吟杂录》的评点或肯定或纠偏，对研读此书确有很大的参考价值。现在通行的《借月山房汇抄》《指海》《丛书集成初编》等丛书本皆录有何焯的评点。

2. 评点方法的继承

何焯喜藏书，酷校书、评书，冯班抄、校的很多书籍曾为之收藏，如冯班校本《白莲集》《贾浪仙长江集》等，往往称善，卢文弨《抱经堂文集》卷十三引何焯之语，曰："明海虞冯钝吟有评本，长洲何义门得之，称善。其字句洵远出俗本之上。"何焯又常在冯班校书的基础上加以校勘，补正冯班校书的疏漏；而且何焯评书，尝引冯舒、冯班之评语，如何焯评《史记》引冯班评语五十三条，评《李义山诗集》引二冯评语十三条。

何焯不惟重视对二冯抄、校、评本，校评态度、方法等亦深受二冯的影响。

首先，勤奋、严谨的校勘态度。

二冯兄弟致力于古籍的抄录和校勘工作，除《才调集》《瀛奎律髓》两评本外，二冯尚有《文心雕龙》《王建诗集》《西昆酬唱集》《白莲集》《玉台新咏》等多部抄、校本传世。二冯校书非常勤奋，饱经战乱，仍抄、校书而不坠。冯舒在躲避兵乱之时，抄写了《近事会元》五卷、《汗简》七卷，校勘《重勘嘉祐集》十五卷，其在生命岌岌可危之时，尚历时四载，据柳金影抄宋写本和谢耳伯所见之宋本校勘《水经注》四十卷。兄弟二人还非常重视版本的选择，尤重宋元善本，经常历时几载，搜寻多本以校同一部书。如《玉台新咏》一书，冯班于己巳冬（明崇祯二年，公元1629）抄录，并于壬申春（明崇祯五年，公元1632）、己丑岁（清顺治六年，公元1649）先后两次校定，历时二十载，皆以宋本为正。冯舒以谢耳伯校本和《太平御览》校定校勘《文心雕龙》，校语短者列之行间，校语长者书之简端，不毁钱功甫抄本原貌。二冯校勘态度严谨，多列异同，少下断语，一般不轻易妄改古书，故二人的校勘真实可信度高，以致于冯氏抄、校本被藏书家视为至宝。

而何焯校书之勤，更是堪称佳话。其在狱期间，仍是校不坠，成为学界美谈。何忠相称何焯："性最勤，日坐语古小斋中，丹铅不去手，蝇迹细楷必谨，舟车南北，未始一略辍，其苦心如此。"① 不惟平日校书至勤，舟车劳顿之时，亦是书不离手。何堂又称何焯："无日不从事古书，口不绝吟，手不停披，简端行侧，丹黄错杂，于以发先哲之精义，究未显之微言，而又考订校雠，不捐细大。"② 蒋元益亦云："先生储书数万卷，丹铅不去手，所发正咸有义据，其大在知人论世，而细不遗草木虫鱼。识者叹其学问殆洽不让王厚斋，非郑渔仲辈所可几。"③ 何焯校、评书不论巨细，往往引史据典，考证核实，轻不妄下断语，所云皆有根有据之言，亦具有很认真的校勘精神。傅增湘《藏园群书题记》亦云：

> 义门勘正群书，致力甚勤，生平所见不下数百帙。其钜编流传者，如《文苑英华》一千卷藏沧州刘仲鲁家，《津逮秘书》十六集藏丰顺丁雨生家，其余若《元丰类稿》《苏子美集》《唐人选唐诗》八种、《中州集》，咸移录副本。敝箧所藏则有《史通》《文心雕龙》《李翰林别集》《元氏长庆集》《温飞卿集》，皆精审可诵。……义门既以校勘名家，一时名卿巨儒争相推诩。如乾隆三年诏重刊经史，方苞曾上疏，言何焯曾博访宋板，校正《两汉书》《三国志》，乞下江苏巡抚，向其家索取原本。可知其校勘精审，正定可传，已赫然上彻帝听矣。④

何焯校勘之书，仅傅增湘所见者就不下数百帙，可见其用力之勤，而且其校勘古书，精审可诵，并上至帝听。如校陆机《乐府》"泠泠详风过"句曰："'详'当作'鲜'。江淹《杂拟》、许征君自序诗注中引此句作'鲜风'，《乐府》及《吴郡志》皆作鲜。"引《乐府》《吴郡志》以及江淹的诗和许征君的序作旁证，"详"当作"鲜"，可谓精审之至。以至于傅增湘校《后山集》欲寻何焯手校本而不得，仅得临本，曰："不见中郎，得见虎贲，亦慰情于聊胜矣。且《后山集》得此以正谬存真，又不仅名家遗迹之足珍矣！元方其善守之。"⑤ 虽然以不得何焯校勘《后山集》原本为憾，然得之临本，亦十分可贵。傅氏对何焯校本的临本尚且珍视至此，可见何焯校本之精审。

其次，以评点本授之诸生，作为学诗之门径。

---

① 何焯：《义门读书记》，中华书局 2006 年版，第 1288 页。
② 何焯：《义门读书记》，中华书局 2006 年版，第 1285 页。
③ 何焯：《义门读书记》，中华书局 2006 年版，第 1289 页。
④ 傅增湘：《藏园群书题记》，上海古籍出版社 2008 年版，第 623 页。
⑤ 傅增湘：《藏园群书题记》，上海古籍出版社 2008 年版，第 699 页。

　　《四库全书总目》卷一百八十一《冯定远集》提要云："故《才调集》外，又有《玉台新咏》评本，盖其渊源在二书也。"冯武《才调集凡例》曰："两先生教后学，皆喜用此书，非谓此外者无可取也。"冯氏兄弟教人作诗，喜用《玉台新咏》和《才调集》并评点《才调集》和《瀛奎律髓》以指导后学。后代学人则抄录、刊刻二冯评校本以求学问，汪文珍曰："近日诸家尚韦縠《才调集》，争购海虞二冯先生阅本，为学者指南车，转相摹写，往往以不得致为憾。"① 二冯评点的《才调集》已然成为学者的教科书。

　　蒋元益《义门读书记》序，云："先生门下士著录者千余人，自先大父外，惟陈丈少章、季方、金丈来雍等得窥精要，共相参稽，故吾家尤存先生手书几帙，其余俱系先大父所手录。"② 傅增湘亦曰："义门弟子如沈宝砚严、蒋子遵杲、金梧亭凤翔诸人传校师门诸书，余咸有之，用笔率依仿其体，而秀逸俊丽之致终不能逮。"③ 门徒学义门的途径正在于著录、模仿何焯的评点。而后代学者亦以抄录、刊刻这些评校本作为求学的途径，是以何焯校评的《后山集》《中州集》《唐贤三体诗句法》等被广为抄录、刊刻。

　　最后，采用考据与阐释相结合的评点方式，并以评点构建诗学理论，使评点脱离明以来随意的感性领悟形式，开启了清代"义理、考据、词章"的先河④。

　　冯氏兄弟二人将严谨的校勘精神带入到诗歌的评点中来，评点之中不时夹杂对诗歌字词的考辨，有理有据，多发深省。前文已经言明冯氏校书一般只校不改，然二人校书除了对校又有理校与本校穿插在二人的诗歌评点中，多现个中玄机。如《才调集》韦应物《西涧》诗"上有黄鹂绕树鸣"，冯舒校曰："'绕'字上下映发，若作'深'，则幽草深树，便嫌犯重。"从前后字的对照来看，"深"字与"树"字犯重，不如"绕"字清妙。冯舒校王维《送元二使安西》之"客舍青青杨柳春"曰："'杨柳春'妙于'柳色新'多矣。"从义理的角度而言，"杨柳春"较之"柳色新"意境要高。冯班校李廓《长安少年行十首》之四"好胜耽长夜"云："'长夜'《文苑英华》作'长行'。'长行'是唐人戏名，不知

<hr>

　　① 参见《二冯评阅〈才调集〉》，汪文珍跋，康熙垂云堂刻本。
　　② 何焯：《义门读书记》，中华书局2006年版，第1289页。
　　③ 傅增湘：《藏园群书题记》，上海古籍出版社2008年版，第623页。
　　④ 朱秋娟：《何焯诗歌评点之学刍议——以何评义山诗为例》，《江南大学学报》（人文社会科学版），2008年12月。

者改'夜'字。"乍看"长夜"似通，然冯氏一语，道破个中玄机，乃知应为"长行"也。

又如，贾岛《述剑》："十年磨一剑，两刃未曾试。今日把示君，谁有不平事。"冯舒校曰："'两'今作'霜'，'两'字胜。○本集'有'作'为'，'为'更胜。"冯班校曰："'为'字妙，'谁为不平'便须煞却，是侠概；'谁有不平'，与人报仇，是卖身奴。"① 已经摆脱了单纯论定是非，带有很深阐释味道。既不同于明代的随意点评的空疏学风，又不仅仅停留在考证的层面上，而是考证中有阐释，阐释中有考证。

卢文弨《抱经堂文集》卷十三曾肯定冯氏兄弟校《长江集》的功绩，曰："明海虞冯钝吟有评本，长洲何义门得之，称善。其字句洵远出俗本之上。如云：'十年磨一剑，霜刃未曾试，今日把示君，谁为不平事。'今本作'谁有不平事'，钝吟云：'谁为不平'，便须杀却，此方见侠烈气概；若作'谁有不平'与人报雠，直卖身奴耳。一字之异，高下悬殊，旧本之可贵类如是。余得其本因临写之，欲令后生知读书之法，必如此研校，而后古人用意之精，可得也。"② 《四库全书总目》之《长江集》提要亦曾引冯氏校语，曰："集中《剑客》一首，明代选本末二句皆作'今日把示君，谁有不平事。'惟旧本《才调集》'谁有'作'谁为'。冯舒兄弟尝论之，以'有'字为后人妄改。今此集正作'谁为'，然则犹旧本之未改者矣。"③ 冯氏兄弟以宋本宋刻《长江集》"谁为不平事"，校俗本"谁有不平事"，已然成了后世论定《长江集》版本优劣的一个重要依据。

《四库全书总目》卷一百三，又以冯班校语，论定《外台秘要》，曰：

> 衍道刻此书，颇有校正，惟不甚解唐以前语与后来多异。如'痸门称疗痸稍较'，衍道注曰："'较'字疑误。"考唐人方言，以稍可为校。故薛能《黄蜀葵》诗，有"记得玉人春病校"句，冯班校《才调集》辨之甚明。衍道知其有误，而不知'较'为'校'误，犹为未审。④

冯氏兄弟轻易不校改古书，然其出校者必言之有据。正是这种严谨

---

①　参见冯舒之语，出自《二冯评点〈才调集〉》；冯班之语，引自冯班校，（明）张敏卿抄本《贾浪仙长江集》，国家图书馆藏。

②　卢文弨：《抱经堂文集》，中华书局1990年版，第182页。

③　永瑢等撰：《四库全书总目》卷一五零，中华书局2008年版，第1292页下。

④　永瑢等撰：《四库全书总目》卷一○三，中华书局2008年版，第859页下。

的校勘态度和精审的校勘工作，才使二冯校书的可靠性更高，故而后人校书时常引用之，作为判定版本优劣和校勘粗审的依据。二冯将考证之学融进阐释学中，纠正了明代随意阐释不重视考据的空疏学风，开启了清代朴学重考据之风。

何焯作为清代的朴学大师，亦重视考据之法，"自核定版本异同外，多随文评骘，益以标点，颇沿明季批尾之习，为大雅所不尚。然取其精要，摘其瑕类，览之心目开朗，要于诵习为便，是又乌何废耶！且其征引古来类书、总集，旁稽博辨，已开乾隆以来考订之风，视茅、孙、钟、贪迥不侔矣"①。何焯之评点亦将考据与阐释相结合，旁证博辩，言之有据，并多从知人论世的角度，阐发诗的义理。

如何焯评《中州集》多采《归潜志》《金史》之记载，交待作者生平，考证作诗年代，解释诗中词旨等。卷四刘中《冷岩公柳溪》诗曰："《金史·孟奎传》平章政事，完颜守真礼接士大夫，在其间者，号冷岩十后。"不知此事者，恐难知"冷岩"之意，经何焯引史之记载，则晓然明了。又师拓《陪人游北苑》诗小注曰"甲子岁"，何焯引《金国志》曰："西至玉峰门曰同乐园，若瑶池。蓬瀛、柳庄、杏树尽在，于是观后语，殆贞佑间诗也。"② 通过《金国志》的记载，考证此诗当作于贞祐年间非甲子年。

又如何焯评陆机《乐府》"伤哉游客士"句，曰："'游客'，《乐府》作'客游'。然似与发端'游客'二字相应也。按宋本亦作'游客'。"③ 从诗地位前后照应的角度，肯定宋本之确。评陶渊明《杂诗》"悠然望南山"之句曰："'望'，一作'见'。就一句而言，'望'字诚不若'见'为近自然，然'山气''飞鸟'皆望中所有，非复偶然见此也。'悠然'二字从上'心远'来，东坡之论不必附会。"④ 从诗的意境上言，"见"字不如"望"字精妙。将考据与义理融合，而不是单纯的校定是非，既注重字词的版本，又重视篇章意境的表达。

何焯在揭示李商隐的微言大义时，常将考据与阐释结合起来，如何焯评《井络》诗云："此篇若作于元和初，刘辟据蜀之后，更有关系。在义山之世，止当赋杜元颖、悉怛谋两事也。"⑤ 何焯从"阵图东聚夔江石，

---

① 傅增湘：《藏园群书题记》，上海古籍出版社 2008 年版，第 623 页。
② 何焯评点：《中州集》，毛氏汲古阁刊本，社会科学院文学所藏。
③ 何焯：《义门读书记》，中华书局 2006 年版，第 923 页。
④ 何焯：《义门读书记》，中华书局 2006 年版，第 932 页。
⑤ 何焯：《义门读书记》，中华书局 2006 年版，第 1262 页。

边柝西悬雪岭松"一联考察出东川、西川之意,联系史事,推出创作年代及所讽元颖、悉怛之事。

何焯继承冯氏评点之法,既重视字词的考据,又注重义理的阐发,并使二者相得益彰,揭示了诗歌的本事,并从知人论世的角度准确地揭示诗歌的深层意旨,而避免穿凿附会。

"二冯诗学的学术特征,即从文本的校勘、辑佚、考订入手,由文本研究推广到诗史研究,通过诗史研究和选本评点来表达自己的诗歌观念。"① 并以评点本授之诸生,作为学诗之门径。然而后学往往将文本研究和诗学研究割裂开来。有清一代惟有何焯很好地继承了冯氏之学,既延续了二冯尊奉的晚唐诗风;又对冯班的诗学理论著作《钝吟杂录》进行了细致有理的评点,为研读冯班诗学提供了很大裨益;又继承了冯氏以文本为中心,重视考据与义理的校勘方法,将文本批评与诗学理论很好地融合起来,作为指导后学的工具。可以说何焯的诗学宗尚、诗学途径和方法均是延承冯氏一脉而来,并使之发扬光大。

二、纪 昀

纪昀同二冯一样赞同王安石提出的学杜当从李商隐入手的观点,《二樟诗钞·序》曰,"余初学诗从玉溪集入",其对李商隐诗用力至勤,作《点论李义山诗集》,并删正编纂《玉溪生诗说》二卷;而不赞同方回《瀛奎律髓》提出的学杜门径,作《瀛奎律髓刊误》和《删正方虚谷瀛奎律髓》。虽然纪昀与二冯诗学门径相同,然二冯诗论过于矫激,不妄之语时现笔端,纪昀立论则较为平允、中庸,纠正了二冯诗学的很多偏失。

二冯以晚唐为尊,倡"西昆"以矫"江西"之粗疏,对此纪昀深表不满,曰:

> 李本旁分杜派,温亦自有本原,但缛丽处多耳。杨、刘规模形似,遂成剪采之花。江西诸公正矫其敝而起。○江西之弊在粗俚,西昆之弊在纤俗。不善学之,同一魔道,不必论甘忌辛。○西昆须胸中有卷轴,江西亦须胎息古人,皆不可以枵腹为也。如以粗野为江西,以剽窃为西昆,则皆可以枵腹为之。(《删正二冯评阅〈才调集〉·凡例》)

冯班云:"温、李诗句句有出,而文气清丽。多看六朝书,方能作之,杨、刘以后绝响矣。"纪昀批曰:"温、李遭逢坎坷,故词虽华艳,

① 蒋寅:《虞山二冯诗歌评点略论》,《辽东师范学院学报》(社会科学版),2008年12月。

而寄托常深，玉溪尤比兴缠绵，性情沉挚。杨、刘优游馆阁，寄兴唱酬，徒猎温、李之字句，故菁华易竭，数见不鲜，渐为后人所厌。欧、苏起而变之，非由于人不能作也。"（《删正二冯评阅〈才调集〉》卷一）

温、李皆有本源，李商隐更深得杜诗精髓，虽以词彩华艳铸成，然遭遇坎坷，故诗歌寄托遥深，比兴不坠。西昆诸家却优游闲适，失去了李商隐的精神意旨，徒以形模学李商隐，流为纤弱，故"江西"矫而起之。"西昆"学之不善易致纤弱；"江西"学之不善易入粗疏，皆应引以为戒，若以粗疏为"江西"，以剽窃为"西昆"，则离之远矣。故学"西昆"者要多读书，学"江西"者要得古法。两家各有所得又各有所失，不必长此短彼。

而清代习晚唐体者，如以二冯为代表的"虞山诗派"等，亦未逃"西昆"窠臼，以艳丽绮靡为义山，非知义山也。

问："上党冯氏评此诗如何？"曰："此钝吟偏驳之论。"二冯评《才调集》，意在辟江西而崇昆体，于义山尤力为表扬，然所取多屑屑雕镂之作。而欲持之以攻江西，恐与江西之生硬，正亦如齐楚之得失也。夫义山、鲁直，本源俱出少陵，才分所至，面貌各别，而俱足千古。学者不求其精神意旨所在，而规模于字句之间，分门别户，此诋粗莽，彼诋涂泽，不问曲直，共然佐斗。不知粗莽者江西之流派，江西本不以粗莽为长；涂泽者西昆之流派，西昆亦不以涂泽为长也。因论钝吟此语而并及之。①

李商隐和黄庭坚皆学杜，因才力、性格、遭遇的不同，呈现出不同的面貌，均可称为大家。然而后之学者，无论学黄庭坚的"江西派"，还是学李商隐的"西昆派"，皆未得二人之精神意旨，专作字句表面功夫，非学而有得者。又以门户之心蒙蔽双眼。冯班欲尊"西昆"以辟"江西"，故而对李商隐诗力为称赞，然其所赏皆绮靡华艳之作，非义山诗精华之所在。有戒于此，纪昀作《玉溪生诗说》二卷，曰：

温、李齐名，词皆缛丽，然温多绮丽脂粉之词，而李感时伤事，颇得风人之旨。故王安石以为唐人学老杜而得其藩篱者，惟李商隐一人。

---

① 纪昀：《玉溪生诗说》卷下，丛书集成续编本，第313—314页。

自宋杨亿、刘子仪沿其流波，诗家遂有西昆体，致伶官有捋撞之议。（《纪河间诗话》卷一）

世之习义山诗者，类取其一二尖新涂泽之作，转相仿效；而毁之者，因之指摘捃击，以西昆为厉禁。反复聚讼，非一日矣。皆缘不知义山之为义山，而随声附和，罔然佐斗。赞与毁者皆无当也。夫深山川泽，有龙虎焉，不见其嘘而成云，啸而生风，而执其败鳞残革以诒人，以为龙虎如是。人见其败鳞残革也，亦以为龙虎不过如是而鄙之，以为不足奇，可谓之知龙虎哉？……于流俗传诵尖新涂泽之作，大半弃置。而当时习气所渐，流于飞卿、长吉一派者，亦概为摒却。[1]

说李商隐得老杜藩篱，乃因李商隐诗感时伤世，寄托遥深，深得比兴之旨。然而历代学李商隐者徒猎其华艳词表，甚至捋撞其字句，将义山诗学坏，以至于很多学者以"西昆"为义山，连累义山饱受争议。故纪昀删去学者亦好模仿的绮靡华艳之作，多存寄托遥深之作，以正义山之名。

然而，义山之诗又非皆有深意，后之学者又往往曲解附会，曰：

然李商隐中有"楚雨含情皆有托"句，则借夫妇以喻君臣，固尝自道。而《无题》之中，有确有寄托者，有戏为艳体者，有失去本题者，有与《无题》相连误合为一者。《碧城》《锦瑟》诸篇亦同此例。一概以美人香草解之，一字一句无不关合时事，又求之太深，过于穿凿矣。（《纪河间诗话》卷一）

《无题》诗有无寄托，清代一直争论不休。纪昀将《无题》分别观之，分为有寄托者、戏为艳体者、失去本题者。他对那些有寄托之作评价很高，曰："大抵感怀托讽，祖述乎美人香草之遗，以曲传其郁结。故情深调苦，往往感人。"然而对戏为艳体之作评价很低，曰："特其品格不高，时有太纤太靡之病，且数见不鲜，转成窠臼耳。归愚以为剪彩成花，绝少生韵，固不足以服其心，而效者又模拟剽贼，积为尘劫，无病呻吟，有更甚于汉人之拟《骚》也。他体已然，七律尤甚，流弊所至，殆不胜言。"（《玉溪生诗说》卷上）从作品内容上，肯定了寄托慷慨之作，情深调苦，感人至深；从艺术品味上，否定了绮靡纤弱之作，认为

---

[1]　纪昀：《玉溪生诗说·自序》，丛书集成续编本，第268页。

学之易成流弊。

纪昀对二冯等学李商隐、"西昆"者徒以形式取巧，而丧失义山精神内核的学诗之法及二冯以"西昆"矫"江西"的门户之论，均做出了反对。相比较而言，纪昀论诗比较折中，且他对"西昆"与"江西"的流弊都有很深的认识，故《删正方虚谷瀛奎律髓》《删正二冯评阅〈才调集〉》既不左祖"江西"又不庇护"西昆"，持论较为平允，可以矫二冯和方回之失。

纪昀对二冯诗学的评论，除见之于《删正方虚谷瀛奎律髓》《删正二冯评阅〈才调集〉》外，亦可参看《四库全书总目》之多条评论，列之如下：

卷一百八十一《冯定远集》提要，云：

> 二人皆以晚唐为宗，由温、李以上溯齐、梁，故《才调集》外又有《玉台新咏》评本，盖其渊源在二书也。其说力排严羽，尤不取江西宗派。持论亦时有独到。然所作则不出于昆体，大抵情思有余，而风格未高，纤佻绮靡，均所不免。……其中论诗之说，多可取。谓《日记》所论吴棫《韵补》一条，推为奥入鬼神，则失之远矣。①

卷一百二十三《钝吟杂录》提要云：

> 班学有本源，论事多达物情，论文皆究古法，虽间有偏驳，要所得者为多也。

纪昀指出了二冯的诗学宗主，由温、李上溯齐、梁，尤不取江西诗派，对严羽之说排之尤甚；诗学渊源为《玉台新咏》和《才调集》二书；诗作风格，不出西昆风势，情思有余，而风格未高，流于纤佻绮靡；并对《钝吟杂录》做出了肯定。虽然冯班论语有失之过激处，然因冯班注重学养，宗经征圣，故论文能讲究古法，得大于失。

卷一百九十一《二冯评点才调集》提要，曰：

> 凡所持论具有渊源，非明代公安、竟陵诸家所可比拟。故赵执信祖述其说。然韦縠之选是集，其途颇宽，原不专主晚唐，故上至李白、王维以至元、白长庆之体，无不具录。二冯乃以国初风气，矫太仓、历城

---

① 永瑢等撰：《四库全书总目》，中华书局 2008 年版，第 1642 页下。

之习，竞尚宋诗，遂借以排斥江西，尊崇昆体。黄、陈、温、李，断断为门户之争。不知学江西者其弊易流于粗犷；学昆体者其弊亦易流于纤秾。除一弊而生一弊，楚固失之，齐亦未为得也。①

二冯对《才调集》的评点虽然比公安、竟陵要高出许多，然二人门户习气太重，欲以《才调集》以矫江西之失，对《才调集》的编选体例多加穿凿。"学江西者其弊亦流于粗犷；学昆体者其弊，亦易流于纤秾"。正是对"江西"派与"西昆"派流弊的深刻认识，亦是二冯诗学的良药。

卷一百八十九《诗纪匡谬》提要，云：

国朝冯舒撰。舒，字巳苍，号默庵，又号癸巳老人，常熟人。舒因李攀龙《诗删》，钟惺、谭元春《诗归》所载古诗辗转沿讹，而其源总出于冯惟讷之《古诗纪》，因作是书以纠之，凡一百一十二条。其中如《于忽操》三章为宋王令诗；《两头纤纤青玉玦》一章为王建诗；《休洗红》二章为杨慎诗，一一辨之。而杨慎《石鼓文》伪本全载卷中，乃置不一诘。又苏伯玉妻《盘中诗》，《诗纪》作汉人，固谬。宋本《玉台新咏》列于傅休奕诗后，不别题苏伯玉妻，乃嘉定间陈玉父刻本偶佚其名。观《沧浪诗话》称苏伯玉妻有此体，见《玉台集》，则严羽所见之本，实题伯玉妻名。又桑世昌《回文类聚》载《盘中诗》亦题苏伯玉妻，则惟讷所题姓名不为无据。舒之所驳，是知其一，不知其二也。至禹《玉牒词》实载《后汉书·郡国志》注中，惟讷不言所出，但于题下留未刻之板一行，竟未及补。舒校正"斜""柯"诸字之讹，而不及此条，亦为缺漏。然他所抉摘，多中其失。考证精核，实出惟讷之上。原原本本，证佐确然，固于读古诗者大有所裨，不得议为吹求。虽谓之羽翼《诗纪》可矣。②

既指出了冯舒《诗纪匡谬》的缺漏，又强调了此书的价值。《四库全书总目》在论断其他著作的得失时，经常引《诗纪匡谬》的条例，加以阐述。如：

卷一百九十二《古诗类苑》提要，云：

汉以后箴、铭、颂、赞，冯本（冯惟讷《诗纪》）不录，之象增之。

① 永瑢等撰：《四库全书总目》，中华书局 2008 年版，第 1735 页下。
② 永瑢等撰：《四库全书总目》，中华书局 2008 年版，第 1716 页下。

然文章各有体裁，著述各有断限。冯本所收《封禅文》之类，冯舒作《诗纪匡谬》已深驳之。正宜尽从刊削，而复据摭续貂，殊不免伤于嗜博，又割裂分隶，门目冗琐。①

卷一百九十三《诗所》提要，云：

又《诗纪》搜采虽博，亦颇伤泛滥。常熟冯舒有《匡谬》一书，颇中其病。懋循不能有所考订，而掇拾恒讧，以博相夸，又不分真伪，稗贩杂书以增之。甚至庾信诸赋以句杂七言亦复收入，尤为冗杂矣。②

《古诗类苑》以冯惟讷《诗纪》为稿本，并将箴、铭、颂、赞等一并收之，视之为诗。冯舒认为箴、铭、颂、赞等为文非诗，不可兼收。纪昀亦赞同冯舒之说，故引其说以驳《古诗类苑》之以文为诗的做法。《诗所》取《诗纪》而割裂之，分为二十三门，然颠倒错乱，茫无体例。《诗纪》编选之博杂既已受到冯舒指责，臧懋循不加考订，妄将诗分为四言古诗、五言古诗、七言古诗等，不知古诗之名乃对近体而言，故律体定型以后，二体迥然二分，何来五言古、七言古之说？

卷一百九十一《冯氏校定玉台新咏》提要，云：

徐陵《玉台新咏》，久无善本。明人所刻，多以意增窜，全失其真。后赵宦光得宋嘉定乙亥永嘉陈玉父刊本翻雕，世乃复见原书。舒此本，即据嘉定本为主，而以诸本参核之，较诸本为善。如序中投"壶玉女为欢尽于百娇"，据《神异经》及《西京杂记》改为"百骁"之类，皆确有依据，不为窜乱。然如苏武诗一首，宋刻本无标题，与文选同。舒乃据俗本改为《留别妻》；徐干《室思》诗六章，有宋孝武帝拟作，及《艺文类聚》所引可证，乃据俗本改为《杂诗》五首、《室思》一首；《塘上行》据李善《文选》注本有四说，宋刻所题盖据歌录第二说，乃据宋书不确之说，改为魏武，移于文帝之前；石崇《王明君词》序其造新曲句，有李善《文选》注、刘履《文选补遗》可证，乃据俗本改为《合欢诗》二首、《杂诗》三首。梁简文帝"率尔为咏"，"为"字本读去声，乃误读平声，遂据俗本改为"成咏"；王筠《和吴主簿诗》，"青骹逐黄

---

① 永瑢等撰：《四库全书总目》，中华书局 2008 年版，第 1752 页下。
② 永瑢等撰：《四库全书总目》，中华书局 2008 年版，第 1755 页中。

口"句，有《西京赋》可证，乃意改为"青鹊"；皆未免失考。至于张衡《同声歌》之"恐栗若探汤"句，宋刻误"栗"为"瞟"；又"思为莞弱席"句，宋刻误"莞"为"菀"；苏伯玉《盘中诗》有《沧浪诗话》可证，宋刻误连入傅元诗中；汉成帝时童谣"燕燕尾涎涎"句，有旧本《汉书》可证，宋刻误为"尾殿殿"；皆伪舛显然，而曲为回护，又往往失之拘泥。今赵氏翻雕宋本流传尚广，此刻虽胜于俗刻，终不能及原本，故仅附存其目焉。①

　　既肯定了冯舒校本的价值，称其远胜于俗本；又指出了冯舒校本的很多不足，冯舒校本一以宋本为正，故很多宋本明显有讹之处，冯舒校本仍之而不改，难脱佞宋之嫌。然说"赵氏翻雕宋本流传尚广，此刻虽胜于俗刻，终不能及原本"，则不为确。谈蓓芳教授的《〈玉台新咏〉版本考》和《〈玉台新咏〉版本补考》两文多方引据证明，赵均刻本对宋刻本做了明显的改动，已非宋本原貌。而与冯舒校本同出一源的冯班抄本和翁心存影冯知十抄本，却较好地保存了宋本的原貌，在现存诸本中可以说是最接近宋本原貌的本子。冯舒校本现在已不存，故我们无法看到冯舒校本的精善。不过冯舒、冯班和翁抄本同出宋本，且冯班抄本与翁心存影冯知十抄本之间的差距不大，故可以推论冯舒校本亦不会离宋本太远。又纪昀都已经指责冯舒回护宋本，失之拘泥了，则冯舒校本妄改宋本的可能性不大。所以，冯舒校本应该是很好地保存了宋本面目，远胜于赵均翻刻本。纪昀得见冯舒校本，却以为此本不如赵均刻本精善，未加收录，实为一叹也。

　　纪昀反对二冯以门户之见，张"西昆"而贬"江西"，并对"虞山诗派"等学李商隐之失，提出了中肯的意见；也肯定了二冯诗学成绩，尤其赞赏二冯的校勘之学，并经常引证二人之语，作为论定版本优劣依据。然而纪昀之论，亦并全为确论。二冯虽然张皇"西昆"，多作绮靡艳丽之语，然二人并不以绮艳为义山，极力提倡李商隐诗歌的深层意旨，且二人的诗作中，亦不乏寄托遥深之作。又冯舒校本《玉台新咏》极好地保存了宋本的原貌，远比赵均翻刻本为善，纪昀却以其不如赵均刻本而仅存其目，未收入《四库全书》，不能不说是学界的一大损失。当然，纪昀以其学术地位和巨大的影响力，对二冯或褒或贬的评论，使二冯受到了更广泛地关注，在某种程度上推广了冯氏之学。

---

① 永瑢等撰：《四库全书总目》，中华书局 2008 年版，第 1735 页上。

结　语

　　冯舒、冯班生于明清易代的江南常熟，是集诗人、批评家、藏书家多种身份于一体的落魄文人。二人的诗学主张带有很强的继承性和批判性。所谓的继承性是二人能继承古代的优秀文化传统，崇尚儒雅之道，追奉风雅比兴的儒学传统；所谓的批判性是指二人能清楚认识当代思潮的弊端，并予以矫正。冯舒、冯班二人将批判与继承相融合，表现出极大的融通性。如二人批评明七子的复古主张和公安、竟陵的师心主张皆不遗余力，然二人又能取两种观点的精华而弃其糟粕，从而形成更适合时代发展规律的诗学论点。又如二人的很多诗学观点多师承钱谦益，然而在诗学取向上又能避开钱谦益的主学宋诗一格而另辟晚唐一格。

　　钱谦益诗学主要功绩在破除明代诗学之禁锢，打破诗必盛唐的传统格局，冲破诗歌的时代牢笼，给不同时代之诗歌以平等的地位，独立诗歌的审美特征。二冯诗学在继承钱谦益诗学的基础上，首先，对"诗言志"的传统加以阐释，将格调和性情统一起来，纠正了明代诗学在诗歌体制上的偏执，使诗歌在格调与性情之间达到平衡，促进了明清诗学的转向；其次，在高度提倡学问的基础上，将性情与学问统一起来，肯定了学问在诗歌创作中的重要作用，纠正了明末空疏学风；最后，推动新变，将复古与革新统一起来，纠正明末复古派的师古而赝和师心派师心而妄的偏颇，将师古与师心融合起来，并从诗歌发展流变的角度，提高了晚唐诗歌的地位。如果说钱谦益之诗学将唐诗与宋诗放到了同等的地位中来，并逐步提高了宋诗的地位，二冯则在其师的推动下，宗玉溪、张西昆，确立了晚唐诗歌的典范地位，并身体力行，号召了一批志同道合之士，推动了晚唐诗风的兴盛。"盖当明末国初时，太仓、历下之摹古，与公安、竟陵之趋新，久而俱弊，遂相率而为宋诗。宋诗又弊，而冯舒、冯班之流乃尊昆体以攻江西，而晚唐之体遂盛。《戊签》二百一卷，所录皆晚唐之诗；《闰余》六十四卷，所录皆南唐、吴越、闽国之诗。风会所趋，故及时先出尔。方其剞劂之始，尚欲相继刊布全书"①，并带动一批晚唐诗选本的出现。

---

　　①　永瑢等撰：《四库全书总目》，卷一九三，中华书局 2008 年版。

在"虞山诗派"内部，钱谦益作为虞山诗派的宗主，倡导了一代文风之转变，而二冯对钱谦益诗学的发展和流变形成了一个系统而又行之有效的诗学体系，在虞山地区广为流传，并形成了具有稳定格局的诗学体系，实为虞山诗学的真正盟主。张守诚《海虞诗话后序》言："自来说诗者多矣，要必能阐格律之精，始可言宗派之别。吾虞二冯先生之评《才调集》推为正宗，盖非其绮丽而特贻其典则也。虞山诗派于是乎尊。果能铸金呼佛，则必神悟风骚、妙参比兴而不离其宗。……师白先生守先待后之功得庞先生而益彰，而且虞山诗派导源于二冯者有人焉，以之定论，是编信乎？"① 张鸿亦曰："启、祯之间，虞山文学蔚然称盛。蒙叟、稼轩赫奕眉目，冯氏兄弟奔走疏附，允称健者。祖少陵、宗玉溪、张西昆，隐然立虞山学派，二先生之力也。"② 钱谦益作为虞山诗派之宗主，对虞山诗派之形成起了先导作用，然二冯对虞山诗学的建立和传承都是功不可没的，并可成为虞山诗派的实际领袖。"以冯班为代表的提倡晚唐的一派诗人，他们强调比兴，提倡绮丽幽美的艺术风格，积极抨击模拟风气，对纠正清初学宋而产生的流弊起了很大作用，成为引人注目的一种诗歌倾向"③。虞山诗学在二冯的带领下延续晚唐、西昆之路，彰显了乱世文学所具有的独特诗学特征和诗学价值。

虞山诗派于明清诗坛具有举足轻重的重要力量，并左右诗坛之转向，影响了明清诗学的演进过程。钱谦益以一代宗主之身份，二冯以左翼之号召，打破了传统的诗歌格局，将晚唐诗歌和宋诗带入明清诗人的视野，虽然师徒于宗晚唐和宗宋的诗学取向上分道扬镳，然师徒三人以融合浑通之态势、标意新立之主张和犀利之言说，促进了明代诗学向清代诗学的转变。虽然最后二冯又将诗学带入晚唐诗风的狭小格局之中，二人以"破"为主的言说方式，亦带有藐视一切的狂妄和偏执。但二人兼容并包复与变、性情与格调、情与法的态势，却彰显清代诗学兼容并包的诗学轨迹；以文本为基础的诗论言说方式亦是清代考据学兴盛的前驱，促进了明清诗学的转向。

---

① 张守诚：《海虞诗话·后序》，单学傅《海虞诗话》，民国四年刻本。
② 张鸿：《常熟二冯先生集跋》，《常熟二冯先生集》，民国十四年铅印本。
③ 李世英：《清初文学思想研究》，敦煌文艺出版社 2000 年版，第 73 页。

参 考 文 献

古籍：

[1]（明）冯复京撰．六家诗名物疏．明刻本．

[2]（明）冯复京撰．圣明常熟先贤事略．稿本．

[3]（明）冯复京撰．明右史略．稀见明史史籍辑存．北京：北京图书馆出版社．2004.

[4]（明）冯复京撰．遵制家礼．抄本．

[5]（明）冯舒撰．默庵遗稿．抄本．

[6]（明）冯舒撰．默庵遗集．常熟翁之廉朱刻本抄配文稿二卷．徐兆玮校藏．

[7]（明）冯舒撰．默庵遗稿．淑照堂丛书本．

[8]（明）冯舒撰．默庵遗稿．清雍正世矛堂藏板．

[9]（明）冯舒撰．空居阁诗集、北征集、浮海集．清初刻本．

[10]（明）冯舒撰．虞山妖乱志．冯舒手抄本．清翁同龢校跋．

[11]（明）冯舒撰．怀旧集．清赵氏旧山楼抄本．

[12]（明）冯舒撰．冯汝言诗纪匡谬．清抄本．

[13]（明）冯舒撰．诗纪匡谬．知不足斋本．

[14]（宋）钱易．南部新书．明抄本．

[15]（清）冯班撰．钝吟老人遗稿．清康熙刻本．

[16]（清）冯班撰．冯定远诗集．清康熙刻本．徐兆玮评点本．

[17]（清）冯班撰．钝吟老人遗稿．清康熙刻本．钱良择校并跋．

[18]（清）冯班撰．钝吟老人遗稿．清康熙刻本．清张庆荣批．

[19]（清）冯班撰．钝吟老人遗稿．清康熙刻本．清吴卓信跋并临冯武、王应奎、钱砚北校评．清缪朝荃跋．

[20]（明）冯舒、（清）冯班撰．常熟二冯先生集．民国十四年张鸿排印本．

[21]（清）冯班撰、何焯评点．钝吟杂录．丛书集成本．

[22]（清）冯班撰．钝吟杂录摘抄本．抄本．

[23]（清）冯班撰．钝吟集一卷、再生集一卷．徐兆玮抄本．

[24]（清）冯班撰．钝吟集．京师问影楼铅印本．

[25]（清）冯班撰、姚弼注．钝吟集笺注．抄本．

[26]（金）元好问编．中州集．毛氏汲古阁刻本．章钰校跋并过录冯舒、冯班、何焯批校并跋．

[27]（金）元好问编．中州集．毛氏汲古阁刻本．佚名过录清何焯批校并跋．

[28]（金）元好问编．中州集．毛氏汲古阁刻本．佚名过录冯班批校．

［29］（金）元好问编．中州集．毛氏汲古阁刻本．佚名过录冯舒批校．

［30］（金）元好问编．中州集．毛氏汲古阁刻本．清何焯批校并跋、傅增湘跋．

［31］（陈）徐陵编．玉台新咏．崇祯二年冯班抄本．

［32］（陈）徐陵编．玉台新咏．翁心存影冯知十抄本．

［33］（陈）徐陵编．玉台新咏．清抄本．吴慈培校跋．

［34］（陈）徐陵编．玉台新咏．崇祯二年冯班抄本．

［35］（清）纪昀撰．玉台新咏校正．稿本．

［36］（唐）释齐己撰．白莲集十卷、风骚旨格一卷．明末冯班抄本．

［37］（唐）释齐己撰．白莲集十卷、风骚旨格一卷．明抄本．

［38］（唐）释齐己撰．白莲集十卷、风骚旨格一卷．明嘉靖八年柳金抄本．

［39］（唐）释齐己撰．白莲集十卷、风骚旨格一卷．清抄本．

［40］（唐）释齐己撰．白莲集十卷、风骚旨格一卷．清抄本．清顾一鹗跋．

［41］（唐）释齐己撰．白莲集十卷、风骚旨格一卷．明末曹氏书仓抄本．

［42］（唐）王建撰．王建诗集．吴慈培抄本．吴慈培校跋并录明冯舒校跋、章钰题识．

［43］（唐）李频撰．梨岳诗集．明抄本．冯舒校跋．

［44］（唐）贾岛撰．贾浪仙长江集．明张敏卿抄本．清冯班、何焯跋．清孙江、陶世济、钱孙保题款．

［45］（唐）高仲武辑．中兴间气集．明冯舒、清黄丕烈校跋．劳健跋．

［46］搜玉小集．明刻本．明冯舒校跋．

［47］（宋）杨亿辑．西昆酬唱集．明末冯班抄本并跋．清叶万、何煌、顾广圻校跋．

［48］（梁）刘勰撰．文心雕龙．明天启七年谢恒抄本．冯舒校跋．

［49］（梁）刘勰撰．文心雕龙．明天启四年冯班抄本．冯班跋并录明钱允治题识．

［50］（梁）刘勰撰．文心雕龙．明隆庆三年鲁藩三畏堂刻本．清观河老人录明钱允治、清冯班校跋．

［51］（宋）方回编．冯舒、冯班评点．紫阳方先生瀛奎律髓．

［52］（宋）郭忠恕撰．汗简．明弘光元年冯舒抄本．明冯舒、清黄丕烈跋．

［53］（宋）张有撰．复古编．明崇祯四年冯舒抄本并跋．

［54］（清）钱陆灿撰．调运斋诗文随刻．清乾隆刻本．

［55］（宋）苏洵撰．重勘嘉佑集．明嘉靖十一年张镗太原府刻本．

［56］（唐）陆龟蒙撰．唐甫里先生集．明万历三十一年许自昌霏玉轩刻本．

［57］（唐）贾岛撰．贾浪仙长江集．清抄本．王礼培、叶景葵校跋．

［58］（唐）贾岛撰．贾浪仙长江集．明奉新县刻本．沈曾植跋．

［59］（唐）王维撰．唐王右丞集．明崇祯三年冯班抄本（残）．

［60］（唐）吕温撰．吕和叔文集．佚名校并录明冯舒跋、清丁丙跋．

［61］（清）翁心存撰．知止斋诗集．清光绪三年常熟毛彬刻本．

［62］（明）胡应麟著．诗薮．上海：上海古籍出版社．1979.

［63］（清）孙永祚撰．孙雪屋文集．稿本．

［64］（清）钱谦贞撰．末学庵诗稿．毛氏汲古阁刻本．

［65］（清）陈瑚撰．确庵文稿．毛氏汲古阁刻本．清赵彦修跋．

［66］（清）冯行贤撰．余事集．清抄本．清濮自昆批注．

［67］（清）冯武撰．遥掷稿．宝稼堂本．

［68］（清）陈玉齐撰．情味集．清康熙刻本．清鱼元傅跋并临冯行贤批注．

［69］（清）钱良择撰．抚云集．清抄本．

［70］（清）顾复渊撰．海粟集．雍正八年刊本．

［71］（清）钱龙惕撰．大衮集．民国八年活字本．

［72］（清）赵执信撰．饴山文集．北京：中华书局．1912.

［73］（清）赵执信撰．饴山诗集．乾隆壬申园刊本．

［74］（清）王应奎撰．海虞诗苑．古处堂藏板．

［75］（清）王应奎撰．柳南文抄．清乾隆刻本．

［76］（清）杭世骏撰．榕城诗话．知不足斋丛书本．

［77］（清）王应奎撰．柳南随笔、续笔．北京：中华书局．1983.

［78］（清）王士禛撰．古夫于亭杂录．北京：中华书局．1988.

［79］（清）王士禛撰．池北偶谈．北京：中华书局．1982.

［80］（清）王士禛撰．分甘余话．北京：中华书局．1989.

［81］（清）刘声木撰．苌楚斋随笔续笔三笔四笔五笔．北京：中华书局．1983.

［82］（宋）严羽撰、郭绍虞校释．沧浪诗话校释．北京：人民文学出版社．1983.

［83］（清）赵执信撰．谈龙录．北京：人民文学出版社．1981.

［84］（清）何焯撰．义门读书记．北京：中华书局．2006.

［85］（清）陈康祺撰．郎潜纪闻初笔、二笔、三笔．北京：中华书局．1984.

［86］（清）陈康祺撰．郎潜纪闻四笔．北京：中华书局．1990.

［87］（清）桂馥撰．札朴．北京：中华书局．1992.

［88］（清）方东树撰．昭昧詹言．北京：人民文学出版社．1961.

［89］（清）林昌彝撰．海天琴思录、海天琴思续录．上海：上海古籍出版社．
1988.

［90］（清）黄培芳撰．香石诗话．上海：上海书店出版社．1985.

［91］（清）何文焕辑．历代诗话．北京：中华书局．2004.

［92］（明）林兆珂撰．多识编．四库全书存目丛书本．

［93］（明）吴雨撰．毛诗鸟兽草木考．四库全书存目丛书本．

［94］（清）钱谦益撰．列朝诗集小传．上海：上海古籍出版社．1983.

［95］（清）钱谦益撰．牧斋初学集．上海：上海古籍出版社．1985.

［96］（清）钱谦益撰．牧斋有学集．上海：上海古籍出版社．2010.

[97]（清）钱谦益注．钱注杜诗．上海：上海古籍出版社．1979.

[98]（清）顾广圻著．顾千里集．北京：中华书局．2007.12.

[99]（清）莫友芝撰．傅增湘订补．藏园订补邵亭知见藏本书目．北京：中华书局．2009.

[100] 丁祖荫辑．虞阳说苑甲编．民国六年丁氏初园铅印本．

[101] 傅增湘撰．藏园群书题记．上海：上海古籍出版社．2008.

[102] 丁福保辑．清诗话．上海：上海古籍出版社．1978.

[103] 郭绍虞辑．清诗话续编．上海：上海古籍出版社．1983.

[104] 吴文治辑．明诗话全编．南京：凤凰出版社．1997.

[105] 丁福保辑．历代诗话续编．北京：中华书局．2006.

[106] 孙寅彭主编．民国诗话丛编．上海：上海书店出版社．2002.

专著：

[1] 陈望南著．海虞二冯研究．广州：中山大学出版社．2011.1.

[2] 朱东润著．中国文学批评史大纲．武汉：武汉大学出版社．2009.11.

[3] 曹东著．严羽研究．北京：军事谊文出版社．2002.

[4] 徐德明编．清人学术笔记提要．北京：学苑出版社．2004.05.

[5] 云志功等合著．中国书法理论纲要．北京：首都师范大学出版社．2003.

[6] 陈广宏等著．中国诗学．上海：东方出版中心．1999.

[7] 郭绍虞编著．中国文学批评史．北京：百花文艺出版社．1999.03.

[8] 孔凡礼编．元好问资料汇编．北京：学苑出版社．2008.

[9] 陈良运主编．中国历代诗学论著选．南昌：百花洲文艺出版社．1995.

[10] 朱培高著．中国文学流派史．合肥：黄山书社．1998.04.

[11] 江苏省政协文史资料委员会等编．江苏文史资料．江苏文史资料编辑部．1992.

[12] 张舜徽著．清人笔记条辨．沈阳：辽宁教育出版社．2001.02.

[13] 钱仲联主编．明清诗文研究资料集 第1辑．上海：上海古籍出版社．1986.

[14] 何振球著．常熟文史论稿．南京：南京大学出版社．1989.02.

[15] 中国人民政治协商会议江苏省常熟市委员会文史资料研究委员会．常熟地方小掌故事续编．1985.10.

[16] 赵永纪著．清初诗歌．北京：光明日报出版社．1993.05.

[17] 孙琴安著．中国评点文学史．上海：上海社会科学院出版社．1999.06.

[18] 成复旺、黄保真、蔡钟翔著．中国文学理论史．北京：北京出版社．1987.12.

[19] 卞孝萱著．唐代文史论丛．太原：山西人民出版社．1986.12.

[20] 霍松林主编．中国历代诗词曲论专著提要．北京：北京师范学院出版社．1991.10.

［21］王运熙、顾易生主编．中国文学批评史新编．复旦大学出版社．2007.08.

［22］（清）李元度著．国朝先正事略．长沙：岳麓书社．2008.11.

［23］张健著．清代诗学研究．北京：北京大学出版社．1999.

［24］李世英著．清初诗学思想研究．兰州：敦煌文艺出版社．2000.

［25］李世英、陈水云著．清代诗学．长沙：湖南人民出版社．2000.

［26］常振国、降云编．历代诗话论作家．长沙：湖南文艺出版社．1986.

［27］刘世南著．清初流派史．北京：人民文学出版社2004.

［28］中华书局编辑部编．宋元明清书目题跋丛刊．中华书局．2006.

［29］李庆甲撰．瀛奎律髓汇评．上海：上海古籍出版社．2005.

［30］钱钟书著．《谈艺录》．北京：北京三联出版社．2001.

［31］萧涤非著．汉魏六朝乐府文学史．北京：人民文学出版社．1984.

［32］吴宏一著．清代诗学初探．台北：台湾学生书局，1986.

［33］赵永纪著．清初诗歌．北京：光明日报出版社．1993.

［34］胡幼峰著．清初虞山派诗论．台北：国立编译馆．1994.

［35］邬国平，王镇远著．清代文学批评史．上海：上海古籍出版社．1996.

［36］刘世南著．清诗流派史．台北：文津出版社．1995.

［37］王运熙著．乐府诗论述．上海：上海古籍出版社．1996.

［38］葛晓音著．诗国高潮与盛唐文化．北京：北京大学出版社．1998.

［39］蔡镇楚著．中国古代文学批评史．长沙：岳麓书社．1999.

［40］孙立著．明末清初诗论研究．广州：广东高等级教育出版社．1999.

［41］袁行霈主编．中国文学史．北京：高等教育出版社．1999.

［42］朱则杰著．清诗史．南京：江苏古籍出版社，2000.

［43］段启明、王龙鳞主编．清代文学研究．北京：北京出版社．2001.

［44］朱东润著．中国文学批评史大纲．武汉：武汉大学出版社．2009.11.

［45］严振球、严明著．常熟文化概论．苏州：苏州大学出版社．2001.

［46］严迪昌著．清诗史．杭州：浙江古籍出版社，2002.

［47］敏泽主编．中国文学思想史．长沙：湖南教育出版社．2004.

［48］朱易安著．中国诗学史．厦门：鹭江出版社，2002.

［49］谢国桢著．明末清初的学风．上海：上海书店出版社．2004.

［50］廖可斌著．明代文学复古运动研究．上海：上海古籍出版社．1994.

［51］陈鼓应、辛冠洁、葛荣晋主编．明清实学思想史．济南：齐鲁书社．1989.

［52］刘毓庆．从经学到文学——明代诗经学史论．北京：商务印书馆．2003.

［53］刘毓庆著．明代诗经注疏考．北京：中华书局．2008.

［54］龚鹏程著．晚明思潮．北京：商务印书馆．2005.

［55］刘跃进著．玉台新咏研究．北京：中华书局．2000.

［56］张蕾著．玉台新咏论稿．北京：人民出版社．2007.

［57］祝尚书著．宋人总集叙录．北京：中华书局．2004.

[58] 王力著 . 古代汉语 . 北京：中华书局 . 1985.

[59] 刘浏著 . 《才调集》研究 . 北京：对外经济贸易出版社 . 2008.

[60] 胡幼峰著 . 清初虞山派诗论 . 台北：台湾国立编译馆 . 1994.

[61] 刘学锴、余恕诚著 . 李商隐诗歌集解 . 北京：中华书局 . 2004.

[62] 刘学锴、余恕诚、黄世忠编 . 李商隐资料汇编 . 北京：中华书局 . 2006.

[63] 刘学锴著 . 李商隐诗歌接受史 . 合肥：安徽大学出版社 . 2004.

[64] 吴振华著 . 李商隐诗歌艺术研究 . 合肥：安徽人民出版社 . 2009.

[65] 张明华著 . 西昆体研究 . 北京：人民文学出版社 . 2010.

[66] 叶嘉莹著 . 迷人的诗谜：李商隐诗 . 北京：文化艺术出版社 . 2010.

[67] 沈云龙主编 . 近代中国史料丛刊 . 台湾：文海出版社 . 1967.

[68] （清）永瑢等撰 . 四库全书总目 . 北京：中华书局 . 2008.

[69] 褚斌杰著 . 中国古代文体概论 . 北京：北京大学出版社 . 1990.

[70] 陈居渊著 . 清代朴学与中国文学 . 北京：百花洲文艺出版社 . 2000.

[71] 黄爱平著 . 朴学与清代社会 . 石家庄：河北人民出版社 . 2003.

[72] 顾炎武著，黄汝成集释 . 日知录集释 . 上海：上海古籍出版社 . 1985.

[73] 朱培高著 . 中国文学流派史 . 合肥：黄山书社 . 1998.04.

[74] 张永刚著 . 东林党议与晚明文学活动 . 北京：中国社会科学出版社 . 2009.08.

[75] 孙之梅著 . 钱谦益与明末清初文学 . 济南：齐鲁书社 . 1996.02.

[76] 陈先行、石菲著 . 明清稿抄校本鉴定 . 上海：上海古籍出版社 . 2009.

[77] 赵炜著 . 明末清初虞山诗学研究 . 北京：百花洲文艺出版社 . 2011.

[78] 詹锳著 . 《文心雕龙》义证 . 上海：上海古籍出版社 . 1989.

[79] 詹福瑞著 . 中古文学理论范畴 . 北京：中华书局 . 2005.

[80] 詹福瑞著 . 汉魏六朝文集 . 保定：河北大学出版社 . 2001.

[81] 罗时进著 . 地域·家族·文学——清代江南诗文研究 . 上海：上海古籍出版社 . 2010.

[82] 曹培根、翟振业主编 . 常熟文学史 . 扬州：广陵书社 . 2010.

论文：

[1] 蒋寅 . 二冯诗学的影响与虞山派诗论 . 文史哲 . 2008 年第 1 期 .

[2] 蒋寅 . 冯班与清代乐府观念的转向 . 文艺研究 . 2007 年第 8 期 .

[3] 蒋寅 . 冯班《钝吟杂录》论严羽平议 . 古典文学知识 2007 年第 4 期 .

[4] 蒋寅 . 虞山二冯诗学的宗尚、特征与历史地位 . 北京师范大学学报（社会科学版）. 2008 年第 4 期 .

[5] 蒋寅 . 虞山二冯诗歌评点略论 . 辽东学院学报（社会科学版）. 2008 年 12 月 .

[6] 何振球 . 论虞山诗派的形成、发展及诗论 . 扬州师院学报（社会科学版）. 1987 年第 3 期 .

[7] 周群 . 《严氏纠谬》诗禅论平议 . 文艺研究 . 2010 年第 2 期 .

[8] 谈蓓芳 . 《玉台新咏》版本补考 . 上海师范大学学报（哲学社会科学版）.

2006 年 1 月.

[9] 谈蓓芳.《玉台新咏》版本考——兼论此书的编纂时间和编者问题. 复旦大学学报（社会科学版). 2004 年第 4 期.

[10] 廖宏昌. 二冯诗学的折中思维与审美理想典范. 苏州大学学报（哲学社会科学版）. 2005 年 9 月.

[11] 廖宏昌. 二冯尊杜的理论意涵. 杜甫研究学刊. 2006 年第 4 期.

[12] 许霆. 冯舒、冯班诗学批评论. 常熟高专学报. 2004 年 1 月.

[13] 刘立坤. 冯班对李商隐诗歌艺术的继承. 乐山师范学院学报. 2006 年第 2 期.

[14] 罗时进. 李商隐对清初虞山诗派的影响. 中国韵文学刊. 2002 年第 2 期.

[15] 罗时进. 清初虞山派及其文化圈. 苏州大学学报（哲学社会科学版）. 2002 年 7 月.

[16] 罗时进. 清初虞山派诗学观分歧及其影响. 文艺理论研究. 2005 年第 5 期.

[17] 罗时进. 清代虞山诗派的创作气局. 江苏社会科学. 2002 年第 3 期.

[18] 米彦青. 清代李商隐诗歌接受史稿. 苏州大学博士学位论文. 2006 年.

[19] 杨旭辉.《怀旧集》诗案考索. 厦门教育学院学报. 2010 年 5 月.

[20] 许琰.《西昆酬唱集》研究. 西北师范大学博士论文. 2007 年.

[21] 徐超. 关于《六家诗名物疏》. 山东大学学报（哲社版）. 1998 年第 4 期.

[22] 王华.《瀛奎律髓》的（宋）诗发展史观研究. 暨南大学硕士学位论文. 2007 年.

[23] 李莆民. 清虞山诗派诗论研究. 复旦大学博士论文. 2007 年.

[24] 王海丹. 明代《诗经》考据特色研究. 大众文艺. 2010 年第 20 期.

[25] 罗时进. 虞山诗歌流派研究. 苏州大学博士论文. 2000 年.

[26] 李俊国. 冯班诗歌研究. 河北大学硕士学位论文. 2012 年.

[27] 徐美秋. 纪昀评点诗歌研究. 复旦大学博士学位论文. 2009 年.

[28] 莫砺峰. 从《赢奎律髓》看方回的宋诗观. 文艺理论研究. 1995 年第 3 期.

[29] 张秋娥. 方回《流奎律髓》中"吴体"之所指分析. 殷都学刊. 2007 年.

[30] 王奎光. 方回的"吴体"诗论及其诗学批评意义. 文学遗产. 2008 年第 4 期.

[31] 王辉斌. 杜诗"吴体"探》. 太原师范学院学报（社会科学版）. 2009 年第 9 期。

[32] 张英. 论杜甫变体七律及其拗句. 中国韵文学. 2009 年第 1 期.

[33] 傅璇琮、龚祖培.《才调集》考. 清华汉学研究第一辑. 清华大学出版社. 1994 年.

[34] 许连军. 唐后期唐诗选本与唐诗观念的流变. 湖南文理学院学报. 2004 年第 6 期.

［35］顾玉文．韦縠《才调集》研究．南京师范大学硕士学位论文．2004 年．

［36］龚莹莹．虞山派诗人冯班研究．辽宁师范大学硕士学位论文．2010 年．

［37］米彦青．论二冯对李商隐的接受．中国韵文学刊．2006 年 9 月．

［38］于志鹏．楚雨含情俱有托——李商隐咏物诗探析．中国石油大学学报（社会科学版）．2010 年 10 月．

［39］张国民．《西昆酬唱集》艺术探究．内蒙古师范大学硕士学位论文．2011 年．

后 记

　　时光荏苒，转眼博士毕业已近六年，回想2010年9月12日，我和儿子一起开始学习的征程，于他是漫长学习生涯的开始，于我却是学习生涯的终结。虽然之后也陆续进入华东师范大学和中国社会科学院做博士后，但学习的性质已大为不同，为了论文天南地北查阅资料的热情也消失殆尽，徒剩奔波劳碌的躯干。遥想当年浸泡于国家图书馆、上海图书馆、南京图书馆、浙江图书馆和常熟图书馆时是何等的惬意。虽然时常免去午饭以节省时间，却丝毫不觉饥饿，代之为学习的充实和满足。在丹黄甲乙之时还结交了很多良师益友，南京图书馆徐建业馆长、常熟图书馆的包馆长、常熟图书馆历史文献部苏醒主任、上海图书馆陈先行先生，以及诸多陪伴我阅读的学者均为我提供了各种帮助和支持，甚是感谢！特别是上图的陈先行先生不嫌我才学疏浅，细心指授，让我受益匪浅，还时常带我品味上图的美食，领略上图别样的风味，临行前特意购买面包供我路上果腹。毕业后虽也偶尔去国图和上图查阅资料，但体力和热情大不如前，不禁感慨。

　　现在儿子已经开始读小学五年级，繁重的课业丝毫没有打击他学习的积极性，反而激发了他的斗志，在主课的同时兼顾乒乓球、网球、武术、国际象棋、英语和日语。密密麻麻的行程时常让我感慨现在孩子的不易，他却丝毫不以为忤，还时常跟我商量可否再增加一两门课余活动。相比于他对知识的渴求和坚持，我亦时常汗颜于自己的懒惰。

　　虽然毕业后一直笃志于论文的修改，但五年已逝，论文修改得仍是颇为草草，愧对于恩师的指授。初入学时懵懂无知，詹福瑞师从入学书目到论文选题、写作，从论文的框架到标点符号的点定，均不厌其烦地细心指授，教会了我很多治学的方法。刘崇德老师、韩成武老师、姜剑云老师、李金善老师、白贵老师、田建民老师、时永乐老师、任文京老师和田玉琪老师时不时的"敲打"和"恐吓"，让我少走了很多弯路。师兄、师姐们教会我很多查阅资料的方法，特别是张志勇师兄和樊兰师姐给我拷贝了很多电子图书，对我帮助良多。与同年韩立新、韩立群、姚幸福、吴蔚、于广杰、宿月互相探讨、切磋，碰撞出很多欢笑和治学的思路。还有学弟、学妹们在紧张的学习中，挤出宝贵的时间为我细心校

勘，指出和改正了很多错误。答辩期间非常有幸，能邀请到素日敬仰的
刘跃进老师、左东岭老师、张国星老师，几位如沐春风的指授，对我教
益颇多，而我也如愿以偿拜读于刘跃进老师门下，得以时常聆听老师的
教诲；李金善老师、姜剑云老师、时永乐老师和田玉琪老师在赞赏之余，
仍细致指出疏漏之处。只可惜时老师已离我们远去，但他的音容笑貌仍
在我的脑海中铭记。国家社科基金后期资助的匿名评委也细致入微地提
出了很多宝贵意见，只恨学术不精，只修改了皮毛，愧对师友们的教诲。
我的一站博士后导师胡晓明老师不嫌我才疏学浅，收我进门，让我非常
感激。华东师范大学的陈大康老师、彭国忠老师、以及上海师范大学的
曹旭老师在我一站博士后期间对我帮助颇多，亦甚为感谢！人民出版社
的孙兴民老师，不厌其烦地排版、校勘、复核让我非常感动，相比于他
的认真细致，我似乎太过于大条，竟疏忽了很多明显的错误。同时因校
稿期间在美国访学，耽误了出版的进程，甚是愧疚。路易斯安纳泽维尔
大学孔子学院的江瑜院长、杨涛院长、王海艳老师、张冰老师、苏建老
师、李丹丹老师等众多汉语老师均给我提供了很多帮助，并时常陪我游
玩、聊天，化解身处异乡的不适与孤独，让我非常感念。三十几年的成
长路上，对我提供过帮助的可爱人儿实在是太多，无法一一点名，在此
一并谢过。总之，以上提名甚或未及姓名的师友对我的帮助，必当感怀
于心，并化为治学道路上的动力和支持，不负诸位的期望。

　　在众多师友的帮助下，我的博士论文终归是要出版了，独自一人坐
在电脑前，感慨颇多，但思绪却一如既往的混乱，不知该如何表达，唯
以此篇断续之文，感谢那些曾经让我感动的人和事，以及为之留恋的读
书生涯。

　　　　　　　　　　　　　　　　　2018 年 12 月 8 日记于河北大学

责任编辑：孙兴民　邓文华
封面设计：徐　晖
责任校对：张　彦　闫翠茹

图书在版编目（CIP）数据

冯舒、冯班诗学研究/周小艳 著. —北京：人民出版社，2019.6
ISBN 978－7－01－019693－0

Ⅰ.①冯…　Ⅱ.①周…　Ⅲ.①冯舒(1593—1645)-诗学-研究
②冯班(1602—1671)-诗学-研究　Ⅳ.①I207.22

中国版本图书馆 CIP 数据核字(2018)第 190396 号

冯舒、冯班诗学研究

FENGSHU FENGBAN SHIXUE YANJIU

周小艳　著

人民出版社 出版发行
（100706　北京市东城区隆福寺街 99 号）

保定市北方胶印有限公司印刷　新华书店经销

2019 年 6 月第 1 版　2019 年 6 月北京第 1 次印刷
开本：710 毫米×1000 毫米 1/16　印张：23.5
字数：396 千字

ISBN 978－7－01－019693－0　定价：76.00 元

邮购地址 100706　北京市东城区隆福寺街 99 号
人民东方图书销售中心　电话 (010)65250042　65289539